HEYNE BÜCHER

D1925059

Fantasy

Herausgegeben von Friedel Wahren

Glenda Noramly

DIE FÄHRTE DES BLINDEN

Roman

Deutsche Erstausgabe

WILHELM HEYNE VERLAG
MÜNCHEN

HEYNE SCIENCE FICTION & FANTASY
06/9060

Titel der Originalausgaben
HAVENSTAR
Übersetzung aus dem Englischen von
Michael Siefener
Das Umschlagbild malte Den Beauvais
www.denbeauvais.com

Dieses Buch wurde auf
chlor- und säurefreiem Papier gedruckt.

Deutsche Erstausgabe 11/2000
Redaktion: F. Stanya

Erstausgabe bei Virgin Publishing Ltd, London
Dieses Buch wurde vermittelt durch die literarische
Agentur Thomas Schlück GmbH, Garbsen
http://www.heyne.de

Printed in Germany 2000
Umschlaggestaltung: Nele Schütz Design, München
Technische Betreuung: M. Spinola
Satz: Schaber Satz- und Datentechnik, Wels
Druck und Bindung: Elsnerdruck, Berlin

ISBN 3-453-17893-9

Für meine Mutter

JEAN LARKE,

die mich lesen gelehrt hat

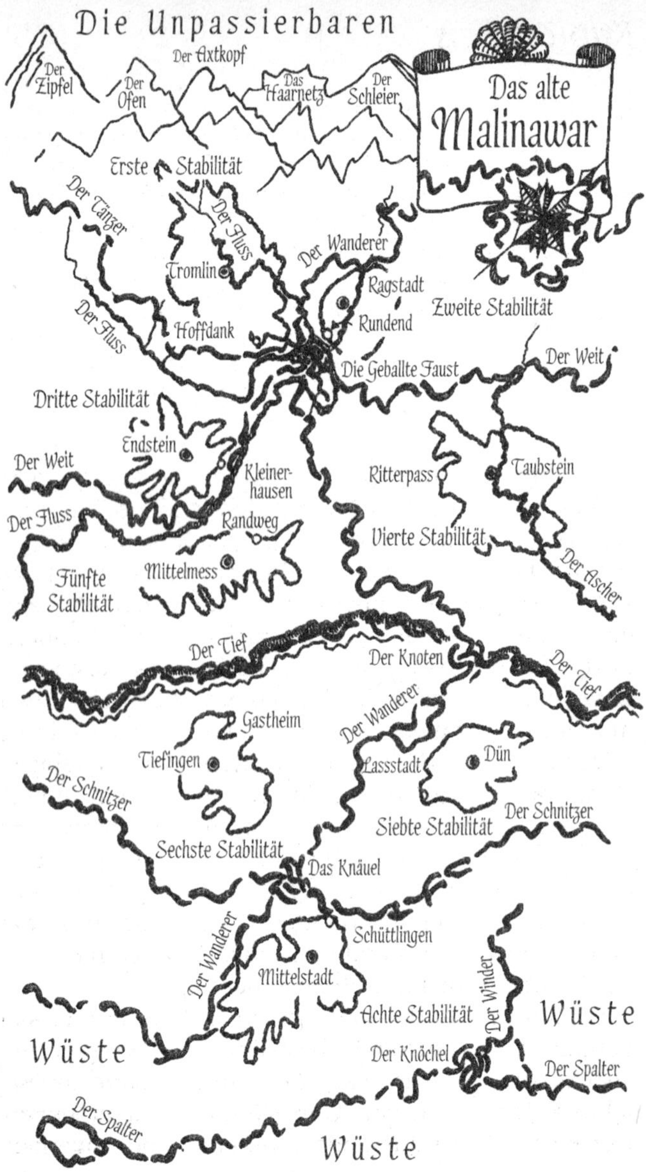
Die Unpassierbaren
Der Zipfel
Der Ofen
Der Axtkopf
Das Haarnetz
Der Schleier
Das alte Malinawar
Erste Stabilität
Der Tänzer
Der Fluss
Tromlin
Der Wanderer
Ragstadt
Rundend
Zweite Stabilität
Der Fluss
Hoffdank
Die Geballte Faust
Der Weit
Dritte Stabilität
Endstein
Der Weit
Kleinerhausen
Ritterpass
Taubstein
Der Fluss
Randweg
Vierte Stabilität
Mittelmess
Fünfte Stabilität
Der Ascher
Der Tief
Der Knoten
Der Tief
Der Wanderer
Gastheim
Tiefingen
Lassstadt
Dün
Der Schnitzer
Siebte Stabilität
Der Schnitzer
Sechste Stabilität
Das Knäuel
Schüttlingen
Der Wanderer
Mittelstadt
Der Winder
Achte Stabilität
Wüste
Wüste
Der Knöchel
Der Spalter
Der Spalter
Wüste

Kapitel Eins

Am Anfang gab es nur das Chaos – doch dies missfiel dem Schöpfer; also nahm Er Stoff aus dem Chaos und formte daraus das Firmament und die Sterne. So gefiel es Ihm besser. Doch der Tilger sah auf Sein Werk und war unglücklich, denn das Chaos ist das Reich von Lord Carasma und nur im Unbeständigen findet er seine Freude.

Schöpfung,
Buch I, Kapitel 1, Verse 2 & 3

Auf der Spitze der Erhebung zügelte Piers Kaylen sein Pferd und sah auf den Rasthort hinunter. Er saß reglos im Sattel seines Reittiers und seinen samaragdgrünen Augen entging nichts, als sein Blick von den fernen Bergen und dem angrenzenden welligen Gelände über die spärlich mit Bäumen bestandene Ebene bis zu den festen Gebäuden des Rasthortes unter ihm schweifte. Das Packpferd neben Piers war mit all den Werkzeugen beladen, die er zur Ausübung seines Berufs benötigte. Es schüttelte den staubigen Kopf und versetzte dem Bein seines Herrn einen Stoß, als wolle es ihm befehlen weiterzureiten. Es war ein Querungspferd, das die geballte schlechte Laune und Ungeduld seiner Rasse besaß. Piers Kaylen, der Meister-Kartenzeichner aus Mahlkorn, war jedoch nicht der Mann, der sich vom aufbrausenden Temperament seines Packtiers zur Eile antreiben ließ.

Er betrachtete die Gegend unter ihm mit großer Sorgfalt. Er sah nichts Unbeständiges, obwohl er eingehend danach Ausschau hielt, und er hatte dreißig Jahre Erfahrung darin, Unbeständiges zu erkennen. Der Rasthort, der aus unbeschnittenen und unverkleideten Stämmen bestand, kauerte noch immer krötengleich neben einem kleinen Sumpf. Von seinen Schindeln und Wänden schälte sich die Rinde wie unerwünscht wuchernde Haut. Genauso war es gewesen, als Piers auf seiner Hinreise hier vorbeigekommen war. Die dornenbesetzten Pfosten der Palisade, die die Gebäude umschloss, befanden sich noch alle auf derselben Höhe und ihr Winkel war so gleichmäßig wie eine genordete Kompassnadel; es gab keine Anzeichen für einen Angriff des Unbeständigen.

Pökel, mein Freund, dein Glück hält an, dachte er. Drei Jahre an ein und derselben Stelle, und keine Spur von Feldströmung. Du hast eine gute Wahl getroffen.

Er war erfahren genug, um nicht nachlässig zu werden. Es gab keinen Pfad zu dem Rasthort hin und von ihm fort und keine Wege, die zu dem Gebäude führten; keine Spuren von Mensch oder Tier. Das blaugraue Gras und die verkrüppelten Dornbüsche um die Palisade sahen so aus, als seien sie seit Generationen ungestört – und dieser Umstand bewies Piers, dass das Unbeständige hier noch genauso machtvoll war wie je zuvor. Dies war kein Ort der Ordnung, auch wenn die Gebäude drei Jahre nach ihrer Errichtung noch immer unberührt und makellos dastanden. Hier durfte man nichts als selbstverständlich betrachten. Schließlich befand er sich hier im Unbeständigen.

Piers trieb sein Pferd den sanften Abhang hinunter und das Packtier folgte gehorsam. Dort, wo die Hufe der beiden Tiere kurz zuvor das Gras zertreten hatten, sprangen die kleinen grauen Blätter wieder in ihre ursprüngliche Form zurück, wobei die Pflanzen erbebten und die Auswirkungen der Gewalt abschüttelten, so wie sich ein Tier Wasser aus dem Fell schüttelt. An den Stellen, wo das Gewicht der Pferde auf den Boden eingewirkt hatte, regten und lösten sich Sandkörnchen; sie zitterten über die Erde wie eine Fata Morgana.

Piers nahm keine Notiz davon. Im Unbeständigen war so etwas normal.

Das misstönende Klingeln der Glocke lockte Pökel höchstpersönlich zum Öffnen des Tors in der Palisade hinaus. Piers kannte den Betreiber des Rasthorts gut genug, um sich nicht von der Tatsache beunruhigen zu lassen, dass dieser eher wie die alptraumhafte Verkörperung eines Trolls denn wie ein Mann aussah. Der Kartenzeichner grinste. »Ich grüße dich, Pökel. Immer noch hier, wie ich sehe.«

»Wie geht's?«, fragte Pökel im Gegenzug, wobei er die rituelle Begrüßungsformel aller Feldströmungsfühligen benutzte, und er begleitete seine Worte mit der Willkommens-Kinese für einen Freund: die rechte Hand bewegte sich mit der Innenfläche nach außen vom Herzen zum Zwerchfell.

Die Worte und die Handbewegung mochten zwar ein Ritual sein, doch Piers wusste, dass eine vollständige Antwort von ihm erwartet wurde. »Ah, du bist in dieser Nacht in Sicherheit«, sagte er, während er in die Geborgenheit des eingezäunten Innenhofs ritt und sich von seinem Reittier herunterschwang. »Soweit ich sehe, gibt es keine Veränderungen – zumindest nicht in einem Umkreis von zwanzig Meilen.«

»Und der Wanderer?«

»Der Stricher reist in dieser Jahreszeit nach Osten. Er bewegt sich schnell und die Ausflüsse der Geballten Faust sind sogar noch schlimmer als üblich. Es gibt eine Anzahl neuer Sprösslinge, alle so stark wie das Chaos selbst, aber keiner ist auf dem Weg hierher. Dein Rasthort wird noch eine Weile durchhalten, so der Schöpfer will. Wie steht's mit den Gästen?«

»Das Geschäft kommt langsam in Schwung. Es ist noch etwas früh im Jahr für Pilger, aber drinnen sind bereits ein paar kleine Gruppen mit einem Andachtskantor. Im Gemeinschaftsraum gibt es nach dem Abendessen eine Kinese-Sitzung.«

Piers zog eine Grimasse. »Vielen Dank für die Warnung. Ich werde in meinem Zimmer bleiben. Du hast doch noch etwas frei?« Er sattelte sein Ross ab, ohne auf die Antwort zu warten; für einen Kartenzeichner und sein zusammengerolltes Bettzeug gab es immer Platz, selbst wenn alle Betten belegt waren.

»Oh, natürlich. Kein Problem. Du kannst das Zimmer nehmen, das du beim letzten Mal gehabt hast.« Pökel bedeutete einem widerstrebenden Stallburschen, er solle herkommen und die Bündel von dem Packpferd losbinden. Das Pferd rollte die Lippe zurück und entblößte seine verfärbten Zähne in einem bösartigen Grinsen.

»Hör auf damit!«, knurrte Piers und zog zur Warnung an dem steifen Haar der gestreiften Pferdemähne.

»Leiste mir beim Abendessen Gesellschaft«, bat Pökel.

Piers nickte dankbar. Er wusste, dass er weder für das Essen noch für die Unterkunft zahlen musste; kein feldströmungsfühliger Kartenzeichner brauchte in einem Rasthort die Rechnung zu begleichen. Schließlich halfen seine Kenntnisse den Rasthortwirten, am Leben zu bleiben.

Pökel stampfte auf seinen dicken Beinen davon. Das Fell seiner nackten Füße traf die zertrampelte Erde des Innenhofs wie ein Sturmbock. Der Wirt wog dreihundert Pfund, und jedes Pfund bestand aus festem Fleisch und Muskeln. Es ist traurig, dass sein Fell diese Farbe hat, dachte Piers nicht zum ersten Mal. Bei Grün dachten die Leute an solche Geschöpfe wie Warzenkröten oder Wassereidechsen, was eine Schande war, denn Pökel war durchaus ein richtiger Mensch, auch wenn er wie etwas aussah, das unter einer Brücke in der Dunkelheit jahrhundertealten Schleims lauerte.

Der Stallbursche behielt die zuschnappenden Zähne des Packpferdes im Auge, während er die beiden Tiere wegführte. In der zunehmenden Dunkelheit verschmolzen ihre Streifen mit den lotrechten Linien der Palisade hinter ihnen. Piers stand einen Augenblick mit seinem Stock in der Hand da und beobachtete die Pferde; dann machte er sich auf den Weg zu seinem Zimmer und einer dringend benötigten Wäsche.

Das Abendessen bestand aus Eintopf, der mit Süßkartoffeln und Zwiebeln überhäuft und stark gewürzt war, um die Faserigkeit des Fleisches zu verbergen, was jedoch nicht gelungen war. Das Fleisch in den Rasthorten innerhalb des Unbeständigen war nie frisch.

Wie üblich drehten sich die Gespräche im Gemeinschaftsraum um die jüngsten Wanderungen der Feldströmungslinien. Pökel war nicht der einzige, der daran interessiert war, was Piers zu sagen hatte. Zwei Kuriere, ein Führer und ein Händler – alle selbst feldströmungsfühlig – kamen herüber, um ein Wort mit dem Kartenzeichner zu wechseln und so viel wie möglich über die Veränderungen zu erfahren. Bei keinem von ihnen war Piers besonders entgegenkommend, obwohl er sie kannte.

»Meine Informationen sind käuflich«, erklärte er ihnen, »wie üblich. Ich habe alte Karten von jedem Gebiet nördlich des Weit einschließlich der besten Weit-Durchquerungen. Ich kann ohne weiteres die neuesten Veränderungen sofort einzeichnen oder ihr könnt in ein paar Wochen aktualisierte Karten in meinem Laden kaufen. Ihr kennt ja alle mein Geschäft in…«

»…in Mahlkorn in der Süd-Tromlin-Straße in der Ersten Stabilität«, beendete einer der Kuriere den Satz für ihn und grinste. Er wandte sich an die anderen und sagte: »Na, ihr missgeborenen, aasfressenden Unbeständigen, ihr solltet doch inzwischen wissen, dass ihr ohne Bezahlung nichts aus Piers Kaylen rauskriegt.«

»Verdammte Schnorrer«, sagte Piers ohne Groll, als sie fort waren. »Sie wollen die besten Informationen haben, damit sie ihre Haut retten können, aber sie hassen es, dafür bezahlen zu müssen. Sie haben wohl vergessen, dass ich drei Monate lang da draußen im Unbeständigen war und ein halbes Dutzend Mal am Tag meinen Hals riskiert habe. Ich bin in der Nähe der Faust von Häschern angegriffen worden, habe beinahe mein Leben verloren, als ich durch den Fluss gewatet bin, wurde einen Steinwurf vom Wanderer entfernt von einem Schlangenteufel gebissen – glauben die etwa, dass ich das alles umsonst mache?«

Pökel lachte. »Es war also eine ganz normale Tour, was? Bei allem Dunklen im Chaos, Piers! Ich vermute, dass du das zäheste Stück Leder bist, das jemals durch das Unbeständige gezogen ist. Es gibt nicht viele, die von sich behaupten können, es so lange wie du ausgehalten zu haben. Und dazu auch noch oft allein.«

»Stimmt.« Darin lag eher stiller Stolz als Angabe. »Dreißig Jahre bin ich jetzt dabei. Und ich fürchte, dass mein Geschäft mit mir sterben wird. Aus meinem verdammten Sohn wird nie ein anständiger Landvermesser. Der Schöpfer weiß, was er für Karten fabrizieren wird, wenn er auf sich allein gestellt ist.«

»Mir schien er ganz in Ordnung zu sein bei den wenigen Malen, als du ihn dabei hattest.«

»Pah – alles Prahlerei. Er ist genauso zäh wie schmelzender Zuckerkuchen.« Piers streckte das linke Bein aus und fuhr mit der Hand darüber. Fleisch und Knochen endeten knapp oberhalb des Knies; der Stumpf schmiegte sich in die Lederschale eines Holzbeins. »Das ist vor zwanzig Jahren passiert und es hat mich niemals von irgendetwas abgehalten. Ich habe gesehen, wie mein Fuß im Schlund einer Bestie verschwand, und doch überlebt. Aber mein Sohnemännchen zuckt schon zusammen, wenn er mit dem Hüftknochen auf ein Kieselsteinchen unter seiner Bettrolle stößt.« Er tunkte ein Brotstück in den Rest des Eintopfs und zuckte mit den Schultern. »Wenn ich nicht mehr da bin, wird er das Geschäft zugrunde richten. Mein Mädchen hat doppelt so viel Mumm wie er und es ist eine echte Schande, dass sie das falsche Geschlecht hat. Und es ist auch eine echte Schande, dass die Kantorei uns den anderen Sohn weggenommen hat. Diese Farben tragenden Bastarde! Aber warum rege ich mich überhaupt auf? Ich vermute nicht, dass ich noch mitbekommen werde, was mit Kaylen, dem Kartenzeichner, in zwanzig Jahren sein wird.« Er hielt plötzlich inne und legte ungläubig den Kopf zur Seite, während er lauschte. »Chaos und Verdammnis, Pökel, du hast doch noch nie ein *Baby* hiergehabt?«

Von oben drang das unverkennbare Jammern eines hungrigen Kleinkindes herunter in den Gemeinschaftsraum.

Pökel schnitt eine Grimasse, die tiefe grüne Linien in sein Gesicht grub. »Ja, wie tief ist dieser Rasthort gesunken, was? Es ist wirklich ein Baby.« Er senkte die Stimme. »Die Eltern sind ein junges Paar, das auf der Langen Pilgerschaft ist; das behaupten sie wenigstens. Aber wenn das Baby nicht ein Unerlaubtes ist, will ich rosa und weiß gestreift sein. Sie halten es sicherlich vor dem Kantor verborgen.« Er nickte in die Richtung des Mannes, der den bequemsten Sessel des Raumes nahe beim Kaminfeuer besetzt hielt. Er war in die scharlachroten und malvenfarbenen Roben der Kantorei gekleidet und las ein Buch mit Hilfe eines goldenen, drahtrandigen Lorgnons. Ab und an schüttelte er seine gelbe Seidenstola, um die Wichtigkeit und Heiligkeit dessen zu verdeutlichen, was er gerade las, und dabei klingelten die Glöckchen am Saum der Stola.

»Und warum schleifen sie ein Baby mit sich durch das Unbeständige?«, fragte Piers.

»Wenn ich mich nicht irre, suchen sie nach einer Zuflucht in Hafenstern.«

Piers schüttelte ungläubig den Kopf. »Arme Seelen! Ach, Pökel, wann werden die Leute endlich aufhören, an Wunder zu glauben? Sie und ihr Baby werden verseucht werden, und das alles für einen Traum, der nicht existiert.«

Pökel schenkte dem Kartenzeichner einen verlegenen Blick. »Vielleicht ist das ein Traum, den zu haben sich lohnt.«

»Chaos, nein! Nicht auch noch du! Als Nächstes wirst du mir erzählen, dass geflügelte Feuergeister auf deinem Küchenherd sitzen.« Er gähnte. »Mein Freund, ich verschwinde auf mein Zimmer, bevor dieser Kantor da so richtig loslegt. Es ist schon schlimm genug, seinem verdammten Geklingel zuhören zu müssen.«

Pökel betrachtete die in Rot und Malve gekleidete Gestalt nachdenklich. »Mach ihn nicht so nieder, Piers' Kinese-Andachten wenden sich gegen die Raubzüge des Unbeständigen und ich bin mir verdammt sicher, dass sie auch die Bestien in Schach halten.«

»Das meinen die Kantoren zumindest. Ich frage mich, ob sie damit die Bestien nicht nur noch wilder machen. Wie dem auch sei, ich gehe jetzt.«

Er humpelte fort. Seine drahtige Gestalt war nichts als Muskeln und Sehnen; nur sein schlingernder Gang verriet den Verlust eines Fußes. Der polierte schwarze Stock, den er hielt, schien eher Verzierung als Notwendigkeit zu sein.

Und in den Augen derer, die beobachteten, wie er durch den Raum ging, lagen sowohl Neid als auch Respekt. Piers Kaylen war eine Legende: ein Unbeständiger, der dreißig Jahre lang überlebt hatte, ein Kartenzeichner, der oft allein zu Orten reiste, an die sich die meisten Menschen nicht einmal mit einer bewaffneten Eskorte wagen würden. Er besaß den Instinkt eines gejagten Tieres und hatte doch auch die Talente eines Jägers. Es hieß, dass sogar die schlimmsten der Häscher sich lieber fortstahlen, als mit den Wurfmessern Bekanntschaft zu machen, die er um die Brust und die Hüfte geschnallt und angeblich auch in seinem einzigen Stiefel verborgen trug.

Piers hatte sich bereits bis zur Hüfte ausgezogen – seine Messer lagen auf dem Bett –, als es an der Tür pochte. Aus Gewohnheit nahm er eines der Messer auf, bevor er an die Tür ging; er erwartete keinen Angriff und witterte keine Gefahr, doch man überlebte im Unbeständigen nicht, wenn man sorglos war.

»Wer ist da?«, fragte er. Er legte das Gesicht an die Tür und spürte sofort die schwachen Vibrationen von Falschheit, die nur von einem Ungebundenen herrühren konnten. »Man nennt mich die Gottesanbeterin«, lautete die Antwort. »Du hast mich vielleicht schon unten im Gemeinschaftsraum bemerkt – ich will mit dir über eine Landkarte sprechen.«

Piers entriegelte die Tür und hatte bereits eine recht genaue Vorstellung davon, was er hinter ihr sehen würde. Der Mann, der dort stand, war wie Pökel ein Ungebundener – oder ein Unberührbarer, wie sie manchmal auch genannt wurden – und ›Gottesanbeterin‹ war ein passender Name. Piers hatte ihn tatsächlich im Gemeinschaftsraum bemerkt: Es war schwer gewesen, ihn zu übersehen. Er war mindestens sieben Fuß groß, und seine Glieder und sein Körper waren so lang und dünn wie bei dem Insekt, dessen Namen er trug. Er musste sich zusammenfalten, um das Zimmer betreten zu können, und es gab für ihn keine Möglichkeit, drinnen aufrecht zu stehen; die Decke war viel zu niedrig.

Piers legte seine Messer beiseite und zeigte auf das Bett. »Setz dich. Du willst eine Karte haben? Kaufst du für dich selbst?«

»Nein. Das heißt, ich will eigentlich gar nicht kaufen. Ich will verkaufen.« Nachdem er sich gesetzt hatte, steckte er die Hand unter sein Hemd und zog eine Kartenhaut hervor, die um eine hölzerne Rute gewickelt war.

»Ich kaufe keine Karten«, sagte Piers. »Ich mache sie selbst.« Aber er streckte trotzdem die Hand nach der Karte aus. Man konnte immer etwas aus der Arbeit eines anderen lernen.

Er hatte sein ganzes Leben lang von diesem Moment geträumt: von der wunderbaren Sekunde, in der seine Hände eine Trompleri-Karte ausrollen und seine Augen sich an Magie ergötzen würden. Aber als er die Haut entrollte und der Traum Wirklichkeit wurde, konnte er nicht glauben, dass dieser Moment jetzt wirklich gekommen war. Er starrte auf die Karte in seinen Händen und spürte, wie ihm der Kiefer nach unten klappte – und noch immer konnte er es nicht glauben. *Eine Trompleri-Karte!* Eines der legendären Wunder, an dessen Existenz er nur halbherzig geglaubt hatte und das jetzt in seiner ganzen Pracht vor ihm ausgebreitet lag…

»Woher… woher hast du sie?«, stammelte er schließlich. Seine Knie gaben nach, und er setzte sich schwer neben die Gottesanbeterin auf das Bett.

»Was spielt das für eine Rolle? Ich will nur wissen, ob du sie haben möchtest.« Der Mann streckte seine dürre Gestalt Piers entgegen. Seine Nase und Wangen und Kiefer waren scharfkantig, insektengleich. Eine langfingerige Hand packte Piers am Arm und umschloss ihn. In ihr lag eine erstaunliche Kraft, obwohl das Handgelenk kaum breiter als ein Besengriff und jeder Finger so dünn wie ein Pfeifenstiel war. »Willst du sie kaufen?«

Piers kämpfte darum, nicht zu zittern und seine angeborene Vorsicht wiederzuerlangen. Er hasste es, von einem Ungebundenen berührt zu werden, auch wenn der Mann versuchte, Piers' Haut nicht zu streifen, damit er ihm keine Schmerzen zufügte. »Also, eigentlich hat sie keinen sehr großen Wert für mich«, sagte Piers. »Ich beschäftige mich mit dem Land nördlich des Weit, und das hier scheint mir irgendein Ort südlich des Schnitzers zu sein. Wer in des Himmels Ordnung will schon dort hingehen? Das ist ja noch hinter der Achten Stabilität!«

»Halt mich nicht zum Narren, Kartenzeichner! Ich weiß, dass eine Trompleri-Karte unendlich viel mehr wert ist als eine von deinen. Du würdest deine Seele verkaufen, um eine solche Karte zu besitzen, weil du hoffst, ihr Geheimnis herauszufinden, sodass du sie selbst herstellen kannst. Wieviel gibst du mir dafür?«

»Ich habe nicht viel Geld dabei. Wozu brauche ich Geld im Unbeständigen? Ich bewahre meinen bescheidenen Reichtum zu Hause in der Ersten Stabilität auf.«

»Und du weißt sehr gut, dass ich nicht so weit in eine Stabilität hineingehen kann. Abgesehen davon, dass mich die Stabilität so krank macht wie eine Katze, die Würmer hat, hege ich nicht den Wunsch, die Kantorei herauszufordern. Wie viel hast du bei dir?«

»Kaum mehr als eine Handvoll Kupfermünzen. Gerade genug, um einem oder zwei Stallburschen ein Trinkgeld zu spendieren und mir eine oder zwei Mahlzeiten zwischen der Kinese-Kette und meinem Zuhause zu kaufen. Mehr nicht.«

»Na, komm schon – niemand mit deiner Erfahrung reist ohne einen Notgroschen. Halt mich nicht für einen unbedarften Knaben, der sich im Unbeständigen nicht auskennt und noch nie einen Kartenzeichner getroffen hat. Ich kenne mich aus. Du hast mehr als nur ein paar Kupferlinge an dir versteckt.«

»Na gut – drei Silberlinge und eine Goldenmünze. Das ist aber wirklich alles. Für eine Trompleri-Karte würde ich mich tatsächlich von ihnen trennen, aber du weißt bestimmt, dass sie mehr wert ist.«

»Ich nehme die Münzen und dein Pferd.«

»Mein Packpferd?«

»Nein, dein Reittier.«

Piers war ehrlich bestürzt. »Diese Stute und ich haben eine lange Zeit miteinander verbracht. Wir haben eine Menge durchgemacht. Außerdem ist es ein Querungspferd. Feldströmungsfühlige Unbeständige sehen es nicht gern, wenn jemand anderes ein solches Tier hat.«

»Es gibt kein Gesetz dagegen. Das ist mein Angebot und es ist großzügig. Nimm es an oder lass es bleiben.«

»Ich frage mich, was der Grund für deine Großzügigkeit ist.«

»Stell dich nicht dumm. Ich muss es dir wohl kaum erklären. Ich brauche Geld und ein Reittier. Meine Stute ist gestürzt und jetzt so lahm wie der Schwanz eines alten Mannes. Ich geb sie dir, wenn du willst.«

Piers schwieg. Er dachte nach. Die Karte war offensichtlich gestohlen. Er würde nie zugeben können, dass er sie besaß, und er würde sie niemals verkaufen können. Die Tatsache, dass die Gottesanbeterin sie schnellstens loswerden wollte, deutete darauf hin, dass ihr wahrer Eigentümer dem Dieb dicht auf den Fersen war.

Aber es juckte Piers in den Fingern, die Karte zu behalten; sein Verstand sehnte sich danach, sie untersuchen zu dürfen; seine Kartenzeichnerseele lechzte danach, ihre Geheimnisse zu enträtseln …

»In Ordnung«, sagte er. »Ich kaufe sie. Und ich

nehme deinen lahmen Klepper. Komm in einer halben Stunde zurück; dann habe ich das Geld und die Papiere für dich fertig.«

Als die Gottesanbeterin zurückkehrte, hatte Piers das Geld aus seinem Versteck geholt und das Eigentümerpapier über das Pferd ausgestellt. Er übergab beides wortlos und erhielt im Gegenzug dafür die Karte sowie das Eigentümerpapier für das andere Pferd. Während er das Pergament in Augenschein nahm, um sicherzustellen, dass es dasjenige war, welches er zuvor bereits gesehen hatte, sagte er beiläufig: »Komm nicht auf den Gedanken, deine Verfolger auf meine Spur zu bringen, Gottesanbeterin. Ich bin zu gerissen, um darauf hereinzufallen. Diese Karte wird in demselben Augenblick verschwinden, in dem du diesen Raum verlässt. Man wird sie nicht bei mir finden und dann werden sie immer noch hinter dir her sein, und zwar wütender als zuvor.«

»Ich habe nicht die sabbernde Zunge eines Betrügers«, sagte die Gottesanbeterin entrüstet. »Von mir wird niemand etwas erfahren, selbst wenn man mich fragt.«

»Pass auf mein Pferd auf«, gab Piers gelassen zurück. »Falls du es mir einmal zurückverkaufen willst, schick eine Nachricht nach Mahlkorn. Es heißt Ygraine.«

»Ein hochtrabender Name.«

Die Legende – oder war es eine geschichtliche Tatsache? – besagte, dass es einst eine große Markgräfin von Malinawar namens Ygraine gegeben hatte. Angeblich hatte sie die Invasion Yedrons befohlen, und zwar mit ausgesprochen unangenehmen Auswirkungen für den damaligen yedronesischen Monarchen, und das alles nur, weil sie sich beleidigt gefühlt hatte. Die Gottesanbeterin hielt offenbar nicht viel von diesem Namen, sagte aber: »Ich werde für sie sorgen. Schließlich ist sie meine einzige Möglichkeit, von hier wegzukommen.« Er verstaute das Papier und das Geld, nickte kurz und ging hinaus.

Piers bemerkte kaum, dass die Gottesanbeterin fort war. Er hockte über seiner Neuerwerbung, schwelgte in deren künstlerischen Schönheit und Vollendung, berührte sie ehrfurchtsvoll und freute sich bereits auf den Augenblick, da er seine Ehrfurcht und Freude mit Keris teilen konnte. Und natürlich mit Borl.

Dann verbarg er sie widerstrebend in dem Versteck, das er für alle Wertgegenstände benutzte, wenn er auf Reisen war. Er hoffte, dass er noch einen oder zwei weitere Besucher haben würde – diesmal Leute, die seine Karten zu kaufen gedachten, und er wollte nicht, dass jemand seine Neuerwerbung sah.

Innerhalb der nächsten Stunde verkaufte er vier Karten, die er grob auf den neuesten Stand brachte. Gerade als er seine Bettrolle auf der Stohmatratze ausbreiten und sich zur Nacht niederlegen wollte, klopfte es noch einmal an seiner Zimmertür. Wie schon zuvor, ergriff er auch nun aus lebenslanger Gewohnheit eines seiner Messer und aus Vorsicht bat er den Besucher, sich zu erkennen zu geben, aber er war müde und bemerkte daher nicht die Emanationen, die ihn normalerweise vor dem gewarnt hätten, was da auf der anderen Seite der Tür auf ihn wartete.

Der Name, den er als Antwort hörte, sagte ihm nichts, aber er glaubte, die Stimme eines der Zimmermädchen zu erkennen, und entriegelte die Tür. Schließlich erwartete niemand, innerhalb eines Rasthortes angegriffen zu werden. Und auf keinen Fall erwartete man, sich innerhalb seiner Mauern einem Häscher des Chaos gegenüberzusehen, besonders dann nicht, wenn im Gemeinschaftsraum Kinese-Andachten abgehalten wurden, um genau solche Übel zu bannen. Und es würde einem nicht einmal im Traum einfallen, dass man hier einer der Bestien begegnen könnte...

Aber sobald Piers den Riegel fortgeschoben hatte, wurde die Tür mit gewaltiger Kraft nach innen aufgestoßen und traf ihn an der Brust und am Arm. Sein Messer flog fort und bevor er einen Laut ausstoßen konnte, wurde er von seinem Angreifer hingestreckt, und zwei krallenbewehrte Klauen, die so groß wie Teller waren, schlossen sich um seinen Hals. Sie drückten zu und zerquetschten ihm die Luftröhre. Es geschah so schnell – und sein Angreifer war so unnatürlich stark –, dass er nicht die geringste Chance hatte.

Als er kämpfte und auf die dicke Nase und die gelben Augen einschlug, sah er, wie die Häscherin mit gefalteten Armen hinter ihrem Schoßtier stand. Er sah, wie sie mit blutgetränkten Nägeln ungeduldig gegen ihre blutigen Unterarme trommelte, und er wusste, dass er sterben würde. Sein einziger Gedanke bestand in der Überraschung darüber, dass sein Leben auf diese Weise endete – in der relativen Sicherheit eines Rasthortes und nicht irgendwo dort draußen im Unbeständigen, wie er es immer erwartet hatte.

Kapitel Zwei

Und nimmermehr schickten die Länder hinter dem Meer ihre Seeleute und nimmermehr sah die Markgrafschaft Malinawar ihre eigenen Segler vor dem Winde zurückkehren, auf deren Decks die duftenden Öle von Premantra und die goldenen Kleider von Brazis sich stapelten. Nimmermehr kamen die Karawanen aus Yedron und Bellisthron und aus den jenseitigen Ländern. Überall war die Feldströmung. Überall war das Unbeständige und die Menschheit fürchtete sich davor, es zu durchqueren. Malinawar war wie acht Flöße, die auf einem sturmgepeitschten Ozean dahintrieben, und niemand beherrschte die Kunst des Schwimmens.

Die Abspaltung,
Buch I, Kapitel 7, Verse 8–11

Im Außenbezirk des Städtchens Mahlkorn ritt eine Gruppe Tricianer in flottem Trab am Laden des Kartenzeichners vorbei. Es waren sechs Frauen und fünf Männer, die von zwanzig Verteidigern eskortiert wurden und denen ein Tross von Dienern und Kinesis-Kantoren folgte. Die Tricianer waren zwar in das übliche Braun und Grau der Nichtfarbenen gekleidet, aber ihre Kleidung bestand aus feinstem Hirschleder, weichem Leinen und flauschiger Ziegenwolle; die Domänesymbole, die sie um den Hals trugen, waren aus Gold und manchmal sogar mit Juwelen besetzt, obwohl es zweifelhaft war, ob die Kantorei so etwas billigte. Die Verteidiger, die alle so hochgeboren waren wie jene, die sie eskortierten, waren verschwenderisch ausgerüstet und bewaffnet.

Im Inneren des Ladens legte Keris Kaylen ihre Arbeit beiseite und beobachtete die Vorüberziehenden.

Selbst die Diener sind besser gekleidet und haben bessere Pferde als irgendjemand in Mahlkorn, dachte sie. Sie verspürte jedoch keinen Neid. Die Tricianer und ihre Diener waren so weit von ihr entfernt wie die Wälder in der Achten Stabilität, obwohl Gruppen wie diese oft genug die Straße entlangzogen. Sie hatte noch nie mit jemandem aus einer solchen Gesellschaft gesprochen und hatte auch keinen Grund zu der Annahme, dass sie dies je tun würde. Nie hielt einer von ihnen an. Wenn sie eine Landkarte benötigt hätten, wäre dieser Kauf längst vorher durch einen Zwischenhändler getätigt worden. Tricianer ließen sich selten dazu herab, persönlich Geschäfte zu machen.

Diese hier waren zum Unbeständigen unterwegs, und dennoch schienen sie glücklich zu sein; sie lachten, scherzten und kokettierten miteinander und dachten nicht an die Gefahren, die vor ihnen lagen, sobald sie die Kinese-Kette überquert haben würden. Sie waren jung, sie waren schön, sie waren offensichtlich sorgenfrei – und dennoch hätte Keris nicht mit ihnen tauschen wollen. Zu viele dieser jungen Männer würden eines Tages ihr Leben als Verteidiger verlieren; zu viele dieser jungen Frauen würden ihre Kinder allein aufziehen müssen – nur um mitanzusehen, wie ihre Söhne im Unbeständigen starben oder verdorben wurden, so wie es mit ihren Ehegatten geschehen war. Der Begriff ›Tricianer‹ war von einem längeren und älteren Ausdruck abgeleitet, der angeblich ›von den Waffen meines Vaters‹ bedeutete. Tricianer waren dazu geboren, Waffen zu tragen oder Waffenträger zu heiraten, so wie es schon ihre Eltern getan hatten; das war kein Leben, um das Keris sie beneidete.

Sie fand es besser, ein gewitzter, feldströmungsfühliger Kartenzeichner wie ihr Vater zu sein, der die lärmenden jungen Tricianer und ihre Waffen und edlen Zuchtpferde verachtete. »Im Unbeständigen ziehen sie und ihre Kantoren nur das Unheil an«, hatte er einmal geschnaubt. »Es ist besser, allein zu sein. Es ist weiser, still auszuweichen, als herauszufordern. Geh nicht auf Pilgerschaft mit einem Führer, der Verteidiger anheuert, Keri. Das bedeutet, dass der Knabe seinen Beruf nicht versteht.«

Einer der jungen Männer bemerkte, wie sie aus der Ladentür herausschaute, und winkte ihr zu. Das Mädchen neben ihm kicherte und sagte etwas, das ihn zum Lachen veranlasste – und dann waren sie alle auch schon aus ihrem Blickfeld verschwunden. Keris zuckte mit den Schultern und senkte den Blick wieder auf ihre Arbeit. Sie alle waren unwichtig.

Und dann ruckte ihr Kopf wieder hoch, als sie begriff, was sie gerade gesehen hatte – hinter der Straße, hinter den Feldern und dem Wald. Oder eher, was sie *nicht* gesehen hatte.

Hinter der Stabilität gab es eine Kette von Berggipfeln und an einem klaren Tag war es möglich, sie alle vom Laden aus zu sehen. Keris konnte alle Hauptgipfel benennen, seit sie vier war: der Zahn, der Ofen, der Schatten… der Axtkopf… das Haarnetz und der Schleier. Sie wurden ›Die Unpassierbaren‹ genannt. Und nun fehlte der Axtkopf. Drei Tage lang waren sie alle in den Wolken verborgen gewesen und jetzt, nachdem das Wetter aufgeklart hatte…

Verwirrt rutschte sie von ihrem Stuhl herunter und stellte sich in den Türdurchgang. Es stimmte: Der Gipfel war wirklich nicht mehr da. Da war die Bergkette, da waren all die anderen Gipfel – aber der Axtkopf war einfach verschwunden. Am Horizont klaffte eine Lücke wie von einem gezogenen Zahn.

Sie eilte von der Tür fort und wollte nach drinnen laufen, um ihre Entdeckung jemandem mitzuteilen – doch dann hielt sie inne. Nur ihre Mutter war hier und es war besser, wenn sie nicht belästigt wurde. Nicht jetzt. Keris seufzte. Nicht zum ersten Mal wünschte sie sich, ihr Vater wäre zu Hause.

Und dann fiel ihr der Dachdecker ein, der gerade dabei war, einen Teil des Stalldachs neu zu decken. Er war kein gelehrter oder besonders verständiger Mann, aber wenigstens war er *jemand,* mit dem man reden konnte. Sie verließ den Laden und ging zur Scheune; dabei lief sie außen um das Haus herum, um ihre Mutter nicht zu stören. Sie traf Articus Metropf dabei an, wie er gerade geschnittenen Torf in seinen Trog am Fuß der Leiter legte.

»Meister Metropf…«, begann sie, doch er ließ sie den Satz nicht beenden.

»Guten Torf habe ich für euch bekommen«, sagte er. Er zeigte ihr etwas davon, indem er den Torf mit seinem muskulösen, in ihre Richtung ausgestreckten Arm schüttelte. Er war schlank und muskulös: Seine Arme, Schenkel und Waden und sogar sein Gesicht waren von straffen Sehnen durchzogen. »Sag das deinem Vater, wenn er heimkommt. Das hier stammt von Jeckitts bestem Feld und es ist voller Schneeglöckchen und Malven. Euer Dach wird im nächsten Frühling bildschön sein. Ich sage dir, wenn das Regelamt mir nicht erlaubt hätte, es zu schneiden, bei Carasma…«

Sie unterbrach ihn: »Meister Metropf, hast du den Axtkopf gesehen?«

Er sah sie unerschütterlich an. »O ja. Das habe ich. Oder eher: Ich habe ihn nicht mehr gesehen. Er ist weg.« Er bückte sich, um noch mehr Torf in seinen Trog zu stapeln. »Das vergisst du am besten, Kleines.«

»*Vergessen?* Wie kann man einen Berg vergessen?«

»Ganz leicht – er ist weg, nicht wahr? Er war weit fort und hat uns nie etwas bedeutet, selbst als er noch da war. Hinter der Ordnung liegen die Unpassierbaren. Warum zerbrichst du dir den Kopf darüber, so lange es noch die Stabilität gibt – und sie wird solange existieren, wie wir auf die richtige Weise leben. Kleines, es wäre besser, wenn du dich mit dem Dachbalken in der Scheune beschäftigen würdest. Der hält nicht noch weitere ein oder zwei Jahre durch und meine ganze Dachdeckerei kann keinen langsam zerfallenden Balken reparieren.«

Sie ließ es zu, dass er sie ablenkte. »Wir haben vor fünf Jahren einen Ersatzbaum gepflanzt, aber das Regelamt sagt, dass wir noch warten müssen, bis er zehn Jahre alt ist, bevor wir irgendeinen anderen Baum für den Balken umsägen dürfen. Und wir stehen auf der Liste für einen vom Blitz oder Sturm gefällten Baum – aber die Warteliste ist ellenlang. Es kann *Jahre* dauern, bis wir einen Balken bekommen.« Das war ein heikles Thema für ihren Vater, der der Ansicht war, das Regelamt sollte flexibler sein und die Einfuhr von Holz aus dem Unbeständigen erlauben.

Articus grunzte. »Es wird ihnen nicht gefallen, wenn euer Scheunendach einbricht«, sagte er. »Das würde das Ortsbild verändern und was dann? Ich werde den Zustand des Balkens dem Amt gegenüber erwähnen. Vielleicht überlegen sie sich dann die Sache noch einmal.«

Sie dankte ihm und ging zurück zum Laden, aber sie konnte der Versuchung nicht widerstehen, einen weiteren Blick auf die schneebestäubten Berggipfel zu werfen. Sie hatten immer so unveränderlich gewirkt, so unempfindlich gegen alles – sogar gegen die Zeit. Sie konnte sich nicht erinnern, jemals Änderungen in ihren Umrissen bemerkt zu haben, aber vielleicht war die Annahme, sie würden sich niemals ändern, trotzdem unrealistisch gewesen. Schließlich glichen sie bereits nicht mehr den Dingen, von denen sie ihren Namen erhalten hatten. Haarnetze waren die erlaubte Art und Weise, wie verheiratete Frauen ihr Haar am Hinterkopf zusammenhalten durften, aber kein Haarnetz, das Keris je gesehen hatte, glich dem Harnetzberg. Er sah eher wie das Dreihorn eines Kantors aus. Und auch der Schleier besaß keine Ähnlichkeit mit der einzig erlaubten Kopfbedeckung der Witwen.

Zum ersten Mal fragte sie sich, wie viele Veränderungen es in den tausend Jahren seit der Abspaltung bereits gegeben haben mochte, aber das war kein Gedanke, den sie zu Ende denken wollte.

Sie warf einen letzten langen Blick auf die neue Silhouette der Unpassierbaren und kehrte dann zu ihrem Stuhl und ihrer Arbeit zurück.

Es war sehr warm für den ersten Tag des Sommers. Manchmal kam in der Ersten Stabilität, die im Schatten der Berge lag, die sommerliche Wärme spät, doch dieses Jahr versprach es anders zu werden. Das Sonnenlicht fiel durch die offen stehende Ladentür herein und wärmte die Katze, die zu einem pelzigen Bündel zusammengerollt auf dem Boden in der Nähe eines Haufens aus rechteckigen Pergamentbögen lag; die leichte Brise, die eine Pergamentrolle über den Ladentisch trieb, war angenehm und wohlriechend.

Keris war nur leicht bekleidet; ihre Arme waren nackt und ihr Rock war unanständig hochgezogen (eine Angewohnheit, die möglicherweise die Reaktion des Tricianers hervorgerufen hatte). Sie genoss das Gefühl der Sonne auf den Beinen, während sie an einer Meisterkarte arbeitete.

Sie tunkte einen feinhaarigen Pinsel in einen Farbtopf und zögerte kurz, bevor sie die Farbe auf dem länglichen Pergamentblatt verstrich, das auf das Kartenbrett vor ihr geheftet war. Dieses Zögern war ein tief verwurzeltes Ritual; etwas, das sie ohne Nachdenken und in Ehrerbietung gegen ihren Vater tat. Er mochte es nicht, wenn sie den Karten Farbe hinzufügte, und hatte sich nur deshalb damit abgefunden, weil sich herausgestellt hatte, dass sich die Karten so besser verkaufen ließen. Sein Einverständnis hatte ihn jedoch nicht davon abgehalten, etwas über neumodische Ideen und dümmliche weibliche Frivolitäten zu murmeln; Äußerungen, die jedes Mal, wenn Keris ihren Pinsel mit pflanzlicher Farbe tränkte, Schuldgefühle in ihr hervorriefen – daher das Zögern.

Aber als der Pinsel dann den Taggartwald in Grün tönte, verlieh die Farbe der Tintenzeichnung zusätzliches Leben. Unter ihren Pinselstrichen wurde die Karte mit Leben erfüllt, doch Keris achtete sorgfältig darauf, dass ihr Wunsch, ein Kunstwerk zu schaffen, nicht die technische Genauigkeit der Karte beeinträchtigte. Schließlich war sie nicht umsonst die Tochter eines Kartenzeichners.

Die Katze neben der Tür schnupperte und regte sich in Unbehagen. Keris arbeitete weiter und dachte oft an die schreckliche Lücke in den Bergen und seltener an ihre Mutter und ihren Bruder – das waren unglückliche, sorgenvolle Gedanken –, doch am meisten konzentrierte sie sich auf das Bild, das vor ihr Gestalt annahm. Die Erste Stabilität, die sich an den Fuß der Unpassierbaren anschmiegte (Mist, sie musste den Axtkopf noch ausradieren), hatte einen ovalen Umriss, innerhalb dessen sich zahlreiche Städtchen und Dörfer sowie eine große Stadt namens Tromlin befanden. Auf der anderen Seite des Flusses lag die Zweite Stabilität: kleiner, vollkommen rund und viel flacher. Und irgendwo dazwischen war der Wanderer – aber ihn würde sie jetzt noch nicht einzeichnen. Nicht bevor ihr Vater mit den neuen Koordinaten dieses Strichers, wie er ihn immer nannte, nach Hause kam.

Ihr Pinsel bewegte sich zur Dritten Stabilität, deren Grenze dort chaotisch wirkte, wo sie den Umrissen einer zerklüfteten Landschaft folgte...

Es war die Katze, die ihre Konzentration störte. Das Tier hob den Kopf von dem gefliesten Boden. Es hatte die Ohren aufgestellt und miaute. Keris hörte von draußen die Geräusche von Reitern, die von der Straße her, welche vor der Vordertür vorbeilief, auf den Laden zukamen. Sie säuberte ihren Pinsel – sie hatte ihn aus Katzenhaar selbst hergestellt und wollte nicht, dass er trocken und steif würde, während sie Kundschaft bediente.

Die Katze – sie hieß Yerrie; warum sie diesen Namen erhalten hatte, war schon seit langem der Vergessenheit anheim gefallen – stand auf, streckte sich elegant und sprang auf die Ladentheke. Keris tätschelte geistesabwesend ihren Kopf und legte die Karte, an der sie gearbeitet hatte, außer Sichtweite auf ein Regalbrett. Einen Augenblick später hielten vier Pferde – schwerfällige Zugtiere mit nur zwei Reitern – unmittelbar vor der Ladentür. Rasch zog sie ihren Rock herunter und fuhr sich mit den Fingern durchs Haar, um es zu ordnen. In diesem Sommer erreichte sie das Pilgeralter und sah sich deshalb als erwachsen an, aber sie war sich der Tatsache schmerzlich bewusst, dass sie auf die Kundschaft eher wie ein Mädchen denn wie eine Frau wirkte, obwohl sie volljährig war. Ihre Figur war eher knabenhaft als weiblich und sie hatte sich inzwischen damit abgefunden, dass das wahrscheinlich so bleiben würde, bis sie Kinder geboren hatte. Schlimmer noch: sie hatte reizloses bräunliches Haar, das ungleichmäßig mit einem halben Dutzend undefinierbarer Schattierungen gemasert war, und eine Haut, die in der Sonne Sommersprossen bekam; das war eine Kombination, die eher den Eindruck einer Range als den eines erwachsenen Wesens erweckte.

Nichts an ihrem Gesicht war schön. Ihre blassgrauen Augen waren nicht bemerkenswert, auch wenn sie sich an hellen Tagen blau und im Winter schieferdunkel färben konnten; dann waren sie so bleiern wie ein schneeverhangener Himmel. Ihre Nase war zu lang, ihr

Mund zu breit und ihre Haut zu derb, um als schön zu gelten, während ihre Hände zu groß und ihre Füße zu lang waren, um elegant zu wirken – doch trotz alledem war sie eher durchschnittlich als hässlich. Sie war die Art Frau, an der die Männer auf der Straße vorbeigingen, ohne ihr einen zweiten Blick zu schenken, da sie keine Anzeichen von Leidenschaft oder Intelligenz oder Charakter an ihr feststellen konnten, einfach weil ihr Gesicht und ihre Figur nur Banalitäten versprachen.

Sie bedauerte, dass sie nicht schön war, aber sie dachte nie lange darüber nach; sie hatte keinen Grund dazu. Ihre ganzen sexuellen Aktivitäten bestanden darin, den einen oder anderen pickligen Dorfjungen davon abzuhalten, ihr unter die Bluse zu greifen, wenn diese sich ihr sehr selten einmal in der dunklen Kälte eines Winternachmittags in den Weg stellten. Wenn es das war, was es bedeutete, eine Frau zu sein, dann sah sie wenig Vorteile in einer Schönheit, die ihr nur noch mehr solcher Probleme bescheren würde.

Als sie jedoch beobachtete, wie die junge Frau, die etwa so alt wie sie selbst war, aus dem Sattel und in die Umarmung ihres wartenden Begleiters glitt, wünschte sie sich doch, sie sähe ein wenig älter aus. Die Leute hörten bereitwilliger zu, wenn sie glaubten, dass jemand alt genug war, um Erfahrung zu haben.

Frisch Verheiratete, dachte sie, die ihre Pilgerfahrt hinter sich bringen wollen, bevor sie sich niederlassen und eine Familie gründen. Sie hatte schon viele ähnliche Paare gesehen.

Sie kamen zusammen in den Laden und wirkten ziemlich besorgt; auch waren sie müde, staubig und brauchten offensichtlich dringend Ruhe und ein Bad.

»Grüße«, sagte der Mann und vollführte mit der Hand eine angemessene Kinese von der Stirn zum Mund. »Man hat uns geraten, eine Karte der Ersten

Stabilität zu kaufen, und dieser Laden hier sei der geeignete Ort dafür. Ist der Kartenzeichner da?«

Keris schüttelte den Kopf, nachdem sie die Kinese erwidert hatte, und verbarg ihren augenblicklichen Unmut. »Tut mir Leid, nein.« Und sein Sohn ist auch nicht da, obwohl er es sein sollte, dachte sie. Aber ich bin hier, und was ist daran falsch? »Kann ich euch helfen? Seid ihr Pilger?«

»Ja, aus der Zweiten Stabilität«, sagte die Frau mit einem gequälten Seufzer, der tief aus ihrem Inneren kam.

Keris fand sie sofort sympathisch. »Schlimme Durchquerung?«

»Schrecklich«, sagte sie. »Zwei wurden verseucht – *zwei*! Und sechs getrennte Feldströmungslinien mussten durchquert werden, von denen vier nicht auf den Karten verzeichnet waren. Der Führer sagte, er hätte eine so furchtbare Reise schon seit Jahren nicht mehr gemacht.«

»Meine Frau will nicht mehr zurückgehen«, sagte der Mann traurig.

»Bei eurer Rückkehr wird der Führer neue Karten haben und außerdem ist es unwahrscheinlich, dass man auf einer Rückreise verseucht wird«, sagte Keris. »Normalerweise geschieht es entweder, wenn man eine Feldströmungslinie zum ersten Mal durchquert, oder gar nicht.«

»Angeblich«, sagte die Frau. »Aber ich habe gehört, dass es auch später geschehen kann.«

»Es kann. Aber es ist äußerst selten.«

»Ich will trotzdem nicht zurückgehen. Das macht doch nichts, oder? Ich meine, die Pilgerreise ist doch auch so gültig, oder?«

»Aber Kosi«, sagte der Mann mit herablassender Geduld, »du weißt doch, dass du dich schon nach wenigen Wochen nach deiner Mama und deiner Schwester sehnen würdest. Wir müssen zurück.« Er wandte sich an Keris. »Wir brauchen eine Karte von Tromlin, Mädchen.«

Keris zeigte auf eine Karte, die hinter ihr an der Wand hing. »Wir haben Karten wie diese. Auf ihnen sind alle Pilgerherbergen eingezeichnet und alle heiligen Orte, die ihr in der Stadt besuchen solltet. Und wir haben auch so etwas.« Sie breitete eine andere Karte auf der Theke aus. »Diese hier zeigt die ganze Erste Stabilität und die angenehmsten Strecken von Heiligtum zu Heiligtum. Seht ihr? Sie sind nummeriert, und die Pfade sind markiert. Die Pflichtheiligtümer sind rot eingezeichnet, die unwesentlicheren blau. Die Namen stehen daneben.«

Kosi schaute voller Zweifel auf die Karte. »Ich weiß nicht, ob wir eine Karte überhaupt lesen können. Wir sind doch nur Bauersleut...« Ihr Mann nickte verlegen.

»Das ist wirklich nicht schwer«, sagte Keris. »Stellt euch einfach vor, ihr wärt Vögel und flöget in die Luft und sähet hinunter auf den Boden. Nun, dann würde er genauso aussehen. Alles ist winzig und kommt einem etwas seltsam vor, weil man von oben draufschaut. Seht her: Das hier ist ein Wald und das ist eine Straße. Und das hier ist eine Stadt. Seht ihr die Häuser? Und hier ist ein Bach...«

»Oh! Sieh nur, Jax, da ist eine Mühle!«

»Richtig. Wenn ihr also auf diesem Pfad hier wärt und zu diesem Heiligtum dort gehen wolltet, müsstet ihr euch an der Kreuzung, an der die Mühle steht, nach rechts halten.«

»Das ist ja wirklich einfach! Jax, verstehst du das auch? Wenn wir eine Karte hätten, könnten wir uns das Geld für einen Führer sparen.«

»Es ist bestimmt billiger«, stimmte Keris zu. »Und außerdem könnt ihr immer nach dem Weg fragen, wenn ihr die Karte studiert und euch entschieden habt, wohin ihr gehen wollt.«

»Wie viel kostet sie?«, fragte Jax.

»Einen Silberling für eine Pergamentkarte. Eine aus Papier ist billiger; sie kostet nur einen halben Silberling. Aber dann braucht ihr eine lederne Kartentasche und die kostet zwanzig Kupferlinge.«

»Ein Silberling für eine Karte scheint mir nicht zu teuer zu sein«, sagte Kosi überrascht. »Ich dachte, Karten sind sehr teuer. Wir hatten uns schon gefragt, ob ein Führer nicht billiger ist.«

»Karten vom Unbeständigen *sind* teuer. Kartenzeichner wie mein Vater setzen jedes Jahr sechs Monate lang ihr Leben aufs Spiel, um das Unbeständige zu vermessen. Aber diese Karten von den Stabilitäten braucht man nicht oft auf den neuesten Stand zu bringen, weil es ja die Regel gibt. Wenn ihr einen Rat wollt, hört mal her. Ich rate euch, nicht direkt nach Tromlin zu gehen. Begebt euch zuerst zu Ritterin Marledes Heiligtum. Ihr geht zunächst eine Stunde die Hauptstraße entlang, dann verlasst ihr sie und wandert etwa vierzig Minuten lang fort von Mahlkorn.« Keris deutete auf das in der Karte verzeichnete Heiligtum. »Hier, seht ihr? Es ist Pflicht. Es gibt dort eine Kantorei-Herberge, wenn ihr sie benutzen wollt; ihr könnt aber auch gegen eine geringe Gebühr auf dem Feld kampieren. Das ist dort, wo die Ritterin den Schöpfer um Vergebung für ihren früheren Unglauben bat. Damals war sie natürlich noch keine vereidigte Ritterin der Kantorei. Ihr könnt noch immer die geschmolzenen Felsen sehen, wo der Schöpfer seine Warnung hinabsandte. Es ist ein wunderschöner Ort mit einem Flüsschen – genau das richtige Plätzchen, um von der Reise auszuruhen und wegen eurer Sünden mit dem Schöpfer ins Reine zu kommen. Gibt es eine bessere Art, eine Pilgerreise zu beginnen?«

Kosi seufzte. »Hört sich nett an. Ich bin aber so müde.«

»Tromlin dagegen ist eine Anderthalbtagesreise von Mahlkorn entfernt«, fügte Keris hinzu. »Wenn ihr stattdessen zu Ritterin Marledes Heiligtum geht, könnt ihr von dort aus zum zweiten Pflichtheiligtum weiterziehen. Hier. Das ist das von Ritter Gallico. Und hier ist dann das dritte. Danach müsst ihr euch entscheiden, ob ihr diese Route hier nehmt« – ihr Finger fuhr einem Pfad auf der Karte nach –, »sie führt an fünf kleineren Heiligtümern vorbei, die sich alle im Taggartwald befinden, oder ob ihr auf der Hauptroute zu Ritterin Felmina bleibt. Der abweichende Weg trifft genau hier wieder auf die Hauptstrecke. Im weiteren Verlauf gibt es noch einige andere ähnliche Abstecher. Ihr kommt dann von Norden nach Tromlin herein. Das ist die Route, die die meisten Pilger nehmen.«

Kosi wandte sich an ihren Mann. »Das sollten wir machen, Jax.«

Er straffte die Schultern. »In Ordnung. Wir nehmen diese Karte. Ich weiß aber nicht, ob wir auch die andere …«

Keris lächelte. »Das sollte ich eigentlich nicht sagen, aber ihr könnt auch eine gebrauchte Karte in der Stadt für wenige Kupferlinge von einem Pilger kaufen, der auf dem Rückweg zu seiner eigenen Stabilität ist. Vielleicht könnt ihr diese hier genauso wieder verkaufen, bevor ihr zurückgeht, obwohl das vielleicht schwieriger ist, weil die meisten Leute sie schon hier auf dem Weg in die Stabilität hinein gekauft haben.«

Jetzt sah der Mann glücklicher aus. »Das ist eine gute Idee.« Er wühlte in dem Beutel, der um seinen Hals hing, und holte einen Silberling hervor.

Keris rollte die Karte auf und band sie mit der daran befestigten Kordel zusammen. »Hier, bitte schön. Möge der Friede der Schöpfung auf eurer Reise mit euch sein.« Sie vollführte eine Abschieds-Kinese.

»Vielen Dank«, sagte Kosi, während sie mit den Händen die Geste erwiderte. »Du bist nett – jetzt fühle ich mich schon besser bei dieser Pilgerschaft.«

Keris beobachtete sie von der Tür aus, als sie wieder aufsaßen und fortritten. Dann ging sie hinein und nahm die Münze von der Ladentheke auf. Sie zögerte einen Augenblick und steckte sie schließlich in ihre Schürzentasche.

Aus dem angrenzenden Raum fragte eine schwache Stimme: »Sind sie fort?«

»Ja, Mama, sie sind fort«, antwortete Keris. Sie ging in das Hauptzimmer des Hauses – die Küche –, in dem ihre Mutter trotz der Wärme des Tages dick eingemummelt auf einem Bett unter dem Fenster lag. Nur ihr müdes und bleiches Gesicht war sichtbar und ihre dünnen, weißen Hände, die sich ruhelos über die oftmals ausgebesserte Decke bewegten.

»Dein Vater würde sagen, dass du den Verkauf der zweiten Karte verpatzt hast.«

Keris nickte, wenig bußfertig. »Es waren Bauern ohne viel Geld. Wir brauchen ihre Silberlinge nicht.« Sie machte mit der Hand eine ungeduldige Geste. »Sie reiten auf ihren Zugpferden, die Ärmsten. Wahrscheinlich bekommen sie ein Jahr lang nicht mehr die Knie zusammen, wenn sie wieder zu Hause sind. Und im Gehorsam gegenüber der Regel hat die Frau schon wieder ihren Rock angezogen, was einfach nicht bequem sein kann, wenn man ein solches Tier reitet.«

»Also, Keris…«

Sie unterbrach ihre Mutter. »Es ist sowieso Unsinn, dass sie hier sind und ihr Leben dabei aufs Spiel setzen, das Unbeständige zu durchqueren – und für was?«

»Für ihr Seelenheil, meine liebe Keris.«

»Warum sollte das gut für ihr Seelenheil sein? Was ist denn falsch an Andachten in den Heiligtümern ihrer eigenen Stabilität? Warum müssen wir alle diese wirklich lächerliche Reise einmal in unserem Leben unternehmen und dabei riskieren, dass wir ungeweiht sterben und dann für die Hölle der Aufruhr bestimmt sind, egal wie ritterlich unser bisheriges Leben war? Das Ganze ist nur ein Mittel, mit dem die Kantorei die Bevölkerung schröpft…«

»Das ist Unsinn, meine Liebe, und das weißt du genau. Sie könnten uns genauso gut an unseren örtlichen Heiligtümern schröpfen, wenn sie das wollten. Wir gehen auf Pilgerschaft, weil der Schöpfer es von uns verlangt, damit wir wenigstens einmal in unserem Leben Ihm vor unseren persönlichen Wünschen und auch vor unserer persönlichen Sicherheit den Vorzug geben.«

»Ist Er wirklich so… so… *kleinlich*? Das ist nicht recht, Mutter. Die Leute *sterben* da draußen im Unbeständigen. Oder sie werden auf schreckliche Weise verseucht und dann aus der Gesellschaft ausgeschlossen und können niemals zurückkehren. Ist das gerecht?«

Der Gesichtsausdruck ihrer Mutter verriet, dass sie all das schon oft und jedes Mal von derselben Person gehört hatte. Sie sagte ruhig: »Diejenigen, die sterben, werden unmittelbar in die Ordnung des Himmels eingehen. Du wärest toleranter gegenüber dem Glauben und der Regel, wenn du älter und dem Tode näher wärest, mein Kind.«

Keris zuckte zusammen. Diese Worte taten ihre Wirkung. Schließlich hatte sich die Krankheit ihrer Mutter verschlimmert. Der seltsame Klumpen, der in Sheyli Kaylen wuchs, saugte ihr das Leben aus, schwoll immer weiter an und ertastete sich seinen Weg durch ihren Körper. Sie war sehr hinfällig geworden. Sogar ihr Haar, das früher einmal übermäßig üppig gewesen war, wirkte jetzt so zerbrechlich wie die zarte Spitze am Hals ihres Nachthemdes. (Das war ungesetzlicher Tand, aber er bewies, dass Sheyli früher einmal eine

Frau gewesen war, die der Regel die Stirn geboten hatte, selbst wenn sich ihre Rebellion in ihrer Nachtwäsche geäußert hatte.) Keris sagte mit ungewohnter Freundlichkeit: »Vater kommt bald nach Hause. Vielleicht sogar heute schon.«

»Vielleicht. Du hast aber gehört, was diese Kosi vorhin gesagt hat: vier nicht kartographierte Feldströmungslinien auf der Route. Dein Vater wird viel zu tun haben. Hast du den Silberling in die Kasse gelegt?«

Keris schüttelte den Kopf und nahm das Geld aus ihrer Tasche. »Damit Borl es versäuft oder verspielt? Nein. Das hier wird erst einmal dafür sorgen, dass du mehr Schlafmedizin bekommst, und es wird noch mehr als genug übrig bleiben, um die Schulden zu bezahlen, die wir bei Meister Ferit für die Süßkartoffeln und die Zwiebeln haben, die er in der letzten Woche für uns auf dem Markt gekauft hat. Borl braucht nichts davon zu wissen.«

Ihre Mutter seufzte. »Ich…«, begann sie, doch was immer sie hatte sagen wollen, wurde durch das plötzliche verzweifelte Aufheulen der Katze unterdrückt.

»Yerrie?« Keris sah erstaunt auf und ging zurück in den Laden, um nachzusehen, was das normalerweise so ruhige Tier so erschreckt hatte.

Es war ein weiterer Kunde; ein Mann, der gerade vor dem Laden von seinem Pferd abstieg.

»Sei still«, zischte Keris die Katze an. Das Tier zog sich in eine Ecke zurück und peitsche wütend mit dem Schwanz. Keris starrte durch die offene Tür und vermutete zuerst, der Besucher habe einen Hund bei sich, doch sie konnte keinen sehen. Er besaß allerdings zwei Querungspferde, die Zwillinge hätten sein können, denn sie sahen sich sehr ähnlich. Querungspferde waren kurz, hatten einen gedrungenen Hals, eine steife Mähne und dicke Beine und waren überall braun und schwarz und schmutziggrau gestreift. Es waren wenig einnehmende Tiere, die von denjenigen, die sie nicht ritten, stark verspottet wurden. Ihr Wert lag in ihrer Zähigkeit – sie konnten stundenlang schwerbeladen traben – und in ihrer Fähigkeit zu springen – nicht hoch, sondern weit. Sie hatten ein Gesäß und Hinterbeine, die die verborgene Kraft zusammengedrückter Federn besaßen. Ihr Rücken war jedoch schmal und gut mit Fett gepolstert, sodass man bequem auf ihnen reiten konnte, auch wenn diese Tiere meist schlecht gelaunt und ungeduldig waren. Die Unbeständigen – jene Feldströmungsfühligen, die in einer Stabilität lebten, aber ihr Geld im Unbeständigen verdienten – würden niemals andere Tiere reiten und sahen es aus Tradition nicht gern, wenn andere Leute solche Tiere besaßen oder benutzten.

Selbst wenn Keris die Pferde nicht gesehen hätte, hätte sie sofort gewusst, dass ihr Eigentümer ein Unbeständiger war. Er hatte den Nimbus der Sicherheit und den Mangel an Angepasstheit an sich, der bei jenen üblich war, die außerhalb der Stabilitäten arbeiteten. Kuriere, Führer, Kartenzeichner, Händler, Kesselflicker, Hausierer – diese Männer führten ein gefährliches und oftmals einsames Leben und folgten selten den Konventionen. Während einige von ihnen in jeder Art von städtischer Gesellschaft linkisch und schweigsam waren, zeigten doch die meisten jene Art stillen Vertrauens, die dieser Mann hier ausstrahlte. Er war ganz in Braun gekleidet und seine Kleidung war von tricianischer Qualität, aber sie schien sich nur lose dem Diktat der Regel anzupassen. Auf den ersten Blick hätte Keris gesagt, dass er seine Kleidung zu seiner eigenen Bequemlichkeit trug und nicht, um damit den Regelkantoren zu gefallen. Sein Alter schätzte sie auf etwa fünfunddreißig oder vierzig Jahre. Als er sich mit animalischer Anmut aus dem Sattel schwang, bemerkte sie, dass eine lange, zusammengerollte Peitsche an der

Seite des Sattels hing. Sie hatte so etwas schon einmal gesehen. Das geflochtene Leder war sicherlich mit Glassplittern besetzt. Das war keine Waffe für Furchtsame und ihr erster Gedanke war: ein harter Kerl. Seine Augen waren wie Stücke schwarzen Obsidians; der Blick, den er ihr zuwarf, während er den Vorhof zum Laden überquerte, zeugte von vollkommener Gleichgültigkeit. Er hatte sie angeschaut und dabei nichts gesehen, was bei ihm die leiseste Neugier erwecken konnte. Daher schweifte sein Blick von ihr ab und in das Innere des Ladens.

Sie wandte sich verärgert und gedemütigt ab und ging hinter die Theke.

Er blieb für einen Augenblick in der Türöffnung stehen und sah sich um. Selbst als er die Begrüßungs-Kinese vollführte, schien er sie kaum wahrzunehmen. Als er sprach, schaute er auf die Karten an der Wand und nicht auf sie. Seine Stimme klang wie Kies, der einen Berghang herabrutscht, rau und kantig. »Ist Piers da?«, fragte er. Der Tonfall war höflich; es war nur seine Stimme, die außergewöhnlich klang. Die Katze zog sich bis zur Wand in der hintersten Ecke zurück; ihr ganzer Körper zitterte vor Angst, ihr Fell war gesträubt und sie bleckte die Zähne. Keris blinzelte vor Überraschung; sie hatte bei dem Tier noch nie zuvor eine solche Reaktion festgestellt. Wer immer dieser Mann war, er hatte durch seine bloße Gegenwart Yerrie in ein zitterndes Angstbündel verwandelt.

»Tut mir Leid«, sagte sie, während ihr Blick noch auf der Katze ruhte. »Er ist nicht hier. Kann ich behilflich sein?« Sie riss den Blick von Yerrie los und sah den Mann an. Sie bemerkte, dass er Wurfmesser trug; sie hatte außer ihrem Vater noch niemanden gesehen, der Wurfmesser trug. Ihr Gebrauch erforderte eine Geschicklichkeit, die nicht viele aufbringen konnten.

»Ich muss Piers sprechen. Es ist wichtig. Wo ist er?«

Nun sah er sie an, zeigte aber noch immer kein großes Interesse an ihr. Offenbar hatte er nicht vor, seinen Wunsch zu begründen.

»Er befindet sich auf einer Vermessungsreise. Wir erwarten ihn jeden Tag zurück.«

»Aha. Dann muss ich wohl noch einmal wiederkommen.« Er vollführte eine Abschieds-Kinese und drehte sich auf dem Absatz um.

»Kann ich ihm eine Nachricht übermitteln?«, fragte sie mit kalter Höflichkeit. Ein Teil von ihr wollte ihn wider jeder Vernunft zurückhalten und bestand darauf, dass er sie als Person ansah und nicht als Möbelstück – und dazu noch als ein recht schäbiges.

Er drehte sich in der Türöffnung um. »Wenn ich aktuelle Karten will, Kindchen, kannst du sie mir wohl kaum geben, solange Piers noch da draußen auf Vermessungsreise ist.« Sein Tonfall war milde, aber das ›Kindchen‹ ärgerte sie.

Bastard, dachte sie. In Gedanken kostete sie das Wort aus, das ihrer Zunge aufgrund der Regeln des Anstandes verboten war. Yerrie spuckte in ihrer Ecke aus.

Das hörte der Mann; er wandte den Blick der Katze zu und schien sie nun zum ersten Mal zu bemerken. Der Rücken des Tieres hob sich, sein Fell sträubte sich und ein knurrendes Geräusch kam aus der Tiefe seiner Kehle.

Die Wirkung auf den Mann war außerordentlich. Er stand stocksteif da, während sich eine langsame Röte vom hinteren Teil des Halses bis ins Gesicht ausbreitete und seine sonnengegerbte Haut mit Farbe übergoß. Keris bemerkte, dass diese Reaktion keine Verlegenheit, sondern Scham war. Der Mann schämt sich wie ein Knabe, der dabei erwischt worden ist, wie er durch das Schlafzimmerfenster eines Mädchens geschaut hat, das sich gerade entkleidet, dachte sie. Einen Augenblick lang schien der Mann außerstande zu sein, etwas zu äußern. Zweimal machte er den Mund auf, schloss ihn aber jedes Mal wieder, als könne er sich selbst nicht trauen. Sie starrte ihn an, als er den Blick wieder ihr zuwandte. Ein tüchtiger, peitschenschwingender, messerwerfender Unbeständiger, der wie ein Schuljunge errötete? Das passte einfach nicht zusammen.

»Hat in letzter Zeit jemand nach Piers gefragt?«, wollte er schließlich wissen. Die kieselige Stimme war nun aufbrausend harsch. Keris wäre beinahe zusammengefahren.

»Jeder fragt nach Piers«, erwiderte sie scharf. »Anscheinend glaubt niemand, dass ich genug über Karten weiß, um welche verkaufen zu können.«

»Ich meine: Hat jemand nach ihm *persönlich* gefragt? Jemand, der nicht daran interessiert war, eine Landkarte zu kaufen.«

»Du meinst: jemand wie du?« Sie schüttelte den Kopf. »Nein, ich kann nicht behaupten, dass so jemand in der letzten Zeit hier war.« Sie starrte ihn offen an, und zum ersten Mal schien er sie richtig wahrzunehmen.

Er nickte einen Dank, zeichnete einen weiteren Abschiedsgruß in die Luft und war verschwunden. Yerrie ergriff diese Gelegenheit und floh in die Küche.

Keris blieb wie angewurzelt stehen und verspürte eine unerklärliche Angst.

Sie dachte nach und versuchte, den Mann einzuordnen. In den vielen Jahren hatte sie die Feldströmungsfühligen kennengelernt, die regelmäßig die Grenze der Ersten Stabilität überquerten; sie alle brauchten Karten und Piers Kaylen war der beste Kartenzeichner, der regelmäßig das Land nördlich der Feldströmungslinie namens Weit kartographierte. Als junges Mädchen hatte sie viele Stunden in ihrem Versteck unter der Theke verbracht und zugehört, wie ihr Vater mit den Kunden sprach. Sie hatte den Geschichten ihrer

Abenteuer im Weit und mit den Häschern des Chaos gelauscht und sie hatte zugehört, wie sie ihre Erfahrungen mit den anderen Feldströmungslinien austauschten. Manchmal glaubte Keris, sie wisse genauso viel über den wankelmütigen Charakter des Wanderers wie ihr Vater, und manchmal sah sie vor ihrem inneren Auge die Unheil erbrütende Ausdehnung des Weit oder die verschlungene Erhebung, die man ›Die Geballte Faust‹ nannte, und dann träumte sie von dem Tag, an dem sie mit Piers hinausreiten würde: Keris Kaylen, Kartenzeichnerlehrling.

Aber sie konnte sich nicht daran erinnern, jemals zuvor einen Mann mit Obsidianaugen und einer Stimme, die angebrannte Töpfe reinscheuern konnte, gesehen oder von ihm gehört zu haben. Ein Mann, der sich schämte, weil er eine Katze erschreckt und dadurch den halben Weg bis zum Chaos gejagt hatte…

Vielleicht war er erst vor kurzem in die Gegend nördlich des Weit gekommen. Vielleicht kam er nur unregelmäßig her, und sie hatte jedes Mal seinen Besuch verpasst, denn als sie älter geworden war, hatte es immer weniger Gelegenheiten gegeben, bei denen sie lauschen konnte, weil sie war zu groß geworden war, um sich noch unter der Theke zu verstecken, auch wenn sie sich eine Zeit lang weiterhin an den angenehmen Gedanken geklammert hatte, eines Tages der Lehrling ihres Vaters zu werden. Es war ihr so logisch erschienen. Im Gegensatz zu ihr hatte Borl kein Interesse am Kartenzeichnen. Sie liebte alles an den Karten, ihr Bruder nichts. Sie liebte es, über ihnen zu hocken, und war fasziniert von den Veränderungen, die von einer Jahreszeit zur nächsten auftraten; ihn hingegen langweilte es schrecklich. Sie bettelte bei Piers – wenn er zu Hause war – immer darum, dass er ihr zeigen möge, wie der Theodolit funktionierte, wie man einen Kompass benutzte, wie man Vermessungswinkel auf der Karte umsetzte und Kartenkoordinaten las. Borl jedoch konnte seine Ungeduld kaum bezähmen, wenn solche Dinge erwähnt wurden. Daher war es offensichtlich, dass sie diejenige war, die in die Fußstapfen ihres Vaters treten sollte.

Sie hatte sich das Hirn über der Frage zermartert, ob sie empfänglich für Feldströmungen war oder nicht, denn nur jemand, der feldströmungsfühlig war, konnte das Unbeständige vermessen, aber sie war nie auf den Gedanken gekommen, dass die Regel Frauen nicht gerade dazu ermunterte, Unbeständige zu sein. Noch weniger hatte sie sich träumen lassen, dass ihr Vater nicht wollte, dass sie Kartenzeichnerin wurde. Sie war sich seiner Zustimmung so sicher gewesen, dass sie diesen Punkt ihm gegenüber nie erwähnt hatte; sie hatte sein Einverständnis als gegeben hingenommen. Als sie dann aber eines Tages mit einer zufälligen Bemerkung ihrem Vater gegenüber verriet, wie sie über diese Sache dachte, hatte er den Kopf zurückgeworfen und vor Lachen gebrüllt, bis ihm die Tränen übers Gesicht liefen. Sie hatte in ihrer grünen Latzschürze und mit hinter dem Rücken gefalteten Händen im Laden gestanden und diesem Lachen zugehört, das all ihren Träumen ein Ende bereitete. Der Schlag der Erkenntnis zerbrach etwas tief in ihrem Inneren; diese Schmerzen würde sie niemals vergessen. *Borl würde der Kartenzeichner sein.* Borl, der nicht den geringsten Wunsch verspürte, das Unbeständige zu sehen, der nie davon träumte, den Schnitzer oder den Spalter oder eine andere Feldströmungslinie zu durchqueren.

Der Grund für Piers' Ablehnung war noch schlimmer. Dieser dumme, schreckliche, unglaubliche Grund, der nichts mit Fähigkeit oder Interesse oder Geschicklichkeit zu tun hatte: *weil sie ein Mädchen und Borl ein Junge war.* Weil sie dazu geboren war, für immer ohne

Berufung oder Beruf zu bleiben – außer dem einer Hausfrau. Und das alles wegen der *Regel.*

Die bittere Saat, die an jenem Tag tief in sie gepflanzt worden war, hatte sich eingewurzelt und war gewachsen. Nie wieder würde sie blind glauben, dass in der Ordnung und der Regel eine natürliche Güte lag. Wie konnte es Güte geben, wenn sie zu Heirat, Hausarbeit und Kindererziehung verdammt war, nur weil sie die *Tochter* eines Kartenzeichners war?

Dennoch hatte sie nicht rebelliert. Wie konnte man rebellieren, wenn es keinen Ort gab, von dem aus man aufbegehren konnte? Jede andere Stabilität gehorchte derselben Regel und hatte dieselben Vorurteile. Außerdem schuf die Liebe ihre eigenen Fesseln, die sogar stärker waren als die der Konventionen. Sie liebte ihre Eltern. Beide. Sie achtete sie. Die Liebe machte eine Rebellion unmöglich.

»Keris? Tut mir Leid, wenn ich dich belästige, aber könnte ich einen Becher Wasser haben?«

Wieder ihre Mutter.

Keris ging in die Küche und dachte, wie schwer es für eine Frau wie Sheyli Kaylen sein musste, in diesen Zustand zu geraten und sich nicht einmal ohne größere Schwierigkeiten etwas zu trinken holen zu können. Sie und Keris waren oft aneinander geraten: jede von ihnen hatte einfach einen zu starken Willen, aber sie hatten auch Respekt voreinander. Sheyli hatte jedes Jahr sechs Monate allein verbracht, so wie es das Schicksal einer jeden Kartenzeichnergemahlin war; sie war es gewesen, die jeden Herbst und jeden Frühling den Laden geführt und daneben noch zwei Kinder großgezogen hatte, während sie jedes Mal gewusst hatte, dass ihr Mann wahrscheinlich eines Tages nicht mehr von seiner Reise zurückkehren würde. Sie war es gewesen, die Piers' raue Kanten mit ihrer Sanftheit abgeschliffen hatte, die den Kindern andere Welten als nur die eines Unbeständigen gezeigt hatte. Der Mut ihres Vaters hatte Keris gelehrt, stark zu sein, und die lebhafte Neugier ihrer Mutter hatte sie gelehrt, Fragen zu stellen. Sheyli hatte nie beabsichtigt, dass ihr Beispiel Rebellion und ein ungesundes Verlangen nach Experimenten hervorriefe, aber genau das war geschehen. Sie hatte die Entwicklung ihrer Tochter unterstützt und zu spät erkannt, dass sie einen Vogel herangezogen hatte, der zu groß für das Nest geworden war. »Halsstarrig«, hatte Piers in die Richtung seiner Tochter geknurrt. »Halsstarrig wie ein Mistkäfer, der versucht, einen zu großen Dungballen in seine Höhle zu ziehen.«

Keris gab ihrer Mutter das Wasser, das sie von der Küchenpumpe geholt hatte. »Bitte sehr. Kann ich sonst noch etwas für dich tun?«

»Nein. – Ist das Borl, den ich da höre?«

»Das ist er«, pflichtete Keris ihr bei, als sie die Geräusche von Borls Stiefeln über den Hinterhof auf die Tür zukommen hörte.

Er kam herein wie üblich, voller Gutmütigkeit und in der Erwartung, der Mittelpunkt der Welt zu sein. Er wusch sich unter der Pumpe am Spülstein, spritzte mit dem Wasser herum und warf das Handtuch einfach auf den Boden, während er die ganze Zeit über den neuesten Stadtklatsch verbreitete.

Borl Kaylen war ein kleiner Mann, der seinen Mangel an Größe und die Gewöhnlichkeit seiner Erscheinung mit einer überwältigenden Persönlichkeit wettmachte; man wusste immer sofort, wenn Borl Kaylen den Raum betrat, und genauso wusste man sofort, wenn er ihn wieder verlassen hatte. Man hörte ihm mit Ehrerbietung zu, nicht weil er besonders scharfsinnig oder weise gewesen war, sondern weil seine Selbstsicherheit und schiere Charakterstärke es schwer machten, ihm *nicht* zuzuhören.

»Frau Töpfel hat nach dir gefragt, Mama«, sagte er. »Sie meinte, sie würde später noch einmal bei dir hereinschauen. Ich habe Harin unten auf dem Platz getroffen; er hat mich gebeten, ihn heute Abend nach Obermahlkorn zu begleiten. Ich brauche ein wenig Geld, Keris. Hast du heute schon etwas verkauft?« Er gab ihr ein Küsschen auf die Wange und lächelte.

Es war ein zärtliches Lächeln; das Lächeln, das ein Mann für seine geliebte jüngere Schwester übrig hat, und es hätte sie beinahe umgestimmt. Beinahe. »Nein«, log sie und schüttelte die Versuchung ab, diesem Lächeln zu vertrauen und sich vor ihrem Bruder zu beugen wie Weizen vor dem Wind. Harins Vater gehörte die Schänke in Obermahlkorn und sie wollte nicht, dass Brol alles, was sie hatten, vertrank. »Es ist zu früh im Jahr, als dass man viele Pilger erwarten könnte, und die Unbeständigen werden erst herkommen, wenn sie wissen, dass die neuen Karten fertig sind; das weißt du genau.«

»Verdammt. Dann gib mit einen Silberling aus der Teedose, Schwesterherz. Ich brauche ihn.«

»Das ist Haushaltsgeld.«

»Ach ja? Ich werde zum Essen nicht da sein. Also hast du das Geld für eine Mahlzeit gespart.«

»Ein selbstgekochtes Essen kostet keinen Silberling – und eines aus der Taverne auch nicht«, sagte sie säuerlich, obwohl sie wusste, dass ihre Mutter einwilligen würde – was sie dann auch tat. Keris unterdrückte einen Seufzer. »Du kannst einen Viertelsilberling haben, Borl. Mehr können wir nicht entbehren.« Sie ging, um das Geld zu holen. Die Teedose, die schwarz vor Alter war und aus einem Metall bestand, das niemand kannte, hatte ihren Platz auf dem Sims über dem Kamin. Solange man sich zurückerinnern konnte, war diese Dose der Aufbewahrungsort für das Haushaltsgeld der Kaylens. Keris behandelte sie vorsichtig; die

Familienlegende besagte, dass sie aus den Tagen vor der Abspaltung und aus einem der Länder hinter dem Meer stammte. Vielleicht aus Brazis. Oder von den Inseln von Kai Linden. Sie wusste nicht, ob sie das glauben sollte, und hatte nur eine unklare Vorstellung davon, was für ein Meer es gewesen sein mochte, aber sie wollte nicht diejenige sein, die ein so altes Familienerbstück fallenließ und dadurch zerbeulte.

»Harin hat nach dir gefragt«, sagte Borl zu ihr. »Er sagte, er käme vielleicht in dieser Woche mal vorbei.«

»Sag ihm, dass er sich keine Umstände machen soll.«

»Nichts dergleichen werde ich tun.« Er nahm ihr das Geld ab. »Sei doch nicht so unhöflich. Danke, Schwesterherz. Bis später, ihr beiden!«

»Du gehst schon?«, fragte Sheyli. Sie war enttäuscht, versuchte aber, das nicht zu zeigen.

»Ja, warum denn nicht? Hier gibt's doch nichts zu tun, oder? Wie Keris schon sagte: Es ist noch zu früh im Jahr für das große Geschäft, und wir alle wissen, dass Keris Karten besser zeichnen kann als ich – und dass sie es viel mehr genießt.« Er bückte sich, um seine Mutter auf die Wange zu küssen, und war bereits fort, bevor sie oder Keris noch etwas dagegen hätte sagen können.

Keris knirschte mit den Zähnen. »Er hat nicht einmal gefragt, wie es dir geht«, murmelte sie und hob das Handtuch auf.

Sheyli lächelte milde. »Vielleicht wollte er mich nur von meiner Krankheit ablenken. Wie dem auch sei, du kannst wohl kaum erwarten, dass ein gesunder Mann wie er über Krankheiten reden will. Borl ist jung, Keris. Er will sich amüsieren – und warum nicht?«

Ich bin ebenfalls jung, dachte sie voller Groll. Und warum zum Chaos müssen wir ihn immer entschuldigen? Nur weil er ein Mann ist?

Piers hatte Borl wegen Sheylis Krankheit diesmal

nicht mit in das Unbeständige genommen; Borl hatte zu Hause bleiben und aushelfen sollen. Aber er kommt nur her, wenn er hungrig oder müde ist oder Geld braucht, dachte Keris. Dann schneit er herein, heitert Sheyli zehn Minuten lang mit Klatsch und Scherzen auf und wirbelt wieder fort. In den letzten drei Monaten hatte er weder Tinte noch Kartenstift angerührt, und er hatte kaum einmal im Laden hinter der Theke gestanden. Aber was nützt es, das alles zu sagen, dachte Keris. Es macht keinen Unterschied, und es wird nie einen machen. Er konnte Sheyli dazu bringen, zu lachen und ihre Krankheit zu vergessen; das konnte sie nicht. Er war Sheylis Sohn, und sie vergab ihm alles. Keris war ihre Tochter, und so sehr Sheyli sie auch liebte, nahm sie doch alles, was von ihrer Tochter kam, als selbstverständlich hin.

»Ist Harin Markel an dir interessiert?«, fragte Sheyli plötzlich.

Keris wurde aus ihren Gedanken gerissen. »Um des Schöpfers willen! Ich hoffe nicht. Er ist ein vulgärer Trottel, genau wie sein Vater.« Sie rührte das Fleischragout um, das bereits den ganzen Tag in dem Kamineinsatz vor sich hinköchelte.

»Ist er das? Er schien immer höflich und aufmerksam zu sein, wenn ich mit ihm gesprochen habe.«

»Aufmerksam? Ölig ist wohl eher das richtige Wort. Schlüpfrig wie fettes Schweinefleisch, das man gerade aus der Pfanne genommen hat.«

Sheyli machte die Andeutung eines Schulterzuckens und bewegte sich unruhig auf dem Sofa. »Vielleicht. Aber du solltest dir die jungen Männer genauer ansehen, Keris. Du musst bald heiraten.«

Keris drehte sich ihr zu, aber die scharfen Worte, die ihr auf der Zunge lagen, erstarben unausgesprochen. Ihre Mutter machte sich Sorgen über die Zukunft ihrer Tochter, weil sie… Keris hielt ihre Gedanken an dieser

Stelle an. Selbst in der Zurückgezogenheit ihrer Überlegungen war es schwer zuzugeben, dass ihre Mutter im Sterben lag. »Nicht Harin«, sagte sie schließlich. »Jeden außer Harin.«

»Dann vielleicht einen Kartenzeichner oder einen Kurier oder einen Händler oder einen Führer – das ist kein schlechtes Leben für eine unabhängige Frau«, fuhr Sheyli vorsichtig fort. »Nimm einen Unbeständigen, Keris. Die Kantorei sieht es gern, wenn die Kinder eines Unbeständigen wieder einen solchen heiraten.«

»Ist das der Grund, warum du Vater geheiratet hast?«, fragte Keris. »Weil er nicht oft genug da war, um deine Unabhängigkeit ernsthaft gefährden zu können?«

Sheyli erhielt nicht mehr die Möglichkeit zu antworten. Die Glocke an der Ladentür bimmelte und zeigte auf einen weiteren Kunden an. »Heute ist das Geschäft lebhaft«, sagte sie mit mildem Erstaunen.

Keris legte den Deckel wieder auf den Topf, drehte sich um und schickte sich an, zurück in den Laden zu gehen.

»Schließ die Tür, Liebes«, sagte Sheyli, die plötzlich jedes Interesse verloren hatte. »Ich glaube, ich möchte eine Weile schlafen.«

Keris ging in den Laden und zog die Tür hinter sich zu. Es war niemand da, aber sie konnte Geräusche von draußen hören; sie kamen von der Stange, an der man die Pferde anband. Jemand hatte die Tür aufgestellt. Sie sah hinaus in den Vorhof.

Und ihr Herz jagte.

Zwei der Querungspferde gehörten eindeutig ihrem Vater, aber von Piers Kaylen war nichts zu sehen. Der Mann, der jetzt das Gepäck von dem Rücken eines der Tiere losband, war ein Kurier; sie kannte ihn schon seit vielen Jahren.

Ketter Blau kam zweimal im Jahr zu Kaylen, dem

Kartenzeichner, und kaufte die neuesten Landkarten, weil er regelmäßig in dem Gebiet nördlich des Weit arbeitete. Er leistete gute Arbeit und war bekannt für seine Verlässlichkeit und Ehrlichkeit – wie die meisten Kuriere. Er war ein hässlicher Mann, klein und vierschrötig, mit Händen so groß wie Blasebälge und mit einem Netz bläulichen Narbengewebes quer durchs Gesicht, das aus diesem Grund wie eine bizarre, von einem Kind im Spiel geformte Maske aussah. Eine Feldströmungslinie auf seiner ersten Reise war die Ursache dafür gewesen; seitdem war er als Blau bekannt.

Wie die meisten Kuriere zog er seine eigene Gesellschaft der aller anderen vor und verbrachte so wenig Zeit wie möglich innerhalb der Grenzen einer Stabilität. Er erschien alle paar Monate in der Ersten, wenn er – mit einem Minimum an Konversation – neue Vorräte und vielleicht eine oder zwei neue Karten kaufte, seine Zustellungen innerhalb der Stabilität erledigte und dann zurück ins Unbeständige ritt.

Keris stand stocksteif da, hatte die Hände auf die Theke gelegt und wusste, dass sie das, was sie sogleich hören würde, nicht mochte.

Er kam langsam in den Laden und weigerte sich, ihren Blick zu erwidern. Die Kinese, die er ihr gegenüber vollführte, bestand in einem Unterwerfungsgruß, der nur selten und bei traurigen Gelegenheiten benutzt wurde. »Jungfer Kaylen«, sagte er, »ist dein Bruder da?«

»Nein, Meister Ketter. Und meine Mutter ist sehr krank. Du musst schon mir selbst sagen, was geschehen ist.«

Er löste sein Halstuch, rieb sich damit über den Hals und spielte dann mit den Fingern an dem Stoff herum. Er versuchte, Zeit zu schinden, während er überlegte, was er sagen sollte.

Sie hatte ein schreckliches Gefühl in der Magengrube und konnte es nicht erwarten, das zu hören, was sie nicht hören wollte; also half sie ihm. »Ist er… Er kann doch nicht… er… er ist tot, nicht wahr?«

Ketter nickte traurig. »Tut mir Leid.«

Noch weigerte sich ein Teil von ihr, es zu glauben. *Piers? Piers Kaylen? Niemals!* Nicht ihr Vater mit seinem langsamen Lächeln und seinen blitzschnellen Reflexen, nicht Piers Kaylen mit seiner rauen Zunge und seinem ehrbaren Herzen. Sie bewegte sich nicht, senkte aber instinktiv die Stimme, um sicherzugehen, dass ihre Mutter sie nicht hören konnte. »Was ist passiert?«

»Pökels Rasthort. Er wurde angegriffen. War auf der Stelle tot.«

Sie starrte ihn an. Es war ihr immer noch nicht möglich, in sich aufzunehmen, dass Piers tot war, und sie begriff überhaupt nicht, was sie soeben gehört hatte. Sie war noch nie im Unbeständigen gewesen, aber sie wusste, dass die Rasthorte normalerweise die sichersten Orte außerhalb einer Stabilität waren. »Er ist in einem *Rasthort* gestorben?«

Er nickte. »Tut mir Leid, Mädchen«, murmelte er. »Ich muss jetzt gehen. Muss ein paar Dinge zustellen. Hab seine Pferde mitgebracht. Und seine Sachen – das, was noch davon übrig war. War alles ziemlich zerrissen.«

Sie war noch immer wie betäubt und wiederholte die Worte, ohne sie zu verstehen. »Ziemlich zerrissen?«

Er nickte. »Muss jetzt los. Habe Pakete für das Regelhaus in Rt. Beogor. Und Briefe für Tromlin. Parfüm für die Tochter des Markgrafen vom Sohn des Herrn der Domäne der Vorragenden Wiesen. Macht ihr angeblich den Hof.«

Sie starrte ihn an und wollte nicht glauben, dass er ihr Klatsch über Tricianer mitteilte, während sie ausschließlich daran interessiert war zu erfahren, was mit ihrem Vater geschehen war.

»Wer hat ihn umgebracht?«, fragte sie. *Piers? Tot?*

»Also… ich habe gehört, es war ein Schoßtier. Muss wohl eines gewesen sein. Die Art, wie er aufgeschlitzt war, weißt du. Zermalmt. Hatte nicht die geringste Chance.«

Ein Schoßtier? Sie wollte es nicht hören, aber dennoch sagte sie: »Kannst du nicht etwas… etwas genauer sein? Wie es passiert ist, meine ich.«

»War nicht dabei«, sagte er einfach. »Mädchen, frag besser nicht. Er ist tot. Am Ende hat ihn das Chaos doch gekriegt. Das passiert nun mal da draußen. Piers war einer der besten, aber sogar die besten erwischt es manchmal. Muss jetzt gehen. Will nur noch die Pferde abladen und sie für dich in die Scheune bringen.« Er verließ den Raum, wobei er kaum seine Erleichterung verhehlte.

Nichts davon ergab einen Sinn. Ein Schoßtier? Gestorben in einem Rasthort? Tiere betraten keine Rasthorte. Sie holte tief Luft und versuchte, den sie umspinnenden Kummer, der ihre Ruhe bedrohte, unter Kontrolle zu bringen – und versagte dabei. Sie weinte lautlos und hilflos, weinte um einen Mann, der so vieles für sie gewesen war: Mentor und Inspiration; Verleumder und Verunglimpfer, Freund und Berater. Der Kartierungsmeister Piers Kaylen war tot. Manchmal war er der beste aller Väter gewesen. Und oft auch ein gleichgültiges Elternteil. Immer fort oder zu beschäftigt; geübt darin, Erziehungsprobleme Sheyli zu überlassen oder das, was er nicht sehen wollte, einfach zu missachten. Aber er war trotz allem ihr Vater gewesen. Im Leben hätte er ihr mehr sein können, aber tot konnte sie ihn nur dafür lieben, was er gewesen war.

Als Ketter Blau zurückkehrte und das Gepäck ihres Vaters mitbrachte, hatte sie sich wieder gefangen und saß still mit im Schoß gefalteten Händen im Laden. Die

Sonne hatte sich zurückgezogen; ihr Rock bedeckte die Beine, aber trotzdem war ihr kalt.

»Vielen Dank, Meister Ketter«, sagte sie höflich. »Zweifellos schulden wir dir etwas…«

»Nein, Mädchen«, sagte er in tiefer Verlegenheit. »Könnte doch Piers' Familie nicht für meine Dienste etwas abverlangen, nicht jetzt, wo er von uns gegangen ist. Das wäre nicht richtig. Übrigens hat mir Pökel vom Rasthort schon etwas für meine Mühe gegeben. Nicht dass es wirklich Mühe gewesen wäre«, fügte er rasch hinzu. »Bin froh, dass ich es tun konnte. Guter Mann, dein Vater.« Er holte tief Luft und redete weiter. »Die besten Karten auf dem ganzen Markt, das weißt du ja. Genau. Und klar. Na ja, in den letzten paar Jahren sind sie besser denn je gewesen. Farbig, weißt du? Besser als je zuvor. War leichter, ihnen zu folgen, waren besser gezeichnet. Er wurde die ganze Zeit über immer besser. So einen Kartenzeichner hat man nicht oft. Die Karten von Piers Kaylen waren die besten von allen. Weißt du, jeder weiß das.«

Sie sah auf zu ihm, und ihr tränennasses Gesicht verriet ihre Zweifel. Er sagte: »Ist wahr. Würde ich nicht sagen, nur weil er jetzt tot ist. Piers Kaylen hat die feinsten Karten in den ganzen Stabilitäten gemacht und es wird lange dauern, bis wir noch einmal so einen wie ihn sehen werden.«

Bitteres Gelachter sprudelte in ihr hoch und vermischte sich mit zwiespältigem Kummer. Seit fast fünf Jahren hatte Piers Kaylen keine einzige Karte mehr gezeichnet. *Sie* war der Zeichner in der Familie gewesen. Er hatte ihr seine Skizzen und Anmerkungen gegeben sowie die Messungen mit dem Sextanten, dem Theodoliten und dem Kompass, und daraus hatte sie maßstabgerecht die Karten geschaffen. Er hingegen hatte ihre Urheberschaft verleugnet. »Niemand kauft eine Karte, wenn sie von einer Frau gezeichnet worden ist«, hatte er gesagt. »Sage niemandem, dass du sie zeichnest, oder wir sind aus dem Geschäft, mein liebes Mädchen.« Sie waren ein gutes Gespann gewesen, in dem der eine den anderen ergänzte, aber außerhalb der Familie Kaylen kannte niemand die Wahrheit.

Jetzt war er tot, und seine Tochter lachte und weinte und hasste im stillsten Winkel ihres Herzens ein wenig den geliebten Vater, weil er ihr Talent vor der Welt verborgen gehalten hatte, weil er sie benutzt, aber nie öffentlich seine Schuld ihr gegenüber eingestanden hatte und weil er selbst im Privaten nie ihre Leistungsfähigkeit zugegeben hatte. Er war Piers Kaylen, der Kartenzeichner gewesen.

Kapitel Drei

Und all dies missfiel Lord Carasma; deshalb suchte er nach Wegen, das zu verwirren, was der Schöpfer entwirrt hatte, bis er fand, was er suchte: Der Fehler der menschlichen Gier war die Kette und die menschliche Güte der Schuss.

Und als Gutmann um das Ende des Chaos betete, das Malinawar auffraß, erwiderte der Schöpfer: »Ich habe euch die Wahl gelassen, aber einige von euch haben das Unbeständige gewählt. Aus diesem Grund hat das Chaos ein Loch in den Stoff meiner Schöpfung geschnitten und das Gewebe eurer Welt in Stücke gerissen.«

Abspaltung,
Buch I, Kapitel 1, Verse 10–12

Zwei Tage später war das unmittelbare entsetzen über Piers' Tod zu einem unbestimmten Bewusstsein des Verlustes abgeflaut, zu einer Art brummendem Schmerz, der nie mehr ganz fortgehen würde. Keris saß im Hauptraum des Hauses neben dem Bett ihrer Mutter. Sie hatte der Katze erlaubt, auf ihrem Schoß zu sitzen, und suchte geistesabwesend in ihrem Fell nach Flöhen. Yerrie ließ es ohne Protest über sich ergehen. Borl, der auf der anderen Seite des Raums seine Stiefel polierte, warf seiner Schwester ab und zu einen missbilligenden Blick zu. Nur die Gegenwart einer Fremden, einer Frau aus der Stadt namens Helda Töpfel, hielt ihn davon ab, Keris zu sagen, was ihn beunruhigte.

Frau Töpfel faltete die Wäsche und hielt dabei ein Schwätzchen. Ersteres tat sie, weil sie wegen Sheylis Krankheit als Haushaltshilfe angestellt war; das Schwätzchen spendierte sie gratis – und gewohnheitsmäßig. »Also, Sheyli, ich muss schon sagen, dass ich diese prächtigen Blumen mag, die du um dein Waschhaus gepflanzt hast, aber ich erzittere bei dem Gedanken, was passiert, wenn die alte Frau Quint sie sieht! Sie läuft doch sofort zum Regelbüro, das ist genauso sicher, wie ihr Gesicht sauer wie eine grüne Pflaume ist. Kleinliche alte Schachtel – sie bemerkt bestimmt, dass du den Garten dort verändert hast. Da sollten Kohlköpfe vor dem Waschhaus stehen, wenn ich mich recht erinnere. Oh, das erinnert mich an etwas: Adarn Morl – den kennst du doch, Sheyli, oder? –, dieser ungeschlachte Feldarbeiter, der Henni Oster geheiratet hat? Also, deren Sohn ist verseucht worden. Er ist ausgeschlossen, und Henni war außer Rand und Band. Ist bei der Abendanbetung zum Kantor gegangen und hat gesagt, dass das allein die Schuld der Kantorei ist.« Sie strich eine Falte aus einem Laken und schlug es gegen den Tisch. Die schlaffen Fettfalten an ihren Oberarmen wackelten im Gleichtakt dazu. »Weiß auch nicht, wohin es mit dieser Welt noch führen soll. Wo Berge verschwinden und so viele Leute nicht mehr aus dem Unbeständigen zurückkommen. Dein Piers, Adarn und Hennis Sohn und das Mädel vom Oberen Mahlweg…« Sie schüttelte den Kopf. »Es heißt, eine lebendige Bestie sei letzten Monat im Fluss nahe Tromlin aufgetaucht. Ein Wassermonster. Die Verteidiger haben es getötet, aber die Kantorei hat nicht gerade an Beliebtheit gewonnen, weil sie es hereingelassen hat. Und hier in Mahlkorn haben die Regelkantoren letzte Woche einen von Marees Zwillingen mitgenommen, so wie sie es mit deinem Aurin gemacht haben, Sheyli, vor all den Jahren. Das ist nicht richtig.«

Sheyli zitterte und drehte das Gesicht zur Wand.

»Halt deine Zunge im Zaum, Töpfel«, sagte Borl. »Diese Art von Gesprächen ist nicht gut, und das weißt du.«

»Pah! Wer von euch will mich denn verraten? Kantor Nebuthnar weiß sowieso, was ich denke. Ich sage es ihm offen ins Gesicht, diesem dummen alten Hahn. Ich will dir mal was sagen, Meister Borl: Wenn die Kantorei will, dass wir die Regel befolgen, dann sollte sie sicherstellen, dass wir was im Gegenzug zurückbekommen. Aber direkt vor unserer Haustür verschwinden Berge und man nimmt uns unsere Kinder weg und Ungeheuer kommen den Fluss herunter – zu was verkommt denn diese Stabilität? Als ich noch ein Mädchen war, ist so was nie passiert, das kann ich dir sagen.« Sie stieß einen selbstzufriedenen Grunzer aus, als ob es allein ihre frühere Jugend gewesen wäre, die das Unbeständige in Schach gehalten hatte. »Alles, wofür die Kantorei gut ist, ist Kinder verschwinden zu lassen und uns das Leben schwer zu machen. Erst letzte Woche haben sie meinem Neffi gesagt, dass er nicht glattes Glas in sein Fenster einsetzen darf, weil da immer Flaschenglas dringewesen ist, und das, obwohl das Fenster letzte Woche wegen einem durchgegangenen Karren zu Bruch gegangen ist. Und der alte Marcun, der Küfer, wollte seinen Apfelbaum ausgraben, weil schon seit zwei Jahren kein Apfel mehr drangehangen hat, und stattdessen einen Birnbaum pflanzen, und da haben sie gesagt, dass die Regel das nicht erlaubt. Pah!« Sie holte tief Luft und betrachtete die saubere Wäsche. »Wie dem auch sei – hier ist die gefaltete Wäsche und damit bin ich für heute fertig.« Sie zog ihre Schürze aus und ging zur Tür. »Bin also morgen wieder da.«

»Dumme alte Gans«, schimpfte Borl, als sie fort war. »Als ob die Kantorei es jemals hätte verhindern können, dass der Axtkopf verschwindet.« Er ergriff die Gelegenheit, das zu erwähnen, was ihn reizte, und setzte nach: »Das erinnert mich daran, dass du an den Karten arbeiten solltest, Keris.«

»Du bist der Kartenzeichner«, erwiderte sie. Sie wusste, dass sie verdrossen klang, aber das kümmerte sie nicht.

»Du machst die Arbeit besser. Hör mal zu, Keri, sie muss gemacht werden. Warum entwirfst du nicht die Hauptkarten und benutzt dazu Vaters Aufzeichnungen und Skizzen? Und wenn du die erste fertig hast, fange ich mit den Kopien an. Ich erledige die ganze Zeichenarbeit und überlasse dir die Farben und Verzierungen.«

Sheyli raffte sich dazu auf, Borls Vorschlag zu unterstützen. »Dein Vater hat sein Leben für diese Informationen gegeben«, sagte sie. Ihre Finger flatterten über die Bettlaken wie die zerbrechlichen Flügel eines verletzten Schmetterlings. »Die Karten müssen gezeichnet werden. Lass es nicht zu, dass sein Tod umsonst war, Keris. Er gab sein Leben, um den Unbeständigen zu helfen – und den Pilgerschaften.«

Das stimmt nicht ganz, dachte sie. Ihr Vater war nicht gestorben, weil er von einem dienenden Leben träumte, sondern weil er sich nicht vom Unbeständigen fern halten konnte. Es hatte ihn in den Tod gezogen, so wie es ihn dazu gebracht hatte, dreißig Jahre lang in Gefahr zu leben. Wie die Motte, die schließlich vom Feuer verzehrt wird.

Borl nickte. »Die Unbeständigen werden kommen und wie gewöhnlich die neuen Karten kaufen; sie erwarten sie von uns.«

Keris versuchte, unerschütterlichen Gleichmut zu zeigen. »Das stimmt. Sie erwarten, dass du sie zeichnest.« Die schwache Betonung des Wortes ›du‹ lag über der Stille.

Borl änderte seine Argumentation. »Die Leute werden dort draußen sterben, wenn es keine genauen Karten gibt. Ich habe von Pilgern gehört, dass es seit der Herbstvermessung erhebliche Veränderungen bei den Feldströmungslinien gegeben hat.«

Mutter ist alt, dachte Keris nicht ganz folgerichtig. Sie sieht wie hundert aus, dabei ist sie erst vierundvierzig. Ihre Krankheit und das Wissen um Vaters Tod – sie sieht ausgetrocknet aus, als sei das Leben aus ihr herausgesaugt worden. Sie zwang ihre Gedanken zurück zum Kartenzeichnen. Borl hatte Recht, zum Tilger mit ihm! »Ja, in Ordnung. Ich fange sofort an.« Und damit er wusste, dass sie seine Argumentation durchschaute, fügte sie hinzu: »Obwohl ich bezweifle, Borl, dass deine Motive so rein sind, wie du mich glauben machen willst.«

»Also gut, wir brauchen das Geld«, sagte er. »Bist du jetzt zufrieden?« Sie warf ihm einen ruhigen Blick zu. »Hast du Vaters Notizen gefunden?«, fragte er.

»Ich habe seine Sachen noch nicht ausgepackt.« *Ich hatte noch nicht den Mut dazu…*

»Tu es heute noch. Übrigens wird Harin Markel dich nachher besuchen.«

Sie wandte sich wieder der Katze zu. »Und weswegen?« Sie fand einen Floh und jagte ihn mit einem Stück Schweinespeck in den Fingern durch Yerries Fell, um ihn zu zerdrücken.

Borl schwenkte gereizt die Arme vor ihr. »Weil er an dir interessiert ist. Verdammt, Keris, muss ich es dir etwa noch buchstabieren?«

»Nein.« Sie zerquetschte den Floh mit dem Speckstück und sah dann auf zu ihrem Bruder auf. »Vielleicht muss ich es für *dich* buchstabieren, Borl. Ich – bin – nicht – an – Harin – Markel – interessiert.« Sie setzte die Katze auf dem Boden ab, stand auf und wusch sich die Hände unter der Spülsteinpumpe.

»Na, du tätest gut daran, dich für ihn zu interessieren«, sagte er harsch.

Sie drehte ihm das Gesicht zu und sagte ausdruckslos: »Wie bitte?«

»Ich unterstütze seinen Heiratsantrag.«

»*Du unterstützt seinen Heiratsantrag?* Was soll denn das? Du spinnst wohl, Borl Kaylen. Hast du vergessen, dass ich noch ein lebendes Elternteil habe? Nach dem Gesetz stehe ich vielleicht in gewisser Hinsicht unter deinem Schutz, aber Mutter ist jetzt das Haupt der Familie. Es geht dich nichts an, von wem ich mir den Hof machen lasse, und ich kann mir nicht vorstellen, warum dir plötzlich so sehr daran gelegen ist, mich zu verheiraten. Ebenso wenig kann ich mir vorstellen, warum Harin ein Interesse an mir haben sollte. Früher *mochte* er mich nicht einmal.«

Borl errötete leicht unter der Eindringlichkeit ihres Blicks.

»Lieber wäre ich verseucht«, flüsterte sie schließlich. »Du hast ihm erzählt, dass ich eine anständige Mitgift bekomme, nicht wahr?« Fünfzig Goldstücke, die ihre Eltern über die Jahre gespart hatten, damit für Keris gesorgt war. Sheyli hatte darauf bestanden, auch wenn andere Mädchen am Ort normalerweise nicht mehr als die vorgeschriebenen zwei Goldstücke in die Ehe mitbrachten und darüber hinaus eine Aussteuer, die aus praktischen Dingen bestand, wie sie die Regel vorgab.

Keris warf ihrer Mutter einen raschen Blick zu und wünschte, dieses Gespräch würde nicht stattfinden. Sheyli war müde und war offensichtlich von Kummer und Schmerzen gepeinigt. Die beiläufige Bemerkung von Frau Töpfel über das Baby, das Sheyli der Kantorei hatte ausliefern müssen, hatte ihr auch nicht gerade wohlgetan. Sie hatte angestrengt zugehört und Schweißperlen glitzerten auf ihrer Stirn.

Borl war in streitlustiger Stimmung. »Und was ist, wenn ich es ihm gegenüber tatsächlich schon erwähnt habe?«

»Welches Interesse hast du an der ganzen Sache, Borl?«

Er zuckte mit den Schultern. »Harin braucht Kapital.«

Das Gespräch entzog sich immer mehr ihrem Verständnis. »Kapital für was?«

Er warf Sheyli einen unbehaglichen Blick zu. »Du kannst es ruhig wissen. Wir werden dieses Haus zu einer Taverne für Pilger machen.«

Keris starrte ihn verständnislos an; sie war nicht einmal in das Lage, das volle Ausmaß dessen, was er gesagt hatte, zu erfassen.

Sheyli richtete sich mühsam auf und stöhnte unter schmerzhaftem Protest: »Aber du bist Kartenzeichner, Borl.«

»Nein, das bin ich nicht. Ich hasse Karten. Und ich hasse es, Zeit im Unbeständigen zu verbringen. Ich bin nicht wie Vater. Ich werde Wirt. Und welcher Platz ist dafür besser geeignet als dieser hier? Nur einen Tagesritt von Hoffdank und der Kinese-Kette entfernt. Ich habe Harin schon vor vielen Jahren gesagt, dass dieses Haus ein Wirtshaus wird, wenn Vati je etwas zustoßen sollte.«

»Du willst den Laden deines Vaters in eine Pilgerherberge umwandeln?«, fragte seine Mutter ungläubig.

»Nicht ganz. In eine Taverne, die auch Zimmer vermietet. Gemeinsam mit Harin. Weil er das Geschäft kennt.«

Sheyli war entsetzt. »Ein öffentliches Haus? Du willst versuchen, Pilger von der Heiligkeit ihrer Reise in die Unzüchtigkeit einer Taverne zu locken?«

Dem fügte Keris mit beißender Bitterkeit hinzu: »Und meine Mitgift soll anscheinend das Kapital für ihre Verführung bilden.«

Sheyli schüttelte den Kopf. »Das ist überhaupt nicht möglich. Du bist Piers' einziger Sohn und musst sein Geschäft weiterführen. So lautet die Regel. An dieser Stelle hier gibt es einen Landkartenladen seit… seit…

also, vermutlich seit der Abspaltung. Die Kantorei wird eine solche Veränderung *niemals* erlauben.«

Borl lächelte schwach. »Mutter, Mutter, glaubst du, dass jedermann die Regel Wort für Wort befolgt? Dann würde nie irgendetwas zustande gebracht. Außerdem ist das eine Veränderung, die die Kantorei erlauben wird, weil sie keine Unbeständigen mag und ich willens bin, ein guter, solider Städter zu werden und kein Kartenzeichner, der die Hälfte des Jahres im Unbeständigen verbringt. Ich habe heute erst mit dem Kantor im Regelbüro in Obermahlkorn gesprochen. Er ist bereit, mir für ein… ein Entgelt einen Dispens zu erteilen.«

Sheyli kämpfte um Luft. »Du hast ihn *bestochen*?«

»Das werde ich tun, ja. Mach dir keine Sorgen, Mutter – das tut doch jeder.«

»Ich nicht«, sagte sie würdevoll. »Und dein Vater hat es auch nicht getan. Um des Schöpfers willen, Borl, die Ordnung muss aufrecht erhalten werden. Und wenn einige Leute andere bezahlen, um die Regel zu hintertreiben, dann bricht die Ordnung zusammen – und damit auch unsere Sicherheit.«

»Wenn ich nicht Kartenzeichner werde, wird das wohl kaum die Ordnung erschüttern, Mutter, genauso wenig wie deine überzähligen Blumen, die genau da stehen, wo eigentlich Kohlköpfe wachsen müssten.« Er lächelte sie an. In seinem Lächeln lag ein wehmütiger Charme. Keris wartete nicht auf das, was noch folgen würde. Sie drehte sich um und ging aus dem Zimmer, wobei sie die Hände zusammenpresste, um ihre Wut zu unterdrücken.

Das war nicht gerecht! Ihre Wut entlud sich in Tränen. Das war einfach nicht gerecht. Sie würde alles darum geben, Kartenzeichnerin sein zu dürfen. Alles.

Sie ging zum Stall, wie sie es immer tat, wenn sie unglücklich war. Es lag etwas Beruhigendes in der Gegenwart der Tiere. Die beiden Querungspferde standen schläfrig in ihren Boxen, die Hühner scharrten im Stroh und die halbwilde Stallkatze blinzelte, als sie kurz erwachte und überlegte, ob sie fliehen sollte, doch dann vergrub sie wieder die Nase im Fell. Es war schwer, wütend zu bleiben, wenn Ygraine und ihre Stallgenossin, das Packpferd namens Tousson, um Keris' Aufmerksamkeit wetteiferten und beide auf einen Leckerbissen aus ihrer Tasche hofften.

Diesmal aber hatte Keris keine Zeit, sich abzuregen. Sie war gerade erst zu Ygraine hinübergegangen, als das durch das Portal einfallende Sonnenlicht plötzlich von Borl abgeschirmt wurde, der in der offen stehenden Tür hinter ihr erschien; er musste ihr sofort aus dem Hause gefolgt sein.

Sie drehte sich zu ihm um. Ihre tränenfeuchte Wut sprudelte aus ihr hervor. »Wie konntest du Mutter das antun? Das war nicht nötig! Nicht jetzt, wo sie so krank ist, und nicht so kurz nach Vaters Tod!« Die Stallkatze reagierte auf die Wut in ihrer Stimme und zog sich hinter die Futtersäcke zurück.

Er zuckte gleichgültig mit den Schultern. »Du hättest wohl lieber, wenn ich mit einer Lüge lebe? Keris, die Träumerin, die es nicht mag, den Tatsachen ins Auge zu blicken. Ich will verdammt sein, wenn ich Kartenzeichner werde, und es kümmert mich nicht, wer das weiß. Der Laden wird ein Wirtshaus werden. Wir werden noch wie gewöhnlich bis zum Ende des Herbstes Karten verkaufen. Aber ich werde nicht ins Unbeständige gehen. Wenn der Winter kommt, wird dieses Haus ein öffentliches sein. Ich werde es ›Kartenzeichners Rast‹ nennen.«

Sie war so aufgebracht, dass sie beinahe an ihrem Zorn erstickte. »Aber Mutter …«

»… wird dann schon tot sein«, sagte er brutal. »Das ist eine Tatsache, die ihr vollkommen bewusst ist.«

»Das Unbeständige soll dich holen! Du bist ein herzloses Rindvieh, Borl.«

»Das glaube ich nicht. Ich bin nur praktisch veranlagt. Und das bedeutet, dass ich mich den Tatsachen stelle. Ich werde nie ein guter Kartenzeichner sein und ich habe nie vorgehabt, einer zu werden. Mutter wird in ein paar Wochen tot sein, vielleicht sogar schon in ein paar Tagen, und dann musst du für dich irgendwo einen Unterschlupf suchen, Schwesterherz. Wenn du hierbleiben und für mich die Haushälterin spielen willst, kannst du das gern tun – aber denk daran, dass ich erstens heiraten werde, sobald ich ein hübsches und williges Mädchen gefunden habe, und dass ich zweitens deine Mitgift von fünfzig Goldstücken nicht jedem auszahlen werde.«

»Das ist mein Geld!«

»Nein, das ist es nicht. Es war für deinen Ehegatten bestimmt. In dem Augenblick, in dem Vater gestorben ist, wurde es dem Gesetz nach meines, solange ich für dich und Mutter sorge. Und das tue ich. Aber ich bin nicht verpflichtet, dir eine Mitgift von mehr als zwei Goldstücken zu geben. Ich habe vor, das Geld für den Umbau des Hauses zur Taverne zu benutzen. Und um das Bestechungsgeld zu bezahlen. Der Regelkantor will mindestens zehn Goldstücke. Und deshalb nehme ich mir das Geld entweder sofort, oder es kommt auf indirektem Weg zu mir, nämlich als deine Mitgift für Harin. Ich hatte nur vor, dir einen Mann zu suchen, das ist alles.«

»Ich will keinen Mann – und schon gar nicht diesen Harin!«

»Jetzt bist du wieder einmal unpraktisch. Was bleibt dir denn anderes übrig? Selbst wenn jemand Karten von einer Frau kaufen würde, könntest du nicht Kartenzeichnerin werden, weil die Regel das verbietet, und außerdem würde eine einzelne Frau nicht länger als ein paar Tage draußen im Unbeständigen überleben. Ferner besagt die Regel, dass du heiraten musst, aber du tust nicht einmal so, als suchtest du einen Mann. Keris, eine Frau, die aussieht wie du, wird niemals einen besseren Mann als Harin finden.«

Das tat weh. Ihre Wut brach durch, und Ygraine schnaubte verwirrt. »Er ist so schleimig wie ein Plattwurm aus dem Fluss! Ich würde ihn nicht einmal heiraten, wenn er mir für dieses Privileg hundert Goldstücke zahlen würde!«

Borl zuckte mit den Achseln. »Du musst es wissen. Das kümmert mich nicht. Ich gewinne sowieso.«

Seine Gleichgültigkeit überrumpelte sie. Sie holte tief Luft, hielt den Kopf schief und betrachtete ihn mit all der wachsenden Verwunderung, die sich aus einer bitteren neuen Entdeckung an einem altbekannten Gegenstand ergibt. »So ist das also, ja? Es kümmert dich wirklich nicht. Ich frage mich, warum mir das noch nie an dir aufgefallen ist. Du hast keine Gefühle. Du verspürst keinen Kummer über Vaters Tod oder Mutters Krankheit, nicht wahr?«

»Warum sollte ich? Sie haben mich ja auch nie gefragt, wie ich mich fühle. Immer hieß es: Tu dies, Borl. Tu das, Borl. Lerne, wie man Karten zeichnet, Borl. Trag den Theodoliten, Borl. Komm mit mir in das Unbeständige, Borl. Nun, jetzt sage ich Nein. Und ich verspüre keinen Kummer darüber, dass ihre Zeit abgelaufen und meine gekommen ist. Keinen Kummer und keine Gewissensbisse. Ich bin jedoch kein Unmensch, Keris. Ich bin euch beiden gegenüber anständig – aber nicht mehr. Nicht mehr.«

Sie verspürte eine seltsame Faszination angesichts seiner vollkommenen Gefühlsarmut. »Und ich? Was habe ich dir getan, dass du mich so leichthin fallen lässt?«

»Du weißt das wirklich nicht, oder? Ist dir jemals der

Gedanke gekommen, dass ein Junge es seiner jüngeren Schwester verübeln könnte, dass sie alles und jedes besser macht als er selbst? Nun, er hat es ihr verübelt, Keris. Er hat dich gehasst, wenn du ihn beim Schwimmen durch den Stausee geschlagen hast, wenn du die genaueren Karten gezeichnet hast, wenn du Piers' Messer in gerader Linie geworfen hast... Du solltest dich glücklich schätzen, Schwesterherz. Wenn du ein Junge gewesen wärst, hätte ich dich vielleicht getötet. Jetzt bin ich über diese kindliche Eifersucht hinweg und habe meine brüderliche Zuneigung gut gespielt, aber bitte mich nicht darum, mir selbst untreu zu werden und dir zu helfen; das werde ich nicht tun.« Er lächelte unbekümmert und verließ sie. Er hasste sie nicht; sie war ihm bloß vollkommen gleichgültig, und sie fragte sich, ob das nicht noch schlimmer war.

Sie lehnte sich gegen Ygraines Hals und schluckte ihren Ärger hinunter.

Es war doch nicht ihre Schuld, dass er so war, oder?

Harin Markel kam, wie er es versprochen hatte. Keris war allein und arbeitete im Laden, als er durch die Tür hereinschritt und mit seinen dreckigen Stiefeln eine Schmutzspur hinterließ.

Sie versuchte, unvoreingenommen zu sein. Er sah ihrer Meinung nach nicht übel aus, obwohl er im Augenblick einen ziemlich großen Pickel auf der Nasenspitze hatte. Aber das konnte sie ihm wohl kaum vorhalten. Nein, es war nicht sein Aussehen, das ihr missfiel: es war sein Verhalten. Er war so übertrieben selbstsicher, wenn er jemandem gegenüberstand, den er als unterlegen ansah – und so unterwürfig, wenn er sich in Gesellschaft von jemandem befand, der ihm überlegen schien. Sie wusste, dass sie in die erste Kategorie fiel, während Borl zu der zweiten gehörte. Bei Borl bestand er nur aus Lächeln und Schmeichelen und verkleidete seine Absichten als bloße Vorschläge; bei ihr hingegen redete er mit pompöser Schwülstigkeit und behandelte sie, als wäre sie ein widerspenstiges Pferd, das man von seinem falschen Verhalten abbringen musste.

»Keris«, fing er an, »Borl sagt mir, dass er mit dir über unsere Pläne hinsichtlich der Taverne gesprochen hat. Na, wie denkst du darüber? Wir werden Geld scheffeln, weil wir mit denen, die von Hoffdank heraufkommen, ein Bombengeschäft machen werden. Großartige Idee – so ist dein Bruder nun einmal. Hat immer tolle Ideen…«

Sie versuchte ihn mit einem Blick zu lähmen, der einen ganzen Regenschauer gestoppt hätte, aber er schien ihn nicht einmal zu bemerken. Sie sagte: »Soweit ich weiß, habt ihr beiden auch eine ganz tolle Idee, was mich anbetrifft.«

Er schien nicht im geringsten verlegen zu sein. »O ja – in Wirklichkeit ist es allein Borls Idee, aber sie ist gut. Ich meine, du und ich, wir könnten uns doch zusammentun, und jeder profitiert davon…«

»Vielleicht wärst du mal so gut und würdest mir erklären, wie ich davon profitieren sollte?«

Er schaute verblüfft drein. »Na, du wärst verheiratet! Ansonsten wirst du wie die alte Flechtin enden. Jeder wird sagen, dass du eine Hexe bist und zu hässlich, als dass du jemals einen Mann hättest finden können. Na los, Keris – das ist doch gar nicht so schlecht. Du wärst die Frau eines Wirts und könntest gegenüber den anderen Frauen im Ort die Herrin spielen. Was die andere Seite der Ehe angeht, nun ja, ich weiß, dass du Jungfrau bist, aber das können wir schnell ändern, und sobald wir ein paar Kinder haben, brauchst du dir über diese Dinge keine Sorgen mehr zu machen; das schwöre ich…«

Sie starrte ihn mit offenem Mund an und wusste nicht, ob sie lachen oder wütend sein sollte. »Harin

Markel«, sagte sie schließlich, »versuch, das in deinen gefühllosen Schädel hineinzubekommen: Wenn ich vorhätte, überhaupt jemanden zu heiraten, ständest du ganz am Ende meiner Liste möglicher Kandidaten. Hast du mich verstanden?«

Unglücklicherweise schien er gar nichts verstanden zu haben. Er lachte, machte einige herablassende Bemerkungen über den spröden Charakter von Frauen und ließ durchblicken, er glaube, dass sie Sittsamkeit vorgab, weil dies züchtig war und von einem Mädchen erwartet wurde. Er sagte, er würde natürlich wiederkommen.

Keris knirschte mit den Zähnen und hielt sich unter großen Schwierigkeiten zurück, etwas hinter seinem Rücken herzuwerfen, als er sie schließlich verließ.

Als sie sich einige Zeit später endlich beruhigt hatte, machte sie sich daran, die Bündel aufzuschnüren, die Piers gehört hatten und die Ketter Blau im Laden stehen gelassen hatte. Das Erste, was herausfiel, waren die Wurfmesser – alle fünf; sie steckten noch in der Scheide. Sie zog eines davon heraus und wog es balancierend in der Hand. Es stimmte: Sie konnte ein Messer geschickter werfen als Borl, auch wenn sie noch nicht den Dreh heraushatte, wie sie die Entfernungen exakt genug einschätzen konnte, um sicherzugehen, dass es immer die Klingenspitze – und nicht ein anderer Teil des Messers – war, die das Ziel traf. Zu oft hatte sich die Waffe falsch gedreht und war deshalb harmlos zu Boden geklappert.

Verärgert über Borls noch größeres Unvermögen, hatte Piers seinem Sohn empfohlen, er solle sich auf Pfeil und Bogen konzentrieren, aber selbst bei dieser Waffe hatte Keris mehr angeborenes Geschick und Interesse bewiesen als ihr Bruder. Sie konnte vielleicht nicht so weit schießen wie Borl mit seiner männlichen Kraft, aber diesen Mangel glich sie durch Genauigkeit aus. Sie hatte Stunden damit verbracht, sich zu üben, weil sie es genossen hatte, ihre Fähigkeiten auch bei Wind und an beweglichen Zielen zu testen. Sie hatte Muskeln an den Armen und am Oberkörper und Schwielen an den Fingern bekommen, die Sheyli entsetzten, als sie sie bemerkte. Keris hatte nur darüber gelacht und weitergeübt.

Als Piers Borl gezeigt hatte, wie man Pfeile fiedert, war es Keris, die es dabei gelernt hatte; als Piers Borl gezeigt hatte, wie man das richtige Holz für einen Bogen aussucht, wie man es ablagern und bearbeiten muss, war sie es gewesen, die sich diese Lektionen zu Herzen genommen und eine bessere Waffe als ihr Bruder hergestellt hatte. Schließlich hatte Piers für Borl bei dem Bogenmacher in Tromlin einen Bogen gekauft, den er immer mitgenommen hatte, wenn er mit seinem Vater in das Unbeständige gegangen war. Ansonsten hing er an der Wand, neidvoll begehrt von Keris, unbenutzt und ungeliebt von Borl.

Sie betastete Piers' Messer, erinnerte sich an die Lehrstunden, an die ersten rührenden Versuche, die Klinge durch die Luft zu wirbeln… Der Schmerz dieser fernen Erinnerungen traf sie nun und erinnerte sie daran, dass Piers tot und Borl für sie auf ewig verloren war.

Sie legte die Messer beiseite und grub tiefer in den Bündeln nach.

Als sie deren gesamten Inhalt auf dem Boden ausgebreitet hatte, zitterten ihre Hände vor Entsetzen. Sie bemerkte in hilflosem Schmerz, dass jemand sogar das Holzbein ihres Vaters entfernt und mitgeschickt hatte, doch ihr Entsetzen rührte vom Zustand der Sachen her. Ketter Blau hatte nicht übertrieben, als er gesagt hatte, dass Piers' Sachen ›ziemlich zerrissen‹ waren: Einige von ihnen hingen in Fetzen. Viele waren noch blutbefleckt, auch wenn man sich Mühe gegeben hatte, sie vom Schlimmsten zu säubern, bevor man sie eingepackt hatte. Sie kämpfte die Übelkeit nieder, betrachtete die zerfetzte Kleidung, die zerfledderten Notizbücher, die aufgeschlitzte Bettrolle und war zutiefst erschüttert und fassungslos. Was mochte der Anlass für eine solche mutwillige Zerstörung gewesen sein?

Sie wollte vergessen und alles wieder einpacken – doch ihre Neugier war stärker. Warum?

An all diesen Zerstörungen war etwas merkwürdig…

Sie ging wieder in die Hocke und ließ den Blick über die Sachen vor ihr gleiten: Kleider, Vermessungs- und Kartierungswerkzeuge, Kochgeschirr, Leinwandzelt. Ober- und Unterlaken. Einige Sachen – wie die losen Laken und das Pergament – waren unberührt. Andere – wie die Polsterung der Bettrolle – waren so zerfetzt worden, dass man sie Piers' Erben wohl nur deswegen zurückgegeben hatte, weil man beweisen wollte, dass man nichts unterschlagen hatte.

Als sie sich die Sachen genauer ansah, entdeckte sie langsam so etwas wie ein System. Alles von einer gewissen Dicke war aufgeschlitzt worden: ein pelzbesetztes Lederwams, die Absätze von Piers' Stiefeln, der Kragen und das Doppeljoch an seinem besten Reisehemd, die Bettrolle, die Rücken seiner Notizbücher. Auch andere Dinge hatten gelitten: Das Teleskop war aus seiner Verankerung auf dem Theodoliten gerissen und aufgeschnitten worden. Der Griff am Kochtopf war auf ähnliche Weise geöffnet worden. Nur Piers' Stab und sein Holzbein waren unberührt, vermutlich weil es offensichtlich war, dass der Stab aus einem einzelnen, nahtlosen Stück Holz bestand, und weil er das Holzbein während des Angriffs getragen hatte.

Sie nahm das Teleskop auf und untersuchte es. Sie fühlte sich von Grauen gepackt. Sie konnte sich nicht vorstellen, was für ein Werkzeug bei der Öffnung benutzt worden sein mochte. Der dicke Messingkörper des Instruments war der Länge nach in zwei Hälften aufgeschnitten. Die Ränder waren schartig ausgezackt und scharf. Das war kein Werkzeug gewesen, sondern eine Klaue – oder Zähne. Ein Teleskop war eines der wertvollsten noch existierenden Artefakte, weil das Wissen um das Schleifen der Linsen nach der Abspaltung verloren gegangen war. Piers' Instrument war seit Generationen von Kartenzeichnern vom Vater auf den Sohn vererbt worden. Vielleicht waren die Hülle einige Male erneuert und die Linsen ausgerichtet worden, aber zweifellos gingen die Linsen selbst auf die alten Zeiten der Markgrafschaft von Malinawar zurückgingen, also auf die Zeit, bevor die Welt aufgespalten war. Sie waren unendlich kostbar.

Sie haben nach etwas gesucht, dachte Keris. Nach etwas Kleinem, das man im Besatz eines Wamses oder im Rücken eines Buches verstecken konnte. Oder nach etwas Flachem, das man zusammenfalten und in den Absatz eines Stiefels stecken konnte – oder aufrollen konnte, damit es in den Griff eines Topfes oder in ein Teleskop passte. Wertvolle Steine? Geld? Eine Karte? Das erschien ihr äußerst unwahrscheinlich. Kartenzeichner führten keine großen Geldsummen oder Wertgegenstände mit sich, und sie versteckten ihre Karten nicht wie verborgenen Reichtum. Und das, was Piers' Mörder gesucht hatten, musste noch wertvoller als ein Teleskop sein. Wenn Piers etwas Kostbares besessen hatte, hatte er es immer an einem bestimmten Ort versteckt, den Keris kannte, an den die Sucher aber offenbar nicht gedacht hatten…

Widerstrebend und mit dem Gefühl, dass sie ihren Vater schändete, ergriff sie das hölzerne Bein. Die gepolsterte Kehlung, die früher einmal Piers' Stumpf aufgenommen hatte, bestand aus weichem Leder, das mit Flanell überzogen und mit Baumwolle wattiert war. Es war aber nicht die Kehlung, die Keris interessierte. Sie nahm das Bein mit zur Ladentheke, wo sie die Lünsen herauszog, mit denen das Leder an dem Stumpf befestigt war. Sie hielt das Holzbein hoch zum Licht und spähte in sein hohles Inneres. Darin befand sich Geld, wie sie erwartet hatte, aber da war noch etwas. Behutsam stellte sie das Holzbein auf den Kopf und schüttelte seinen Inhalt auf ihre Handfläche.

Eine aufgerollte Kartenhaut.

Sie wusste sofort, dass es weder eine von ihren noch eine von Piers war: Die Haut hatte die falsche Farbe. Vorsichtig entrollte sie sie auf der Theke.

Und starrte darauf. Und starrte und starrte.

Nichts hatte sie auf diesen Anblick vorbereitet, gar nichts.

Eine Trompleri-Karte.

Ihr erster Gedanke war ein ungläubiges – und freudiges – *Also gibt es sie doch!* Dann verspürte sie den heißen Stich prickelnder Angst. In einer solchen Karte lag Magie.

Und schließlich dachte sie: Vielleicht gab es jemanden, der eine Trompleri-Karte für so wertvoll ansah, dass er dafür tötete…

Kapitel Vier

Und die Karte, die der Schöpfer dem Ritter Weddon übergab, war von einer Art, die dieser nie zuvor gewahrt hatte. Die Berge standen hoch erhaben vor ihm, und der Tief wand sich über die Kartenhaut und offenbarte seine Bösartigkeit. Ritter Weddon floh vor den Häschern und folgte dem Pfad, den die Karte ihm wies, und wurde in der Sicherheit empfangen…

Pilger, Buch VIII,
Kapitel 5, Verse 42–44

Keris arbeitete eifrig an den Karten. Sie hatte entschieden, dass in diesem Jahr fünfunddreißig davon benötigt wurden, und sie gehörten zu den schwierigsten, die sie je hatte erstellen müssen, denn sie zeigten mehr Feldströmungslinien als gewöhnlich und einige sehr seltsame Manifestationen entlang des Wanderers – des Strichers, wie Piers ihn immer genannt hatte. Außerdem waren seine Notizen zerfetzt und durcheinander gebracht worden, sodass es manchmal schwierig zu sagen war, welche Manifestationen zu den einzelnen Feldströmungslinien gehörten. Sie arbeitete fünfzehn Stunden am Tag an den Karten, die als Vorlage dienen sollten, und musste sich bei der künstlerischen Ausstattung der Kopien zurückhalten, was ihre Berufsehre verletzte. Es besänftigte sie nur wenig, wenn sie hörte, wie die Kunden die Karten lobten. Die Käufer glaubten natürlich, Borl habe sie gezeichnet, und es schmerzte sie zu hören, wie er dafür gepriesen wurde, denn alles, was er dazu beigetragen hatte, waren die Kopien und die sich immer wiederholenden Elemente. Es schmerzte auch, die meisten Karten unkoloriert fortgeben zu müssen. Da ihr Piers' Hilfe fehlte und sie viel mehr Arbeit als üblich hatte, blieb ihr einfach nicht genug Zeit für die Extras, die ihre Arbeit früher so einzigartig gemacht hatten.

Sie arbeitete in der Küche, wo ihre Mutter jetzt schlief. So konnte kein Kunde Keris sehen, und sie vermochte auf diese Weise ihrer Mutter Gesellschaft zu leisten. Sie weigerte sich wahrzunehmen, wie schnell Sheylis Zustand sich verschlechterte, und versuchte, nicht auf das ruhelose Herumwälzen und Jammern ihrer Mutter zu achten. Die Hausarbeiten und der größte Teil der Krankenpflege lagen jetzt in den Händen von Frau Töpfel; sogar Borl hatte eingesehen, dass Keris nicht zugleich den Haushalt und die Kartenzeichnerei bewältigen konnte, und war damit einverstanden gewesen, dass Frau Töpfel ihre normale Stundenzahl verdoppelte und auch entsprechend bezahlt wurde.

Er selbst ging nun seltener zur Taverne nach Obermahlkorn und verbrachte stattdessen die meiste Zeit damit, im Laden an den Kopien zu arbeiten oder hinter der Theke zu stehen. Er erhöhte den Preis aller Karten des Unbeständigen, was sofort Proteste unter seinen Kunden auslöste, aber sie waren gezwungen, die neuen Preise zu bezahlen. Es gab sonst niemanden in der Ersten Stabilität, der so gute Karten zeichnete, und der Versuch, das Unbeständige ohne die neuesten Landkarten zu durchqueren, wäre selbst für den besten aller Führer zu verwegen gewesen.

Während Keris am großen Tisch in der Küche arbeitete, ließ sie die Tür zwischen dem Zimmer und dem Laden halb offen stehen, sodass sie hören konnte, was die Kunden erzählten. Es ärgerte sie, dass Borl überhaupt nicht an den Geschichten interessiert war, die die Leute über ihre Durchquerungen zu berichten wussten; nur allzu oft schnitt er die Geschichte eines Missgeschicks oder Abenteuers ab und sagte knapp: »Also, welche Karte willst du?«

Einmal kam Yerrie in großer Panik in die Küche gestürmt und sie hörte die kieselige Stimme des Mannes mit den Obsidianaugen, als er eine Reihe von Karten kaufte und nach kolorierten fragte. Borl war über diese Nachfrage ungehalten und gab eine harsche Antwort, aber der Mann beharrte auf seinem Wunsch – es war, als hätte er nun Stahl in der Stimme – und erhielt schließlich das, was er wollte. Als ihm Borl danach schroff erklärte, dass es in der nächsten Saison keine neuen Karten mehr aus den Werkstätten von Piers Kaylen geben werde, sagte der Mann: »Das überrascht mich nicht. Ich habe gehört, dass Piers gestorben ist, und ich habe auch gehört, dass Borl Kaylen seinem Vater nicht ebenbürtig ist.« Die Worte klangen höflich, doch Keris hatte das Gefühl, als wisse der Mann sehr genau, dass er mit Piers' Sohn redete. Sie vermutete, dass die Bemerkung eine Rache für Borls Benehmen und seine viel zu hohen Preise war.

Keris hörte geradezu, wie Borl zornig wurde. »Wer hat dir das gesagt?«, fragte er. Aber der Mann gab ihm nur eine unverbindliche Antwort und als Borl danach in den Hauptraum kam, sah er seltsam verstimmt aus.

Offenbar hatte Meister Obsidianauge diese Wirkung auf alle Leute, dachte Keris ein wenig amüsiert.

»Himmel«, sagte Frau Töpfel, die das Gespräch ebenfalls mitangehört hatte, »der hatte ja eine Stimme wie ein Berg auf Wanderschaft. Ich möchte ihm nicht unbedingt in einer dunklen Nacht über den Weg laufen.«

Harin Markel kam manchmal abends vorbei, angeblich um Borl zu besuchen, in Wirklichkeit aber eher, um Keris den Hof zu machen. Er leistete erbärmlich schlechte Arbeit. Da es ihm an Phantasie mangelte, verwirrte es ihn mächtig, dass Keris keinerlei Begeisterung für eine Heirat aufbrachte. Er konnte einfach nicht begreifen, dass sie überhaupt nicht an ihm interessiert war. Die einzige Art, wie er mit ihrer Gleichgültigkeit umgehen konnte, bestand darin, ihr Verhalten als Schauspielerei anzusehen. Er glaubte, dass ein so gewöhnliches Mädchen wie sie einfach den Wunsch haben *musste,* ihn zu heiraten, und deswegen setzte er ihr schwer zu. Keris empfand seine hartnäckigen Versuche, die er so offensichtlich eher aus Gier denn aus Leidenschaft unternahm, gleichermaßen langweilig und albern.

Borl zuckte nur desinteressiert mit den Schultern, als er sah, dass sie seinen Freund nicht ermutigte. »Du warst schon immer zu stur, wenn es um dein eigenes Glück ging«, bemerkte er.

Keris wusste, dass Borl seine Pläne für die Taverne weiter verfolgte. Frau Töpfel teilte ihr mit, dass er beim Schreiner des Ortes Stühle und Tische bestellt hatte. Die Frau des Hufschmieds, die Lammhirngelee vorbeibrachte, erzählte, sie habe gehört, dass Borl eine große Weinbestellung bei dem Winzer in der Nähe von Rt. Weddon aufgegeben habe, und Keris selbst hörte zufällig, wie Borl mit einem Brauereiangestellten aus Ostbeckel über Bierlieferungen sprach und mit Harin über Met aus Rt. Beogor diskutierte.

Keris fragte nicht, woher Borl das Geld für diese Bestellungen hatte; sie wusste es. Er plünderte die Münzen hinter dem lockeren Backstein an der Hinterseite des Spülsteins. ›Pfeifenkrautgeld‹ hatte Piers es immer genannt und damit das Geld gemeint, mit dem er sich die Annehmlichkeiten und Notwendigkeiten seines Alters hatte kaufen wollen, wenn er nicht mehr arbeiten konnte – Sachen wie Pfeifenkraut, das aus der Achten Stabilität importiert wurde.

Keris seufzte. Sie wusste, dass die wenigen Goldmünzen nicht lange vorhalten würden, wenn Borl weiterhin so sorglos mit ihnen umging. Und wenn sie aufgebraucht waren, gab es nur noch ihre Mitgift…

Der Regel zufolge gehörte das ganze Geld jetzt von Rechts wegen Borl, falls er sich um seine Mutter bis zu ihrem Tode kümmerte und um seine Schwester, bis sie verheiratet war. Vorausgesetzt, für sie wurde gesorgt, hatte eine unverheiratete Frau kein Recht, Eigentum zu haben, es sei denn, ihre lebenden männlichen Verwandten – und das Regelbüro – erlaubten es. Keris hatte einmal gehört, wie der Andachtskantor Nebuthnar über die Gründe für diese Gesetze schwadroniert hatte. »Diese Regel wurde geschaffen, um die Interessen der schwächeren Mitglieder unserer Gesellschaft zu schützen – die Interessen der Kinder und der Frauen«, hatte er gesagt. Er war ein aufgeblasener Mann, der beim Reden in alle Richtungen Speichel verspritzte.

»Wer sagt denn, dass Frauen schwächer sind?«, hatte sie dreist gefragt. Damals war sie vierzehn gewesen. »Die ältesten Leute am Ort sind Frauen.«

Er war nicht in der Lage gewesen, eine Antwort zu geben, die Keris befriedigt hätte. Sein gespucktes ›Die Regel bringt Ordnung und sollte deshalb nicht in Frage gestellt werden‹ war kaum eine angemessene Erklärung.

Ordnung, die über alles wichtige Ordnung. Stetigkeit stand an der Spitze aller Dinge, Veränderung war verhasst. Die Ordnung regierte, und die Regel brachte Ordnung. Was aber niemand erwähnte, war der Umstand, dass die Regel unterdrückte und die Ordnung erstickte.

Kantor Nebuthnar kam mehrmals, um nach Sheyli zu sehen und ihr Trost sowie die üblichen Sterbepredigten zu spenden. Er und Keris waren alte Feinde. Weil Mahlkorn so klein war, war er ebenfalls dafür verantwortlich, dass die Regel befolgt wurde, und er musste auch als Lehrkantor einspringen, was bedeutete, dass sie als Kind in seinen Winterklassen gewesen war. Sie hatte es vier Jahre lang durchgehalten, und nach dieser Zeit konnte sie genauso gut lesen und rechnen wie er selbst. Ein Ort von der Größe Mahlkorns erhielt keinen herausragenden Kantor. Sicherlich mangelte es Kantor Nebuthnar an Wissen, so wie es ihm an Ehrerbietung und einem halben Dutzend anderer Tugenden fehlte, die man normalerweise bei einem Kantor erwartete. Was ihm hingegen nicht fehlte, waren der Glaube an die Notwendigkeit, der Regel zu gehorchen, und ein aufdringlicher Eifer bei der Anwendung des Gesetzes.

Auch war es nicht gerade hilfreich, dass er ein eingefleischtes Misstrauen gegen alle Mitglieder der Familie Kaylen hatte, weil Piers im Unbeständigen gearbeitet hatte. Für Nebuthnars recht schlichten Geist waren Unbeständige verdächtig: Kartenzeichner und ihresgleichen lebten schließlich den größten Teil des Jahres außerhalb der Regel. Er behielt die Kaylens im Auge und stürzte sich jedes Mal auf sie, wenn einer von ihnen einen Fehler machte. Er hatte sich beschwert, dass Piers keine Regelkleidung trug, er hatte Keris einmal mit einem Bußgeld belegt, als er sie erwischt hatte, wie sie eine Hose trug und auf Ygraine ritt, er hatte Borl beschimpft, als er ihn erwischte, wie er von Frau Verlans Fenster herunterkletterte, als Herr Verlan fort war – all das waren Gesetzesübertretungen.

Trotzdem schätzte Keris seine Besuche bei ihrer Mutter; Sheyli brauchte jetzt die Unterstützung der Religion und er war anscheinend in der Lage, ihr Hoffnung auf ein Leben nach dem Tod zu machen, was mehr war, als all seine Stunden in der Winterschule bei Keris bewirkt hatten.

Vielleicht hätte sie sogar gut über ihn gedacht, wenn er sie nicht nach einem dieser Besuche aufgesucht und gefragt hätte, ob sie sich schon einmal Gedanken über eine Heirat gemacht habe.

Sie warf ihm einen ruhigen Blick zu. »Meine Mutter liegt im Sterben, und Ihr fragt mich so etwas?«

»Umso mehr ein Grund, jetzt danach zu fragen. Du wirst bald eine Waise sein und brauchst den Schutz eines Mannes…«

»Ich habe einen Bruder.«

»Und er wird bald seine eigene Familie haben. Du musst einen eigenen Neubeginn wagen. Ich habe gehört, dass Harin Markel von…«

»Ich werde Harin nicht heiraten!«

»Ah.« Er dachte über diese Weigerung nach und suchte offenbar einen Grund dafür. Er fand keinen. »Nun gut«, sagte er schließlich, »wenn dir eine Heirat nicht zusagt, dann solltest du vielleicht ein Leben für die Kantorei in Betracht ziehen.«

»Ich habe nicht gesagt, dass mir eine Heirat nicht zusagt«, entgegnete sie giftig. »Es ist Harin, der mir nicht zusagt. Und ich habe nicht vor, den Habit einer Kantorin anzuziehen!«

Er schüttelte traurig den Kopf angesichts ihrer Heftigkeit. Die scharlachroten Quasten an seinem hellen Hut tanzten gewichtig. »Kind, Kind, erinnere dich daran, mit wem du sprichst. Du musst Deinen eigenen Platz innerhalb der Ordnung der Stabilität finden. Jede Person hat ihren Platz, und jeder Platz ist innerhalb des Systems der Stabilität wichtig. Du musst eben den deinen finden.«

»Ich habe keine große Wahl, oder? Ich kann keinen Beruf ergreifen, weil der meines Vaters für Frauen nicht offen steht und meine Mutter keinen hatte, den sie einer Tochter weiterreichen könnte, außer dem einer verheirateten Frau.«

»Du möchtest doch nichts tun, das Unbeständigkeit oder Unordnung heraufbeschwört, indem du dich aus deinen angestammten Bahnen entfernst, oder?«, fragte er freundlich. »Unser aller Sicherheit hängt von der Befolgung der Regel durch jedermann ab. Und vielleicht hast du eine größere Wahl, als dir klar ist: Wenn dich ein klösterliches Leben nicht interessiert, solltest du vielleicht einmal daran denken, dem Ritterorden beizutreten. Er steht auch solchen wie dir offen.«

Sie starrte ihn sprachlos und mit offenem Mund an. »Kantor«, sagte sie schließlich, als ihre Verwirrung in Überraschung umgeschlagen war, »habe ich Euch richtig verstanden? Ich? Eine Kantorin des heiligen Ritterordens?«

»Manchmal sind diejenigen Kinder, die uns den meisten Ärger bescheren, genau jene, mit denen der Schöpfer die größten Pläne hat«, sagte er ungerührt. Sie war sicher, dass das nicht seine eigenen Worte waren; er plapperte sie nach. »Ein Ritter – oder eine Ritterin – muss einen stärkeren Charakter haben als normale Menschen. Eine Ritterin muss eine Frau sein, die nicht in das übliche Bild des Weiblichen passt.«

Sie unterbrach ihn: »Kantor, eine Ritterin muss aber auch eine Frau von großer Frömmigkeit sein und ihr Leben der Kantorei und der Bekämpfung des Chaos sowie der Aufrechterhaltung der Ordnung widmen. Sind da etwa nicht zwanzig Jahre Ausbildung und Studium und Kinese und Frömmigkeit nötig, bevor eine Ritterin ihr Noviziat beendet hat und ihr Leben auf der Wanderschaft beginnen kann? Ich habe einmal gehört, dass von tausend Frauen und Männern, die mit der Ausbildung anfangen, nur einer oder eine durchhält und das Rittersymbol tragen darf.«

»Das ist eine Übertreibung. Ich glaube, es gibt im Augenblick eine Ritterin und zehn Ritter. Elf, wenn du Ritter Edion von Galman dazurechnest.«

Sie wusste, dass Ritter Edion ein Mann von großer Gelehrsamkeit gewesen war, der sowohl wegen seiner Bildung und Weisheit als auch wegen seiner Barmherzigkeit verehrt wurde. Er war vor zehn oder zwölf Jahren im Unbeständigen verschwunden. Es hatte ein unerhörtes Gerücht gegeben, dem zufolge er sich mit dem Tilger zusammengetan hatte und sein persönlicher Assistent geworden war. Andere berichteten vom Gegenteil: Er bekämpfe Lord Carasma irgendwo in einer ewigen Schlacht. Dem hartnäckigsten Gerücht zufolge führte er im Unbeständigen ein Einsiedlerdasein, und dem schändlichsten zufolge (zumindest in den Augen der Kantorei) war er von einigen konservativen Mitgliedern der Hedrin – jenen Kantoren aus der Führerschaft der Kantorei – ermordet worden, weil er ihrer Ansicht nach Häresien predigte.

All das bedeutete Keris nicht viel. Vielleicht führten die Ritter ein ungewöhnliches und abenteuerliches Wanderleben – wenigstens nach ihrer zwanzigjährigen Ausbildung –, aber der Preis, den sie dafür würde zahlen müssen, war ihr zu hoch. »Ich würde nicht einmal die erste Woche der Ausbildung überstehen!«, sagte sie. *Und wäre immer noch dazu verdammt, mich zwanzig Jahre lang abzumühen und zu versuchen, das Unerreichbare zu erreichen.*

Er zuckte mit den Schultern; offenbar stimmte er ihr im Stillen zu. »Wenn der Schöpfer dich will, wirst du Seinen Ruf spüren.«

Sie dachte verärgert: Man hat ihm aufgetragen, nach passenden Kandidaten Ausschau zu halten, und er ist zu dem Ergebnis gekommen, dass dies eine gute Möglichkeit wäre, das Städtchen von mir zu befreien. Sie war doch die einzige hier, die ›nicht in das übliche Bild des Weiblichen passte‹. Sie war jemand, der die Ordnung durcheinanderbrachte. Sie lächelte süßlich. »Ich werde darüber nachdenken. Und falls es meine Bestimmung sein sollte, wird es mir der Schöpfer sagen.«

Das Lächeln, das er ihr zurückgab, zeugte von Unsicherheit; er wusste nicht, ob sie sich über ihn lustig machte.

Als die Sommertage länger wurden, nahm allmählich die Kartenzeichenarbeit ab und Borl blieb dem Laden häufiger fern. Keris war froh über seine Abwesenheit. Wenn sich keine Kunden blicken ließen und ihre Mutter ein Nickerchen machte, nahm Keris manchmal die Trompleri-Karte aus ihrem Versteck hervor und brütete mit einer seltsamen Mischung aus Unbehagen und Begeisterung darüber. Sie sehnte sich danach, mit jemandem über die Karte zu sprechen, aber sie vertraute niemandem genug, um ihr Geheimnis auszuplaudern. Sie musste damit zufrieden sein, sich an all das zu erinnern, was sie über solche Karten gehört hatte, und an das, was Piers ihr darüber berichtet hatte, und all das mit den anderen Informationsschnipseln verbinden, die sie von Zeit zu Zeit den Kunden abgelauscht hatte.

»Trompleri«, hatte Piers einmal gesagt, »ist nicht das richtige Wort dafür. Es waren ursprünglich drei Wörter in der alten Sprache. Drei Wörter, die zu einem zusammengeschmolzen und dann völlig falsch ausgesprochen worden sind. Die ursprünglichen Wörter bedeuteten ›Das Auge täuschen‹.«

›Das Auge täuschen‹: das stimmte. Genau das tat die Karte. Wenn Keris sie ansah, sah sie eine Miniaturwelt mit Schatten und Farbabstufungen, mit Bewegungen und Höhen und Tiefen und verschiedenen Beschaffenheiten. Aber wenn sie mit der Hand darüberfuhr, fühlte sie sich wie jede andere Kartenhaut an; sie war weich unter der Berührung und besaß nur dort ganz leichte Erhöhungen, wo die Farbe sehr dick aufgetragen war. Wie viel besser war es, sie nur anzusehen! Dann war es *real*. Sie sah, wie die Berge aus einer wogenden Ebene herausragten und aus der Zweidimensionalität des Pergaments hervorstanden. Es war so täuschend echt, dass ihr Verstand nicht begreifen konnte, warum ihre Finger die Erhebungen nicht zu erfühlen vermochten. Sie konnte das blinkende Sonnenlicht auf einem Fluss sehen und dessen Wasser, wie es über das Pergament floss und über die darunter gezeichneten Steine strich. Aber als sie den Finger ins Wasser tauchte, spürte sie nichts als die spröde Trockenheit der Farbe. Seltsame Knötchen – Pflanzen? – beschatteten die Ufer, aber wenn sie die Knötchen und den Boden betastete, spürte sie, dass sich diese auf gleicher Höhe befanden. Ein Tier äste im Gras oder bewegte sich mit zierlichen Schritten durch den trockenen Staub einer verwüsteten Landschaft; ein Felsvorsprung warf einen Schatten, der mit der Tageszeit wanderte, und einmal – nur ein einziges Mal – sah sie eine Gruppe Menschen, die durch eine der Ecken ritt. Die Pferde und Reiter wirkten so echt auf sie, wie es die an ihrem Laden vorbeireitenden Pilger für einen vorüberfliegenden Adler wären, der hoch über Mahlkorn seine Runden drehte.

Und da lag in all ihrer schrecklichen Schönheit eine Feldströmungslinie, die sich wie eine farbenprächtige Giftschlange von Norden nach Süden wand und das Land mit ihrer Boshaftigkeit vergiftete. Noch schlimmer: sie schlängelte sich langsam seitwärts, saugte die Farbe auf und hinterließ eine verdorrte, graue Brandnarbe, die das Land vergebens wiederzubeleben versuchte.

Eine Trompleri-Karte veränderte sich so wie das Land, das sie zeigte. Durch die Veränderungen von Licht und Schatten deutete die Karte Sonnenaufgang und Sonnenuntergang an, Tageslicht und Düsternis oder auch nur das Vorüberziehen einer Wolke oder einen Regenschauer. Eine Trompleri-Karte zeigte die Bewegungen von Menschen und Tieren, das Durchziehen der Verseuchten und der Bestien, den Zug der Pilger und Führer, der Kuriere und Händler; sie zeigte das ganze sichtbare Leben – und die Leichname der Toten. All das war auf das zweidimensionale Pergament mit allen drei Dimensionen der Wirklichkeit übertragen.

Es war beunruhigend. Und wundervoll. Es faszinierte und schuf Furcht.

Eine Trompleri-Karte war Magie.

»Stell dir mal vor«, hatte Piers vor einigen Jahren gesagt, »stell dir mal vor, Keris, wenn ich eine solche Originalkarte hätte, brauchte ich nicht mein Leben im Unbeständigen aufs Spiel zu setzen. Wenn sich die Feldströmungslinien bewegen, würde das auf dem Pergament aufgezeichnet sein. Und wenn ein Unbeständiger eine solche Karte hätte, nun – ein Blick darauf, und er wüsste, wo er die Linie am besten durchqueren kann. Und wann. Eine Trompleri-Karte ist die beste aller vorstellbaren Landkarten: sie ist immer auf dem neuesten Stand…«

»Aber gibt es sie?«, hatte sie gefragt; der Gedanke an ein solches Wunder stachelte ihre jugendliche Phantasie mächtig an.

»Es gab einmal eine Zeit, da sie existierten. Aber das Geheimnis, wie man sie herstellt, ging verloren, und die noch vorhandenen, lösten sich langsam vor Alter auf. Vielleicht ist das auch gut so.« Er lachte schrill. »Ansonsten wäre ich arbeitslos.« Er machte eine Pause. »Aber trotzdem…«

»Ja?«

»Ich habe noch vor kurzem das Gerücht gehört, dass jemand ihr Geheimnis wiederentdeckt hat. Oder ihm zumindest nahe gekommen ist.«

»Wirklich?«

»Es gibt diese Gerüchte. Aber es gibt immer Gerüchte um diejenigen, die das Unbeständige bereisen.« Er seufzte. »Das liegt vermutlich in der Natur dieses Ortes und seiner Menschen. Wenn ich allen Gerüchten vertrauen würde, müsste ich an feuerspeiende Drachen und sprechende Glühwürmchen glauben und an wunderschöne Damen, die von den Häschern des Chaos gefangen genommen wurden, und an Helden, die sie retten, und an ein magisches Reich namens Hafenstern und an Zauberer, die dort leben und Trompleri-Karten machen…«

»Zauberer?«

Er hatte gelacht und ihr das Haar zerzaust. »Ach, das sind alles nur Geschichten, Keris. Niemand, den ich kenne, ist jemals in Hafenstern gewesen und niemand, den ich kenne, hat jemals eine Trompleri-Karte gesehen. Oder einen Zauberer oder einen Drachen oder eine gefangene Jungfrau, die auf ihre Rettung wartet. Und Hafenstern ist nichts anderes als ein Traumland, das von den armen, unglücklichen, verseuchten Unbeständigen erfunden wurde, die von einer Zuflucht phantasieren, wo sie in Sicherheit sind und ein normales Leben führen können und Zauberer auf wundersame Weise ihre Krankheiten heilen. Viele sind losgezogen, um es zu finden. Sie sind nie zurückgekehrt.« Er schüttelte den Kopf und wurde plötzlich traurig. »Hab Mitleid mit den Ungebundenen, Keris. Bedenke, was der Name bedeutet: Ungebunden, abgetrennt, aus dem normalen Leben gerissen. Sie sind teilweise ausgelöscht, so wie unsere arme Markgrafschaft vor so langer Zeit teilweise ausgelöscht wurde. Ihr Leben ist das traurigste von allen.«

Da sie viel mehr daran interessiert gewesen war, ihn über Magie reden zu hören, hatte sie seinen Kummer kaum wahrgenommen. »Und die Zauberer machen die Trompleri-Karten?«

»So heißt es. Geschichten, Keris, mein Kleines, nichts als Geschichten. Da draußen im Unbeständigen hörst du hunderte solcher Geschichten, und nur zwei oder drei davon sind wahr.« Er grinste. »Üblicherweise sind es die unwahrscheinlichsten. Nur aus diesem Grund träume ich davon, das Original einer Trompleri-Karte zu besitzen, aber ich glaube erst an sie, wenn ich eine in der Hand halte.«

Nun, zwei Jahre später hatte er offensichtlich eine solche Karte in der Hand gehalten. Und sie hatte ihm richtig viel Glück gebracht. Sie hatte ihn vermutlich getötet – vorausgesetzt dass derjenige, der seine Sachen durchsucht hatte, auch sein Mörder war und dass es die Karte war, die er gesucht hatte…

Zuerst hatte Keris keine Vorstellung davon, welches Gebiet die Karte darstellte. Sie war in einem ungewöhnlich großen Maßstab angelegt – 1:5000 – und deckte daher nur ein kleines Areal ab. Sie zeigte keinen Rasthort und auch keine Häuser oder sonstige Anzeichen von Siedlungen. Sie war mit dem Namen Kereven Deverli signiert und undatiert. Der Überschrift zufolge zeigte sie ein Gebiet namens ›Westliche Schmutzebene‹. Es war sicherlich keine Karte des Gebiets nördlich des Weit. Die Namen, die neben den Umrissen standen, waren Keris unbekannt: Milchwasser, Schnatterklippe, Melltal, Buschgras, Höcker – sie kannte keinen dieser Orte. Selbst die Feldströmungslinie hatte einen Namen, den sie nicht erkannte: der Winder.

Sie kramte durch einige der alten Karten, die Piers in der Dachstube aufbewahrte, und suchte nach einer, die solche Namen erwähnte. Diese Karten hatte Piers nicht selbst geschaffen; er hatte sie vor langer Zeit von anderen Kartenzeichnern gekauft. Das war noch vor seiner Heirat gewesen, in den Tagen, als er tief in das Unbeständige hineingereist war – bis zur Achten Stabilität.

Nach einer oder zwei Stunden Suche fand sie schließlich den Winder – oder zumindest dessen Anfänge – am äußersten Rand einer der Landkarten. Er lag in der Nähe des Schnitzers, jener Feldströmungslinie, die die Achte Stabilität von der Siebenten und Sechsten trennte.

Das Verwirrendste daran war, dass der Winder hinter der Achten Stabilität nach Süden in die Wüste abbog, was bedeutete, dass die Trompleri-Karte einen Teil der Wüste zeigte. Aber wer wollte jemals eine Karte von einem solchen Gebiet zeichnen? Niemand reiste je so weit südlich, nicht einmal bis zum Spalter, der Feldströmungslinie, die am südlichen Rand der Achten floss; es war zu gefährlich. Dahinter gab es keine Stabilitäten mehr, ja überhaupt keine Gebiete der Ordnung, sondern nur endlose Unbeständigkeit und Schrecknis. Das sagten zumindest die wenigen, die früher einmal dorthin auf Forschungsreise gegangen und zurückgekommen waren.

Den Legenden zufolge hatte es in ferner Vergangenheit im tiefen Süden andere Länder gegeben: die Zwillingsnationen Yedron und Yefron und das böse Vedis, wo die Tyrannen herrschten, dann das sagenhafte Bellisthron, das auf den Seen von Thron schwamm. Die ältesten der Heiligen Bücher sprachen von solchen Orten, aber wenn sie wirklich einmal existiert hatten, so gab es sie jetzt nicht mehr oder zumindest waren sie von dem, was von der Markgrafschaft Malinawar übrig geblieben war, durch einen zu großen Zwischenraum des Unbeständigen getrennt worden.

Niemand suchte mehr nach ihnen, niemand ging mehr so weit nach Süden – und dennoch gab es eine Karte, die offensichtlich eine Region südlich der Achten Stabilität abbildete. Das ergab keinen Sinn.

Keris legte die Karten fort und seufzte.

In den folgenden Tagen verbrachte sie viel Zeit damit, über dieses Rätsel nachzudenken, aber sie kam zu keinem Ergebnis, und sie wusste auch nicht, wen sie in dieser Sache fragen konnte. Sie redete mit einigen der feldströmungsfühligen Unbeständigen, die in den Laden kamen, über Trompleri-Karten, aber alle taten diese Karten als etwas ab, das vielleicht früher einmal existiert hatte, jetzt aber wirklich nicht mehr aufzutreiben war.

Das reichte ihr nicht. Die Karte, die sie besaß, war nicht alt – wenigstens nicht so alt, dass sie sich aufzulösen drohte. Daraus schloss sie, dass jemand das Geheimnis der Erschaffung solcher Karten wiederentdeckt haben musste. Jemand namens Kereven Deverli. Und möglicherweise versuchte jemand anderes dieses Geheimnis so verzweifelt zu erlangen, dass er bereit war, dafür zu töten. (Wegen dessen, was die Karte zeigte, oder nur, weil es eine Trompleri-Karte war?)

Langsam wurde die Trompleri für Keris zu einer Manie. Die sich unablässig verändernde Schönheit der Karte lockte sie an, fesselte sie, faszinierte sie. Sie versuchte das Geheimnis ihrer Erschaffung dadurch zu entschlüsseln, dass sie sie ansah und untersuchte – aber das führte zu keinem Ergebnis. Ihre Finger sagten ihr, dass es nichts als eine gewöhnliche Karte war; ihre Augen sagten ihr hingegen, dass das nicht stimmte. Berührungen sagten ihr, dass sie flach war; ihre Augen sagten ihr, dass sie plastisch war – und die Zeit sagte ihr, dass sie sich veränderte. Die Tinte und die Farben, die zu ihrer Herstellung benutzt worden waren, ähnelten anscheinend denjenigen, die Keris selbst aus pflanzlichen Farbstoffen, Harzen, Ölen, Ruß, Erdpigmenten und Mineralsalzen herstellte. Aber was machte ihre Magie aus? Sie wusste es nicht und konnte es nicht erraten.

Aber tief in ihrem Innern wusste sie, dass sie sich nichts sehnlicher wünschte, als eine solche Karte selbst herstellen zu können. Das war die ultimative Herausforderung für einen Kartenzeichner, und gleichermaßen tief in ihrem Innern wusste sie, dass sie tatsächlich eine Kartenzeichnerin war und nicht eine Frau, deren Bestimmung lediglich darin bestand, irgendjemandes Gemahlin zu werden. Und schon gar nicht eine Frau, der es bestimmt war, eine Heilige Ritterin zu werden. *Sie war eine echte Kartenzeichnerin.*

Sie wurde immer ruheloser und unglücklicher und wusste, dass sie sich an der Schwelle zu einer großen Veränderung in ihrem Leben befand, aber sie wusste noch nicht, in welche Richtung diese Veränderung sie führen würde. Die Trompleri-Karte mit ihrer sich ständig ändernden Oberfläche schien den Fluss ihrer eigenen Existenz zu symbolisieren. Dieses Geheimnis spiegelte das Geheimnis des Todes ihres Vaters und die Unsicherheit ihrer eigenen Zukunft wider.

Ihre praktische Vernunft sagte ihr, dass es für sie keine Möglichkeit gab, je eine Kartenzeichnermeisterin zu werden. Es stimmte: Sie konnte den Theodoliten bedienen, Anzeigen ablesen und genaue Karten skizzieren. Es stimmte: Sie konnte reiten und sich mit Pfeil und Bogen verteidigen. Es stimmte: Sie hatte ihren Vater auf Vermessungsreisen innerhalb der Ersten Stabilität begleitet und dabei viel von ihm gelernt. Aber sie war noch nie im Unbeständigen gewesen und wusste nicht, wie sie dort überleben sollte. Auch wenn sie schon so oft von seinen Seltsamkeiten und Gefahren gehört hatte, besaß sie keine praktische Erfahrung damit. Es war zweifelhaft, ob eine Frau selbst unter den günstigsten Umständen dort lange überleben konnte: Animalische Stärke bedeutete viel, wenn die Bestien und die Häscher des Chaos in der Nähe waren. Und schließlich würde niemand Karten von einer Frau kaufen, weil man ihnen nicht vertrauen würde. Frauen waren Hebammen und Bäckerinnen, Kräuterspezialistinnen und Schneiderinnen, Friseusen und Weberinnen, aber sie waren nie Schmiede oder Wirtshausbesitzer oder Schreiner – oder Kartenzeichner. Die Regel entschied über solche Dinge, und die Regel musste befolgt werden. Eine Frau, die einen Beruf ergreifen wollte, der ihr durch die Regel verboten war, wurde verachtet und verunglimpft; ihre Tätigkeit wurde ignoriert, und das genügte bereits für ihr Scheitern. Eine andere Bestrafung war nicht nötig: Die Gesellschaft hatte bereits eine sehr wirkungsvolle erfunden.

Die Ordnung musste aufrecht erhalten werden und eine Frau, die sich der Regel nicht beugte, bedrohte die Ordnung und würde kein Mitgefühl finden.

Das Höchste, worauf sie hoffen durfte, war, dass sie dasselbe tun würde, was sie bereits für ihren Vater getan hatte und nun für Borl tat: bei der Erschaffung einer Karte mitzuarbeiten und dann beiseite zu treten und mitanzusehen, wie ein Mann den Ruhm einheimste. Vielleicht fand sie jemanden, der ihr Talent anerkannte und sie als Kopistin einstellte.

Besser den Bodensatz aus dem Glas als überhaupt nichts zu trinken.

Vielleicht.

Eines Abends bei Sonnenuntergang wurde Keris von Yerrie darauf aufmerksam gemacht, dass ein Besucher kam. Sie hatte bereits die Fensterläden vorgelegt, doch sie öffnete die Tür und spähte hinaus. Es war eine merkwürdige Zeit für Kundschaft oder auch nur für einen Besucher, aber sie war eher neugierig als verängstigt. In Mahlkorn gab es keine Probleme mit Dieben und Räubern.

Draußen stand ein Mann neben dem Pferdetrog und schaute auf das Wasser, als überlege er sich, ob er es trinken solle. Er war in mittlerem Alter und müde; sein Gesicht, das er ihr zuwandte, zeugte von völliger Erschöpfung. Anscheinend hatte er kein Pferd, und seine Kleidung war schäbig.

Als er auf sie zukam, sah sie, dass seine linke Wange die Narbe der rituellen Entstellung eines verurteilten Verbrechers trug: zwei Balken und eine Mondsichel. Also waren es zwei Urteile gewesen; die Mondsichel bedeutete einen kleineren Diebstahl ohne Gewaltanwendung. Ihr Blick fiel auf seine linke Hand. Wie zur Antwort hob er sie, damit sie sie sehen konnte: Zwei seiner Finger waren gebrochen und krumm wieder zusammengewachsen. Ein weiteres Diebszeichen. Etwas Schlimmeres als geringfügiger Diebstahl hätte natürlich die Verbannung in das Unbeständige nach sich gezogen und deshalb würde ein Mann, der eines schwerwiegenderen Verbrechens überführt worden war, jetzt nicht vor ihr stehen.

Sie sagte: »Die nächste Kantoreiherberge ist bei Rtn. Marlede.«

»Ich bin den ganzen Weg von Hoffdank bis hierher gelaufen«, sagte er. »Fräulein, bitte hab Erbarmen. Ich schaffe es heute Nacht nicht mehr bis Rtn. Marlede. Ich bin müde und hungrig und durstig.« Sein Blick fiel erneut auf den Wassertrog.

»Trink das nicht«, sagte sie unwillkürlich. »Ich hole dir frisches Wasser.«

»Auch etwas zu essen?«, fragte er flehentlich. »Und einen Platz für die Nacht in deiner Scheune, ja?«

»Das ist gegen die Regel«, sagte sie. Ein Verbrecher, der kein Eigentum besaß, durfte nicht in bewohnten Gebieten schlafen, es sei denn, es waren religiöse Kantoreien oder Herbergen, die von der Kantorei geführt wurden, und selbst dann war es ihm nicht erlaubt, länger als zwei aufeinanderfolgende Nächte zu bleiben. Ebenso war es nicht Farben tragenden Personen verboten, einer solchen Person etwas zu essen zu geben. Sie sollte vollständig von der Hilfe der Kantorei abhängig sein.

»Die Regel sagt vieles«, meinte er müde. »Und manchmal kann man ihr einfach nicht gehorchen. Ich bin am Ende meiner Kräfte, Mädchen.« Er setzte sich auf den Rand des Trogs und sah tatsächlich völlig erschöpft aus.

Die Regel sei verdammt, dachte sie. Ich habe sie auch satt. »In Ordnung«, sagte sie zu ihm. »Hier entlang.« Sie führte ihn am Haus vorbei in die Scheune. »Aber sei vorsichtig. Mein Bruder wird keine Nachsicht walten lassen, wenn er dich findet. Am besten versteckst du dich auf dem Heuboden. Ich bringe dir etwas Wasser und Nahrung und ein Bett-Tuch.« Er sah dankbar aus. Und erleichtert. »Fass die Pferde nicht an«, warnte sie ihn.

»Ich habe nicht vor, sie zu stehlen.«

»Das weiß ich«, sagte sie. »Sie würden es auch gar nicht zulassen. Ich habe damit gemeint, dass du nicht zu nahe an sie herangehen sollst. Es sind Querungspferde, die schnell nach Fremden schnappen. Und sie haben scharfe Schneidezähne. Ich habe dich gewarnt.« Sie ließ ihn stehen und ging zurück zum Haus.

Glücklicherweise lag Sheyli in tiefem Schlaf und Borl war in den Ort gegangen (sie glaubte zu wissen, warum: Er machte Fressie, der Schreinerstochter, den Hof); deshalb war es leicht, das Wasser und das Laken hinauszubringen und dann eine kleine Mahlzeit zuzubereiten, ohne dass jemand wissen wollte, was sie da tat.

Der Mann fiel über das Essen her, als hätte er seit langem nichts mehr zu sich genommen, und sie musste sofort den Becher wieder füllen, weil er ihn so rasch leer getrunken hatte. Sie redeten nicht viel; er schien keine Lust auf ein Schwätzchen zu haben und sie war nicht sicher, ob sie hören wollte, was er zu sagen hatte. Sie konnte sich das Leben, das er führte, vorstellen – und auch die Bitterkeit, die er in sich barg. Wenn er nicht das Leben eines Umherstreunenden führen wollte, der durch seine Gesichtsnarben und die gebrochenen Finger für immer gezeichnet war, und wenn er nicht auf ewig von der Mildtätigkeit der Kantorei abhängig sein und sowohl von den Verteidigern als auch von den aufrechten Bürgern belästigt werden wollte, musste er sich selbst als Kantor einkleiden lassen – oder die Stabilität verlassen und im Unbeständigen leben. Beides war nicht gerade angenehm: Eingekleidet konnte er nur Kinese-Kantor und sonst nichts werden und war dazu verdammt, die meiste Zeit seines Wachseins damit zu verbringen, Kinese-Andachten innerhalb der Kinese-Kette abzuhalten. Als Bewohner des Unbeständigen wäre er hingegen durch das dort herrschende ungeschriebene Gesetz dazu verdammt, zusammen mit anderen, bösartigeren Verbrechern herumzuziehen. Seine Lebenserwartung wäre wohl nicht sehr hoch.

Du hast genauso wenig eine Wahl wie ich, dachte Keris und bemitleidete ihn darum.

Sie ließ ihn das Mahl in Ruhe essen.

Am nächsten Morgen war er schon fort, als sie in die Scheune kam. Es waren verdächtig wenige Eier unter den Hennen, aber sonst fehlte nichts.

Sie kehrte mit dem einzigen Ei, das sie noch gefunden hatte, in die Küche zurück und bemerkte, dass Sheyli aufrecht im Bett saß. Eigentlich wäre das ein gutes Zeichen gewesen – aber irgendwie verspürte Keris bei ihrem Anblick Angst. Die Augen ihrer Mutter glitzerten in unnatürlicher Helligkeit; ihre Haut war fleckig rot.

Keris setzte sich auf die Bettkante und nahm ihre Hand. »Willst du etwas, Mutter?«

Sie nickte. »Ja. Ich habe viel nachgedacht…« Für einen Moment war sie still. »Über viele Dinge. Manchmal über den kleinen Aurin. Erinnerst du dich an ihn, Keri?«

Keris nickte, auch wenn die Erinnerung an ihren kleinen Bruder in Wahrheit sehr verschwommen war. Sie war erst vier gewesen, als er geboren wurde, und er war zwei Tage später verschwunden.

»Sie hätten ihn nicht nehmen dürfen«, flüsterte Sheyli. »Tessy hat ihre beiden Söhne und ihre Tochter behalten. Genau wie dieser Bierkutscher drüben in Obermahlkorn. Manchmal machen sie Ausnahmen, aber nicht für uns. Weißt du, das ist so, weil Piers ein Unbeständiger war, und sie mögen die Unbeständigen nicht. Nun, jetzt müssen sie dafür bezahlen. Es wird in der Ersten keinen anständigen Kartenzeichner mehr geben und darunter werden sie zu leiden haben. Sie hätten Aurin nicht fortnehmen dürfen. Es war nicht richtig. Es hat keinen Tag gegeben – keinen einzigen Tag in den letzten zwanzig Jahren –, an dem ich nicht an ihn gedacht habe.«

Die Tragik ihrer Worte packte Keris. Sie erhob sich mit Schuldgefühlen, weil sie wusste, dass sie sich kaum Gedanken um Aurin gemacht und nicht viel um ihn gegeben hatte.

»Ach, Keri«, sagte Sheyli schließlich, »manchmal habe ich den Eindruck, dass die ganze Welt um uns herum aus den Fugen gerät.«

Keris war erschüttert. Sheyli hatte nie zuvor die grundsätzliche Bedeutung der Regel und der Kantorei in Frage gestellt, und wegen ihrer Fassungslosigkeit mangelte es Keris' Widerrede an Überzeugungskraft: »Unsinn, Mutter. Jetzt bist du grüblerisch; das passt gar nicht zu dir.«

»Keri, es geht nicht mehr lange. Nur noch einen oder zwei Tage. Ich spüre, dass ich jetzt gehen muss.« Keris öffnete den Mund, um noch einmal zu widersprechen, doch Sheyli redete wie im Fieber weiter und ließ ihre Tochter nicht zu Wort kommen. »Bevor ich gehe, will ich sicher sein, dass du versorgt bist. Keri, ich will, dass du die Mitgift nimmst und weggehst.«

»Aber – wohin sollte ich denn gehen?«

»Zu meinem Bruder. Zu deinem Onkel Fergrand in der Zweiten Stabilität. Dabei könntest du gleichzeitig deine Pilgerschaft hinter dich bringen.«

»Das Geld gehört mir nicht…«

»Dein Vater hat hart dafür gearbeitet. Er wollte, dass du es bekommst, das heißt, dein Ehemann, nicht aber Borl. Borl sollte das Haus und das Geschäft erhalten und du das Geld. Ich will dafür sorgen, dass Piers' Wünsche befolgt werden. Nimm das Geld, Keris, bevor es Borl für seine elende Taverne vergeudet.«

Keris dachte an den Dieb, dem sie in der Scheune Unterschlupf gewährt hatte. An ein narbiges Gesicht, verkrüppelte Finger, an das Leben eines Vagabundes. Wenn sie die Mitgift nahm, beging sie ein Verbrechen. »Mutter… die Regel…«

»Erstens kannst du nur in derjenigen Stabilität eines Verbrechens angeklagt werden, in der du es begangen hast. Sobald du in der Zweiten bist, bist du in Sicherheit. Es würde einfach zu viele Umstände machen, wenn man dich wegen einer solchen Kleinigkeit zurückbringen würde. Zweitens werde ich leugnen, dass es überhaupt je eine Mitgift gab, falls Borl dich anklagen sollte. Dann steht Borls Wort gegen das einer sterbenden Frau. Wem wird man wohl glauben? Ich werde das Gleiche auch Frau Töpfel sagen, sodass es noch eine Zeugin gibt.«

Keris schluckte. Gebrochene Finger, vernarbtes Gesicht… Es war, als hätte sie eine Warnung erhalten. Als sei ihr der Dieb zum Zeichen gesandt worden, dass sie sich nicht außerhalb des Gesetzes stellen sollte. *Mach dich doch nicht lächerlich. Das war nur ein Zufall, sonst nichts.* Sie sagte mit fester Stimme: »Borl wird mich verfolgen, um das Geld zurückzubekommen.«

»Solange er dich nicht einholt, bevor du das Unbeständige erreicht hast, wirst du in Sicherheit sein. Glaube mir, er wird dir nicht über eine Kinese-Kette hinweg folgen. Er hat mir ziemlich deutlich erklärt, dass er Angst vor dem Unbeständigen hat. Außerdem glaube ich nicht, dass er dich vor ein Gericht der Kantorei oder zu den Verteidigern bringt. Er ist schließlich dein Bruder.«

»Mutter…«

»Bitte, Keri. Bitte – damit ich in Frieden sterben kann. Himmel, Kind, du warst doch immer die Zielstrebige, die sich in eine Idee verbissen und dann nicht mehr losgelassen und sich immer weiter vorwärts gekämpft hat. Jetzt ist nicht die Zeit, stur zu sein. Ich bitte dich, es für mich zu tun. Verstehst du? Für *mich*.«

»Ich kenne Onkel Fergrand überhaupt nicht und…«

»…ich habe ihn auch seit zwanzig Jahren nicht mehr gesehen. Ja, ich weiß. Aber er war immer ein guter Mann. Und dein Vater hat ihn von Zeit zu Zeit in Ragstadt getroffen. Letztes Jahr im Herbst lebte er noch und war bei guter Gesundheit. Ich bin sicher, er wird dir ein Zuhause geben und einen Mann für dich suchen.«

Keris machte den Mund auf und wollte sagen, dass sie nicht verstehe, warum jedermann es für so wichtig erachte, dass sie einen Mann bekam, aber sie unterließ diese Bemerkung dann doch. Ihre Mutter brauchte Trost und keinen Streit.

Sheyli fuhr fort: »Borl wird morgen früh mit Harins Karren nach Rt. Beogor fahren. Es geht um Met- oder Bierlieferungen. Er wird nicht vor Einbruch der Dunkelheit zurückkehren. Du gehst, während er weg ist.«

Keris war entsetzt. »Das kann ich nicht tun! Nicht bevor…« Sie hielt verwirrt inne.

Sheyli schenkte ihr ein ganz schwaches Lächeln. »Nicht bevor ich tot bin? Keri, meine Liebste, wenn du fort bist, kann ich in Frieden sterben. Bitte, mein Schatz, tu, worum ich dich bitte. Jetzt ist nicht die Zeit für Widerworte.«

Sheyli eröffnete ihr einen verführerischen Ausweg, und Keris mangelte es an dem Willen, ihm zu widerstehen. Sie weinte – nicht laut schluchzend, sondern still und unter Tränen. Sie wusste, dass sie Abschied nahm – nicht nur von ihrer Mutter, sondern auch von den letzten Überbleibseln ihrer Kindheit und Unschuld, und der Kummer, den sie angesichts dieses drohenden Verlustes empfand, war vermischt mit Angst vor der Zukunft und mit Schuldgefühlen und Verzweiflung, weil sie ihre Mutter allein ließ und Sheyli nun ohne ihre Tochter sterben musste. Ihre Mutter brauchte sie jetzt mehr denn je, aber sie brauchte genauso die Gewissheit, dass ihre Tochter eine Zukunft hatte.

»Wirst du gehen?«, fragte ihre Mutter.

Keris nickte hilflos. Sie redete sich ein, dass sie es für ihre Mutter tat, aber sie wusste, dass sie es in Wirklichkeit genauso für sich selbst tat. Es war eine selbstsüchtige Entscheidung, die sie beschämte und vermutlich ihr ganzes Leben lang beschämen würde, aber es war die Lösung ihrer Probleme und deshalb wollte sie sie nicht verwerfen. Sie konnte es nicht.

An jenem Tag schnürte sie ihr Bündel, während Borl fort war. In jener Nacht schlummerte sie neben dem Bett ihrer Mutter und hielt dabei Sheylis Hand fest. Am nächsten Morgen verließ sie das Haus.

Sie schaute nicht zurück. Ihre Augen waren überdies so tränennass, dass sie nichts hätte sehen können.

Kapitel Fünf

Und hart war die Bestrafung, die der Welt auferlegt wurde, weil einige den Wegen der Bosheit folgten. Die Menschheit fragte in Verzweiflung: »Welche Grenzen gibt es noch für Lord Carasma, wenn die Feldströmung ihm Stärke verleiht und die Häscher tun, was er will? Er wird das ganze Land nehmen, das einstmals die Markgrafschaft gewesen ist.«

Gutmann erhob sich und sah, dass sein Land, erstürmt von der Feldströmung, wie eine Küste war, die mit jeder Tide neu geformt wird, und seine Tiere waren wie die Tiere des Waldes. Dennoch sagte er: »Fürchtet euch nicht. Wendet euch vom Tilger ab, denn sonst werdet ihr vor ihm bis in alle Ewigkeit auf dem Boden kriechen. Seid guten Mutes, denn der Schöpfer hat euch die Regel gegeben, die euer Schutz sein wird.«

Die Abspaltung,
Buch II, Kapitel 6, Verse 1–7

Wie es der Zufall wollte, geriet Keris wenige Minuten, nachdem sie Mahlkorn verlassen hatte, in die Gesellschaft eines Kantors. Sie war verärgert; sie hatte erwartet – gehofft –, allein zur Grenze reiten zu können. Sheyli Kaylen war noch am Leben, aber ihre Tochter sehnte sich nach Einsamkeit, um ihrem Kummer freien Lauf zu lassen. Sie brauchte Zeit, um mit der Schuld fertig zu werden, die sie auf sich geladen hatte, indem sie ihr Zuhause verlassen hatte, aber diese Gelegenheit wurde ihr verwehrt.

Der Kantor war wie eine Vision aus rotem Gesicht und farbiger Seide. Er rastete neben der Straße kurz hinter Mahlkorn und fächelte sich Luft zu, als sie an ihm vorbeiritt. Er sprang auf, wedelte mit seiner juwelenbesetzten Fliegenklatsche in ihre Richtung, wobei seine Glöckchen klangen und seine Seidenkleider im Sonnenschein flatterten, und bat sie, auf ihn zu warten. Gehorsam (wenigstens dieses Mal) gegenüber ihrer Erziehung, die sie gelehrt hatte, jene zu achten, die die Kantorei repräsentierten, wartete sie mit einem höflichen Lächeln, das nichts von ihrer Verwirrung preisgab. Er kletterte auf seinen Zelter (er war ein kleiner Mann und benötigte deshalb kein größeres Reittier), ergriff die Zügel seines Packesels und gesellte sich zu Keris.

»Ah, Mädchen«, sagte er mit dem trällernden Akzent der Achten Stabilität, »wie schön, dass ich jetzt Gesellschaft habe. Ich habe einige Kantorinnen nach Rtn. Marlede begleitet – feine, fromme Frauen, die sich in die Abgeschiedenheit der dortigen Kantorei zurückziehen wollten –, aber seitdem habe ich niemanden mehr getroffen, der in meine Richtung unterwegs ist, und Portron Bittel, Regelkantor des Ordens von Rt. Ladma – das bin ich – ist nicht der Mann, der ein einsames Leben genießen könnte.«

»Dann hättet Ihr Euch nicht dazu entscheiden dürfen, Farben zu tragen, Kantor«, sagte sie. Die Worte waren ihr unbedacht entschlüpft. Sie dachte: ausgerechnet ein Kantor, der sich der Erklärung und Durchsetzung der Regel widmet – kaum die Sorte Mann, die ich mir als Reisebegleitung wünsche.

Er hielt in seinem Redefluss inne und warf ihr einen bedeutungsschweren Blick zu. Offensichtlich war er nicht sicher, ob sie ihre Bemerkung als Witz über sein Kantorszölibat gemeint hatte, was tatsächlich der Fall war. Sein Blick wanderte weiter zu ihren Bündeln, die sie ihrem Packpferd aufgeladen hatte (ganz oben lagen Piers' Ebenholzstab und ihr eigener Bogen), dann zu dem einzelnen Wurfmesser, das sie an der Hüfte trug, und dem Köcher, der ihr auf dem Rücken baumelte.

Schließlich besah er sich ihre Hose und Schuhwerk, ihr Hemd und Lederwams – Kleidung, die zu tragen sie schon immer gewagt hatte, wenn sie mit Piers auf Vermessungsreise durch das Land gezogen war.

»Du bist bestimmt auf deiner Pilgerreise«, sagte er überflüssigerweise und zog die Ärmelaufschläge seiner hellroten und malvenfarbenen Robe glatt. Sie nickte. »Du solltest aber deinen Rock tragen, Mädchen. Ich weiß, selbst ein Kantor legt seine Robe beiseite, wenn er eine Durchquerung macht, damit sie seine Bewegungen im entscheidenden Augenblick nicht behindert, und die Farben sind einer Tarnung auch nicht gerade förderlich, aber du befindest dich noch nicht im Unbeständigen. Das hier ist noch die Erste Stabilität und du solltest deinen Rock tragen. Wenn wir anhalten und eine Pause machen, musst du dich umziehen.«

»Wie denn? Ich habe keinen Rock dabei«, log sie.

Sie hatte erwartet, dass er nun empört wäre, doch er schien eher interessiert als überrascht zu sein. »Keinen Rock? Also, dann können wir nicht viel machen, oder? Ich kann dir schließlich wohl kaum meinen leihen. Sag mir, Kind, wie kommt es, dass du keine Begleitung hast?«

»Mein Vater und meine Mutter sind – sind tot, und mein Bruder hat seine Pilgerreise schon hinter sich.«

Er schüttelte bekümmert den Kopf. »Du solltest nicht allein reisen. Die Regel ist ziemlich eindeutig: Frauen sollten sich Gesellschaft zum Schutz suchen, damit sie keine Verlockung für die Regellosen darstellen.«

Langsam reichte es ihr. »Dann sollen die Regellosen gefälligst ihre Lust bezähmen«, sagte sie giftig. »Sie sind die Sünder, nicht ich. Ich bin bereit, das Risiko auf mich zu nehmen.«

Er schaute entrüstet drein. »Mädchen, du hast nicht das Recht dazu. Wenn du auf deinem Weg Schwierigkeiten bekommen solltest, wird dadurch die Ordnung und mit ihr zusammen die ganze Menschheit bedroht. Jeder sollte sein Möglichstes tun, um Unordnung zu verhindern. Wenn du ein Risiko eingehst, ist das eigensüchtig, weil mehr als nur deine eigene Sicherheit auf dem Spiel steht.«

Sie wusste, dass er Recht hatte, aber es fiel ihr schwer, das zuzugeben. Sie holte tief Luft und bog die Finger, mit denen sie die Zügel zu fest gehalten hatte. »Keine Sorge, Kantor«, sagte sie und war um einen leichten Plauderton bemüht. »Jetzt habe ich Euch getroffen, und Ihr könnt meine Unschuld von hier bis Hoffdank beschützen.«

Sie hatte es bisher nie gewagt, sich offen oder insgeheim über einen Fremden lustig zu machen, und erst recht nicht, wenn es sich um einen Kantor handelte; einen Augenblick lang war sie über ihre eigene Verwegenheit verblüfft. Sie dachte: Ich habe das Gefühl, nicht mehr Keris Kaylen, die sanfte Tochter des Kartenzeichners, zu sein, sondern jemand anderes. Ich fühle mich wie – wie ein Hund, der zum ersten Mal von der Leine gelassen wird und bereit ist zu Spiel oder Kampf. Frei. Sie setzte sich noch etwas aufrechter im Sattel und fühlte sich gut. Verdammnis über dich, Borl Kaylen, dachte sie. Ich habe meine Mitgift und Vaters – deine – Querungspferde und deinen Bogen und deinen Schlafsack und deinen Theodoliten und deine Kartenzeichenwerkzeuge und deine Karten, und alles andere kümmert mich einen Dreck. Wenn sie schon wie ein Dieb gejagt werden würde, brauchte sie schließlich nicht wie ein bescheidener aufzutreten.

»Welche Durchquerung wirst du machen, Mädchen?«, fragte der Kantor jetzt. Er hatte noch mehr gesagt, aber sie hatte ihm nicht zugehört. »Vermutlich zur nächstgelegenen Stabilität. Zur Zweiten?«

»Ja. Und wie ist es mit Euch, Kantor?«

»Oh, ich befinde mich nicht auf einer Pilgerreise. Der Kantorvater des Ordens von Rt. Ladma hat mich zu einer spirituellen Einkehr zurückbeordert; das ist alles.« Er regte sich unbehaglich im Sattel, als gebe es etwas, das ihn daran störte. »Aber du weißt sicher nicht, wo diese Kantorei ist, nicht wahr? Sie befindet sich in der Achten Stabilität. Ich muss in den nächsten Monaten das ganze Unbeständige von Norden nach Süden durchwandern. Ich kann dir sagen: Das wird eine harte Reise. Hart für den Hintern.«

Er schüttelte sorgenvoll den Kopf und sie musste beinahe lachen. Er war etwa fünfzig Jahre alt und hatte runde, rote Wangen, einen kugeligen Bauch und große Füße; nichts davon schien zu seiner kleinen Statur zu passen. Er hatte einen kahlen Fleck inmitten einer weißen Haarkräuselung, doch sein Gesicht war faltenlos und glühte vor liebenswürdigem Wohlwollen. Das fand sie seltsam, denn die meisten Regelkantoren waren harte Männer und unbarmherzig, wenn es darum ging, die Ordnung zu stärken. »Ich hasse das Unbeständige«, sagte er plötzlich. »Hast du schon einmal eine Durchquerung mitgemacht, Mädchen?«

Sie schüttelte den Kopf.

Er nickte; offenbar wurden Erinnerungen in ihm wach. Sein weißes Haar flatterte ihm um die Ohren. »Ich hasse es. Es ist ein böser Ort, der die Unschuldigen zerrüttet und den Reinen Schaden zufügt. Als ich in deinem Alter war – weißt du, ich bin der zweite Sohn eines Fleischers –, bin ich auch zu meiner Pilgerreise aufgebrochen. Damals entschied ich mich, die Farben zu tragen, weil ich herausfand, dass das Leben eines Kantors etwas für mich ist. Ich habe mich damals umgeschaut und all das Böse gesehen – nein, ich habe sein Gift sogar tief in den Knochen gespürt –, und da wusste ich, dass ich Kantor werden und seine Ausbreitung bekämpfen musste. Die Kinese ist der sicherste

Weg, um das Unbeständige in Schach zu halten – Kinese und die Schaffung von Ordnung und das Befolgen der Regel. Bis dahin hatte ich an diese Dinge nicht wirklich geglaubt, weißt du? Ich war jung und wütend auf die Kantorei und die Härte der Regel. Aber da draußen…« Er zeigte mit der Hand in die Richtung, in der sie unterwegs waren. »Da draußen spürst du das Chaos. Du spürst, wie es die Erde unter deinen Füßen zerfrisst. Du spürst, wie es alles Erschaffene tilgt, du spürst, wie es das Gesetz von Leben und Wachstum verbiegt. Du spürst, wie die Hand des Tilgers über deine Seele fährt und dich zu seinem Eigentum machen will. Und dann weißt du, dass das einzige Bollwerk gegen das Chaos die Ordnung ist, und wo kann man besser mithelfen, die Ordnung aufrecht zu erhalten, als in der Kantorei?«

Sie sah ihn neugierig an: »Also seid Ihr feldströmungsfühlig?«

Er nickte noch einmal. »Ja, leider. Es ist hart, im Unbeständigen feldströmungsfühlig zu sein, Mädchen. Man *spürt* mehr.« Er seufzte.

»Geht Ihr auf dem Weg zur Achten durch die anderen Stabilitäten?«, fragte sie. »Oder geht Ihr auf direktem Weg dorthin?«

»Die übliche Route führt unmittelbar südlich bis zur Fünften. Dort wird der Proviant aufgefüllt und dann geht es zur Achten, und zwar so direkt wie ein Esel zum Wasser. Natürlich hängt es von dem Führer ab, den man hat.«

»Dann kommt Ihr also an Pökels Rasthort vorbei.«

»Pökels Rasthort? Das weiß ich nicht. Es ist schon ein Dutzend Jahre her, seit Portron Bittel das letzte Mal die Erste verlassen hat, und die Rasthorte kommen und gehen wie die Jahreszeiten. Es ist ein gefährlicher Beruf, Wirt eines Rasthortes zu sein. Der Schöpfer möge sie segnen. Ich erinnere mich, dass einmal…«

Nun erzählte er eine alte Geschichte, die nach Keris' Meinung weder etwas mit Rasthorten noch mit deren Wirten zu tun hatte. Sie hörte bald nicht mehr zu und hing stattdessen ihren eigenen Gedanken nach. Sie war versucht, selbst zu Pökels Rasthort zu gehen. Das Problem dabei war, dass er nicht auf dem Weg zur Zweiten Stabilität lag, und es war fraglich, ob jemals jemand vom Rasthort zur Zweiten ging. Wenn sie den Rasthort besuchte, müsste sie zuerst wieder zur Ersten Stabilität zurückkehren, um von hier aus zur Zweiten zu gelangen. Falls Borl sie verfolgte, war das ein gefährliches Manöver und überdies war es teuer, die vielen Führer zu bezahlen. Aber sie wollte so gern mit Pökel reden. Sie wollte wissen, woher die Karte gekommen war. Sie wollte wissen, wer ihren Vater ermordet hatte. Und sie wollte wissen, wie er umgekommen war. Piers Kaylen, der so gerissen wie eine alte Scheunenratte in einer Scheune gewesen war… Es konnte nicht leicht gewesen sein, ihn zu töten.

»…und da war ich also«, sagte Kantor Portron gerade, »vom Schädel bis zu den Zehenspitzen mit Federn bedeckt, nackt wie ein Neugeborenes, mit einem wunderschönen Mädchen im Arm, und in diesem Augenblick kam der Hedrin-Kantor zur Tür herein.«

Sie blinzelte verwirrt und fragte sich, was sie soeben verpasst hatte.

»Und du, Mädchen, hast nicht ein Wort von alldem mitbekommen.« Er seufzte. »Nach einer Weile hören mir die wenigsten noch zu. Ich rede zu viel.«

»Na und?«, sagte sie belustigt. Sie vermutete, dass er diese verwirrende Pointe nur angehängt hatte, um sie aus ihrem Tagtraum zu wecken. »Ihr liebt es eben zu reden.«

Er lachte. »Ja, das stimmt. Aber ein Kantor sollte eher zuhören als schwätzen. Da erzähle ich dir alles über mich selbst und weiß überhaupt nichts von dir. Wie heißt du, Mädchen?«

»Keris. Keris – Kereven.« Sie hatte nicht lügen wollen, bis ihr der Name bereits auf der Zunge lag. Doch dann hatte sie sich selbst in einem blendenden Blitz der Erinnerung gesehen, wie sie auf dem Boden kniete und die zerfetzte, blutbespritzte Kleidung ihres Vaters in den Händen hielt, und ihr war der Gedanke gekommen, dass, wenn jemand Piers Kaylen ermordet hatte, Kaylen wohl kein guter Name war – vor allem nicht im Unbeständigen. Und falls Borl sie jagte, war es auch in der Ersten Stabilität kein guter Name.

Leicht verwirrt dachte sie über sich selbst nach. Wo war das Mädchen geblieben, das sie gewesen war – die gehorsame Tochter? Seit sie vom Tod ihres Vaters erfahren hatte, hatte sie etliche Dinge getan, für die sie sich eigentlich zutiefst schämen sollte: Sie hatte etwas versteckt, das nicht ihr gehörte, dann hatte sie einem verurteilten Dieb Unterschlupf gewährt; sie hatte ihren Bruder bestohlen, war von zu Hause fortgelaufen, hatte ihre sterbende Mutter allein zurückgelassen – und jetzt gab sie einen falschen Namen an. Und all das machte ihr erstaunlicherweise kaum etwas aus – mit Ausnahme der Tatsache, dass sie Sheyli verlassen hatte. Das beschämte sie, aber sie vergrub dieses Gefühl tief in ihrem Innern und ließ es zu, dass die anderen Gefühle die Oberhand gewannen: Freude an ihrer neuentdeckten Freiheit, Erregung bei dem Gedanken an das, was vor ihr lag, Zufriedenheit angesichts der Vorstellung, dass sie jetzt selbst die Kontrolle über ihr Leben hatte.

Ein von der Leine befreiter Hund? Nein, eher ein Schmetterling, der seine Puppe abgeworfen hat und entdeckt, dass er Flügel hat…

Während sie weiterritten, lächelte sie.

Der Kantor an ihrer Seite bemerkte das Lächeln und beneidete die Jugend um ihr grenzenloses Vertrauen. Er jedenfalls war alt genug, um zu wissen, dass das eben nicht so einfach war.

Maylie, dachte er. Schöpfer, sie sieht aus wie Maylie. Und er fühlte einen Schmerz, den er schon seit Jahren nicht mehr verspürt hatte.

Sie erreichten die Grenze gegen Sonnenuntergang. Die Ansammlung von Geschäften und Zelten am Ende der Straße hatte früher einmal ›Hoffnung und Dankbarkeit‹ geheißen. ›Hoffnung‹ stand für jene, die die Durchquerung des Unbeständigen in Angriff nahmen, und ›Dankbarkeit‹ stand für jene, die zurückkehrten und dankbar waren, dass die Durchquerung überstanden war. Der Name war schon lange zu ›Hoffdank‹ zusammengeschmolzen.

Es gab nichts Beständiges in Hoffdank. Niemand lebte sehr lange hier; es lag zu nahe am Unbeständigen. Deswegen durchzog ein Gefühl beunruhigender Flüchtigkeit die baufälligen Hütten, die die gefurchten Wege säumten. Die Geschäftemacher trieben ihren Handel in Baracken oder Zelten und verdienten schnelles Geld, indem sie ihre Waren zu sehr hohen Preisen verkauften und so rasch wie möglich wieder in das Innere der Stabilität zurückkehrten. Die Kantorei schaffte in schneller Folge Kinese-Kantoren (die die Kette aufrecht erhielten) und Andachts-Kantoren (die den Bedürfnissen der Pilger dienten) in die Stadt hinein und wieder aus ihr heraus. Hier waren keine Verteidiger postiert – vielleicht weil kein Tricianer hier geblieben wäre; also gab es niemanden, der die Regel durchsetzte. Tatsächlich gab es hier kaum Ordnung. In Hoffdank konnte ein Augenblick der Unaufmerksamkeit bedeuten, dass man seines letzten Pfennigs beraubt, vergewaltigt oder umgebracht wurde.

Und doch existierten so etwas wie Handel und Normalität. Man konnte die Vorräte kaufen, die man zu Hause vergessen hatte, oder diejenigen nachfüllen, die man bereits verbraucht hatte. Man konnte sein Pferd beschlagen und seine eigenen Wunden vernähen lassen. Man konnte einen Führer mieten oder einen Brief von einem Kurier überbringen lassen. Man konnte nach Informationen über Verwandte oder Freunde fahnden, die hinausgeritten und nicht zurückgekehrt waren. Man konnte im Badehaus ein Bad nehmen, wenn man dreckig war, oder den Arzt aufsuchen, wenn man es wirklich dringend nötig hatte, oder ein Pferd kaufen, wenn man genug Geld besaß. Man konnte sich auch die Dienste einer überbeanspruchten Hure erkaufen, seine Kinese im Heiligtum verrichten, Absolution von einem Kantor erbitten, einen Glückszauber oder sich einen Schutz gegen die Verseuchung erwerben. Aber einige Dinge konnte man nicht tun: Man konnte keinen Dachdecker, Steinmetz oder Schneider auftreiben – in Hoffdank gab es nichts zu kaufen, das auf Beständigkeit oder Luxus hindeutete –, und man fand nie den Abschaum, der einen ausgeraubt, vergewaltigt oder einen der eigenen Freunde ermordet hatte.

Die Hauptstraße war wie krankes Eingeweide. Sie stank, gärte, rülpste, grollte. Sie wand und schlängelte sich, verengte und weitete sich. Sie ächzte vor Menschen und Tieren, wurde von Lärm geschüttelt und wogte vor Aktivität. Die Gebäude – wenn man sie überhaupt so bezeichnen konnte – duckten sich an ihr entlang wie Geschwüre und sonderten Abfall wie nässende Wunden ab. Hoffdank glich keinem anderen Ort in der Ersten Stabilität; es hatte seine Geschwister anderswo – am Rand der anderen Stabilitäten. Grenzsiedlungen waren überall gleich; es waren verpestete Städte, die durch die Nähe des Unbeständigen vergiftet und durch die Berührung mit dem Chaos verdreckt und durch den Blick des Tilgers verdorben wurden.

Als sie mit dem Kantor Portron in Hoffdank einritt, fühlte Keris sich überwältigt. Ihr bisheriges Gefühl von Sicherheit war verebbt. Jedermann schien zu schreien, zu drängeln, zu stoßen. Überall um sie herum wurden Geldbörsen gestohlen, in Hintern gekniffen, Geschäfte gemacht und Wetten verloren. In Hoffdank fühlte sie sich dreckig.

»Pass auf deine Geldbörse auf, Mädchen«, flüsterte Portron unnötigerweise.

»Ist es hier immer so?«, fragte sie und stieß eine Hand beiseite, die nach Ygraines Zaumzeug gegriffen hatte.

»Zumindest immer, wenn ich hier bin. Was meinst du, sollen wir erst nach den Führern suchen, bevor wir unser Lager aufschlagen?«

Sie nickte. »An einem Ort wie diesem möchte ich unsere Zelte nicht unbewacht lassen.« Eine blauschuppige Hand fuhr ihr über den Stiefel, und sie stieß sie verängstigt weg. Derjenige, dem die Hand gehörte, eilte zwischen einigen Berittenen davon, doch sie hatte noch seine Schwimmhäute an den Füßen und einen haarlosen Kopf erkennen könne, der unmittelbar auf der knochigen Schulter saß. Sie wandte sich mit weit aufgerissenen Augen an Portron. »Kantor – die *Ungebundenen* kommen hierher?«

»Jawohl«, bestätigte er. Seine Stimme war eine Mischung aus Abscheu und Kummer. »Es ist schwer, sie aufzuhalten. Sie kommen wegen der Vorräte. Arme Seelen! Manchmal patrouillieren die Verteidiger entlang der Kinese-Kette, aber man brauchte hunderte Männer, um die Verseuchten völlig vom Überqueren der Grenze abzuhalten.«

Sie war erschüttert. »Aber die Kinese-Kette soll sie doch fern halten…«

»Sie funktioniert besser gegen die Häscher und die Bestien. Ich glaube, die Ungebundenen bemerken sie nicht einmal besonders, zumindest dann nicht, wenn sie sich nicht dem Tilger angeschlossen haben. Es ist eher die Ordnung, die die Verseuchten abstößt, und wie du bemerkt haben wirst, gibt es hier nicht allzu viel Ordnung. Leider kann man hier auch viele der Ausgeschlossenen sehen – nicht nur die Ungebundenen. Hoffdank ist meiner Meinung nach ein gefährlicher Ort, Mädchen. Hier geschehen viele Morde und oft genug tragen die Leichname das Zeichen der Verseuchten. Behalte einen klaren Kopf. Hallo, du!«, rief er einem vorübergehenden Hausierer mit magischen Amuletten zu, »wo finden wir die Führer?«

»Die erste rechts und dann immer geradeaus. Ein Amulett, Fräulein? Garantiert zehn Tage lang wirksam gegen Verderbnis durch die Feldströmung.«

Keris wusste, dass das Amulett trotz dieser Garantie wertlos war. Sie trieb Ygraine dem Kantor hinterher, und ihr Packpferd Tousson folgte gehorsam. Wenn ein Fremder eine Hand auf die Bündel legte, drehte das Querungspferd den Kopf und biss wild um sich. Keris grinste.

Die Führer lagerten in einiger Entfernung von den schlimmsten Teilen der Stadt auf einer Erhebung. Keris schaute anerkennend auf die ordentliche Reihe aus Zelten und angebundenen Pferden; Führer besaßen dieselbe Planmäßigkeit in ihren Lagern, die auch Piers seiner Tochter eingeimpft hatte. »Welche gehen wohin?«, fragte sie.

»Schau auf die Nummern«, antwortete Portron. Jedes Lager besaß irgendwo eine Nummer, die manchmal mit Kohle auf die Leinwand geschrieben oder auch nur durch eine bestimmte Anzahl von Bändern angezeigt war, die von einer Firststange herabhingen. »Du hast die Wahl, Keris Kereven. Es gibt fünf oder sechs, die zur Zweiten Stabilität ziehen. Ich hingegen muss diesen hier nehmen.« Er wies mit seiner Fliegenklatsche zu einer Leinwand, die zwischen zwei Bäumen gespannt war. In dem Schatten darunter lag ein Mann bequem auf einer Bettrolle. Er hatte den Kopf auf ein Bündel gelegt und den Hut über die Augen gezogen.

Trotzdem wusste sie sofort, wer er war, und unterdrückte ein Gefühl unbestimmten Unbehagens. *Dass eine Katze ihn nicht mochte, bedeutet gar nichts…*

Sie blieb auf Ygraine sitzen, während Portron abstieg und zu Fuß weiterging. »Entschuldige, dass ich dich störe, Meisterführer – könnte ich deine Dienste zur Achten Stabilität in Anspruch nehmen?«, fragte er.

Der Hut kippte nach hinten und der Kopf hob sich ein wenig. Schwarze Augen – dieselben Obsidianstücke, die sie erwartet hatte – betrachteten den Kantor unbeteiligt. Was immer es gewesen war, dessen er sich in Mahlkorn geschämt hatte – in der Gegenwart eines Regelkantors errötete er nicht. »Du kannst«, sagte er mit jener Stimme, die wie das Knirschen eines Mühlsteins klang. Er setzte sich auf, machte sich aber nicht die Mühe, aufzustehen oder auch nur eine Begrüßungs-Kinese zu vollführen. »Ich breche morgen bei Tagesanbruch auf. Zehn Goldmünzen pro Kopf für die ganze Tour, zahlbar vor der Abreise. Ihr müsst eure eigenen Vorräte benutzen, und sie müssen mindestens bis zur Fünften reichen. Ich reise nicht mit Verteidigern. Wenn ihr eine bewaffnete Begleitung wollt, müsst ihr noch drei Wochen auf Nerz Medrigan warten.« Seine Augen blinzelten kurz zu Keris herüber. »Das Kind geht mit dir?«

»Nein, *die Frau* geht nicht mit ihm«, sagte Keris nachdrücklich und fragte sich, ob er sie erkannt hatte. Sein Blick kehrte zu ihr zurück – mit erwachendem Interesse. Einen Moment lang betrachtete er ihr Wurfmesser, dann den Köcher, dann ihr Pferd. Das Querungspferd gab ihm sichtlich zu denken, und sie sah, wie er die Stirn runzelte; offenbar versuchte er sie einzuordnen. Dann schien er das Interesse an ihr wieder zu verlieren und wandte sich erneut an Portron.

»Bist du feldströmungsfühlig?«, fragte er.

»Ja.«

»Was für Vorräte hast du dabei?«

»Einen Mehlsack voller Dörrfleisch und einen halben mit getrockneten Elritzen. Zwei große Hartkäseräder. Einen feuchteren Mehlsack mit getrockneten Früchten. Eine Mischung aus Pferdebohnen und Weizen für die Tiere – alles in diesem einen Sack hier.«

»Das sollte genügen. Sei bei Sonnenaufgang am Teich da hinten.« Er zeigte hinter sein Zelt. »Und bitte keine Röcke oder Glöckchen oder helle Seide.« Er nickte zum Abschied und legte sich wieder. Mit einer Hand schob er den Hut wieder über die Augen.

»Äh…« Portron räusperte sich. »Darf ich nach deinem Namen fragen, Bursche?«

Keris grinste über diese Anrede, aber den Mann störte sie anscheinend nicht. »Storre. Davron Storre. Und deiner, Kantor?«

»Portron Bittel, stets zu Diensten, vom Orden des Rt….«

Die harten Augen schauten noch einmal kurz unter dem Rand des Hutes hervor. »Halte auf dieser Reise so viele Andachten, wie du willst, Kantor Portron, aber belästige mich nicht damit. Ist das klar?«

»Ja, wenn du willst, auch wenn Gebete zum Schöpfer nie…« Die Augen verschwanden, als der Hut mit einer entschlossenen Geste wieder heruntergedrückt wurde. Portron blinzelte und zog sich zurück.

»Ich glaube, Ihr habt soeben Euren Meister gefunden, Kantor«, bemerkte Keris, als sie fortritten. »Ihr werdet auf Eurer Reise nicht viel Unterhaltung haben.«

»Ich befürchte, du hast Recht.« Er seufzte. »Und die Reise wird insgesamt zwei oder drei Monate dauern. Ich hoffe, sein Herz ist nichts so schwarz wie seine Augen.« Dann zuckte er mit den Schultern. »Ach, es steht alles im großen Buch des Schöpfers geschrieben, gesegnet sei Sein Name. Wenn es mein Schicksal ist, das Vaterhaus zu erreichen, dann werde ich es auch erreichen. Was ist denn jetzt mit dir, Mädchen? Welchen von den Führern, die zur Zweiten Stabilität gehen, willst du nehmen?«

»Denjenigen, der am frühesten loszieht«, sagte sie sofort. Sie wusste, dass jeder sie wiedererkennen konnte, aber sie war im Vorteil, denn sie hatte ein Gesicht, dass man schnell vergaß. Und was Ygraine und Tousson anging, so war trotz ihrer guten Eigenschaften nichts Bemerkenswertes an ihnen. Es war unwahrscheinlich, dass sie jemand als Piers' Pferde erkennen würde.

Sie besuchte alle Führer, die zur Zweiten Stabilität gingen – es waren sechs –, und keinem von ihnen kam sie bekannt vor. Zwei tadelten sie wegen des Besitzes von Querungspferden, der dritte wollte sie ihr abkaufen und der vierte sagte zu Portron, dass es eine Bedrohung der Stabilität sei, wenn eine Frau ein solches Tier ritt – von zweien ganz zu schweigen. Was würde der Kantor dagegen unternehmen? Derjenige, der fast schon die zehn Pilger zusammengebracht hatte, die er als nötig erachtete, damit die Reise einen Gewinn abwarf, wollte möglichst am übernächsten Tag losziehen und er erwähnte die Querungspferde überhaupt nicht. Also fügte sie den Namen Keris Kereven seiner Liste hinzu, und dann ritten sie und Portron fort und suchten sich einen Platz, an dem sie ihre Zelte aufschlagen konnten.

Als Portron am Abend einer Gruppe von Zeltbewohnern eine Stegreifpredigt über die Regel hielt, ging Keris los, um das Kantoreiheiligtum von Hoffdank zu suchen. Sie war weniger daran interessiert, einer Abendandacht beizuwohnen, sondern eher daran, den dringend benötigten Pilgerpass zu kaufen und einige Kinese-Rituale für Sheyli durchzuführen – und vielleicht auch für sich selbst, damit ihr verziehen wurde, dass sie ihre sterbende Mutter im Stich gelassen hatte.

Du hast es um deiner selbst willen getan, Keris Kaylen, sagte sie sich. Gib es zu. Weil du die Vorstellung nicht ertragen konntest, jemanden zu heiraten, und schon gar nicht Harin Markel. Weil du genauso wenig ertragen konntest, für den Rest deiner Tage in Borls Haus zu leben. Besonders dann nicht, wenn er diese aufgetakelte kleine Idiotin Fressie Liese heiratete. Du hast es zugelassen, dass Sheyli dich überredete, weil es dir gelegen kam…

Sie rümpfte die Nasenspitze in dem Versuch, die drohenden Tränen aufzuhalten. Nun mochte sie sich nicht mehr besonders. Und sie fühlte sich auch nicht mehr sehr alt und erfahren.

Sie war sich nicht sicher, ob es ihr nach einer Andacht besser gehen würde – in ihrer Abscheu vor der stillschweigenden Unterwerfung unter die Regel des Schöpfers betrachtete sie alle Kinesen und den Wert der Vergebung durch den Schöpfer mit tiefer Skepsis –, aber sie ging trotzdem.

Sie fand das Heiligtum ohne Schwierigkeiten, kaufte ihren Pass im angrenzenden Regelbüro und stellte fest, dass im Heiligtum selbst die Andachten bereits begonnen hatten. Viele Gläubige knieten draußen auf dem nackten Boden, denn das Gebäude war voll. Keris gesellte sich zu ihnen und kniete sich wie sie in der Haltung ehrerbietiger Aufmerksamkeit nieder: beide Knie auf dem Boden, den Rücken gerade, die Hände flach auf der Vorderseite der Schenkel. In gewisser Weise war es draußen besser als drinnen; der Boden war weicher als der Steinboden des Heiligtums, und sie konnte sich nach den vorübergehenden Leuten umschauen, wenn es ihr langweilig wurde. Außerdem konnte sie die Fassade des Heiligtums betrachten. Es war wie alle Gebäude der Kantorei mit kräftigen Farben bemalt; dieses hier besaß Wandgemälde, die Ritter bei der Bekämpfung von Häschern darstellten; die Hände der Ritter waren farbig umrissen und vollführten kinetische Gesten vor dem Angesicht ihrer Feinde. Keris bezweifelte, dass ein paar Kinese-Zeichen die Häscher tatsächlich in Schrecken versetzen konnten, aber dennoch war das Gemälde interessant.

Ein Andachtskantor las gerade Passagen vor, die natürlich aus dem Buch der Pilger stammten. Ein angenehmer Duft von Jasminöl trieb aus dem Schrein heraus. Jasmin wurde immer bei den Abendanbetungen benutzt.

»Und so kam es«, las der Kantor vor, *»dass der Schöpfer sich an Ritter Batose wandte und sagte: ›Du und die Deinen, ihr sollt mich einmal in eurem Leben in meinen Heiligtümern und heiligen Stätten an Orten jenseits des Unbeständigen anbeten, denn nur eine solche Reise wird euch dazu berechtigen, nach eurem Leben zur Tafel des Paradieses zu kommen.‹*

Der Ritter entgegnete: »Aber mein Leben wird in Gefahr sein und meine Kinder werden dem Rachen des Unbeständigen übergeben.‹

›Du hast die Möglichkeit der Wahl‹, sagte der Schöpfer, ›aber dies sage ich dir: Kein Mann und keine Frau, die nicht an einem weit entfernten Heiligtum beten, wird nach dem Tode an meinem Tische sitzen, es sei denn, es ist ein Kind von weniger als zwanzig Sommern …‹«

Dumme, gewundene Sprache, dachte Keris verdrießlich. Warum drücken sich heilige Männer nie klar und deutlich aus? Die Antwort kam wie von selbst und ungebeten: Vielleicht wüssten wir, dass sie Unsinn reden, wenn sie es klar und deutlich ausdrücken. Und warum müssen wir unser Leben riskieren, um unsere Seele zu retten? Das ergibt keinen Sinn, und dabei sollte doch gerade der Schöpfer logisch sein.

Sie seufzte und versuchte nicht an die Möglichkeit zu denken, dass die heiligen Bücher vielleicht gar nicht das erhabene Wort des Schöpfers waren, der angeblich durch die heiligsten seiner Jünger sprach, sondern die Rasereien irgendeines verrückten Ritters, der sich irgendwo in eine Höhle zurückgezogen hatte und die Visionen eines Wahnsinnigen durchlitt.

Aber als der Augenblick gekommen war, an dem die Gemeinde die Kinese verrichtete, tat Keris es den anderen gleich und vollführte mit den Fingern, Händen und Armen die rituellen Gesten, wobei ihr Körper die korrekte Position einnahm – erst auf das eine Knie, dann auf das andere, dann auf beide, mit der Stirn auf den Boden… Sie tat es für ihre Mutter und weil sie um Vergebung bat, und auch tat sie es in der Hoffnung, die Durchquerung zu überleben – zu überleben und unverseucht zu bleiben.

Wenigstens ist das hier eine Abendanbetung und kein Demutsgottesdienst, dachte sie. Der Demutsgottesdienst erforderte es, den größten Teil der Kinese flach auf dem Bauch liegend zu verrichten.

Als die Andacht zu Ende war, war es bereits dunkel. Sie fragte sich, ob es dumm von ihr war, so spät zum Lager zurückzukehren. Sie und Portron hatten ihre Zelte in einiger Entfernung von der Masse der Pilger aufgeschlagen – auf ihr eigenes Verlangen hin. Der Geruch aus den öffentlichen Latrinengruben am hinteren Ende des Lagerplatzes war zu viel für ihren Magen gewesen. Jetzt wirkten die Dunkelheit der unerleuchteten Stadt und die unebenen Pfade, die zu den Zelten führten, beängstigend auf sie. Die meisten Leute um sie herum waren in Gruppen unterwegs und besaßen Laternen, doch sie hatte nicht einmal daran gedacht, eine Kerze aus ihrem Bündel zu holen.

Sie entfernte sich mit schnellen Schritten von dem Heiligtum und war froh über ihre Hose und die Stiefel und achtete nicht auf die holperigen Wege. Sie versuchte, nicht an die Geschichten zu denken, die sie über die Ungebundenen, die den Häschern des Chaos dienten, gehört hatte. »Sie mögen die Dunkelheit«, hatte Piers einmal gesagt. Damals hatte er versucht, sie davon zu überzeugen, dass das Unbeständige kein geeigneter Ort für eine Frau sei. »Sie töten aus Vergnügen, aber niemals sauber und niemals schnell. Je jünger das Opfer ist, desto besser, denn für Carasma ist der Tod der Jungen die größte Beleidigung, die er der Schöpfung zufügen kann. Und was sie mit den Frauen machen – insbesondere mit den jungen –, ist das Schlimmste von allem. Manchmal besitzen sie nicht einmal menschliche Gestalt, aber das hält sie nicht davon ab, sich das zu nehmen, was sie als Erstes haben wollen…«

Als sie den Fuß der kleinen Erhebung erreichte, auf der die meisten Pilger lagerten, sah sie auf dem Weg vor sich eine Gruppe Leute. Es waren sowohl Männer als auch Frauen; sie hatten mehrere Laternen und standen zusammen und unterhielten sich. Keiner von ihnen schaute in ihre Richtung und sie wusste, dass sie ohne ein Licht in der Hand so gut wie unsichtbar war. Es sah alles völlig harmlos aus; erst als sie eine bestimmte Stimme hörte, blieb sie jäh stehen. *Borl.* Borl gab ihre Beschreibung weiter, bis hin zu den Pferden und der Farbe ihres Zeltes.

»Nein«, erwiderte jemand, »so eine wie sie haben wir nicht gesehen. Eine Diebin, sagst du? Guter Junge, deine Aussichten, einen bestimmten Dieb in Hoffdank zu finden, sind so klein wie ein Plattwurm.«

»Vielleicht. Wenn ihr sie seht, sagt ihr nicht, dass ich nach ihr suche, klar?«

Keris wartete und beobachtete die Gruppe in völliger Stille. Sie zitterte. Die Gruppe ging auf die Zelte zu; Borl nahm seinen Weg hügelaufwärts und fort von ihr und – wie sie dankbar bemerkte – fort von der Stelle, an der sie mit Portron lagerte. Sie hastete los.

»Ah, da bist du ja«, begrüßte der Kantor sie freundlich und unterstrich seine Erleichterung mit einer Kinese. »Ich hatte mir schon Sorgen gemacht. Das hier ist kein Ort, an dem man nachts umherwandern sollte, Mädchen. Du bist dir deiner eigenen Sicherheit ein ganz klein wenig zu gewiss.« Er gab ihr eine Schüssel mit einem Eintopfgericht. »Frisches Fleisch, das ich von einem Straßenhändler gekauft habe. Ich habe genug davon gekocht, sodass es für uns beide reicht.«

Sie nahm seinen Verweis mit einem Nicken entgegen und wusste, dass er Recht hatte. Dankbar machte sie sich über das Essen her. Als sie neben dem Feuer saß und sich den Eintopf schmecken ließ, war sie froh über die Gegenwart des Kantors. Früher hätte sie es niemals für möglich gehalten, die Gesellschaft eines Regelkantors als angenehm zu empfinden. Sie glaubte nicht, dass es Borl gelingen würde, in der Nacht ihr Zelt zu finden, aber trotzdem machte sie sich Sorgen. Im Tageslicht konnte er sie rasch ausmachen und wenn er vorhatte, sie wegen Diebstahls anzuklagen, war sie in ernsten Schwierigkeiten. Zumindest konnte er sie zwingen, mit ihm nach Hause zurückzukehren.

»Kantor Portron«, sagte sie, »ich glaube, ich habe mich anders entschieden. Wenn Meister Davron Storre mich haben will, gehe ich morgen mit Euch zusammen fort.«

Er starrte sie ausdruckslos an. Sein weißes Haar war wie ein Heiligenschein, der vom Feuer angeleuchtet wurde. »Du willst zur Achten Stabilität gehen?«

»Nein. Nein, nur bis zu Pökels Rasthort. Das ist etwa eine Woche in das Unbeständige hinein. Es ist – eine private Angelegenheit. Vermutlich auch so etwas wie eine Pilgerreise. Wisst Ihr, mein Vater ist dort gestorben.«

Plötzlich drängte sich ihr das Bild von Storre auf, wie sie ihn in Mahlkorn gesehen hatte: unbeugsam wie knorriges Hartholz, nichts als Muskeln und Stärke in abgeschabtem braunem Leder und rauem Leinen. Ein Mann, der etwas so Beschämendes getan hatte, dass er wie eine Kantorin errötete, die vom Ortswüstling geneckt wird. Sie musste sich ins Gedächtnis zurückrufen, dass die Häscher des Chaos in einer Stabilität nicht überleben konnten. Sie konnten nicht einmal die Kinese-Kette passieren. Also konnte Davron Storre nicht zum Gefolge des Tilgers gehören. Und sie hielt es für ziemlich ausgeschlossen, dass ein Häscher *erröten* würde...

Portron hing seinen eigenen Erinnerungen nach, während er Keris beobachtete. Für einen kurzen Augenblick war er mehr als zwanzig Jahre in der Zeit zurückgeschritten... Ein Gesicht unter dem Schleier der Ordenstracht: Sommersprossen um eine gerade Nase und erschrockene graue Augen, die in die seinen blickten. Bereits damals war er nicht mehr ganz jung gewesen, aber seine Finger hatten gezittert, als er den Schleier gelöst und zum ersten Mal ihr Haar gesehen hatte: weich und fein und lang.

»Ich werde versuchen, dir nicht weh zu tun, Maylie«, hatte er gesagt.

»Ich hoffe, es dauert sehr lange, um ein Baby zu machen«, hatte sie geflüstert; durch ihre Angst hatte die Liebe geschienen. »Ich will, dass es ewig dauert.«

Kapitel Sechs

Und die Kantorei wird uns geleiten und unser Schutz gegen Lord Carasma, den Tilger, sein. Sie hat die Regel eingeführt und sie wird die Schaffung der Ordnung in jeder Stabilität überwachen und ihr Dasein unserem Wohlergehen und der Bekämpfung des Chaos weihen. Achtet sie und gebt ihr, was ihr zusteht.

Ritter, Buch X, Kapitel 12; Verse 2 & 3
(Melcom der Fromme)

Deckriss Rötler saß an seinem Schreibtisch im Anhedrin-Büro des Kantoreigebäudes in Mittelheim und arbeitete sich durch einen Aktenhaufen. Das Kantoreigebäude war das beeindruckendste Bauwerk in der ganzen Achten Stabilität und vielleicht sogar in allen Stabilitäten, und das Anhedrin-Büro war der am großartigsten eingerichtete Raum des Gebäudes – wie es dem Kopf des aus sechzehn Mitgliedern bestehenden Sanhedrin – dem regierenden Rat der Kantorei – zustand. Die Wände und die Decke waren schwer vergoldet und mit reich verziertem Maßwerk geschmückt. Von Kerzenhaltern hingen tropfenartige Kristalle herab, Stühle hockten auf kunstvollem Schnitzwerk, polierter Onyx glänzte auf den Tischplatten, Intarsienparkettböden zeugten von Bäumen, die unter leichter Missachtung der Regel gefällt worden waren. (Dagegen war nichts einzuwenden: Das hier war nur ein einziger Raum in einem einzigen Gebäude, und schließlich war er der höheren Ehre des Schöpfers geweiht, gesegnet sei sein Name…)

Das Büro gehörte Deckriss Rötler seit einem Jahr und es würde noch für zwei weitere Jahre seines sein, bevor ein strenges Rotationsprinzip das Amt des Anhedrin auf einen anderen der Sanhedrin übertrug. Deckriss hatte es lange nach diesem Posten gelüstet, aber jetzt, da er ihn innehatte, fand er, dass die Verantwortung und die zu treffenden Entscheidungen, die mit der Macht einhergingen, mit allerlei kleinem Ärger – oder mit Schlimmeren – gespickt waren. Er bemerkte, dass nicht einmal der vergoldete Luxus seiner Umgebung die Sorgen und Beschwernisse eines Anhedrin aufwiegen konnten.

Deckriss war ein großer, dünner Mann mit einem schmalen Gesicht und trotz seiner Sorgen war er so geschmeidig wie eine Katze auf der Jagd. Er schleppte kein überflüssiges Gewicht mit sich herum; seine Muskeln waren hart, sein Magen so flach wie ein Mühlstein und er sah nicht so alt aus, wie er war. Er glaubte, dass man sich um den Körper kümmern musste, den der Schöpfer für einen geschaffen hatte. Er trieb Sport, er hielt Diät und wenn die Sorge um den Körper gleichfalls bedeutete, dem ergrauenden Haar etwas Farbe zu geben, dann tat er auch das.

Jemand hatte ihm einmal gesagt, dass häufiges Stirnrunzeln Falten erzeugte; deshalb zwang er sich, nicht die Stirn zu runzeln, als er den auf seinem Schreibtisch gelandeten Bericht eines Andachtskantors las – aber ihm war nach Stirnrunzeln zumute. Der Bericht verwirrte ihn, doch es dauerte einige Zeit, bis er den Grund dafür herausfand. Nach kurzem Nachdenken ergriff er seine Amtsstola und schüttelte sie aufgeregt. Die reinen Silberglöckchen an den Endfransen klingelten wie ein Windspiel; das auf die Goldseide der Stola genähte Perlmutt blitzte in kaleidoskopischen Farben auf.

Der niedere Kantornovize eilte auf diesen Ruf hin in das Büro.

Deckriss sah nicht auf. »Frage Hedrina Cylrie Artberg, ob sie so freundlich ist, kurz in mein Büro zu kommen«, sagte er harsch, und der Novize eilte gehorsam fort, wobei seine Pantoffeln über das polierte Parkett schlappten.

Die Hedrina jedoch ließ sich Zeit; erst nach einer halben Stunde erschien sie in der Tür. Cylrie, das einzige weibliche Mitglied des Sanhedrin, sah nicht ein, irgendwohin zu eilen, und schon gar nicht auf Befehl von Deckriss, der früher einmal ihr Liebhaber gewesen war. Sie erschien mit träger Gemächlichkeit. Sie war eine große, majestätische Frau – wie Deckriss sprach ihre Gestalt für sich selbst, ohne dass sie den Mund aufmachen musste. Sie ergraute langsam an den Schläfen und erste Altersrunzeln durchzogen bereits ihr Gesicht, aber sie war noch immer eine wunderschöne Frau.

Genau wie Deckriss war sie in die Robe der Sanhedrin gekleidet: in den roten Talar, der ihr bis zu den Knöcheln reichte, in die Goldstola, die sie um den Hals geschlungen hatte und deren Glöckchen unterhalb der Knie klingelten, und in den prächtig verzierten Gürtel in Blau und Gold, der ihr um die Hüfte lag. Darüber hatte sie einen pelzbesetzten Chorrock aus Seide geworfen, der an der Vorderkante mit dem Emblem der Kantorei bestickt war. Sie schüttelte den Chorrock ab und warf ihn über einen Stuhl, während sie den Raum durchquerte, um sich vor den Anhedrin zu setzen.

Sie grüßte ihn mit einer trägen Handbewegung; die kostbaren Steine in ihren Ringen blitzten auf. »Nun, Decksie, weswegen lässt du mich zu dieser Stunde rufen? Du hast meine Sitzung mit dem Stoffhändler gestört. Er war gerade dabei, mir einige neue Seidenstoffe zu zeigen…«

Er unterbrach sie. »Es geht um einen Bericht, den ich soeben bekommen habe.« Er schleuderte die Akte über den Schreibtisch. »Hier, lies das und sage mir, wie du die Sache verstehst. Der Mann, der ihn geschrieben hat, ist ein Andachtskantor, der eine Gruppe begleitete, die zwischen der Vierten und der Fünften Stabilität unterwegs war.«

Sie nahm die Akte an sich und las sie sorgfältig durch. Dann hob sie eine gewölbte Augenbraue und schaute Deckriss an. »Na und?«, sagte sie affektiert. »Sicher eine traumatische Erfahrung für den armen Mann, aber welche Bedeutung kann der Tod eines Kartenzeichners und einiger Pilger in einem Rasthort schon haben – selbst wenn es dabei ziemlich ungewöhnlich und blutrünstig zugegangen ist?«

»Erstens riecht es nach einer gewissen Verzweiflung seitens der beteiligten Häscherin und daher auch seitens Lord Carasmas. Und alles, was den Tilger zur Verzweiflung treibt, ist sicherlich von Interesse für uns. Und zweitens: Hast du nicht mitbekommen, was der Kantor über den Mann schreibt, der schon ein paar Tage vorher nach eben jenem Kartenzeichner gefragt hatte?«

Cylrie warf noch einmal einen Blick in die Akte und schlug dann die polierten Fingernägel zum Zeichen des Verstehens gegeneinander. »Natürlich! Das war Edion!«

Deckriss nickte. »Ja. Unser schwer zu fassender Ex-Ritter ist wieder aufgetaucht. Warum sollte er deiner Meinung nach ein so großes Interesse an einem Kartenzeichner zeigen – an demselben Kartenzeichner, der einer von Lord Carasmas Häscherinnen dermaßen wichtig war, dass sie ihm in einen Rasthort hinein gefolgt ist?«

Cylrie schüttelte den Kopf. »Ich habe nicht die leiseste Ahnung.«

Deckriss knirschte mit den Zähnen. »Ich leider auch nicht. Aber es bereitet mir Sorgen. Und Edion ist natürlich wieder verschwunden. Inzwischen könnte er wieder überall im Unbeständigen sein.«

»Gibt es immer noch Gerüchte um diesen Ort namens Hafenstern?«

Er nickte grimmig. »Und sie sind oft mit einem Mann verbunden, auf den Edions Beschreibung passt. Aber die Gerüchte sind so – so grotesk. Unmöglich! Wie kann jemand an einen solchen Ort glauben? Genauso gut könnte man an Drachen glauben!«

Sie sah ihn scharf an. »Nun, Decksie, ich jedenfalls glaube, dass du dir Sorgen machst. Das steht einem Anhedrin nicht gut zu Gesicht.«

»Reiz mich nicht, Cylrie. Das ist wirklich eine Angelegenheit, über die man sich Sorgen machen kann. Unter den Ausgeschlossenen im Unbeständigen gibt es eine gewisse nervöse Unruhe, die mir nicht gefällt. Es gibt Gerüchte, es gibt eine Anti-Kantorei-Stimmung – und es gibt Anzeichen dafür, dass Edion dahintersteckt.« Er schnitt eine Grimasse. »Mit seinem Ausschluss haben wir den größten Fehler unseres Lebens begangen. Wir hätten ihn in der Kantorei behalten sollen, damit wir ein Auge auf ihn werfen können. Der Mann ist gefährlich.«

»Nanu! Jetzt hast du aber mitten im Vers den Rhythmus geändert. Du warst doch immer derjenige, der ein gutes Wort für ihn eingelegt hat, wenn wir weisere Seelen gegen Edion von Galman gewütet haben.« Sie schüttelte einen Ärmel aus und bewunderte den Fall des Stoffes.

»Na gut, ich hatte Unrecht. Ich gebe es zu. Das Problem ist: Was sollen wir jetzt tun?«

»Das ist doch offensichtlich: ihn jagen und herbringen. Schick ihm ein Kontingent Verteidiger nach.«

»So einfach geht das nicht. Wie soll ich das rechtfertigen? Der Mann wurde ausgeschlossen! Die Verteidiger werden nicht sehr glücklich sein, wenn ich ein Kontingent bestelle, damit es das Unbeständige absucht und uns einen Mann bringt, den wir selbst aus unserer Stabilität verbannt haben.«

»Du musst dich entscheiden: Entweder machst du

die Verteidiger wütend oder du lässt Edion das weitermachen, was immer er gerade tut«, sagte sie ungeduldig. »Ich sehe keine andere Möglichkeit. Der Anhedrin ist nun einmal dazu da, schwierige Entscheidungen zu fällen, Decksie.«

Er sah sie enttäuscht an. Verrückterweise hatte er gehofft, dass sie ihm einen wunderbaren Rat geben könnte, der das Problem löste, aber dazu war sie natürlich nicht in der Lage. Ritter Edion von Galman war nie ein Mann gewesen, mit dem man leicht fertig wurde.

»Du hast natürlich Recht«, sagte er. »Ich werde einen Kompromiss machen: Ich will alle Verteidiger und Kantoren, die in der nächsten Zeit das Unbeständige durchqueren, anweisen, Augen und Ohren nach ihm offen zu halten, und wenn sie ihn aufspüren, sollen sie ihn möglichst herbringen oder nach einer Streitmacht rufen, die ihn uns ausliefert.« Er spielte an den Akten auf seinem Schreibtisch herum. »Ich gebe zu, dass Edion mir Angst macht. Als wir als Kinder zusammen in der Kantorei waren, hatte er einen Verstand, der so scharf wie die Fänge einer Raubkatze war – und er war genauso verschlagen wie dieses Tier. Er war erst elf Jahre alt, aber erbarmungslos. Nicht grausam, aber so erbarmungslos, wie es nur ein wirklich Rechtschaffener sein kann. Und das macht ihn zu einem gefährlichen Mann. Ich erinnere mich immer wieder an diese Stelle in der Weissagung, die von einem Mann handelt, der in die Finsternis geworfen wurde und sich wieder erheben und die Welt verändern wird…«

»Glaubst du etwa, dass das Edion ist? Pah – das meinst du doch wohl nicht ernst. Ist dir noch nicht aufgefallen, dass man die Weissagungen so zurechtbiegen kann, dass sie den eigenen Wünschen entsprechen? Erinnere dich an die Geschichte von Wedlar, dem Domäneherrn, der zur Hexe ging und sie fragte, was geschehen würde, wenn er die Witwe seines Nachbarn und deren Sohn um ihr Erbe betrügen würde. ›Dann wird die größte Domäne des ganzen Landes entstehen‹, versprach die Hexe. Also betrog Wedlar die Witwe, doch der Knabe erschoss ihn aus Rache mit einem Pfeil und eignete sich dann *sein* ganzes Land an. Es entstand wirklich eine große Domäne – aber die gehörte nicht Wedlar! Und das fasst meiner Ansicht nach das Wesen der Weissagungen zusammen.«

»Und die Moral von der Geschicht: Lies die heil'gen Bücher nicht?«, fragte er ironisch.

»Die Moral lautet: Lies das Buch der Weissagungen mit einer großen Portion Skepsis. Verdammt, Decksie, ich war immer der Meinung, dass du um diesen abergläubischen Unsinn keinen Deut gibst.«

»Pass auf, was du sagst«, entgegnete er. »Das klingt gefährlich nach Häresie.«

»Einen Dreck tut es.« Sie polierte ihre Nägel an der Stola, doch ihr Blick war nachdenklich. »Hast du nicht irgendeine Idee, was der Grund für diesen Angriff auf den Rasthort und den Kartenzeichner sein könnte?«

»Ich weiß nicht, was ich davon halten soll. Ich könnte mir höchstens vorstellen, dass Hafenstern wirklich existiert und dieser Kartenzeichner eine Landkarte mit seinen Koordinaten hatte. Vielleicht mag Lord Carasma den Gedanken an eine Existenz von Hafenstern genauso wenig wie wir… Vielleicht will er herausfinden, wo es liegt. Und was es ist.« Er zuckte mit den Schultern; es war ein angespanntes Zucken der Ohnmacht. »Ich weiß es nicht. Die Verzweiflung, die ich in diesem Angriff spüre, Cylrie – sie passt nicht mit dem zusammen, was sonst überall passiert. Das Chaos gewinnt langsam. Carasma gewinnt. Du musst dir nur ansehen, wie die Stabilitäten mit jedem Jahr kleiner werden, dann weißt du, dass er gewinnt. In einem Bericht, den ich in der letzten Woche erhalten habe, stand, dass ein ganzer Berg aus der Mitte der Unpassierbaren verschwunden ist. Und in der Woche davor ist eine Feldströmungslinie tief in die Sechste eingedrungen und hat die Kinese-Kette so problemlos wie eine Gartenhecke überquert. Anscheinend können wir nichts tun, um diese Übergriffe zu verhindern. Die Ordnung allein reicht nicht mehr aus. Die Kinese-Kette reicht nicht mehr aus. All unsere Andachten reichen nicht mehr aus…« Er sah von seinen Berichten auf und in seinen Augen lag echte Verzweiflung. »Wir verlieren, Cylrie, und ich weiß nicht, was wir noch tun können.«

»Wenn in diesem Fall die Gegenwart eines Kartenzeichners den Tilger zu einer überstürzten Handlung treibt, obwohl er dabei ist, das Spiel zu gewinnen, wäre es sehr interessant, seine Beweggründe zu kennen«, überlegte sie und nickte. »Die Häscherin hätte einfach draußen warten können, bis der Kartenzeichner den Rasthort verließ, um ihn dann erst abzuschlachten. Stattdessen hat sie sich der Ordnung des Rasthortes ausgesetzt, was keine angenehme Erfahrung für sie gewesen sein kann. Ja, ich verstehe, was du meinst.« Sie dachte einen Augenblick lang nach. »Nun, es scheint mir, dass die einzige Person, die etwas Licht in diese Angelegenheit werfen kann, Edion ist. Noch ein Grund mehr, ihn zur Strecke zu bringen.«

Deckriss seufzte. »Das Unbeständige ist groß und die Ausgeschlossenen bleiben normalerweise unter sich.« Er stand voller Unruhe auf; seine Glöckchen klingelten. »Genauso gut kann man eine Nadel in einem Heuhaufen suchen.«

Cylrie nickte. Sie sagte mit sanfter Stimme, wobei ihre Augen angesichts der Erinnerung schimmerten: »Und Ritter Edion war schon immer ein durchtriebener Mann.«

Darauf gab Deckriss keine Antwort, aber er vergaß sich soweit, dass er die Stirn runzelte.

Kapitel Sieben

Gehet voll der Gebete und guten Herzens in das Unbeständige und tretet der Feldströmung mit Mut entgegen, denn wisset, dass der Schöpfer euch um eurer selbst willen darum bittet.

Pilger, Buch III, Kapitel 6, Vers 24

Keris betrachtete die Gruppe, die sich um den Teich versammelt hatte, und fragte sich, ob sie ihre Entscheidung, zu Pökels Rasthort zu reisen, bereuen würde.

Der Tag hatte gut begonnen: Borl hatte sie nicht gefunden und obwohl der Meisterführer Davron Storre über ihren Wunsch, nur bis zum Rasthort mitzuziehen, sehr staunte, war er einverstanden, sie zum Preis eines Goldstücks dorthin mitzunehmen. Ein flüchtiger Blick auf die versammelten Reisenden aus Storres Gefährtenschaft hatte jedoch sofort jegliches Gefühl des Wohlbehagens, das sie vielleicht noch gehabt hatte, zerstreut. Es würde keine einfache Durchquerung werden.

Eine typische Pilgergefolgschaft bestand aus jungen Leuten, die das größte Abenteuer ihres Lebens antraten, Keris hatte jede Menge von ihnen an ihrem Laden in der Südtromlinstraße vorbeiziehen sehen: sie hatten gelacht, waren ganz mit sich selbst beschäftigt und trotzig erregt gewesen, um ihre Bedenken vor dem, was ihnen bevorstand, zu überdecken. In einem Augenblick wie diesem hätten sie ihre Ängste hinter ungestümer guter Laune und Scherzerei versteckt. Doch der normale Pilger bereiste das Unbeständige nicht von der Ersten bis zur Achten Stabilität; die Leute, die sich hier versammelt hatten und Davron Storres letzten

Anweisungen lauschten, waren keine normalen Pilger. Zumindest schien keiner von ihnen im Geringsten aufgeregt zu sein.

Außer Portron Bittel und Keris gehörten der Gruppe noch vier Männer und eine Frau an. Die Frau war sicherlich beinahe sechzig Jahre alt und ritt auf einem zerschundenen Maultier, das bei jedem, der ihm zu nahe kam, die Zähne fletschte und die Nüstern blähte. Dem Aussehen der alten Frau nach erwartete Keris beinahe, dass sie auf die gleiche Weise reagieren würde. Sie wirkte wie altes Leder und war genauso attraktiv: an den Kanten zernagt und zerfetzt, aber noch immer sehr zäh. Schwarze Zahnstummel bissen auf das eingekerbte Ende eines Pfeifenstiels; der Kopf der Pfeife glühte und stieß einen schwarzen, beißenden Rauch aus. Die alte Frau sprach lieber aus dem Mundwinkel heraus, als die Pfeife abzusetzen; das hatte zur verwirrenden Folge, das alles, was sie sagte, von einem höhnischen Grinsen begleitet zu sein schien. Sie erzählte allen, dass ihr Vorname Corrian laute; dann blickte sie wild um sich, als ob sie sehen wollte, ob es jemand wagte, sie nach ihrem Familiennamen zu fragen. Keiner wagte es.

Von den Männern war einer etwa so alt wie Corrian und vollkommen blind. Er ritt auf einem Querungspferd und wartete ruhig mit gekreuzten Händen, in denen lose die Zügel lagen. Er wirkte, als sei der Antritt einer gefährlichen Reise etwas, das er jeden zweiten Tag unternahm. Seine blinden Augen rollten nach oben, aber sein stilles Selbstvertrauen deutete an, dass ihm nicht viel von dem entging, was um ihn herum geschah. Keris hatte schon halb erwartet, dass er einen adligen Namen trug, doch er stellte sich einfach nur als Meldor vor und er trug keine Domänesymbole. Seine Stimme war ein wohltönender Bass, der bei Keris eine Gänsehaut erzeugte.

Neben ihm befand sich ein etwa dreißigjähriger Mann, der seinen Namen als Graval Hurg angab; er war Kaufmann. Er schien kaum die Kontrolle über seine apfelschimmelfarbene Stute zu haben. Sie scheute immer wieder, stieß mit den anderen Reittieren zusammen und brachte jedermann in Aufruhr. Das Pferd des blinden Mannes jedoch rührte sich nicht von der Stelle und schließlich streckte sein Reiter die Hand aus und packte die Zügel des Apfelschimmels. Er zog das Pferd heran, bis sein Kopf an dem seines eigenen Reittieres lag, und überraschenderweise beruhigte sich die Stute jetzt. Hurg entschuldigte sich knapp, und Keris fragte sich, wie es einem blinden Mann möglich sein konnte, so unfehlbar nach etwas zu greifen, das er nicht zu sehen vermochte.

Die übrigen beiden Männer in der Gruppe waren noch sehr jung. Sie stammten aus Tromlin und waren zusammen hier eingetroffen, doch Keris bezweifelte, dass sie Freunde oder auch nur bereits seit längerem miteinander bekannt waren. Rinderfilet und Hammelhals, hatte sie respektlos gedacht, als sie ihnen zum ersten Mal begegnet war. Rinderfilet war gut gekleidet, besaß ein gutes Reittier und zwei Packesel. Er war massig und hatte einen Hals, der so breit wie sein Kopf war, und einen Körper mit klaren, wie aus Stein gemeißelten Linien. Er trug das Hemd bis zur Hüfte aufgeknöpft, doch die Muskeln, die er zur Schau stellte, empfand Keris als hässlich und irgendwie künstlich. Nach einer Weile kam sie zu dem Schluss, dass dies deshalb so war, weil die Muskeln eher vom Gewichtheben als von harter Arbeit herrührten. Als sie einige Minuten später ein goldenes Domänesymbol um seinen Hals erblickte, wusste sie, dass ihre Mutmaßung richtig war. Der Mann war ein Tricianer, ein augebildeter Kämpfer. Sie fragte sich kurz, warum er nicht mit einer tricianischen Gefährtenschaft ritt, bis ihr klar wurde, dass sicherlich keine nach der Achten Stabilität unterwegs war. Die Frage lautete eher: Warum machte ein Tricianer die Lange Pilgerreise?

Hammelhals, der seinen Namen als Fint Quinling angab, hätte hingegen ein paar Muskeln mehr gut gebrauchen können. Er war ein dürrer, hohlbrüstiger und schmalschultriger junger Mann mit einer Menge störender nervöser Eigenarten. Er kaute auf der Unterlippe herum, zog an den Koteletten, nagte an der Haut, die die Fingernägel umgab, und zappelte jedes Mal unerträglich herum, bevor er etwas sagte. Anscheinend fühlte er sich in der Gegenwart anderer unwohl. Aber gerade als Keris ihn als uninteressante Null abtun wollte, sagte er, dass sein Gepäck in den Maniküre-koffer eines Tricianers passen würde, wobei immer noch genug Platz übrig bliebe. Diese Bemerkung, die als Geringschätzung der eigenen Person verkleidet war, zielte eigentlich auf die außerordentliche Menge von Rinderfilets Gepäck. Das reichte, um Keris zu verraten, dass Hammelhals mehr zu bieten hatte, als auf den ersten Blick zu erkennen war.

Sein Pferd war ein unterernährter Zelter und er besaß nicht einmal ein Packtier. Davron Storre hatte Mitleid mit dem Zelter und rief dem jungen Mann, er solle die Bündel, die das Pferd trug, einem der Packesel aufbürden, die Baraine von Valmair – Rinderfilet – gehörten. Baraine war erbost darüber und nur die Drohung, zurückgelassen zu werden und auf einen anderen Führer zur Achten warten zu müssen – der erst in drei Wochen losziehen würde –, sicherte seine widerwillige Zustimmung.

Zum Teufel mit dem Tilger, dachte Keris, was für eine wenig versprechende Reisegesellschaft ist das! Ein Führer, der nicht weiß, wie er sich ein Lächeln abringen kann, eine alte Frau, die so aussieht und riecht wie ein schmieriger Küchenherd, ein muskelbepackter, verwöhnter Balg von einem Tricianer, ein junger Mann, der schon jetzt zu Tode erschrocken ist, ein alter Mann, der nicht sehen kann, wohin er geht, ein Regelkantor, der zu viel redet, und ein Kerl, der so gut reiten kann wie ein Kartoffelsack. Einen Augenblick später fügte sie hinzu: und eine Diebin, die ihren Bruder bestohlen und ihre sterbende Mutter allein zurückgelassen hat. Sie seufzte still. Es versprach, eine schreckliche Durchquerung zu werden.

Sie hörte zu, als Davron die letzten Anweisungen gab, und bemerkte, wie weit seine tiefe, raue Stimme trug. Er sagte: »Mein Assistent wird zu uns stoßen, wenn wir die Stabilität verlassen haben. Sein Name lautet Bark und er ist ein Ungebundener, aber ich werde es nicht zulassen, dass ihr ihn deswegen anders behandelt als mich. Ihr werdet ihm genauso gehorchen wie mir«, fügte er hinzu und suchte sich Baraine von Valmair für einen scharfen Blick aus. »Diese Reise ist immer gefährlich; und zusätzlich sind aus irgendeinem Grund die Durchquerungen in diesem Jahr besonders risikoreich. Die Feldströmungslinien ändern sich mit einer Schnelligkeit, die wir nie zuvor erlebt haben; die Bestien sind besonders hinterhältig und die Häscher scheinen zahlreicher zu sein als je zuvor. Ihr könnt so viele Andachten für den Schöpfer abhalten, wie ihr wollt, aber da draußen wird er sie kaum wahrnehmen. Lord Carasma regiert das Unbeständige und es ist unklug, das zu vergessen. In Anbetracht dieser Gefahren ist es dringend notwendig, dass meinen Befehlen sofort und ohne Widerrede gehorcht wird. Wenn ihr anhaltet und darüber diskutieren wollt, kann das euer Tod sein. Es ist meine Pflicht als Führer, euch unverseucht und lebend zu eurem Ziel zu bringen – aber in einer gefährlichen Situation werden weder ich noch Bark jemandem helfen, der einem Befehl nicht nachgekommen ist. Behaltet das in Erinnerung.

Behaltet auch in Erinnerung, dass alle Tiere, Vögel und so weiter zu den Bestien gehören, auch wenn vieles von der Vegetation sowohl für euch als auch für eure Reittiere essbar ist. Daher ist es auf keinen Fall ratsam, die Tiere unnötig zu reizen. Wie harmlos sie auch aussehen mögen, sie sind alle verseucht, und ihr werdet schon noch genügend Schwierigkeiten mit ihnen haben, selbst wenn ihr sie nicht erlegen wollt. Mit anderen Worten: bis wir den ersten Rasthort erreichen, ist das einzige Fleisch, das ihr essen werdet, dasjenige, das ihr euch mitgebracht habt.«

Sein Blick glitt über die Gruppe; ihm entging nicht die geringste Reaktion auf seine Worte. »Ich werde vorausreiten«, fuhr er fort. »Bark reitet üblicherweise als Letzter.« Er sah Fint an, der unter diesem Blick nervös herumzappelte.

»Der heutige Ritt ist nicht anstrengend und auch nicht besonders gefährlich, weil wir uns noch in der Nähe der Stabilität befinden. Es ist jedoch ratsam, immer auf der Hut und auf das Unerwartete vorbereitet zu sein.« Mit dieser Bemerkung wendete er sein Pferd und ritt auf das Unbeständige zu. Der blinde Mann folgte ihm und ließ seinem Tier freien Lauf. Gravals Stute tänzelte hierhin und dorthin, bevor sie schließlich den anderen beiden Pferden folgte.

»Reizender Knabe.« Baraine von Valmair hatte gewartet, bis Davron außer Hörweite war, bevor er diese Worte murmelte und dann etwas lauter hinzufügte: »Pass gut auf den Esel auf, Quinling, sonst lege ich dich übers Knie.«

Corrian, die Frau, wandte Baraine den Kopf zu. »Und du bist ebenfalls reizend«, sagte sie zu ihm grinsend und stellte ihren Mund voller geschwärzter, abgebrochener Zähne zur Schau. »Sag mal, junger Knabe, sind die Muskeln an deinem Arsch genauso gut wie die an deinem Mund?« Baraine gab seinem Pferd die Sporen, doch Corrian ritt ihm nach und bedrängte ihn in durchdringendem Ton mit peinlichen Fragen.

Fint Quinling gab ein nervöses Lachen von sich. »Baraine ist… ist wirklich ein ziemlicher Brocken«, sagte er zu Keris und Portron. »Wisst ihr, ich bin ihm letzte Nacht zum ersten Mal begegnet und er hat sich mehrere Stunden lang darüber beschwert, dass sich sein Diener den Knöchel gebrochen hat und nach Tromlin zurückgeschickt werden musste, anstatt die Durchquerung mitzumachen und Baraine zu umsorgen. Man hätte fast glauben können, dass der arme Mann es absichtlich getan hat.«

»Vielleicht war es so«, sagte Keris grimmig. Sie hatte sich schon dafür entschieden, Baraine von Valmair nicht zu mögen.

Etwa zehn Minuten später überquerten sie die Kinese-Kette. Selbst wenn Keris das Kantoreigebäude neben dem Pfad und ein weiteres in der nebelverhüllten Ferne nicht gesehen hätte, wäre ihr der Augenblick, in dem sie von der Stabilität in das Unbeständige hinüberwechselten, sofort bewusst gewesen. Irgendetwas schien ihr schwer gegen die Brust zu schlagen. Einen Moment lang fühlte sie sich, als wäre ihr die Luft aus der Lunge gesogen worden; dann war sie hindurch und in einer anderen Welt.

Neben ihr lachte Kantor Portron in sich hinein. »Na, Mädchen, hast du das auch gespürt? Da soll noch mal jemand sagen, es läge keine Macht in der Kinese!« Er deutete mit der Hand auf das Kantoreigebäude. »Denk mal darüber nach: Da drin hat jemand die Kinese-Andacht gehalten, so wie in jedem anderen der Häuser, die jede der Stabilitäten umgeben, jede Minute und jede Stunde und jeden Tag und jedes Jahr, seit etwa tausend Jahren schon. Acht Kreise undurchbrochener Kinese…« Er klang selbstgefällig; deswegen enthielt sie sich eines Kommentars zu diesem Wunder – aber sie war in der Tat beeindruckt. Sie hatte nicht erwartet, die Barriere *fühlen* zu können. Oder war es etwa das Unbeständige, das sie gefühlt hatte?

Während der ersten Meile ähnelte das Land demjenigen um Mahlkorn. Wenn sie zurückschaute, konnte sie sehen, wo die Unpassierbaren gegen die Wolken stießen, während die Wälder und Wiesen vor ihr wie Flecken aus dunklem und hellem Grün wirkten, die durch wie an einer Schnur aufgereihte Morgennebelballen hindurchschauten. Dennoch war sie sich des Unterschieds bewusst, ohne seine Natur sofort benennen zu können. Dann begriff sie, dass es nicht nur ein einziger Unterschied war, sondern viele: Das Land roch anders. Nicht schlecht oder faul, sondern einfach nur anders. Auch die Geräusche hatten sich verändert. Das Hintergrundzwitschern von Wiesenvögeln und Grillen, das Sausen des Windes in Gras und Bäumen – all das hatte sich in dem Augenblick ein wenig verändert, in welchem sie die Kinese-Kette überquert hatten. Die Vögel riefen nun anders; die Insekten hatten andere Lieder und das Gras raschelte mit einer anderen Klangfarbe. Die Veränderungen waren nur leicht, aber trotzdem irgendwie unheimlich.

Keris zitterte ein wenig und tadelte sich dann wegen ihrer Überempfindlichkeit. Sie hatte sich doch immer gewünscht, das Unbeständige zu bereisen, oder? *Na also, da bist du endlich, du Närrin – sei gefälligst froh darüber!* Sie versteifte sich im Sattel und sah nach vorn. Der Pfad wurde allmählich schmaler und schwächer und verschwand schließlich ganz. Sie wusste, dass sie keinen weiteren mehr sehen würden, bis sie den Rand einer weiteren Stabilität erreicht hatten; das Unbeständige erlaubte es nicht, dass diejenigen, die es durchquerten, seine Oberfläche markierten. Hier stand die Natur unter dem Einfluss des Tilgers und seines Hasses auf die Schöpfung. Es war eine Welt, die sich im Zustand der Auslöschung befand…

»Eigentlich ist es gar nicht so schlecht, dass es keine Pfade mehr gibt«, bemerkte sie Kantor Portron gegenüber, während sie dahinritten. »Schließlich ist eine Straße wie eine Narbe in der Landschaft. Wenn man es recht bedenkt, verletzt vieles von dem, was wir tun, die Welt unwiderruflich. Man denke nur an die Steinbrüche in der Ersten. Sie werden nur dann benutzt, wenn es absolut nötig ist – mein Vater pflegte zu sagen, dass man um neue Steine erst dann bitten dürfe, wenn man sich mit den Resten der alten das Gesicht pudern kann, so streng ist die Kantorei in dieser Hinsicht –, aber die Steinbrüche sind trotzdem eine Narbe, die viele Generationen hindurch bleiben wird.«

»Ach, meine Liebe, du verstehst nicht die wahre Natur dessen, was du hier siehst«, murmelte der Kantor traurig. »Oder besser: Du verstehst nicht seine Unnatur. Der Tilger unterstützt das Chaos. Und alles, was dem Natürlichen zuwiderläuft, unterstützt das Chaotische. Es ist nicht natürlich, dass sich ein Grashalm, der unter dem Huf deines Pferdes zertreten wird, von selbst wieder aufrichtet, nachdem du vorübergeritten bist. Das ist eine Verneinung des wahren Kreislaufs von Leben und Tod. Und deshalb ist es böse.«

»Aber dabei wird doch eigentlich nicht etwas zerstört, sondern wieder neu erschaffen – und das ist doch gut.«

»Die Schlacht zwischen Gut und Böse ist viel verwickelter als nur die Schlacht zwischen der Schöpfung und der Zerstörung, meine liebe Kereven. Sieh es als eine Schlacht zwischen Ordnung und Chaos an, in der der Tilger auf seinem Weg zum Bösen manchmal Gutes tut und der Schöpfer – nun ja, vielleicht kann er nicht dazu gezwungen werden, Böses zu tun, aber manchmal wird er schon zu einer gewissen Herzenshärte genötigt, damit darauf noch mehr Gutes folgen kann. Klinge ich langweilig und pedantisch, Mädchen?«

»Nein. Ihr klingt verständiger als der Andachtskantor daheim in Mahlkorn. Ihr hättet hören sollen, über was er sich Sorgen macht: Wer mit wem schläft oder wie viel Geld die Gemeinde in den Kollektenbeutel wirft. Und ob die Leute Regelkleidung tragen.«

»Die meisten Leute schätzen solche Leitfäden, Mädchen«, tadelte er sie, denn er wusste, dass die letzte Bemerkung an ihn gerichtet gewesen war. »Wir müssen unser Bestes tun, um die Regel einzuhalten – sonst wird Lord Carasma alles zerstören, was wir besitzen.«

Sie sah zweifelnd drein. All das hatte sie früher schon gehört, aber niemand hatte es zu ihrer Zufriedenheit bewiesen.

Er fing ihren Blick auf. »Keris, der Schöpfer hat diese Welt nach gewissen allgemeingültigen Gesetzen erschaffen. Wenn ich innerhalb einer Stabilität vom Pferd falle – was der Schöpfer verhüten möge! –, werde ich immer nach unten fallen. Nicht nach oben. In einer Stabilität endet das Leben mit dem Tod. Wasser gefriert, wenn es kalt genug ist, und wird zu Dampf, wenn es heiß genug ist – all diese Dinge bleiben immer gleich. Sie sind die Regeln, nach denen die Dinge existieren – oder existierten, bis der Tilger kam. Du wirst sehen, dass hier draußen im Unbeständigen derartige Gesetze nicht mehr unbegrenzt angewendet werden können.«

Sie wurde ungeduldig. »Ja, ja, das weiß ich alles. Aber welchen Beweis gibt es dafür, dass es gerade die Regel ist, die die Unbeständigkeit – die Auslöschung der Welt – in Schach hält?«

Er schwenkte ihr eine juwelenbesetzte Hand entgegen. »Ach, Beweise, Beweise! Warum will die Jugend immerzu Beweise? Du solltest glauben, Kind! Niemand kann dir einen Beweis von der Art anbieten, wie du ihn haben willst, und das weißt du sehr wohl, aber vielleicht solltest du dieses bedenken: Die Häscher verkaufen sich dem Tilger für die Gabe der Unsterblichkeit, die ein unnatürlicher Zustand ist. Aber wenn ein Häscher zu tief in eine Stabilität eindringt, stirbt er. Dort, wo die Ordnung herrscht, kann er nicht überleben, weil die Ordnung nichts duldet, was unnatürlich und deshalb chaotisch ist. Auch aus diesem Grund sterben die Verseuchten, wenn sie in einer Stabilität leben wollen. Manche Leute glauben, dass es der Schöpfer ist, der sie zerstört, aber so verhält es sich nicht. Es ist einfach so, dass ihre ureigene Unnatürlichkeit nicht in einer geregelten Welt existieren kann, die nach den Gesetzen der Natur und Schöpfung funktioniert. Wenn jemand ungebunden und verseucht und unberührbar wird, dann wird ein Element des Chaos in ihn gelegt. Der Tod ist ein unerlässlicher Teil des Lebens; dem Tod ein Ende zu setzen, heißt ein Element des Chaos in die Welt einzuführen. Das wahre Chaos kann nur im Unbeständigen existieren. In einer Stabilität betonen wir das Gegenteil des Chaos: Gleichmaß, Tag für Tag, Jahr für Jahr. Das ist Ordnung. Sie entmutigt das Unnatürliche, sie tötet die Häscher und die Verseuchten. Und es ist die Regel, die diese Ordnung aufrecht erhält.«

»Warum dann die Kinese-Kette?«, fragte sie hartnäckig. »Dann ist sie doch gar nicht nötig. Die Ordnung sollte ausreichen.«

»Niemand, den ich kenne, ist bereit, dieses Risiko einzugehen«, antwortete er trocken. »Die Kinese verstärkt die Ordnung – dafür kann ich dir keinen Beweis anbieten, aber das ist mein fester Glaube.« Er griff in seine Satteltasche, zog den federnen Fliegenwedel mit dem juwelenbesetzten Griff hervor und verscheuchte die insektenähnlichen Flugwesen, von denen sie inzwischen belästigt wurden. »Hier im Unbeständigen hat der Tilger die natürliche Ordnung zerschmettert und das ist der Anfang des letztendlichen Zerfalls der Welt und vielleicht sogar des ganzen Universums. Sieh dich um, während wir reiten, Keris – du wirst den Anfang des Endes erkennen. Und der Tilger freut sich über jeden zertrampelten Grashalm, der wieder ins Leben zurückkehrt. All diese ›Wunder‹ sind Anzeichen des Chaos. Und dort, gerade vor uns, ist ein weiteres, wenn ich mich nicht irre.« Er deutete mit seinem Fliegenwedel nach vorn. »Das ist Bark, Davrons ungebundener Gehilfe, wie ich vermute. Und dem Anschein nach reitet er ein verseuchtes Tier. Das tun die meisten. Unverseuchte Pferde mögen die Berührung durch einen Verseuchten genauso wenig wie wir Feldströmungsfühligen. Vielleicht war dieses Tier früher einmal sein Pferd.«

Das war schwer zu glauben. Das Tier, das der Verseuchte ritt, war gewaltig; sein Körper hatte die Gestalt und die Größe sowie die Massigkeit eines der alten Grabmäler im Kantoreihaus von Tromlin und seine Beine waren so rund und dick wie Altarsäulen. Sein Gesicht glich eher dem eines Adlers als dem eines Pferds – es hatte eindeutig einen Schnabel –, doch sein Kopf hatte zwei ausladende, geschwungene Hörner mit nach vorn deutenden Spitzen. Seine gekräuselte Haut war von einem tiefen, satten Braun.

»O süße Schöpfung«, murmelte Fint hinter Keris. Er zog nervös an den Haaren vor seinen Ohren. »Müssen wir etwa gemeinsam mit *dem da* reiten?« Er klang eher ängstlich als verächtlich.

Sie konnte es ihm nicht verübeln. Nicht nur das Tier war furchteinflößend, auch die Erscheinung des Reiters war nicht gerade beruhigend. Wie es bei allen verseuchten Menschen der Fall war, hatte auch er noch eine grundsätzlich menschliche Gestalt. In seinem Fall hatten sich aber die Proportionen verändert: Sein Kopf war riesig, etwa zweimal so dick wie normal, und das übergroße Gesicht war von einer tierischen Fellmähne umrahmt. Das Haar – Fell? – fiel in Wellen bis zu den Schultern und verbarg den Hals. Seine Hände und Füße waren gewaltig; der Rest von ihm war normal, wenn auch nicht gerade klein.

»Armer Kerl«, sagte Portron sanft. »An ihm ist großes Unrecht verübt worden.«

Davron Storre war der erste, der die wartende Gestalt erreichte. Er streckte die Hand aus und rieb mit dem Handrücken über den Rücken des Mannes – eine seltsame Form der Begrüßung, die Keris noch nie zuvor gesehen hatte, doch der Ungebundene schien nicht mehr zu erwarten.

»Das ist Bark«, sagte Davron, als die anderen zu ihm aufgeschlossen hatten, und stellte sie einander vor, wobei er einige knappe Informationen hinzufügte, von denen er wohl glaubte, dass sein Gehilfe sie wissen sollte. »Corrian«, sagte er. »Noch nie im Unbeständigen gewesen. Sagt, sie kann einen Mann mit dem Messer ausweiden, kein Problem, und glaubt, dass die schrecklichen Bestien nicht viel anders sind. Graval Hurg, Kaufmann. Ist vor zehn Jahren einmal auf eine kurze Einweg-Pilgerreise gegangen. Kein guter Reiter und nicht feldströmungsfühlig. Unbewaffnet. Das junge Muskelpaket hier ist Baraine. Angeblich weiß er, wie er die Waffen zu benutzen hat, die er bei sich trägt. Das Mädchen ist Keris. behauptet, sie kann eine fliegende Taube mit dem Bogen herunterholen. Kommt anscheinend mit ihrem Querungspferd ganz gut zurecht.« (Gönnerhafter Heini, dachte Keris.) »Der andere junge Kerl ist Fint. Unbewaffnet. Nicht feldströmungsfühlig. Ist als Kind einmal im Unbeständigen gewesen. Der etwas plumpe Herr hier ist Portron Bittel, ein Regelkantor; erfahren und feldströmungsfühlig – und natürlich nur mit Kinese bewaffnet. Das wär's für diese Reise, Bark.«

Der große Mund teilte sich zu etwas, das ein Grinsen hätte sein können, und Keris erschrak, als sie sah, dass die Zunge der Kreatur wie die einer Katze war: rosafarben, rau und lang. »Ich vermute, dass wir's hinkriegen«, sagte der Mann. Die Worte klangen guttural, als ob der große Mund und Schlund Probleme mit der menschlichen Sprache hätten. Es war das erste Mal, dass Keris von Angesicht zu Angesicht einem Ungebundenen gegenüberstand, und sie schämte sich ein bisschen für ihre Neugier und ihre Abneigung. Sie versuchte, ihr Interesse auf etwas anderes zu konzentrieren, zum Beispiel auf die Frage, warum Davron seinem Gehilfen den blinden Meldor nicht vorgestellt hatte.

Der Morgen verlief relativ ereignislos. Sie überquerten eine breite Wiese und ritten dann durch einen kleinen Wald. Sie sahen nichts, das erschreckend gewesen wäre, auch wenn viele der Pflanzen sehr fremdartig aussahen. Das einzige Hindernis, das sich ihnen in den Weg stellte, war ein schnell fließender Bach, der aber nur wenig Probleme bereitet hätte, wenn Gravals Pferd nicht ausgerutscht und gegen Meldors Reittier gestürzt wäre und den Blinden dadurch aus dem Sattel gehoben hätte. Glücklicherweise gelang es ihm, im Fallen die Kontrolle zu behalten, und er erlitt nichts Schlimmeres als nasse Füße.

Als sie auf der anderen Seite des Flusses eine Rast einlegten, sah Keris belustigt, wie Davron eine Karte zu Rate zog – ihre eigene. Sie bemerkte dankbar, dass Borl ihm tatsächlich eine der wenigen Karten verkauft hatte, die sie in der kurzen Zeit hatte kolorieren können. Einen Augenblick lang verspürte sie eine selbstgefällige Freude, aber sie sagte nichts.

Während Davron entschied, welche Route sie durch den Wald vor ihnen nehmen sollten, und Bark über einem kleinen Feuer Wasser zum Kochen brachte, setzte sich Graval Hurg mit untröstlicher Miene neben Meldor und entschuldigte sich in aller Ausführlichkeit für sein ungeschicktes Reiten. »Ich bin so unbeholfen«, klagte er. »Wo immer ich bin, geht etwas schief. Ich bringe Unglück und Katastrophen.«

»Das bezweifle ich«, sagte Meldor und schüttete das Wasser aus seinen Stiefeln. »Und ich glaube kaum, dass es eine Katastrophe ist, an einem angenehm warmen Tag vom Pferd in einen Fluss gestoßen zu werden.« Für Keris war seine Stimme eine der erstaunlichsten, die sie je gehört hatte. Sie war tief, aber wohltönend. Er erhob sie niemals, und doch schien sie weit zu tragen. Sie dachte: Diese Stimme sickert einem in die Knochen... Wenn Meldor sprach, waren alle anderen still und hörten zu.

»Weißt du«, flüsterte Fint ihr ins Ohr, »wenn der Schöpfer auf die Erde käme und unter uns wie ein Mensch umherginge, würde er meiner Ansicht nach genau wie Meldor aussehen. Groß, beeindruckend, königlich, ruhig, mit einer Art natürlicher Selbstbeherrschung...«

»Blind?«, fügte sie hinzu.

»Vielleicht. Ich möchte gern glauben, dass Er blind ist, denn...« Er sah mit einem abschätzigen Grinsen an sich selbst herunter. »Denn dann würde ihn das äußere Erscheinungsbild nicht beeinflussen. Ansonsten würde wohl Baraine in die Ordnung des Himmels aufgenommen, während ich zum Chaos der Hölle verdammt würde.« Sie lächelte. Sie mochte ihn.

»Hier, bitte«, sagte Bark und gab Meldor eine Tasse mit heißem Tee. Keris bemerkte, dass Meldor die Tasse ohne Zögern oder Tasten entgegennahm.

»Wie machst du das?«, platzte es aus ihr heraus.

Sein Mund lächelte sie an – was seine Augen nicht vermochten. »Der Geruch, das Gefühl der Luftbewegung auf meiner Haut, unendlich schwache Geräusche –

das Rascheln von Kleidungsstücken, ein Stein unter einem Fuß – nichts, was du bemerken würdest.«

Er wandte sich ab und Portron murmelte so leise, dass nur Keris es hören konnte: »Ich glaube immer noch, dass ich ihn irgendwo schon einmal gesehen habe. Ich wünschte, ich könnte mich daran erinnern, wo das war.«

Bark hatte genügend Tee für alle gekocht und Keris war dankbar dafür. Sie hatte keine Ahnung, woraus er bestand, aber nachdem sie ihn getrunken hatte, fühlte sie sich weniger müde. Irgendwie gelang es Graval, den größten Teil seiner Portion über Corrian auszuschütten. Glücklicherweise trug sie zu viele Kleidungsschichten, als dass sie sich hätte verbrühen können, aber trotzdem waren ihre Schimpfworte sehr blumig. Die meisten verstand Keris nicht einmal; Graval hingegen schien sie durchaus zu kennen. Er errötete ziemlich stark.

»Dieser Mann ist eine Gefahr«, brummte Baraine neben Keris. »Eben ist er noch über mich gestolpert. Hat mich mit seinem Stiefel am Spann getroffen. Das werde ich noch tagelang spüren.«

Was sind wir doch für eine glückliche kleine Gemeinschaft, dachte sie.

Als sie später zum Mittagessen anhielten, brach die Reisegesellschaft in kleinere Gruppen auseinander. Portron und Keris saßen zusammen und teilten ihr Essen; der blinde Meldor gesellte sich zu Bark und Davron; Fint Quinling, Corrian, Graval Hurg und Baraine von Valmair hatten sich anfangs zusammen hingesetzt, doch es dauerte nicht lange, bis Baraine allein wegging und Fint schüchtern mit seinem Stück Käse und seinen getrockneten Früchten zu Portron und Keris herüberkam.

»Äh… hättet ihr etwas dagegen, wenn ich mich zu euch setze?«, fragte er. »Diese schreckliche Frau hört einfach nicht auf – äh... Entschuldigung –, mir unsittliche Anträge zu machen.« Er schenkte Portron einen verschreckten Blick. »Wie kann sie nur so etwas tun? Sie ist doch mindestens sechzig und sie hat gesagt, dass sie mir in einer Stunde mehr beibringen kann als – äh... ich glaube, den Rest spreche ich besser nicht aus. Es ist abscheulich. *Sie* ist abscheulich.«

Portron sagte milde: »Ich hoffe, du denkst nicht, dass das, was sie sagt, nur wegen ihres Alters abscheulich ist. Weißt du, die Jugend hat kein Monopol auf die Freuden zwischen den Bettlaken. Ich stimme mit dir allerdings darin überein, dass Madame Corrian etwas geradeheraus mit ihren Vorschlägen ist, und ich vermute, dass sie die Regel recht großzügig handhabt, wenn es darum geht, sie in die Tat umzusetzen. Bevor du zu rüde zu ihr wirst, solltest du dich aber daran erinnern, dass du noch eine ganze Weile neben ihr herreiten musst.«

Keris blinzelte und versuchte, ihre Überraschung zu verbergen: Portron redete oft ganz anders, als er es eigentlich in seiner Funktion als Regelkantor sollte. Er schaute zu Fint hinüber, und sein Gesicht war ein Bild väterlichen Wohlwollens. »Warum hast du eine so lange Pilgerreise gewählt, mein Knabe?«

Fints Schultern sackten in sich zusammen und er stellte seinen Teller beiseite. Unbewusst zupfte er an einem Niednagel. »Vermutlich, weil ich dumm bin«, sagte er schließlich. »Ich wollte meinem Vater etwas beweisen.« Er sah die beiden anderen mit einem erbärmlichen Blick an. »Er ist Kurier. Vielleicht habt ihr schon von ihm gehört.«

Keris starrte ihn an. »Quinling – *Kamper Quinling* ist dein Vater?«

Er nickte.

Sie war sprachlos vor Erstaunen. Kamper war einer der besten Kuriere im Unbeständigen. Er war schnell, verlässlich und bekannt dafür, dass er eine der erstaunlichsten Durchquerungen aller Zeiten vollbracht hatte. Gejagt von einer Horde Bestien, mit einem Häscherpfeil im Rücken und einem Feldströmungsschnitt am Oberschenkel, war er in einen der schlimmsten Feldströmungsstürme aller Zeiten geraten und einige Tage später beinahe gehäutet wieder aus ihm hervorgekommen – und hatte noch immer die Briefe bei sich, die ihm anvertraut worden waren.

»Er hat einen guten Ruf«, sagte Portron.

»Genau«, pflichtete Fint ihm bei. »Und er hat von mir erwartet, dass ich in seine Fußstapfen trete. Als ich zehn war, hat er mich mit ins Unbeständige genommen und überprüft, ob ich feldströmungsfühlig bin. Nun, ich bin es nicht, und das war das Ende des Plans, mich zum Kurier zu machen. Und wisst ihr was? Ich war *froh*. Ich habe das Unbeständige gehasst. Es hat mich fast zu Tode erschreckt. Wir wurden von Halbwölfen angegriffen und haben diesen schrecklichen verseuchten Knaben getroffen, der ziemlich verrückt war… ich hatte eine solche Angst! Mein Vater war zutiefst enttäuscht von mir. Er nannte mich eine Memme, und so nennt er mich seitdem immer.«

»Das ist ja schlimm«, sagte Keris.

»Na ja, nach einer Weile hat es mir nichts mehr ausgemacht. Es stimmt schließlich. Ich *habe* Angst. Ich habe schon immer Angst gehabt, und zwar vor allem, was man sich vorstellen kann: vor der Dunkelheit, vor lauten Geräuschen, vor Mädchen, wenn sie mich anlächeln. Vor schrecklichen alten Frauen wie dieser Hexe da drüben, vor Tricianern wie Baraine – all das ängstigt mich und das ist nichts im Vergleich zu dem, was da draußen ist.« Er zeigte mit der Hand auf das Land ringsum. »Ich kenne die Geschichten von den Abenteuern meines Vaters gut genug und weiß, was einem alles passieren kann. Ich werde starr vor Angst, wenn ich nur daran denke, dass... dass ich verseucht werden könnte...« Seine Stimme war zu einem Flüstern herabgesunken. Er sah auf seinen Finger nieder: inzwischen blutete der Niednagel und er versteckte verlegen die Hand hinter dem Rücken.

»Warum in aller Schöpfung Namen hast du dich dann entschieden, bis zur Achten Stabilität zu gehen?«, fragte Keris.

»Ich vermute, dass ich etwas beweisen wollte. Dämlich, nicht war?« Er schenkte ihr ein ziemlich charmantes Lächeln. »Ich musste meinem Vater wenigstens einmal im Leben beweisen, dass ich tapfer bin.«

Sie versuchte ihn zu verstehen – sie, die so wenig Angst vor dem Unbeständigen hatte und die die Reise mit ihrem Vater machen wollte, seit sie alt genug war, um zu verstehen, wohin er ging. Sie hatte Mühe, Fints tiefe Furcht zu begreifen.

»Wisst ihr, er hat mich sogar fortgebracht«, sagte er. »Er hat mich Meister Storre vorgestellt, nur um sicherzugehen, dass ich mich wirklich einer Gruppe anschließe, die zur Achten Stabilität unterwegs ist, damit ich es mir nicht im letzten Augenblick anders überlege. Er hatte natürlich Recht: Wenn er mich nicht begleitet hätte, wäre ich wahrscheinlich jetzt bloß zur Zweiten unterwegs...«

»Du bist ein bemerkenswert tapferer Mann«, sagte Portron. »Und auch ein bemerkenswert närrischer. Es ist dein Leben, mein Knabe, und du musst lernen, selbst darüber zu bestimmen und es zu ordnen.«

Solange du der Regel gehorchst, dachte Keris sarkastisch.

Die Worte des Kantors zeigten bei Fint wenig Wirkung. »Ich hoffe nur, dass ich nicht von einer der Linien verseucht werde«, sagte er und ging fort, um seinen Teller im Fluss abzuwaschen.

»Ich frage mich, was für eine Art Mensch der Vater

dieses Knaben sein muss«, sagte Portron sanft. »Er hat seinem Sohn nicht einmal ein Packpferd und ein anständiges Reittier gekauft. Ein Kurier sollte sich Besseres leisten können als diesen armen alten Klepper, o ja.«

»Er kann sich Besseres leisten«, pflichtete Keris ihm bei, »aber Kamper Quinling ist so geizig wie ein verhungernder Kater, der ein Steak gefunden hat. Seine Knickerigkeit ist Legende.« Sie knallte den Teller missmutig auf den Boden. »Kantor«, fragte sie, »warum müssen wir alle diese dumme, idiotische, gefährliche Reise machen? Warum besteht die Kantorei darauf? Warum muss Fint diesen absurden Ritt machen,wenn er ihn doch nicht machen will? Warum können wir nicht alle in der Stabilität bleiben, in der wir geboren wurden, vorausgesetzt, wir wollen das?«

»Du weißt, die Heiligen Schriften sagen, dass…«

»O ja, ich habe sie oft genug gehört. Und wenn ich an das glauben würde, was sie sagen, dann würde ich nicht mehr an den Schöpfer glauben! Wie könnte ich? Wie könnte ich glauben, dass das Wesen, das die Wunder dieser Welt erschaffen hat, so dumm ist, darauf zu bestehen, dass wir diese Reise machen, um unsere Seelen vor der ewigen Verdammnis zu retten und unseren Glauben zu beweisen? Er ist sicherlich weder so kleinlich noch so dumm.«

Portron holte tief Luft. »Nein, ich glaube nicht, dass er das ist. Und ich glaube, dass es eine einfache Antwort gibt. Ohne die Pilgerreise würden nur wenige in das Unbeständige kommen. Ein paar Kuriere, Händler, Abenteurer – das wäre alles. Das Unbeständige würde auf diese Weise völlig zum Reich des Tilgers werden. Lord Carasma würde an Macht gewinnen und schließlich stark genug sein, alle Stabilitäten zu zerstören. Die Gegenwart von Pilgern – von ganz normalen Leuten, die den Schöpfer anbeten – schränkt die Macht des Tilgers ein. Jeder von uns bringt ein kleines Stück Ordnung und ein Stück des Schöpfers selbst mit, wenn wir hierher kommen. Wir sind stärker, als uns bewusst ist, und wir schwächen den Tilger. Das ist der Grund, warum uns der Schöpfer bittet, die Pilgerschaft auf uns zu nehmen. Es ist die einzig sinnvolle Erklärung.«

Es war tatsächlich in gewisser Weise eine sinnvolle Erklärung. Keris verfiel in Schweigen und dachte darüber nach. Portron schwatzte weiter und wechselte das Thema. Jetzt schwelgte er in der Erinnerung daran, wie er während eines Gewitters vom Dach des Kantoreigebäudes in Tromlin gefallen war.

Keris hörte nicht mehr zu.

Kapitel Acht

Und ich sage euch, hütet euch vor der Feldströmung, denn die Feldströmung ist eine Kraft im Universum, die das Geschaffene ungeschaffen machen kann, das Fleisch umformen kann und drohend wie eine Schlinge für die Menschheit in den Händen von Lord Carasma liegt. Doch erinnert euch auch daran, dass der Schöpfer die Liebe ist, und daher kann der Weise im Herzen dessen, was Vernichtung bewirkt, Hoffnung für die Errettung finden.

Generationen II, Buch 3, Verse 3 & 4

Davron Storre führte die Gruppe an jenem Abend zur Spitze eines kleinen Bergkamms und dort befahl er, für die Nacht anzuhalten. Keris sah sich mit einem seltsamen Gefühl der Vertrautheit um. Sie erkannte den Ort, obwohl sie noch nie zuvor hier gewesen war, denn Piers hatte ihn immer als trigonometrischen Punkt benutzt, wenn er das Gelände vermaß. Wie vorauszusehen gewesen war, protestierte Baraine von Valmair gegen die Lage dieses Platzes und gegen das wenige Wasser, das aus einer Quelle am Hang herauströpfelte. Auch akzeptierte er Davrons knappe Begründung dieser Wahl nicht: »Es ist sicher hier.«

Als er Davrons Fähigkeit, eine Gruppe zu führen, in Zweifel zog und der Führer ihm einen Blick zuwarf, der so schwarz wie Pech war, trat Keris zwischen sie, ohne lange nachzudenken. »Das hier ist ein Fester Ort«, sagte sie. »Hier kommt keine Feldströmung durch. Es ist der sicherste Hafen im Unbeständigen.«

Baraine starre sie verächtlich an. »Woher zum Schöpfer willst gerade du das wissen?«

Sie missverstand ihn absichtlich. »Weil wir Fußspuren hinterlassen.« Die anderen schauten nach unten. Es stimmte: Überall gab es Abdrücke von Füßen und Hufen.

Fint schaute interessiert auf. »Ich habe davon gehört! Es gibt an verschiedenen Stellen des Unbeständigen Orte wie diesen. Die meisten Rasthorte sind auf Festen Orten errichtet. Das Merkwürdige daran ist, dass sie fast immer von derselben Größe sind, und obwohl das Unbeständige an ihren Rändern nagt, haben sie doch immer gerade Seiten. Komisch, nicht wahr?« Als er nun bemerkte, dass alle ihre Aufmerksamkeit auf ihn gerichtet hatten, errötete er und fiel in sich zusammen. Er zerrte voller Unbehagen am Kragen seines Hemdes. Sofort ging er weg, um sein Zelt zu holen, und auch die anderen zerstreuten sich und entluden ihre Packesel.

Als Keris ebenfalls ihre Bündel losschnallte, bemerkte sie, dass Davron sie über Toussons Rücken hinweg fest ansah. Sie hatte den Eindruck, dass er sie zum ersten Mal wirklich als Person und Persönlichkeit wahrnahm. Als eine Frau und nicht als Kind. Als denkendes menschliches Wesen und nicht als ein gesichtsloses Etwas, das er führen musste. »Kaylens Landkartenladen«, sagte er. »Du hast in Kaylens Landkartengeschäft bedient.«

Endlich hatte er sie erkannt. Sie nickte.

Er starrte sie weiter an. Der Ausdruck in seinem Gesicht war seltsam; es war, als müsse er nach den richtigen Worten suchen. Schließlich zuckte ein Mundwinkel schief nach oben, was kein Lächeln war. »Ah«, sagte er. »Wenn du es keinem erzählst, werde ich es auch nicht tun.«

Sie blickte ihn verständnislos an. »Wie bitte?«

»Ich werde niemandem verraten, dass du Piers Kaylens Pferde mitgenommen hast, wenn du niemandem verrätst, dass Katzen mich nicht mögen.«

Für einen Moment war sie sprachlos. *Woher wusste er das?* Dann dachte sie: Er kann es nicht wissen; er rät nur. Vielleicht war ihm nicht bekannt, dass sie Piers' Tochter war; vielleicht glaubte er wirklich, dass sie nur eine Ladengehilfin war, die die Gelegenheit ergriffen hatte, die sich durch Piers' Tod bot, und die Pferde gestohlen hatte. Sie wurde zornig und errötete.

»Treffer«, murmelte er.

»Warum mögen Katzen dich nicht?«, platzte es aus ihr heraus.

»Ich binde ihnen Stöckchen an den Schwanz, wenn keiner hinsieht.«

Sie starrte ihn an und versuchte, durch den Unsinn hindurch zu erkennen, was er damit in Wirklichkeit sagen wollte. Es sollte sich wie ein Scherz anhören, aber sie wusste, dass es keiner war. Ihre Katze war zutiefst entsetzt gewesen – und er wollte wirklich nicht, dass das jemand erfuhr. Erneut spürte sie seine Scham. Diese Unterredung schmerzte ihn und sie kannte den Grund dafür nicht. »Das nächste Mal wirst du versuchen müssen, diesen Wunsch zu unterdrücken«, sagte sie, ohne sich darum zu kümmern, ob das, was sie sagte, einen Sinn ergab. Diese Unterhaltung war absurd, hatte aber tiefe und dunkle Untertöne.

Er bemühte sich um Heiterkeit. »Oh, das werde ich, bestimmt.«

»Dann ist dein Geheimnis bei mir sicher aufgehoben«, sagte sie, doch ihre Leichtigkeit war aufgesetzt.

Er vollführte eine Dank-Kinese und wandte sich von ihr ab, aber sie hatte gerade noch sehen können, wie die Röte ihm am Hals hochkroch. O Schöpfung, dachte sie, was ist hier bloß los?

Während sie ihr Zelt aufschlug, beobachtete sie insgeheim nicht Davron, sondern Meldor. Der Blinde faszinierte sie. Es war schwer zu glauben, dass seine Fähigkeit auf nichts anderem als auf einem geschärften Gehör, Geruchs- und Tastsinn basierte. Als Bark ihn bei der Errichtung seines Zeltes und bei der Essenszubereitung unterstützte, griff Meldor mit unfehlbarer Genauigkeit nach verschiedenen Dingen. Auch während des Tagesritts hatte er offenbar keine Unterweisungen nötig gehabt. Seine Fähigkeiten waren unheimlich und kamen der Magie in seiner Persönlichkeit gleich. Davron mochte zwar der Führer sein, aber manchmal spürte Keris, dass Meldor der Herr dieser Gruppe war. Er strahlte eine ruhige Zuversicht aus sowie ein Gefühl von Zufriedenheit, das beinahe ansteckend war. Er besaß eine altertümliche Höflichkeit, die das Kennzeichen der Tricianer war, und sie kam ihm sehr zugute. Er konnte freundlich zu jemandem wie Fint sein und dabei nicht herablassend klingen, und er brachte es fertig, dass Baraine ihm Respekt zollte. Wenn er einen Vorschlag machte, wurde dieser wie ein Befehl befolgt.

Während des Tages war es Keris klar geworden, dass Meldor nicht irgendein Mitglied der Gruppe war, sondern Teil des Trios, das schon seit einiger Zeit zusammen reiste: Davron, Bark und Meldor. Das war befremdlich; Keris verstand diese Kombination nicht – und das bereitete ihr Sorgen.

Als das Lager vollständig errichtet war (nicht ohne einen Zwischenfall: Graval Hurg war es gelungen, den Pflockhammer so unbeholfen zu schwingen, dass er damit ein Loch in Fints Zelt riss) und man die Pferde zur Nacht angebunden hatte, bat Bark um zwei Freiwillige, denn er wollte noch einmal den Bergkamm hinabsteigen und Futter für die Pferde suchen. Er erzählte, dass beim letzten Mal, als er und Davron hier vorbeigekommen waren, nicht weit von hier einige Pflanzen wuchsen, deren Wurzeln vorzügliches Viehfutter abgaben.

Graval und Portron lehnten ab und sagten, sie seien

zu müde; Corrian (die Graval einen geringschätzigen Blick zuwarf) war der Meinung, dass das eine Arbeit für junge Knaben war; Baraine ließ sich nicht einmal zu einer Antwort herab, und so blieben nur noch Fint und Keris übrig.

Sie nahmen Keris' Packpferd Tousson mit, auf dem sie das Futter zurückbringen wollten, aber sie selbst gingen zu Fuß. Es war ein kurzer Abstieg den Abhang hinunter bis zu den schützenden Bäumen, und zunächst schien Bark sicher zu sein, dass er den Weg kannte. Aber zehn Minuten später kamen sie im Wald an einen Schacht mit Steilabhängen, der ihnen den Weg abschnitt.

Bark zog eine Grimasse. »Das war beim letzten Mal noch nicht hier. Es muss sich bewegt haben.« Er zögerte und blickte den schachtartigen Einschnitt zu beiden Seiten entlang.

Die kurzen, knorrigen Bäume hielten sich mit Wurzelbüscheln an den ausgewaschenen Hängen fest. Die Wurzeln schlängelten sich wie lebende Würmer in den Boden, aber es gelang ihnen nicht, ganz im Untergrund zu verschwinden. Über ihnen hingen schlaffe Äste herab, die schwer von blutroten Blüten waren und auf denen Klumpen von glänzendem, braunem Gewürm in die Blüten hinein und wieder aus ihnen heraus krochen. Die Luft stank und war erwartungsschwanger, als ob sie einem Ausbruch an Gewalt entgegenfieberte.

»Feldströmung«, flüsterte Keris überzeugt. Der Schacht war mit Unnatürlichem durchtränkt.

Fint räusperte sich. »Ich glaube nicht, dass ich diesen Ort sehr mag«, sagte er mit plötzlich sehr hoher Stimme. »Keris, bewegen sich diese Baumwurzeln wirklich?«

»Ja«, sagte sie knapp. Was hatte Portron noch gleich gesagt? ›Du spürst, wie es die Erde unter deinen Füßen zerfrisst.‹ Genauso war es.

Bark zögerte noch immer und wog die Notwendigkeit, Futter zu suchen, gegen die Gefahren ab, die sich bei einer Durchquerung des Schachtes ergeben würden. »Ich glaube, wir kehren besser um«, sagte er schließlich. Er drehte sich auf dem Absatz um und stolperte. Beinahe wäre er hingefallen. Er war in ein Loch getreten.

Keris blinzelte verwirrt. Noch kurz vorher hatte sie dort kein Loch gesehen. Bark jammerte und fasste sich ans Bein. Die Erde schien sich um es herum geschlossen zu haben; die Wade war bis zur Hälfte eingesunken.

»Was ist das?«, fragte Keris. Ihr war immer noch unklar, was hier nicht stimmte.

Barks Gesicht wurde grau vor Überraschung und Schmerz. »Irgendetwas hat mich gepackt…« Er setzte sich schwer nieder und hielt immer noch das Bein fest.

Keris und Fint knieten sich neben ihn. »Heiliger Schöpfer«, keuchte Fint. »Das sieht ja aus, als würde etwas ihn verschlucken!«

Ein weißer Ring aus Knochen oder Schildpatt hatte sich um Barks Bein gelegt. Keris berührte die Substanz vorsichtig mit dem Finger. Sie war steinhart und unnachgiebig. Man hätte nicht einmal eine Messerklinge zwischen sie und Barks Fleisch schieben können. »Was ist das?«, fragte sie noch einmal. Wenn das der Mund von etwas war, dann lag der Rest des Tieres im Erdboden verborgen. Sie scharrte mit den Fingern um sein Bein und fegte so den Dreck fort. Dicht unter der Oberfläche befand sich etwas Hartes, Undurchdringliches, das so weiß wie Elfenbein war. Es erstreckte sich flach in alle Richtungen. Sie und Fint knieten darauf. Sie tauschten einen Blick aus und entfernten sich ein wenig von Bark.

»Können wir dich herausziehen?«, fragte sie.

Seine Lippen zogen sich voll schmerzlicher Ironie nach oben. Jetzt wusste sie, dass das Ding hatte ihn so fest im Griff, dass es unmöglich war, ihn herauszuzerren.

»Ich weiß, was das ist«, sagte Fint. Auf seinem Gesicht malte sich ein jähes Entsetzen ab. »Das ist ein Galler. Mein Vater hat mir von ihnen erzählt…« Er sah Bark an und seine Worte verloren sich.

Keris stand auf und versetzte der Kreatur einen Fußtritt; nichts geschah. Sie versuchte auf ihr herumzutrampeln. Das Ding bewegte sich nicht von der Stelle. Sie kniete sich wieder nieder und scharrte mehr Erde weg, weil sie herausfinden wollte, wie groß es war und ob es eine verwundbare Stelle hatte.

»Das bringt nichts«, stieß Bark zwischen zusammengepressten Zähnen hervor. »Ich habe ebenfalls von den Gallern gehört. Sie sind gewaltig. Größer als mein verseuchtes Pferd. Sie haben eine Schale mit nur einer einzigen Mundöffnung… Sie lauern in der Erde. Sie gehören zu den Bestien…«Ihn schauderte. »Man kann sie nicht töten. Man kann sie nicht aufbrechen. Man kann sie nicht aufzwingen. Verdammt, man kann überhaupt nichts tun.«

Fint warf einen ängstlichen Blick zurück in den Schacht und sah dann wieder Bark an. »Der Saft der Galler«, stotterte er. »Säure. Sie verdauen ihre Beute Stück für Stück. Der Mund saugt das Opfer weiter ein, wenn das Ding mit dem ersten Teil fertig ist…«

Keris war entsetzt. »Der Tilger soll dich holen, Fint – halt doch den Mund!«

»Holt Davron und Meldor«, bat Bark. »Schnell. Sagt ihnen, sie sollen die Axt mitbringen.«

»Ich gehe«, sagte Fint rasch. »Ich nehme Tousson.«

»Tut es – weh?«, fragte Keris, als Fint fort war. Sofort wusste sie, dass es eine dumme Frage war; ihr Denken setzte anscheinend vor lauter Grauen aus.

Verlegen bemerkte sie, dass *er* versuchte, *sie* zu beruhigen.

Er zuckte resignierend die Schultern. »Es gibt nur einen Weg, sich lebend aus einem Galler zu befreien.« Er warf einen Blick auf sein Bein.

Sag ihnen, sie sollen die Axt mitbringen. Sie spürte, wie ihr das Blut aus dem Kopf wich, und sie war froh, dass sie nicht stand. »Mein Vater hatte ein Bein an eine der Bestien verloren«, sagte sie schließlich; es war ihr nicht möglich, die Worte zurückzuhalten. »Es hat ihn niemals daran gehindert, das zu tun, was er tun wollte…«

Die lange Zunge hing ihm aus dem Mund, und sie hatte den unfassbaren Eindruck, dass ihn ihre tölpelhaften Versuche, etwas Sinnvolles zu sagen, belustigten. »Ach, Mädchen, wir sollten über etwas anderes reden, ja?« Jetzt schwitzte er und er umklammerte mit seinen riesigen Händen das Bein so fest, dass sich die Haut darunter entfärbte. »Und wir wollen hoffen, dass der junge Mann den Weg zurück zum Bergkamm findet – und Davron hierherführen kann.« Er schaute auf. Hinter dem Blätterbaldachin verdunkelte sich der Himmel.

Keris betrachtete den nächsten der zwergenhaften Bäume, die entlang des Schachtrandes standen, und erinnerte sich an die Massen von Würmern, die sich in den Blüten gewunden hatten. Sie konnte sie nicht mehr sehen, aber ihr Gestank durchdrang noch immer die Luft; vielleicht war es auch der Geruch der trompetenartigen Blumen selbst. Dieser Ort war verseucht und unsauber. Es war mehr als nur der Gestank der Verwesung: Es war der Geruch von… Falschheit. Sie war angeekelt. »Es ist nicht weit bis zum Lager«, sagte sie. »Fint wird sich schon nicht verirren.«

»Er könnte ebenfalls mit dem Bein in ein solches Ding geraten«, erwiderte Bark und deutete mit dem Kopf auf den Galler.

»*Nein*. Denk nicht einmal daran. Außerdem reitet er auf Tousson.«

»Er erinnert mich an mich selbst«, sagte er. Sein Gesicht war jetzt aschfahl. »Bevor ich verseucht wurde. Voller Ängste. Weißt du, ich war ein Bauernjunge. Nur ein ganz einfacher Kerl, der seine Pilgerfahrt rasch hinter sich bringen wollte, damit ich wieder nach Hause zurückkehren konnte und nie mehr fortgehen musste.« Die Worte flossen aus ihm heraus, während er versuchte, die Schmerzen zu unterdrücken, die sich in seinen Fuß verbissen hatten. »Ich hatte nie auf die Pilgerreise gehen wollen. Ich hatte Angst. So schreckliche Angst. Mein Mädchen war bei mir – Tilly hieß sie. Sie hatte große Ähnlichkeit mit dir. Weniger im Aussehen, dafür aber in der Art. Freundlich, höflich, liebenswürdig. Sie liebte Tiere. Hatte Sommersprossen auf der Nase und ein Lachen wie ein neugeborener Esel. Ich hatte sie mein Leben lang gekannt, sie an den Zöpfen gezogen und sie in den Dorfteich geworfen, als sie noch ein Kind war. Und plötzlich war sie da, lächelte mich an und ich konnte den Blick nicht mehr von ihr abwenden… Ich konnte kaum glauben, dass sie mich wollte. *Mich*, Samiel Barkbrück.

Bereits die erste Feldströmungslinie erwischte mich. Der Führer versuchte, mich zu retten, aber dem Tilger macht man nicht so leicht einen Strich durch die Rechnung. Verdammt, Keris – diese Schmerzen!« Sie wusste nicht, ob er damit meinte, wie er sich jetzt fühlte oder wie er sich damals gefühlt hatte. Vielleicht bezog er sich auf beides. Sie streckte die Hand aus und berührte ihn am nackten Arm, auch wenn dies eine unangemessene Geste war. Seine Haut brannte unter ihren Fingern und sie zuckte zurück. Unberührbar. Er war unberührbar. Er schien ihre Reaktion nicht zu bemerken. »Als ich auf der anderen Seite der Feldströmungslinie wieder auf die Beine kam, schaute ich Tilly an. Ich wollte mich davon überzeugen, dass mit ihr alles in Ordnung war. Und sie schaute mich an. Was für ein Blick! Schmerz, Kummer, herzzerreißender Kummer, solch ein Grauen und am schlimmsten von allem – der Ekel. Der überwältigende Ekel, den sie nicht verbergen konnte.« Ihn schauderte und Tränen liefen an seinen riesigen Wangen herunter.

»Wie lange ist das her?«

»Fünf Jahre. Nur fünf Jahre. Schwer zu glauben, nicht wahr? Ich bin erst fünfundzwanzig. Manchmal fühle ich mich wie hundert.«

»War Davron Storre der Führer?«

Er schüttelte den Kopf. »O nein. Davron war damals noch kein Führer. Obwohl ich ihn getroffen habe, kurz nachdem ich verseucht wurde…«

»Er war noch kein Führer? Ich hatte geglaubt, dass er schon länger als fünf Jahre Führer ist!« Davron Storre: er schien so kompetent. Manchmal erinnerte er sie an Piers – es war die Art, wie er sich mit leichter Eleganz bewegte, sich aber nicht einen Augenblick lang entspannte, als ob er Dinge sähe und hörte, die den anderen entgingen. Seine *Straffheit*…

»Er ist erst neunundzwanzig.«

Sie setzte sich auf die Hacken und starrte ihn an. Sie hatte Davron auf etwa vierzig geschätzt. »Erst *neunundzwanzig*?« Was mochte es sein, das zehn weitere Jahre voller Schmerz und anstrengendem Leben in sein Gesicht eingeätzt hatte? Welche furchtbare Katastrophe hatte einen jungen Mann in ein Wesen mit solchen Augen verwandelt?

Bark gab dafür keine Erklärung und würde auch nie eine geben, das wusste sie. Es war Davrons Geschichte, nicht seine. »Das Unbeständige setzt einem schwer zu«, sagte er nur.

Selbst in der Dämmerung sah sie seine verzogenen Lippen. »Ich weiß, dass du keine abfälligen Bemerkungen über meine augenblickliche eindrucksvolle Physiognomie gemacht hast. Keris, wenn du alles verlierst, was du je besessen hast, wovor solltest du dich dann noch fürchten? Und was die – wie soll ich es nennen? Selbstsicherheit? – angeht: Ein Mann kann sich nicht in Gesellschaft von Leuten wie Davron und Meldor bewegen, ohne dass es auf ihn abfärbt. Ich habe mich in den letzten fünf Jahren stärker verändert als die meisten Menschen in ihrem gesamten Leben.« Er ließ sein Bein für einen Augenblick los und berührte Keris, als wolle er sich selbst etwas bestätigen. Sie widerstand dem Impuls, ihre Hand von dem Feuer seiner Finger fortzureißen. »Du bist feldströmungsfühlig, nicht wahr?«, fragte er und zog die Hand zurück.

»Ich weiß es nicht. Vielleicht – wie kommst du darauf?«

»Du spürst diesen Ort auf eine Weise, wie ich es nicht kann. Ich erkenne, wie er aussieht, aber du – du bekommst schon eine Gänsehaut, nur weil du hier bist, denn hier ist die verderbliche Feldströmung sehr stark: Das ist es, was als Feldströmungssumpf bekannt ist. Es ist ein Ort, wo das Aufbrechen der Welt am deutlichsten ist. Ein Ort, der von den schlimmsten Bestien und den ältesten Häschern bewohnt wird. Er trägt das Mal des Tilgers – und das spürst du bis in die Knochen. Und die Berührung meiner Hand verbrennt dich, weil in mir verseuchte Feldströmung ist.«

Sie nickte.

»Das ist die Tragödie der Ungebundenen«, fuhr er fort. »Davron und ich sind seit fünf Jahren zusammen. Er hat mir das Leben gerettet und mich vor dem Wahnsinn bewahrt. Und ich glaube, dass ich ihm ebenfalls geholfen habe. Wir mögen einander so sehr, wie sich Freunde mögen können – aber trotzdem kann er meine Berührung nicht länger als einen Augenblick ertragen. Er muss sich überwinden, um bloß die Hand auf meine Schulter zu legen. Wir sind wie Brüder, aber er muss auf der anderen Seite des Lagerfeuers sitzen. Er ist mein bester Freund, aber ich kann ihn nicht umarmen. Bedauere die Verseuchten, Keris. Diejenigen, die nicht feldströmungsfühlig sind, wenden sich mit Ekel von uns ab, weil sie uns nicht verstehen können. Die Feldströmungsfühligen spüren unsere Tragödie, denn sie können durch den Mantel des Bösen hindurch unsere Menschlichkeit erkennen – aber sie müssen sich von uns abwenden, weil ihre Feinfühligkeit die Gegenwart des Chaos, des Ungebundenen, das in uns lebt, nicht ertragen kann. Davron und ich reisen zusammen, aber wir marschieren getrennt.«

Jetzt verstand sie die seltsame Geste, mit der sich die beiden Männer begrüßt hatten. Eine Berührung am Handrücken war alles, was Davron Storre ertragen konnte. »Hast du – hast du jemals von einem Ort namens Hafenstern gehört?«, fragte sie.

Er stieß ein kurzes, bellendes Gelächter aus. »Wo Zauberer die Ungebundenen mit Magie heilen? Glaub solche Geschichten nicht, Keris. Es gibt keine Heilung für meinen – Zustand. Falls jemals der Tilger vernichtet und im Unbeständigen die Ordnung wiederhergestellt werden sollte, werden wir Verseuchten sterben. Die Ordnung würde uns innerhalb weniger Monate töten. Wir sind bereits unnatürlich, und es gibt keinen Weg zurück –keinen. Ich werde in diesem Fleisch leben und sterben. Ich bin ein Mann und habe alle Gelüste und Gefühle eines Mannes, aber ich trage die Verkleidung eines Ungeheuers und muss mich selbst überwinden, damit ich es ertragen kann, in die Augen eines anderen Mannes zu schauen. Und in die Augen einer Frau. Letztlich haben wir Verseuchten nur uns gegenseitig.« Er sah sie geradeheraus an, und sie wusste, er wollte ihr damit zu verstehen geben, dass ihm ihre Empfindungen bei der ersten Begegnung mit ihm nicht entgangen waren. Abscheu, Erbarmen, Mitgefühl, Faszination – all das hatte er durchschaut. Dann lächelte er wieder, als wolle er ihr sagen: Mir ist bewusst, dass du mich jetzt mit anderen Augen siehst.

»Aber einige Verseuchte leben in Rasthorten«, sagte sie langsam und folgte damit ihrem eigenen Gedankengang. »An Festen Orten wie dem auf dem Bergkamm. An solchen Orten gibt es Beständigkeit. Sie muss anders geartet sein als die geordnete Beständigkeit in den Stabilitäten. Wenn wir bloß herausfinden könnten, wie solche Orte entstehen… Wenn wir die Kräfte kopieren könnten, die solche Bereiche erschaffen…«

Er grunzte. »Wenn du sie je entdeckst, sag mir Bescheid.«

»Es ist schon einmal gelungen«, betonte sie, doch nun hatte er sich hinter die Wand des Schmerzes zurückgezogen.

Es war eine Erleichterung für sie, als sie die Pferde herannahen hörte.

Meldor, Portron und Baraine waren zusammen mit Davron und Fint gekommen, und sie hatten Laternen mitgebracht. Das Licht wurde jetzt dringend gebraucht; es war inzwischen unter den Bäumen beinahe dunkel. Fint schenkte Keris einen beredten Blick. »Dein verdammtes Pferd hat mich *gebissen*«, zischte er ihr entgegen, während er abstieg. Er rieb sich bedeutungsvoll das Hinterteil.

Davron glitt von seinem Pferd und kam geradewegs herüber zu Keris und Bark. Einen Augenblick lang schweifte sein Blick in die Runde und nahm die Szenerie vor sich auf, dann schenkte er Keris keine Beachtung mehr und lächelte Bark kurz an. Es war das erste Mal, dass sie gesehen hatte, wie er jemanden richtig anlächelte, und die Wirkung war verwirrend. Plötzlich verwandelte er sich von einem

Granitblock in einen liebenswerten Mann. Die Jahre fielen von ihm ab und sie erkannte, dass er tatsächlich erst neunundzwanzig war. Die Obsidianaugen leuchteten, das Gesicht wurde weicher, die Linien wurden sanfter...

»Ich hatte geglaubt, du wärst klüger, Sammy«, sagte er. Sammy. Nicht Bark. Seine Stimme war wohl niemals anders als rollender Kies, aber nun war der Tonfall liebevoll.

»Hab nicht drauf geachtet, wo ich hingetreten bin«, erwiderte Bark mit einem Schulterzucken. »Hast du die Axt dabei?«

»Ja, aber sie ist nur der letzte Ausweg, mein Freund...«

»Verschwende keine Zeit, Davron. Wir sollten es hinter uns bringen.«

»Es gibt noch andere Methoden.«

Bark sah mit leerem Blick von Davron zu Meldor; dann schien er zu begreifen, was der Führer meinte. Sein Gesicht verhärtete sich. »*Nein*. Du weißt nicht, was danach passieren könnte. Und was ist mit...« Er warf einen seitlichen Blick auf Portron.

Davron zuckte mit den Schultern.

Bark fügte ruhig hinzu: »Na, Dav, wir sollten sachlich sein. Ich bin's, Bark, weißt du das nicht mehr? Ich stehe das durch.«

»Du vielleicht, aber wer sagt, dass *ich* das durchstehe?« Die Worte waren ganz einfach, doch es klangen Zwischentöne darin mit: Alle hörten sie.

»Ich mach's«, sagte Baraine gefühllos. »Zu Hause auf meiner Domäne gelte ich als ziemlich guter Axtwerfer.« Ihnen allen war klar, dass er vermutlich nicht angab: Die reichen jungen Adligen aus der Ersten Stabilität hielten untereinander Wettkämpfe im Holzhacken ab – nur aus Spaß und vielleicht um die Kantorei zu reizen, die jedes Baumfällen als unannehmbare Veränderung ansah, aber oft nichts dagegen unternehmen konnte, soweit bedeutende tricianische Familien daran beteiligt waren.

Keris bemerkte den Blick, mit dem Davron Baraine bedachte, und glaubte, dass er eigentlich ausreichen müsste, um die Lider des Tricianers zu rösten, doch Baraine nahm ihn nicht einmal wahr. Sie konnte die Vorstellung nicht ertragen, dass dieses elegante Stück Rinderfilet Barks Bein abschlug und dann nach Hause ging und seinen Oberklassefreunden gegenüber damit prahlte, als wäre das Ganze lediglich ein Abenteuer gewesen. Selbst Portron, der neben Bark kniete und die Bitt-Kinese vollführte, konnte den Ausdruck von Abscheu nicht unterdrücken, der bei Baraines Worten über sein Gesicht lief.

Nur Meldor war scheinbar unbewegt. Er stieg von seinem Pferd ab und ging ohne fremde Hilfe an Barks Seite. »Sammy, warum haben wir das getan, was wir getan haben, wenn nicht für solche Augenblicke? Wenn wir auf der Suche nach dem größeren Guten das kleinere Gute aus dem Blick verlieren, dann verlieren wir auch unsere Menschlichkeit.«

Bark sah Portron und Baraine an.

»Wir werden sie wegschicken«, sagte Davron.

»Ich gehe nirgendwo hin«, sagte Baraine gedehnt und kam näher.

Portron schaute entrüstet drein. »Und ich werde mich auch nicht von der Stelle rühren. Vielleicht hilft Kinese…«

»Kantor, das hier ist das Reich des Tilgers«, betonte Davron ungeduldig.

»Es ist vollkommen gleichgültig«, sagte Meldor; er redete mit Bark. »Sollen sie es doch ruhig sehen.« Auch er kniete sich nieder, aber nicht, um eine Andacht abzuhalten. Er legte die Hand ohne Zögern dort auf den Galler, wo Keris die Erde fortgewischt hatte, und bat Davron, sich zu ihm zu gesellen.

Etwas an seiner Entschlossenheit bewirkte, dass Keris nervös einen Schritt zurücktrat. Davron legte beide Hände auf den Galler.

»Was machen sie da?«, murmelte Fint Keris ins Ohr. Wegen seines Unbehagens klang seine Stimme piepsig. Sogar Baraine, der sich nicht einmal die Mühe gemacht hatte abzusteigen, und Portron, der mit seiner Andacht fortfuhr, beobachteten die Situation mit wachsamen Augen.

»Ich weiß es nicht«, antwortete Keris.

Lange Zeit geschah gar nichts. Dann glomm die Luft um den Galler herum langsam auf. Ein dünnes rotes Nebelbüschel, das sich wie dunstiger Atem an einem kalten Morgen bewegte, legte sich um Meldors und Davrons Hände – kam vielleicht sogar aus den Händen hervor – und glitt dann sanft über den Galler...

Keris' Stirnhaut spannte sich und auf ihren Händen kribbelte es, aber sie bewegte sich nicht. Sie wusste nur, dass sie das Gefühl dessen, was hier geschah, nicht mochte.

Portron rappelte sich schnell auf. Sein Gesicht war eine schreckgeborene Maske. Einen Augenblick lang glaubte Keris, er würde einschreiten, doch er beherrschte diesen Impuls und blieb stehen, starr wie eine Kompasslinie, und strahlte Abscheu aus.

»Was... was passiert da?«, flüsterte Fint. Keris begriff, dass er weder das Glimmen noch das schwache Dunstband sehen konnte.

»Ich weiß es nicht«, wiederholte sie.

Die Spannung in der Luft nahm zu, das Glimmen verstärkte sich. Die Temperatur um sie herum schien zu fallen; Keris bemerkte, dass sie zitterte. Baraine saß ab und kam näher; sein Blick war fest auf den Galler gerichtet.

Und dann explodierte der Boden um Bark herum.

Eine grüne Flüssigkeit schoss aus dem Galler in

einer stechenden Fontäne hoch in die Luft. Das Glimmen um Davron und Meldor zersplitterte in tausend winzige Kometen aus geschmolzener Farbe, die in alle Richtungen stoben und feurige Spuren hinter sich herzogen. Einer davon traf Keris an der Wange. Er brannte in einem kalten Feuer und war wie Wintereis auf ihrem Gesicht; sie zuckte zusammen und rieb den Schmerz fort.

Bark fiel nach hinten; er war von dem Galler wie unwillkommener Abfall ausgespuckt worden. Sein Fuß – der keinen Stiefel mehr trug – war mit grünem Schleim überzogen und alle drei Männer waren mit derselben fauligen Galle besudelt. Dort, wo der Galler gewesen war, befand sich nun eine Vertiefung im Boden.

Gütiger Himmel, dachte Keris in höchstem Erstaunen. Irgendwie haben sie das Ding zum Explodieren gebracht!

»Wasser!«, brüllte Davron.

Sowohl Baraine als auch Fint rannten zu den Pferden und holten Wasserhäute. Sie wuschen den Schleim von Bark so gut wie möglich ab und luden ihn dann auf sein verseuchtes Reittier. Niemand sprach ein Wort. Keris warf einen Blick zu Portron herüber: Er war immer noch steif vor Wut und weigerte sich standhaft, ihren Blick aufzunehmen. Neben ihr war Fint bleich vor Angst und aus Bark war gleichermaßen alle Farbe gewichen, während er mit seinen Schmerzen kämpfte. Sein Bein war noch heil, aber die Haut daran war roh und mit blutigen Nadelstichen und herausquellender Flüssigkeit gesprenkelt.

Meldor wischte sich die Galle ab und bestieg wortlos wieder sein Pferd. Weder er noch Davron schien etwas abbekommen zu haben. Baraine zeigte plötzlich eine ungewohnte Lebhaftigkeit, als habe er soeben einer Vorstellung zugesehen, die ausschließlich zu seinem eigenen Vergnügen inszeniert worden war. Er wandte sich an Davron und wollte ihn etwas fragen, doch ein Blick aus den schwarzen Augen des Führers verhinderte die Frage, noch bevor der Tricianer sie in Worte kleiden konnte.

Sie ritten schweigend zurück zu dem Bergkamm.

Es war Meldor, der Bark im Lager behandelte. Wie ihm das trotz seiner Blindheit gelang, wusste Keris nicht, denn er, Bark und Davron verschwanden zusammen in Barks Zelt. Die anderen wehrten erschöpft alle Fragen von Corrian und Graval ab, kümmerten sich um die Tiere, aßen ihr Abendessen und legten sich zur Nacht hin.

Keris konnte nicht schlafen. Sie war immer noch angespannt, fragte sich, was geschehen war, und konnte es nicht verstehen. Schließlich ertrug sie es nicht länger. Sie verließ ihr Zelt und ging zu Portron. »Kantor«, flüsterte sie an seinem Zelteingang. »Seid Ihr noch wach?«

»O ja«, sagte er. »Ich fürchte, der Schlaf und ich sind heute Nacht getrennte Leute.« Er seufzte. »Komm herein, Mädchen, und setz dich hier auf meine Bettrolle. Die Umstände sind heute Nacht wohl ungewöhnlich genug, sodass wir uns nicht um Konventionen scheren müssen. Wenn ich ehrlich sein soll, habe ich dich sogar erwartet. Du hast es gesehen, nicht wahr?«

»Meint Ihr das Glühen?« Sie nickte voller Unbehagen. »Was war das? Was haben sie gemacht? *Wie* haben sie es gemacht?«

Er seufzte erneut. »Ich glaube, es besteht nicht der geringste Zweifel daran, da du feldströmungsfühlig bist, Mädchen. Was du gesehen hast, war Feldströmung. Sie haben mit Feldströmung gearbeitet.«

»Mit Feldströmung *gearbeitet*? Meint Ihr damit, dass sie sie *benutzt* haben? Aber – das ist doch unmöglich, oder?«

»Es ist sicherlich eine Greueltat! Sie haben es so gemacht wie der Tilger und seine Häscher!« Der Ärger in seiner Stimme war deutlich zu hören, doch es lag noch etwas anderes darin: Angst. »Jetzt weiß ich, warum Davron so viel Wirbel machte, als Baraine und ich darauf bestanden, ihn und Fint auf dem Weg zu Bark und dir zu begleiten. Er wollte nicht, dass wir sehen, was er vorhatte. Ich sagte, ich müsse mitgehen – vielleicht hätte Bark in einem solchen Augenblick einen Farbenträger nötig. Und Baraine war nur neugierig. Aber Davron gab uns den Befehl hierzubleiben.«

»Und ihr habt ihm nicht gehorcht?«

Er schien unangenehm berührt zu sein. »Na ja, nicht direkt. Ich protestierte; ich hatte das Gefühl, dass ich das müsse. Es gibt Zeiten, in denen ein Kantor entschlossen auftreten muss. Wie dem auch sei, schließlich sagte Meldor, wir könnten mitgehen. Ich vermute, er dachte, dass es keinen Unterschied machte, wenn Baraine und ich es sehen würden, wo doch schon Fint und du dabei wart.«

»Sind sie – Häscher des Chaos? Meldor und Davron?«

»Und Bark, ihr verseuchter Diener… ich weiß es nicht, Keris. Es gab Zeiten, in denen ein Feldströmungsfühliger die Gegenwart eines Häschers spüren konnte, aber es scheint, dass seit kurzem die Diener des Tilgers gelernt haben, sich besser zu verbergen.« Er sackte in sich zusammen und in der Dunkelheit klang seine Stimme wie die eines müden alten Mannes. »Wenn sie wirklich Häscher sind, dann helfe uns der Schöpfer, denn dann ist keiner von uns mehr in Sicherheit.«

»Ich habe Davron zweimal in der Ersten Stabilität gesehen, und zwar in Mahlkorn. Das letzte Mal ist noch nicht lange her. Da kann er noch kein Häscher gewesen sein.«

»Du machst mir Hoffnung, mein Kind – aber wenn sie sich nicht dem Tilger verschrieben haben, spielen sie trotzdem ein gefährliches Spiel. In den Augen der Kantorei ist es ein Greuel. Die Feldströmung wird sie zerrütten, verseuchen und vielleicht sogar töten. Auf diesem Weg liegt nur Böses. Ich sollte sie damit konfrontieren, aber ich habe Angst, Mädchen, ich habe Angst. Wenn sie wirklich Diener des Tilgers sind, bedeutet es sicherlich den Tod, sie herauszufordern. Ich wünschte, ich könnte mich erinnern, wo ich Meldor schon einmal gesehen habe. Es könnte wichtig sein...« Seine Stimme wurde leiser. »Ich bin doch nur ein alter Regelkantor aus dem Orden des Ritters Ladma. Ich bin nicht einmal ein guter Kantor.«

Das war zu viel für Keris. Wenn nicht einmal jemand wie Portron der Situation gewachsen war, wie sollte sie es dann sein? Verdammt, dachte sie, du wolltest in das Unbeständige gehen, meine liebe Keris. Du wolltest es dein ganzes Leben lang!

Aber es schien in einem anderen Leben gewesen zu sein, dass sie sich als Schmetterling gesehen hatte, der die erste Freiheit des neuen Lebens spürte und die Freude daran genoss.

Jetzt dachte sie an Sheyli und an Piers und weinte ein wenig.

Keris erwachte, als jemand ihr die Füße durch die Bettrolle hindurch schüttelte. Sie setzte sich auf und war sofort hellwach. Es war dunkel, aber sie hatte keine Schwierigkeiten, Davrons Umriss gegen den wolkenlosen Himmel zu erkennen. Er kniete und hatte die Plane des Zelteingangs zurückgeschlagen, damit er ihre Füße erreichen konnte.

Angst durchströmte sie, ungerufen, ungewollt.

»Es ist Zeit, dass du Wache hältst«, sagte er. »Du und Portron, bis zum Morgengrauen. Zwei Stunden.«

Sie nickte und versuchte, ihre Angst zu verbergen. »Wie geht es Bark?«

»Gut. Meldor hat ihm etwas gegeben, damit er schlafen kann, und er ist immer noch nicht wach.«

»Ist das, was gestern Abend passiert ist, ein weiteres Geheimnis, das ich niemandem erzählen soll?«

Sie konnte sein Lächeln zwar nicht sehen, aber spüren. »Dazu ist es wohl ein wenig spät, wie ich befürchte. Sag es, wem immer du willst – Portron wird es auf alle Fälle tun.«

»Ist es das, weswegen du dich so schämst – weil du Feldströmung benutzt?«

Das Lächeln wurde zu einem Glucksen, aber es lag mehr Schmerz als Heiterkeit darin. »Ach nein, Keris. *Darauf* bin ich stolz.« Er zog die Zeltplane wieder vor und ging fort. Sie kleidete sich an, streifte sich die Stiefel über und fragte sich, warum ihr Mund plötzlich so trocken war.

O Schöpfer, dachte sie. Warum bei aller Dunkelheit im Chaos bin ich nicht in Mahlkorn geblieben?

Kapitel Neun

Und Rt. Gredal hielt an seinem Glauben fest, als die Bestie ihn ansprang und ihn in Stücke riss. Er vergoss Blut, aber noch immer rief er nicht den Tilger an, auf dass dieser seine Bestie des Chaos anleine. Nein, er wandte sich an den Herrn des Chaos und sagte: »Hiernach werden die Menschen sich mit Andachten schützen und du wirst besiegt werden. Das Chaos wird keinen Bestand mehr haben.«

Ritter, Buch II, Kapitel 2, Verse 3–6
(Ritter Gredal, der Einsiedler)

Der zweite Tag ihrer Reise war schlimmer als der erste und der dritte noch schlimmer als der zweite.

Das Land wurde immer fremdartiger und grotesker. Als Bark am vierten Morgen ein Feuer entfachte, um Tee aufzubrühen, brannten die Flammen kalt und grünlich, und das Wasser weigerte sich zu kochen. Dann gab es in der Gruppe Schwierigkeiten, die wie ein Widerschein der verkehrten Landschaft zu sein schienen. Den ganzen Tag hindurch hatte Gravals Stute hundert verschiedene Probleme mit den anderen Reittieren verursacht. Von einem von Baraines Eseln löste sich unbemerkt ein Bündel und fiel gerade in dem Augenblick herab, als sie sich auf einem gewundenen Weg über einen scharfsteinigen Gebirgspass befanden; das Bündel fiel in die Schlucht unter ihnen und war unwiederbringlich verloren. Corrians Reittier schnitt sich den Huf ein und musste eine Pause einlegen; Corrian ritt derweil ihr Packtier, nachdem dessen Bündel auf die anderen Tiere verteilt worden waren. All das verlangsamte das Vorankommen der Gruppe.

Keris war mit Geschichten über das Unbeständige aufgewachsen, aber trotzdem hatte nichts sie auf dessen Realität und Unberechenbarkeit vorbereitet. Sie ritten in eine Senke, in der feuchte Hitze stand, bogen um eine Ecke – und wurden mit heulendem, eiskaltem Wind und peitschendem Regen konfrontiert. Sie streiften Büsche, die bei der geringsten Berührung zu Staub zerfielen. Sie bahnten sich einen Weg durch einen See aus wedelndem Gras, das hoch genug war, um einen berittenen Mann zum Zwerg zu machen, und mussten dann feststellen, dass sich dahinter nackte Erde befand, die mit bodenlosen Löchern durchsetzt war. Keris hatte solche Dinge auf Landkarten gezeichnet; sie hatte gehört, wie Piers und andere davon gesprochen hatten, sie hatte sie sich vorgestellt – sie hatte an jenem Morgen sogar gehört, wie Davron davon sprach, was sie erwartete, und sie hatte auf ihrer eigenen Karte nachgesehen –, dennoch war alles ein schlimmer Schlag für sie. Die Hitze war extremer, der Regen teuflischer, die Senken waren kahler, die Gräser wilder gezackt, die Löcher tiefer, als sie es sich hatte träumen lassen. Dabei standen auf der Karte ihre eigenen Worte; ihre eigenen Anmerkungen sagten ihr: ›Zerklüftete Senken… schwieriges Vorankommen… See aus Gras (Vorsicht vor den scharfen Kanten)… löchriger Boden – gefährlich.‹ Doch als sie all diese Orte sah, war es, als hätte sie die Unbilden nicht im Geringsten vorhersehen können. All ihr Vertrauen und ihre jugendliche Überheblichkeit schwanden dahin.

Wenn ich mir vorstelle, dass ich Kartenzeichnerin werden wollte! dachte sie. Ich würde hier draußen nicht einmal fünf Minuten lang allein durchstehen…

Nun dachte sie an Piers; sechs Monate jeden Jahres hatte er hier verbracht, manchmal allein, und die Gefahren vermessen und kartographiert. Die Route, der sie folgte, war die seine. Piers musste ein halbes Dutzend andere untersucht haben, bis er den sichersten Weg, den leichtesten, den am wenigsten trügerischen herausgefunden hatte. Sie erhielt neue Einsichten in die Beharrlichkeit und den Mut ihres Vaters, indem sie nur ein klein wenig von dem erlebte, was er durchgemacht haben musste.

Trotzdem war sie nicht ganz und gar davon überzeugt, dass sie es leichter hatten als ein Kartenzeichner, der eine Route ausfindig macht, besonders da es den ganzen Nachmittag hindurch regnete. Die Wolken, die diesen Regen brachten, zogen in schäbigen braunen Schattierungen über ihnen dahin; das Wasser fleckte alles mit denselben schwärzlichbraunen Tönen. Es schmeckte sogar sauer. Ein- oder zweimal glaubte sie dunkle, schemenhafte Umrisse durch den Regen schleichen zu sehen. Ein- oder zweimal bemerkte sie den schalen Geruch von Verwesung, der jeder Bestie anhing, und sie fürchtete sich vor der herannahenden Nacht. »Schlitzer oder etwas Ähnliches«, sagte Davron innerhalb ihrer Hörweite. Er warf ihr einen Blick zu. »Vermutlich waren ihre Vorfahren nichts anderes als süße Hauskätzchen, bevor das Unbeständige sie verseucht hat.«

Die Reittiere schlitterten, rutschten aus und stürzten bisweilen sogar. Keris war über Ygraines bärbeißigen Gleichmut und sicheren Tritt froh aber sowohl Fint als auch Corrian landeten im Matsch. Glücklicherweise waren sie weder verletzt, noch rissen ihre Pferde bei dieser Gelegenheit aus. Corrian fluchte, als sie weiterritt, und bürstete sich Schlamm und Sand aus den Kleidern. Keris hatte noch nie zuvor solche Flüche gehört. Von vielen konnte sie die Bedeutung nicht einmal erraten, auch wenn es offensichtlich war, dass ihr Ursprung im Sexuellen lag. Inzwischen hatte Keris endlich eine Vermutung, welcher Art von Beruf Corrian daheim in Tromlin nachgegangen sein musste.

Manchmal waren sie gezwungen, die Pferde an der Leine zu führen. Graval verbrachte diese Zeit mit Schlittern und Rutschen und beschwerte sich über seine Stiefel. Irgendwie gelang es ihm immer wieder, gegen die anderen zu laufen oder sich ihnen in den Weg zu stellen. »Es tut mir Leid«, sagte er dann. »Schrecklich Leid. Hab's nicht absichtlich getan. Das sind diese Stiefel – weiche Sohlen, wisst ihr. Sie sollten mit groben Nägeln beschlagen sein, aber das habe ich nicht gewusst. Oh, Entschuldigung…«

»Wenn dieser Knilch das noch ein einziges Mal sagt, dann mach ich ihn mit seinen eigenen dreckigen Stiefeln fertig«, murmelte Corrian. »Klauenfüßiger Dreckshaufen! Hab geglaubt, es gäb keinen Mann auf der ganzen Welt, den ich nicht ins Bett schleifen würde, wenn ich dringend einen Bums brauche, aber glaub mir, bei ihm hört der Spaß auf. Bei dem läuft es mir kalt den Rücken runter, wirklich. Wie'n elender Gossenköter, der feige um die Ecke linst und nie gelernt hat, 'nem Mann in die Augen zu sehen. Entschuldigung, Entschuldigung – warum lernt er stattdessen nicht mal zu Abwechslung, was richtig zu machen, anstatt immer nur alles zu vermasseln und hinterher ›Entschuldigung‹ zu sagen?«

Das war eine Meinung, für die alle beträchtliche Sympathie aufbrachten – sogar Portron, der sein Bestes tat, um aus Prinzip freundlich zu bleiben, und Meldor, der selbst in den schlimmsten Situationen seinen Gleichmut behielt. Keris bemerkte überrascht, dass Davron die Backen einsog, als sei es sehr schwer für ihn, nicht laut loszulachen. Sie hatte von ihm nicht erwartet, dass er der Mann war, der die deftige Weltlichkeit von Corrians unverblümten Worten als lustig empfand, doch sie fragte sich langsam, ob sie überhaupt etwas an ihm verstand.

In jener Nacht lagerten sie an einem Berghang und

wurden durch hervorspringendes Felsgestein geschützt. Glücklicherweise hatte der Regen inzwischen aufgehört und das Feuer brannte normal, aber die Wolken hingen noch immer tief, behinderten die Sicht und verdunkelten die Landschaft, und die Pilger hatten nur wenig Brennholz. Sie entfachten nur ein einziges Feuer und jeder steuerte etwas zum Eintopf bei. Als Baraine seinen Teil an Süßkartoffeln sowie ein dickes Stück getrocknetes Fleisch und eine Hand voll Getreidekörner hervorholte, beschwerte er sich, dass er mal wieder die besten Zutaten hergab. Er wolle sie beim Essen zurückhaben. Corrian bleckte die Zähne und fragte ihn, ob er zuerst seine Initialen in jedes Getreidekorn einritzen wolle, damit er sichergehen konnte, dass er die richtigen zurückbekam.

Baraine stolzierte davon und Keris sah sich um und stellte fest, dass sie und Corrian inzwischen die Einzigen waren, die sich um den Eintopf kümmerten. »Nur weil wir Frauen sind, glauben sie, sie können uns das Kochen überlassen«, brummte Keris. Sie hatte etwas gegen diese Anmaßung, nicht gegen das Kochen an sich.

»So ist nun mal der Lauf der Dinge«, sagte Corrian und blies eine Wolke schwarzen Rauchs über die Süßkartoffeln, die sie gerade schälte. »Wenn's dich kratzt, Mädchen, sichere dir erst mal die besten Fleischstücke und dann pinkle einfach in den Pott.«

Keris sah sie eingehend an und wollte herausfinden, ob sie einen Witz gemacht hatte. Schließlich entschied sie, dass es nicht als Witz gemeint war. Die alte Frau grinste sie an. »Das ist der Kampf der Geschlechter, Liebes, und ich stehe jetzt schon seit etwa fünfzig Jahren an vorderster Front. Vielleicht sogar noch länger. Meine Mutti hat immer gesagt, ich hätte mit meinem Job schon in der Wiege angefangen. Wen kümmert's, wenn *sie* nicht wissen, dass sie reingelegt worden sind?

Hauptsache ist, wir wissen's. Zusammenhalten und sie bescheißen, heißt mein Motto.«

Keris schälte noch etwas Wurzelgemüse, das Meldor bereit gestellt hatte, und warf es in den Topf. »Warum machst du diese Pilgerreise, Madame Corrian?«, fragte sie. »Warum diese – und warum jetzt?«

Die Frau biss auf ihre Pfeife und lachte mit hässlichem Gegacker. »Niemand nennt die alte Pfeifen-Corrie ›Madame‹, Mädchen. Brauchst mir gegenüber nicht förmlich zu sein; ich bin bloß eine ehemalige Hure, geboren und aufgewachsen in Tromlins Jauchepott, und ich brauch keine feinen Wörter, die mich als etwas bezeichnen, das ich nicht bin. Aber du willst wissen, warum ich diese Pilgerreise gerade jetzt mache. Also, erst einmal weil ich noch nie eine Pilgerfahrt gemacht habe. Und zweitens – ich glaube, dass ich nach einem Leben voller Hurerei und Dieberei besser in den Augen des Schöpfers als echt bußfertig erscheinen sollte. Und für meine Sünden reicht eine kurze Pilgerreise nicht aus, Kleines.«

»Bußfertig?«, fragte Keris und erinnerte sich an eine ganze Reihe von unzüchtigen Vorschlägen, die Corrian den männlichen Mitgliedern der Gruppe gemacht hatte – von Bark bis zu Kantor Portron – und die darauf hinausliefen, was sie mit ihr machen könnten, wenn sie in ihr Zelt kämen oder nur mit ihr für ein paar Minuten in den Büschen da hinten verschwinden würden…

Corrian schielte sie lüstern an. »Schwer, einer Muschi zu sagen, dass sie nicht den Schwanz steif halten soll, wenn ein Kater angeschnüffelt kommt.«

»Für mich hat es eher nach einer Muschi ausgesehen, die den Katern hinterherschnüffelt«, sagte Keris und stocherte in dem Feuer herum, damit es heller brannte. Langsam lernte sie, wie sie mit der alten Frau reden musste, ohne dabei rot zu werden.

Corrians leuchtende kleine Augen musterten sie voller Interesse. »Ach, ich mag dich, Mädchen. Kommst frisch aus einer Kantoreiklasse, hast aber Mumm. Und ein kluges Köpfchen. Sag mal, nach welchem von den Katern schwenkst du denn dein Schwänzchen?«

»Ich habe keine Kantoreierziehung erhalten und ich glaube nicht, dass ich überhaupt... äh... irgendetwas schwenke.«

»Langsam, Liebes, langsam«, tadelte sie die Frau. »Das hier wird eine langweilige Reise – da muss man sich doch ein bisschen Abwechslung verschaffen.« Sie warf die letzte Süßkartoffel in den Eintopf und dachte nach. »Vergiss Fint. Ich kenne solche Typen – geborene Verlierer. Hoffnungsloser Fall und wahrscheinlich kriegt er sowieso keinen hoch. Was Baraine angeht – na ja, er ist ein saftiger Brocken, aber Typen wie er fliegen nicht auf hausbackene Gesichter. Dem geht es nur um die Schau und du bist kein Schautyp. Wenn er dich tatsächlich herauspickt, dann nur, weil nichts Besseres da ist, und beim ersten Anzeichen von einem besseren Angebot würde er dich fallen lassen – und bei ihm ist etwas Besseres vielleicht sogar eher ein hübscher Kerl als ein Mädchen. Portron? Nee. Kantoren bringen Pech. Diese Typen haben zu viel Gewissen, auch wenn sie ein Auge für 'ne Muschi haben. Zu Hause im Sündenpfuhl bestand die Hälfte unserer Kunden aus Farben tragenden Bastarden. Sind einfach nicht in der Lage, so eng und geradlinig zu leben, wie die Kantorei es von ihnen verlangt, aber unfähig, es öffentlich zuzugeben – stehlen sich stattdessen mitten in der Nacht für eine schnelle Nummer zu uns Huren. Traurige Liebhaber, das kann ich dir sagen.« Sie grunzte verächtlich und machte mit Bark weiter. »Der Verdorbene? Der ist aus dem Spiel, bei seinem Aussehen, es sei denn, du stehst auf Groteskes, und das glaube ich nicht. Außerdem habe ich gehört, dass du feldströmungsfühlig bist;

also ist es gar nicht möglich – zu schmerzhaft. Man nennt sie nicht umsonst unberührbar. Graval – na ja, es wäre immerhin eine Möglichkeit, wenn dir eine Gänsehaut nichts ausmacht. Aber vielleicht übertreibe ich auch nur und er ist bloß ein Dummkopf. Wer weiß? Ich habe mich schon oft genug geirrt. Meldor hat Klasse – bei ihm ginge es dir gut und außerdem kann er dich nicht sehen.«

»Vielen Dank«, sagte Keris trocken und als Corrian nicht mehr fortfuhr, fügte sie hinzu: »Du hast Meister Storre ausgelassen.«

»Aha; also ist er es, der dich interessiert, oder?«

Keris starrte sie mit offenem Mund an. *»Storre*? Ich und *Davron Storre*?«

»Na ja, vielleicht auch nicht. Trotzdem, mit diesem Mann solltest du dich nicht einlassen, Liebes. Er nimmt den Sturm mit, wo immer er hingeht – jede Frau, die ihren Preis wert ist, weiß das. Er bedeutet Schwierigkeiten und gebrochene Herzen und noch mehr. Er hasst sich selbst, und dieser Typ ist immer schlecht für eine Frau. Entweder wirst du von ihm geschlagen oder nicht beachtet. Ich persönlich mag einen Mann, der lachen kann.« Corrian seufzte traurig. »Das heißt natürlich nicht, dass Davron nicht für einen guten Bums taugt.«

Keris beschäftigte sich damit, den Topf des Deckels anzuheben und dessen Inhalt umzurühren. »Kein Wunder, dass du die Notwendigkeit der längstmöglichen Pilgerreise verspürst«, sagte sie.

Corrian schielte sie noch einmal wollüstig an und blies noch immer Rauchwolken aus. Sie war nicht im mindesten verlegen. Das hatte Keris auch nicht erwartet.

Beim Abendessen bat Davron alle, sich zusammenzusetzen, und erklärte ihnen dann, was er vom nächsten Tag erwartete. »Morgen«, sagte er, »werden wir auf unsere erste Feldströmungslinie treffen. Es ist eine kleine, oder sie war es zumindest, als sie vor einem oder zwei Monaten vermessen wurde. Aber sie ist neu – früher hat es sie hier nicht gegeben und neue Linien sind unberechenbarer als alte. Was noch schlimmer ist: Sie ist ein unmittelbarer Ableger der Geballten Faust und solche Linien können sehr mächtig sein.«

»Wie heißt sie denn?« Diese Frage kam von Fint. Alle wussten, dass er nicht im geringsten am Namen der Linie interessiert war; er musste nur etwas sagen, um seine Angst zu verbergen. Die erste Feldströmungslinie war immer die gefährlichste für jemanden, der nicht feldströmungsfühlig war, ob es sich dabei nun um eine kleine oder eine große handelte.

»Der Kartenzeichner hat ihr den Namen ›Tänzer‹ gegeben.«

»Können wir nicht um sie herumreiten?«

Bark antwortete rasch, bevor Davron die Möglichkeit hatte, aus Verärgerung eine scharfe Erwiderung zu geben. Er schüttelte den stark behaarten Kopf und sagte: »Wenn wir das könnten, würden wir es tun.«

Davron fuhr fort: »Sobald wir die Feldströmungslinie erreichen, werde ich jeden Einzelnen von euch hindurchbegleiten. Ihr müsst nur eines beachten: Gehorcht allen Befehlen, egal wie dumm sie zu sein scheinen. Wenn ich euch sage, dass ihr euch auf den Kopf stellen und eine Kantorlobpreisung machen sollt, dann tut es gefälligst.« Er trank seine Tasse leer. »Das ist alles.«

Fint seufzte und flüsterte Keris zu: »Diese Nachtisch-Rede ist eher dazu angetan, die Verdauung zu behindern.«

Portron hatte zufällig mitgehört und sagte: »Mach deine Kinese, Knabe, vollführe die Rituale und es wird dir nichts passieren.«

»Ja«, sagte Fint, »das Problem ist nur: Wie soll der

Schöpfer sie sehen?« Aber er hatte mit dieser Frage gewartet, bis der Kantor außer Hörweite war.

Als sich Keris später in einiger Entfernung von den Zelten erleichtert hatte und danach durch das Lager ging, hörte sie, wie einige Worte aus Barks Zelt in die Stille der Nacht hinaustrieben: »Aber Markgraf, ob sie es wirklich weiß?« Keris hielt inne und wandte den Kopf dem Zelt zu. Die Schatten auf der Plane verrieten ihr, dass Bark, Meldor und Davron sich im Inneren aufhielten. Einer von ihnen hatte gesprochen, aber die Worte waren so leise gesagt worden, dass es unmöglich zu entscheiden war, welche Stimme ihnen zum Leben verholfen hatte.

Das Gespräch wurde murmelnd weitergeführt; es war undeutlich und unzusammenhängend.

Keris wandte sich ab und war sich merkwürdig sicher, dass der Sprecher sie selbst gemeint hatte, aber es war nicht dieser Umstand, der sie verwirrte. Es war das Wort Markgraf.

Früher einmal hatte es einen einzigen Herrscher in ganz Malinawar gegeben. Es war ein Markgraf oder eine Markgräfin gewesen, die mit dem ehrenhaften Titel ›Hoheit‹ angeredet wurden. Diese Herrschergestalt war mit der Abspaltung und dem Heraufdämmern des Unbeständigen verschwunden; stattdessen hatte nun jede Stabilität ihren Markgrafen. Sie befehligten die Verteidiger und überwachten die Domäneherrn ihrer eigenen Stabilität, doch jedermann wusste, dass die wahre Macht bei den Sanhedrin der Kantorei lag. Was konnte ein Markgraf denn schon tun, wenn alle Aspekte des Lebens der Regel unterworfen waren, die er selbst – als Befehlshaber der Verteidiger – durchzusetzen hatte? Zwei Hedrin aus jeder Stabilität bildeten zusammen den aus sechzehn Personen bestehenden Sanhedrin und sie waren es, die die Heiligen Schriften auslegten und bestimmten, was die Regel sagte und was sie nicht sagte; sie waren es, die in Wahrheit das Gebiet regierten, das einstmals Malinawar gewesen war. Die Markgrafen waren die Vollstrecker des Gesetzes und nicht die Gesetzgeber.

Nichts davon interessierte Keris besonders. Das Einzige, was sie im Augenblick beschäftigte, war die Tatsache, dass es acht Markgrafen gab, von denen mit Sicherheit keiner gerade in Barks Zelt saß. Wer also war als Markgraf angeredet worden? Und *warum*?

Später, als sie langsam einschlief, kam ihr ein beunruhigender Gedanke: Was wäre, wenn die Häscher des Chaos eine Art Hackordnung unter sich hatten? Was wäre, wenn der wichtigste von ihnen mit ›Markgraf‹ angeredet wurde?

Davron? Oder Meldor?

Konnte Davron wirklich ein Häscher sein? Ihre Katze hatte sich vor ihm gefürchtet... Und sie hatte bemerkt, dass Bark immerzu Davrons Pferd striegelte und sattelte. Aber das Tier schien nicht zu scheuen, wenn er es ritt – und er war weit im Innern der Stabilität gewesen, als er nach Mahlkorn gekommen war. Kein Häscher vermochte das. Es war höchstens möglich, dass ein Häscher sich einige Stunden lang in einer Grenzstadt aufhielt – Piers hatte ihr erzählt, dass er von ein paar solcher Fälle gehört hatte –, aber das war auch schon alles.

Ihre Gedanken liefen weiter; sie waren verworren und voller Sorgen. Was war mit Meldor? Ein Häscher war jedoch niemals blind – oder?

In jener Nacht hielten sie und Portron wieder gemeinsam Wache. Diesmal war es Meldor, der zu ihr gekommen war und sie geweckt hatte. Zu ihrer großen Überraschung stellte sie fest, dass er allein Wache gehalten hatte. Er spürte ihr Erstaunen, schenkte ihr sein rätselhaftes Lächeln und sagte: »Weißt du, in der Dunkelheit komme ich besser zurecht als du. Sei heute Nacht besonders wachsam, Keris; wir befinden uns nahe an der Feldströmungslinie und die Bestien sind schwierig, wenn sie von der Feldströmung beeinflusst werden.«

Schwierig. Sie hätte es anders genannt.

Sie nahm ihren Bogen und ihre Pfeile sowie ihr Wurfmesser mit und drehte eine Runde um das Lager, wobei sie an Portron vorbeikam. Er sah nicht sehr glücklich aus.

Zweimal sah sie, wie sich draußen in der Dunkelheit Umrisse bewegten, und sie roch den Gestank der Bestien. Einmal erhaschten sowohl sie als auch Portron einen Blick auf einige Lichter unter den nahen Felsen, die wie ein halbes Dutzend Leuchtkäfer wirkten. (Leuchtkäfer – hatte Piers nicht einmal magische Leuchtkäfer erwähnt?) Aber Portron wies den Gedanken an Leuchtkäfer zurück. »Das ist eine bestimmte Art von Feldströmung«, sagte er und in seiner Stimme lag die Schärfe des Hasses. »Das sind Häscher, die Feldströmung benutzen, um ihren Weg zu beleuchten. Die Helligkeit strömt ihnen aus den Fingerspitzen.«

»Sollten wir Davron Storre sagen, dass sie hier sind?«

Er schüttelte den Kopf. »Sie sind nicht gefährlich, wenn sie ihren Weg beleuchten, Keris. Wenn sie heimlich angreifen, dann sind sie gefährlich. Behalte die Lichter sicherheitshalber im Auge, aber beobachte noch genauer die Dunkelheit, denn nur aus ihr heraus kann ein Angriff kommen.« Er ging weiter auf seiner Runde und änderte dabei unablässig die Geschwindigkeit. Manchmal machte er kehrt, manchmal hielt er an, dann wieder lief er schnell – er versuchte, seine Umrundung des Lagers unvorhersehbar zu machen. Keris imitierte seinen Stil, denn sie begriff, dass er viel besser war als ein steter Wachschritt. Während sie ging, versuchte sie sich mit dem Gedanken zu trösten, dass ihr

Vater nur sehr selten Wache gehalten hatte. Das wäre ohnehin nicht möglich gewesen, wenn er allein unterwegs war; es war überdies einfacher, das Lager von einer oder zwei Personen zu verstecken, als das Lager einer ganzen Gruppe. Und dieses Lager hier bleibt den Augen der Häscher sicherlich nicht verborgen, dachte Keris. Sie spürte, wie die Bedrohung stärker wurde, und schauderte.

Eine halbe Stunde vor dem ersten Tageslicht kam Graval aus seinem Zelt heraus. Er klagte über Magenbeschwerden und stürzte sofort zum Rand des Lagers. Keris hatte kaum noch Zeit, ihn davor zu warnen, sich allzu weit zu entfernen. »Keine Sorge«, zischelte er aus der Dunkelheit zurück. »Ich gehe nicht weit. Beim ersten Anzeichen von Schwierigkeiten schreie ich so laut, dass das ganze Lager aufwacht.«

Trotzdem machte sie sich Sorgen, besonders als sich der Himmel bereits langsam erhellte und Graval noch immer nirgendwo zu sehen war. Dann endlich kehrte er zurück. »Was hast du in diesen verdammten Eintopf getan?«, brummte er, als er an ihr vorbeikam.

Keris war selten so froh gewesen, die Morgendämmerung zu sehen. Als sie das Lager in der Dunkelheit umkreist hatte – sie hatte auf jede Bewegung achtgegeben und Dinge gesehen, die gar nicht existierten, und sich vor dem gefürchtet, was sie wirklich gesehen hatte, und sich vorgestellt, dass jedes Geräusch von einer herankommenden Bestie oder einem Häscher herrührte –, hatte sie die Stunden ihres Wachdienstes in andauernder Anspannung verbracht.

Davron war als Erster aufgestanden. Er nickte in Keris' Richtung und ging zu Barks Zelt – vermutlich um den Fuß seines Helfers zu untersuchen. Portron gab ihr von der anderen Seite des Lagers ein Zeichen, mit dem er wohl andeutete, dass er seinen Wachpflichten ein Ende machen und seine Morgen-Kinese vollführen wollte – die Huldigungsandacht. Sie nickte ihm ihr Einverständnis zu und zog weiter ihre Runden.

Es war noch nicht viel zu sehen. Bodennebel schmiegte sich über das Land und nahm jede Sicht auf die Feldströmungslinie. Aber Keris wusste, dass sie irgendwo da draußen war. Sie empfand sie als etwas in weiter Ferne Pulsierendes, das weder Laut noch Erschütterung war, sondern eher etwas Verdichtetes, das sie empfinden konnte. Es erinnerte sie keineswegs an den Ort, wo Bark beinahe einen Fuß verloren hatte; sie spürte nichts Falsches, sondern eher... Erregung. Sie erbebte freudig unter dieser Berührung und genau das erschütterte sie.

Sie drehte sich um und umrundete das Lager noch einmal. Als sie wieder zu der Stelle kam, die der Feldströmungslinie gegenüberlag, hatte sich der Nebel ein wenig zurückgezogen und enthüllte eine Gruppe ockerfarbener Felsen in einer Entfernung von ungefähr fünfzig Schritten. Sie hatten – wie fast alle Landschaften im Unbeständigen – eine unnatürliche Färbung und waren viel heller als normale Felsen. Sie duckten sich an den Hang wie Tiere kurz vor dem Sprung auf die Beute, wie helle, messingartige Tiere mit klotzähnlichen Köpfen und festen Lenden. Sie wandte sich ab. Ihre Einbildung ging mit ihr durch; sie phantasierte...

Aber sie konnte nicht widerstehen, sich erneut umzudrehen und noch einmal hinzusehen.

Einer der Felsen hatte sich bewegt. Er war tatsächlich aus Fleisch und Blut und nicht aus Stein. In den wenigen Sekunden, in denen sie ihm den Rücken zugekehrt hatte, war er den Abhang hinaufgeschlichen. Er hatte keine Augen, kein Gesicht und nur eine leere, gelbe Masse als Kopf – aber sie empfand jetzt deutlich die schreckliche Bedrohung, die von diesem Ding ausging. Sie riss den Bogen vom Rücken, legte mit zitternden Fingern einen Pfeil ein und war froh, dass ihr

Bogen gespannt war und sie wie immer ihren ledernen Armschutz trug.

»Meister Storre!«, rief sie mit harscher und durchdringender Stimme, in der der Wunsch nach Hilfe zitterte.

Das Tier sprang sie an. In seinen klotzartigen Hinterläufen steckte unerwartete Kraft. Als sich die Kreatur im Sprung befand, sah Keris, was an ihr so fürchterlich war: Der Kopf bestand fast nur aus Reihen scharfer Zähne, die in rascher Folge ineinandergriffen und wieder auseinanderklafften. Es gab keinen Mund: Das ganze Gesicht war voller Zähne.

Sie brachte den Pfeil auf den Weg. Er schlug in die Erde ein und durchdrang die Oberfläche etwa dreißig Schritte von ihr entfernt an der Stelle, wo sie das Aufsetzen des Tieres erwartet hatte. Ein zweiter und dritter Pfeil folgten rasch. Das Biest hielt inne. Seine gewaltigen Pfoten durchpflügten den Boden, und sein Gesicht war nur wenige Zentimeter von den in der Erde steckenden Pfeilen entfernt.

Es kauerte sich nieder und sah Keris an – sofern es überhaupt etwas sehen konnte. Da waren keine sichtbaren Augen, keine Nase, keine Ohren, sondern nur diese Zähne, die ineinandergriffen wie die Kiefer eines riesigen Nussknackers. Sie bemerkte, dass Davron mit einem Wurfmesser neben ihr stand. Er hielt das Messer an der Klinge und hatte es zum Wurf erhoben. Bark stand mit bandagiertem Fuß und wurfbereiter Axt in der Hand an ihrer anderen Seite. So verharrten sie alle drei abwartend.

Und die Kreatur zog sich zurück. Seine Gefährten stahlen sich davon. Sie sahen immer noch wie Steinblöcke aus. Ihre Bäuche schabten über die Erde, als sie auf ihren tellergroßen Pfoten davontapsten. Ihr Anführer stand noch eine Weile da und beäugte das Lager; dann lief er den anderen nach.

Es folgte ein allgemeines erleichtertes Aufseufzen. Als Keris sich umdrehte, sah sie, dass alle anderen mehr oder weniger bekleidet hinter ihr standen. Ihr Hilferuf war offenbar durchdringender gewesen, als ihr selbst bewusst gewesen war.

Baraine senkte ebenfalls seinen Bogen und blickte verächtlich auf ihre Pfeile, die aus dem Boden herausragten. »Bei einer Frau darf man nur darauf vertrauen, dass sie vorbeischießt«, sagte er entrüstet.

»Sie hat nicht vorbeigeschossen«, erwiderte Davron mit ruhiger Stimme. »Hast du etwa vergessen, dass ich gesagt habe, es sei unklug, die Bestien zu töten? Ein Tod im Rudel macht die anderen bloß rachsüchtig. Es ist viel besser, sie nur zu verängstigen.« Er ließ den Blick über die Gruppe schweifen. »Worauf starrt ihr denn so? Es gibt keinen Grund mehr zur Aufregung. Macht Frühstück und schlagt danach das Lager ab. Keris, du gehst und holst die Pfeile – wir dürfen keinen davon verschwenden.«

Alle wandten sich ab und hinterließen in Keris ein Gefühl der Niedergeschlagenheit. Die Bestien abzuwehren mochte Davron und Bark zur zweiten Natur geworden sein, aber für sie selbst war es etwas Neues. Sie hatte zwar keine Dankbarkeit erwartet – aber doch wenigstens *irgendetwas*. Sie seufzte und verringerte die Spannung ihres Bogens. Als ob Davron ihre Gedanken gehört hätte, drehte er sich um und kam zurück zu ihr. Er stand einen Moment lang da und sah sie an. Sie verspürte das absurde Bedürfnis, er möge sie in die Arme nehmen, ihr den Rücken tätscheln und sagen: »Na, na, es gibt doch keinen Grund zum Weinen.«

Stattdessen kümmerte sie sich trockenen Auges weiter um ihren Bogen.

»Das hast du gut gemacht«, sagte er schließlich. Er klang schüchtern und verlegen – als hätte er vergessen, wie man lobt, und die Worte daher nicht mehr leicht herausbekam. »Wer hat dich das Bogenschießen gelehrt?«

»Piers Kaylen.«

»Bist du auch so gut mit dem Wurfmesser?«

Sie schüttelte den Kopf. »Eigentlich nicht. Wenn ich zuerst zwei oder drei Übungswürfe von derselben Stelle aus auf dasselbe Ziel machen kann, habe ich keine Probleme – aber das hilft nicht viel in einem Notfall, oder?«

Er gab einen grunzenden Laut der Zustimmung. »Mit der Einschätzung der Entfernung hast du jedenfalls keine Probleme«, sagte er, »sofern du das Bogenschießen immer so gut beherrschst. Es geht nur darum, wie viele Drehungen das Messer bei welcher Entfernung macht. Wenn ich die Zeit dazu hätte, könnte ich es dir vielleicht beibringen.« Er sah auf das Messer hinab, das er immer noch an der Klinge festhielt. »Eine Daumesbreite links von deinem linken Pfeil«, sagte er. »Viereinhalb Umdrehungen mit diesem Messer.« Er warf es nach einem äußerst kurzen Blick auf sein Ziel. Es bohrte sich in den Boden – eine Daumesbreite links von ihrem linken Pfeil.

Sie gingen nach vorn und holten ihre Waffen ein.

»Du bist Piers Kaylens Tochter«, sagte er im Tonfall einer einfachen Tatsachenfeststellung. »Piers hätte niemals irgendeiner Ladenangestellten beigebracht, wie man einen solchen Bogen benutzt.« Er zeigte auf die Pfeile. Sie hatten sich in gleichmäßigem Abstand voneinander einige Zentimeter tief in den harten Untergrund eingegraben – ein Beweis der Wucht und Genauigkeit ihrer Schüsse. »Warum hast du gesagt, dein Name sei Kereven?« Er bückte sich, um ihre Pfeile herauszuziehen.

Sie sagte: »Mein Vater ist gestorben. Meine Mutter lag im Sterben. Mein Bruder wollte mich mit einem seiner Bier saufenden Freunde verheiraten. Er war im Begriff, den Laden in eine Taverne unzuwandeln. Ich wollte nicht heiraten und auch keine Tavernenschlampe werden, die andauernd die Hände der Betrunkenen von ihrem Rock fegen muss. Deshalb bin ich davongelaufen. Ich wollte nicht, dass mein Bruder mich findet; also habe ich mir einen falschen Namen zugelegt.« Sie nahm die Pfeile entgegen und er zerrte sein Messer aus der Erde und wischte es ab.

»Warum Kereven?«, fragte er. Er stand vor ihr und sah sie eindringlich an.

Sie blinzelte. Einen Augenblick lang wusste sie nicht mehr, warum – dann fiel es ihr wieder ein. *Der Name des Trompleri-Kartenzeichners*. Kereven Deverli. *Dämlich*. Warum um alles in der Schöpfung hatte sie diesen Namen gewählt? »Es war der erste Name, der mir in den Sinn kam«, sagte sie der Wahrheit entsprechend.

Seine schwarzen Augen brandmarkten sie mit seinem Unglauben und ihr Herz schlug vor Angst wie rasend. Sie tat, als wolle sie gehen, aber er packte sie mit eiserner Hand am Arm. »Was weißt du von mir? Von uns?«, fragte er und zog sie an sich heran, sodass sie ihm so nahe wie bei einer Umarmung war. Blendende Angst durchfloss sie, obwohl er sie nicht bedrohte. Dasselbe Gefühl hatte sie in jener Senke mit der Gallerfalle gehabt; dasselbe Gefühl hatte die Bestie bei ihr verursacht, als sie sie angesprungen hatte – sie erkannte es wieder. Und sie wusste ohne jeden Zweifel, dass der Führer Davron Storre auf irgendeine Weise durch die Berührung des Tilgers verseucht worden war. Nicht körperlich verseucht wie der arme Bark, aber dennoch verseucht, und zwar auf eine raffinierte, schrecklichere und viel gefährlichere Weise.

Er ließ ihren Arm los und wiederholte dann: »Was weißt du über mich, Keris Kaylen?« Es lag keine Drohung in seiner Stimme, sondern nur eine Spur von Dringlichkeit, von Anspannung, von Scham.

Es war wegen des Namens. Kereven. Es musste etwas mit der Karte zu tun haben.

Schließlich konnte sie wieder reden und atmen. »Nichts. Ich weiß nichts. Was – was gibt es denn zu wissen?« *Er ist bloß ein Mann. Da gibt es nichts zu fürchten. Er ist bloß ein Mann, ein gewöhnlicher Mann. Corrian hatte recht. Er verachtet sich selbst. Weil er etwas Schreckliches getan hat und es nicht vergessen kann.* Und dann erinnerte sie sich an die Katze. An die schäumende Angst des Tieres. *Verdammt, er ist* kein *normaler Mann!*

Sie drehte sich um, entfernte sich von ihm und ging den Hang zum Lager hinauf. Ihr Herz schlug heftig genug, um sogar bei einem Pferd einen Herzinfarkt auszulösen, und ihre Gefühle waren so verworren wie gehäckselter Flachs. Vielleicht das Schlimmste von allem war ihre Erinnerung an etwas, das sie in diesen schwarzen Augen gesehen hatte. Verlangen. Das Verlangen eines Mannes nach einer Frau... Zum ersten Mal in ihrem Leben hatte sie bei einem Mann etwas bemerkt, das von einem Bedürfnis nach ihr zeugte – einem Bedürfnis, das über eine kurze Lust hinausging –, und sie hatte es in den Augen eines Mannes gesehen, dessen bloße Gegenwart sie mit Schrecken erfüllte.

»He, Kaylen«, rief er plötzlich hinter ihr her. »Bist du feldströmungsfühlig?«

Sie drehte sich im Gehen um. Sie war über die Freude in seiner Stimme erstaunt – und dann hielt sie jäh inne. Er stand noch dort, wo sie ihn zurückgelassen hatte, und zeigte mit der Hand auf die Ebene unter sich. Der Nebel hatte sich völlig gelichtet und die Feldströmungslinie enthüllt.

Sie schnappte überwältigt nach Luft.

Sie hatte so viel über Feldströmungslinien gehört und darüber, wie schrecklich und gefährlich sie waren. Warum hatte niemand ihr gesagt, dass sie gleichzeitig so wunderschön waren? Nicht einmal die Trompleri-Karte hatte sie auf eine solche Großartigkeit vorbereitet.

»Ja«, sagte sie. »Es scheint so.«

Kapitel Zehn

Fürchte dich nicht vor Lord Carasma, wenn du auf den Pfaden der Beständigkeit wandelst, denn er ist geringer als der Schöpfer und deine Andacht wird dich wie eine Mauer umgeben. Fürchte Lord Carasma nur, wenn du in dem Land wandelst, das er zu seinem eigenen gemacht hat, denn die Erde erzittert unter seinen Füßen und der Schöpfer kann dich nicht hören.

Ritter, Buch IV, Kapitel 8, Verse 9 & 10
(Rtn. Fessa)

Davron duckte sich und trat in Barks Zelt. Der Verseuchte lag gegen seine Bettrolle gelehnt und Meldor wickelte seine Bandagen auf und belehrte ihn dabei: »Natürlich tut es weh, wenn du in der Gegend herumrennst und Speere auf die Schlitzer wirfst…«

Bark verbesserte ihn höflich. »Es war eine Streitaxt. Und es waren Steintiger. Und dank Keris Kaylen musste ich nicht viel herumrennen.«

»Na ja, ich kann nicht alles wissen; ich bin schließlich blind. Davron, was hältst du davon?«

Davron beäugte das heilende Bein widerwillig. »Ekelhaft.«

Meldor schien daraus zu schließen, dass es gut verheilte, denn er sah zufrieden drein und strich nun Salbe über die verschorfte Haut.

Davron beobachtete ihn mit ausdruckslosem Gesicht. Er sagte: »Du hattest Recht. Sie ist Piers Kaylens Tochter.«

»Natürlich«, sagte Meldor selbstgefällig. »Man musste sie nur ansehen, um zu wissen, dass sie nicht irgendeine Ladenangestellte war, die ein paar Querungspferde gestohlen hat, als ihr Herr starb.«

Davron grunzte. »Chaos und Verdammnis, Meldor, ich wüsste gern, wie du so viel sehen kannst, da du doch eigentlich gar nichts sehen kannst.«

Meldor versteifte sich und blickte in seine Richtung. Seine Augen mochten blind sein, doch sein Blick war trotzdem durchdringend. »Vielleicht sehe nicht ich so viel, sondern du so wenig. Davron, du hast dich so sehr in deinem eigenen Elend verfangen, dass du nicht mehr weißt, wie man richtig sieht. Da draußen gibt es noch andere Menschen mit ihren eigenen Problemen und ihrem eigenen Elend. Beurteile die Leute nach dem, was sie sind, und nicht nach deinem Ermessen aufgrund deiner Erfahrungen. Nicht jede Frau ist Aliss von Turm-und-Blum; nicht jeder Kartenzeichner ist Kereven Deverli; nicht jeder Kantor trägt das gleiche Heilige Buch mit sich herum.«

»Willst du, dass ich allen und jedem vertraue, eingeschlossen Keris Kaylen?«

»Ich will, dass du mehr mit dem Gehirn und weniger mit der Galle denkst. Aber lassen wir das; ich will mich nicht mit dir streiten, mein Freund. Wir haben auch so schon genügend Probleme. Erzähl mir von Keris.«

»Sie hat ihre Identität zugegeben. Das Problem ist: Warum ist sie hier? Warum ist sie zu Pökels Rasthort unterwegs?«

»Ihr Vater ist dort gestorben«, betonte Bark.

»Also riskiert sie Leib und Leben, um einen Blick auf sein Grab zu werfen? Es existiert doch bereits nicht mehr. Sie sollte vernünftiger sein. Nein, sie hat einen anderen Grund – aber welchen? Und das ist *keine* gallige Rede, Meldor.«

»Du glaubst, dass sie von der Trompleri-Karte weiß«, sagte Meldor. Es war eine Feststellung und keine Frage.

»Das ist sehr wahrscheinlich.«

»Wir wissen nicht, ob Piers Kaylen sie hatte«, sagte Bark.

»Das sind zu viele Zufälle auf einmal«, erwiderte Davron. »Natürlich hatte er sie. Wer hat sie jetzt? Das ist die Frage.«

»Keris sicherlich nicht. Autsch – das tut weh.«

»Entschuldigung«, sagte Meldor. »Nein, sie kann sie nicht haben – und das ist der Grund, warum sie nach dem Rasthort unterwegs ist. Sie weiß von der Karte und will sie in die Hände bekommen. Aber was sollen wir von dem Namen halten, den sie für sich gewählt hat: Kereven?«

»An dieser jungen Frau ist mehr dran, als man auf den ersten Blick sieht«, stimmte Davron ihm zu. »Irgendetwas sagt mir, dass sie mehr weiß, als sie wissen sollte. Über uns, meine ich damit. Sie – nun, sie könnte eine Gefahr darstellen.«

»Sie hat mir gegenüber Hafenstern erwähnt«, sagte Bark.

Davron machte ein interessiertes Gesicht. »Ach ja?«

»Also bitte«, protestierte Meldor. »Sie ist die Tochter eines Kartenzeichners. Natürlich hat sie von Hafenstern gehört. Das bedeutet nicht, dass sie darüber etwas weiß, das der Wahrheit nahe kommt.« Er legte die letzte der Bandagen wieder an und band sie mit geschickten Fingern fest. »Wie dem auch sei: Behalt sie im Auge, Davron. Wir können keine weiteren Komplikationen mehr gebrauchen.« Er stand auf und stellte sich vor den Führer. Seine Augen waren noch immer blind und ohne Brennpunkt, aber dennoch machte er den Eindruck eines Sehenden. »Mach das mit ihr, was nötig ist. Wenn sie mehr als wir über diese Karte weiß, müssen wir diese Informationen unbedingt haben.«

Davron nickte. »Natürlich.« Er sah auf Bark hinunter. »Geht es dir jetzt wieder gut? Wir müssen bald aufbrechen.«

Bark nickte und stand auf. Davron ging zum Zelteingang und wollte bereits nach draußen treten, doch er drehte sich in der Öffnung noch einmal um. »Sie ist übrigens feldströmungsfühlig.«

»Natürlich«, sagte Meldor gelassen. »Ich hätte nie etwas anderes vermutet.«

Als Davron fort war, sagte Meldor mit sanfter Stimme: »Da braut sich etwas zusammen, Bark. Das Mädchen ist der Katalysator. Lord Carasma wird es merken. Behalt die Dinge im Auge.«

Er sagte nicht, welche Dinge er damit meinte, doch Bark schien ihn zu verstehen. »Du bist hart mit ihm umgegangen«, sagte er.

»Nicht so hart, wie er mit sich selbst umgeht. Er hatte nie die Möglichkeit, sich zu befreien, Bark. Das war ihm schon immer klar, und deshalb verlangt es ihn nach Buße und nach Sühne. Aber Sühne wird ihm erst dann helfen, wenn er gelernt hat, sich selbst zu vergeben. Und das ist für den überaus stolzen Mann, der Davron einmal war, das Allerschwerste.«

Keris, Portron und Baraine standen zusammen am Berghang und betrachteten die Feldströmungslinie.

Keris hatte es so sehr danach verlangt, feldströmungsfühlig zu sein, aber jetzt war sie nicht mehr völlig davon überzeugt, dass das ein Vorteil war – jetzt, während sie dort an dem Hang des Hügels nahe dem Lager stand und beobachtete, wie sich die Feldströmungslinie unter ihr bewegte.

Als sie schließlich den Blick abwandte und hinter sich schaute, sah sie, wie Graval, Corrian und Fint das Lager abschlugen und sich des strahlenden Korridors aus Farben und Licht und Bewegung dort unten völlig unbewusst waren. »Sie sind offenbar nicht feldströmungsfühlig«, bemerkte Portron traurig. Er sah nicht zum ersten Mal eine Feldströmungslinie, doch dieser Anblick hatte offenbar für ihn noch nichts von seiner beeindruckenden Macht verloren. Er stand neben Keris und murmelte dann und wann benommen: »Ach, Mädchen, wenn man bedenkt, dass eine solche Schönheit das Werk der Mächte des Bösen ist...« Und: »Schwer zu glauben, dass der Schöpfer dabei nicht die Hand im Spiel hatte!«

Keris wandte den Blick von Fint und den anderen beiden ab und schaute wieder die Linie an. »Warum können sie sie nicht sehen?«, fragte sie. Die Frage war rhetorisch; niemand wusste, warum einige Menschen feldströmungsfühlig waren und andere nicht; allerdings schien diese Fähigkeit vererblich zu sein.

»Es ist der Wille des Schöpfers«, erwiderte Portron.

Hinter ihm stand Baraine wie versteinert. Die Arme hingen ihm lose an den Seiten herab. Er wirkte wie ein hirnloser Einfaltspinsel aus Mahlkorn. Sein einziger Kommentar war ein verwundertes: »Die Macht... heilige Schöpfung, diese *Macht*.«

Einen Augenblick später gesellte sich Fint zu Keris. Er hatte eine ungesunde Gesichtsfarbe; verrückterweise erinnerte sie Keris an ungekochte Hühnchenhaut. »Ah – ich vermute, du siehst dir die Feldströmungslinie an, oder?«, fragte er. Sie nickte. »Ich – ich kann überhaupt nichts sehen«, sagte er. »Nur eine Linie aus weißlichem Nebel, als ob dort unten kühle, feuchte Luft über einem Flussufer liegen würde.« Er machte eine ganze Reihe nervöser Gesten: Er zupfte an den Haaren vor den Ohren, dann folgte ein Räuspern; danach biss auf der Lippe herum und zog sich schließlich wieder an den Haaren, bevor er sich zu der gejammerten Frage: »Keris... äh... könntest du mir sagen, was du siehst? Wenn es dir nicht zu viele Umstände bereitet.«

Diese Frage war schwieriger zu beantworten, als er sich vorgestellt hatte. Es war ein Problem für Keris, die richtigen Worte und Vergleiche für etwas zu finden, das so fremdartig war. »Es ist ein bisschen wie ein Band«, erklärte sie schließlich, »das über dem Land liegt. An manchen Stellen ist es verzerrt, an anderen verschrumpelt, an anderen glatt. Ich vermute, dass es etwa zweihundert Schritte breit ist, und es erstreckt sich in beide Richtungen, soweit ich sehen kann. Es gibt keinen Weg darum herum.«

»Ja, aber wie sieht es aus?«, beharrte er. »Das heißt, wenn es dir nichts ausmacht...«

Sie fragte sich, was sie sagen sollte. Das Band selbst bewegte sich nicht – oder wenigstens schien es so. Falls es seitwärts kroch, dann war diese Bewegung nicht wahrnehmbar. Aber innerhalb des Bandgewebes bewegte sich andauernd etwas. Blau und Purpur und Rot schimmerte hindurch und veränderte sich und floss ineinander. An manchen Stellen erhoben sich die Farben in festen Wellen über das Band und platschten in einer schäumenden Rückströmung wieder in die Linie hinein oder verschwanden in Mahlströmen aus Farbe; andere Gegenden wiederum schienen ruhiger zu sein.

Über dem Band war auch die Luft verfärbt und verseucht. Ein Tunnel aus durchscheinendem Dunst aus Rosa, Malve, Kupfer... Die Farben wirbelten und drehten sich und schwärmten aus; sie stießen herunter, erhoben sich wieder wie eine Fontäne – es war, als spiele ein launenhafter Wind durch den Tunnel und treibe Dunstschleier durch die Luft. Bälle aus Licht schossen vorüber und verschwanden mit voller Geschwindigkeit im Nichts; Schauer aus farbigen Funken gingen nieder und verflimmerten.

Diesem Anblick konnten keine Worte gerecht werden. Schließlich war alles, was sie sagen konnte, dies:

»Es ist ein Band aus sich bewegenden Farben. Wunderschön. Und ziemlich… seltsam. Fremdartig.«

Sie hielt inne und musste sich die Wahrheit dessen, was sie sah, vergegenwärtigen. *Nichts davon war echt.* Es gab keinen Wind, keine Wellen, kein Band aus Farben. Sie hätte dies auch dann gewusst, wenn sie keine Ahnung von Feldströmungslinien gehabt hätte. Was sie sahen, waren Kräfte und nicht Wirklichkeiten. Wilde Energien, Felder magischer Macht. Diese Funken brannten nicht, diese Lichtbälle würden niemanden in Stücke sprengen – aber dennoch waren sie gefährlich, weil sie die Kräfte der Feldströmung darstellten, und diese Kräfte konnten in der Tat tödlich sein. Sie konnten ohne Unterschied Feldströmungsfühlige töten und solche, die es nicht waren, und zwar auf unvorhersehbare Weise.

Sie sagte: »Ich sehe Magie, Fint, und sie ängstigt mich, obwohl sie mich mit ihrer Schönheit verführt.«

»Sie ängstigt *mich*«, sagte er unglücklich, »denn ich kann überhaupt nichts davon sehen. Irgendwann an diesem Morgen werde ich in sie hineinreiten und immer wieder daran denken müssen, dass ich auf der anderen Seite nicht mehr in derselben Gestalt herauskommen werde, in der ich hineingeritten bin…« Er drehte sich um und trottete zurück zu seinem zusammengelegten Zelt.

Baraine sah ihm nach und wandte sich dann an Keris. Er sagte so laut, dass Fint es noch hören konnte: »Was für ein käsebleicher Bangemacher! Was hat er sich denn vorgestellt, als er sich zu dieser Gruppe gesellt hat? Weiß er überhaupt, dass wir bis zur Achten Stabilität ziehen, oder ist er so dumm, dass er unser Ziel missverstanden hat?«

Meldor hatte sich ihnen mit leisem Schritt genähert und ebenfalls gehört, was Baraine von sich gegeben hatte. Er sagte mit unerwarteter Strenge zu dem Tricianer: »Die tapfersten Männer sind diejenigen, die sich zwar fürchten, aber trotzdem handeln. Vergiss nicht: Dieser Mann hat sich entschlossen, unsere Pilgerfahrt mitzumachen, obwohl er wusste, dass er nicht feldströmungsfühlig ist. Obwohl er wusste, dass er Dutzende von Feldströmungslinien durchqueren muss und jede Einzelne davon ihm zum Verhängnis werden kann. Ist das nicht Tapferkeit? Ich frage mich, ob ein solcher Mann nicht adliger ist als du selbst, Baraine von Valmair.« Er ging mit der ganzen Sicherheit eines Sehenden davon. Keris und Baraine starrten ihm mit offenen Mündern nach. Es war das erste Mal, dass Meldor wütend auf jemanden war, und seine Worte waren so scharf gewesen wie die Schneide einer gut geschliffenen Axt.

Baraine zog die Stirn kraus, sagte aber nichts. Er wandte der Linie den Rücken zu und ging zurück zum Lager, um sein Zelt abzuschlagen. Keris schaute zu Bark hinüber, der gerade herausgehumpelt war. Sie sagte nachdenklich: »Gehe ich recht in der Annahme, dass sich Meldor über die Unehrenhaftigkeit eines Adligen so ärgert, weil er selbst Tricianer ist?«

Bark grinste sie an, wollte ihren Verdacht aber nicht bestätigen. »Ich habe dir noch nicht gesagt, wie sehr ich die Art bewundere, auf die du heute Morgen mit dieser Bestie umgegangen bist«, sagte er. »Du hast mit Mut und Vernunft gehandelt. Davron hat mir gesagt, dass du Piers Kaylens Tochter bist; also sollten uns deine Fähigkeiten eigentlich nicht überraschen. Dein Vater war einer der Besten im Unbeständigen und zweifellos der beste aller Kartenzeichner mit der möglichen Ausnahme von Deverli. Sein Verlust ist sehr schmerzlich.«

»Vielen Dank. Und du kannst Meister Storre sagen, dass er zu viel redet. Ich will nicht, dass die ganze Welt weiß, wer ich bin.«

»Warum nicht? Piers war ein feiner Kerl.«

»Vielleicht will ich ich selbst sein und nicht nur die Tochter von Piers, dem Kartenzeichner.« Vielleicht will ich nicht, dass die ganze Welt weiß, dass ich die Tochter bin, die Sheyli sterbend zurückgelassen hat...

Er nickte. »Ich glaube, das kann ich ein wenig verstehen. Zu Hause war ich immer nur der junge Sammy, Tomal Barkbrücks Sohn. Weißt du, mein Vater war eine überlebensgroße Gestalt und ich war nur ein Knäblein, das es ihm niemals gleichtun konnte. Niemand nahm Notiz von mir, wenn mein Vater anwesend war. Ich vermute, das ist eines der Dinge, dem mein Verseuchtsein ein Ende bereitet hat«, fügte er mit einem schiefen Grinsen hinzu. »Jetzt nimmt jeder Notiz von mir. Aber ich glaube nicht, dass Davron deine Identität überall herumerzählen wird. Wie du bemerkt haben wirst, kann man ihn kaum als Schwätzer bezeichnen. Er ist eher von der stillen Sorte.« Er blinzelte ihr noch immer zu. Seine Augen waren groß und voller guter Laune.

Ich mag ihn, dachte sie und fragte sich, was um alles in der Welt er von Davron Storre hielt.

Während sie auf den Tänzer zu ritten, grübelte Keris über die Eigenarten dieser Gruppe nach, der sie sich angeschlossen hatte. All die Jahre, die sie als Kind im Landkartenladen zugebracht und mit großen Ohren den Gesprächen der Erwachsenen gelauscht hatte, hatten sie viel über menschliche Schwächen gelehrt und sie hatten ihr beigebracht, wie man Menschen beurteilen musste, aber diese Gruppe hatte sie verblüfft.

Warum wurde Meldor oder Davron – oder Bark? – von einem der anderen mit ›Markgraf‹ angeredet? Was hatte Davron damit gemeint, als er gefragt hatte: »Was weißt du über uns?« Wie war es ihnen gelungen, Feldströmung zu benutzen, um Bark aus dem Griff des Gallers zu befreien? Wenn einer von ihnen Tricianer war, warum reiste er dann auf diese Weise – ohne Diener und in der Gesellschaft von gewöhnlichen Menschen? Wie war es Meldor möglich, so viel zu ›sehen‹, da er doch blind war? Seine Fähigkeiten waren zu unheimlich, als dass man sie mit einem oberflächlichen Verweis auf den Geruchs-, Hör- und Tastsinn erklären konnte. Und warum verbrachten Davron, Meldor und Bark so viel Zeit in ernsthaften Gesprächen zusammen? Man musste nicht besonders sensibel sein, um zu bemerken, dass irgendetwas ihnen Sorgen bereitete – schwere Sorgen.

Keris glaubte, Baraine zu verstehen. Er war die Art von Dummkopf, der sich ein Spiel daraus hatte machen wollen, mit gewöhnlichen Leuten zusammen zu sein, und der nun herausfand, dass es nicht annähernd so angenehm war, wie er es sich vorgestellt hatte. Natürlich würde er es durchstehen und dann nach Hause gehen und sich über sie alle lustig machen. In jeder Geschichte, die er erzählen würde, wäre er der Held und alle anderen nur Schießbudenfiguren.

Portron, Fint und Corrian waren vermutlich genau das, was sie von sich behaupteten, aber wie passte Graval da hinein? Ein Händler, der sich als Unglücksbringer ansah? Er schien so unfähig, ja sogar lächerlich: Er ritt ein Pferd, das er nicht beherrschte, er stieß mit Leuten zusammen, ließ Dinge fallen, brachte andauernd jemanden zu Fall – es hätte eine Clownerie sein können, aber irgendwie war es nicht komisch. Wenn er sich ihr näherte, hatte Keris jedes Mal das Gefühl, als würde er gleich etwas über sie schütten oder ihr auf die Zehen treten. Sie war nicht die Einzige, die so empfand: Alle versuchten, Graval auszuweichen, selbst Portron, auch wenn sie bemerkte, dass sich der Kantor dabei schuldig fühlte. Keris ihrerseits empfand Mitleid für Graval, aber trotzdem hielt sie sich lieber in einiger Entfernung von ihm auf.

Während sie parallel zu dem Tänzer ritten und nach

einer geeigneten Stelle für die Durchquerung suchten, sah sie zu Davron hinüber, der auf seinem prächtigen Querungspferd saß. Er schien voller verborgener Erregung und Schuldgefühle zu sein. Was war los mit ihm? Seine Gegenwart schärfte ihr Gefühl für den Tilger. Was hatte ihn zu dem Mann gemacht, der er war – von großer Befähigung, körperlich ansehnlich, mit dem sicheren Auftreten eines Tricianers – und doch voller Abscheu vor sich selbst? Er war das größte Rätsel von allen, aber sie war nicht sicher, ob sie es lösen wollte. Manchmal brachten die Lösungen ihre eigenen Probleme mit sich.

Portron bemerkte, dass sie den Führer beobachtete, und sagte mit einem Augenzwinkern: »Ach, Mädchen, warum reitest du nicht neben ihm? Ich bin sicher, dass er dir interessantere Geschichten erzählen kann als ich.«

Ihr Instinkt lehnte diesen Vorschlag sofort ab, doch Davron trieb sein Pferd jetzt auf die Feldströmungslinie zu und ihre Neugier übertraf den Widerwillen, den sie in seiner Gesellschaft empfand. Sie setzte Ygraine neben ihn, während er sich der Feldströmung näherte. »Ich wüsste gern mehr über Feldströmungslinien«, sagte sie ohne weitere Einleitung. »Kannst du mir sagen, was die verschiedenen Färbungen und Bewegungen bedeuten?«

Einen Augenblick lang dachte sie, er würde sich weigern; da sie seine Abneigung gegen alle möglichen Erklärungen kannte, wäre sie nicht überrascht gewesen. Aber er starrte sie einen Moment an, zuckte mit den Schultern und sagte: »Warum nicht?« Er zeigte mit der Hand auf die Linie. »Die Farbe schwächt sich jetzt ab, aber sie ist noch nicht geeignet für eine Durchquerung. Wir werden ein wenig weiterreiten, und dabei sage ich dir, was das ist, das du da anschaust.«

Diese Lektion war nicht leicht. Für jemanden mit Erfahrung besaß jede schwache Veränderung der Farben eine bestimmte Bedeutung und den Fluss der Kräfte durch die Luft konnte man lesen wie ein Flugblatt – aber es war schwer, diese Schrift zu erlernen, da es tausende von Variationen gab. »Siehst du den spiralförmigen Wirbel da hinten?«, fragte er. »Wenn sich die Spirale auf diese Weise zusammenzieht, ist alle Energie in ihr gefangen. Die Gegenden um sie herum sind sicher, aber das Problem bei solchen Spiralen liegt darin, dass man niemals weiß, wann sie zu fest werden. Dann entrollen sie sich mit schrecklicher Gewalt. Wenn sie sich freipeitschen, verschiebt sich der Boden und es besteht die Gefahr, dass jeder getötet wird, der sich in der Nähe befindet.«

»Hast du schon einmal gesehen, wie so etwas passiert ist?«

»Einmal; da war ich noch sehr viel jünger. Ich gehörte einer Eskorte an. Der Führer hatte sich verschätzt und wir befanden uns zu nahe, als sich die Spirale entwirrte. Zum Glück wurde niemand verletzt.« Er lächelte angesichts dieser Erinnerung. »Ich war der Spirale am nächsten und wurde vom Rückschlag erwischt – er hat mir die Kleider vom Leibe gerissen. Plötzlich fand ich mich ohne den geringsten Kleidungsfetzen wieder, und zwar vor einer Gruppe kichernder junger Frauen. Ich war siebzehn – und bis ins Mark gedemütigt. Ich musste mit nacktem Hintern nach meiner Hose und meinem Hemd suchen, während die Feldströmung sie in einem Wirbelwind herumfegte. Einige meiner Führerkollegen wärmen diesen Vorfall manchmal wieder auf, wenn sie mich hochnehmen wollen, diese Blödmänner.« Das Lächeln wurde zu einem Grinsen, und Keris war verblüfft darüber, wie sehr ihn das veränderte. Er war nicht nur plötzlich viel jünger – er war *menschlich.*

Er deutete mit der Hand auf eine andere Stelle in der

Feldströmung. »Siehst du diese dunkel-purpurne Farbe da hinten? Sie weist auf eine grundlegende Instabilität hin, in der alles passieren kann. Man muss sie um jeden Preis meiden – es sei denn, es befinden sich Kräfte darüber, die eine Acht bilden. Eine Acht begrenzt die Feldströmungsenergie in hohem Maß…«

Jetzt, nachdem er sich dazu entschlossen hatte, ihr Unterricht zu erteilen, war er unermüdlich. Als sie sich beschwerte, dass sie den Unterschied zwischen den feinen Farbabstufungen nicht erkennen könne, tröstete er sie damit, dass es jahrelanger Studien bedürfe, um die Befähigung zum Durchqueren von Feldströmungslinien zu erwerben. »Du kannst heute nicht einmal ein Hundertstel von dem lernen, was es zu wissen gibt. Und selbst jemand mit der Erfahrung deines Vaters macht manchmal einen Fehler. Die Feldströmung ist das Reich Lord Carasmas und nicht unseres.«

Sie zitterte leicht.

»Angst, Kaylen?«

»Ja«; gab sie zu. »Hast du etwa keine?«

Sie sah beim Sprechen zu ihm hinüber. Das Aufflackern von Schmerz in seinen Augen überraschte sie – es war ein quälender, zerfetzender Schmerz, als ob seine Seele zerrissen sei. Als seine Antwort kam, wirkte sie vergleichsweise nüchtern, auch wenn die Worte sie erschütterten. »Um mich selbst? Nein, nicht im geringsten. Die Feldströmung ist – verführerisch. Ich freue mich darauf, mit ihr in Kontakt zu kommen.« Er warf ihr einen raschen Blick zu. »Ist das zu ehrlich für deinen Geschmack, Keris?«

Sie gab keine Antwort darauf. All ihre Angst vor ihm flutete in sie zurück.

»Nun«, fuhr er fort, »wenn es dich glücklicher macht: ich fürchte die Feldströmung um derjenigen willen, die ich begleite. Es ist meine Aufgabe, jeden an sein Ziel zu bringen, und zwar unverseucht, unverletzt und so schnell wie möglich. Ich versage auf jeder vierten Reise. Entweder wird jemand verseucht oder ich verliere jemanden an die Bestien oder an einen Häscher oder einen Wirbelsturm oder an die Unvorhersehbarkeit der Feldströmung oder es geschieht ein dummer Unfall wie etwa ein Sturz vom Pferd. Bei jeder vierten Reise verliere ich jemanden, der sich meiner Obhut anvertraut hat. Ja, ich fürchte die Feldströmungslinien.«

Sie fühlte sich genötigt, ihn aufzubauen. »Könnte es denn jemand besser machen als du?«, fragte sie.

»Diese Frage kann ich beantworten«, sagte Meldor, der unbemerkt zu ihnen aufgeschlossen hatte. »Die Antwort ist ein eindeutiges Nein.«

»Und ohne Bedeutung für die Toten oder Verseuchten, die sich in meiner Obhut befunden haben«, fügte Davron leise hinzu.

Sie ritten schweigend weiter. Keris blickte nervös die Feldströmungslinie an und wünschte, sie hätte die Durchquerung schon hinter sich. Aber sie spürte nichts Böses von ihr ausgehen. Gefahr, ja, aber nichts Falsches, nicht wie bei dem Gelände um den Galler herum. Die Feldströmungslinie brodelte vor Kraft und nicht vor Boshaftigkeit, dessen war sie sich sicher. Aber sagte die Kantorei nicht, dass diese Linien Risse in der Schöpfung seien, durch welche die Verruchtheit des Tilgers in die Welt trat?

Davron sagte unvermittelt: »Kereven ist der Vorname eines begabten Kartenzeichners; wusstest du das, als du diesen Namen angenommen hast?«

Ihre Antwort erfolgte zu schnell: »Ich habe nie von ihm gehört.«

»Kereven Deverli. Er ist inzwischen tot«, sagte er. »Er hat das südliche Unbeständige kartographiert. Er war sogar besser als dein Vater, glaube ich.« Er zügelte sein Pferd und beobachtete die Feldströmungslinie. Zu ihrer großen Erleichterung ließ er das Thema fallen. »Ich glaube, das hier ist es«, sagte er. »Sieh nur – hier ist die Färbung überall hellblau. Die Grundfarben wirken flach, ihre Bewegung ist sanft. Die Muster sind eindeutig nicht aggressiv. Der Energiestrom in der Luft ist schwerfällig… ja, ich glaube nicht, dass wir eine bessere Stelle für die Durchquerung finden werden.« Er wandte sich an Meldor, der sein Pferd neben dem von Davron angehalten hatte, ohne dass man ihn dazu hätte auffordern müssen. »Wie siehst du die Sache?«, fragte Davron ihn.

Meldor saß sehr still da. Seine blinden Augen starrten aufwärts; er spürte die Linie auf andere Weise. Seine Lippen teilten sich leicht; er hielt den Kopf ein wenig geneigt, als lausche er. Hin und wieder holte er tief Luft. »Das ist eine schlechte Linie«, sagte er zu Davron in seiner volltönenden, aristokratischen Stimme. »Eine Menge örtlich beschränkter Turbulenzen und eingepferchter Wut, als ob Carasma vor kurzem hier gewesen wäre. Ich mag sie nicht. Aber es scheint an dieser Stelle ziemlich ruhig zu sein und sie ist vielleicht die bestmögliche aller schlechten Alternativen. Es gibt aber viel Unterdrücktes hier, Davron. Sei auf der Hut.«

»Wir sollten das überprüfen. Ihr anderen bleibt hier.« Er und Meldor trieben ihre Reittiere ohne das geringste Zögern in die Linie hinein und ließen ihre Packpferde zurück.

»Was ist los?«, fragte Fint einen Augenblick später. »Kannst du Davron und Meldor sehen?«

»Du etwa nicht?«, fragte Keris.

Er schüttelte den Kopf. »Der Dunst ist zu dick.«

»Sie reiten langsam. Sie bahnen sich einen Weg. Davron führt; er schaut nach unten, nach oben, in die Runde – vermutlich achtet er auf die Farben der Linie.«

Fint starrte angestrengt nach vorn und zappelte nervös herum. Die anderen hatten sich zu ihnen gesellt, aber niemand sprach viel. Spannung brannte in der Luft um sie herum. Sie alle wussten, dass der eine oder andere von ihnen in der nächsten Stunde sterben könnte. Es war sinnlos, sich daran zu erinnern, dass die meisten Gruppen die Durchquerung heil hinter sich brachten. Es war sinnlos, sich daran zu erinnern, dass nur wenige Pilger je verseucht wurden und noch weniger starben. Sie standen da im Angesicht der Feldströmung, spürten ihre Magie, wussten, dass der Schöpfer wahrscheinlich nicht auf ihre Gebete eingehen konnte, und Angst durchdrang sie bis auf die Knochen.

Ich bin feldströmungsfühlig, dachte Keris. Ich kann nicht verseucht werden, und doch habe ich Angst. Wie viel schlimmer muss es für diejenigen sein, die nicht feldströmungsfühlig sind.

»Wir sollten eine Kinese machen«, sagte Portron. Er stieg ab und kniete sich auf den Boden. »Eine Verehrungs-Kinese, glaube ich«, fügte er hinzu und bezog sich damit auf die zweite der vier täglichen Andachten.

»Was hat das für einen Sinn? Die Heiligen Bücher sagen, dass der Schöpfer uns nicht sehen kann, wenn wir im Unbeständigen sind«, brummte Baraine, aber genau wie die anderen stieg auch er ab und gesellte sich zu ihnen. Er sank auf das linke Knie und hielt die rechte Hand ans Herz. Selbst Bark nahm an dem Ritualen teil (die Hand vom Herzen zur Stirn, was die Ernsthaftigkeit der eigenen Gedanken bedeutete; beide Hände zum rechten Knie, wodurch man Ehrfurcht zeigte; Stirn an das Knie, wodurch Ehrerbietung ausgedrückt wurde; die Finger in Unterwerfung ineinander gewunden...), auch wenn Keris bemerkte, dass seine Augen die Linie keine Sekunde lang aus dem Blick ließen. Sie erkannte, dass es für ihn noch schlimmer war: Er konnte genauso wenig wie Fint, Corrian oder

Graval sehen, was geschah, und Davron war sein Freund. Vielleicht auch Meldor.

»So weit, so gut«, flüsterte sie ihm zu. (Rechter Zeigefinger ans Ohrläppchen, um die Bereitschaft anzudeuten, dem Wort des Schöpfers zu lauschen…) »Sie haben die andere Seite erreicht und nichts, was ich hätte sehen können, hat sich verändert.«

Er lächelte dankbar.

Einige Minuten später kam Davron ohne Meldor zurück. »In Ordnung«, sagte er, »los geht's. Corrian, du bist die Erste. Führe deine Tiere an der Leine – du kannst nicht durch eine Feldströmungslinie reiten, es sei denn, du hast ein Pferd, das darauf abgerichtet ist.«

Corrian stieg ächzend ab. »Verdammter Mist«, sagte sie, »wenn ich mich früher so steif gefühlt habe, hatte ich wenigstens die richtige Art von Tier geritten.« Sie warf Davron einen lüsternen Blick zu. »Dann führ mich mal, Bürschlein.«

Sie machten sich auf den Weg. Corrian stolperte über die Unebenheiten der Linie, tat aber ihr Bestes, um sich zu beeilen. Ihre Pfeife klemmte fest im Mund, doch das Pfeifengras war ausgebrannt – ein Anzeichen dafür, wie nervös sie war.

Die Minuten zogen sich dahin, während Portron seine Andacht weiterführte und die übrigen nacheinander damit aufhörten und die Feldströmungslinie betrachteten. Fint biss wieder an seinem Niednagel herum, und Baraine schaute verächtlich in seine Richtung. Als Corrian in Sicherheit war, kehrte Davron zurück und holte Graval. Bisher schien innerhalb der Linie nichts Ungewöhnliches zu geschehen. Falls Davron unter großer Anspannung stand, erlaubte er nicht, dass sich davon etwas auf seinem Gesicht widerspiegelte. Auf Graval folgte Portron, und dann war Bark an der Reihe.

Baraine wirkte entspannt und Fint wurde fast wahnsinnig vor Sorgen. Davron hätte ihn als Ersten nehmen sollen, dachte Keris. Er begreift nicht, wie verängstigt dieser Mann ist.

»Fint erinnert mich daran, wie ich früher einmal war«, hatte Bark gesagt – Bark, der Bauernjunge, der so wenig Selbstsicherheit besessen hatte, dass er nicht hatte glauben können, dass die Frau, in die er verliebt war, ihn ebenfalls liebte. Fint war ein unfähiger Mann, der keinen angeborenen Sinn für seinen eigenen Wert hatte. Piers hatte einmal bemerkt, dass solche Menschen leichte Beute für die Verderbnis des Tilgers waren. Es gab nichts in ihnen, das ihnen die Stärke verliehen hätte, einer angreifenden Feldströmung zu widerstehen. Keris wurde von einem Gefühl tragischer Unvermeidlichkeit durchbohrt. Fint würde verseucht werden, und keiner von ihnen konnte etwas dagegen tun.

Baraine grinste, als Davron Fint als Nächsten auswählte. »Sei vorsichtig, damit du dir nicht selbst schadest, Junge«, sagte er.

Sie bezweifelte, dass Fint ihn gehört hatte. Als er in die Linie hineinging und sein Pferd sowie einen von Baraines Eseln hinter sich her zog, bot sein Gesicht ein Bild äußersten Elends. Keris vollführte unwillkürlich eine Kinese gegen Unglück.

Aber Davron hatte Recht: Der Schöpfer reagierte kaum auf die Kinesen, die im Unbeständigen vollführt wurden. Auf diese hier reagierte er eindeutig nicht.

Als Davron und Fint die Linie bereits zur Hälfte durchquert hatten, brach der Boden unter ihren Füßen auf. *»Zurück!«*, rief Davron. *»Lass die Tiere zurück!«* Er selbst saß noch auf seinem Pferd und er schwang das Tier durch einen Regen aus Erde und Gestein und streckte die Hand aus, um Fint zu packen und ihn vor sich auf den Sattel zu ziehen. Fint wich ihm aus und ignorierte seine Rufe. Er hatte die Zügel seines eigenen

Pferdes losgelassen, aber er kämpfte immer noch darum, den Packesel zu beruhigen: Baraines Tier.

»Lass es!«, brüllte Davron.

Noch immer wollte Fint das Tier nicht loslassen.

Verdammt, Baraine, dachte Keris mit trockenem Mund. Daran bist du schuld.

Etwas wurde vor den beiden Männern aus dem Boden gedrückt: Felsen. Geröllblöcke, die wie riesige Pilze wirkten. Erde sprang in Kaskaden von ihnen ab, warf Fint zu Boden und hob Davron aus dem Sattel. Davron fiel hart. Eine Farbwelle wirbelte durch die Luft. Purpur, ein sattes Purpur, wogte durch das Indigo. Es verschlang Fint sofort, dann verflüchtigte es sich wie kochender Dampf aus einem Kessel.

Davron lag reglos da.

Ohne nachzudenken, packte Keris Baraine am Arm. »Na los!«, rief sie. »Wir sind näher dran als die anderen. Wir müssen ihnen helfen.«

Baraine leistete ihr Widerstand. »Du bist verrückt!«, sagte er. »Ich riskiere doch nicht meinen Hals für jemanden, der so dämlich ist, für ein Packtier zu sterben! Dieses – dieses verseuchte Gehirn!«

Sie ließ ihn los, nahm ihren Bogen vom Rücken und spannte die Sehne. »Wer ist hier der Feigling?«, fragte sie wütend, als sie in die Feldströmungslinie eintauchte. Sie spürte das Böse. Es verschluckte sie und drang in ihre Poren ein. Gestank und Kraft und Gefahr waren untrennbar. Der Boden hob sich noch immer; die Felsfinger ragten höher und höher auf. Sie waren so gelb wie der Steintiger, der sie angegriffen hatte. Sie taumelte, während sie rannte, und war sich undeutlich bewusst, dass Baraine – angestachelt von ihrem Vorwurf, er sei ein Feigling – ihr tatsächlich folgte.

Sie erreichte Fint als Erste, beugte sich über ihn – und hielt entsetzt inne. Das war nicht mehr Fint. Er hatte sich bereits verwandelt. War verseucht. Sie hatte den Eindruck von flackernder Farben und einer Haut, die keine Haut mehr war. Sie war von einem weichen Grün und hatte Muster, die aufgemalten Augen glichen. In dem noch menschlichen Kopf saß ein saurierhaftes Gesicht. Fint war halb von Erde bedeckt und sein Körper war verdreht, verknotet – wie ein Seil. Er verwandelte sich vor ihren Augen und diese Verwandlung war scheußlich. Und er schrie unablässig vor Schmerzen.

Sie taumelte weiter zu Davron. Er war schon halb aufgestanden und drückte sich vom Boden ab. Ein Schauer aus Erde erwischte sie beide und sie duckte den Kopf und schützte ihre Augen.

»Du verdammter Dummkopf«, sagte er. Die Worte klangen, als würden sie unter großen Schmerzen ausgestoßen. Sie war sich nicht sicher, ob er sie oder Fint meinte.

Sie drehte sich um und wollte Baraine bitten, gemeinsam mit ihr Davron zu helfen, denn sie hatte erwartet, dass er direkt hinter ihr war. Stattdessen aber stand er in einiger Entfernung hinter ihr, vollkommen reglos. Er badete in gelblichem Licht. Ockerfarbene Bänder umspielten ihn, wanden sich um seinen Körper und zwischen den Beinen hindurch. Aber anscheinend hatte er keine Angst; auf seinem Gesicht lag ein schwaches, zynisches Lächeln, als würde er jemandem zuhören und wissen, dass diese Person nur teilweise die Wahrheit sagte. Trotzdem erheiterte es ihn. Es war ein Anblick, der Keris erstarren ließ.

Sie drehte sich wieder zu Davron um und sah, dass er an ihr vorbei auf Baraine starrte. »O Mist«, flüsterte er. »Der Tilger.« Er erhob sich und lehnte sich gegen sie. »Kaylen, in den nächsten Minuten wirst du dafür bezahlen, dass du dumm genug warst, uns in die Linie hinein zu folgen.« Er packte sie bei der Schulter, stand ihr gegenüber, und seine Finger gruben sich fest in sie. Sie verspürte durch den Stoff ihres Hemdes ein unangenehmes Prickeln an der Stelle, wo er sie berührte, aber sie hatte keine Zeit, um darüber nachzudenken. Die Augen, die in die ihren blickten, waren nicht wütend, so wie sie es eigentlich erwartet hatte. Sie waren von Angst erfüllt; nein, von mehr als nur Angst – von etwas noch Stärkerem. Und von seiner Besorgnis um sie, nicht um ihn selbst. Er musste tief Luft holen, bevor er wieder etwas sagen konnte. »Verschwinde von hier, wenn du kannst. Wenn du es nicht kannst, dann erweise dich als deines Vaters würdig. Beweg dich!« Er stieß sie von sich – zurück in die Richtung ihrer Pferde und der Sicherheit, während er sich wieder Baraine zuwandte. »Valmair!«, rief er. »Er hat keine Gewalt über dich, es sei denn, du erlaubst es ihm!«

Keris versuchte zu laufen, stolperte aber über den sich bewegenden Boden und fiel der Länge nach hin. Baraine drehte sich um und lächelte sie beide an. »Ich weiß«, sagte er. »Das hat er mir gerade erklärt.«

»Der Preis ist deine Seele!«

Währenddessen versuchte Keris aufzustehen, aber der Boden war noch immer in Bewegung.

»Auch das weiß ich. Aber von welchem Nutzen ist eine Seele, wenn man das ewige Leben hat? Er bietet mir nichts an, nach dem ich mich nicht schon immer gesehnt habe, Storre – nichts.«

»Auch Häscher können sterben, Baraine. Die Unsterblichkeit bezieht sich nur auf Krankheit und Alter, aber nicht auf Wunden oder Unfälle.«

Keris glaubte, dass sie nie zuvor etwas Frostigeres gesehen hatte als das Lächeln, das Baraine dem Führer gab: Es war ohne jegliche Menschlichkeit. Davron streckte die Hand nach Keris aus und zog sie am Sattel ihres Wamses auf die Beine, ohne den Blick von dem Tricianer abzuwenden. »Keris, versuch es bitte«, flüsterte er und flehte sie an, sich zu bewegen. Er stieß sie von sich und sah sie dabei noch immer nicht an.

Sie versuchte sich zu bewegen, kam aber nicht über den ersten Schritt hinaus. Etwas pflügte auf sie beide zu; es bahnte sich der Länge nach seinen Weg durch die Feldströmungslinie. Es war gewaltig, entfernt insektenartig und atemberaubend schrecklich. Es raste so schnell auf sie zu, dass Keris keine Zeit mehr hatte, nach ihrem Messer zu greifen. Sie warf ihren Bogen sowie den Köcher zu Boden und tauchte nach rechts weg; Davron schlug sich nach links.

Er bewegte sich schneller als jeder Mensch, den sie bisher gesehen hatte, sogar schneller als ihr Vater. Er hatte bereits ein Wurfmesser in jeder Hand, noch bevor es ihr gelang, auf die Beine zu kommen; eines traf die Kreatur im Auge; das zweite schlug in der Kehle ein.

Dann peitschte eine Antenne heran und traf ihn an der Brust. Sie war mit Dornen besetzt, die so groß wie eine Männerhand waren. Damit riss sie ihm das Hemd vom Leib und trieb tiefe Schrammen in sein Fleisch. Keris erinnerte sich daran, dass er unter seinem Hemd verborgen ein Amulett trug. Jetzt erhaschte sie einen Blick darauf und spürte den Schock des Wiedererkennens, doch sie hatte keine Zeit, über diese Bedeutung nachzudenken.

Jetzt war es ihr endlich gelungen, die Hand um ihr eigenes Messer zu schließen. Diesmal hatte sie mit der Entfernung keine Schwierigkeiten: Das Tier ragte über ihr wie eine Klippe auf. Sie trieb die Klinge mit anderthalb Umdrehungen in die andere Seite seiner Kehle.

Es brach nun zusammen, auch wenn das vermutlich Davrons Messer zu verdanken war; ihres war nur eine zusätzliche Hilfe gewesen. Davron griff nach ihr, als sie sich zu entscheiden versuchte, in welche Richtung sie laufen sollte, damit sie dem umstürzenden Körper entkam.

»Typisch Frau«, sagte er und zerrte sie in Sicherheit. »Können sich nie entscheiden.«

»Typisch Mann«, gab sie zurück, »immer genau zu wissen, was für eine Frau das Beste ist.« Sie war ihm trotzdem dankbar, und wenn er jemand anderes gewesen wäre, wäre sie vermutlich unter Tränen in seine Arme gesunken. Stattdessen aber starrte sie ihn nur an und versuchte, nicht an das Amulett zu denken, das er trug. Es war mit seinem Fleisch verwachsen, war ein Teil von ihm, war mit seiner Haut verschmolzen. Es trug ein Kreuz – wie ein Multiplikationszeichen. Das Kreuz der Falschheit, eingeschlossen in einen Diamanten. Eine Parodie des Pluszeichens, des Symbols der Kantorei.

Das Kreuz der Falschheit – das Symbol des Tilgers und seiner Häscher.

Sie sah sich nach Baraine um, doch der war anscheinend verschwunden.

»O Mist«, sagte Davron noch einmal und tastete machtlos nach dem Blut, das aus den Kratzspuren auf seiner Brust quoll. »Ich glaube, das Biest ist auf den armen Fint gefallen. Wir müssen nachsehen.«

Sie gingen um den Körper herum und versuchten nicht daran zu denken, was sie auf der anderen Seite vorfinden mochten. »Es ist ja schon fast eine Reise quer durchs ganze Land, wenn man nur um das Ding herumgehen will«, murmelte er. Keris widerstand dem Impuls, ihn zu berühren, sich um seine Blutung zu kümmern, Unterstützung für sich selbst in der Berührung eines anderen menschlichen Wesens zu suchen. *Denk an das Siegel, du Närrin!*

Fint war nicht plattgedrückt worden. Er schien sogar unverletzt zu sein. Wenn es Fint war. Keris fiel es schwer, sich davon zu überzeugen, dass diese… diese Person tatsächlich der nervöse Jugendliche aus Tromlin war. Er war nur halb bei Bewusstsein, was vermutlich gut so war. Er würde einige Zeit brauchen, um sich an sich selbst zu gewöhnen, und sie bezweifelte, dass er schon jetzt dazu in der Lage wäre. Er war nackt und lag auf der Seite. Was ihm zugestoßen war, war das Ergebnis sorgfältiger Überlegung. Was immer für sein Verseuchtsein verantwortlich war, hatte von seiner Schüchternheit gewusst und die unbestimmte Natur seiner Persönlichkeit genommen und daraus eine körperliche Realität gemacht. Er war noch menschlich, aber er war gleichzeitig ein Chamäleon, dessen Schicksal es nun war, sich immer dem Hintergrund anzupassen, immer mit seiner Umgebung zu verschmelzen, keine klar definierte Farbe und nur verschwommene Umrisse zu besitzen und so teilweise unsichtbar zu sein.

Keris wandte sich ab und fühlte sich schrecklich krank.

»Schluss damit«, sagte Davron ohne eine Spur von Mitgefühl. »Wir müssen ihn hier herausbringen...«

»Er wäre besser tot...«

»Das hast du nicht zu entscheiden.«

Sie machte den Mund auf, um irgendetwas zu sagen, und schloss ihn wieder. Plötzlich war ein Fremder aus dem Nichts aufgetaucht und stand vor ihnen. Er hatte den Arm um Baraines Schulter gelegt, und sein Anblick war atemberaubend.

Ein Mann – nein, kein Mann, sondern ein Gott. Groß, nackt, eindrucksvoll. Groß an Körper und Persönlichkeit. Auch in anderer Hinsicht groß – ›gut behangen‹ war der Ausdruck, den Keris' Bruder und seine Freunde stets im Munde führten. Der Fremde sonderte Moschusgeruch und sexuelle Spannung ab; Schweiß glitzerte auf seiner Haut. Er war prachtvoll. Und durch und durch böse.

Sie wollte die Augen schließen und sich weigern, ihn anzusehen, weil sie wusste, wer er war.

Er war Carasma, der Tilger.

Kapitel Elf

Lord Carasma lebt nur im wahren Chaos im Herzen der Feldströmung, denn nur dort findet man Macht. Um sein Reich auszudehnen, muss er die Menschheit seinem Willen unterwerfen. Gesegnet sind die Feldströmungsfühligen, die seinen Schmeicheleien widerstehen; verdammt sind diejenigen, die sich seinem Geheiß beugen.

Die Abspaltung,
Buch XII, Kapitel 23, Verse 7–9

Es war Keris nie in den Sinn gekommen, dass man den Tilger tatsächlich sehen konnte. Er war eine Gestalt der Schreckensgeschichten, ein nebelhaftes, fabelhaftes Wesen, das dem Schöpfer gleichkam, auch wenn er unter *Ihm* stand, und man erwartete schließlich nicht, *Ihm* zu begegnen. Carasma, der Tilger, wurde in den Heiligen Schriften als ein Wesen beschrieben, das menschliche Gestalt annahm, wenn es in der Vergangenheit versucht hatte, die heiligen Ritter zu verführen – aber dass er lebenden Menschen in der Gegenwart erschien…! Dass er *ihr* erschien…! Sie wusste, dass er oft die Feldströmungsfühligen dazu verführte, seine Häscher zu werden, aber sie hatte sich vorgestellt, dass dies durch einen kosmischen Kampf im Geist derjenigen geschah, die in Versuchung gerieten. Sie hätte niemals ein persönliches Erscheinen erwartet.

Trotzdem hegte sie nicht den geringsten Zweifel daran, dass er es war. Kein menschliches Wesen hätte eine solche Macht ausströmen können, hätte so vor Boshaftigkeit schillern können, hätte in einem solch verführerischen Licht leuchten können, hätte sie mit einem solchen Blick durchbohren und ihre Schwäche erkennen können... Kein gewöhnlicher Mann hätte sie zu einer Masse aus Geschlechtstrieb und Ekel reduzieren können, nur indem er sie ansah.

Davron stand reglos und mit überraschender Teilnahmslosigkeit neben ihr. Er schien weder beunruhigt noch erfreut, sondern als nehme er lediglich die Tatsachen hin – als erkenne er an, dass es für einen gewöhnlichen Sterblichen keine Gelegenheit gab, dem Tilger zu entkommen.

Als er jedoch sprach, hörte sie die Dringlichkeit, die in seinen Worten mitschwang, obwohl seine Stimme ruhig und gefasst war, denn jetzt kannte sie ihn gut genug. Sie kannte ihn so gut, dass sie bemerkte, wie er jedes Wort sorgfältig wählte – sie tat gut daran, ihm mit gleicher Sorgfalt zuzuhören. »Bedenke, Keris«, sagte er, »dass der Tilger unter dem Gesetz des Universums steht. Er kann uns nicht unmittelbar töten; er kann uns nur verführen oder auslöschen.« Damit meinte er, dass Carasma ihr Dasein tilgen konnte, so als hätten sie nie existiert, dass er sie ausradieren konnte, sodass auch ihre Seele starb und die Erinnerung an sie bei allen verschwand, die sie je gekannt hatten.

Sie erschauderte.

»Du hast den Schöpfer in dir«, fuhr Davron fort, »und deswegen kannst du nicht ausgelöscht werden, es sei denn, du willst es. Auch kannst du nicht versklavt werden, es sei denn, du gehst aus freiem Willen zu ihm.«

Er brauchte sie nicht davor zu warnen, dass der Tilger hundert verschiedene Möglichkeiten hatte, um jemanden seiner Knechtschaft zu unterwerfen. Auch musste er sie nicht davor warnen, dass Carasma die Bestien oder seine Häscher hinter ihr herschicken oder die Macht der Feldströmungslinie benutzen konnte –

und all das konnte tödlich sein, ohne dass er die Zustimmung des Opfers brauchte. Folter, Bestechung, Verführung, Drohung, Tricks, Fallen – Carasma, der Tilger, benutzte all das bei Gelegenheit und manchmal bestimmt auch alles zusammen.

»Ja«, sagte sie. Ihr Tonfall war beherrscht, aber ihre Stimme schwankte. »Ich vermute, Baraine hat nicht auf deine Warnung gehört.«

Der Tilger lächelte. »Baraine gehört jetzt mir. Wir haben ein Abkommen getroffen und besiegelt.« Er schaute an dem Mann neben ihm herunter und schenkte ihm ein obszönes Lächeln voller Besitzerstolz. »Baraine gefiel die Vorstellung ewiger Jugend. Er hat einen so prächtigen Körper und konnte den Gedanken nicht ertragen, dass dieser Körper altern und verrotten wird.«

Carasma tastete an dem silbernen Anhänger herum, den er um den Hals trug: Der Anhänger war das X-Kreuz innerhalb des Diamanten; er war der einzige Schmuck seiner Nacktheit. Er berührte es mit den Händen und zog eine Kopie daraus hervor; er zog sie mit einer bloßen Berührung seiner Finger aus dem Original. Diese ließ er über Baraines Kopf gleiten. Sie baumelte einen Augenblick; dann verschmolz sie mit der Brust des Tricianers und verband sich mit seiner Haut. Keris warf unwillkürlich einen raschen Blick auf Davrons Amulett. Die Zeichen waren identisch. Sie unterdrückte ihren Abscheu. *Sie stand vor dem Tilger in Gegenwart zwei seiner Häscher.*

Baraine sah Davron und sie mit einer Mischung aus Anmaßung und Trotz an. Davron beachtete ihn nicht, und sie versuchte, dasselbe zu tun.

»So sehen wir uns also wieder, Meister Storre«, sagte der Tilger und lenkte damit die Aufmerksamkeit ganz auf den Führer.

»Ja.« Davron blieb scheinbar unerschütterlich. Keris dachte: Das kann er auch, denn er hat sich dem Dienst an Carasma und dem Chaos gewidmet. »Es war unausweichlich, wie wir beide wissen.«

Carasma neigte den Kopf. »Du sagst es. Aber darum geht es heute nicht. Deine Zeit, mir zu Diensten zu sein, ist noch nicht gekommen, Meisterführer. Ich warte auf den Augenblick, der allen das größte Leid bringen wird… Nein, heute geht es mir um die Frau an deiner Seite.«

Davron hob kaum merklich die Augenbraue. »Sie?«, fragte er, und dieses Wort enthielt eine Spur Verachtung. Er drehte sich um und sah Keris an, als ob er sie zum ersten Mal bemerkte. Dann zuckte er ganz leicht mit der Schulter, als wolle er sagen, dass er das nicht verstand, aber wenn es denn so sein sollte…

Der Tilger schien belustigt zu sein. Und dann verlor Keris Davron und Baraine aus den Augen und auch Fint, der noch immer vor ihren Füßen lag, sowie das Tier, das sie getötet hatten. Sie alle glitten fort und nun gab es nur noch den Tilger und sie, die sich durch ein Kaleidoskop ineinanderfließender Farben ansahen.

»Du bist dazu geschaffen, mir zu dienen«, sagte er.

»Das bezweifle ich.« Ihr Mund war trocken geworden. Ihre Zunge klebte am Gaumen fest.

»Meister Storre dient mir«, sagte er. »Bei ihm brauchst du dich nicht um Hilfe zu bemühen. Was sind deine größten Wünsche, Keris Kaylen aus Mahlkorn? Ich kann sie als Gegenleistung für dein Dienstgelübde wahr werden lassen. Ich kann dir genauso gut ewiges Leben und ewige Jugend geben. Sag mir nur, was du haben willst…«

»Es gibt nichts, für das ich meine unsterbliche Seele aufgeben würde. Nichts.«

»Nicht einmal das hier?«, fragte er und machte eine Geste mit der Hand.

Sie sah ein Geschäft. Über der Tür schwang ein Schild, auf dem sie las: Kaylens Landkarten. Sie ging darauf zu, öffnete die Tür und trat ein. Es war genauso, wie sie es sich in ihren Tagträumen ausgemalt hatte, selbst nachdem ihr klar geworden war, dass es sich um eine Unmöglichkeit handelte: der Laden, der ihr eines Tages gehören würde. Der Laden, in dem sie ihre Karten verkaufen würde. Dort waren die Kartenvorlagen, dort die Zeichenbretter, hier die Reihen von Farb- und Tuschetöpfen, die Federn und Pinsel und Stifte. Die Wände waren mit Karten übersät. Mit ihren Karten. Sie streckte die Hand aus, nahm eine der Meisterkarten und entrollte sie auf der Theke. Sie ließ sie los, und die Karte rollte sich wieder ein und verbarg so ihre Geheimnisse.

Durch eine offene Tür erblickte sie einen weiteren Raum, der mit Gerätschaften zum Landvermessen und Zelten vollgestopft war. Sie drehte den Kopf und sah bis in das Wohnzimmer. Dort stand ein Mann mit dem Rücken zu ihr und wärmte sich die Hände am Feuer. Sie verspürte eine Welle der Liebe und wusste, dass der Mann ihr Gatte war. Zu seinen Füßen spielte ein Kind; es schwankte auf seinen Babybeinen. Ihr Sohn – auch das wusste sie. Sie wollte in diesen Raum hineingehen, sie wollte etwas sagen und den Mann dazu bringen, sich umzudrehen, damit sie sein Gesicht sehen konnte. Stattdessen aber schlugen ihre Füße eine andere Richtung ein: durch die Hintertür aus dem Laden hinaus und in den Hof. Er war sauber, ordentlich und geräumig. Da waren die Stallungen, die Karren und Querungspferde. Das alles gehörte ihr. Ein Stalljunge bürstete ein normales Pferd. Ihres.

Sie drehte sich um und versuchte, nochmals den Laden zu betreten.

Er war verschwunden. Wieder einmal gab es nur noch Carasma und sie selbst.

»Das alles kannst du haben«, schnurrte er. »Das verspreche ich dir. Ich kann nicht lügen, wenn ich ein

Abkommen schließe, denn sonst ist das Abkommen ungültig. All deine Träume können wahr werden, Keris. Alle. Sechs Monate im Jahr kannst du in einer Stabilität leben und nur dir und deinen Träumen dienen; sechs Monate lang kannst du das Unbeständige durchstreifen und deine Karten zeichnen und mir dienen. Du erhältst alles, was du dir je erträumt hast, und das für eine so geringe Gegenleistung. Wie Baraine bereits so passend sagte: Wozu braucht man noch eine unsterbliche Seele, wenn man körperlich unsterblich sein kann? Stell dir das vor Keris: alles, was du je haben wolltest…«

Sie zwang sich zu reden. »Nicht alles, wie ich glaube. Ich will nicht nur normale Karten zeichnen, Lord Carasma. Nicht mehr. Ich will das Geheimnis der Trompleri-Karten besitzen – und das ist das Einzige, was du nicht wagen kannst mir zu geben, denn eine Trompleri-Karte würde der Menschheit dabei helfen, dem Unbeständigen entgegenzuwirken. Gefährtenschaften und Händler könnten problemlos die schwächsten Stellen der Feldströmung für ihre Durchquerungen ausfindig machen; sie könnten die Gegenwart deiner Häscher und der Bestien erkennen und ihnen aus dem Weg gehen. Es gäbe im Unbeständigen nur noch wenige Todesfälle und es kämen mehr Leute hierher, die dich schwächen können. Von denen, die nicht feldströmungsfühlig sind, würden weniger verseucht, und weniger Feldströmungsfühlige würden in Häscher verwandelt. Die Leute könnten sehen, wo die Feldströmung am stärksten ist, sie wüssten, wohin sie nicht gehen dürfen, sie würden es auf ihrer Karte sehen…« Sie plapperte vor lauter Angst und wusste nicht einmal, ob es einen Sinn ergab; sie war so verängstigt, dass sie nicht einmal wusste, ob das, was sie sagte, besser ungesagt geblieben wäre.

Er starrte sie an, und der Triumph in seinem Gesicht

erstarb, als er seinen Geist ausstreckte, um die Wahrheit dessen zu erfühlen, was sie gesagt hatte. Der Blick, den er ihr zuwarf, war voller Zorn. Einen Augenblick lang erwartete sie den Tod und war sicher, dass er sie erschlagen würde, ob es nun gegen die Gesetze des Universums verstieß oder nicht, doch dann zügelte er seine Leidenschaft und hielt sie mit kaltem Hass im Zaum.

»Willst du etwa auch das ablehnen?«, zischte er und machte mit der Hand eine weitere Geste. Sie war wieder in dem Laden. Diesmal stand jemand hinter der Theke: Sheyli. Ihre Mutter war so, wie Keris sie gekannt hatte, bevor sie krank geworden war. Sie lächelte und war voller Stärke und Lebenskraft. Sheyli, wohlauf und gesund.

»Meine Mutter ist tot«, sagte sie kalt. »Selbst du kannst die Toten nicht ins Leben zurückrufen.«

»Du hast sie todkrank zurückgelassen«, berichtigte er sie. »Aber das war erst vor wenigen Tagen. Sie hat dich belogen, als sie dir sagte, sie stehe kurz vor dem Tod. Sie lebt noch. Sie ist schwächer geworden, aber sie lebt noch. Mein Wort darauf.«

Sie holte tief Luft. »Wieso weißt du das?«

»Aus demselben Grund, aus dem ich deinen Namen kenne. Die Feldströmung verleiht mir diese Gabe. Es ist mir vielleicht nicht möglich, in einer Stabilität große Zerstörungen anzurichten, aber ich kann in sie hineinsehen. Und ich könnte dort Gutes tun – ich könnte zum Beispiel deiner Mutter die Gesundheit zurückgeben.«

»Wenn …?«

»Wenn du mir dienst.«

»Nein.«

»Denk darüber nach.«

Das tat sie. *Sheyli könnte weiterleben.* Könnte wieder gesund werden. Und sie, Keris, könnte wieder aufrecht gehen und wäre frei von der Schuld, die sie empfunden hatte, seit sie aus Mahlkorn fortgeritten war. Es wäre alles so einfach. Sie könnte alles haben. Und es wäre keine so schreckliche Sünde, oder? Sie würde es für Sheyli tun. – *Nein*. Sheyli würde um einen solchen Preis nicht leben wollen.

»Nein«, sagte sie zu Carasma. »Nein, Nicht einmal dafür. Nicht einmal für die Fähigkeit, Trompleri-Karten herzustellen. Niemals – um keinen Preis.« Aber innerlich weinte sie. *Vergib mir, Mutter.*

Sie erwartete immer noch, dass sie sterben würde. Carasma hatte zwei Häscher zu seiner sofortigen Verfügung. Er konnte die Kräfte der Feldströmungslinie gegen sie wenden. Er könnte einige Bestien herbeirufen…

Sie wartete auf den Tod. Stattdessen zog er sie nackt aus. Gerade war sie noch angezogen gewesen und im nächsten Augenblick waren alle Kleider verschwunden. Er wusste, dass sie sich so noch nie einem Mann gezeigt hatte; er wusste, wie verwundbar sie in ihrer Nacktheit ihm gegenüber war. Sie zwang sich dazu, nicht die Hände zu bewegen und ihre Blöße zu verbergen. Sie versuchte, stolz dazustehen, aber dennoch fühlte sie sich beschämt, als er den Blick über ihren Körper schweifen ließ und sein Glied anschwoll und sie verhöhnte.

»Nein, nein, nicht ich, kleine Keris«, spöttelte er, als sie vor ihm zurückwich. »Ich will dir den geben, den du wirklich willst.«

Und er war verschwunden.

Erneut stand sie neben Davron. Von Baraine und Fint war nichts zu sehen. Davron war so nackt wie sie selbst. Er starrte sie an. Sein Gesichtsausdruck zeugte zunächst von Entsetzen, dann von Verlangen, dann von Übelkeit. Seine Haut glitzerte und er jammerte. Sie befand sich in keinem besseren Zustand. Sie fühlte sich, als sei sie bis ins Unerträgliche erregt worden, auch wenn sie keine Erinnerung daran besaß, wie das hatte geschehen können – und dieser Verlust der Erinnerung war schlimmer, als jede Erinnerung hätte sein können. Sie war feucht zwischen den Schenkeln, wollte verzweifelt mehr, war sich aber nicht sicher, was sie eigentlich wollte. Sie sehnte sich danach, es herauszufinden. Ihr ganzer Körper war gespannt, geschwollen. Sogar die Brustwarzen standen aufrecht wie Spitzen. Sie befand sich am Rande eines Wunders, aber es war ihr nicht möglich, über den Rand hinauszutreten und herauszufinden, was es war.

Sie sehnte sich danach, die Hand auszustrecken und Davron an sich heranzuziehen. Sie wollte seine Hände auf ihrem Körper fühlen. Sie wollte, dass er sie küsste und Dinge mit ihr machte, die sie nicht benennen konnte, weil ihr die Erfahrung fehlte, von denen sie aber wusste, dass sie sich gut anfühlen würden. Sie war nur eine Haaresbreite von etwas Wundervollem entfernt…

»Nein«, sagte er nur. »Keris, nein.« Er wollte nicht, dass sie ihn berührte, und ein Ausdruck des Grauens lag auf seinem Gesicht. Und noch etwas anderes: das wölfische Verlangen eines Mannes, dessen Erfüllung ihm zu lange versagt worden war und dem jetzt ein Festmahl angeboten wurde.

Ihre nach ihm ausgestreckte Hand fror in der Bewegung ein. Sie senkte den Blick absichtlich auf sein Amulett und suchte nach einem Weg, um ihr Verlangen abzutöten. Sie bewegte die Lippen und spuckte ihm ein Wort entgegen, das vollgepackt mit Abscheu und Verachtung war: *»Häscher!«* Es diente sowohl dazu, ihre eigene Unversehrtheit zu bewahren, als auch dazu, ihn zu verspotten, denn in ihrem Herzen kannte sie die Wahrheit: Der Tilger hatte vielleicht ihre Leidenschaften auf unnatürliche Weise angestachelt, aber er hatte ihnen nicht das Ziel aufgezwungen. Das hatte sie selbst getan. Genauso, wie sie ihren Traumladen mit einem Ehegatten bestückt hatte, der sicherlich Davrons Gesicht gehabt hätte, wenn er sich umgedreht hätte…

Sie stolperte voller Abscheu fort – dorthin, wo sie Ygraine und Tousson zurückgelassen hatte. Sie war von ihrem inneren Kampf geschwächt und zitterte immer noch vor Selbstverachtung und unerfülltem Verlangen – und vor Furcht. Sie erwartete den Tod. Sie erwartete, dass die Feldströmungslinie unter ihr explodierte, sie erwartete Davrons Messer in ihrem Rücken – und ein Teil von ihr hatte es sogar aufgegeben, sich deswegen Sorgen zu machen.

Sie schluchzte, als sie unverletzt den Rand der Feldströmungslinie erreichte. Sie trat hinaus und ging dorthin, wo Tousson geduldig wartete. Mit müden und zitterigen Fingern band sie eines der Bündel los und nahm einige Kleider heraus. Sie zog sich an und war gerade dabei, in ihr Ersatzpaar Stiefel zu schlüpfen, als Davron ankam.

Sie wich vor ihm gegen die Flanke ihres Packpferdes zurück, doch er sah sie kaum an. »Hier«, sagte er und warf ihr Messer vor ihren Füßen in den Boden. Er hatte auch ihren Bogen und Köcher sowie seine eigenen Messer mitgebracht. »Tut mir Leid, aber ich konnte unsere Kleidung nicht finden«, fügte er hinzu. Es schien ihn nicht zu stören, dass er noch immer nackt war. Das Fehlen seiner Kleidung ermöglichte ihr die Feststellung, dass er nicht mehr erregt war, und sie fühlte sich sofort erleichtert.

Er wollte sich neue Kleider holen, doch als er sein Packpferd erreicht hatte, lehnte er sich einfach mit ausgebreiteten Armen und dem Gesicht nach unten gegen das Bündel auf dem Rücken des Pferdes. Seine Schultern hoben und senkten sich, aber was er in diesem

Augenblick empfand, wusste sie nicht. Sie musste das verrückte Verlangen unterdrücken, ihn zu bemuttern. *Bemuttere einen Häscher Carasmas, um des Chaos willen! Bin ich denn wahnsinnig?*

Sie glitt an der Flanke ihres Pferdes entlang, bis sie auf dem Boden saß, und stützte dann den Kopf auf die Arme. Sie *war* wahnsinnig. Sie hätte ihr Pferd besteigen und fliehen sollen. Aber sie hatte nicht die Energie dazu. Ihre Beine waren schwach, ihre Hände zitterten. Eine Weile später wurde ihr bewusst, dass Davron in seinem Bündel nach Kleidern wühlte und nach etwas, mit dem er die Wunden auf seiner Brust verbinden konnte. Sie sahen schlimm aus: Die Haut war aufgeschlitzt und die Ränder der Wunden waren angeschwollen.

»Und was geschieht jetzt?«, fragte sie schließlich. Eigentlich war es ihr gleichgültig.

Er warf ihr einen müden Blick zu. Sie bemerkte, dass er bleich war. Er sah tatsächlich krank aus und hatte nichts von der triumphierenden Überheblichkeit, die sie bei Baraine gesehen hatte. »Du bist jetzt nicht in mehr Gefahr«, sagte er. »Der Tilger hat getan, was er tun wollte. Morgen fällt ihm vielleicht schon wieder etwas anderes sein, aber für heute bist du in Sicherheit.«

»Er wollte, dass ich sterbe«, sagte sie. »Einen Augenblick lang war ich mir sicher, dass er mich tot sehen wollte. Du hättest mich für ihn töten können. Du hast es aber nicht getan – warum nicht?«

»Weil er mich nicht darum gebeten hat.« Eine rein sachliche Antwort, die nach Wahrheit klang. Die Schlussfolgerung war niederdrückend: Wenn der Tilger es gewünscht hätte, hätte Davron sie fraglos getötet.

»Er wollte, dass wir… dass wir…« Sie konnte es nicht in Worte kleiden. »Du hast es ebenfalls nicht getan.«

Er schenkte ihr ein schwaches, kaltes Lächeln. »Wenn er es befohlen hätte, wäre es geschehen. Er nahm an, dass es geschehen würde, das ist alles. Aber er hat uns unterschätzt. Es wäre eine sehr schmerzhafte Erfahrung für dich gewesen.«

Sie stand hilflos da und fragte sich, was sie tun sollte. Er legte sich unbeholfen einen Verband an und war zu stolz, um sie um Hilfe zu bitten, und sie bot sie nicht an. Er war ein Häscher des Chaos, ein Diener des Tilgers, einer von den Bösen, die nach Lord Carasmas Lust und Laune töteten, folterten und vergewaltigten. Und sie war allein mit ihm.

Nein, nicht ganz allein. Erst jetzt bemerkte sie, dass Fint noch bei ihnen war. Irgendjemand (Baraine vielleicht?) hatte den Bewusstlosen auf den Boden hinter Baraines Pferd und Esel gelegt. Davron sah ihn ebenfalls und unterdrückte einen Aufschrei. »Ich habe doch überall nach ihm gesucht! Ich habe geglaubt, dass er noch in der Linie steckt.« Er kniete neben dem Verdorbenen nieder, sah sich dann um und machte eine Art Bestandsaufnahme. Sein eigenes Packpferd war noch da. Sein Reittier war allein zurückgekehrt; ihm schienen die Ereignisse nichts ausgemacht zu haben. Querungspferde waren an die Launen der Feldströmung gewöhnt. Baraines zweites Packtier war verloren gegangen und damit auch Fints Gepäck und Fints Reittier war ebenfalls nirgendwo zu sehen. »Fint kann Baraines Zelt nehmen«, sagte Davron. »Ich will ihn nicht sofort wieder durch die Linie führen. Na, komm schon, Kaylen, lass das sein. Du läufst wie ein zweijähriges Kind herum, das seine Mutter verloren hat. Hilf mir. Wir müssen es Fint bequem und warm machen. Er steht unter Schock.«

Sie zwang sich dazu, sich zu bewegen und zu handeln. Gemeinsam errichteten sie das Zelt, betteten Fint so gut wie möglich und schlugen dann ihre eigenen

Zelte auf. Keris arbeitete automatisch, sprach nicht, wollte nicht sprechen, vermied es sogar, den Führer anzusehen.

Er entfachte ein Feuer und setzte Wasser auf. Sie machte sich daran, ein Essen zuzubereiten, wozu sie Baraines Vorräte benutzte, weil es die besten waren und Fint zweifellos etwas Nahrhaftes brauchte. Als sie fertig war, regte sich Fint. Sie nahmen ihn zwischen sich und überredeten ihn, etwas zu essen und zu trinken; dann schlief er wieder ein. Er schien sich dessen, was mit ihm geschehen war, nicht völlig bewusst zu sein.

Als sie das Zelt verließ, deutete Davron mit einem heftigen Nicken auf das Feuer. »Setz dich hin und nimm das hier«, sagte er. Er drückte ihr einen Becher Tee in die Hand, wobei er sorgfältig darauf achtete, dass seine Finger die ihren nicht berührten. »Wir müssen miteinander reden.«

Sie setzte sich gehorsam an die Stelle, auf die er gewiesen hatte, und nippte an dem Getränk. Es war Barks Tee, aber er schmeckte besser, wenn Bark ihn selbst braute. Sie brauchte ihn jedoch. »Warum sollten wir reden?«, fragte sie; sie musste sich zu diesen Worten zwingen. »Wir wissen beide, dass du mich töten musst. Wenn ich jemandem sage, dass du ein Häscher des Chaos bist, ist deine kleine Maskerade vorbei und das willst du bestimmt nicht.« Aus gutem Grund. Jeder, der als Häscher bekannt war, durfte sofort getötet werden; es wurde sogar als die Pflicht der Einwohner aller Stabilitäten angesehen, das Unbeständige von den Häschern zu säubern.

Er setzte sich ihr gegenüber und wärmte die Hände an seinem Becher. »Ich bin kein Häscher des Chaos«, sagte er. »Ein gebundener Diener Carasmas, ja, aber kein Häscher.«

»Wo ist da der Unterschied?«, fragte sie schwerfällig.

»Abgesehen von Unfalltod oder Ermordung hat ein Häscher zunächst einmal das ewige Leben. Ein Häscher hat seine Seele aufgegeben. Ein Häscher hat dem Schöpfer widersagt. Ein Häscher hat geschworen, für den Rest seiner Tage dem Tilger zu dienen, ohne Fragen zu stellen. Ich habe nichts dergleichen getan.«

»Was hast du dann getan? Und warum sollte ich dir überhaupt glauben? Du trägst sein Zeichen«, sagte sie und deutete auf seinen Arm, der nun vom Hemdärmel bedeckt wurde.

»Ich trage es am Arm und nicht um den Hals. Ich muss dem Tilger gegenüber eine einzige Aufgabe erfüllen, mehr nicht. Und das nur innerhalb des Unbeständigen. Das ist alles, was er von mir verlangen kann. Und dann werde ich frei von ihm sein. Das ist vielleicht der Grund, warum er mir nicht *befohlen* hat, dich zu verletzen – er braucht mich für eine wichtigere Aufgabe.«

»Wie wunderbar. Danke. Weißt du, mein Wohlergehen ist mir ziemlich wichtig.«

Er beachtete ihre Worte nicht. »Und du weißt, dass ich kein Häscher bin, weil du weißt, dass ich tief in die Stabilitäten hineingehen kann. Du hast mich in Mahlkorn gesehen. Wenn ich wirklich ein Häscher wäre, wäre das unmöglich.«

Sie hielt die Bemerkung zurück, dass er seine Seele vielleicht erst verkauft hatte, nachdem sie ihn in Mahlkorn gesehen hatte. »Was ist das für eine Aufgabe?«

»Ich weiß es nicht.«

Sie starrte ihn an. »Wie kannst du mit dem Wissen leben, dass du eines Tages etwas tun musst, das... teuflisch und grausam ist und jenseits jeglicher Vergebung liegt? Dass du dich dann nicht davon abhalten kannst, diese... Tat zu begehen?«

Er gab darauf keine Antwort, aber Röte stieg ihm wieder vom Hals ins Gesicht. Sie beobachtete es fasziniert und war erstaunt darüber, dass jemand, der sich an den Tilger verkauft hatte, tatsächlich noch erröten konnte. »Warum bleibst du dann nicht in einer Stabilität und hältst dich von Carasma fern?«

»Glaubst du etwa, dass ich das nicht versucht hätte? Er lässt es nicht zu. Nach einer oder zwei Wochen... zieht er mich zurück. Irgendwie. Egal wie weit ich gehe, ich muss zurückkehren, ob ich will oder nicht.«

Sie nahm ihr Messer und gab es ihm, wobei sie ihm den Griff entgegenhielt. »Töte dich«, sagte sie.

Er beachtete das Messer nicht. »Würdest *du* das tun?«

»Dich töten?«

»Dich selbst töten, wenn du an meiner Stelle wärst.«

Sie steckte das Messer wieder in die Scheide und dachte nach. »Ich glaube nicht, dass ich weiterleben könnte, wenn ich wüsste, dass mir etwas so Schreckliches bevorsteht. Und ich glaube nicht, dass ich einen solchen Handel überhaupt eingegangen wäre.«

»Ah, ja. Du hast alles abgeschlagen, womit er dich in Versuchung geführt hat, und bist deshalb in der Lage, diejenigen zu verachten, die weniger tugendhaft waren. Du kannst jene geringschätzen, die ihre Ehre vergessen und das verraten haben, wofür sie deiner Meinung nach einstehen müssten.«

Sie wollte ihm entgegenbrüllen: *Ich habe meiner Mutter die Möglichkeit zu überleben verweigert – das gibt mir das Recht, mir selbstgerecht vorzukommen!* Aber die Worte kamen nicht aus ihr heraus. Sie konnte in seiner Gegenwart nicht über Sheyli reden.

»Vielleicht hat dir der Tilger nichts angeboten, was dich besonders interessiert«, sagte er. Es lag mehr als nur eine Spur Bitterkeit in seinen Worten.

»Oh, es hat mich durchaus interessiert.« Sie hatte ihre Mutter ein zweites Mal getötet... Sie vertrieb ihre

Schuldgefühle mit Wut. »Du und der Tilger, ihr habt ein Abkommen geschlossen wie zwei Händler, die über ein Geschäft schachern: eine Arbeit im Gegenzug für… für was? Was hat er dir angeboten, Meister Storre, das ein Leben in dem Bewusstsein wert ist, eine wandelnde Katastrophe für die Menschheit zu sein? In dem Bewusstsein, dass du eines Tages auf Lord Carasmas Befehl hin ausbrechen wirst, selbst wenn das, was er von dir verlangt, dir den Magen umdreht? Vielleicht befiehlt er dir zu töten und zu verstümmeln und zu vergewaltigen, bis deine Aufgabe beendet ist. Und weil du ein starker, begabter, intelligenter Mann bist, wirst du vorzügliche Arbeit leisten. Was in des Himmels Namen hat er dir dafür als Gegenleistung angeboten?« Als er nicht antwortete, fügte sie hinzu: »Ja, ich würde lieber sterben, als in dem Wissen leben zu müssen, dass etwas so Grauenhaftes irgendwo in meiner Zukunft lauert.«

Die Schmerzen in ihm kamen an die Oberfläche, stark und unmittelbar. »Ich kann nicht«, flüsterte er. »Ich kann nicht. Der Schöpfer weiß, dass ich es versucht habe… aber ich bin… bin ich ein zu großer Feigling? Zu selbstsüchtig? *Ich kann mir einfach nicht das Leben nehmen.* Ist das ein Verbrechen, Keris? Ja?«

»Bitte mich nicht um Absolution. Dazu hast du kein Recht.«

Einen Augenblick lang war er still. »Nein, das habe ich nicht. Es tut mir Leid.« Er spielte mit seinem Becher herum und schüttete dann den Rest Tee ins Feuer. »Ich will nicht, dass du jedem, dem du begegnest, erzählst, ich sei ein Häscher, und ebenfalls nicht, ich sei ein an Lord Carasma gebundener Diener, denn dann werde ich als Opfer eines anderen enden. Wir beide wissen, dass die Jagd auf die Diener des Tilgers eröffnet ist. Ich bitte dich, das für dich zu behalten.« Er schenkte ihr ein schiefes Lächeln. »Noch ein Geheimnis, das du für dich behalten musst. Wenigstens weißt du jetzt, warum Katzen mich nicht mögen.«

»Wissen Meldor und Bark, dass du Lord Carasmas Zeichen trägst?«

»Ja.«

Sie wollte nicht daran denken, was das bedeutete. »Bist du eine Bedrohung für mich?«

»Nein. Von mir droht dir keine Gefahr, es sei denn, Lord Carasma will es so. Wenn das geschehen sollte, kann ich dir nichts mehr versprechen. Vergegenwärtige dir aber, dass du mitten im Unbeständigen steckst und ich dein Führer bin. Du brauchst mich – und glaubst du, es würde der Sicherheit dieser Gruppe nützen, wenn du ihnen erzählst, dass ich ein Leibeigener des Tilgers bin? Halte den Mund fest geschlossen, Kaylen. Übrigens kann Carasma dir das Leben ziemlich schwer machen, wenn er der Meinung sein sollte, dass du eine Gefahr für mich darstellst. Ich bin wichtig für ihn – so viel weiß ich. Ich glaube, er würde jede mögliche Teufelei begehen, um meine Sicherheit und meine Anonymität zu gewährleisten. Verstehst du mich?«

Die Trockenheit war in ihren Mund zurückgekehrt. »Warum hat er mich noch nicht umgebracht?«

»Er kann deinen Tod nicht befehlen. Nicht, solange du dem Schöpfer gehörst. Wenn er das täte, würde er seine eigene Lebensfähigkeit hier draußen und vielleicht sogar seine Existenz aufs Spiel setzen. Wenn die Häscher dich aus eigenem Antrieb töten würden, hätte er wohl nichts dagegen – aber er kann es nicht befehlen.«

»Hätte er es denn nicht so einrichten können, dass die Feldströmung mich tötet? Durch einen Ausbruch in der Feldströmungslinie?«

»Ohne das Gesetz des Universums zu brechen? Schwierig. Feldströmungslinien können töten, aber nur rein zufällig, weil sie Brennpunkte instabiler Kräfte sind. Carasma muss die Kraft der Feldströmung bewahren. Jedes Mal, wenn er diese Kraft benutzt – aus welchem Grund auch immer –, wird die Feldströmungslinie schwächer. Sieh sie dir an.«

Sie drehte sich widerstrebend um. Die Linie war ruhig und beinahe farblos. Ihnen unmittelbar gegenüber schien sie schmaler zu sein als vorhin.

»Das ist so, weil es Kraft gekostet hat, den Tilger zu materialisieren, und weil es Kraft gekostet hat, Fint zu verseuchen und dieses Biest herbeizurufen, das mich abgelenkt hat, während Carasma Baraine verführte. Wenn der Tilger zu viele Leute verseucht und verführt, trocknen die Feldströmungslinien allmählich aus.«

»Ich dachte, der einzige Zweck einer Feldströmungslinie besteht darin, Leute zu töten oder zu verseuchen.«

Seine Lippen lächelten, aber sein Blick blieb besorgt. »Nein. Die Feldströmung dient anderen Zwecken, die dem Tilger wichtiger sind. Die Feldströmung speist sich aus der Zerstörung der Welt und wird dazu benutzt, noch mehr von ihr zu zerstören.« Sein Blick heftete sich an Keris; Feuer tanzte in der Schwärze seiner Pupillen. »Die Notwendigkeit, die Feldströmung zu bewahren, ist der Grund, warum die Häscher oftmals nicht die Feldströmungskraft zum Töten benutzen, sondern dazu Messer und andere herkömmliche Methoden nehmen – oder die Stärke eines ihrer Schoßtierchen. Aber fühl dich nicht zu sicher, Kaylen; Carasma wird deutlich zum Ausdruck bringen, dass er keine Liebe für dich empfindet, und das könnte Hinweis genug für die Häscher sein. Von jetzt an solltest du dich verwenden – und hoffen, dass Carasma von mir erwartet, dass ich auf dich... achtgebe, um mich selbst zu schützen.«

»Warum wirst du nicht derjenige sein?«

»Glaubst du wirklich, dass ich…« Er starrte sie an. »Zum Schöpfer, Keris, das verdiene ich nicht.«

Sie gab darauf keine Antwort.

»Wir bleiben für den Rest des Tages und die Nacht über hier«, sagte er schließlich. »Morgen werden wir uns zu den anderen gesellen. Ich hoffe, dass sich Fint dann ausreichend erholt hat, um die Durchquerung der Feldströmungslinie noch einmal zu versuchen.«

Sie achtete nicht auf das kranke Gefühl im Magen und fragte: »Was ist mit den anderen?«

»Sie werden auf uns warten.«

Er streckte die Hand aus und nahm ihr den leeren Becher ab. Einen Moment lang trafen sich ihre Blicke wieder, und er las in ihrem etwas, dessen sie sich selbst kaum bewusst war – ein nebelhafter, schrecklicher Gedanke, den er mit seinen nächsten Worten an die Oberfläche zwang. »Du fragst dich, ob du mich töten solltest«, sagte er. »Um mich davon abzuhalten, Carasmas Befehl zu gehorchen.« Die Härte in seiner Stimme wurde durch die Billigung dieses Gedankens gemildert; der Kies darin knirschte nur ganz leise. Er nahm sein Messer vom Gürtel und legte es ihr mit dem Griff in die Hand, so wie sie es vorhin bei ihm getan hatte. »Dann mach es. Mach es jetzt. Ich würde lieber jetzt sofort sterben als die ganze Nacht lang wach liegen und mich fragen, wann ich umgebracht werde. Und vielleicht wäre es so das Beste – vielleicht hast du Recht und es ist falsch von mir, weiterleben zu wollen.«

Sie las die Bereitschaft zu sterben in seinem Blick; er wollte sich zwar nicht selbst töten, aber er akzeptierte es, wenn sie ihm den Tod brachte. Schlimmer noch: Sie sah seine Unsicherheit. *Er wusste nicht, ob sie es tun würde oder nicht.* Das entmutigte sie. Der Gedanke daran, dass er es ihr erlaubte und stillhalten würde, während sie ihm das Messer in die Kehle oder das Herz bohrte, raubte ihr jedes Verlangen danach.

Das Messer fiel ihr aus den Fingern und sie sah, wie sein Blick sich änderte. Seine Unsicherheit und sein Schmerz lösten sich in den Überbleibseln seines Verlangens nach ihr auf. Für einen kurzen Augenblick reagierte sie darauf mit erhöhtem Pulsschlag; eine Blutwelle brandete durch ihren Körper. Dann wurde ihr übel und sie wandte sich ab.

Er war ein Leibeigener des Bösen und somit etwas, das zu verachten man sie gelehrt hatte. Wie konnte sie ihn haben wollen?

Kapitel Zwölf

– Wer das Böse formt, wird schließlich selbst als böse angesehen werden, selbst wenn die Schuhe, die er macht, passen.
– Wenn Gift in das Wasser geschüttet wird und die toten Fische trotzdem süß sind, worüber sollte sich der Kunde dann beschweren?

Sprichwörter aus der alten Markgrafschaft

Keris musste Fint aufwecken, damit sie ihm an jenem Abend etwas zu essen geben konnte. Er setzte sich benommen auf, während sie ihm die Hand auf die Schulter legte. Dann wurde sein Blick schärfer, als er sich selbst im Licht der Laterne erblickte, die Keris in sein Zelt mitgebracht hatte. Seine dünnen Arme lagen auf der braunen Decke und die Haut hatte dieselbe Farbe wie die Wolle. Dort, wo das Material gefleckt oder mit helleren Strähnen durchsetzt war, wiesen seine Arme ebenfalls solche Makel auf.

Im Verlangen nach Beruhigung ertastete er mit zögernden Fingern den einen Arm. Sein Gewebe fühlte sich wie Haut an; der Rest war nichts als Einbildung – ein Trick aus Licht und Farben. Er warf alle Decken zurück und richtete sich ganz auf. Entsetzt starrte er auf seinen Körper. Er war nackt – sie hatten ihn so zu Bett gebracht, wie sie ihn gefunden hatten –, aber in seiner Panik war es ihm egal, dass Keris anwesend war.

Die Gestalt seines Körpers hatte sich nicht verändert. Er war noch immer zu dünn und hatte zu wenige Muskeln; die Rippen stachen noch immer durch die Brust. Aber seine Farbe hatte sich verändert. Sein Unterkörper verschmolz mit dem Laken, auf dem er lag; sein Oberkörper ging in der grünen Farbe des Zeltes in seinem Rücken auf. Als er die Hand auf den Boden neben seiner Bettrolle legte, vermischten sich die Finger sichtbar mit dem Boden, den sie berührten. Keris musste mehrmals genau hinsehen, um festzustellen, dass er wirklich noch eine Hand hatte.

»Ich bin *verseucht*«, sagte er, betäubt vor Grauen. »Ich bin verseucht, nicht wahr? Es ist wirklich geschehen.«

Keris nickte.

Er berührte die Haut am Brustkorb und über dem Magen. »Es fühlt sich noch wie früher an.« Plötzlich wurde er sich seiner Nacktheit bewusst und er zog ein einzelnes Laken über sich. Und sah mit grauenvoller Faszination, dass dort, wo das Tuch seine Haut berührte, es ebenfalls mit dem Hintergrund verschmolz, als wäre es von seinem Körper angesteckt worden. Einen Moment lang war sein Gesicht ausdruckslos; dann änderte sich seine Miene, als er begriff, dass jede Kleidung, die er anlegte, sich genauso wie seine Hand verhalten würde. Er schüttelte sich und sah zu Keris auf. »Wie... wie sieht mein Gesicht aus?«

»Darüber reden wir morgen früh«, sagte sie, beugte sich zu ihm hinunter und gab ihm seinen Teller. »Jetzt habe ich dir erst einmal dein Essen gebracht...«

»Sei nicht so gönnerhaft, Keris.«

Ihr Kopf zuckte vor Überraschung hoch. Es war das erste Mal, dass Fint anmaßend geworden war.

Sie errötete, weil sie wusste, dass sie im Unrecht war. »Entschuldigung. Du siehst... äh... o Himmel, Fint, er hat deine... deine Augen verändert. Warte, ich hole dir einen Spiegel.«

Einige Augenblicke später gab sie ihm ihren Spiegel und versuchte, ihre Angst vor seiner Reaktion zu verbergen. Sein Gesicht war noch menschlich – außer den Augen. Diese saßen auf der Spitze beweglicher, von Hautfalten umrahmter Erhebungen: Es waren die Augen eines Chamäleons – eindeutig echsenartig und sogar dazu fähig, nach oben und unten und zur Seite zu kippen, ohne dass der Kopf sich dabei bewegte. Die Pupille war ein schwarzer Schlitz vor einem gelben Hintergrund.

Er starrte lange auf sein Spiegelbild; dann gab er den Spiegel zurück. »Ich glaube, ich weiß es«, sagte er schließlich. »Die Art, wie ich blinzle, ist anders. Die Art, wie ich die Dinge sehe, ist anders. Ich wusste, dass da etwas ist. Ich bin so etwas wie eine Eidechse, nicht wahr? Ein... Chamäleon, dessen Farbe sich dem Hintergrund anpasst. Mehr noch – ich bin ein Reptil, das die Farbe von allem verändert, was seine Haut berührt.«

Wut schwoll in ihr hoch. »Du bist ein menschliches Wesen, Fint! Ein Mann und nicht ein verdammter... ein verdammter... Gecko.«

Er seufzte. »Ein verwandelter Mensch, der den Rest seines Lebens an einem Ort verbringen muss, der ihn zu Tode ängstigt. *Keris, ich kann nie mehr in eine Stabilität zurückgehen.* Von diesem Augenblick an bin ich einer von den Ausgeschlossenen! Verdammt, was soll ich jetzt tun?«

»Weiterleben«, sagte Davron vom Eingang des Zeltes her. Er trat ein, kauerte sich neben Fint und betrachtete ihn noch einmal flüchtig. »Du wirst dich an das Leben hier gewöhnen. Das Schlimmste hast du schon hinter dir, Quinling.«

Keris fand, dass er gefühllos war, und starrte ihn an, doch Davron zeigte keine Reue. »Wie fühlst du dich?«

»Den Umständen entsprechend gut«, meinte Fint vorsichtig nach kurzem Überlegen. Ein Teil seines alten selbstverachtenden Humors kam wieder zum Vorschein. Dann fügte er hinzu: »Also, ich glaube, es hat meine Nebenhöhlenentzündung ein für allemal kuriert. Das eröffnet doch Möglichkeiten, oder? Fint Quinlings garantiert wirksame Medizin: ein halbes

Goldstück von allen, die eine drastische Kur für ihre Nebenhöhlenentzündung machen wollen…« Als sie nicht lachten, änderte sich seine Stimmung. »Der Tilger hat das gemacht, nicht wahr? Es war nicht nur eine zufällige Verwandlung durch die Feldströmung – es war sorgfältig geplant. Der Bastard hat einen grausamen Sinn für Ironie.«

Davron sah verwirrt aus. »Wie bitte?«

»Ich habe ihn gesehen, als ich herumrollte und mich fühlte, als würde mein Innerstes nach außen gekehrt. Chaos, was waren das für Schmerzen! Da habe ich ihn gesehen und wusste sofort, wer er war. Er lachte. Er wusste, dass ich ein Nichts war, etwas Wesenloses, und daher hat er mich auch äußerlich dazu gemacht. Jetzt habe ich keine physische Identität mehr, die unabhängig von meinem Hintergrund ist. Ich werde immer – verschwommen sein. Ein unberührbarer Schatten.« Er hielt kurz inne, dann fluchte er. »Verdammnis über ihn. Ich bin mehr als das! Du hast Recht, Keris, ich bin ein menschliches Wesen und kein verfluchter farbloser Leguan, und ich werde diesen Bastard bekämpfen und all das, wofür er steht, selbst wenn es mich töten sollte.« Einen Augenblick später grinste er schief und war einfältigerweise belustigt von seiner eigenen Heftigkeit. »Was es wahrscheinlich wird. Mich töten, meine ich.«

Er hat Recht, dachte Keris. Es war eine wohlüberlegte Grausamkeit gewesen. Eine teuflische, maßgeschneiderte Verwandlung, die ein Individuum verspotten sollte. Sie musste sich zusammenreißen, um Davron keinen Blick puren Hasses zuzuwerfen. Wie hatte er nur daran denken können, einer Kreatur zu dienen, die sich an der Erfindung solcher Qualen ergötzte?

Auf der anderen Seite der Feldströmungslinie lag Kantor Portron ausgestreckt auf seiner Bettrolle und versuchte, sich nicht an das zu erinnern, was er an jenem Tag gesehen hatte. An dieses Tier, das aus den Feldströmungswogen hervorgebrochen war, an die verwirrten Bewegungen von Gestalten, die in Bändern aus nebligen Farben gefangen gewesen waren. Bark hatte ihn mit seiner großen Hand am Arm gepackt, ihn in Sicherheit gezogen und ihm mitgeteilt, dass Meldor gesagt habe, der Tilger sei da. »Wir können nichts tun«, hatte der Ungebundene gesagt. »Nicht, wenn Carasma beteiligt ist.« Und dann, freundlicher: »Davron wird sich schon so gut wie möglich um sie kümmern.«

Aber er traute Davron nicht. Wie sollte er einem Mann vertrauen, der mit der teuflischen Feldströmung spielte?

Und dieser letzte Blick auf die nackte Keris im Wirbel der Farben – ein Anblick, der ihn wie ein Kolben in den Bauch getroffen hatte. *Schöpfer, rette und beschütze sie…*

Er erinnerte sich an Maylie. Keris war so sehr wie Maylie – wie Maylie gewesen war, als er sie gekannt hatte. Eine seltsame Mischung aus Unschuld und angeborener Weisheit, aus Klugheit und Vertrauen. Knabenhafte Figur, aber mit erstaunlicher Muskelkraft. Ein schwer zu beschreibendes Gesicht, das Haar von einer unbestimmbaren Färbung – nichts an Keris war bemerkenswert, aber irgendwie konnte man sie niemals vergessen, so wie er auch Maylie nie vergessen hatte, obwohl er es versucht hatte. Er hatte es zwanzig Jahre lang versucht und manchmal war es ihm tatsächlich gelungen, jeden Gedanken an sie zu verdrängen, bis ihn wieder irgendetwas an sie erinnerte – eine Frau, die dieselbe Kopfbewegung machte oder dieselbe Angewohnheit besaß, sich auf die Unterlippe zu beißen, wenn sie verwirrt war, oder die dieselbe Art hatte, wenn sie böse war. Und nun war da Keris, die ihn andauernd daran erinnerte, was er früher einmal für kurze Zeit besessen hatte.

Neun Monate, vor zwanzig Jahren; das war alles, was sie gehabt hatten …

Und jetzt reiste er wieder einer Frau und einem Kind entgegen, genauso wie er es vor zwanzig Jahren getan hatte. Er hegte keine Hoffnung, das zurückzuerobern, was vergangen und ihm teuer war; es war fort, war von der Regel fortgewischt worden. Wer immer es war, zu der er unterwegs war, es war nicht Maylie. Und das Kind war nicht Maylies Tochter.

Neun Monate und ein Kind, das sie nie gesehen hatten, mussten für sie ein Leben lang reichen. Es war nicht genug gewesen. Es würde niemals genug sein. *Ah, Keris, bitte sei wohlauf. Bitte sei wohlauf. Der Schöpfer gebe dir den Mut zum Widerstand.*

Die Durchquerung der Feldströmungslinie am nächsten Morgen erforderte allen Mut, den Keris aufbringen konnte, und das, was sie davon hatte, reichte nicht aus, um die Trockenheit in ihrer Kehle und die Übelkeit zu verhindern, die wieder ihre Eingeweide durchdrang. Sie hatte Davrons Angebot, Fint zuerst mitzunehmen und dann zurückzukommen, um sie zu holen, abgelehnt. »Wir können alle zusammen gehen. Wenn etwas schief lauft, kann ich auf mich selbst aufpassen«, sagte sie zu ihm, »während du dich um Fint kümmerst.«

Fint bewältigte die Durchquerung mühelos und folgte dem Führer so ruhig, als befände er sich auf einem Abendspaziergang. »Natürlich habe ich Angst«, sagte er zu Keris, als sie aufbrachen, »aber über das pure Grauen bin ich hinweg. Meister Storre hat Recht: Das Schlimmste, was geschehen konnte, ist bereits geschehen. Was habe ich denn noch zu verlieren?«

Keris war nicht so gleichmütig. Als sie die andere

Seite der Feldströmungslinie erreicht hatten, schwitzte sie wie ein dampfbeschlagenes Fenster in einer überfüllten Taverne und ihre Knie waren so weich, dass sie sich beim Absteigen am Sattel festhalten musste. Bark begrüßte sie mit einem Grinsen und sagte belustigt: »Rheumatische Gelenke schon in deinem Alter, Keris?« Er hielt ihr einen Wasserschlauch entgegen.

»Halt den Mund«, brummte sie, richtete sich auf und versuchte lässig auszusehen. Sie nahm den Schlauch, trank und war froh, dass sie ihre trockene Kehle anfeuchten konnte.

Sie schaute dorthin, wo Davron mit Meldor konfrontiert wurde oder umgekehrt – jedenfalls war es eine Konfrontation, dessen war sie sich sicher, auch wenn Davrons Worte sehr milde klangen. »Ich hätte etwas Hilfe gebrauchen können«, sagte er, als er abstieg. »Du musst gewusst haben, dass Carasma da war.«

Meldor nickte. »Ja, das wusste ich. Ich hielt es jedoch nicht für den richtigen Zeitpunkt, um die Aufmerksamkeit auf mich zu lenken.«

»Und was ist mit uns? Einer verseucht, Meldor, und einer zum Häscher geworden. Das ist ein hoher Preis. Wir hätten Keris genauso wie Baraine verlieren können, wenn sie nicht stark genug gewesen wäre, um Widerstand zu leisten – und du konntest nicht wissen, was er sonst noch wollte.«

»Ich wusste, dass er dich nicht wollte«, entgegnete Meldor ruhig. »Es ist weder die rechte Zeit noch der rechte Ort. Es war nur eine Warnung. Eine Methode, dich zu schwächen, wenn du so willst.«

Davron warf ihm einen finsteren Blick zu. »Beim Schöpfer, Meldor – wenn ich dich wirklich einmal brauche, wirst du hoffentlich nicht der Ansicht sein, es sei ›nicht die rechte Zeit‹, und mir den Rücken kehren.« Er ging und führte seine Pferde fort. Er hatte vor Anspannung die Schultern hochgezogen.

»He«, sagte Bark zu Keris, die noch immer zitterte, »es ist alles in Ordnung. Das hast du gut gemacht. Wenn dir der Tilger erschienen ist und du ihm widerstanden hast, solltest du stolz auf dich sein.«

»Ja. Stolz und versteinert; das bin ich. Der Tilger hat meine Weigerung nicht gerade freundlich aufgenommen. Der Tag der Abrechnung ist nur verschoben worden.« Sie zog eine Grimasse. »Wie geht es deinem Bein?«

»Viel besser, danke.«

»Keris, Mädchen.« Portron kam mit einem Gesichtsausdruck väterlicher Besorgnis von der Stelle herüber, wo er sich um Fint gekümmert hatte. »Geht es dir gut? Meldor sagte, der Tilger sei erschienen…«

Sie schnitt ihm das Wort ab. »Darüber reden wir später.«

»Lasst uns gehen«, rief Davron. »Wir sollten nicht länger als unbedingt nötig in der Nähe einer Feldströmungslinie bleiben.«

Als sie sich wieder in den Sattel hievte, erhaschte sie zufällig einen Blick auf Gravals Gesicht. Er sah zu der Stelle hinüber, wo Fint versuchte, Baraines Pferd zu besteigen. Dieses Unterfangen wurde zu einem Problem. Das Tier hatte sich noch nicht an die Eigentümlichkeiten seines neuen Reiters gewöhnt und scheute in Panik. Als Fint zufällig das Fell des Pferdes mit der bloßen Hand berührte, war es für das Tier wie ein Stich, der die Sache nicht einfacher machte.

Graval erheiterte dieser ungleiche Kampf zwischen dem leichtgewichtigen Mann und dem störrischen Tier, besonders weil Fint – und seine Kleidung – von einer Farbe in die nächste wechselte, sobald sich sein Hintergrund änderte. »Verdammt und zugenäht, Fint«, krähte Graval, »du bist wie ein Kinderkaleidoskop. Man dreht am Griff und du bist ein neuer Mann! Herrlich!«

Du Bastard, dachte Keris verbittert und half Fint.

Während der nächsten Tage sah Keris das Bizarre allmählich als normal an: die Felsen, die sich zu unglaublichen Schemen verformten, der plötzliche Wechsel von Wind und Wetter, die merkwürdige Färbung der Landschaft, das Untier, das sie angegriffen hatte und von einem einzigen Messerwurf Davrons getötet worden war (es hatte drei Köpfe), die fließenden Wolkenbänder, die plötzlich aus dem Nichts erschienen und lange genug um die Gruppe herumtrieben, um die Pferde zu ängstigen und sie mit seltsamen Gerüchen zu belästigen.

Sie durchquerten drei weitere schmale Feldströmungslinien, die sich genau dort befanden, wo sie Piers' Karten zufolge sein sollten, und eine vierte, die eine abweichende Position hatte. Sie hatte sich seitwärts verlagert und ein graues Band aus verbrannter Erde hinterlassen, dessen Durchquerung einen halben Tag in Anspruch nahm.

Sie kamen an einer Menge bewaldeter Senken vorbei, die mit Feldströmung vollgesogen waren, aber keine Feldströmungslinien enthielten. Bark erklärte Keris, dass solche Orte Feldströmungssümpfe genannt wurden. Sie waren immer dunkel, voller Unrat und Gestank und seltsamer Kreaturen und überwuchert von knorrigen Gewächsen sowie mit farbigen Ausdünstungen gesättigt, die Schmerzen bereiteten, wenn man sie einatmete. Die Feldströmungsfühligen hatten kein Problem damit, solche verpesteten Löcher zu meiden, aber Keris war erstaunt, wie stark sie sich von den Feldströmungslinien unterschieden. Die Linien waren gefährlich und mit Kraft angereichert; die Sümpfe hingegen waren unverhohlen bösartig. Das Wort, das ihr in den Sinn kam, lautete: verseuchend.

»Ich sehe keinen großen Unterschied«, sagte Portron, als sie ihn fragte, ob die beiden Arten von Feldströmung für ihn gleich seien oder nicht. »Beide sind für jeden tabu, der dem Schöpfer dient.«

Dem widersprach Davron jedoch. »Natürlich gibt es einen Unterschied. Die Sümpfe sind Orte, die die Häscher und ihre Schoßtiere für sich beanspruchen. Solche Löcher sind voller missbrauchter Feldströmung und sie sind oft der Zufluchtsort sehr alter Häscher – von Leuten, deren Menschlichkeit während der vielen Jahrhunderte im Dienste des Tilgers völlig verloren gegangen ist.«

»Und die Feldströmung in den Linien?«, fragte Keris.

Er zuckte mit den Schultern. »Sie ist eben einfach anders.« Sie vermutete, dass er sehr viel mehr darüber sagen könnte, es aber nicht sagen wollte.

Manchmal sahen sie andere Menschen; sie trafen einen Kurier, der in die entgegengesetzte Richtung unterwegs war, und er hielt auf eine Tasse von Barks Tee an, während Davron ihn eingehend über den Weg befragte, der vor ihnen lag. Einmal begegneten sie einem Händler und einem Zug von Eseln, die Waren von der Fünften Stabilität in die Erste brachten; der Händler hatte drei Ungebundene in seinen Diensten; jeder von ihnen ritt auf einem verseuchten Pferd mit einem Fell wie eine Rüstung und Hörnern wie Säbel. Ein anderes Mal fanden sie ein ganzes Lager voller Ungebundener; es waren vielleicht vier oder fünf Familien mit insgesamt etwa dreißig Leuten – einschließlich der Kinder, die von verseuchten Eltern im Unbeständigen geboren worden waren.

Diese Gruppe betrieb eine Fähre über den Fluss und forderte eine Bezahlung für ihre Dienste. Davron bezahlte sie zum Teil mit Baraines getrocknetem Fleisch – Fleisch war das Einzige, was im Unbeständigen nicht zu bekommen war, und jene, die hier lebten, waren immer verzweifelt hinter ihm her. Portron war entsetzt darüber, dass Davron sich so zwanglos Baraines Besitztümer aneignete, doch als der Kantor dagegen protestierte, warf Davron ihm einen seiner brandeisenheißen Blicke zu, und darauf verfolgte Portron die Angelegenheit nicht weiter.

Während Keris dabei half, die Pferde auf die Fähre zu verladen, betrachtete sie zunächst die Kinder, die am Ufer spielten und ziellos Erdkrumen ins Wasser warfen, und dann die Fähre selbst, die langsam vom Ufer ablegte. »Ich wusste nicht, dass Verseuchte Kinder haben können«, platzte sie Bark gegenüber heraus. Sie bekämpfte ihren Ekel; die Kinder waren noch schlimmer verunstaltet als ihre Eltern. Ein Mädchen hatte einen Buckel aus lockerem Fleisch auf dem Rücken und einige Verwachsungen an der Wirbelsäule, die sie dermaßen niederdrückten, dass sie beinahe auf allen Vieren krabbelte. Als die anderen Kinder sahen, dass die Fähre jetzt außer Reichweite war, warfen sie ihre Erdkrumen auf das Mädchen. Keris zuckte zusammen, als ein besonders großes Stück das Mädchen am Ohr traf und sie ein tierisches Gekläff ausstieß.

Bark sah die Kinder mit traurigem Blick an. »Ja«, sagte er. »Es ist uns möglich, Kinder in die Welt zu setzen. Aber ihnen scheint immer die Intelligenz ihrer Eltern zu fehlen. Sie… entarten, Generation für Generation, bis die Familie schließlich ausstirbt, weil sich die vierte oder fünfte Generation nicht mehr gut genug um ihre Nachkommenschaft kümmern kann. Das Unbeständige ist ein den Kindern feindlich gesinnter Ort; ohne Aufsicht fallen sie schnell der Feldströmung oder den Raubtieren zum Opfer. Wusstest du, dass die Häscher Menschen als Nahrungsquelle jagen? Je jünger, desto besser.« Er wandte seine Aufmerksamkeit von den Kindern ab und Keris zu. »Ich würde an einem solchen Ort keine Kinder in die Welt setzen.«

Sie nickte stumm, konnte angesichts dieser Tragik nichts sagen.

Davron Storre benutzte die Kaylen-Karten geschickt; er war Experte darin, die beste Route durch die pfadlose Umgebung zu finden, und seine weise Voraussicht hatte zur Folge, dass viele Probleme vermieden wurden. Wie Piers, dachte Keris. Ich frage mich, ob sie sich kannten. Sie hatte ihn noch nicht danach gefragt.

Davron Storre war hingegen nicht immer genauso gut im Umgang mit Menschen. Er hatte bestenfalls nur wenig Geduld und überhaupt keine, wenn es um Dummheit ging. Er behandelte Fint jetzt, da er verseucht war, nicht anders als früher, was wohl klug war, aber er war kaum noch höflich zu Graval; offenbar konnte er die andauernde Tölpelhaftigkeit und die übertriebenen Entschuldigungen dieses Mannes nicht mehr ertragen. Er missachtete Portron in einem Maß, dass es schon fast beleidigend wirkte, und obwohl er sich manchmal anscheinend über Corrian amüsierte, war er weniger tolerant, wenn sie absichtlich Graval oder Portron reizte. Die meiste Zeit aber war er verschlossen und geistesabwesend. Falls er Mitleid für Fint empfand, zeigte er es nicht. Falls er sich um seine Freunde sorgte, konnte man dies unmöglich an seinem Gesicht oder seinen Worten ablesen. Falls in Baraines Übergang zum Bösen irgendeine Gefahr lag, deutete er es jedoch nicht an. Falls er Keris noch immer begehrte, zeigte er es nicht. Er führte seine Arbeit aus, und zwar gut, aber er machte den Eindruck, dass er mit einem Schulterzucken weitergeritten wäre, auch wenn er den größten Teil seiner Gruppe in einer katastrophalen Bodenverwerfung verloren hätte.

Keris wusste inzwischen, dass dieses ganze Verhalten nur aufgesetzt war. Davron kümmerte sich um die Gruppe. Sehr sogar. Er kümmerte sich so sehr um ihre Sicherheit, dass er dabei seine eigene aufs Spiel setzte; er kümmerte sich so sehr um sie, dass er es ihnen auch unter schwierigen Umständen so bequem wie möglich machte. Er hatte sein Bestes getan, um Fint vor dem Verseuchtsein zu bewahren und Baraine von dem Tilger abzubringen. Sie erinnerte sich nur allzu gut an seine sich hebenden und senkenden Schultern, nachdem sie der Feldströmung des Tänzers entkommen waren und er gewusst hatte, dass er in beiden Fällen versagt hatte. Und sie wusste, dass er sich wegen seines Paktes mit Carasma zutiefst schämte – das hatte sie an seinem Gesichtsausdruck gesehen, an seinen Augen, an seinem Erröten. Er stand der Gruppe nicht gleichgültig gegenüber, sondern hielt sich lediglich etwas abseits. War es die Scham, die ihn vom Rest der Pilger trennte? Vielleicht war es so, aber Keris wusste nicht, ob sie ihn deswegen verachten oder bemitleiden sollte.

Zu ihrer Überraschung verbrachte er jetzt mehr Zeit mit ihr im Gespräch als früher. Sie war sich über den Grund nicht im Klaren, weil er keine besonderen Anstrengungen machte, ihr zu gefallen oder ihr Vertrauen zu gewinnen. Manchmal glaubte sie sogar das Gegenteil: dass er nämlich ihr gegenüber in einem so schlechten Licht wie möglich erscheinen wollte. »Dreh mir nie den Rücken zu«, sagte er einmal, als sie allein waren. »Vergiss nie, dass ich eines Tages dem Tilger dienen werde.« Dann wieder sagte er einmal, nachdem er ihr etwas über das Unbeständige berichtet hatte: »Bewaffne dich mit Wissen, Keris. Du weißt nie, wann du es brauchen kannst. Ich werde dir alles beibringen, was ich weiß, und möglicherweise kannst du es eines Tages gegen mich verwenden.« Und dann bedachte er sie wieder mit diesem schiefen, ironischen Grinsen.

Wenigstens nahm er sie jetzt wahr und betrachtete sie als Person mit eigenen Rechten und war bereit zuzuhören, wenn sie etwas zu sagen hatte. In gewisser Weise hatte sie sich bewiesen, aber dieser Gedanke brachte ihr keine Befriedigung. Ihr war unwohl in seiner Gesellschaft; ihr Wissen um seine Verbindung zu dem Tilger beunruhigte sie und seine Anziehungskraft auf sie verwirrte sie.

Sie unternahm keinen Versuch, mit Bark oder Meldor über Davrons Pakt mit dem Tilger zu reden. Sie wussten davon, sie hatten nichts dagegen unternommen und Meldor hatte Feldströmung benutzt, um Bark von dem Galler zu befreien – dies alles wies darauf hin, dass auch diese beiden sich entweder Lord Carasma oder wenigstens dem gefährlichen Gebrauch der Feldströmung verschrieben hatten. Sie wollte nichts mit ihnen zu tun haben. Es machte sie sogar wütend, wenn sie sah, dass Bark die meiste Zeit mit Fint verbrachte und ihm das zum Überleben im Unbeständigen Notwendige beibrachte. Bark erklärte ihm die verschiedenen Möglichkeiten, wie man außerhalb der Stabilitäten leben konnte, und half ihm so, mit seiner verdorbenen Natur ins Reine zu kommen.

Tag für Tag schien Fints Selbstvertrauen zu wachsen; vielleicht war das Barks Werk. Er bekam langsam Spaß an seinen Tarnmöglichkeiten, stolzierte durch das Lager und forderte alle zu einem Suchspiel auf. Er beschloss, sich einen weiteren Namen zuzulegen – wie es viele der Ungebundenen taten –, und wollte als das Chamäleon bekannt werden. Keris war froh, als sie sah, dass er wieder Freude am Leben hatte; sie befürchtete allerdings, dass Bark Fint durch seine Hilfestellung irgendwie in Davron Storres Angelegenheiten hineinziehen würde.

Der bloße Gedanke daran machte Keris gereizt. Das Problem war, dass sie Bark mochte und Meldor respektierte. Und sie empfand Davron als körperlich anziehend – während ihre Instinkte ihr die ganze Zeit zuschrien, dass sie mit keinem von ihnen etwas zu tun haben durfte.

Schließlich versuchte sie verdrießlich, ihnen allen aus

dem Weg zu gehen, was bedeutete, dass sie die Wahl zwischen Portrons Geschwätzigkeit, Corrians vulgären Sprüchen und Graval Hurgs Schmeicheleien sowie seiner katastrophalen Ungeschicklichkeit hatte.

Portron befragte sie über jede Einzelheit ihrer Begegnung mit Lord Carasma, doch seine Bemühungen wurden von ihren nichts sagenden Antworten durchkreuzt; sie wollte nicht darüber sprechen. Sie war mit ihrer Schuld noch nicht ins Reine gekommen und es gab kaum eine Stunde, in der sie sich nicht fragte, ob Sheyli inzwischen gestorben sei. *(Vielleicht macht sie gerade jetzt ihren letzten Atemzug und ich bin nicht bei ihr. Vielleicht ist sie in der letzten Nacht allein gestorben. Borl würde nicht zu Hause bleiben, nur weil sie gerade stirbt…)*

Glücklicherweise war es einfach, Portron auf ein anderes Gesprächsthema zu bringen, und so war schließlich er derjenige, der redete.

Eines Nachts teilte Davron sie zusammen mit Meldor zur Wache ein, was sie überraschte. Bisher war sie immer mit Portron unterwegs gewesen, und soweit sie wusste, hatte Meldor seine Schicht sonst immer allein übernommen.

Sie hielten die mittlere Wache und als sie vorüber war, weckte sie Corrian und Graval, die die Zeitspanne bis zum Morgengrauen übernahmen. Sie steckte den Kopf in Corrians Zelt und sah, dass sie mit offenem Mund auf der Bettrolle ausgestreckt lag. Die Pfeife war ihr aus dem Mund gefallen und lag auf dem Laken; das Pfeifenkraut war herausgefallen und hatte einen schwarzen Fleck verursacht. Auf den Bett-Tüchern gab es einige alte Brandspuren; Keris nahm sich vor, ihr Zelt nicht mehr so nahe neben dem von Corrian aufzuschlagen. Sobald die alte Frau wach war, ging Keris zu Gravals Zelt. Er war schon auf; Meldor hatte ihn geweckt.

»Ich muss mit dir reden«, sagte Meldor ruhig und führte sie mit seinem unfehlbaren Richtungssinn zu seinem Zelt, wobei er geschickt über Zeltheringe hinwegstieg, die er unmöglich sehen konnte.

Sie war zum ersten Mal in seinem Zelt. Es überraschte sie nicht, dass es luxuriöser war als ihr eigenes. Es war so groß, dass Meldor darin aufrecht stehen konnte, und der Mittelpfosten bestand aus massivem, aber leichtem Weidenholz. Seine Laken waren aus Fenetwolle gewebt, der feinsten und wärmsten Wolle aller Stabilitäten, und die Unterdecke seiner Bettrolle war gut ausgepolstert. Es gab noch einige andere Anzeichen von Reichtum: ein Ofen, in dem Stücke gepresster Mata-Blätter verbrannten; ein Stück feinkörniger Seife, das auf einer Schildpattplatte lag, ein weiches Baumwollhandtuch aus der Fünften Stabilität.

»Ich fürchte, ich habe keine Verwendung für eine Lampe«, sagte er. »Macht es dir etwas aus, im Dunkeln zu sitzen?«

Sie unterließ es, ihm zu sagen, dass der Ofen hell genug glühte, sodass sie ein wenig sehen konnte, und der Gedanke, dass sie nicht alles um sie herum zu erkennen vermochte, hatte sogar etwas Tröstliches für sie. »Überhaupt nicht, wenn du vorhast zu reden«, sagte sie offen heraus.

Er lachte sanft. »Du brauchst keine Sorge zu haben, Keris. Setz dich hier auf die Bettrolle. Ich will Davrons Situation mit dir besprechen. Morgen werden wir Pökels Rasthort erreichen und es erfüllt uns mit Unruhe, dass du dich dort vielleicht dazu hinreißen lassen könntest, dein Wissen, anderen Leuten mitzuteilen.«

»Kannst du mir einen Grund nennen, warum ich das nicht tun sollte?«, wollte sie wissen, während sie sich setzte. Als sie dies sagte, fragte sie sich, ob er antworten würde: Weil wir dich dann umbringen werden.

Er war jedoch vorsichtiger. »Davron ist kein böser

Mensch, sondern eher ein geschundener. Seit er im Unbeständigen ist, sind Bark und ich auf jeder Reise bei ihm gewesen. Wenn die Zeit kommt, hoffen wir, die Pläne des Tilgers hintertreiben zu können. Wenn uns das nicht gelingt, wird Davron sterben. Bark und ich haben uns verpflichtet, ihn zu töten.«

»Weiß er das?«

»Er hat es selbst vorgeschlagen.«

»Ihr seid alle verrückt. Ihr haltet euch an Träumen fest und hofft, dass Davron in der Lage sein wird, der letzten Abrechnung zu entkommen. Glaubst du, der Tilger wird es zulassen, dass einer von euch seine Pläne durchkreuzt? Ihr könnt doch Davron nicht die ganze Zeit über beobachten – eines Tages werdet ihr aufwachen und feststellen, dass er fort ist, und das Grauen wird beginnen, bevor ihr begriffen habt, dass er euch entwischt ist.« Sie machte eine Pause und fügte dann hinzu: »Falls ihr dann überhaupt noch lebt.«

»Der Tilger ist nicht allmächtig. Man kann sich ihm entgegenstellen.«

»Ich habe mich ihm entgegengestellt«, sagte sie, »aber glaube mir, ich hatte nicht den Eindruck, er würde mich sehr lange davonkommen lassen.«

»Du hast vor, Davron zu verraten.«

»Verrat ist ein gefühlsbetontes Wort, Meister Meldor. Sagen wir, ich habe mich noch nicht entschieden, was ich tun werde.«

»Du lässt mir keine andere Wahl, Keris. Ich wollte das nicht tun, aber du zwingst mich dazu…«

Ihre Hand flog zum Messer an ihrer Seite und sie versuchte zu fliehen. Es gelang ihr nicht einmal, sich zu erheben.

Licht – eine Ranke aus Farben – floss aus Meldor heraus und legte sich ihr als einer Spirale um den Arm. Sie stach wie eine Brennessel. Keris ließ ihr Messer los; sie hatte nicht mehr die Kraft, es festzuhalten. Sie wurde auch dazu gezwungen, ihren Willen fahren zu lassen, und sie spürte, dass er davonfloss wie Wasser, das aus einer Tasse geschüttet wird.

»Du wirst niemandem außer uns drei – Bark, Davron und mir selbst – etwas über Davrons Leibeigenschaft sagen oder schreiben«, sagte Meldor. Seine tiefe Stimme war wundervoll: Sie liebkoste Keris, während sie sie gleichzeitig ihrem Willen unterwarf. Sie war verführerisch, obwohl sie Keris fesselte. »Innerhalb der Hörweite anderer wirst du deine Ansichten in dieser Angelegenheit für dich behalten. Du wirst niemandem gegenüber, der es noch nicht weiß, erwähnen, dass Davron und ich Feldströmung benutzen. Du wirst anderen gegenüber nichts von unseren Angelegenheiten erwähnen.«

Das Licht schwand. Sie rieb sich den Arm. »Du Dreckskerl«, sagte sie voller Wut. Es war das erste Mal, dass sie ein solches Wort laut aussprach. Unter den gegebenen Umständen fühlte es sich gut auf der Zunge an. Sie wusste, dass er ihr irgendwie die Entscheidungsfreiheit genommen hatte; es war ihr nicht mehr möglich, Davrons Geheimnis zu verraten. Sie fühlte sich vergewaltigt. Und sie war aufgebracht.

Sie nahm ihr Messer auf und erhob sich. Sie zitterte vor Wut. »Behalt deine widerlichen Feldströmungspraktiken für dich; ich will nichts davon wissen.«

»Es tut mir Leid«, wiederholte er. »Es hängt zu viel von dem ab, was wir tun, als dass wir dir erlauben könnten, mit deinem Dazwischentreten unsere Klinge stumpf zu machen.«

Erst als sie sich außerhalb des Zeltes befand, wich ihr Zorn echter Furcht. Wer war dieser Meldor, dass er den Willen eines fremden Menschen austrocknen und ihn zu einem widerwilligen Komplizen machen konnte? Sie wollte den Kopf zurücklegen und vor der ganzen Welt herausschreien: *Davron ist ein Leibeigener des Tilgers!* Aber die Worte wollten nicht aus ihr herauskommen. Nichts kam heraus. Als sie nur daran dachte, Davron zu verraten, schien ihr Verstand wie in Watte gepackt zu sein – so undeutlich – als könne sie sich nicht erinnern…

Verdammnis über euch alle, dachte sie zornentbrannt.

Kapitel Dreizehn

Und die Häscher des Chaos dienen dem Lord in allen Angelegenheiten zusammen mit ihren Bestien, die durch Ketten, die wir nicht sehen können, an sie gebunden sind. Schoßtier und Herr sind verherrlicht im schrecklichen Dienst des Lords. Nimm dich in Acht, Pilger, denn ich sage dir, du kannst nichts tun gegen solche Diener, wenn Carasma sie auf dich hetzt. Falle also auf die Knie, lege die Hand ans Herz und mache deinen Frieden mit der Schöpfung, auf dass du eines Tages in der Gemeinschaft dessen seiest, was erschaffen wurde.

Pilger, Buch V, Kapitel 22, Vers 6

»Du bist *Piers'* Tochter? Bei aller Dunkelheit im Chaos, was machst du denn hier, Kleines?«

Der große grüne Troll blinzelte Keris von der anderen Seite des Tisches im Gemeinschaftsraum des Rasthortes zu, während sie der Versuchung widerstand, auf das ›Kleines‹ dadurch zu antworten, dass sie ihn ›Fröschlein‹ nannte. Stattdessen lächelte sie milde und versuchte, sich nicht wie eine Fünfjährige vorzukommen. »Warum sollte ich nicht hier sein, Meister Pökel?«

»Zuerst einmal, weil es deinem Vater nicht gefallen hätte. Das hier ist kein Pilgerpfad für normale Leute, Mädchen, wenigstens nicht für diejenigen, die aus der Ersten Stabilität kommen.«

»Ich bin nicht ganz normal. Ich bin feldströmungsfühlig und ich bin die Tochter eines Meister-Kartenzeichners. *Piers'* Tochter – und das zählt. Ich bin hergekommen, weil ich wissen will, wie er gestorben ist. Und warum.« Sie betastete das Ende des Stabes, der gegen den Tisch gelehnt stand. Es war Piers' Ebenholzstab, der ihn überallhin begleitet hatte. Sie hatte ihn einer Eingebung zufolge aus ihrem Zimmer mitgebracht und wollte ihn vielleicht Pökel schenken. Das Holz fühlte sich warm und weich in ihrer Hand an. Beruhigend.

»Krissy, Krissy, was macht es schon aus, wie er gestorben ist? Er ist tot und er war ein feiner Kerl. Das solltest du von ihm in Erinnerung behalten. Ich werde dafür sorgen, dass du in eine Gruppe von Würdenträgern der Kantorei oder eine andere passende Gemeinschaft aufgenommen wirst, die zur Ersten Stabilität unterwegs ist…«

Das würdest du nicht vorschlagen, wenn ich Borl wäre, dachte sie, aber sie sagte: »Vielen Dank. Das wäre schön. Aber ich gehe zur Zweiten Stabilität, nicht zur Ersten. Und ich gehe nirgendwohin, wenn ich nicht zuvor ein paar Antworten bekomme, Meister Pökel.« Sie packte den Stab etwas fester, als suche sie Sicherheit an ihm.

Pökel starrte sie einen Augenblick lang an, dann sah er tief in sein Glas und dachte nach. Sie ergriff die Gelegenheit und schaute sich in dem Gemeinschaftsraum um.

Davron, Meldor und Bark saßen wie gewöhnlich zusammen und redeten mit einem weiteren Ungebundenen. Sie alle tranken das örtliche Gebräu, das das Endergebnis einer Destillieranlage in Pökels Keller war und dessen Zutaten nur Pökel selbst kannte – was vermutlich auch gut so war. Corrian war bereits mit einem zahnlosen Händler, der als Stinker Keuch bekannt war, nach oben verschwunden; Graval und das Chamäleon waren nirgendwo zu sehen und Portron, der sich gut an das erinnerte, was Davron einmal in seiner Gegenwart über Kinese gesagt hatte, hatte sich in die Treppenhalle zurückgezogen, um dort eine kleine Andacht abzuhalten. Die einzigen anderen Leute im Gemeinschaftsraum waren einige Verteidiger, die verdrossen ihre Gläser betrachteten und noch verdrossener die verseuchte Kellnerin beäugten.

»Warum sollte ich dir irgendwelche Antworten geben?«, fragte Pökel schließlich. »Sie würden dir nicht gefallen.«

»Weil Piers dein Freund war und ich seine Tochter bin.«

Er starrte sie erneut an und überlegte. Sie starrte zurück und ließ sich nicht einschüchtern. Er beugte seinen massigen Oberkörper über den Tisch zu ihr herüber, wobei die Tischplatte ächzte. »Stur«, brummte er.

Sie nickte und wich nicht vor ihm zurück, obwohl sein Atem stark nach Tebbelwitzknollen und Knoblauch stank.

»Dein Vater sagte immer, du hättest zweimal so viel Schneid wie dein Bruder. Wie heißt er noch gleich – Birl.«

»Borl.«

»Ich vermute, er ist zu Hause geblieben.« Sie nickte erneut. »In Ordnung, Mädchen, ich erzähle dir die ganze Geschichte, aber sie wird dir nicht gefallen.« Da gutes Zureden nichts genützt hatte, versuchte er jetzt, sie für ihre Widerspenstigkeit zu bestrafen. Wenigstens wusste sie, dass sie nun die Wahrheit erfuhr und die unerfreulichen Umstände von Piers' Tod nicht auf ewig mit dem Mäntelchen des Schweigens überdeckt würden.

Er lehnte sich in seinem besonders verstärkten Stuhl zurück. »Dein Vater hat an dem Tag, als er hier ankam, mit mir zu Abend gegessen. Alles war wie immer, auch wenn er eine ungewöhnlich anstrengende Reise hinter sich hatte. Nach dem Abendessen ging er hinauf in sein Zimmer, weil er eine Kinese-Sitzung umgehen wollte. Einige von den Feldströmungsfühligen folgten ihm und wollten von ihm Landkarten kaufen.

Irgendwann an diesem Abend kletterten zwei... Kreaturen über die Palisade in den Hof. Eine Häscherin und ihr Schoßtierchen. Mein Stalljunge wurde umgebracht. Der Wächter am Tor wollte nachsehen, was los war, und wurde ebenfalls umgebracht. Er wurde aufgeschlitzt und seine Eingeweide waren über das Heu verteilt – und keiner von beiden hatte die Gelegenheit, die Leute im Haus zu warnen. Der Eindringling und das Schoßtier kletterten dann von außen in den zweiten Stock und drangen durch ein geschlossenes Fenster in das Innere ein, nachdem sie die Läden aus den Angeln gerissen hatten. Anscheinend bemerkte niemand diesen Lärm – der Raum war zur Zeit leer und die meisten meiner Gäste waren noch unten.

Dann erschnüffelten sie sich ihren Weg, bis sie zu einem Zimmer kamen, das von einem Ungebundenen bewohnt wurde, den man ›Gottesanbeterin‹ nannte. Er war fremd in dieser Gegend und wir wissen nicht viel über ihn. Er öffnete ihnen die Tür – armer Knabe. Was genau danach passiert ist, wissen wir nicht. Sicherlich wurde er gefoltert. Die Kehle war ihm ein Stück weit aufgerissen worden, wahrscheinlich damit er nicht mehr schreien konnte. Später – wir wissen nicht, wie viel später – wurde er getötet. Sein Zimmer wurde gründlich durchstöbert.

Dann sind die Bastarde zu Piers' Zimmer gegangen. Piers hat mit ihnen gekämpft – nicht viel, musst du wissen, aber diesmal hatten die Gäste etwas gehört, kamen aus ihren Zimmern und fragten, was los sei. Ich wurde aus dem Gemeinschaftsraum gerufen. Ich lief nach oben und sah, dass Blut unter der Zimmertür der Gottesanbeterin hindurchsickerte. Ich öffnete die Tür und fand ihn. Inzwischen musste die Bestie auch Piers getötet haben; ich bin nicht ganz sicher, wie. Such dir's aus: Als ich ihn sah, war sein Genick gebrochen, seine Rippen waren eingedrückt und irgendetwas hatte ein großes Stück aus seinem Hals gerissen – vielleicht nachdem er tot war – und sein Blut getrunken.«

Keris schaute auf ihre Hände hinunter. Sie hatte unbewusst einen kleinen Haufen Krümel, die jemand auf dem Tisch zurückgelassen hatte, hin- und hergeschoben. Er ist gestorben, sagte sie sich. Wie, spielt keine Rolle. Wie, spielt keine Rolle…

Aber es spielte eine Rolle. Eine schrecklich wichtige.

Ihre Hand schweifte ab und liebkoste wieder Piers' Stab. »Weiter«, sagte sie. Die Rauheit ihrer Stimme und der unerträgliche Klumpen in ihrer Kehle wollten sich in hilflose Tränen verwandeln. ›O Kleines‹, verfluchte er sie in ihren Gedanken. Nein, ich werde mich nicht so benehmen, wie er es von mir erwartet…

Er fuhr fort: »Ich kam aus dem Zimmer der Gottesanbeterin und sah mich nach Piers um. Dies war ein verdammt guter Kämpfer mit seinen Messern und ich war sicher, dass derjenige, der das der Gottesanbeterin angetan hatte, noch in der Nähe war. Aber Piers war nicht da. Und das sah ihm nicht ähnlich – wir standen alle auf dem Gang und machten genug Lärm, um einen Puckelwurm aus dem Winterschlaf zu reißen.« Er seufzte. »Dann brach dieses Ding durch Piers' Tür. Die Bestie – mit der Schnauze voller Blut, Piers' Blut, das heruntertropfte und die wolligen Locken dieses Dings verfilzte… ein schreckliches Ding. Etwa wie ein birnenfömiger Hund mit Krallen und zu vielen Zähnen für sein Maul. Konnte die Schnauze nicht einmal zumachen…«

Diesmal war es Pökels Stimme, die rau geworden war. Er nahm einen Schluck aus seinem Becher. »Die Häscherin kam hinterher – ein Hurenweib mit rötlichem Haar von der Farbe eines Katzenfells. Hieß Sissi Walddeck.«

»Du *kanntest* sie?«

»Jo. War mal eine Freundin von mir, bevor sie verführt wurde. War die feldströmungsfühlige Tochter eines Kuriers, der sie auf seinen Reisen mitgenommen hat, nachdem ihre Mutter gestorben war. War hart wie ein Nagel, diese Sissi, aber süß. Sehr süß auf eine spröde Art. Kannte das Unbeständige wie andere Leute ihr eigenes Herz.«

Er hielt inne, aber Keris sagte nichts dazu.

»Sie sah mir direkt in die Augen und sagte: ›Hallöchen, Pök, lange nicht gesehen.‹ Piers' Blut klebte überall an ihr. Wenn es nur ein bisschen Gerechtigkeit in der Welt gäbe, hätte sie nur von dem Blick, den ich ihr zugeworfen habe, sofort und an Ort und Stelle tot umfallen müssen. ›Willst du mich jetzt auch umbringen, Siss?‹, fragte ich.

›Nö‹, sagte sie. ›Vielleicht das nächste Mal. Ich vermute, dass du ein bisschen darunter leiden wirst, was deinem Freund, dem Kartenzeichner, zugestoßen ist – und warum sollte man das Leiden eines Mannes verkürzen? Das passt nicht zu einer Häscherin.‹ Sie war voller Feldströmung, die überall an ihr knisterte... Natürlich konnte ich sie nicht sehen, aber die Feldströmungsfühligen sagten nachher, dass sie vor Feldströmung wie Knisterholz im Kamin geknistert hat. Ich vermute, dass es das war, was ihr Schutz vor der Stabilität des Rasthortes gab. Sie und ihr Schmusetierchen hatten irgendwie genug Feldströmung aufgesaugt, um sich damit zu schützen.

›Was hatte der Tilger gegen Piers?‹, fragte ich Sissi, aber sie gab keine Antwort darauf. ›Versammle alle im Gemeinschaftsraum‹, befahl sie gebieterisch. Nun, so geschah es dann. Wir hatten schließlich keine andere Wahl. Ihr Schoßtierchen trieb alle aus ihren Zimmern heraus, bis zum letzten Küchenjungen. Der arme Kerl. Einige der anwesenden Verteidiger versuchten, sie und ihr Tier zu bedrängen. Der Hund dieser Hure war zu schnell für die meisten von ihnen, und den Mann, der mit seiner Lanze fast bis zu ihr durchgedrungen war, wischte sie mit der Waffe in ihrer Hand einfach zur Seite. Er ließ die Lanze mit einem Schrei los, den man fast bis zur Ersten hören konnte. Seine Hände waren bis auf die Knochen verbrannt.«

Er blickte abwesend auf eine Stelle in der Mitte des Zimmers. »Menschen bluten stark, wenn man sie auseinanderreißt«, sagte er leise, »und sie hatte Recht. Manchmal leidet man mehr, wenn man überlebt und sich erinnert.« Dann zuckte er mit den Schultern. »Was gibt es da noch zu sagen? Sie befahl uns, uns in einer Reihe aufzustellen, und fragte uns – einen nach dem anderen –, ob wir etwas über eine oder mehrere Karten wüssten, die entweder die Gottesanbeterin oder Piers gehabt hatte. Sie nannte sie ›besondere Karten‹. Nun, keiner wusste etwas – und ich vermute, dass das die Wahrheit war. Wenn einen ein schlabberndes Biest mit bluttriefenden Zähnen anglotzt und sich das von den Lippen ableckt, was es gerade gefressen hat, und wenn einem so eine Hexe mit ihren roten Augen in die Tiefen der Seele schaut, hätte niemand gelogen, selbst wenn es um die eigene Großmutter ging, und schon gar nicht, wenn es sich nur um eine Karte handelte.«

Er nahm noch einen Schluck; diesmal trank er den Becher bis zur Neige leer. »Und das ist alles, Mädchen. Siss hat uns verlassen. Ist mit ihrer Bestie einfach hinausspaziert, ganz ruhig, auch wenn ich vermute, dass die Stabilität den beiden inzwischen schwer zusetzte. Sie war zappelig. Ihr Schoßtierchen hat sich den Küchenjungen als Abendimbiss mitgenommen. Er war der achte. Ach ja, und dann gab es da noch das Baby. Chaos und Verdammnis, wie konnte ich es vergessen? Es ist auf dieselbe Weise gestorben, vermutlich weil es lecker aussah. Es wurde am Stück verschlungen, einfach runtergewürgt, während es sich noch die Seele aus dem Leib geschrien hat.«

Danach schwiegen sie lange Zeit. Pökel bestellte sich noch etwas zu trinken und nippte daran, doch Keris saß nur da und wölbte die Hände um den Stab.

»Ich muss dir noch 'was Komisches sagen«, meinte Pökel nach einer Weile. »Wir fanden die Eigentümerpapiere für Piers' Pferd im Zimmer der Gottesanbeterin und die für das Pferd der Gottesanbeterin in Piers' Zimmer. Hab das nie verstanden. Wie dem auch sei, ich habe den Eigentümerschein für Ygraine zu Piers' Sachen gelegt, als ich sie gepackt habe, um sie dir zu schicken. Piers' Sachen waren natürlich auch durchwühlt worden und das Zimmer regelrecht in Stücke gefetzt. Chaos und Verdammnis, das war eine schöne Bescherung!«

»Hast du je etwas über die Gottesanbeterin herausfinden können? Wer war dieser Verseuchte und woher kam er?«

»Also, natürlich habe ich jeden gefragt, der in den nächsten Wochen hier vorbeigekommen ist. Ich wollte wissen, ob er Familie oder so was hatte – jemand, dem man Bescheid sagen musste. Ein Ungebundener aus dem Süden sagte, er hätte ihn gekannt. Die Gottesanbeterin war ein Einzelgänger, sagte er, aber er hatte von Zeit zu Zeit in den Diensten eines Kartenzeichners aus dem Süden gestanden. Eines Mannes namens Deverli. Und das ist alles, was ich je über den armen Knaben habe herausfinden können. Kein großartiger Nachruf, nicht wahr? Der Schöpfer mag wissen, wie sein richtiger Name lautete.

Aber ich sag dir etwas anderes, Keris, mein Mädchen. Diese kleine Gruppe da drüben …« – er nickte in Meldors, Barks und Davrons Richtung – »ist einen oder zwei Tage, bevor die Gottesanbeterin und Piers bei mir eintrafen, hier durchgekommen und sie haben nach der Gottesanbeterin gesucht. Und sie haben auch nach Piers gefragt. Ich sagte ihnen, dass Piers wahrscheinlich inzwischen auf dem Heimweg nach Mahlkorn sei. Es war schließlich schon spät im Jahr. Sie gingen, und die Gottesanbeterin und Piers kamen einen oder zwei Tage danach hier an. Aber ich nehme an, dass sie dir schon gesagt haben, worum es ging.«

Die Muskeln in Keris' Gesicht strafften sich. »Nein«, antwortete sie. »Ich kann nicht behaupten, dass sie es auch nur erwähnt hätten.«

»Sie kamen ein paar Wochen später zurück. Fragten mich, was passiert sei. Wollten die Sachen der Gottesanbeterin durchsuchen. Ich hab es ihnen erlaubt – es schien keinen Sinn zu haben, es ihnen zu verweigern. Es war nichts von Wert darunter. Wollten auch Piers' Ausrüstung sehen, aber die hatte ich schon lange mit Ketter Blau weggeschickt. Sie haben auch mit dem Kätzchen gesprochen – das ist das Zimmermädchen hier. Die mit den Schnurrhaaren. Sie war es gewesen, die Piers' Habseligkeiten zusammengepackt hat – ich hatte es nicht übers Herz gebracht. Piers war ein guter Freund von mir.«

Keris sah von dem Krümelhaufen auf. »Ich glaube, ich gehe jetzt besser zu Bett, Meister Pökel.«

Er nickte. »Ich habe dir ja gesagt, dass es dir nicht gefallen wird.«

»Ich hatte auch nicht erwartet, dass es mir gefällt. Aber ich wollte es trotzdem hören.«

»Wir haben ihn außerhalb der Palisade beerdigt. Aber… du weißt, wie das ist.«

»Ja, das weiß ich.« Das Unbeständige hatte bereits jedes Anzeichen eines Grabes ausgelöscht. Und der Kantorei zufolge würde Piers niemals eins werden mit Dem, Was Erschaffen Wurde. Anstatt zur Schöpfung zurückzukehren, war sein Körper jetzt Teil des Chaos und seine Seele – nun, ob sie je den Weg zum Schöpfer finden würde, war eine Frage, auf die niemand die Antwort kannte.

Die Kantorei sagte, dass jeder seine Pilgerfahrt machen muss. Die Kantorei verbannte die Unerwünschten in das Unbeständige. Die Kantorei verweigerte es den Ungebundenen, in die Stabilitäten zurückzukehren; sie durften es nicht einmal für die kurze Zeit, die sie es dort aushalten konnten. Und dennoch sagte die Kantorei, es sei etwas Schreckliches, im Unbeständigen zu sterben. *Verdammte Kantorei, verdammt seien sie alle!*

Sie stand abrupt auf und ergriff den Stab. Plötzlich wusste sie, dass sie sich niemals von ihm trennen konnte. »Gute Nacht, Meister Pökel.«

Er nickte traurig und spielte mit den Krümeln, die sie zurückgelassen hatte.

Um den Raum zu verlassen, musste Keris an Davrons Tisch vorbeigehen. Dabei streckte der Blinde die Hand aus und berührte sie am Ärmel. »Keris, hier ist jemand, den du kennenlernen solltest.« Er wies auf den Fremden am Tisch. Es war ein kleiner Mann mit leuchtenden Augen, der das raue Leder trug, das von den Ungebundenen bevorzugt wurde. »Das hier ist Rossel«, sagte Davron. »Er ist Hausierer…«

»…für Nadel und Faden, Garn, Schuhnägel, Amulette, Scheren, Wetzsteine und Messer«, sagte der Mann. »Falls du davon etwas brauchst, Mädchen…«

Sie lächelte ihn an. »Im Augenblick nicht. Ich heiße Keris.«

»Kaylen«, fügte Davron hinzu und sah über ihre instinktive Geste der Verärgerung hinweg, als er ihren vollen Namen preisgab. »Piers' Tochter. Ich wollte, dass du hörst, was er zu sagen hat, Keris. Es geschieht etwas Merkwürdiges im Süden und ich frage mich, was du als Tochter eines Kartenzeichners davon halten wirst.«

Rossel nickte – und stellte sein Hausiererverhalten genauso schnell ein wie sein Geschwätz. Jetzt ist er vielleicht Hausierer, dachte Keris, aber früher war er sehr viel mehr als nur das. Er sprach wie ein gebildeter Mann; die heitere Gutmütigkeit eines Hausierers war plötzlich zur neugierigen Intelligenz eines Mannes geworden, der eher an wissenschaftliche Forschung als ans Verkaufen gewöhnt war. Das überraschte sie nicht: Die meisten der Ausgeschlossenen hatten Berufe ausgeübt, die vollkommen verschieden von denen waren, mit welchen sie sich jetzt im Unbeständigen ihren Lebensunterhalt verdienten. »Wir hoffen, dass es gute Neuigkeiten sind«, sagte er und sah sie mit seinen leuchtenden Augen an. »Es sind einige Stabilitätsflecken – Feste Orte – aus dem Nichts aufgetaucht. Es sind genau genommen sieben, von denen wir wissen. Unten, in der Nähe der Achten Stabilität.«

»Wie groß sind sie?«, fragte Keris und setzte sich auf den Stuhl, den Davron ihr anbot. Sie hatte nicht vorgehabt zu bleiben, doch all ihre gefühlsmäßige Erschöpfung verschwand angesichts der Vorstellung, dass neue Stabilitäten erschienen. Hoffnung, dachte sie. Endlich Hoffnung.

»Oh, sie sind nicht sehr groß. Aber größer als die alten Festen Orte. Alle mehr oder weniger von derselben Größe. Ich habe sie noch nicht gesehen, doch nach dem zu urteilen, was ich über sie gehört habe, sind sie alle etwa eine Meile lang und nicht ganz so breit. Und alle Ränder sind so gerade wie der Weg eines nüchternen Mannes in der Hochzeitsnacht zum Bett. Soweit ich herausfinden konnte, sind sie alle etwa zur gleichen Zeit erschienen. Aber warum und wie, wissen wir nicht.«

»Hat jemand gesehen, wie sie erschienen sind?«

»Bisher konnten wir noch keinen ausfindig machen. In der Nähe eines dieser Orte war ein Lager, und die Leute sagten, sie hätten in der Nacht ein komisches Geräusch gehört. Es gab ein leichtes Erdbeben, das von einem Lichtblitz begleitet wurde, der so hell war, dass er das Innere ihrer Zelte erleuchtete. Als sie dann am nächsten Morgen aufwachten, lag er sozusagen vor ihrer Türschwelle: ein Fester Ort.«

»Wenn wir nur herausfinden könnten, wie er entstanden ist! Und von wem er gemacht wurde – oder von was«, sagte Bark sanft.

»Wenn wir ihn bloß reproduzieren könnten«, sagte Rossel. »Es gibt aber etwas an diesen Orten, das nicht so gut ist. Anscheinend mögen die Verseuchten sie nicht. Sie sagen, dass sie sich krank fühlen, wenn sie sich zu lange an einem dieser Orte aufhalten.«

»In diesem Fall sind es vielleicht eher normale Stabilitäten und keine Festen Orte«, sagte Davron und runzelte die Stirn.

»Ich habe keine Ahnung, was sie erschaffen haben könnte«, sagte Keris. »Ich habe mich schon oft gefragt, was Feste Orte verursacht. Einige Leute sagen, dass es Überbleibsel der alten Markgrafschaft sind, so wie die acht Stabilitäten. Aber warum haben sie dann immer diese geraden Ränder? Mein Vater hat mich einmal zu der großen Bibliothek der Kantorei in Tromlin mitgenommen, weil er die Karte, die sie dort unter Glas aufbewahren, einsehen wollte. Angeblich datiert sie aus der Zeit kurz nach der Abspaltung. Auf ihr sind überhaupt keine Festen Orte eingezeichnet – nicht ein einziger. Daraus ergibt sich der Schluss, dass sie sich erst später entwickelt haben.«

»Und wie wir alle wissen«, fügte Meldor hinzu, »ist die Periode kurz nach der Abspaltung unglücklicherweise in unserer Geschichte eine des schrecklichsten Aufruhrs, des Massenhungertodes und so weiter. Aufzeichnungen gingen verloren, bedeutsame Ereignisse wurden nicht einmal aufgezeichnet... Ich bezweifle, dass wir die Antwort finden, wenn wir in die Vergangenheit schauen.«

Sie zuckte mit den Schultern. »Es tut mir Leid, aber

ich bin in dieser Sache keine große Hilfe. Das Einzige, was ich vorschlagen kann, ist, dass all die neuen Gebiete auf einer Karte verzeichnet werden – und zwar sehr genau – und man dann untersucht, ob in ihrer Position zueinander oder in ihrer Ausrichtung irgendein Hinweis versteckt liegt. Falls sich herausstellt, dass sie wahllos verstreut liegen, weiß ich auch nicht weiter.« Sie hörte auf zu sprechen, denn sie war sich plötzlich bewusst, dass sie nützliche Informationen Leuten anvertraute, die vielleicht nicht die besten Absichten für das Unbeständige hegten. »Wenn ihr mich jetzt entschuldigen wollt; ich bin müde. Ich glaube, ich werde mich hinlegen. Schön, dich getroffen zu haben, Meister Rossel.« Bevor einer von ihnen etwas erwidern oder sie zurückhalten konnte, war sie bereits fortgegangen.

Davron seufzte. »Misstrauisch wie ein Kätzchen angesichts eines Hunderudels«, sagte er.

»Kannst du es ihr verdenken?«, fragte Bark.

Davron lachte und schüttelte den Kopf. »Nein. Himmel, was für eine Reise ist ihre Pilgerfahrt bisher – und was für Gefährten hat sie! Erst zwei Wochen im Unbeständigen, und wir hatten schon genug Aufregung für ein halbes Dutzend solcher Reisen. Es ist ein Wunder, dass sie noch nicht ihr Geld zurückverlangt hat.«

Rossel hob eine Augenbraue. »War's so schlimm?«

»Schlimmer«, sagte Meldor. »Glaube mir, diese Nachricht von den neuen Festen Orten ist das einzige Gute, das wir seit Wochen gehört haben. Vielen Dank dafür, Rossel.«

»Was für ein Glück, dass ich euch gefunden habe. Wo soll ich als nächstes hingehen?«

»Ich glaube… ich glaube, für uns alle ist die Zeit gekommen, …nach Hause zu gehen.«

»Nach Hause also? Daran habe ich nichts auszusetzen. Morgen könnt ihr mir erzählen, warum ihr deswegen so mürrisch dreinschaut, aber jetzt bin ich ebenfalls bettreif. Wenn ihr mich also entschuldigt; ich bin erschlagen. Ich hatte heute so lange ein Pferd unter mir, dass ich meine Knie nicht mehr zusammenbekomme.« Er legte einige Münzen auf den Tisch und ging zur Treppe.

Bark bedeutete der Kellnerin, sie möge ein weiteres Glas bringen, und warf einen Blick herüber zu dem Tisch, an dem der Rasthortbesitzer noch immer saß. »Was, glaubst du, hat Pökel Keris erzählt?«, fragte er Meldor.

»Vermutlich das, was mit Piers geschehen ist, und zwar in allen Einzelheiten.«

Bark nickte nachdenklich. »Vielleicht ist sie wirklich nur deshalb hergekommen. Vielleicht weiß sie nichts über die Karten. Vielleicht sind sie alle verschwunden, falls die Gottesanbeterin sie überhaupt hierher mitgenommen hat.«

Davrons Gesicht verhärtete sich. »Natürlich hat sie das. Sissi Walddeck hat geglaubt, dass sie hier waren. Sie hat die Gottesanbeterin befragt, die sie an Piers weitergereicht hat, weil sie sie schon an den Kartenzeichner verkauft hatte. Das ist doch logisch, oder? Die Gottesanbeterin wusste, dass wir ihr hart auf den Fersen waren. Vielleicht wusste sie sogar, dass der Tilger von der Existenz der Karten Wind bekommen hatte und sie vernichten wollte. Und dann trifft die Gottesanbeterin einen Kartenzeichner und weiß, dass er alles für eine Trompleri-Karte geben würde.«

»Aber weder die Gottesanbeterin noch der Kartenzeichner hatten sie, als Sissi, die Häscherin, nachschaute«, sagte Meldor.

Davron lachte dunkel. »Zum Schöpfer, sie muss ganz schön wütend gewesen sein, als sie erkannte, dass sie ein kleines bisschen zu hurtig gewesen war, als sie die beiden einzigen Männer tötete, die wussten, wo sich die Karten befanden.«

»Wenn wir bloß noch etwas gewartet hätten, anstatt anzunehmen, dass die Gottesanbeterin sich vor uns befand…«, sagte Bark.

»Ach was«, widersprach Meldor. »Wir haben das getan, was wir damals für das Beste gehalten haben. Wir konnten nicht wissen, dass wir sie verpassen würden. Vermutlich wurden die Karten an Piers weitergegeben, und der hat sie irgendwo versteckt, irgendwo hier.«

»Und er hat eine Art Botschaft in seinen Sachen hinterlassen, die seine Tochter von den Karten in Kenntnis setzte«, mutmaßte Bark, »denn warum sonst ist sie hier und wieso kannte sie den Namen Kereven?«

»Schon möglich«, stimmte Meldor zu. »Ich glaube, die Zeit ist gekommen, mit Keris Kaylen zu reden.«

»Reden?«, fragte Davron mit einem grimmigen Lachen. »Sie wird dir gar nichts sagen! Benutze Feldströmung, Meldor. Zwinge sie.«

»Davron, Davron, es gibt bessere Wege. Sie ist ein…«

»Sie ist ein dummes Kind, das versucht, ein Pferd zu reiten, das zu groß für sie ist – aus Gier, wie ich vermute. Wahrscheinlich glaubt sie, sie kann ein Vermögen mit der Karte machen. Begreift sie denn nicht, dass ihr Vater deswegen gestorben ist? Vielleicht ist es ihr ja auch egal.« Er trank seinen Becher leer und stand auf. »Wenn mich jemand sprechen will: Ich bin in meinem Zimmer.«

Meldor lächelte sehr schwach, als Davron nach oben verschwand. »Was glaubst du, Sammy, findet unser Freund Kaylen etwa attraktiver, als es ihm lieb sein kann?«

»Sollte das etwa der Grund dafür sein, dass er sich in der letzten Zeit wie ein Maulesel mit Kopfschmerzen verhält?« Bark war erstaunt. »So toll sieht sie nun nicht gerade aus. Verdammt, Meldor, warum sollte er hinter einer solchen grauen Maus her sein, wenn er mit einer Frau wie Alliss von Turm-und-Blum verheiratet war? Alliss ist so schön, wie ein Sommertag lang ist.«

»Eine graue Maus? Siehst du Keris Kaylen etwa als eine solche an, Sammy?«

Bark ließ den Rest seines Getränks am Boden des Bechers kreisen. »Na ja, nicht ganz. Ihre Zähne sind wahrscheinlich zu scharf für eine Maus.«

»Weiter.«

Sie wussten beide, dass sie nicht über Keris' Aussehen sprachen. »Sie *ist* zwar jung, aber wohl kaum mehr ein Kind. Sagen wir, sie ist eine noch unberührte Frau. Sie will unbedingt stark sein und hat viele Eigenschaften einer Rebellin, aber es fehlt ihr die wahre Kraft einer echten Abtrünnigen – noch. Im Augenblick ist sie … eine Mischung, würde ich sagen. Sehr tüchtig in vieler Hinsicht, aber noch nicht selbstsicher. Sie hat Angst vor dem Unbeständigen, weigert sich aber, diese Angst zu zeigen. Sie pendelt zwischen dem Gefühl der Zuversicht und der Unsicherheit hin und her; das Abenteuer erregt und ängstigt sie; sie weiß, was sie will, und gleichzeitig weiß sie es nicht.« Er grinste, und die Zunge rollte ihm aus dem Mund. »Ziemlich genau so, wie wir in diesem Alter waren. Da gibt es nichts, was die Zeit nicht auf die eine oder andere Weise heilen würde.«

»Ich glaube, du tust ihr Unrecht. Die meisten von uns waren nicht wie sie, zumindest nicht in ihrem Alter. Sie hat ihr ganzes Leben unter der Regel verbracht, aber die Regel hat versagt, und Keris ist wütend darüber. Sie hat die Regel bereits in Frage gestellt – *wir* haben das nicht getan, bis wir ohne sie gelebt haben, bis wir andere Wegen gesehen und andere Vorstellungen gehört haben. Sie ist etwas Besonderes, Sammy.«

Bark nickte nachdenklich. »Glaubst du, dass sie bereits die Kantorei in Frage stellt? Sie verbringt noch immer die meiste Zeit mit diesem Kantor.«

»Und mit wem sollte sie sie sonst verbringen? Mit Corrian etwa? Mit Graval? Ich glaube nicht, dass sie allzu versessen auf die Kantorei ist. Wenn Portron ein normaler Regelkantor wäre, würde sie wohl kaum fünf Minuten in seiner Gesellschaft verbringen. Portron hat Verstand genug zu erkennen, dass es ihm gar nichts einbringt, wenn er ihr Predigten hält. Er ist vielleicht ein wahrer Gläubiger, aber er hasst Streit – religiösen und anderen. Beim ersten Anzeichen einer Meinungsverschiedenheit oder Misshelligkeit zieht er den Schwanz ein.«

Bark lächelte. »Ja, das habe ich bemerkt.«

»Ich glaube, ich werde ein Wörtchen mit unserem Gastgeber reden. Wenn mich meine Sinne nicht trügen, sitzt er immer noch dort drüben – und ist ziemlich abgefüllt, würde ich sagen.«

Bark sah zu Pökel hinüber. »Eindeutig. Starkes Zeug, sein Gebräu.«

Pökel schaute auf, als Meldor zu seinem Tisch herüberkam, und sein grünes Gesicht wurde noch ein wenig trüber. »Verdammt, Markgraf«, sagte er, »hast du eine Vorstellung davon, wie schwer es ist, hier in der Gegend Personal zu finden? Jeder mit Ambitionen und Verstand findet das mit Hafenstern heraus, und dann sind sie auf und davon. Und das ist alles deine Schuld!«

Oben in ihrem Zimmer sortierte Keris Kleidung aus, die gewaschen oder geflickt werden musste, und untersuchte ihre Ausrüstung auf Mängel. Es war schon spät, aber sie war noch zu verängstigt, um an Schlaf denken zu können. Der Kopf platzte ihr beinahe vor dem einem Gedanken: Piers war wegen der Karte umgebracht worden, die sie jetzt in ihrem eigenen Gepäck hatte. Er – einer der fähigsten aller Reisenden im Unbeständigen – war hier in diesem Gebäude ermordet worden, umgeben von Verteidigern und gewitzten Unberührbaren wie Pökel. Ermordet von einer Häscherin und ihrem Schoßtier. *Wegen einer Landkarte.*

Sie wusste nicht, was sie tun sollte. Die Karte irgendwo verstecken? Sie vernichten? Sie behalten und darauf hoffen, dass die Häscher des Tilgers nicht herausfand, dass sie sie besaß? Die bloße Gegenwart der Karte erschreckte sie. Sie fragte sich sogar, ob der Tilger sie wegen dieser Karte zu unterwerfen versucht hatte oder ob sie nur ein zufällig ausgewähltes Ziel gewesen war.

Sie hatte keine Antwort darauf – und niemanden, den sie hätte fragen können.

Sie leerte ihren Köcher auf dem Bett aus, damit sie ihre Pfeile überprüfen konnte, und ein kleiner Haufen Sand kam mit heraus. »Mist«, murmelte sie. Wo in aller Schöpfung Namen kam er her? Sie musste einmal den Köcher abgelegt und dabei zufällig etwas Sand in ihn gescharrt haben. Sie nahm ein bisschen davon in die Hand, befühlte ihn und war der Meinung, dass er stark einer pulverisierten Form der löslichen Eisensalze ähnelte, die sie als Basis für ihre Tinten benutzte. Da ihre Vorräte davon ohnehin ausgingen, warf sie den Sand nicht fort, sondern schüttete ihn in eines ihrer leeren Tintenfässchen.

Sie verstaute gerade das Fässchen zusammen mit ihrer Zeichenausrüstung, als jemand an ihre Tür klopfte. *Er öffnete ihnen die Tür*: Ihr Vater, die Gottesanbeterin…

»Wer ist da?«, fragte sie. Ihre Stimme war viel höher als sonst.

»Meldor. Ich würde mich sehr gern einmal mit dir unterhalten.«

»Bleibt mir eine andere Wahl?«

Er kicherte. »Nur, was die Zeit angeht. Es kann bis morgen warten, falls du müde bist.«

Sie öffnete die Tür. »Dann frage ich mich die ganze Nacht über, was du diesmal von mir willst«, meinte sie. »Nein, danke.« Sie wusste nicht, ob sie erleichtert oder erschrocken sein sollte, als sie sah, dass er sowohl Davron als auch Bark mitgebracht hatte.

»Etwas zu trinken gefällig?«, fragte Bark und zeigte ihr einen Weinschlauch und einige von Pökels Zinnbechern. »Das ist ein guter Roter aus der Achten Stabilität und nicht etwa Pökels eingeweidesprengendes Gebräu.«

Keris hatte noch nie in ihrem Leben Alkohol getrunken, aber jetzt erschien ihr auf einmal die Zeit günstig, damit anzufangen. »Danke.« Sie zeigte mit der Hand auf ihr Bett. »Es ist etwas beengt hier, aber setzt euch doch bitte.«

Bark goss einen Becher ein und reichte ihn ihr. Sie nippte zaghaft und war unsicher, ob sie den Geschmack wirklich mochte.

»Wir wollen wissen, warum du zu Pökels Rasthort gereist bist«, sagte Meldor, während er sich setzte. Davron ließ sich neben ihm nieder; Bark gesellte sich zu Keris auf den Boden; er saß mit dem Rücken zur Wand.

»Ich dachte, das sei völlig klar«, sagte Keris.

»Mach dich nicht lächerlich«, sagte Davron. »Du bist doch nicht nur deshalb hergekommen, weil dein Vater hier gestorben ist…«

Meldor warf ihm einen düsteren Blick zu und unterbrach ihn. »Keris, wir glauben, dass deinem Vater kurz vor seinem Tod einige Dinge übergeben wurden, die uns gehören. Wir wollen sie zurückhaben.«

»Ihr habt schon nach meinem Vater gesucht, bevor er hier ankam«, warf sie ihnen vor.

»Das stimmt nicht ganz. Wir haben nach dem Ungebundenen gesucht, der in jener Nacht ebenfalls hier starb: nach der Gottesanbeterin. Ich sollte ganz von vorn anfangen.« Er nahm einen Becher Wein von Bark entgegen und sagte: »Wir hatten einmal einen Freund. Einen Mann namens Kereven Deverli; er war ein junger Kartenzeichner. Er war sehr talentiert, geradezu brillant. Vielleicht war er sogar besser als dein Vater. Er hat keine Standardkarten für Pilger gezeichnet; er war mehr interessiert an – nun ja, an Trompleri-Karten. Ich vermute, du weißt, was das ist.«

Sie nickte kurz.

»Er glaubte, dass der beste Weg, das Unbeständige für Pilger sicher zu machen, darin bestand, die Trompleri-Technik wieder zu entdecken. Davron und ich wissen mehr über Feldströmung als jeder andere lebende Mensch, und er kam zu uns, weil er glaubte, dass wir ihm helfen können. Nun, wir halfen ihm tatsächlich: Wir gaben ihm eine Unterkunft und bezahlten ihn – und er versprach, dass er es uns wissen lassen würde, wenn er das Geheimnis der Technik entschlüsselt hatte. Und anscheinend ist es ihm wirklich gelungen. Er hat etliche Trompleri-Karten hergestellt. Er sandte uns eine Nachricht, aber bevor wir ihn erreichten und seine Arbeit untersuchen konnten, hatte der Tilger unglücklicherweise herausgefunden, was Kereven getan hatte, und ihm einen verseuchten Verräter geschickt, damit dieser ihn tötet und alle Karten zerstört.

Anscheinend sind jedoch einige Karten heil geblieben. Wie viele es sind, wissen wir nicht. Vielleicht ist es nur eine. Wie dem auch sei, die Karte – oder die Karten – wurden von Deverlis Assistenten, der Gottesanbeterin, fortgeschafft.«

Keris hörte kommentarlos zu und nippte an ihrem Wein. Sie versuchte herauszufinden, ob er die Wahrheit sagte, aber sie kam zu keinem klaren Urteil. Wie sehr die Augen normalerweise einen Redner verraten können, dachte sie. Aber bei einem Blinden gibt es keinen Ausdruck, der dem Zuhörer etwas mitteilen könnte.

»Wenn die Gottesanbeterin die Karten direkt zu uns gebracht hätte, wäre sie jetzt noch am Leben«, fuhr Meldor fort. »Unglücklicherweise versuchte sie, sie zu verkaufen. Wir hörten davon – und die Häscher ebenfalls. Sie machten dem Tilger Meldung, und er schickte Sissi Walddeck aus. Die Gottesanbeterin floh so schnell und so weit weg wie möglich. Wir waren ebenfalls hinter ihr her, aber verpassten sie irgendwie. Wir glaubten, dass sie zu Piers unterwegs sein könnte, weil sie sicherlich hoffte, dass ein Kartenzeichner solche Karten kaufen würde; also machten wir uns auf den Weg zur Ersten Stabilität, nachdem wir von hier aufgebrochen waren. Davron ging nach Mahlkorn, wie du weißt, aber Piers war nicht da. Damals war er bereits tot. Als wir das herausfanden, kamen wir alle hierher zurück, konnten aber nichts finden. Wir befürchteten, dass die Karten unwiederbringlich verloren waren, und beschlossen, nach Hause zurückzukehren. Und als wir in Hoffdank eine Gefährtenschaft zusammenstellten, bist du plötzlich aufgetaucht.«

»Und wir fragten uns, was dich zu Pökels Rasthort zog.«

»Und kamen zu dem Ergebnis, dass es nur die Karten sein konnten«, fügte Davron hinzu.

Keris sah von einem zum anderen und schüttelte verwundert den Kopf. »Wir wollen einen Augenblick lang unterstellen, dass das stimmt«, sagte sie, »was natürlich kein Eingeständnis sein soll. Wieso bei aller Ordnung im Himmel glaubt ihr dann, dass ich euch freiwillig erzähle, wo die Karte – oder die Karten – sich befinden oder was mit ihnen passiert ist, oder dass ich sie tatsächlich jemandem übergebe, der an den Tilger gefesselt ist? Ihr habt wohl alle einen verseuchten Verstand!«

»Wir haben nichts mit dem Tod deines Vaters zu tun«, sagte Meldor. »Es war das Letzte, das wir wollten. Da Deverli tot ist, brauchen wir einen anderen fähigen Kartenzeichner, der noch einmal das Geheimnis der Trompleri-Karten herauszufinden versucht. Wir hegten die Hoffnung, die Karten Piers zu zeigen und ihn zu bitten, ihr Geheimnis zu entschlüsseln.«

Bark beugte sich zu Keris herüber und füllte noch einmal ihren Becher. Sie sagte: »Und wenn er es entschlüsselt hätte, glaubt ihr etwa, dass er es euch dann so einfach erzählt hätte? Mein Vater war ein sehr moralischer Mann. Er hätte niemals jemandem geholfen, der etwas mit dem Tilger zu schaffen hat.«

»Ach, verdammt«, fauchte Davron, »wir wollen das Geheimnis herausbekommen, damit wir den Tilger besiegen können, und nicht, um ihm zu helfen!«

»Den Tilger *besiegen*? *Carasma* besiegen?« Keris starrte ihn an. »Was glaubst du denn, wer du bist? Der Schöpfer?«

Bark unterdrückte ein Lachen. Davron warf enttäuscht die Hände hoch.

Und jemand schrie laut.

Alle wandten sich um und lauschten. Das Geschrei – jetzt waren es mehrere Stimmen – wurde lauter und wilder. Keris' Herz pochte schmerzhaft heftig.

»Unten, im Gemeinschaftsraum«, sagte Meldor, während er aufsprang. In einem Augenblick der Verwirrung entstand vor der Tür ein Stau, als alle gleichzeitig versuchten, den Raum zu verlassen; dann schoss Davron hinaus, dicht gefolgt von den anderen. Keris, die zuerst ihr Messer ergriffen hatte, war die letzte.

Das Geschrei drang zwar hauptsächlich aus dem Gemeinschaftsraum, aber die Ursache für die Panik befand sich in der Eingangshalle, wo Portron seine Kinese-Sitzung abgehalten hatte, und sie erkannten diese Ursache, als sie um die Treppenbiegung herumkamen. Sie blieben wie ein Mann stehen.

Portron lag am Boden und stützte sich benommen auf einem Ellbogen ab. Seine Glatze war blutüberströmt. Pökel stand in der Tür zum Gemeinschaftsraum und blockierte sie mit seiner Masse. Graval war bei der Vordertür des Rasthortes und versuchte, den Balken zu heben, der diese Tür verriegelte. Er konnte ihn nicht bewegen; dazu hätte es schon Pökels Kraft oder die mehrerer gewöhnlicher Männer bedurft.

Es war etwas sehr Seltsames an Graval. Er schien starke Schmerzen zu haben. Sein Gesicht war verzerrt. Er ließ den Balken los und griff nach sich selbst. Er schlug auf seine Kleidung und seine Haut ein, als ob er Funken auslöschen wollte, die über ihn herabgeregnet waren. Aber es war nichts dergleichen zu sehen.

Pökel machte einen Schritt auf ihn zu, doch Graval vollführte eine Geste mit der Hand und ein Band aus Farbe durchwirbelte die Luft zwischen den beiden Männern. Der Rasthortbesitzer taumelte zurück, als ob er geschlagen worden wäre.

Es waren nicht nur Gravals Schwierigkeiten, die das Geschrei verursacht hatten. Die Hysterie des Rasthortpersonals und einiger Gäste wurde noch durch die Angst vor dem verstärkt, was sich von draußen gegen die Tür warf und sie aufzubrechen versuchte.

Es musste riesig sein. Die dicke Türplatte erzitterte und *bog* sich unter den Schlägen. Die Angeln – massive Eisenzapfen – zeigten Anzeichen von Überbeanspruchung. Der Balken selbst schien zu widerstehen, aber die Klammern, die ihn hielten, waren bereits gebrochen. Zwischen den Schlägen war das Geräusch splitternden Holzes für jedermann gut zu hören; anscheinend versuchte die Kreatur nicht nur, die Tür einzutreten, sondern sie kratzte auch am Holz, als ob sie es von außen zerschmettern wollte.

Bark starrte die Tür an. »*Chaos und Verdammnis!*«

Graval zeigte aufgeregt mit dem Finger auf Portron. »Du hast das getan!«, kreischte er. »Du mit deiner endlosen Kinese! O Lord, hilf mir! Ich ertrage das nicht...« Er drehte sich wieder zu der Tür um und drückte sein ganzes Gewicht unter den Balken in dem letzten verzweifelten Versuch, diesen anzuheben. »Tier, Tier, komm, mein Tier, hilf mir...«

Die Kreatur auf der anderen Seite der Tür verstärkte ihre Angriffe.

Pökel wandte sich in äußerster Wut an Davron. »Du! Du hast die Kreatur hergebracht! In *meinen* Rasthort! Schon wieder ein Häscher, hier in meinem Haus...«

Aber niemand brauchte Pökels wütende Anklage gegen den Führer, um zu wissen, was Graval in Wirklichkeit war und was er gerade tat. Er rief nach seinem Schoßtier, damit es die Tür aufbrach.

Keris war eiskalt. Sie stand einige Stufen höher als Meldor und Davron. Sie traf ihre Entscheidung und handelte noch in derselben Sekunde, die sich scheinbar ins Endlose dehnte. Als sie ihr Messer warf, wusste sie, dass sie nun einen Menschen töten würde.

Kapitel Vierzehn

Und die Häscher Carasmas tun freudig das, was er will, in der Welt, die er nicht erreichen kann, denn er ist an die Feldströmung gebunden, aus der er seine Macht zieht. Und darin, armer Pilger, liegt sowohl deine Verzweiflung als auch deine Hoffnung. Erinnere dich hoffnungsfroh daran, dass die Macht des Tilgers begrenzt ist; erinnere dich mit Verzweiflung daran, dass der Häscher und sein Schoßtier die Ungeheuer des Chaos sind, die dir auf den Fersen bleiben, wenn ihr Meister es will.

Pilger, Buch XX, Kapitel 32, Vers 6

Graval blieb noch einen Augenblick lang stehen, als ob die Messer, die aus seiner Kehle hervorstachen, ihn gegen die massiven Türplanken genagelt hätten.

Keris starrte ihn verwirrt an. Die Messer. Zwei. Seite an Seite. Nur eines davon stammte von ihr.

Graval war nicht an die Tür genagelt – das war nur eine Täuschung. Er glitt langsam auf die Knie und fiel dann tot vornüber. Als sich die Messer lockerten, sprudelte ein Blutquell aus ihm, der auf seiner Kleidung und auf dem Boden stockte: heiße Himbeermarmelade, die im Topf verdickte; Blut, das auf den Steinfliesen erkaltete.

Rasendes Hämmern es gegen die Tür.

Keris spürte, wie ihr die Knie weich wurden. Sie senkte den Blick zu Davron und bemerkte, dass er zu ihr aufschaute. Sein Gesicht war ausdruckslos. »Nicht schlecht für jemanden, der sagt, er könne mit einem Messer nicht genau zielen«, sagte er. Die Worte klangen neutral und höflich. Lächerlich. Sie hatten soeben jemanden *umgebracht*…

Er wartete nicht auf eine Antwort von ihr, sondern packte sie am Arm und zerrte sie die Treppe hoch. »Hol deinen Bogen«, sagte er drängend. »Diese Bestie gibt nicht schon deshalb auf, weil ihr Meister tot ist.« Am oberen Ende der Treppe rannte er in die Richtung seines Zimmers; Keris hastete zu dem ihren; sie wurde halb von seinem Stoß und halb von ihrer Angst vorwärts getrieben. Ihre Hände zitterten, als sie den Köcher und den Bogen ergriff und die Sehne spannte. Sie kamen gleichzeitig wieder die Treppe herunter, legten bereits je einen Pfeil ein, waren plötzlich Kameraden, verbunden durch den Tod und das Wissen darum, dass sie bald um ihr eigenes Leben kämpfen würden kämpfen müssen.

Es hatte ein großes Stück aus seinem Hals gerissen und sein Blut getrunken…

Jetzt hatte sich ein Halbkreis von Verteidigern um die Tür herum gebildet; sie hielten ihre Lanzen bereit. Einige von ihnen waren vor ein paar Minuten noch vom Alkohol beduselt gewesen, andere hatten geschlafen, doch jetzt sahen sie alle hellwach aus. Sie hatten zwar bleiche Gesichter, waren aber kampfbereit. Das Hämmern gegen die Tür zerschlug mehr als eine der Klammern, die den Balken hielten, und die obere Angel brach mit einem mahlenden, metallischen Krachen.

Keris und Davron blieben oben auf der Treppe stehen, damit sie in dem Augenblick, da die Tür aufbrach, über die Köpfe der Verteidiger hinweg schießen konnten.

»Eure Messer«, sagte Bark und gab sie ihnen feierlich zurück, als ob er an einer Art von Zeremonie teilnähme. Keris sah erleichtert, dass jemand Gravals Blut von ihnen abgewischt hatte. Portron war ebenfalls verschwunden und Pökel hatte sich jetzt mit einigen gefährlich aussehenden Hackmessern aus der Küche bewaffnet.

Keris stand noch unter Schock, als sie hörte, wie der Anführer der Verteidiger seine Männer anwies, sich zurückzuhalten und den Bogenschützen den Vortritt zu lassen, sobald die Tür barst; sie begriff, dass der Mann von ihr und Davron sprach. Der Anführer war ein großer Blonder, der sich knapp und genau ausdrückte und mit einem so aristokratischen Akzent sprach, dass es schon beinahe wie eine Parodie klang, doch er strömte Fähigkeit und Ruhe aus. Wenigstens er war gegen Panik immun.

Keris zitterte. Es würde nicht viel Zeit für das Abfeuern der Pfeile bleiben.

Davron blickte kurz zu Meldor hinüber. »Feldströmung?«, fragte er leise.

Eine weitere Klammer splitterte. Pökel versuchte, den Balken mit einer Holzplanke zu verstärken, die er von einer Bank abgerissen hatte. Meldor stand erhaben und still da. »Nicht hier; nur als letzten Ausweg.«

»Mehr *Licht*!«, brüllte Pökel sein Personal an. »Wir brauchen mehr *Licht*!« Es gab Kerzen an der Wand der Halle, aber keine Lampen.

Und dann ertönte ein letztes Krachen, scharf wie eine Explosion. Die Tür wurde nach innen geschleudert und stieß mehrere der Verteidiger zu Boden. Es erhob sich ein Windgeheul – ein Sturmstoß –, und dann gab es überhaupt kein Licht mehr außer dem, das vom Gemeinschaftsraum herausfiel. Sowohl Keris als auch Davron feuerten je einen Pfeil ab, doch in der plötzlichen Dunkelheit wagte keiner von beiden einen weiteren Schuss, da sie Angst hatten, die Verteidiger zu treffen.

Eine erstickte Stille folgte – eine Stille aus unterdrücktem Atmen, aus zurückgehaltener Bewegung, aus wachsender Angst. Keris glaubte, einen gewaltigen Umriss draußen vor der Tür zu sehen – etwas Untersetztes und Dunkles.

Jemand jammerte; es war ein kläglicher Laut voll purem Grauen. Dunkelheit erfüllte den Türdurchgang und schloss die Nacht aus. Ein Geruch von Moschus, nassem Fell und getrocknetem Urin biss Keris mit ätzender Macht in die Kehle.

Dann hob sich die Dunkelheit und verschwand.

»Es ist *fort*!«, sagte jemand ungläubig.

Ein Diener brachte eine Lampe herbei; die Tür wurde beleuchtet – und dort war nichts mehr. Die Verteidiger drängten langsam und vorsichtig in den Hof hinaus und Davron und Bark begleiteten sie. Pökel erteilte nun Befehle in bellendem Brüllen; er rief nach Hammer und Nägeln, die im Keller lagen; man solle sich beeilen. »Wie wäre es mit etwas mehr Schwung bei euch verschlafenem Haufen von Nichtsnutzen?«

Diener hasteten hierhin und dorthin, während Keris auf einen Stuhl niedersank und den Kopf gegen das raue Holz des Treppengeländers lehnte. Ihr Blick haftete an den Vertiefungen in der Vorderseite der Tür. Die Planken waren von einer Seite bis zur anderen fingerbreit durchfurcht und die Ränder waren verkohlt. Ein Geruch von verbranntem Holz lag in der Luft, zusammen mit dem noch unangenehmeren Gestank der Bestie.

Jemand setzte sich neben sie. Als sie aufblickte, sah sie, dass es das Chamäleon war. »So etwas wie ein Anti-Höhepunkt, nicht wahr?«, sagte Fint.

»Wo warst du? Ich habe dich nicht gesehen«, sagte sie.

»Oh, ich bin irgendwie mit der Holztäfelung verschmolzen«, antwortete er heiter. »Ich werde langsam ziemlich gut darin. Ich vermute zwar nicht, dass es mir auch nur das Geringste gegen dieses Ding genützt hätte, aber ich habe mich so viel sicherer gefühlt.«

Sie schenkte ihm ein zögerndes Lächeln. »Verdammt, Fint, was ist passiert? Graval…«

»Ich glaube, er ist irgendwie verrückt geworden. Er war den ganzen Abend draußen im Hof und dann bat Meister Pökel ihn hereinzukommen, weil es Zeit war, die Tür zu verriegeln; also ging er nach drinnen. Kantor Portron war noch dabei, seine Kinesen zu vollführen. Graval ging in den Gemeinschaftsraum und trank etwas. Er saß in sich gekauert da, als sei ihm kalt. Er rieb sich die Arme und rutschte auf dem Sitz herum und dann – nun ja, irgendwie ist er dann zum Berserker geworden, ist davongestürzt, hat Portron niedergeprügelt und ihn verflucht. Danach hat er mit einem Stuhl um sich geschlagen und alle auseinandergetrieben, die an der Kinese teilgenommen hatten. Dann kam dieses Ding an die Tür und Graval versuchte, zu ihm hinauszukommen – oder es hereinzulassen oder was auch immer…« Er zögerte und konnte angesichts dieser Erinnerungen ein Zittern nicht unterdrücken. »Den Rest kennst du.«

Meldor stand noch immer in einer Haltung entspannter Neugier auf der Treppe und sagte: »Hier drinnen war es zu stabil für ihn. Portrons Kinese muss das Fass zum Überlaufen gebracht haben.«

»Du wusstest, dass er ein Häscher war?«, fragte Keris. Sie versuchte nicht, die Anklage zu verbergen, die sich in ihre Stimme geschlichen hatte.

»Natürlich nicht. Aber ich hätte es ahnen müssen. Diese ganze Ungeschicklichkeit! Wenn einer von uns Feldströmungsfühligen ihn berührt hätte, wäre es uns klar gewesen. Wir haben seine Verderbtheit und die pervertierte Feldströmung in ihm gespürt. Und was die mangelnde Kontrolle über sein Pferd angeht: Das arme Tier muss seine wahre Natur gespürt haben und die ganze Zeit über in Panik gewesen sein.«

»Warum hat er überhaupt eine Gefährtenschaft gewählt?«

»Um zu spionieren, warum sonst? Keris, wie sonst

sollte der Tilger wissen, was im Unbeständigen vor sich geht, wenn es ihm seine Häscher nicht sagen?«

»Ich dachte ... ich dachte, er ist wie der Schöpfer und kann alles sehen ...«

Er lächelte schwach. »Blasphemie, Keris. Portron sollte besser nicht erfahren, dass du solche Vergleiche ziehst.«

»Aber ... aber er wusste so vieles ... über mich. Woher konnte er das wissen? Er wusste, wie ich mich fühle, was ich am stärksten begehre ...«

»Ja. Von Angesicht zu Angesicht in der Feldströmung kann er in jedem von uns wie in einem Buch lesen.«

»Er wusste, dass meine Mutter noch lebte.«

»Nein – aber vielleicht hat er gewusst, dass sie noch nicht tot war.«

»Wo liegt da der Unterschied?«

»Die Kantorei glaubt, dass alle Seelen erst an dem Tilger vorbeiziehen müssen, bevor sie mit Dem, Was Erschaffen Ist, vereint werden. Carasma sondert diejenigen aus, auf die er einen Anspruch hat. Er weiß also, ob deine Mutter bereits an ihm vorbeigezogen ist oder nicht. Im Gegensatz dazu ist seine Macht außerhalb der Feldströmung aber begrenzt. Er übt die Herrschaft nur indirekt, nämlich durch seine Häscher und deren Bestien sowie durch seine bezahlten Diener aus. Sie sind seine Augen und Ohren. Es ist allerdings das erste Mal, dass er einen Häscher in eine Gefährtenschaft eingeschleust hat – ein Anzeichen dafür, wie wichtig zumindest einer von uns für ihn ist. Es ist nicht leicht, einen Häscher zu finden, der es lange genug in einer Stabilität aushalten kann – selbst in einer solchen Kloake wie Hoffdank –, um einen Führer zu täuschen und sich zu einer Gefährtenschaft zu gesellen. Graval war ein außergewöhnlicher Mann. Ich könnte ihn fast bewundern, wenn er nicht den falschen Weg für seine Begabungen gewählt hätte.«

Keris presste die Lippen zu einer schmalen Linie zusammen und versuchte, sich nicht an das Geräusch der Klinge zu erinnern, mit dem sie in das Halsgewebe eingedrungen war.

Davron kehrte in die Halle zurück. Er hielt ein totes Huhn in der Hand; es war eine von Pökels Legehennen. Ihr Hals war aufgeschlitzt, aber nicht ganz durchtrennt worden.

»Irgendein Zeichen von... von dem, was immer es gewesen ist?«, fragte Keris ihn, doch ihr Blick war auf das blutgetränkte Hühnchen gerichtet.

»Es hat eine Eiterspur hinterlassen. Ich glaube, unsere beiden Pfeile stecken noch in ihm. Wir sind der Spur bis zum Palisadenzaun gefolgt, aber nicht weiter. Keiner von uns hatte Mut genug, die Suche draußen fortzusetzen, zumindest nicht jetzt in der Nacht. Ich glaube nicht, dass es uns noch einmal belästigen wird.«

»Es wird wohl niemanden mehr belästigen«, sagte Meldor ruhig. »Nicht in seinem verwundeten Zustand, und überdies ist sein Meister tot. Was ist mit diesem Huhn, Davron?«

Das Chamäleon und Keris wechselten rasche Blicke. Es hatte keinen Zweck, sich zu fragen, woher Meldor wusste, dass der Führer überhaupt etwas in der Hand hielt.

»Berühre es«, schlug Davron vor und hielt es nach vorn.

Meldor streckte die Hand aus und legte die Finger für einen Augenblick auf die Rückenfedern des Vogels. »Ah. Ein Ritualopfer. Ich vermute, es ist schon seit mehreren Stunden tot.«

»Ein – was?«, fragte das Chamäleon.

Keris versuchte, Fint anzusehen. Seine Stimme schien aus dem Nichts zu kommen; in dem schwachen Licht der Eingangshalle verschmolz er mit dem Hintergrund und war nicht mehr von den Wänden des Rasthortes zu unterscheiden, an denen die Rinde noch in leprösen Flecken an den Planken hing.

Meldor wischte sich die Hände an seinem Halstuch ab. »Die einzige Möglichkeit eines Häschers, außerhalb einer Feldströmungslinie mit seinem Herrn in Kontakt zu treten, besteht darin, ein ziemlich abscheuliches Anbetungsritual zu vollführen, das einen Tod durch Verbluten voraussetzt. Es überrascht mich, dass Graval mit einer Henne zufrieden war; größere Beute gewährt einen stärkeren Kontakt. Wir haben Glück, dass er sich nicht eines unserer Pferde ausgesucht hat – oder gar einen Menschen.«

»Vermutlich aus Gründen der Heimlichkeit«, sagte Davron. »Er hatte nicht vor, verrückt zu werden und zu sterben. Er wollte uns weiter ausspionieren.« Pökel erschien in der Tür und Davron gab ihm das Huhn. »Du kannst es kochen.«

»Eine meiner besten Legehennen«, schimpfte Pökel mürrisch. »Weißt du, wie schwer es ist, eine Henne an einem Ort wie diesem unverseucht zu halten?«

»Von jetzt an, Pök«, sagte Davron, wobei er es sorgfältig vermied, Keris anzusehen, »will ich, dass du jedem einzelnen Führer, der hier durchkommt, sagst, sie sollen ab sofort ihre Gruppen auf Häscher untersuchen, bevor sie die Stabilitäten verlassen. Schlag ihnen vor, dass sie jeden aus der Gruppe bitten, sich bis zur Hüfte auszuziehen. Alle Häscher tragen die Kette und die Zeichen Carasmas.«

»Oh, den Frauen in der Gruppe wird das gefallen«, sagte Fint. »Wirst du Corrian morgen bitten, ihre Kleider auszuziehen, Meister Davron?«

Davron zuckte bei diesem Gedanken zusammen und Pökel lachte. »Ich habe irgendwie den Eindruck, dass bereits genug Leute Corrian überprüft haben, sodass es Davron erspart bleibt«, sagte er.

»Wir sollten zu Bett gehen«, meinte Meldor. Plötzlich

wirkte er traurig, und seine Sorgen ließen ihn alt erscheinen.

Sie stiegen zusammen schweigend die Stufen hoch: voran Meldor und das Chamäleon, Davron und Keris dahinter. Als sie oben angekommen waren, wünschten sie sich eine gute Nacht und begaben sich in ihre Zimmer. Wenigstens glaubte das Keris, bis sie in ihr Zimmer trat und erkannte, dass Davron unmittelbar hinter ihr war. Sie zuckte unwillkürlich zusammen.

Falls er ihre Reaktion bemerkt hatte, beachtete er sie nicht. »Wir haben unseren Wein bei dir gelassen«, sagte er zur Erklärung. Er nahm den Weinschlauch und ihren Becher auf. Dann füllte er ihn aus dem Schlauch und reichte ihn Keris. »Trink das«, sagte er. »Du brauchst es.«

Sie nahm den Becher mit zitternden Fingern.

Er füllte seinen Becher ebenfalls. »Keris«, sagte er freundlich, »das Geschehene sollte dir keine schlaflose Nacht bereiten. Du hast zur richtigen Zeit das Richtige getan und es gibt heute Nacht eine Menge Leute, die dir – uns – dankbar sein können.«

Sie blinzelte und wunderte sich über sein Einfühlungsvermögen. Es verblüffte sie, dass er von allen der Einzige war, der wusste, wie sie sich fühlte. Dass er wusste, wie entsetzt sie über den Anblick ihres Messers in der Kehle des Mannes gewesen war, über das herausspritzende Blut, über das ausgelöschte Licht, über das verlorene Leben…

»Ich erinnere mich«, sagte er, wobei er die Härte in seiner Stimme unterdrückte, »wie es bei meinem ersten Mal war.« Er sprach beinahe geistesabwesend, als ob er vergessen hätte, dass sie bei ihm war, und sie wusste, dass er durch sie hindurch auf eine Stelle in seiner Vergangenheit schaute, die jenseits ihrer Kenntnis, aber inzwischen innerhalb ihres Verständnisses lag. »Ich befand mich auf einer meiner ersten Patrouillen mit den

Verteidigern. Ich war damals noch ein Kind – und er auch. Er war ein Unerlaubter, der irgendwie den Regelkantoren entwischt war. Er hatte etwa vierzehn Jahre in der Stabilität gelebt; es war ein Leben, das er eigentlich überhaupt nicht hätte führen dürfen, aber das machte seinen Tod für mich nicht einfacher.«

»War er missgestaltet?«, fragte sie.

Er nickte. »Bei der Geburt waren ein Arm und ein Bein verkrüppelt. Seine Eltern hatten ihn auf dem Bauernhof versteckt – bis das Regelbüro von seiner Existenz erfuhr. Da war er bereits ein wenig zu alt, um von ihnen erstickt werden zu können, aber er war noch immer eine Beleidigung für ihre geordneten Seelen. Sie waren erstaunlich großmütig – sie befahlen uns, den Knaben zu nehmen und ihn im Unbeständigen auszusetzen. Natürlich wollte er nicht dorthin gehen. Wir redeten mit ihm und er tat mir Leid. Dann fiel er mich eines Nachts während der Wache an. Ich wollte ihn nicht töten – aber genau das ist passiert. Trotz seiner Behinderungen war er verblüffend stark.« Er machte eine Pause und nippte geistesabwesend an seinem Wein. Keris unterbrach die Stille nicht. »Ich nehme an, dass er lieber sterben wollte, als ausgeschlossen zu werden«, sagte er schließlich. Dann sah er Keris an und zu ihrer großen Überraschung bemerkte sie, dass ihm Tränen in den Augen standen. »Das ist lange her… aber ich kann es nicht vergessen. Vielleicht wollte er sterben, aber in jener Nacht habe ich etwas verloren: Ich habe mich nie wieder jung gefühlt. Das erste Mal… ist schwierig. Und vielleicht noch schlimmer ist es, dass es danach einfacher wird. Das sollte es nicht. Es sollte niemals einfach sein, jemanden zu töten.«

Sie nickte und traute sich nicht zu, etwas darauf zu sagen.

»Keris, Graval hatte wenigstens sein Recht zu leben verwirkt. Es sollte dich nicht allzu sehr berühren. Er war es nicht wert.« Er deutete mit seinem Weinschlauch auf ihren noch unberührten Becher. »Es… es tut mir Leid, dass deine erste Reise in das Unbeständige eine solche Katastrophe ist. Das geschieht manchmal. Wie dem auch sei, trink deinen Wein und geh zu Bett.«

Sie nickte. »Danke«, flüsterte sie, »…Davron.« Kein Titel, nur dieser Name.

Er ging zur Tür, blieb dort stehen und sah sie an. Er teilte seine Qualen mit ihr und verstand die ihren. Und dann ging er.

Sie schloss die Tür, nahm Piers' Stab und drückte ihn an sich. Sie vermisste ihren Vater und hatte Sehnsucht nach ihrer Mutter. Sie hatte Sehnsucht nach Davron. Himmel, was für ein Mann war dieser Führer Davron? Was für ein Mann war das, der das Unbeständige mit der Unerschütterlichkeit eines Esels durchreiten konnte, welcher einen Mühlstein in einem endlosen Kreis herumzog und wusste, was die Zukunft ihm brachte? Was für ein Mann konnte angesichts des Wissens, dass er eines Tages dem Tilger würde gehorchen müssen, geistig gesund bleiben und darüber hinaus sensibel genug sein, um zu wissen, wie sie sich bei Gravals Tod gefühlt hatte?

Keris trank den Wein, als wäre es Wasser, und wünschte, sie hätte mehr davon.

In dieser Nacht träumte sie von Davron. Der Traum war so verwirrend, dass er sie aufweckte, und er ließ sie mit unangenehmen Gefühlen zurück, die sie nicht unterdrücken konnte, und mit der seltsamen Empfindung, dass ihre Haut zu eng für ihren Körper sei. Ihr Inneres schien zusammengepresst, zu eng gespannt wie eine Feder und darauf zu brennen, freigelassen zu werden. Selbst ihre Brustwarzen drückten gegen ihr Nachtgewand.

Sie rollte sich herum und blieb auf dem Rücken liegen. Sie wusste, was sie fühlte – dafür durfte sie sich bei Sheylis Offenheit bedanken –, aber sie hieß diese Empfindungen nicht willkommen, nicht wenn sie von Träumen begleitet wurden, in denen Davron Storre vorkam. Sheyli war zwar vielleicht ausgesprochen freimütig gewesen, wenn sie von den körperlichen Anzeichen der Begierde gesprochen hatte, aber niemand hatte Keris je erklärt, wie es möglich war, einen Mann zu begehren, der etwas Verächtliches getan hatte: der dem Tilger die Knechtschaft versprochen hatte. Einen Mann, der sie möglicherweise eines Tages töten würde, falls sein Befehl so lautete. Sie zitterte und wartete auf die Morgendämmerung.

Keris kam zu spät zum Frühstück im Gemeinschaftsraum. Sie hatte nicht gut geschlafen und sowohl ihr Körper als auch ihr Geist waren bleiern. Sie war für den starken Tee dankbar, den die Kellnerin ihr servierte, aber die Pfannkuchen und der Honig, die es dazu gab, reizten sie nicht sehr. Und noch unglücklicher wurde sie, als sie Gesprächsfetzen von der Gruppe am Nachbartisch aufschnappte. Dort saßen mehrere verseuchte Männer: Einer von ihnen hatte einen mausähnlichen Kopf, einer hatte Fänge und Schlitzaugen und ein dritter hatte ein so plattes Gesicht, dass die Nüstern nichts als Löcher ohne eine Nase waren. »Ich sage dir«, meinte die Maus, »dass es Drachen gibt. Oder etwas Ähnliches. Fliegende Wesen, die Kantoren fressen und die Verseuchten durchlassen.«

»Nein, Hafenstern kann so nicht sein«, widersprach der Mann mit den Fängen. »Mein Freund ist dort gewesen. Er redet nicht viel darüber, aber er sagte…«

Keris entging das Folgende; sie hörte nur, wie der plattgesichtige Mann lachte und bemerkte, ihm gefalle die Vorstellung von kantorenfressenden Drachen.

Die nächsten Worte, die sie deutlich hörte, kamen von der Maus: »…sich nicht ausgedacht. Es war möglich, in ihrer Umarmung zu fliegen. Stellt euch das einmal vor – fliegen!«

Den Rest des Gespräches verstand sie nicht, weil Meldor zielstrebig durch den Raum auf sie zukam und auf den leeren Stuhl an ihrem Tisch glitt.

»Grüß dich«, sagte er. »Ich bin froh, dich zu sehen. Wir sind nicht dazu gekommen, unser gestriges Gespräch über die Landkarten fortzusetzen.«

»Dazu habe ich nichts mehr zu sagen«, entgegnete sie, wobei sie die Stimme leicht erhob, damit sie durch die Salven von Hammerschlägen, die von draußen kamen, noch hörbar war. Pökels Angestellte reparierten offenbar die Verteidigungsanlagen des Rasthortes. »Meldor, bist du ebenfalls ein Tricianer?«

Es entstand eine kurze Pause, bevor er fragte: »Ebenfalls?«

»Davron hat mir in der letzten Nacht erzählt, dass er früher einmal ein Verteidiger war, und das bedeutet, dass er Tricianer ist.«

»Ah. Ja, er war es einmal. Er hat die damit verbundenen Rechte natürlich verwirkt, als er ein Unbeständiger wurde. Davor gehörte er zu einem kleineren Domänehaus in der Vierten Stabilität. Damals hieß er noch Davron von Storre. Er war allerdings keine wichtige Persönlichkeit in der tricianischen Hierarchie.«

»Und du?«, fragte sie behaglich nach.

Er schüttelte den Kopf. »Wieso glaubst du, dass ich ein Tricianer bin?«

Sie zuckte mit den Schultern. »Dieses… sichere Auftreten. Diese Führerqualitäten. Du gehst unbewusst davon aus, dass man deinem Willen gehorcht. Und dann ist da noch dein Akzent.«

»Nein. Diese Dinge – falls ich sie wirklich habe – rühren nicht von einem tricianischen Hintergrund her.

Soweit ich weiß, bin ich der Sohn eines Stellmachers. Ich habe meine Eltern nicht gekannt und weiß nicht einmal, aus welcher Stabilität ich stamme. Ich war der dritte Sohn und deshalb wurde ich unmittelbar nach meiner Geburt der Kantorei übergeben. Wie du zweifellos weißt, ist eine zu große Familie schädlich für die Ordnung.«

Sie nickte. Jedermann versuchte, die Familiengröße zu beschränken, und benutzte dabei die eine oder andere Methode, aber Unfälle ereigneten sich oft genug, und die Regelkantoren waren unbarmherzig im Aufspüren überzähliger Familienmitglieder. Sie machte eine gequälte Geste und erinnerte sich an Aurin.

»Ein Stellmacher braucht nur einen einzigen Sohn, der das Geschäft weiterführt«, fügte er hinzu, »wohingegen die Kantorei niemals zu viele Kantoren haben kann. Besonders da so viele ihr Leben verlieren, indem sie den Gefährtenschaften während der Durchquerung beistehen.« Seine Stimme war tonlos; sie verriet seine Gefühle nicht. »Ich wurde von einer Ammenkantorin in Dün gesäugt. Das liegt in der Siebten. Später wurde ich zur Kantoreischule in Ragstadt geschickt.«

Sie ließ beinahe ihren Becher fallen. »Du warst *Kantor?*«

»Ist das so schwer zu glauben?«

»Ja. Irgendwie schon.« Sie hatte ihn zu sehr als Individuum angesehen, als zu unabhängig, als dass er sich je dem Zwang eines religiösen Lebens hätte unterwerfen können.

»Ich hatte damals keine andere Wahl. Jetzt verbindet mich natürlich nichts mehr mit der Kantorei. Weißt du, sie haben mich ausgestoßen, als ich mein Augenlicht verlor. Blindheit ist ebenfalls schädlich für die Ordnung.« Er klang eher belustigt als verbittert. »Ich wurde aus allen Stabilitäten ausgeschlossen und in das Unbeständige geworfen, nachdem ich der Kantorei fünfzig Jahre lang gedient hatte. Seltsam: mit den Tauben machen sie das nicht, sondern nur mit den Blinden. Manchmal frage ich mich, ob das daran liegt, dass viele der Alten – einschließlich der Hedrin-Kantoren – eher taub als blind werden. Aber vielleicht bin ich bloß ein alter Zyniker. Wie dem auch sei, nichts ist besser dazu geeignet, die der Regel innewohnende Niedertracht zu erkennen, als das Opfer von Ungerechtigkeiten zu werden. Ich wurde über Nacht zum Ungläubigen.« Er war noch immer belustigt, als ob er über den Mann lachte, der er früher einmal gewesen war.

»Du betest den Schöpfer nicht mehr an?«, fragte sie. Hatte er sich stattdessen dem Tilger zugewandt?

»Im Gegenteil; ich bete jeden Tag meines Lebens zu ihm. Es ist die Kantorei, an die ich nicht mehr glaube. Die Kantorei und die Regel – um die Idiotie der Kinese erst gar nicht zu erwähnen. Aber ich bin nicht hergekommen, um mit dir darüber zu reden…«

»Sondern um Informationen aus ihr herauszulocken, wie ich sehe.« Davron erschien neben Keris und legte einen Pfeil vor ihr auf den Tisch und Bark zog zwei Stühle heran. Beide Männer steckten in Reitkleidung.

Keris nahm den Pfeil auf und drehte ihn in der Hand. »Das ist meiner.«

»Stimmt«, sagte Davron. »Du hast ihn letzte Nacht in der Brust eines ziemlich unangenehmen Tierchens zurückgelassen.«

»Du bist dem Ding *gefolgt*?«

»Bark und ich, ja. Heute Morgen. Haben es etwa eine Meile tief in den Rauen gefunden. Es wurde schon vom Unbeständigen aufgelöst, aber wir konnten die Pfeile retten. Ich glaube, meiner hat es erledigt. Ich hatte sein Auge getroffen; mehr Glück als Geschick, wie ich befürchte. Deiner steckte in seiner Brustplatte und hat dabei geholfen, es zu schwächen. Es war aber ein gefährlicher Schuss, Keris. Die Bestien sind dort oft besonders gut geschützt – mit Fell, Schuppen, verdickter Haut oder was auch immer. Man zielt besser auf die Kehle, die Unterarme oder die Leiste.« Er grinste plötzlich. »So, wie ich es *versucht* habe.«

Eine Kellnerin kam und stellte einige Teebecher und einen Teller mit Essen vor ihnen ab. Davron bediente sich und reichte den Teller zu Bark hinüber. »Und jetzt, Keris, wird abgerechnet. Es geht um die Karten...«

»Ich bin nicht zu Pökels Rasthort gekommen, um eine Trompleri-Karte zu finden«, sagte sie vorsichtig. »Wenn ihr zurückdenkt, wisst ihr, dass ich ursprünglich gar nicht vorhatte, hierher zu kommen. Ich hatte eine Reise zur Zweiten gebucht.«

Meldor warf Davron einen fragenden Blick zu und der Führer erinnerte sich und nickte. »Warum hast du es dir anders überlegt?«, fragte er.

»Wegen meines Bruders. Er war in Hoffdank auf der Suche nach mir. Ihr seid an jenem Morgen losgezogen und der Führer zur Zweiten ging erst einen oder zwei Tage später auf die Reise.«

»Du bist vor deinem Bruder fortgelaufen? Warum?«, fragte Meldor.

»Weil ich nicht als Diebin gebrandmarkt werden wollte.«

»Ah«, sagte er und begriff plötzlich. »Die Querungspferde. Natürlich.«

»Und ein paar andere Sachen. Meine Mitgift. Kartenzeichenmaterial, Zeltausrüstung. Das gehört von rechts wegen alles meinem Bruder. Er hätte es nicht benutzt, denn er wollte nicht Kartenzeichner werden. Ich hingegen schon. Er hat das örtliche Regelbüro bestochen, damit er Wirt werden kann. Er wollte, dass ich einen seiner Freunde heirate. Also bin ich von zu Hause weggelaufen. Ich wusste natürlich, dass ich niemals Kartenzeichnerin werden kann, aber ich wollte zum meinem Onkel nach Ragstadt in der

Zweiten Stabilität gehen. Als ich bemerkte, dass mein Bruder Borl mich verfolgte, entschied ich mich dazu, stattdessen mit euch zu ziehen. Ich wollte sowieso mit Pökel über den Tod meines Vaters reden, aber vor allem wollte ich schnell aus Hoffdank herauskommen. Jetzt habe ich vor, in die Zweite Stabilität zu gehen.«

Davron lehnte sich mit einem Seufzer auf seinem Stuhl zurück. »So viel zu unseren Hoffnungen. Die Trompleri-Karten sind tatsächlich verloren gegangen…«

»Und deshalb besteht unsere einzige Hoffnung darin, einen Kartenzeichner zu finden, der Deverlis Werk kopieren kann«, fügte Meldor hinzu. »Es gibt in keiner der Stabilitäten jemanden mit Piers' Phantasie…«

»Phantasie?«, fragte Keris, ohne nachzudenken. »Mein Vater war ein praktisch veranlagter Mensch und hatte nicht viel Phantasie.«

»Nicht viel Phantasie?« Davron zog ungläubig eine Augenbraue hoch. »Natürlich hatte er die! Man muss nur einen Blick auf seine Karten werfen.«

Plötzlich war Keris es Leid, ihre Talente zu verbergen; sie machte sich nicht einmal Gedanken darüber, welche Folgen ihr Bekenntnis haben konnte. Sie sagte schneidend: »Mein Vater war ein strenger Traditionalist, wenn es ums Kartenzeichnen ging. Er war vermutlich einer der besten Landvermesser, die je gelebt haben, und die Genauigkeit seiner Karten ist phänomenal – aber er hätte keinen Pinselstrich am Format seines Vaters und Großvaters geändert, wenn es nach ihm gegangen wäre.«

Nun starrten alle sie an. Es war Davron, der die Stille durchbrach. »*Du* warst es«, sagte er. »Du hast Piers' Karten in den letzten fünf Jahren gezeichnet! All die kolorierten Arbeiten stammen von dir. All die revolutionären Änderungen im Stil und der Darstellung – das war dein Werk!«

Keris nickte und stand auf. »Danke, dass du mir meinen Pfeil zurückgegeben hast, Meister Davron. Es tut mir Leid, dass ich euch hinsichtlich der Karte nicht helfen kann. Wenn ihr mich jetzt bitte entschuldigen wollt – ich habe noch einiges zu erledigen.«

Bark und Meldor tauschten amüsierte Blicke aus, als sie zur Treppe ging. »Verdammich«, sagte Meldor. »Kann das wahr sein?«

»O ja«, sagte Davron. »Ich kannte Piers und jetzt kenne ich sie – o ja.« Ein belustigtes Lächeln spielte um seine Mundwinkel. »Dieses Mädchen ist eine Teufelin, Markgraf.«

Meldor schaute verärgert drein, doch die Verärgerung bezog sich auf ihn selbst. »Ich habe sie unterschätzt – und dabei war ich derjenige, der gesagt hat, dass sie etwas Besonderes ist. Leichtsinnig, leichtsinnig.«

»Was nun?«, fragte Bark.

»Das ist doch offensichtlich«, sagte Meldor. »Wir überreden sie, mit uns zu kommen. Wir brauchen einen talentierten, innovativen Kartenzeichner und wenn sie Kaylens Karten gezeichnet hat, dann ist sie die richtige.«

»Und wie willst du das schaffen?«, fragte Davron milde. »Sie traut mir genauso wie eine Elritze einer Speerspitze traut und bei dir ist es nicht viel anders. Welchen Köder willst du benutzen, um sie zu einer Reise in der Gesellschaft eines Mannes zu überreden, der sich jederzeit umdrehen und sie töten kann? Oder willst du sie mit Feldströmung zwingen? Das wäre ein großer Fehler.«

»Du bist derjenige, der es damals vorgeschlagen hatte.«

»Nur damit wir die Wahrheit hören. Aber zum Kartenzeichnen brauchen wir ihre freiwillige Mitwirkung. Zwang würde dabei nichts nützen.«

»Nein«, pflichtete Meldor ihm bei, »ich würde Gewalt niemals in Betracht ziehen. Es gibt andere Wege.«

»Erzähle ihr bloß nicht die Wahrheit über Hafenstern«, warnte Davron ihn. »Das würde sie zu gar nichts überreden; sie würde nur rasch zum nächsten Regelkantor laufen. Es hat ihr auch nicht gefallen, dass wir Feldströmung benutzt haben, um Sam aus den Fängen des Gallers zu befreien. Sie wäre entsetzt, wenn sie wüsste, was wir in Wirklichkeit damit machen.«

»Ich glaube, ich weiß, welchen Köder wir benützen können«, sagte Meldor langsam. »Und es würde mich sehr überraschen, wenn sie ihn nicht schmackhaft findet.«

Kapitel Fünfzehn

Wenn ein Hund den Berg anbellt,
leidet dann der Berg darunter?

Sprichwort aus der
alten Markgrafschaft Malinawar

Kantor Portron sah Keris besorgt an. »Also hat es Meister Pökel so eingerichtet, dass du zur Zweiten Stabilität reisen kannst? Aber es gehen doch bestimmt keine Gefährtenschaften von hier aus dorthin, oder?« Der Kantor hatte Keris draußen in den Stallungen angetroffen, als sie ihre Pferde bürstete, und jetzt heftete er sich an ihre Fersen und redete in einem fort, während sie sich um Ygraine kümmerte.

»Nein, aber anscheinend reisen einige Händler dorthin. Sie kommen aus der Dritten, machen hier im Rasthort Halt, um Ware abzuliefern, und gehen dann weiter zur Zweiten. Meister Großbick und seine Frau machen diese spezielle Durchquerung andauernd. Bei ihnen bin ich in Sicherheit. Und sie sind bereit, ein paar Karten als Bezahlung anzunehmen. Macht Euch um mich keine Sorgen, Kantor. Es wird mir gut gehen. Wie geht es übrigens Eurem Kopf?«

»Ach, ein klein wenig Kopfschmerzen, das ist alles. Ich bin gegen die Wand gestolpert, als Graval mich beiseite gedrückt hat. Ich vermute, Meister Davrons Gefährtenschaft zieht morgen weiter.« Er zögerte, als hätte er etwas dagegen, doch dann fügte er hinzu: »Es tut mir nicht Leid, wenn wir diesen Ort verlassen. Ich will die Achte so schnell wie möglich erreichen, und zwar in einem Stück.«

Sie lächelte. »Nach einer Reise wie dieser werdet

Ihr ein wenig Einkehr brauchen, wenn Ihr angekommen seid.«

»Nun, um ehrlich zu sein, ist es nicht nur religiöse Einkehr, zu der ich unterwegs bin, Mädchen. Ich soll ein Kind für die Kantorei zeugen. Das ist die Aufgabe, der ich entgegensehe. Es ist mein zweites. Aber ich mache mir Sorgen, was für einen Mann in meinem Alter wohl natürlich ist. Es ist schon lange her, dass ich… also… äh… Aber das sollte ich nicht zu einer jungen Frau sagen! Ich und meine schnelle Zunge!«

Sie richtete sich auf und vergaß das Bürsten. »Ihr habt *was* vor?«

Er wurde rot und verteidigte sich. »Auch das gehört zur Arbeit der Kantorei, Mädchen. Wenn die Mitgliederzahl bedenklich geschrumpft ist, gehört es zu den Pflichten auserwählter Kantorinnen, der Kantorei ein Kind zu schenken, und ich wurde ausgewählt, ein solches zu zeugen. Das ist unter uns Kantoren eine hochgeschätzte Ehre.«

Entrüstet gab sie eine scharfe Antwort. »Darauf will ich wetten!« Er sah angesichts ihres platten Zynismus verletzt aus, aber sie fuhr trotzdem fort. »Das also meinte Meldor, als er etwas von einer brütenden Kantorin sagte. Das ist wohl keine heilige Übung, oder? So etwas habe ich noch nie gehört – hingegen habe ich viel über die Keuschheit und das Zölibat der Kantoren und Kantorinnen gehört. Sagt mir, warum wurdet Ihr ausgewählt? Kennt Ihr die betreffende Kantorin?«

Er sah entsetzt aus. »Natürlich nicht! Das ist keine persönliche Sache, Keris. Und es hat auch nichts mit Verlangen zu tun. Oder mit einer Wahlmöglichkeit. Es ist unsere Pflicht und die Auswahl des Paares ist Sache der Hedrinkantoren.«

»Man kann nur hoffen, dass Eure Kantorin es ebenfalls als eine Ehre ansieht«, sagte sie trocken.

»Aber natürlich tut sie das! Ihr wird erlaubt, ein Kind zu tragen, und das ist ein Privileg, nach dem es sicherlich allen Frauen gelüstet.«

Sie starrte ihn sowohl fasziniert als auch angeekelt an. »Und wie sieht das... das Verfahren in dieser Liaison aus?«

Sein Unbehagen wuchs offensichtlich, denn er bemerkte, dass er die Kontrolle über das Gespräch verloren hatte. »Das Verfahren? Ach so. Ich bleibe in der Kantorei, bis... bis es Anzeichen dafür gibt, dass die Kantorin... gesegneten Leibes ist.«

»Und dann?«

»Also, dann werde ich zu meinem Regelbüro zurückkehren – und sie zu ihren Pflichten. Wenn das Kind geboren ist, wird es zu einer fremden Kantorei gebracht und dort von anderen unter einem Namen aufgezogen, den wir natürlich nicht kennen. Die Kantorin wird vielleicht für einige Jahre Amme für andere Kinder der Kantorei oder für die Kinder überfleißiger Mütter, die der Kantorei übergeben wurden.«

»Nicht übergeben«, sagte sie unwillkürlich. »Nicht übergeben. Weggenommen. Getrennt von ihrem Heim und ihrer wahren Familie...«

»Keris, Keris«, sagte er tadelnd. »So lautet die Regel. Stell dir doch bloß vor, was geschehen würde, wenn die Bevölkerung in den Stabilitäten frei wachsen dürfte. Wie sollte man die Leute ernähren? Wie ihnen ein Dach über dem Kopf geben? Wir *müssen* die Kontrolle zum höheren Nutzen der Allgemeinheit ausüben.«

»Kontrolle?«, fragte sie bitter. »Mir scheint, dass Eure Vorstellung von Kontrolle darin besteht, Euch selbst fortzupflanzen und gleichzeitig die anderen davon abzuhalten – oder ihnen die Nachkommenschaft wegzunehmen. Ist das gerecht?«

»Es ist eine Frage der Regulierung«, erwiderte er.

»Eine Frage der Beibehaltung der richtigen Anzahl. Die Kantorei muss ihre Kantoren schließlich von irgendwoher bekommen und je jünger sie in den Dienst des Schöpfers gestellt werden, desto besser. Gleichzeitig muss die Ordnung beibehalten werden und große, aufsässige Familien bedrohen die Ordnung, wie du sehr wohl weißt. Es gibt zum Beispiel keinen Platz im Handwerk des Vaters für einen überzähligen Sohn und keine Heiratsmöglichkeiten für eine überzählige Tochter – weißt du, es würde einfach nicht funktionieren.«

»Nein«, sagte sie. »Das würde es wohl nicht, oder?« Sie holte tief Luft und war sich der Tatsache bewusst, dass sie im Begriff war, die Fassung zu verlieren. »Erklärt mir«, meinte sie ruhiger, »warum ist es einer schwangeren Kantorin nicht erlaubt, ihr eigenes Kind zu säugen? Warum gebt ihr es jemand anderem und nicht ihr?«

»Die Aufgabe einer Kantorin liegt nicht in der Mutterschaft, Keris. Nichts darf sich zwischen sie und ihre Pflichten gegenüber der Kantorei stellen. Man ist der Ansicht, dass die Pflege ihres eigenen Kindes eine zu große Ablenkung für sie sein würde. Und Kinder, die von Fremden aufgezogen werden, fühlen sich eher zur Kantorei als zu ihrer Familie hingezogen. Einige der größten Kantoren in der Geschichte der Kantorei waren Männer und Frauen, die ihre Eltern nicht kannten und die ihr Leben als Kinder der Kantorei begannen und die innerhalb der Kantoreimauern aufgezogen wurde.«

O Schöpfer – armer Aurin! *Sheyli hätte dich so sehr geliebt*… Sie dachte an Sheylis zornige Worte: ›Es vergeht kein Tag, an dem ich nicht an ihn denke…‹; sie dachte an Meldors Worte: ›Ich habe meine Eltern nicht kennengelernt. Ich weiß nicht einmal, aus welcher Stabilität sie kamen…‹; sie dachte an Davron, der den Befehl erhalten hatte, einen verkrüppelten Jungen im Unbeständigen auszusetzen – einen der so genannten Unerlaubten, die wegen ihres Geburtsfehlers normalerweise sofort nach der Geburt erstickt wurden; sie dachte an die junge Kantorin, die auf einen Mann wartete, auf einen dickbäuchigen, weißhaarigen Mann, der langsam eine Glatze bekam und den sie nicht kannte – sie wartete auf ihn, um von ihm schwanger zu werden.

Tyrannei, dachte sie. Die schlimmste aller Arten von Tyrannei – die Tyrannei der Schuld. Und der Liebe. Wenn wir die Schöpfung lieben, müssen wir der Regel dienen und uns der Tyrannei der Kantorei beugen. Wenn wir es nicht tun, begehen wir eine Sünde gegen die gesamte Menschheit... Sie wiederholte verbittert: »Es würde überhaupt nicht funktionieren.« Sie beugte sich wieder zu Ygraines Vorderlauf hinunter.

Portron war es bei ihrem Tonfall unbehaglich geworden; er suchte nach einem Vorwand, um den Stall zu verlassen. »Ich muss den Stallburschen bitten, meinen Zelter zu striegeln«, murmelte er und verschwand.

Keris widmete sich ihrer Arbeit mit unnötiger Kraft an und missachtete Ygraines aufgeschrecktes Schnauben.

»Keris?«

Sie straffte sich wieder und beäugte voller Zweifel die neue Silhouette im Türdurchgang. Diesmal war es Meldor, der im Licht stand. »Ich bin hier«, sagte sie. »Aber woher du das um alles in der Schöpfung weißt, ist mir schleierhaft.« Sie klang mürrisch, was ihr egal war.

Er schien ihren Tonfall nicht zu bemerken. »Wir ziehen morgen nach Süden«, sagte er. »Ich möchte dir einen Vorschlag machen.«

»Nein«, sagte sie.

»Du hast ihn noch nicht gehört«

»Das ist auch nicht nötig. Die Antwort lautet: nein.«

»Du möchtest Kartenzeichnerin werden. Ich kann dir diesen Traum erfüllen. Komm morgen mit uns und du wirst dein eigenes Geschäft und deine eigene Ausrüstung haben. Und auch Mitarbeiter, wenn du willst. Verseuchte, die dich ins Unbeständige begleiten. Wir werden sie aus unserer Tasche bezahlen.«

Sie sah ihn eingehend an. »Mir scheint, ich habe ein ähnliches Angebot schon einmal gehört. Leider hatte es einen ziemlich großen und hässlichen Haken. Wenn ich mich recht erinnere, ging es darum, dem Tilger zu dienen.«

»Ich diene Carasma nicht.«

»Nein? Dann hat der Bodensatz im Glas vielleicht einen anderen Ursprung. Wir wollen mal sehen: Du bietest mir an, aus mir eine Kartenzeichnerin zu machen?«

»Ja.«

»Als Gegenleistung wofür?«

»Für dein Versprechen, dass du nach einem Weg suchst, Trompleri-Karten herzustellen, und dafür, dass du das Geheimnis mit uns teilen wirst, wenn du es gefunden hast.«

»Und wenn ich es nicht finde?«

»Das Risiko nehme ich auf mich.«

»Warum wollt ihr unbedingt eine Trompleri-Karte haben?«

»Um Carasma zu besiegen, warum sonst?«

Sie hielt in ihrer Arbeit inne und sah ihn an. Log er? Sie vermutete es; zumindest sagte er ihr nicht die ganze Wahrheit. Sie widmete sich wieder den steifen Haaren in Ygraines Mähne. »Die Antwort lautet immer noch: nein.«

»Du bist lieber weggelaufen, als eine Ehe einzugehen, die du nicht wolltest. Wird dir dasselbe nicht bei deinem Onkel widerfahren? Man wird von dir erwarten, dass du heiratest. Die Regel verlangt es von dir. Keris, ich biete dir alles, was du je gewollt hat, das weiß ich.«

»Muss ich dich daran erinnern, was eurem letzten Kartenzeichner und seinem Gehilfen zugestoßen ist?«

»Wir werden dich beschützen…«

»Ha! Kannst du mir sagen, wie du das machen willst? Wenn sich der Tilger für den Tod eines Menschen im Unbeständigen entscheidet, dann ist derjenige verdammt, auch wenn Carasma die Tat nicht persönlich ausführen kann. Früher oder später ereilt es einen. Vielleicht, während man eine Feldströmungslinie durchquert. Vielleicht bei einem Angriff der Bestien. Oder bei einem Angriff der Häscher. Aber ich kann nicht Kartenzeichnerin sein und andauernd in einer Stabilität bleiben. Wenn es ein Geheimnis um die Trompleri-Karte gibt, dann kann man es nur hier im Unbeständigen lüften.« Sie warf die Decke wieder über Ygraine und wandte sich Tousson zu. Das Pferd schnappte schlechtgelaunt nach ihr und trat ihr dann absichtlich auf den Fuß.

Sie zog dem Tier am Ohr und widerstrebend hob es den Huf. »Du verdammtes Vieh«, sagte sie. »Ich weiß, dass du das absichtlich getan hast. Die Antwort lautet immer noch nein, Meldor.« Sie bürstete das Fell des Tieres aus. »Und abgesehen von der Gefahr habe ich noch einen sehr guten Grund. Sogar mehrere gute Gründe. Du reist mit einem Mann, der ein Leibeigener des Tilgers ist. Und du spielst mit der Feldströmung herum. Das reicht, um zu einem Entschluss zu kommen.«

»Es ist dir doch wohl klar, dass ich dich… zwingen könnte.«

»Vermutlich, aber ich bezweifle, dass ich jemals das Geheimnis der Trompleri-Technik entdecken werde, wenn du aus mir eine Sklavin machst.« Sie wusste nicht, wie sehr ihre Worte denen glichen, die Bark bereits früher am Tag ausgesprochen hatte, und sie verstand nicht das Flackern des Begreifens in Meldors Augen. Er stand noch eine Weile da und hörte ihrem Bürsten und dem zufriedenen Schnuppern des Pferdes zu; dann wandte er sich ab und ging fort. Sie beobachtete ihn: Er ging aufrecht und schien durch ihre Weigerung nicht besiegt zu sein.

Sie lehnte den Kopf gegen Toussons Rücken und unterdrückte das Verlangen zu weinen. Sie wusste, dass er Recht hatte: Es gab keine Fluchtmöglichkeit für sie. Sie war eine Frau und dazu geboren, die Form auszufüllen, die ihr Geschlecht und der Beruf ihres Vaters für sie bereithielt, dazu geboren, der Regel zu gehorchen, denn Auflehnung bedeutete das Risiko der Zerstörung dessen, was von der Welt übrig geblieben war. Die Tyrannei des Schuldgefühls.

Keris, du bist eine Närrin, dachte sie. Du solltest mit ihm gehen. Das Schicksal, das er dir bietet, ist sicherlich besser als das, welches dich in Ragstadt erwartet. Du *weißt*, was dich in Ragstadt erwartet. Langeweile, Unterwerfung unter die Regel für den Rest deines Lebens. Ist es das, was du willst? Der rationalere Teil in ihr erwiderte darauf: In Davrons Gesellschaft kommst du vielleicht nicht weiter als bis zum nächsten Lager am Wegesrand.

Sie seufzte und setzte sich auf den Futtertrog in der Box. Was im Namen der ganzen Schöpfung sollte sie nur tun?

Keris packte den Pferdekamm und die Bürste ein, als Davron kam. Sie bedankte ihn mit einem gelangweilten Blick und warf die Pferdedecke über Tousson. »Was willst du?«, fragte sie unhöflich.

»Meldor meint offenbar, dass ich dich vielleicht dazu überreden kann, mit uns zu kommen.«

»Er ist verrückt. Gerade deinetwegen werde ich nicht mit euch kommen. Seid ihr beide geistesgestört? In dem Augenblick, in dem ich das Geheimnis der Trompleri-Karten entdecke – wenn mir das jemals gelingen sollte –, würdet ihr ein Anbetungsopfer machen und eurem Herrn empfehlen, mir seine Häscher auf den Hals zu schicken.« Sie glaubte das, was sie sagte, nicht wirklich, aber trotzdem verschaffte es ihr eine kindische Befriedigung.

»Ich bin keiner von Carasmas Spionen und schon gar nicht einer seiner Anbeter«, sagte er milde. »Sei doch vernünftig, Keris. Ich bin sicher, du begreifst unsere Hoffnung, Carasmas Macht brechen zu können. Dann kann er mir nicht mehr befehlen, diese Aufgabe für ihn auszuführen. Und eine Möglichkeit, seine Macht zu brechen, besteht im Besitz von Trompleri-Karten. Wenn es den Leuten möglich ist, unter nur geringer Gefahr durch das Unbeständige zu reisen, wird es hier immer mehr Ordnung geben und immer weniger Chaos…«

»Und währenddessen schaut Lord Carasma seelenruhig zu? Das erste, was er tun würde, wäre seinen Dienern zu befehlen, den Kartenzeichner zur Strecke zu bringen – so wie er es mit Deverli gemacht hat. Und selbst wenn er das nicht täte, bedarf es mehr als nur Trompleri-Karten, um Lord Carasma in die Knie zu zwingen. Heilige Schöpfung, wir reden von dem Tilger! Er regiert seit tausend Jahren im Unbeständigen! Er hat das alte Malinawar zerstört – außer ein paar Inseln der Stabilität in diesem höllischen Meer. Vielleicht hat er den ganzen Rest der Welt zerstört. Ich weiß, dass er einen ganzen Berg in den Unpassierbaren ausgelöscht hat – wer also wollte behaupten, dass Carasma nicht alles jenseits der Grenzen dessen, was einst die Markgrafschaft von Malinawar war, auslöschen kann?«

Sie band Tousson los und führte das Pferd zum Futtertrog; dort band sie es wieder an, während sie sanfter hinzufügte: »Ich habe die Geschichtsbücher gelesen. Mein Vater hatte ein Exemplar von Torgaths *Annalen* gekauft, als ich noch ein Kind war. Früher hat es Ozeane aus Wasser gegeben und in ihnen Länder, zu denen unsere Schiffe segelten; früher hat es ganze Kontinente im Westen und Süden gegeben, mit denen wir Handel getrieben haben – und was ist davon übriggeblieben? Was ist mit diesen anderen Orten geschehen? Von dort ist uns niemand zur Hilfe gekommen. Zweifellos leiden sie unter Carasmas Verwüstungen ebenso sehr wie wir. Vielleicht haben sie nie herausgefunden, wie man die Übergriffe des Chaos verhindern kann; vielleicht sind sie alle längst tot. Und da soll ich dir glauben, dass du einen Weg kennst, wie du Carasma in die Knie zwingen kannst – nur mit ein paar Landkarten? Das ist doch lächerlich.«

Sie tauchte unter Toussons Hals weg und stand nun mit in die Hüften gestemmten Armen vor Davron. »Und das ist nicht die einzige Unstimmigkeit in deinem Angebot. Es gibt noch andere Löcher in deiner Argumentation, die so groß sind, dass eine ganze Feldströmungslinie durch sie hindurchfließen könnte. Meldor sagt, dass er mich als Kartenzeichnerin etablieren will – als ob ein Regelbüro eine weibliche Kartenzeichnerin in seinem Gerichtsbezirk dulden würde. Nicht einmal ein Bestechungsgeld von den Dimensionen eines Schatzes könnte eine solche Abweichung erkaufen.« Sie warf ihm einen verächtlichen Blick zu. »Offenbar haltet ihr beide mich für ganz schön dämlich.«

Er schwieg lange. Dann zuckte er mit den Schultern. »Es tut mir Leid. Ja, ich vermute, dass es so aussieht. Wir haben dir wohl zu viel zugemutet. Wir hatten nicht vor, dir einem Laden in einer Stabilität einzurichten. Du hast Recht: Die Kantorei würde es nicht dulden. Wir hatten andere Pläne.«

»Erwartet ihr wirklich, dass ich euch folge, ohne genau zu wissen, was ihr vorhabt?«

Es entstand ein weiteres langes Schweigen. »Alles, was ich sagen kann, ist, dass es meiner Meinung nach eine Möglichkeit gibt, sich vom Tilger zu befreien, wenn wir die Trompleri-Technik wieder entdecken können – so unglaublich das auch klingen mag. Zumindest würden viele Leute vor dem Schicksal bewahrt, das Fint und Baraine ereilt hat.« Er wandte sich halb ab und vermied es, ihr in die Augen zu sehen. »Ja, ich gebe es zu: Ich will es auch für mich selbst – wahrscheinlich dringender, als du es dir vorstellen kannst. Ich will es für mein eigenes Wohlergehen. Du bist… möglicherweise meine einzige Chance. Aber ich würde dich nicht um meiner selbst willen bitten, denn du hast Recht: Wenn du dich zu uns gesellst, könntest du sterben, und zwar recht bald und auf schreckliche Weise. Ein solches Opfer bin ich nicht wert. Ich bitte weder darum, noch erwarte oder ersehne ich es für mich selbst. Aber ich habe mein Leben – das, was noch von meinem Leben übrig geblieben ist – der Aufgabe geweiht, Carasma zu Fall zu bringen. Und eine Trompleri-Karte könnte dabei helfen.«

Sie starrte ihn an. »Du willst Rache!«

»Chaos und Verdammnis, was für eine Sorte von Mann bin ich wohl deiner Meinung nach? Glaubst du wirklich, dass ich dem Tilger nachlaufe, weil ich an ihm *Rache* üben will?«

»Was willst du sonst?«

»Sicherheit – für das Unbeständige und diejenigen, die darin leben müssen… und für mich selbst.« Er machte eine Pause, und als er schließlich weiterredete, verstand sie seine Worte kaum. »Ich will Frieden.«

Sein Gesichtsausdruck war so kalt wie ein Mittwintertag in den Latrinen von Tromlin; ihr Ärger verschwand.

Er fuhr fort: »Mein Rat an dich als Freund lautet: Verlasse uns. Geh so weit fort von uns wie möglich. Es wäre sicherer für dich – aber es wäre nicht *richtig*, Keris. Das ist der Kampf eines jeden Einzelnen. Unsere Stabilitäten sind Gefängnisse und die Wände rücken immer näher... Wir müssen kämpfen, denn sonst gibt es eines Tages keinen Ort mehr, an dem wir leben können, und keinen Platz mehr für unsere Kinder.«

Sie konnte nichts darauf sagen. Sie rieb sich die Arme und fragte sich, warum seine Worte eine solche Kälte in ihr erzeugten.

Er sagte: »Komm mit uns, Keris. Es gibt keinen Grund, warum Carasma annehmen sollte, dass du eine Meisterkartenzeichnerin bist. Eine Frau? Das hat es noch nie gegeben! Es gibt nichts, weswegen er sich vor dir fürchten sollte.«

Sie stieß ein trockenes Lachen aus und versuchte, die Kälte ihrer Angst zu vertreiben. »Himmel, Davron, du unterschätzt ihn! In der Feldströmungslinie hat er mein Innerstes nach außen gekehrt. Was, glaubst du, hat er mir als Erstes angeboten? Und was habe ich deiner Meinung nach geantwortet? Du wirst darüber lachen. Ich sagte ihm, dass mir eine Karriere als Kartenzeichnerin nicht genug sei; nichts Geringeres als die Möglichkeit, Trompleri-Karten herzustellen, könnte mich dazu veranlassen, ihm meine Seele zu geben. Und das habe ich nicht wirklich so gemeint. Wir beide wissen, dass es das Einzige ist, was er niemals tun könnte.«

Fassungslosigkeit verschlug ihm die Sprache.

»Ich glaube, es gibt hier mehr Spione, als du weißt«, fuhr sie fort. »Graval hat dich zum Narren gehalten. Du hattest nicht einmal vermutet, dass er feldströmungsfühlig war, was er ja gewesen sein muss, um von dem Verdacht ganz zu schweigen, auf welcher Seite seine Loyalität lag. Wie viele weitere Häscher Carasmas mag es geben, die zur Tarnung mit Gefährtenschaften reisen und vielleicht sogar hier in diesem Rasthort lauern, während sie sich auf irgendeine Weise vor der Ordnung abschirmen?«

»Dem werden wir ein Ende setzen. Alle Häscher tragen ein Siegel; wir können das überprüfen. Wir werden Warnungen verbreiten.«

Sie fuhr unbarmherzig fort: »Wie dem auch sei, Carasma brauchte keine Spione, um alles über mich herauszufinden. In dem Augenblick, in dem er mich mit der Feldströmung der Linie überschüttete, in der er sich befand, wusste er, wer ich war. Er kannte meine tiefsten Wünsche und Schuldgefühle. Er wusste, dass mich der Tod meiner Mutter quälte. Spione und die Möglichkeit, den Geist derjenigen zu berühren, denen er sich in der Linie gegenüberstellt: eine tödliche Kombination. Erzähle mir nichts über meine Sicherheit, Meisterführer, denn ich glaube nicht daran.«

Er starrte sie an und schwieg noch immer; dann machte er eine Handbewegung, die seine Enttäuschung widerspiegelte. »Du hast Recht. Geh nach Hause, Keris. Oder geh zu deinem Onkel. Dort wirst du immerhin in Sicherheit sein.« In seiner Stimme lag keine Verbitterung; was sie darin hörte, war noch schlimmer. Es war eine so zerfressende und stechende Hoffnungslosigkeit, dass sie die Luft zwischen ihnen zu vergiften schien. Einen Augenblick lang schauten sie sich gegenseitig an und in jenem Augenblick sah sie noch einmal den Widerschein seines Verlangens nach ihr, jene unerklärbare Erregung eines Mannes von Erfahrung und Rang, die er ihr gegenüber empfand. Dann schmolz der Widerschein zu Verzweiflung zusammen und er drehte sich um und wollte gehen.

Er hat sich entschieden, sich selbst zu töten, so wie du es ihm einmal vorgeschlagen hast. Dieser Gedanke kam ihr ungerufen und er vergiftete ihre Entscheidung. Nein, protestierte ihre Vernunft. Das würde er nicht tun. Aber dann: Oh, er würde sich vielleicht nicht in sein Messer stürzen. Aber es gab andere Wege, den Tod zu finden…

»Warte«, sagte sie in Panik.

Davron drehte sich nach ihr um und hielt lediglich aus Höflichkeit inne, aber er hoffte und erwartete nichts.

»Du… du hast dich entschlossen zu sterben«, sagte sie.

Sein Mundwinkel zuckte in einer Gemütsaufwallung. »Das hast du mir einmal geraten. Dieser Gedanke wird immer reizvoller für mich. Aber nein, ich habe mich nicht dazu entschlossen, mir das Leben zu nehmen.« Sie bemerkte die sorgfältige Wortwahl und ihr Herzschlag stockte. Das Gesagte berührte sie, als wäre alles ihre Schuld. »Würdest du vielleicht mit Meldor gehen, wenn ich nicht da wäre?«, fragte er in bewusst neutralem Tonfall.

Ihr Herz hämmerte. Als ob… als ob ich etwas um ihn geben würde, dachte sie überrascht. Und dabei mag ich diesen Mann nicht einmal.

Er sagte: »Ich darf Meldors Pläne durch meine bloße Anwesenheit nicht länger gefährden. Und wenn ich nicht mehr da bin, wirst du vielleicht mit ihm reiten. Er braucht dich, Keris. Hilf ihm. Hilf ihm dabei, den Tilger zu Fall zu bringen. Das ist sein Ziel. Ich bin nur zusammen mit ihm geritten. Sieh doch nicht so bestürzt drein. Ich werde mir schon nicht die Kehle durchschneiden.«

»Es gibt mehr als nur eine Art, einen Hund zu treten.«

Er versuchte nicht, einsichtig zu sein. »Ich verspreche dir, dass ich den Tod nicht aktiv suchen werde.«

Er lügt, dachte sie. Er wird jeden Häscher, dem er begegnet, herausfordern. Er wird durch das Unbeständige toben, bis ihn etwas erwischt, bevor er es erwischen konnte. Sei still, Keris! Du lässt dich mit Schuldgefühlen volllaufen!

»Warte«, sagte sie noch einmal zu Davron, als er erneut fortgehen wollte. »Vielleicht gehe ich mit dir und Meldor und Bark, wenn…«

Er wartete noch immer ausdruckslos.

Sie holte tief Luft. »…wenn du mir sagst, warum du diesen Pakt mit dem Tilger eingegangen bist. Wenn du mir sagst, was du dafür bekommen hast.«

In der Schwärze seiner Augen glitzerte vor leuchtender Wut. »Was für einen Unterschied macht das schon?«

Sie bemühte sich um die richtigen Worte. »Wenn ich begreifen kann, warum ein Mann einen solchen Pakt eingeht, dann… fürchte ich dich vielleicht nicht mehr so sehr. Dann werde ich dich nicht mehr so sehr verachten.« Dann verstehe ich vielleicht, warum mein Instinkt mir sagt, dass ich dir vertrauen kann, dachte sie.

Ein widerstrebendes, glucksendes Lachen brach durch seinen Zorn. »Himmel, du hast eine ehrliche Ader, Kaylen!« Er betrachtete sie; sein Lächeln schmolz zur Nachdenklichkeit; offenbar wog er ihren verlockenden Vorschlag ab.

In einer plötzlichen Vorahnung dachte sie: Mir wird es nicht gefallen.

Er lehnte sich lässig gegen den Türrahmen der Pferdebox und hatte sich wieder unter Kontrolle. Plötzlich war er wieder der Meisterführer, der Mann, der damals in Hoffdank auf Kundschaft gewartet und Keris' Pferden eingehendere Blicke geschenkt hatte als ihr selbst. »Was könnte der Tilger mir schon anbieten?«, fragte er bitter. »Ich hatte alles, was ich je gewollt hatte… Ich will dir sagen, was er mir geboten hat,

Keris – dann wirst du ja sehen, ob du es wagst, über mich zu urteilen.«

Und sie hörte ihm zu, während seine Worte sie durchflossen wie ein kalter Feldströmungsstrahl. »Er bot mir das Leben und die Gesundheit meiner Frau. Meiner Tochter. Und meines ungeborenen Sohnes. Ich habe dieses Angebot angenommen. *Und ich würde es immer wieder tun.* Beantwortet das deine Frage?«

Kapitel Sechzehn

Es steht geschrieben, dass vor der Abspaltung viele wilde Geschöpfe im Reich des Schöpfers lebten. Die Fische des Meeres waren wunderlich anzusehen; die Vögel des Himmels waren eine Freude für die Augen der Menschen und die Zahl der Tiere, welche durch die Markgrafschaft zogen, war unermesslich groß. Einige waren von furchterregendem Aussehen, andere waren giftig. Viele waren gefährlich. Aber dieses sage ich euch: Keines war so gefährlich wie die Bestien, denn die Bestien wurden während des Tilgens geschaffen. Sie sind eine Widernatürlichkeit und nehmt euch vor ihnen in Acht, wenn sie eure Pfade kreuzen.

Die Abspaltung,
Buch IX, Kapitel 10, Vers 2

Nach einem Tagesritt hatten sie die Rauen – die Ebene, die Pökels Rasthort umgab – hinter sich gebracht. Die Pferde, die durch die Rast erfrischt und mit dem Futter des Hortes gut gestärkt waren, mochten die pockennarbige Oberfläche der Ebene nicht, und das Echo ihrer Hufe, das von den Höhlungen im Land unter ihnen erscholl, machte sie launisch und ungebärdig.

»Es wird schlimmer«, hörte Keris Bark zu Davron murmeln. »Die Lücken unter uns weiten sich.«

Der Führer nickte. Er schien unerschütterlich zu sein, aber Keris fragte sich, ob er es wirklich war. »Ich fürchte, du hast Recht«, sagte er.

Bei Sonnenuntergang erreichten sie die lange Linie der Klippenbarriere, die die Ebene im Süden begrenzte – ein blaues Band aus Stein, das an das platte Land geheftet war wie die farbige Borte an den Saum einer Kantorsrobe. Es wurde ›Der Schwamm‹ genannt.

Kaum hundert Schritte davon entfernt errichteten sie ihr Nachtlager.

Keris beobachtete den Schwamm mit Unbehagen, während sie die Zelte im Zwielicht aufschlugen. Sie hatte oft genug gehört, wie ihr Vater darüber gesprochen hatte: »…voller Bestien«, hatte er gesagt. »Sogar die Häscher hassen den Schwamm. Und es gibt keinen Weg um ihn herum.«

Er erstreckte sich in beide Richtungen, soweit ihr Blick reichte, und er erhob sich viermal höher in die Luft als der höchste Baum. Es gab auch keinen Weg über die Gipfel, zumindest nicht mit Pferden; die einzige Route führte mitten hindurch.

Bevor das Licht völlig vom Himmel verschwunden war, ging Keris hinüber und sah sich das Gebilde genauer an. Es war genauso, wie Piers es ihr beschrieben hatte: von gummiartiger Beschaffenheit, von blauer Farbe und bestehend aus ineinandergreifenden Brücken und Säulen und Streben, Durchgängen und Löchern und Bögen. Nirgendwo darin gab es einen ebenen Pfad oder eine große Höhlung, sondern nur verzweigte Labyrinthe und Nischen, Löcher und Schächte und Wände.

Im Innern gab es Licht. Es floss durch Löcher von oben herab und durch Eingänge in den Seiten; dann kroch es durch das Netz aus Brückenbögen und Höhlungen, Luftschächten und Labyrinthen, bis es zu einem schwachen und zerstreuten Blau geworden war. Es gab viele Eingänge und Ausgänge; das Problem bestand jedoch darin, dass man sich sehr leicht verirren konnte, wenn man einmal drin war. Es hatte auch keinen Sinn, einen Weg für die nächste Gefährtenschaft zu markieren, weil sich die Durchgänge andauernd änderten. Brücken fielen in sich zusammen, andere wuchsen; Löcher wurden aufgefüllt, Höhlen öffneten sich, Ausgänge verschwanden und neue Eingänge platzten auf. Jeder Führer musste sich jedes Mal, wenn er hier war, einen neuen Weg suchen. Piers hatte Ygraine als Führer benutzt; das gewitzte alte Querungspferd hatte niemals Schwierigkeiten gehabt, die kürzeste Route hindurch zu finden. Andere Reisende im Unbeständigen benutzten Hunde oder Frettchen. Ein paar behaupteten, sie brauchten keine Tiere, um eine Route auszuschnüffeln; sie könnten das selbst.

Keris betrachtete noch immer das Gebilde, als sich das Chamäleon, Portron und Corrian zu ihr gesellten. Offenbar war keinem von ihnen bei diesem Anblick behaglicher als ihr. »Ein Käse mit Löchern«, bemerkte das Chamäleon und zog die Nase angewidert kraus. »Wie lange dauert die Durchquerung, Keris? Weißt du das?«

»Einen Tag, wenn Meister Davron weiß, was er tut und wir Glück haben. Aber die Tiefe verändert sich, und es ist nur zu leicht, sich da drin zu verirren.«

»Ein Käse hat niemals so viele Löcher. Wenigstens nicht dort, wo ich herkomme«, sagte Portron. »Es sieht mehr wie eine Honigwabe aus.«

»Ein blauer Käse – vielleicht, aber eine blaue Honigwabe?«, sinnierte Corrian, der es irgendwie gelungen war, ihre Pfeife anzuzünden und gleichzeitig zu sprechen. »Außerdem hat eine Honigwabe regelmäßige Umrisse. Das hier ist ein durchgeknalltes Labyrinth. Erinnert mich irgendwie an die Elendsviertel in dieser Latrine von Tromlin und es stinkt auch genauso schlimm.«

»Was ist das für ein Geruch?«, fragte das Chamäleon.

»Die Bestien«, sagte Keris. Ihre Worte durchschnitten die Luft.

»Einmal hab ich gesehen, wie jemand in einem Straßenkampf aufgeschlitzt wurde«, erinnerte sich Corrian und stieß eine Rauchwolke aus. »Haben's schön sauber gemacht, o ja. Seine Lunge sah in etwa genauso aus:

ganz schwammig und löcherig. Vielleicht hat es deshalb diesen Namen: Der Schwamm.«

»Mein Vater sagte, es wäre nach etwas benannt, das aus dem Meer kam. Als es noch Meere gab.«

Das Chamäleon klopfte gegen einen blauen Wandklumpen unmittelbar vor ihm. Das Gebilde gab unter seinen Fingern nach wie ein lebendes Wesen. Er zog die Hand schnell zurück. »Ein Tier?«

»Ich weiß es nicht. Vielleicht eine Art Pflanze.«

Fint rieb sich nervös die Wangen. »Na, dann wollen wir hoffen, dass es nicht lebendig ist. Mir gefällt die Vorstellung nicht, in etwas herumzulaufen, das noch… äh… verdauen kann.«

»Wir sollten zurückgehen«, sagte Portron. »Es wird dunkel.« Aber als Fint und Corrian zurück zum Lager marschierten, schlenderte der Kantor langsam hinter ihnen her und zwang Keris, ihre Geschwindigkeit der seinen anzupassen. »Du hast mir noch nicht gesagt, warum du dich entschlossen hast, mit uns zu kommen«, sagte er. »Das ist eine gefährliche Route, Mädchen…«

Sie fiel ihm ins Wort. »Ich habe mich entschlossen, eine Unbeständige zu werden, Kantor. Ich stehe jetzt in Meldors Diensten.«

Er starrte sie mit offenem Mund an, dann schloss er den Mund mit einem hörbaren Geräusch. »Als was?«, fragte er schließlich.

»Ich bin Kartenzeichnerin.«

»Unmöglich. Das ist nur ein Beruf für einen Mann…«

»Um solche Unterscheidungen kümmert sich im Unbeständigen niemand.«

»Aber wer sollte deine Karten kaufen?«

»Wisst Ihr, ich habe mir diese Frage ebenfalls gestellt und bin zu dem Schluss gekommen, dass die Unbeständigen nur daran interessiert sind, ob eine Karte genau ist und sich problemlos lesen lässt. Normale

Leute scheuen vielleicht davor zurück, eine Karte von einer Frau zu kaufen, aber nicht diejenigen, die das Unbeständige kennen – und die etwas von Karten verstehen.«

»Aber damit verletzt du die Regel. Du widersprichst der Kantorei und allem, wofür die Kantorei steht.« Er wedelte aufgeregt mit seiner Fliegenklatsche in ihre Richtung.

»Oh, ich werde vermutlich einen Laden in irgendeiner Grenzstadt wie Hoffdank haben, wo die Ordnung nicht funktioniert und niemand der Regel und den Regelkantoren viel Beachtung schenkt.«

»Der Schöpfer helfe dir, Keris! Das macht es noch lange nicht *richtig*. Außerdem *weißt* du, dass Meldor und Storre mit Feldströmung herumspielen. Du hast es *gesehen*. Wie kannst du nur daran *denken*, mit einem Mann zusammenzuarbeiten, der sich die Kraft des Tilgers absichtlich zu eigen gemacht hat?«

Sie seufzte, denn tief in ihrem Innern stimmte sie ihm zu. »Kantor, warum habt Ihr nicht den Leuten im Rasthort davon berichtet? Warum habt Ihr den Verteidigern nicht gesagt, dass Meldor und Davron sich mit verbotenen Dingen einlassen?«

»Glaub mir, das wollte ich. Aber irgendwie ...« Er zitterte, blieb stehen und packte sie am Arm. »Er rief mir, es nicht zu tun, und ich *konnte* es nicht. Keris, in diesem Mann haust das Böse.«

»In wem?«

»In Meldor. Ich wünschte, ich könnte mich daran erinnern, wo ich ihn schon einmal gesehen habe.«

»Warum seid Ihr hier, wenn Ihr gespürt habt, dass er böse ist?«

»Weil *du* hier bist, verdammt und zugenäht! Ich wäre noch in Pökels Rasthort und würde auf die nächste Gruppe warten, die dort vorbeikommt, wenn du nicht verkündet hättest, dass du mit Davron weiterreitest. Ich hatte mir vorgenommen, mich von der Gruppe zu trennen, bis ich hörte, dass du mit ihr weiterziehst.«

Sie war verblüfft. »Oh! O Himmel. Das wollte ich nicht…«

Er seufzte. »Jetzt ist es zu spät. Du bist ein eigensinniges Mädchen, Keris Kaylen, und ich hoffe, dass du dich noch eines anderen besinnen wirst. Es ist niemals zu spät, zur Regel und zum Schutz der Kantorei zurückzukehren.«

»Ihr werdet… Ihr werdet mir doch nicht absichtlich Schwierigkeiten machen? Gegenüber der Kantorei, meine ich.«

Ihm war offenbar unbehaglich zumute. »Ich… äh… ja… also… Ich habe nicht vor, diese Dinge hochzukochen. Ich bin zu alt für einen Kreuzzug.« Plötzlich kam ihm ein Gedanke. »Wozu braucht Meister Meldor eigentlich eine Kartenzeichnerin?«

Sie wand sich. »Als Kapitalanlage wahrscheinlich. Er glaubt bestimmt, dass man mit Karten viel Geld machen kann.«

Er sah zu der Stelle hinüber, wo Meldor sich die Hände am Lagerfeuer wärmte. »Ich habe mir bereits das Hirn zermartert, um mich zu erinnern, wo ich ihn schon einmal gesehen habe.«

»Vielleicht irgendwo in einer Kantorei. Er war früher einmal Kantor.«

»Meldor?« Er starrte den blinden Mann weiterhin an. »Ich habe aber nie gesehen, dass er die Knie zur Kinese beugt oder die Heiligen Schriften liest.«

»Er sagte, dass er Kantor war, nicht dass er es noch ist. Er ist blind, Kantor Portron, und abgesehen von der Tatsache, dass es ihm wohl schwerfallen würde, überhaupt etwas zu lesen, wisst Ihr bestimmt, was die Regel über Blinde sagt.«

»Oh… ja. Manchmal ist es schwer zu glauben, dass

er nichts sehen kann. Trotzdem, ein Kantor sollte seine Berufung nicht nur deshalb aufgeben, weil es ihm nicht mehr erlaubt ist, in einer Stabilität zu bleiben. Er kann den Gläubigen hier genauso dienen wie…« Er erbleichte und fiel beinahe hin. »Allmächtiger!«, keuchte er.

Sie streckte die Hand aus und wollte ihn festhalten, doch er entzog sich ihr und stolperte zu seinem Zelt, als ob er unter Schock stehe. Sie fragte sich, was nun los war.

Einen Augenblick später kleidete jemand anderes ihre Gedanken in Worte. »Was ist denn los?«, fragte Davron, während er zu ihr herüberkam.

»Ich weiß es nicht«, sagte sie. »Haben wir heute Nacht nur ein einziges Feuer?«

»Das Brennmaterial ist knapp. Ab hier wird es kaum mehr Bäume geben. Aber ich glaube nicht, dass ich dir das sagen muss.«

»Nein.« Sie wusste, was auf der anderen Seite des Schwammes lag: zuerst die Feldströmungslinie des Weit und dann der Fluss, der parallel zum Weit verlief. Irgendwo war noch die Geballte Faust, in der vier Linien zusammentrafen und sich miteinander verbanden. Und dahinter lag ein Land, das zunehmend lebensfeindlicher wurde und in Auflösung begriffen war.

»Ich habe dir noch nicht gedankt«, sagte er. »Dafür, dass du hier bist. Dafür, dass du einverstanden bist. Dafür, dass du mir Hoffnung gibst.«

»Ich habe es nicht für dich getan«, sagte sie schonungslos ehrlich. »Wenigstens nicht in diesem Sinn. Ich hatte Angst vor dem, was du getan hättest, wenn ich nicht… Ich wollte keine weitere Last aus Schuld mehr auf den Schultern spüren.«

»Keine weitere?«

»Ich habe meine sterbende Mutter allein zurückgelassen. Ich habe sie verlassen, als sie mich am dringendsten brauchte, weil es… weil es mir passte. Es ist schwer, damit zu leben.«

»Ah.« Er rieb sich den Nacken und der Blick, den er ihr zuwarf, zeugte von Verlegenheit. »Du… du hättest dich nicht verantwortlich für das fühlen müssen, was ich getan hätte. Meine Entscheidungen treffe ich immer noch allein.«

»Ja. Und die Entscheidung meiner Mutter, mich darum zu bitten, das Haus zu verlassen, hat sie ebenfalls allein getroffen, aber trotzdem macht es keinen Unterschied. Das Schuldgefühl ist da. Und es wird immer da sein«, fügte sie schlicht hinzu. »Ich muss lernen, damit zu leben, und ich wollte dieser Last auf keinen Fall noch eine zweite hinzufügen.«

Er nickte. Sie hatte den Eindruck, dass er sie nicht nur verstand, sondern dass ihn das Gesagte gleichzeitig widerstrebend erfreute, so als ob es ihn persönlich berührte. Sie vermutete, dass auch er wusste, was es bedeutete, an diesen heimtückischen, rankenden Schuldgefühlen zu leiden, die sich einem tief ins Bewusstsein wanden. Sie seufzte. »Davron, ich habe nicht die leiseste Ahnung, wie ich eine Trompleri-Karte herstellen könnte. Mir fällt dazu einfach nichts ein. Ich weiß nicht, wo ich anfangen soll.« Diesmal war sie sich durchaus bewusst, dass sie den Ehrentitel ›Meister‹ fortgelassen hatte. Sie war entschlossen, ihn als ihresgleichen zu behandeln, dennoch errötete sie.

Er sagte: »Wir werden dich mit Leuten bekannt machen, die Deverli kannten. Und mit anderen, die vielleicht einige Ideen haben. Wir werden dir dasselbe sagen, was wir ihm gesagt haben. Er hat das Geheimnis gelüftet – also kannst du es auch.«

»Nun, ich hoffe, ihr passt auf mich besser auf als auf ihn.«

Seine Lippen verzogen sich, aber es war kaum ein

Lächeln. »Ich will es versuchen. Und... das mit deiner Mutter tut mir Leid. Ich erinnere mich an sie. Ich bin ihr mehrmals begegnet. Ich erinnere mich noch daran, wie ich vor vielen Jahren zum ersten Mal nach Mahlkorn kam. Sie hatte ihren Unterrock mit Spitze verziert. Er lugte unter ihrem Rock hervor. Es hat mich beeindruckt, dass sich jemand diese Mühe machte, nur um sich selbst zu gefallen – und um die Kantorei auf eine Art und Weise zu verhöhnen, die nur ihr selbst bekannt war. Das gefiel mir. Ich habe sie als eine Frau von... Würde und Aufrichtigkeit angesehen.«

Verzierungen waren ausschließlich den Kantoren zur höheren Ehre der Kantorei vorbehalten, aber Sheyli hatte trotz ihrer Frömmigkeit eine halsstarrige Ader und sie liebte schöne Dinge. Davron hatte Recht: Sie war wirklich eine aufrichtige Frau gewesen und hatte sich immer geweigert, ihr Innerstes der Regel preiszugeben. Keris sah verwundert zu dem Führer auf; er konnte Sheyli kaum gut gekannt haben, und doch hatte er so vieles erspürt.

»He, Keris – hast du ein paar Lebensmittel, die wir aufs Feuer legen können?«, rief Bark. »Wir haben nicht so viel Brennstoff, um es lange weiterbrennen zu lassen.«

»Ich komme.« Sie verließ Davron und ging auf ihr Zelt zu. Dabei wünschte sie sich, es würde ihr nichts ausmachen, dass er verheiratet war. Und Kinder hatte. Aber es machte ihr etwas aus, und es fiel ihr immer schwerer, sich selbst davon zu überzeugen, dass er ihr nichts bedeutete.

Verblendung, dachte sie und war wütend über sich selbst. Das ist alles.

Aber dann erinnerte sie sich an die Scham in seinen Augen und daran, wie er eine verborgene Kraftquelle benutzte, um diese Scham zu dämpfen. Sie erinnerte sich daran, wie er wegen Baraines Lossagung und

Fints Verkrüppelung getrauert hatte. Sie erinnerte sich an die Art, wie er den Kopf zu drehen pflegte, an seine fließenden Bewegungen. Sie erinnerte sich daran, wie er ihre innere Aufruhr angesichts von Gravals Tod gespürt hatte, und daran, wie er versucht hatte, sie zu stärken – nicht um sie zu beruhigen; er war kein Mann der Oberflächlichkeiten. Selbst an seiner Härte war etwas Fesselndes, etwas Verlockendes an seinen obsidianschwarzen Augen; auch lag etwas Anziehendes in der Schwäche, die er zu verbergen suchte, etwas Faszinierendes an dem Mann, der so leicht errötete und unter dessen Waffen eine Peitsche war. Er war fesselnd. Er stieß einen ab. Und etwas regte sich in ihr und reagierte auf ihn.

Und es gab keine Möglichkeit, dass er jemals ihr angehören könnte.

O Himmel, warum ist nichts mehr einfach?

Es war nicht leicht, einen Weg durch den Schwamm zu finden. Eine einmal eingeschlagene Route konnte plötzlich vor einer glatten Mauer oder in einer Sackgasse enden, oder sie verengte sich so sehr, dass ein Pferd nicht mehr durchkam. In dem sanften blauen Licht waren die Löcher, die sich plötzlich im Boden öffneten, oder die Unebenheiten, gegen die sie oft mit den Füßen stießen, schwer zu sehen. Es gab Schwellen und Verdickungen und Hügel und Schlingen; vielleicht waren sie dazu da, unvorsichtige Beine zu fangen. Und irgendwo im Inneren waren die Bestien und machten dort ihre Nester, Netze, Höhlen und Bauten.

Sie führten die Pferde und trotteten mühsam dahin. Tousson warf den Kopf herum und schlug mit dem Hals gegen Keris' Arm. »der Weg gefällt ihr nicht«, bemerkte Bark. Er bildete hinter ihnen die Nachhut.

»Nein. Das kann man ihr nicht verübeln.«

»Stimmt. Pass auf, hier ist es schlüpfrig. Aus irgendeinem Grund ist es hier nass.«

Sie blickte nach vorn. Dort stieß Corrian gerade einen Fluch aus, weil sie sich den Kopf angestoßen hatte; Portron sprach mit seinem Zelter und versuchte, das nervöse Tier zu beruhigen; und das Chamäleon – jetzt in mattem Blau, passend zu seiner Umgebung – trottete ruhig und unauffällig mit seinen Tieren dahin.

Seltsam, dachte sie, wie anders sich Fint jetzt bewegt, seit er ein Chamäleon ist. Sein Gang war geschmeidig und voller Selbstvertrauen, das angeboren schien – wie bei einem Tier in seinem Heimatterritorium. In Gesellschaft mochte er immer noch nicht wissen, was er sagen sollte, und er war sicherlich noch immer ein bibberndes Durcheinander aus nervösem Gehabe, aber manchmal schien ihn seine Tarnung nicht nur zu verbergen, sondern auch in Sicherheit zu hüllen. Seine Verkrüppelung hatte ihn auf überraschende Weise verändert.

Sie sah an ihm vorbei, konnte aber weder Davron noch Meldor erkennen – sie wurden von den vielen Biegungen und Gabelungen verborgen –, aber sie wusste, welcher der beiden Männer die Gruppe führte. »Bark«, fragte sie, »woher kennt Meldor den Weg?«

Der Verseuchte zuckte mit den breiten Schultern. »Er erspürt die Route irgendwie. Mach dir keine Sorgen – er hat sich hier noch nie verirrt.«

»Ich mache mir keine Sorgen.« Das stimmte. Der blinde Mann besaß jene Führungsqualitäten, denen jeder in seiner Gesellschaft vertraute. Selbst Portron schien sie trotz seiner Vorbehalte zu spüren. Das ist Charisma, dachte Keris. Solche Menschen können der Menschheit gefährlich werden – und der Kantorei.

Den größten Teil des Morgens mussten sie im Gänsemarsch durch die engen Schächte und die durch sie verbundenen Kammern gehen, und es war nicht immer möglich, miteinander zu reden. Erst als sie zum Mittagessen anhielten und die Beschaffenheit des Schwammes die Gruppe dazu zwang, sich zu zweit und zu dritt zusammenzuhocken, konnte Keris wieder mit Bark reden. Sie setzte sich schließlich in einer ausgehöhlten Kammer, die kaum groß genug für zwei Menschen war, neben den Ungebundenen. Ihre Reittiere standen in einem breiteren Durchgang beisammen; die anderen hatten sich auf die übrigen Kammern verteilt. Nun stellte sie die Frage, die ständig an ihr nagte, die zu stellen sie sich bisher geschämt hatte, die sie aber jetzt nicht mehr zurückhalten konnte: »Was ist Davrons Gemahlin für eine Frau, Bark?«

Sie befürchtete, er würde dieser Frage ausweichen; stattdessen aber wurde sein Blick sanft. »Wer hat dir gesagt, dass er verheiratet ist?«, fragte er.

»Er selbst.«

»Ah.« Er schien überrascht. »Alliss. Alliss von Turm-und-Blum. Sie war… sie ist die schönste Frau, die ich je gesehen habe. Nein, vielleicht ist schön nicht das richtige Wort. Lieblich, das ist es. Sie ist lieblich. Mondlicht und Quecksilber. Zumindest war sie so, als ich sie zum ersten Mal getroffen habe, vor… vor Davrons Schwierigkeiten. Sie war voller Leben – eine Frau, die dich lebendiger fühlen ließ, wenn sie nur in deine Nähe kam. Freundlich, liebenswürdig… Rotes Haar, grüne Augen, helle Haut, zarte Knochen. Ein weiches Herz, das es hasste, Schmerzen oder Leid zu sehen. Sie war dabei, als Davrons Gruppe mich nach meiner Verseuchung fand. Ich werde nie vergessen, wie ich aufgeschaut und gesehen habe, wie sie sich über mich beugte; es war wie eine himmlische Vision.«

»Wo ist sie jetzt?«

»Vermutlich zurück in der Fünften. Davron spricht nicht mehr von ihr, auch wenn er… auch wenn er in die Fünfte geht, so oft er kann.«

Und auch jetzt waren sie zur Fünften unterwegs. Zweifellos würde sich Davron davonmachen und sie besuchen. Mondlicht und Quecksilber. Keris fühlte sich krank. Niemand würde Keris Kaylen so beschreiben – eher als Kiesel und Haferbrei oder etwas ähnlich Gewöhnliches und Reizloses.

Sogar ihr Name klang ganz besonders: Alliss von Turm-und-Blum. Verdammnis über sie.

Dann kam Davron zu ihnen. Er ragte gewaltig über ihnen auf. »Bark, würdest du bitte gehen und mit Meldor sprechen?«, bat er ruhig. »Er macht sich über das Wetter Sorgen.« Er wartete, bis der Ungebundene fortgegangen war, und fügte dann hinzu: »Meine Frau geht dich nichts an, Keris.«

Er hatte es gehört. Er war nicht wütend; in seinen Augen las sie Schmerz; Schmerz angesichts von Erinnerungen, die kaum erträglich waren, und das machte es noch schlimmer. Sie errötete und schaute fort. »Verzeih mir. Gehen wir jetzt weiter?« Sie sammelte die Überreste ihres Mittagessens auf und packte sie ein, wobei sie es vermied, ihn anzusehen.

Er nickte. »Meldor glaubt, dass es regnen wird.«

»Es ist dunkler geworden.«

»Wolken«, sagte Meldor, der sich mit Bark im Schlepptau zu ihnen gesellte. »Ich rieche den kommenden Regen schon seit einiger Zeit. Er wird alles noch viel schwieriger machen.«

Keris schaute nach oben. Das kuppelförmige Dach unmittelbar über ihr war durchlöchert; sie konnte weiter oben noch mehr Grotten und Brücken erkennen; es war, als hätte ein Kind versucht, irgendein Fabelgebäude zu errichten. Es besaß eine exotische Schönheit: ein tiefes, reiches Blau in den Schatten, anderswo eine blassere, durchscheinende Farbe und nirgendwo war etwas symmetrisch oder glatt. »Kann der Regen hier hereinfallen?«, fragte sie.

»Das Licht kann es«, betonte Bark.

»Außerdem nähern sich uns die Bestien«, fügte Meldor ruhig hinzu. »Ich glaube, uns steht ein schwerer Nachmittag bevor.«

Niemand erwiderte etwas darauf. Es hätte keinen Sinn gehabt.

Sie hörten den Regen einige Zeit, bevor sie andere Anzeichen von ihm bemerkten, doch schließlich rann er in kleinen Strömen nieder, nässte den Boden und die Wände und machte alles doppelt heimtückisch. Es war auch nicht gerade hilfreich, dass das Licht langsam abnahm.

»Manchmal glaube ich, dass diese Reise verhext ist«, murmelte Bark zu Davron, als er sich nach einem schlimmen Sturz wieder aufrappelte. »Ich kann mich an keine andere erinnern, die so schlimm war wie diese.«

»Unsinn«, zischte Davron. »Graval war das einzige wirkliche Unheil, das uns zugestoßen ist.«

Keris dachte darüber nach und erkannte die Wahrheit dieser Behauptung. Das verlorene Gepäck, das zerrissene Zelt, das lahmende Pferd, die Schwierigkeiten, die sie mit den Bestien hatten, die zahlreichen anderen kleinen Nadelstiche, die ihnen das Leben schwer machten – das alles konnte von der Bösartigkeit eines Häschers herrühren; er konnte sogar für den Angriff der Bestien verantwortlich sein.

Sie zitterte und wusste nicht, ob der Grund dafür die Kälte oder ihre Angst war. Es lag ein Geruch in der Luft, der sich ihr zu nähern schien; es war mehr als nur der Gestank der Bestien. Manchmal erhaschte sie einen Blick auf eine Spur von Farbe in der Luft, ein rosafarbenes Glimmern, das verblasste, wenn sie genau hinsah, aber das sie von Zeit zu Zeit aus den Augenwinkeln heraus wahrzunehmen glaubte.

Später am Tag wurden die Rinnsale zu einem Strom und immer mehr Regen fand seinen Weg in den Schwamm hinein. Manchmal wateten sie knietief im Wasser und hatten Angst, in ein Loch zu geraten; genauso oft wurden sie von Güssen durchnässt, die durch Röhren auf sie herabschossen. Sie waren nass und müde und ihnen war kalt; Keris ärgerte sich darüber, dass ihr zweites Paar Stiefel – das jetzt ihr einziges Paar war – die andauernde Feuchtigkeit nicht aushalten würde. Sie stützte sich auf Piers' Stab und tastete damit den Boden vor ihr ab, wenn das Wasser sehr tief stand, und zog Trost aus dem Gedanken, dass ihr Vater den Stab manchmal zu demselben Zweck benutzt hatte.

Allmählich verblassten alle Gedanken an die Bestien angesichts der allgemeinen elenden Lage. Sie schleppten sich fluchend voran.

Als dann der Angriff kam, geschah dies mit einer teuflischen Wildheit, die sie unerwartet traf. Gerade noch waren sie lediglich müde und gereizt gewesen, und gleich darauf wurden sie auf allen Seiten von heranhastenden Bestien bestürmt. Keris erhaschte einen erschrockenen Blick auf behaarte Arme und Beine und dünne Körper, auf schaukelnde gestalten und zuschnappende Zähne, dann wurde sie von den Pferden zur Seite getreten. Ygraine und Tousson gerieten in Panik, rissen sich von den Zügeln los und waren verschwunden. Keris landete hart am Boden, schlug sich den Kopf an einer vorstehenden Ecke an und quetschte sich den Rücken über dem Köcher. Sie hatte keine Zeit, wieder einen klaren Kopf zu bekommen, denn eine der schwarzen Kreaturen sprang von oben auf ihren flach daliegenden Körper herab. Das Geschöpf hatte die Größe eines schmächtigen, fünf Jahre alten Kindes und einen entfernt menschenähnlichen Umriss. Der fette Gestank der Bestie überwältigte Keris. Ein verrunzeltes Gesicht mit einem Mund voller spitzer Zähne befand sich nur wenige Zentimeter von ihrem eigenen Gesicht entfernt; krallenbewehrte Hände zerrten an ihrem Hemd. Sie versuchte sich aufzurappeln und keuchte vor Entsetzen, aber sie konnte keinen Schrei ausstoßen. Das tintenschwarze Gesicht bewegte sich von ihren Augen fort und nach unten und schwebte jetzt über ihrem Brustkorb. Mit einem seltsam menschlichen Griff zerrissen die Hände ihr Hemd und sie hegte nicht den geringsten Zweifel daran, dass ihr Herz das Ziel war.

Sie griff nach ihrem Messer, konnte es aber nicht erreichen. Mit der anderen Hand gelang es ihr, nach dem hellroten Auge zu schlagen, das sie unverwandt anstarrte, und das verhalf ihr zu einem kurzen Aufschub. Während sie noch nach ihrem Messer herumtastete, fand sie stattdessen Piers' Stab. Sie stieß dessen unteres Ende in das Zwerchfell des Tieres, mit einer Wucht, die sie selbst überraschte, zumal in ihrer augenblicklichen Lage. Die Bestie brach zusammen und würgte und Keris rollte unter ihr weg. Sie schwang den Stab heftig gegen den schwarzen Kopf und das Geschöpf brach vor ihren Füßen zusammen; plötzlich wirkte es klein und unbedeutend. Sie sog die Luft ein und fragte sich, wie sie zu ihrem Sieg gekommen war.

Leider hatte sie keine Zeit für Beglückwünschungen. Sie lehnte gegen die Wand und Wasser ergoss sich über ihr Gesicht und ihre Schulter und trübte ihre Sicht; trotzdem erkannte sie, dass sie umzingelt war. Ein Kreis aus fünf oder sechs der gleichen schwarzen Kreaturen näherten sich ihr knurrend. Einige von ihnen kletterten von oben herab. Sie ließen sich Zeit, denn sie wussten, dass Keris sie nicht alle nur mit einem Stab oder einem Messer töten konnte. Ihr Bogen, dessen Sehne wegen der Feuchtigkeit gelockert war, hing an ihrem Gepäck, das Tousson trug, und die Querungspferde waren schon lange fort.

Und dann duckte sich Davron in den Durchgang. Seine Kleidung war zerfetzt und eine gezackte Wunde kerbte seinen Arm. Er hielt seine Peitsche, aber die Tiere beachteten ihn nicht. Als er eines von ihnen trat und ihm anscheinend mit einem Fußtritt den Rücken brach und auf ein anderes einpeitschte und ihm einen tiefen Schnitt am Hals versetzte, bewegten sich die anderen lediglich von ihm fort und stürmten stattdessen auf Keris ein. Sie dachte: Sie kennen ihn aufgrund des Zeichens, das er trägt; und sie spürte, wie der alte Ärger auf ihn wieder in ihr hochstieg. Er warf sich zwischen die Bestien und peitschte auf sie ein, aber sie wichen ihm aus und fielen über Keris her und schlugen nach ihr mit Klauen und Zähnen, während sie versuchte, sie mit ihrem Stab abzuwehren.

Davron hatte seine Messer anscheinend nicht bei sich und er hatte Schwierigkeiten damit, die Peitsche auf so engem Raum zu benutzen. Sie sah sein Gesicht, während er zwischen den Geschöpfen herumwirbelte, und erkannte seine Verzweiflung.

Dann fielen die Kreaturen über ihr knurrend auf sie herab.

Sie schrie auf und fühlte sich nur einen Klauenhieb vom Tod entfernt. Und der Raum explodierte vor Funken und Farben und Kraft. Feldströmung, dachte sie, und wurde gegen die Wand gestoßen. Macht. Es war wie die Kraft des Windes, aber die Luft war ruhig; der Atem entwich ihrem Körper, aber nichts berührte sie. Um sie herum brachen die Bestien zu kläglichen Haufen aus dünnen Gliedern und totenkopfartigen Schädeln zusammen. Sie waren verschrumpelt, als ob das Leben aus ihnen herausgesaugt worden wäre und nur trockene Hülsen hinterlassen hätte.

Keris sog keuchend Luft ein und drückte sich von der Wand ab. Davron lag in der Mitte der Kammer auf dem Bauch, mit dem Gesicht nach unten und der Peitsche noch in der Hand. Und alle Bestien waren tot.

Sie hatte keine Ahnung, was geschehen war.

Sie nahm ihr Messer auf und spähte in die Runde, aber es war niemand zu sehen – weder Mensch noch Bestie. Keris war vielleicht nun das einzige noch lebende Wesen im Innern des Schwammes. Die Stille war bestürzend und diente nur dazu, ihre Erinnerung an das, was vorangegangen war, zu verstärken – Geräusche, die sie zuvor kaum wahrgenommen hatte: Corrian, die unflätig fluchte, Meldor, der jemandem zurief, er solle weglaufen, das Gewieher der Pferde, das wütende Knurren der Bestien, das Grunzen und die dumpfen Schläge... Jetzt hörte sie nur noch das Geräusch des fließenden Wassers.

Sie kniete neben Davron nieder und befürchtete das Schlimmste. Sie wollte nicht wahrhaben, dass das, was die Bestien getötet hatte, auch ihn umgebracht hatte. Dabei wusste sie, dass sein Tod für alle das beste wäre. Sie wollte, dass es so war – und wusste, dass sie es nicht würde ertragen können, wenn es wirklich so wäre.

Sie rollte ihn auf den Rücken und hielt dann inne. Durch den Boden des Schwammes fühlte sie eine näher kommende Erschütterung. Ein Donnern von Hufen. Ein schnaubendes Geräusch. Sie sprang auf die Beine und wollte sich diesem neuen Angriff stellen, doch das, was sie nun sah, hatte sie am wenigsten erwartet. Es war Strunk, Barks gewaltiges verseuchtes Pferd. Das Tier war außer Kontrolle geraten; es keuchte und sabberte, schwang den riesigen Kopf mit den messerscharfen Hörnern und stampfte in hirnloser Angst durch die Tunnel des Schwammes. Mehrere der schwarzen Geschöpfe hingen an seinem Rücken und hatten sich in das Fell verbissen.

Und es kam direkt auf Keris zu.

Es gab nichts, was sie für Davron tun konnte. Es blieb keine Zeit mehr, keinen Ort, zu dem sie fliehen konnte, um sich vor diesen ausschlagenden Hörnern in Sicherheit zu bringen…

Sie rannte.

Und Strunk donnerte hinter ihr her. Seine großen Hufe trampelten über Davron hinweg, ohne dass das Pferd deshalb langsamer geworden wäre. Die Hörner waren nur noch wenige Zentimeter von ihrem Rücken entfernt und sie rannte, wie sie noch nie im Leben gerannt war. Sie hatte keine Zeit, um sich in einen Seitenschacht zu ducken – sie sah sie nicht einmal, bevor sie bereits an ihnen vorübergeeilt war. Sie lief und lief. Hinter ihr kam das Stampfen des verrückten Tieres immer näher. Wenn sich Durchgänge vor Keris öffneten, wenn sie und das Tier plötzlich eine Wahl hatten, dann folgte es immer ihr. Eine der Bestien fiel von ihm herab und wurde unter den Hufen zertreten; eine andere wurde in einem engen Bogengang gegen die Wand gedrückt und verlor ebenfalls den Halt, doch noch immer rannte das Pferd weiter.

Keris hatte Angst auszurutschen und unter diese gewaltigen Hufe mit ihren riesigen Hufeisen zu fallen. Ein Spalt öffnete sich im Boden vor ihr; sie überwand ihn mit einem weiten Sprung. Strunk folgte ihr mit seiner gewichtigen Masse. Die Ränder zerbröckelten unter ihm, doch er konnte sich halten und war ihr sofort wieder auf den Fersen. Ihr Atem ging schwer. Sie spürte die Spitze eines der Hörner an ihrem ihren Hinterteil und rannte noch schneller, doch sie wusste, dass sie es nicht mehr lange durchhalten würde. *Was für eine dumme Art zu sterben.*

Und dann kam ein Arm aus dem Nichts, zerrte sie zur Seite und zog sie durch ein enges Loch in der Wand in die Sicherheit dahinter. Strunk raste weiter voran und das Geräusch seines Trabs verlor sich in der Ferne.

Keris war starr vor Angst. Sie spürte das Wummern des Herzes in ihrer Brust und befürchtete, sie würde vor Entsetzen sterben. Sie sah auf den Arm herab, der sie noch immer umfasste. Er verschmolz mit dem Hintergrund…

»Fint!«

Sie sackte gegen ihn und er packte sie, um sie vor dem Sturz zu bewahren. Dabei versuchte er, ihre Haut nicht zu berühren, weil er wusste, dass es ihr wehtun würde. »Alles in Ordnung«, sagte er. »Jetzt ist alles wieder gut.«

»O Schöpfer – *Fint!* Ich bin in meinem ganzen Leben noch nie so froh gewesen, jemanden zu sehen.«

Sein Gesicht färbte sich zu einem noch dunkleren Blau. »Äh… danke. Ähm… Keris, dein…« Er machte eine verlegene Geste auf ihr Hemd hin, während er auf einen Punkt oberhalb ihres Kopfes schaute. Sie erkannte, dass ihre Brüste entblößt waren. Sie errötete, zog die Enden des Stoffes zusammen und verknotete sie. »Bist du verletzt?«, fragte er, zog sich am Ohrläppchen und vermied es, sie anzusehen.

»Nein, das heißt außer ein paar Schnitten und Quetschungen. Und du?«

Er schüttelte den Kopf. »Ich bin einfach stillgestanden, von Anfang an, und diese Bestien haben mich gar nicht gesehen. Dann, als niemand in meine Richtung sah, bin ich fortgelaufen. Ich weiß, dass das nicht sehr tapfer war, aber ich habe schließlich auch nie behauptet, dass ich tapfer bin«, sagte er. Er klang verloren und einsam. »Ich weiß überhaupt nichts über das Kämpfen. Als mein Vater bemerkte, dass ich nicht feldströmungsfühlig bin, hat er sich nicht mehr die Mühe gemacht, es mir beizubringen.«

Sie holte tief Luft. »Du hast mir gerade eben das Leben gerettet.«

»Äh… also, dabei bin ich selbst schließlich kein Risiko eingegangen. Wie geht es den anderen? Meldor war vor mir, aber ich konnte nicht sehen, was mit ihm geschehen ist.«

»Davron ist verletzt; ich weiß nicht, wie schwer. Von den anderen habe ich keinen gesehen. Corrian war vor mir, aber als wir angegriffen wurden, war sie gerade um eine Ecke gebogen und außer Sichtweite. Bark und Davron waren hinter mir.«

Sie trat wieder hinaus in den Tunnel, durch den sie geflohen war, und blickte den Weg zurück, der sie hierher geführt hatte. »Es gab so viele Tunnel – ich weiß nicht, wie ich zurückfinden soll.«

»Ich auch nicht. Wenn ich mir es recht überlege, habe ich nicht einmal die leiseste Ahnung, wie wir von hier aus weitergehen sollen. Keris, wir haben keinen Proviant, einfach gar nichts. Kannst du uns hier herausbringen?«

Sie blieb reglos stehen und holte noch einmal tief Luft. Sie roch die Feldströmung vor ihnen und spürte deren verführerisches Ziehen. »Ja, ich glaube, das kann ich.« Sie warf einen weiteren zögernden Blick zurück. Wenn sie versuchte, ihre Schritte zurückzuverfolgen... Aber es war hoffnungslos. Sie würde Davron niemals wiederfinden. Falls das Wasser steigt, könnte er ertrinken, dachte sie. Wenn er nicht schon tot ist. Ich kann ihn doch nicht so zurücklassen. »Ich muss zu Davron zurückgehen«, sagte sie. Ich kann nicht immer wieder Leute im Stich lassen, nur weil es mir so passt.

Er fand sich widerspruchslos damit ab. »Weißt du, wie du ihn finden kannst?«

Sie schüttelte den Kopf. Von dort aus, wo sie stand, konnte sie fünf Abzweigungen von dem Tunnel sehen und sie hatte keine Ahnung, durch welche sie hierher gekommen war. Das Wasser hatte bereits alle Spuren weggewaschen, die Strunk hinterlassen haben mochte.

»Irgendwo da hinten sind die Bestien«, sagte das Chamäleon.

Sie könnten ihn inzwischen bereits gefressen haben, dachte sie. Nein, das würden sie nicht tun. Sie glauben, dass er dem Tilger dient. »Du musst nicht mit mir kommen«, sagte sie.

Er warf ihr einen bedeutungsschweren Blick zu. »Wenn du glaubst, dass ich dich wieder allein lasse, dann bist du nicht bei Verstand. Ich meine, wir sollten von hier verschwinden und Davron sich selbst überlassen – er ist schließlich der Führer –, aber wenn du zurückgehst, gehe ich eben auch zurück. Ich habe viel zu große Angst, um allein hierzubleiben oder weiterzugehen.«

Sie versuchten es. Sie wandte dem Ziehen der Feldströmung den Rücken zu und suchte nach dem Weg, auf dem sie gekommen war. Sie fanden weder den Spalt, durch den sie gesprungen war, noch die Körper der beiden Bestien, die Strunk getötet hatte, noch die der anderen.

Schließlich war es Fint, der Einhalt gebot. »Es wird allmählich dunkel, Keris«, sagte er. »Ich glaube, wir sollten versuchen, hier herauszukommen. Wir haben kein Licht, rein gar nichts.« Er starrte sie an; in seinen geschlitzten Augen lag Angst. »Die Bestien... in der Nacht...«

Sie nickte jämmerlich, drehte sich um und folgte dem Band, das sie voranzog. Feldströmung. Sie rief Keris, und Keris beantwortete diesen Ruf, obwohl sie Angst davor hatte.

Bei Sonnenuntergang hatten sie sich aus dem Schwamm befreit. Sie traten aus einer Öffnung am Fuß der Barriere auf der südlichen Seite; von hier aus überblickten sie das Tal des Flusses.

Undeutlich sah Keris das Lager in einer Entfernung

von einigen hundert Schritten – nicht ihres, sondern ein fremdes. Undeutlich sah sie den Fluss und die Farben des Weit, der sich über den Talboden schlängelte... Aber es war der Ausbruch von Feldströmung, der ihre ganze Aufmerksamkeit auf sich zog – der Ort, an dem vier Feldströmungslinien zusammenkamen, sich ineinander verschlangen, sich zu einem Knäuel verwirrten und sich in einer ständigen pilzartigen Wolke aus Farbe, Kraft und Bewegung in die Luft erhoben. Sie betrachtete das Schauspiel und fürchtete sich und spürte die Anziehungskraft, die davon ausging und sie dazu verlocken wollte, näher zu kommen und sich als Opfer auf diesem Scheiterhaufen darzubringen.

»Was ist los?«, fragte das Chamäleon verwirrt. »Keris, was ist das?«

»Ah, süßer Himmel, Fint – erkennst du das nicht?«

Er starrte in die Richtung, in die sie schaute, und sah nichts und fühlte nichts.

Er schüttelte den Kopf. »Nebel. Das ist alles.«

Sie flüsterte: »Das ist die Faust. Die Geballte Faust. Verdammt, Fint, sie ist *gewaltig*.«

Kapitel Siebzehn

Menschen, die ihrem Schicksal entkommen wollen, sind wie jemand in den Händen eines blinden Zauberkünstlers.

Sprichwort aus der
alten Markgrafschaft Malinawar

Das Lager gehörte einem Händler namens Tom Billig und seinem halben Dutzend verseuchter Bediensteten. Er kam aus dem Süden und hatte vor, den Schwamm am nächsten Tag zu durchqueren. Keris kannte ihn, aber er erkannte sie nicht als Piers' Tochter und sie klärte ihn nicht über sich auf. Zu ihrem Ärger schien er erfreut darüber zu sein, dass sie von den Bestien angegriffen worden waren, und er unternahm keinen Versuch, dieses Gefühl zu verbergen. »Wenn sie schon ein paar von euch verspeist haben, ist es weniger wahrscheinlich, dass sie ihre dreckigen Zähne auch noch in uns schlagen wollen«, erklärte er. Es lag keine Boshaftigkeit in dieser Bemerkung, aber er empfand augenscheinlich keine große Zuneigung für andere Menschen und ertrug deren Schicksal mühelos.

Keris sah erleichtert, dass Bark, Corrian und Portron bereits hier waren und das Lager mit dem Händler teilten. Der Kantor hastete voller Unruhe auf sie zu. »Ah, Mädchen, du bist ein schöner Anblick für meine besorgten Augen. Ich habe zu deinem Wohl Kinesen vollführt. Bist zu verletzt?«

Sie schüttelte den Kopf. »Was ist mit Euch?«

»Bark hat uns aus dem Schwamm herausgeführt«, sagte er und nickte dem Verseuchten zu, der Keris mit seinem üblichen tierischen Grinsen anlächelte. »Natürlich mit der Gnade des Schöpfers. Und unsere Pferde sind von allein aufgetaucht. Ich glaube, deine Ygraine hat sie hergebracht. Barks Ungetüm ist später gekommen und hat den Weg allein gefunden.«

»Und die anderen?«, fragte sie. »Davron? Meldor?«

»Bisher war kein Zeichen von ihnen zu sehen. Und Corrians Packesel wird auch vermisst.«

Corrian funkelte die andern finster an. »Meine beste Pfeife ist zerbrochen. Und alle Ersatzteile sind in meinem Gepäck. Was zum Henker soll ich jetzt ohne meine Pfeifen und mein Pfeifenkraut machen?«

Jedermann enthielt sich der Bemerkung, dass es ihr recht gut zu gehen schien: Ihre Zähne hatten sich fest um den Stiel einer neuen Pfeife geschlossen, die sie von Tom gekauft hatte, und sie hatte sie mit seinem besten Pfeifenkraut gestopft. Anscheinend war ihr Geld nicht in ihrem Gepäck gewesen, sondern an ihrem Körper.

Keris wandte sich an Bark. »Hast du gesehen, was mit Meldor passiert ist?«

»Er hat mir zugebrüllt, ich solle Corrian und Fint und den Kantor in Sicherheit bringen. Fint konnte ich nicht sehen, aber Corrian und Portron habe ich gefunden. Meldor ging durch den Tunnel zurück, um dich und Davron zu suchen. Wir haben Meldors Querungspferd genommen – es hat uns herausgeführt.«

»Du hast Meldor einfach allein gelassen?«

Er schenkte Keris einen gleichmütigen Blick. »Wenn ich einen direkten Befehl erhalte, gehorche ich ihm. Meldor und Davron können viel besser auf sich selbst aufpassen als ich. Und jetzt solltest du dein Zelt aufschlagen. Hast du etwas dagegen, es heute Nacht mit Corrian zu teilen? Falls ihr Maulesel nicht mehr auftaucht, hat sie keinen Platz zum Schlafen.«

»Nur wenn sie verspricht, diese verdammte Pfeife nicht im Zelt zu rauchen«, sagte Keris ungnädig.

»Klugscheißer!«, murmelte Corrian. »Keine Ahnung,

wohin das mit den Jungen noch führen soll. Kein Respekt mehr vor den Alten.«

Keris schlug ihr Zelt auf und empfing danach dankbar einen Teller Eintopf von Portron. »Der Händler sagt, dass seine Ungebundenen heute Nacht Wache halten«, meinte der Kantor freudig, »was bedeutet, dass wir die ganze Nacht lang schlafen können.«

Keris starrte ihn an, wunderte sich über seinen Tonfall und erkannte schließlich, dass Portron hoffte, Davron und Meldor würden nie mehr auftauchen. Sie sagte nichts, aber sie wusste, dass sie nicht würde schlafen können, bis sie überzeugt sein konnte, dass Davron in Sicherheit war. Aber er ist nicht in Sicherheit, dachte sie. Wie kann er in Sicherheit sein? Er war bewusstlos, lag am Boden und das Wasser stürzte herein. Vielleicht war er schon tot. Strunk war groß und das Tier war über ihn hinweg getrampelt.

Sie aß in stoischer Ruhe und säuberte den Teller sogar mit einem Stück feuchten Brotes vom letzten Rest Soße; das Brot hatte Corrian in der Aschenglut gebacken. Keris schmeckte nichts von ihrem Mahl.

Schließlich teilte Corrian doch nicht das Zelt mit Keris. Es hatte den Anschein, dass Tom Billig glücklich war, mit einer ledrigen alten Frau ins Bett gehen zu können, nachdem sie ihn davon überzeugt hatte, dass sie nicht verseucht war. Er hatte in Frage gestellt, dass jemand auf natürliche Weise so hässlich sein konnte. Diese Beleidigung ertrug Corrian mühelos. Während sie zu seinem Zelt ging, bemerkte sie unüberhörbar, dass in der Dunkelheit alle Muschis grau seien. Portron sog entrüstet den Atem ein und ging steifbeinig zu Bett; und wie es vorherzusehen gewesen war, errötete Fint. Einige Minuten später ging auch er in sein Zelt und ließ Keris und Bark bei der verglühenden Asche des Feuers allein zurück.

»Ich habe gesehen, was mit Davron passiert ist«, sagte sie ohne Umschweife und beschrieb, was sie beobachtet hatte. »Selbst wenn er nur zeitweilig bewusstlos war – Strunk ist geradewegs über ihm hinweggaloppiert…« Sie hielt inne; es war ihr unmöglich weiterzureden.

»Meldor wird ihn finden.«

»Meldor ist blind. Die Bestien könnten ihn in Stücke reißen.«

»Er ist nicht schutzlos.«

»Ach, hör auf, Bark«, sagte sie gereizt. »Du machst dir genauso viele Sorgen wie ich.«

Er zog eine Grimasse, wobei ihm die Zunge aus dem Mund rollte. »Ja, vermutlich. Aber ich kann nicht zurückgehen und sie suchen; ich würde den Weg niemals finden. Und Meldor ist stärker, als du glaubst.«

Sie stocherte müßig mit einem Stock in der Asche am Rande des Feuers herum. »Er gebraucht Feldströmung«, sagte sie. »So ist es doch, oder? Irgendwie benutzt er die Feldströmung, damit er etwas sehen kann. Sie ersetzt ihm den verlorenen Sinn – oder wenigstens steigert sie diejenigen, die er noch besitzt.«

Bark ging nicht darauf ein.

Sie fuhr fort: »Und aus diesem Grund glaubt er, den Tilger bekämpfen zu können – weil er weiß, wie man die Feldströmung benutzen kann. Er missachtet die Kritik der Kantorei. Er glaubt, er kann die Feldströmung seinem Willen unterwerfen, ohne selbst von ihr zugrunde gerichtet zu werden.« Sie machte eine Pause. »Er ist verrückt. So verrückt wie Davron. Niemand kann den Tilger bekämpfen, es sei denn dadurch, dass er Ordnung erschafft.«

»Ach ja. Die Strenge der Ordnung und der Regel. Die Unbeugsamkeit, die keine Veränderungen und nichts Ungewöhnliches zulässt. Die die Blinden und die Krüppel hinauswirft, die uns in das Unbeständige schickt, damit wir dort verseucht werden. Ist das die Art von Leben, an die du glaubst, Keris?«

»Was bleibt mir anderes übrig?«, flüsterte sie. »Willst du die Wahrheit hören? Ich *hasse* es. Ich habe es schon immer gehasst. Mein ganzes Leben lang wollte ich mich davon befreien. Ich wollte Kartenzeichnerin werden. Ich wollte Hosen tragen. Ich wollte mit meinem Vater in das Unbeständige reiten. Ich wollte an den Feiertagen nicht in die Kantorei gehen. Ich wollte mich mit dem Lehrer in der Kantoreischule streiten. Ich wollte Bücher lesen, die die verdammte Regel nicht einmal erwähnen – ich wollte noch hundert andere Dinge tun! Ich habe die Kantorei gehasst; ich habe ihre Gesetze und ihre Spionage verabscheut. Ich habe ihre Engherzigkeit und frömmelnde Art verachtet. Aber ich habe die Kantorei nie bekämpft. Nicht wirklich. Oh, ich war vielleicht ein bisschen dreist, aber mehr auch nicht.

Wie du siehst, habe ich mit dem Herzen geglaubt – nein, ich glaube es immer noch –, dass ohne Ordnung das Chaos hereinbricht. Das ist die *Wahrheit*, Bark. Wir alle müssen Opfer bringen. Für einige ist es härter als für andere, das weiß ich. Aber das ist nicht die Schuld der Kantorei oder der Regel. Es ist der Tilger, der uns das antut…« Sie stocherte noch immer in der Asche herum. »Ich bin mit euch gekommen, aber tief in mir fühle ich, dass ich damit eine schreckliche Sünde begangen habe. Ich bin aus einem halben Dutzend Gründen mit euch gegangen, von denen die meisten selbstsüchtig sind. Ich glaube, ich bin im Grund eine sehr selbstsüchtige Person.« Sie grub ein Holzscheit aus und drückte es zurück in die Flammen. »Was für eine Art von Holz *ist* das?«

»Überhaupt kein Holz«, sagte er geistesabwesend. »Tom Billig hat ein paar Stücke aus dem Schwamm herausgehackt.« Er warf einige weitere Brocken in das ersterbende Feuer; sie glühten blau auf. Dann schnitzte er mit seinem Messer an einem anderen Stück herum. »Ich glaube nicht, dass ich heute Nacht schlafen kann.«

»Ich auch nicht.« Sie saßen eine Weile stumm da, bis Keris das Messer bemerkte, das er benutzte. »Das ist eine ungewöhnliche Klinge – warum glänzt sie so?«

»Ich vermute, das ist das Metall, aus dem sie gemacht ist. Meldor hat mir das Messer gegeben. Er glaubt, dass es aus der Zeit vor der Abspaltung stammt, als die Leute noch wussten, wie man solche wunderbaren Dinge macht.«

»So alt? Aber das ist tausend Jahre her…« Sie dachte an die Metallbüchse im Landkartenladen in Mahlkorn. »Kann etwas wirklich so alt sein?«

»Nun, heutzutage weiß niemand mehr, wie man solches Metall herstellt. Ich glaube natürlich nicht, dass dieses Messer tausend Jahre lang benutzt worden ist. Dann wäre es durch das Schärfen bereits verschlissen. Und ich glaube auch, dass der Griff ersetzt wurde, vielleicht sogar mehrere Male.«

Sie grübelte: »Als ich klein war, habe ich mir immer gewünscht, ich würde zur Zeit der alten Markgrafschaft Malinawar leben, als noch Schiffe über die Meere fuhren. Wasser, das sich erstreckt, so weit das Auge reicht – aber es ist schwer, sich das vorzustellen. Was glaubst du, welche Farbe hätte es? Braun, wie der Fluss? Dick und grün, wie der Gebbischbach zu Hause? Oder vielleicht teefarben wie der Warbuss, wenn er durch den Taggartwald fließt?«

»Eines Tages wird es dir möglich sein, wieder zum Meer zu reiten und es selbst zu sehen. Das wird noch zu deinen Lebzeiten der Fall sein.«

»Glaubst du das wirklich?«

»Ja, das glaube ich. Du kennst Meldor nicht so wie ich. Ich liebe Davron als Freund, als Bruder – aber Meldor… Ich würde Meldor bis zur anderen Seite der

Wüste folgen, wenn er es von mir verlangen würde. Er tut, was er sagt: Er befreit uns alle.«

»Das ist doch lächerlich. Ein Traum, nichts als ein dummer Traum. Wie mein Traum vom Meer.«

»Keris, wenn wir uns nicht selbst befreien, wer sollte es dann tun? Die Kantorei? Ihre einzige Reaktion besteht im Versagen. Die Kinese-Kette musste sich in den letzten Jahren an vielen Stellen zurückziehen. Das wirst du bemerken, wenn du dich der Fünften Stabilität näherst. Jedes Jahr werden die stabilen Gebiete kleiner. In der Achten besteht die Gefahr, dass sie in zwei Teile geschnitten wird. Keris – *die Kantorei und die Regel können das Chaos nicht mehr im Zaum halten.* Und sie wissen nicht, ob das, was verloren wurde, jemals zurückgewonnen werden kann. Niemand hat sich das je überlegt – niemand hat es erwogen, den Tilger niederzuwerfen und unser Eigentum zurückzufordern –, bis auf Meldor. Meldor hat einen Traum, und ein solcher Traum ist es wert, dass man für ihn kämpft.«

»Wenn es möglich wäre, warum hat dann der Schöpfer es noch nicht getan?«

»Lies die Heiligen Schriften, Keris. Das Chaos kam nach Malinawar, weil einige Menschen Carasma, den Tilger, unterstützten. Es ist unsere Überzeugung, dass nur die Menschheit das besiegen kann, was sie selbst durch ihre Narrheit heraufbeschworen hat. Alle nötigen Hinweise stehen in den Schriften. Wir haben sie zu lange missachtet und das, was geschrieben steht, falsch gedeutet und darauf gepocht, dass es sich um Allegorien handle, während es in Wirklichkeit die buchstäbliche Wahrheit ist. Der Schöpfer hat uns die Antworten durch Seine Propheten und Seine Schriftgelehrten und Seine Ritter gegeben, aber wir haben es vorgezogen, wegzuhören.«

Sie starrte ihn an und schwieg.

Er sah von seiner Schnitzerei auf und wollte wissen,

warum sie ihm keine Antwort gab. »Habe ich dich überrascht?«

»Du erstaunst mich.«

»Das waren natürlich Meldors Worte – aber ich bin zu dem Schluss gekommen, dass er Recht hat.«

»Aber du klingst eher wie ein Kantor...«

»O nein, niemals. Die Kantorei benutzt die Heiligen Bücher, um die Beständigkeit und das Verhindern von Veränderungen zu rechtfertigen. Meldor rät uns, sie unter dem Blickpunkt zu studieren, wie man die Welt verändern und den Tilger besiegen kann. Meldor ist ein tief religiöser Mensch, aber seine Ansichten sind nicht die der Kantorei.«

Die Andeutungen in seinen Worten entsetzten sie. »Es kann nur eine Religion geben. Nur einen Weg. Allein schon an etwas anderes zu denken...« Die schlimmste Häresie. Das einzige Verbrechen – außer der unerlaubten Geburt –, das mit dem Tod bestraft wurde.

»Er kann es dir besser erklären. Frag ihn selbst.« Er grinste sie an wie ein großer, freundlicher Hund.

Sie sah hinüber zu dem Schwamm, der jetzt nur noch ein schwarzer Umriss gegen den sternenhellen Himmel war. »Falls er noch lebt.«

»Er lebt. Er hat seine Bestimmung noch nicht erfüllt. Und deine Trompleri-Karten sind Teil des Plans. Du wirst schon sehen.« Er hielt das Schwammstück hoch, an dem er herumgeschnitzt hatte. Er hatte ein grobes Abbild von Strunk geschaffen, einschließlich der Hörner und allem anderen. »Es wäre doch eine schreckliche Ironie des Schicksals, wenn mein übergroßer Gaul Davron getötet hätte, nicht wahr?« Seine Hand fasste einen Augenblick lang das Schnitzwerk fester, als wolle er es zerdrücken; dann warf er es ins Feuer und schaute zu, wie es verbrannte.

Sie stand auf, schritt rastlos hin und her, sah sich die

Geballte Faust an. Keris war sich ihrer bewusst gewesen, seit sie aus dem Schwamm herausgekommen war, weil sie dieses Phänomen aus den Augenwinkeln heraus gesehen hatte und weil es am Rand ihrer Wahrnehmung gelauert hatte, doch nach ihrem ersten Blick hatte Keris es vermieden, die Geballte Faust unmittelbar anzusehen. Das Bild war einfach zu überwältigend. Zu verlockend. Zu gefährlich. Jetzt zwang sie sich, hinzusehen und die Wirklichkeit der Faust in sich aufzunehmen und sich ihrer Macht zu stellen.

Unter ihr floss der Weit durch die Nacht wie ein breiter Strom aus schäumendem Licht. Dahinter, irgendwo in der Dunkelheit, befand sich der richtige Strom, der nur als ›Fluss‹ bekannt war, während zu ihrer Rechten der Mahlstrom des wankelmütigen Wanderers und das schmale Band des Tänzers einer nach dem anderen durch den Schwamm strömten. Ihr Zusammenfluss mit dem Weit war ein gewaltiger Aufprall, ein Strudel, der Kraft und Farbe in einer ewigen pilzähnlichen Wolke aus aufgewühltem Purpur und aschgrauen Wogen in die Luft jagte. Er erschuf sein eigenes Licht; es glomm und schlug Funken und flackerte und loderte, glich manchmal spielerischen Blitzen, besaß bisweilen die Gewalt eines Buschfeuers und war dann wieder kalt und unheimlich wie Phosphorleuchten.

Die Geballte Faust, gefürchtet und gemieden von allen, die im Unbeständigen unterwegs waren. Und da lag sie nun, weniger als ein Stundenritt von Keris entfernt…

»Etwas zieht mich zu sich«, murmelte sie. »Ich fühle es die ganze Zeit über. Wie eine Rastlosigkeit tief in meinem Inneren.« *Wie in jenem Augenblick in der Feldströmungslinie, als ich wollte, dass Davron mit mir schläft.* »Ich spüre, dass ich hineinlaufen möchte.« Sie zitterte.

Bark betrachtete nicht die Feldströmung, sondern

Keris' Gesicht. »Ich kann es nicht sehen. Ich kann es nicht spüren. Mir tut es nichts.« Er zuckte mit den Schultern. »Weißt du, Meldor freut sich über Feldströmung, aber Davron ist da vorsichtiger.«

Sie wandte sich von der Geballten Faust ab und sah zurück zu dem Schwamm. »Die Feldströmung, die ich gesehen habe – die Feldströmung, die die Bestien, die mich angegriffen haben, getötet hat, woher ist sie gekommen?« Er schwieg darauf. »Es war Davron, nicht wahr?« Als er immer noch nichts sagte, stieß sie einen schwachen Laut der Verärgerung aus. »Bark, ich weiß, dass er es war. Ich will doch nur wissen, warum er zusammengebrochen ist. War er – hat es ihn ebenfalls getötet?«

Der Verseuchte schüttelte den Kopf. »Nein, das glaube ich nicht. Aber Davron ist nicht wie Meldor. Er hat nicht dieselben Fähigkeiten wie er. Ich vermute, er hat sich verschätzt und sich nicht nur der Feldströmung, sondern seiner ganzen Energie beraubt. Vermutlich ist er dabei ohnmächtig geworden.«

Sie wollte fragen, wie er an die Feldströmung gekommen war. Sie wollte ein halbes Dutzend andere Fragen stellen – aber sie alle erstarben ungefragt. »Da ist jemand«, flüsterte sie. »Da kommt jemand.« Und die Hoffnung, die in ihr hochbrandete, war schmerzhaft und allzu verräterisch. *Das darf ich nicht.*

Meldor und Davron erschienen am Rand des Feuerscheins und stützten sich aufeinander. Davron lehnte sich dazu noch auf Piers' Stab, den Keris für immer verloren geglaubt hatte.

Bark sprang auf und grinste. »Dem Schöpfer sei Dank!« Er ging ihnen entgegen, um Meldor zu helfen, aber Keris sah, dass es Davron war, dem es schlecht ging, und nicht der Blinde. Meldor war müde, aber er hielt sich aufrecht und das Blut auf seiner Kleidung stammte nicht von ihm, sondern von Davron. Es war

Davron, der Schmerzen litt. Der Schnitt an seinem Arm war notdürftig bandagiert worden, doch der Verband war blutdurchtränkt. Nachdem er sich aus Meldors Hilfestellung befreit hatte, humpelte er zögernd auf Keris zu und hielt einen Schritt vor ihr an. Der Blick, den er ihr zuwarf, war ausschließlich auf sie allein gerichtet; es war, als hätte er den Rest der Welt aus seiner Wahrnehmung ausgeblendet.

Keris blieb stehen und konnte sich nicht mehr bewegen. Sie hatte Angst, sich bloßzustellen. Hatte Angst vor ihren Gefühlen. Sie empfand keine Freude angesichts ihrer Erleichterung darüber, dass er jetzt in Sicherheit war; jedes Fünkchen Verlangen und Liebe in ihr war zugleich gesättigt von Grauen. *Er ist ein Sklave des Tilgers. Er ist verheiratet, er ist Tricianer, seine Frau ist wunderschön. Er spielt mit der teuflischen Feldströmung. Eines Tages wird er dem Ruf des Tilgers folgen…*

Sie sagte: »Ich dachte, du wärst tot.« *Lass es nicht zu, dass ich ihn liebe.*

Er setzte gleichzeitig an: »Ich dachte, die Bestien hätten dich erwischt…«

Sie hielten inne, dann redete Keris weiter: »Strunk ist über dich hinweggetrampelt…«

Meldor lachte und der Bann war gebrochen; die Welt kam plötzlich zurück. Keris machte einen Schritt nach hinten und fragte sich, wie eindeutig ihr Verhalten wohl gewesen sein mochte. Davron wandte sich ab und lächelte Meldor an; dann sah er sie wieder an, um den Witz mit ihr zu teilen. »Ich habe zu Meldor gesagt, dass ich mich fühle, als sei eine ganze Pferdeherde über mich hinweggetrampelt. Ich glaube, Strunk kann man mit einer ganzen Herde normaler Tiere vergleichen. Verdammt, Bark, ich glaube, er hat mir jede einzelne Rippe gebrochen. Ich brauche unbedingt einen Stützverband – und was immer du tust, bring mich ja nicht zum Lachen.«

Bark legte ihm entschuldigend eine Hand auf die Schulter und die drei Männer begaben sich dorthin, wo der Ungebundene Davrons Zelt errichtet hatte, und verschwanden darin.

Keris, die nun allein am Feuer saß, spürte hilflos die Tränen aufsteigen und wusste nicht, welche ihrer vielen Nöte die Ursache dafür war. Ich sollte lernen, laut zu fluchen, dachte sie. Vielleicht würde ich dann nicht andauernd weinen müssen.

»Das hättest du nicht zu ihr sagen sollen«, meinte Meldor einige Zeit später, nachdem er sich alles angehört hatte, was Bark zu sagen hatte. »Es war zu früh.«

Bark schüttelte die rötliche Mähne. Er saß auf dem Boden von Davrons Zelt neben der Bettrolle des Führers. Meldor war stehen geblieben, obwohl er müde sein musste. Das einzige Zugeständnis an Erschöpfung bestand darin, dass er sich gegen den Mittelpfahl des Zeltes lehnte. »Tut mir Leid«, sagte Bark. »Ich hatte nicht darüber nachgedacht – ich hatte befürchtet, ihr beide könntet verletzt oder tot sein, und ich wusste nicht, ob ich zurückgehen und euch suchen sollte oder nicht.«

»Was das angeht, hast du dich richtig verhalten. Wenn du zurückgegangen wärst, hätten wir vermutlich umkehren und dich suchen müssen. Aber denk daran: Keris Kaylen kann man noch nicht vertrauen. Sie ist noch mit der Kantorei verbandelt und nur weil sie ein paar enttäuschende Erlebnisse gehabt hat, heißt das noch nicht, dass sie bereit ist, die Fronten zu wechseln. Die Kantorei hat eine gewisse Rechtschaffenheit auf ihrer Seite und die Angst, verseucht zu werden, kann Keris nicht bei ihrem Wechsel unterstützen; es ist nicht so wie bei Fint.«

»Solange sie nicht zu Portron geht…«, sagte Davron. Jetzt, da er sauber und fachmännisch bandagiert war und etwas gegessen hatte, fühlte er sich bereits viel besser. Außerdem hatte Meldor Feldströmung eingesetzt, die den Heilungsprozess unterstützte. Trotzdem war es ihm nicht ganz behaglich zumute, wie sein dauerndes Herumrutschen zeigte.

»Zu Portron? Das wird sie nicht tun«, sagte Bark im Brustton der Überzeugung. »Selbst wenn wir sie nicht mit Feldströmung davon abhalten. Sie hat einen gut entwickelten Sinn für Fairness und außerdem sieht doch jeder, der Augen im Kopf hat, dass sie dich liebt, Davron.«

Davron zuckte zusammen, sagte aber nichts.

»Wie dem auch sei«, meinte Meldor, »man darf ihr trotzdem nicht vertrauen. Keiner von euch beiden. Erwähnt auf keinen Fall Hafenstern. Wenn sie dich tatsächlich lieben sollte, Davron, können wir diesen Umstand vielleicht für unsere Zwecke nutzen.«

Die Schwärze in Davrons Augen flackerte gefährlich. »Irgendwann werde ich dir vielleicht einmal ein Messer in den Bauch rammen, Meldor.«

Meldor schien diese Drohung nicht zu beunruhigen. Er sah mit einem Schulterzucken auf den Führer hinunter. »Dem Schöpfer sei Dank dafür, dass ich nicht deine Skrupel habe. Wenn ich sie hätte, würde sich nie etwas ändern. Was ist mit deiner Feldströmung, mein Freund? Hat das noch Zeit bis morgen Nacht?«

Davron schüttelte den Kopf. »Ich fürchte nein. Ich brauche sie, Meldor. Wenn sie nicht da ist, geht der Schmerz mir durch die Knochen bis in die Seele.« Er zögerte. »Ich wusste nicht… so hatte ich es mir nicht vorgestellt. Ich habe es bis zu diesem Augenblick wirklich nicht gewusst. Meldor, falls wir je gewinnen sollten – ganz gewinnen und die Feldströmung aus diesem Land verbannen –, werden wir, die wir die Feldströmung aufgenommen haben, an ihrem Verlust sterben, so sicher wie die Ungebundenen an zu großer Stabilität sterben.«

Meldor nickte ruhig. »Das war mir schon immer klar.«

Davron holte tief Luft. »Du hast uns nie davor gewarnt. War das… gerecht? Verdammt, wie kannst du Männer darum bitten, für einen Sieg zu kämpfen, der ihnen den sicheren Tod bringt?«

»Ist die Sache das etwa nicht wert?«

»Für mich ja, für andere vielleicht nicht. Würden sie dir noch folgen, wenn sie wüssten, dass ihr Schicksal besiegelt ist?«

»Ich würde es«, sagte Bark sanft. »Die anderen meiner Art glauben vielleicht das, was der Markgraf ihnen über eine bessere Welt erzählt, in der wir wieder normal sein werden und der Tilger besiegt ist, aber ich bin nicht so zuversichtlich und ich kenne Meldor gut genug, um zu wissen, wann er Ausflüchte macht. Wenn es einen vollkommenen Sieg gibt, sind wir alle verloren, Davron. Das ist unsere Tragödie. Aber wir werden trotzdem weitermachen – für die Tillys dieser Welt und für die Allisse. Für die Kinder wie deine Mirrin und deinen Staven, damit sie eines Tages keine Durchquerung mehr machen müssen.«

Meldor stieß sich von dem Zeltpfahl ab. »Vielleicht solltet ihr beiden eure Hoffnung auf Hafenstern setzen«, riet er ihnen. »Habe ich euch nicht gesagt, dass dort unsere Rettung liegt?« Er schlenderte zum Zelteingang und sagte dabei: »Versuch, eine oder zwei Stunden zu schlafen, Davron. Ich werde wieder nach dir sehen, wenn es ruhig im Lager ist, und wir werden zusammen in die Feldströmung gehen.«

Keris konnte nicht schlafen. Zu viel war an diesem Tag geschehen; sie war zu oft nur knapp dem Tod entronnen; ihre Gefühle waren verletzt, verwirrt und getreten worden. Sie war erschöpft, aber der Schlaf wollte nicht kommen. Als jemand an der Leinwand ihres Zeltes kratzte, war sie beinahe erleichtert. »Wer ist da?«, fragte sie.

»Fint.«

Sie öffnete den Zelteingang und steckte den Kopf hinaus. Sie bemühte sich angestrengt, ihn gegen die Dunkelheit des Hintergrundes zu erkennen, und glaubte schließlich, sie habe seine kleinen Augen gesehen, die wie bewegliche Erhebungen in ringförmigem Fleisch wirkten. »Was ist los?«

»Irgendetwas hat mich geweckt. Ich habe nach draußen gesehen und Meldor und Davron bemerkt. Ich bin ihnen gefolgt. Keris, ich glaube, sie sind in die Feldströmung gegangen.«

»Einen Augenblick.« Sie lief zurück in ihr Zelt und zog sich rasch an, ohne auf ihre Schrammen und schmerzenden Muskeln zu achten.

Als sie aus dem Zelt herauskam, packte Fint sie besorgt am Arm. »Ich weiß nicht, ob uns das etwas angeht, aber ich bin ihnen gefolgt. Die Wache des Händlers hielt sie an, ließ sie aber dann durch. Mich hat natürlich keiner gesehen. Meldor und Davron sind auf den Nebel zugegangen – dorthin, wo deinen Informationen zufolge der Weit ist. Was sollen wir jetzt tun?«

»Ich werde mir das ansehen.«

Er führte sie durch das Lager und lenkte dann die Wache mit einem Geräusch ab, während Keris an ihr vorbeischlüpfte. Einen Augenblick später war Fint wieder bei ihr. »Sie sind irgendwo da drüben hineingegangen.«

»Ja, ich kann sie sehen.«

»Was machen sie da? Keris, sie haben doch wohl nicht die Absicht, Carasma zu treffen, oder? Wäre es möglich, dass sie… Häscher sind?«

Etwa in der Mitte der Linie konnte sie einen Strudel aus Feldströmungsfarben erkennen. Als der Farbfleck sich ein wenig ausdünnte, erhaschte sie einen Blick auf

Davron und Meldor, die so nahe beieinander standen, als würden sie sich umarmen. Ein rosafarbener Feldströmungswirbel hüllte sie in eine Spirale und band sie zusammen. Und dann sah sie es: Die Spirale besaß kein oberes Ende. An ihrem Fuß entsprang sie dem Feldströmungsband und das obere Ende verschwand in den beiden Männern. Es wurde von ihrer Haut und ihren Gesichtern aufgenommen.

Sie wandte sich verwirrt ab.

»Was hast du gesehen?«, fragte Fint und beobachtete sie besorgt. »Ist *er* da?«

Sie schüttelte den Kopf. »Nein, sie sind allein. Sie... sie nehmen die Feldströmung auf. Ihre Kraft.«

»Aha.« Er dachte darüber nach und nickte. »Ich vermute, damit sind sie den Galler losgeworden.«

Nun war sie es, die nickte.

»Das ist gegen das Gesetz«, bemerkte er. »Und so etwas tun sonst nur Häscher.«

Sie schwieg darauf.

»Keris«, sagte er, »ich weiß nicht, was wir machen sollen. Sie wollen, dass ich mit ihnen gehe. Sie wollen den Tilger bekämpfen. Du weißt, dass ich mich mit Bark angefreundet habe?«

Sie nickte.

»Er ist ein feiner Kerl. Der Beste von allen.« Er zog an seinem Ohrläppchen. »Er sagt, es gibt einen Ort, an dem die Ungebundenen in Sicherheit leben können.«

»Hafenstern? Ich habe davon gehört. Aber Bark hat mir gesagt, dass es nicht existiert. Wenigstens glaube ich, dass er es so gemeint hat.«

»Also, ich glaube nicht, dass die Gerüchte stimmen – von Zauberern und dergleichen, die uns wieder in Menschen zurückverwandeln können. Ich weiß nicht einmal, ob der Name wirklich Hafenstern lautet. Bark hat dieses Wort nicht benutzt. Aber er sagt, dass es da einen gewissen Ort gibt. Keris, ich habe Angst vor dem

Unbeständigen. Ich hatte schon immer Angst davor. Ich hasse es. Ich hasse den Gedanken, dass es hier draußen Bestien und Häscher gibt, die nur auf eine Gelegenheit warten, um uns zu zerfetzen – ich will wieder in Sicherheit sein.«

»Sie benutzen die Feldströmung. Und sie werden dich dem Tilger ausliefern. In ihrer Gesellschaft wirst du alles andere als in Sicherheit sein. In unserer Gesellschaft«, berichtigte sie sich. *Bin ich denn nicht ebenfalls eine von ihnen?* »Du wirst sowohl von Lord Carasma als auch von der Kantorei gejagt werden, wenn du nicht vorsichtig bist.«

»Oh, aber an jenem Ort werde ich in Sicherheit sein. Sie wollen bestimmt nicht, dass ich kämpfe, denn sie wissen, was für ein Feigling ich bin.«

Sie seufzte. »Fint, Fint, verstehst du denn nicht? Sie wollen dich als das, was du bist. Als Chamäleon.«

Im Licht der Feldströmung sah sie seine große Unsicherheit.

»Als Spion, Fint. Du bist der vollkommene Spion. Nicht einmal die Häscher können dich sehen, wenn du dich nicht oder nur ganz langsam bewegst. Obwohl dich die Bestien vermutlich riechen werden.«

»Oh.« Er stand ganz still da, und sein Umriss verschwamm mit dem Hintergrund. »Ich befürchte, ich bin ziemlich dämlich.«

Sie wusste nicht, was sie darauf sagen sollte. Sie stand ebenfalls unbeweglich da, während sie die Lage überdachte. Nach einer Weile rührte Fint sich und lächelte seltsam. »Ironie des Schicksals, nicht wahr? Als Carasma mich und andere Ungebundene mit seiner elenden Feldströmung verwandelte, hat er Werkzeuge geschaffen, die seinen Niedergang herbeiführen könnten. Bark mit seiner großen Kraft, andere Männer, die die Kraft oder die Klauen oder die Sinne eines Tieres haben… und ein Mann, der perfekt getarnt ist. Am

Ende sind wir diejenigen, die ihn zu Fall bringen, nicht etwa die Kantorei.« Er drehte ihr seine traurigen Augen zu, ohne den Kopf zu bewegen. »Was bleibt mir sonst übrig, Keris? Ich kann keine Stabilität betreten. Ich muss das nehmen, was Meldor mir anbietet; das ist alles, was ich habe.«

O Schöpfung, dachte sie. Gibt es kein Ende in dieser Tragödie? Sie warf Davron und Meldor einen letzten Blick zu. Sie sahen nichts um sich herum, während sie die verbotene Kraft tranken. Dann wandten Keris und das Chamäleon sich ab und gingen zurück zum Lager.

Kapitel Achtzehn

Haltet nach dem Ritter Ausschau, der die Nacht, nicht aber die Sterne sieht, denn er wird euch einen anderen Weg zeigen, der die Sehenden der Kantorei im Dunkeln stolpern lässt, auch wenn sein Schritt leichtfüßig ist.

Voraussagen,
Buch II, Kapitel 5, Vers 17

Sie blieben zwei Tage im Lager neben dem Weit. Der Händler, der Corrian einen Esel verkauft hatte, war weitergezogen, doch Davron brauchte Ruhe; also rastete die Gefährtenschaft noch ein wenig. Keris verbrachte die Hälfte der Zeit damit, nicht an Davron zu denken, und in der anderen Hälfte versuchte sie, nicht an die Geballte Faust zu denken – beides gelang ihr nicht.

Als Corrian einmal sah, wie Keris mit den Augen dem durch das Lager humpelnden Davron folgte, stieß sie das Mädchen in die Rippen. »Na los, Liebes, warum schleppst du den Kerl nicht ins Bett, anstatt ihn bloß mit den Augen zu verschlingen? Du bist nicht so unschuldig, dass du nicht weißt, wie sehr es dir gefallen würde.«

»Er würde mich nur nehmen, weil seine Frau nicht da ist«, sagte sie und errötete, weil sie wie ein trotziges Kind klang.

Corrian lachte. »So, so. Was macht das schon? Gönn dir doch den Spaß!« Als sie dann den Kummer in Keris' Augen sah, senkte sie die Stimme. »Hör mal, Liebes, du glaubst doch wohl nicht diesen ganzen Mist, den die Kantorei von sich gibt – dass die Freuden des Körpers sündhaft sind und so weiter? Sex ist eine Notwendigkeit, wie wenn man etwas zu trinken haben will, weil man durstig ist, oder etwas zu essen, weil man hungrig ist. Du stillst das eine und das andere – und dann sagt dir die Kantorei, dass dich das dritte Jucken nicht kratzen darf, weil es für Unverheiratete eine Sünde ist. Das ergibt doch keinen Sinn, oder?«

Keris musste lächeln. »Corrian, ich habe geglaubt, du machst diese Pilgerreise als Buße für deine Sünden. Du wirst nicht viele Pluspunkte sammeln, wenn du unterdessen mit jedem schläfst, der dich haben will, und andere dazu zu überreden versuchst, es wie du zu machen.«

Corrian grinste sie schelmisch an. »Ach, Mädchen, meine Sünde besteht nicht darin, Männer ins Bett geschleppt zu haben. Es sind meine Diebereien. Und ein paar andere… äh… Schnitzer während all der Jahre. Die Kantorei kann sich über den außerehelichen Geschlechtsverkehr so sehr aufregen, wie sie will, aber ich will einfach nicht glauben, dass etwas so Schönes, das beiden Seiten des Bettes Freude bringt, Sünde sein kann!« Sie paffte ihre Pfeife; ihre Miene war plötzlich nachdenklich geworden. »Vielleicht ist's aber nicht ganz in Ordnung, von den Einkünften dieser Mädels zu leben, das gebe ich zu. Wenn ich diese verdammte Reise überleben sollte, werde ich das nie wieder tun. Wenigstens will ich versuchen, es nie wieder zu tun – aber glaub mir, ich werde bis zu meinem Sterbetag auf eigene Rechnung das Tier mit den zwei Rücken machen. Hör mal, Mädchen, wenn es doch dir und ihm Spaß macht…« – sie zeigte mit dem Kopf in Davrons Richtung –, »dann kann daran doch nichts falsch sein.«

»Er ist verheiratet…«

»Tatsächlich? Aber sie ist doch nicht hier, oder? Wenn sie wollte, dass er ihr treu ist, sollte sie an seiner Seite sein, wenn er sie braucht. Wie dem auch sei, sie wird's nie erfahren. Er ist wohl nicht so dämlich und erzählt es ihr hinterher.«

Keris seufzte. Vielleicht hatte Corrian recht. Vielleicht war es besser, einen Augenblick Spaß und eine schöne Erinnerung zu genießen, als überhaupt nichts zu haben. Aber verdammt, ich werde ihn nicht verführen, dachte sie. Wenn er mich fragt, werde ich… darüber nachdenken.

Sie fühlte sich nicht besser, als sie diese Entscheidung getroffen hatte, zum Teil weil sie mit dem Herzen einen leeren Krug erkannte, wenn sie einen sah. Sie wollte mehr als nur Vergnügen. Sie seufzte wieder: Was hatte es schließlich für einen Sinn? Sie glaubte nicht, dass er fragen würde. Warum sollte er? Er war mit einer wunderschönen, lieblichen Frau verheiratet und in ein paar Tagen würde er sie wiedersehen. Sie hatte ihm Kinder geboren. Er hatte sie so sehr geliebt, dass er sich dem Tilger überantwortet hatte, um sie zu retten…

Was würde ich nicht alles darum geben, so geliebt zu werden…?

Aber sie hatte Sommersprossen und war dürr und ziemlich durchschnittlich und wenige Männer warfen ihr mehr als nur einen flüchtigen Blick zu. Wenn er sie überhaupt wollte – und vielleicht wollte er sie ja doch ein wenig –, dann war es nur, weil nur sie und sonst niemand verfügbar war.

Die Tage, die sie im Lager verbrachten, gingen nur langsam vorüber. Meldor nahm Bark mit in den Schwamm, um Corrians Gepäck zu holen; er und Davron waren auf ihrem Weg nach draußen darauf gestoßen. Corrians Esel war getötet und gefressen worden, doch die Bestien waren nicht an seinem Gepäck interessiert gewesen.

In der zweiten Nacht bemerkte Keris, dass ihre Zeltheringe durch das Unbeständige weitgehend zersetzt worden waren und ihr Zelt deshalb fortzufliegen drohte. Die anderen lösten ihre Heringe hastig und schlugen sie an anderer Stelle wieder ein, damit ihnen nicht dasselbe passierte, während Bark aus Bruchstücken des Schwammes neue für Keris schnitzte. »Ich hoffe, dass dieses verdammte blaue Zeugs nicht lebendig ist«, murmelte sie. »Ansonsten könnte es sich dazu entschließen, uns in einer dunklen Nacht aus Rache platt wie Brei zu walzen.« Bark fand diese Vorstellung höchst belustigend, aber schließlich gab es wenig, das Bark nicht eines Lachens oder Lächelns wert fand.

Portron kam und half Keris dabei, ihr Zelt wieder aufzuschlagen. »Gerade rechtzeitig, wie ich glaube«, sagte er, als er die letzten Heringe einschlug. »Es wird regnen. Keris, könnte ich dich einen Augenblick sprechen?«

Sie unterdrückte einen Seufzer. »In Ordnung«, sagte sie und bat ihn in das Zelt, als gerade die ersten Regentropfen fielen. »Aber ich sollte Euch warnen. Ich glaube, ich weiß alles, was Ihr mir jetzt sagen werdet. Wenn Ihr wollt, dass ich meine Meinung ändere, müsst Ihr Euch schon etwas Neues einfallen lassen.«

»Etwas Neues?«, fragte er verzweifelt. »Was kann ich dir schon Neues sagen? Es gibt nichts Wichtigeres als eine unsterbliche Seele und du bringst sie in Gefahr, indem du hier bist – in der Gesellschaft von…«

Sie schnitt ihm das Wort ab. »Kantor, was wisst Ihr über Meldor, was ich nicht weiß? Ihr habt ihn wiedererkannt, nicht wahr?«

Er sah sie schmerzlich berührt an. Nun regnete es heftig und das Prasseln auf der Zeltplane übertönte beinahe seine gequetschte Antwort. »Ja. Ich weiß jetzt, wo ich ihn schon einmal gesehen habe. Es war in der Kantorei von Rt. Ladma. Er hat dort ein paar Nächte verbracht. Oh, das ist schon ungefähr zwanzig Jahre her. Wenn ich mich recht erinnere, leitete er die Kinese-Andachten und predigte eines Nachts bei der Unterwerfung.«

»Und?«, wollte sie wissen.

»Damals hieß er nicht Meldor«, sagte er bitter. »Er hieß Ritter Edion von Galman. Aus dem Ritterorden. Er war der heiligste und weiseste von allen.« Tränen flossen ihm in die Augen. »Wie konnte er bloß die Kantorei verlassen, Keris? Wir verehrten ihn. Wir verehrten ihn vor allen anderen. Wenn er redete, schwollen unsere Herzen an wie balzende Tauben, nur weil wir seinen Worten lauschen durften. Er hat über Begriffe wie Brüderlichkeit und Verständnis gepredigt… In Anerkennung seiner Gelehrsamkeit und seine Frömmigkeit streuten ihm die Leute Blütenblätter unter die Füße, wenn er durch die Stadt ging. Und dann verschwand er eines Tages…«

Ihre Gedanken wirbelten durcheinander. Edion war ein derart heiliger Mann gewesen, dass sogar die Sanhedrin niederknieten, wenn er einen Raum betrat. Ein Mann, der ein karges Leben geführt hatte, der kein Eigentum besaß, der ewiglich auf die Wohltätigkeit derer angewiesen war, die ihm Obdach und Nahrung gaben. Als Ritter der Kantorei hatte Edion ein Leben des Lehrens gewählt und war durch alle Stabilitäten gereist, um das Wort der Heiligen Schriften zu verbreiten, auszulegen, zu erklären und zu erhellen. Sogar Keris hatte von ihm gehört. Er hatte eher eine Botschaft der Hoffnung als des Gehorsams überbracht, und die Leute hatten ihn geliebt – vielleicht mehr als seine Kantorgefährten.

»Er hat die Kantorei nicht verlassen; die Kantorei hat ihn verlassen. Sie hat ihn ausgeschlossen«, sagte sie, »wegen seiner Blindheit. Oder vielleicht weil er zu viel Wahres gesagt hat. Sie haben ihn hinausgeworfen, haben ihn aus dem Ritterorden entfernt und ihn auf ewig ausgeschlossen. Und das nach der Art von Leben, die er geführt hat – und das bei einem Mann wie ihm! Das war ungerecht.«

»Ein so ritterlicher Mann wie er sollte diese Last tragen«, sagte Portron. »Er hätte auch im Unbeständigen predigen können. Um des Schöpfers willen, hier unter den Verseuchten und den Unbeständigen gibt es genug Arbeit zu tun, aber stattdessen hat er sich verbotenen Dingen zugewandt – der Feldströmung.«

»Ihr würdet ihn denunzieren, nicht wahr?«

Er senkte den Kopf, um ihrem Blick zu entgehen. »Was hätte das für einen Sinn? Er würde mich aufhalten, wenn ich es versuchte. Soll er doch seinen eigenen, bösen Weg gehen – aber ohne dich. Was *er* macht, interessiert mich nicht.«

Sie schaute ihn voller Überraschung an. »Das sollte Euch aber interessieren.«

Er fing ihren überraschten Blick auf und errötete. »Ich... äh... im Augenblick bin ich nur ein Reisender, wie alle anderen auch.«

Na, dachte sie, ihm geht es nur darum, in die Achte zu kommen, damit er mit seiner Kantorin ins Bett gehen kann. Er will sich nicht in eine Kontroverse der Kantorei hineinziehen lassen. Sie verspürte eine herbe Enttäuschung, die eigentlich irrational war, denn schließlich wollte sie nicht, dass Meldor den Zorn der Kantorei zu spüren bekam.

Portron schüttelte traurig den Kopf. »Weißt du, er war kein richtiger Tricianer. Das ›von Galman‹ war ihm von der Kantorei wegen seines heiligmäßigen Charakters nur ehrenhalber verliehen worden. Ich kann es einfach nicht glauben – dass er so tief gesunken ist.« Als er sie verließ, schüttelte er immer noch ungläubig den Kopf.

Die Durchquerung der Feldströmungslinie des Weit, vor der sich Keris sehr gefürchtet hatte, verlief ohne

Zwischenfälle. Die Farben der Linie um ihre Füße blieben blass und ruhig; es gab keine Anzeichen von Lord Carasma oder seinen Häschern.

Das Durchwaten des Flusses, vor dem sich Keris überhaupt nicht gefürchtet hatte, war hingegen viel schlimmer als die Durchquerung des Weit. Eine dicke gelbliche Dunstwolke, die wie gekämmte Wolle aussah, hing an jenem Morgen über dem Fluss; nachdem sie in diese Wolke hineingegangen waren, stachen ihnen die winzigen Partikel in der Kehle und den Augen und sangen in den Ohren. Schlimmer noch: es war unmöglich, weiter als eine Pferdelänge nach vorn zu sehen. Diese Unannehmlichkeiten verwirrten Keris so sehr, dass sie die Person vor ihr – Corrian – eine Zeitlang nicht mehr im Auge behielt. Als sie endlich wieder hinschaute, war niemand mehr zu sehen: weder Corrian noch die Pferde oder die Esel noch die anderen Mitglieder der Gruppe.

Sie rief nach ihnen, doch ihre Stimme klang gedämpft und schwach; sie wurde von dem dunstigen Rauch erstickt. Nervös trieb sie Ygraine voran. Das Wasser des Flusses unter ihren Füßen war träge und seicht; nirgendwo war es so tief, dass ein Pferd nicht mehr hindurchwaten konnte. Das Grauen rührte von der Tatsache her, dass sie vom Rest der Welt abgeschnitten war – und dass ihr dieses klagende Geräusch in den Ohren sang.

Keris versuchte sich einzureden, dass Nebel nicht singen konnte, doch das Klagelied ertönte weiter und flüsterte ihr seine Melodie mit jeder Dunstranke unmittelbar ins Gehirn. Es waren keine Worte, sondern nur ein seltsam klingendes Lied – eher eine Wehklage –, das stärker und schwächer wurde, wenn der Dunst sich verdichtete oder ausdünnte.

Ein- oder zweimal glaubte sie, Umrisse zu sehen, die durch das Wasser wateten – Umrisse, die zu klein waren, um zu berittenen Menschen gehören zu können, doch dann verdichtete sich der Nebel wieder und alles verschwand. Sie drehte sich immer wieder nach allen Seiten um und versuchte, die anderen zu finden, doch sie entdeckte keine Anzeichen von ihnen. Sie war sich nicht mehr sicher, ob sie noch in der richtigen Richtung unterwegs war, und hielt Ygraine an. Sie schaute hinunter ins Wasser und versuchte, dessen Fließrichtung zu erkennen, damit sie sich orientieren konnte, doch der Fluss schien stillzustehen und leblos zu verharren.

Ist auch das ein Teil der Auflösung unserer Welt?, fragte sie sich. Ein Fluss, der nicht fließt? Der keinen Ozean mehr hat, in den er fließen kann?

Sie überließ Ygraine die Entscheidung, in welche Richtung sie weiterziehen wollte, und packte Toussons Zügel fester. Das Wasser reichte bis zu Ygraines Bauch, und die Pferde wurden langsamer; nicht einmal Keris' Antreiben konnte sie dazu veranlassen, schneller zu gehen.

Dann ragte vor ihr etwas aus dem gelblichen Nebel heraus: Felsen. Eine niedrige Felsgruppe, die die Oberfläche des Flusses durchbrach. Darauf hockte jemand. Ein nackter Junge. Sie hielt verunsichert an. Der Junge grinste sie durch den Nebel hindurch an; es war ein schelmisches, fröhliches Grinsen. Obwohl er teilweise von dem Dunst verborgen wurde, war er offenbar wunderschön – golden, geschmeidig – nichts als schlanke Muskeln und jugendliche Stärke. Wasser glitzerte auf seiner Haut, lief in der Mitte seiner Brust herab und verlor sich in goldenen Locken. Keris hielt nach dem Zeichen des Tilgers Ausschau, doch da war keines. Der Junge stand auf und drehte ihr den Rücken zu. Ganz kurz schaute er über die Schulter und lächelte, dann tauchte er in das Wasser ein – und verschwand. Sie sog scharf den Atem ein angesichts dessen, was sie gesehen hatte, als er sich aus der Hocke erhoben und umgedreht hatte: die verdreifachten geschwollenen Brustwarzen, den grotesk verlängerten Penis (eher das Anhängsel eines Tieres als das eines Menschen), die teuflischen Krallen an den Füßen, die gespornten Waden, der pelzige und gewölbte Rücken, der in einem Schwanz endete…

Sie trieb Ygraine die Hacken in die Flanken und schlug dem Pferd auf das Hinterteil. Warum hatte sich die Angst in ihre Eingeweide verkrallt und trieb sie zur Flucht? *War es nicht bloß ein Ungebundener, den man bedauern musste?*

Aber irgendetwas verriet ihr das Gegenteil. Das Gesicht, die Arme und Oberschenkel hatten menschlich ausgesehen, aber der Rest war mehr als nur eine Verzerrung der menschlichen Gestalt. Der Rest war rein tierisch gewesen – ein unreines Tier. Eine halb vergessene Geschichte, die sie im Laden ihres Vaters gehört hatte, kam ihr wieder in den Sinn: *Es heißt, dass die Häscher sich bisweilen mit ihren Bestien vermischen, und die Nachkommen sind…*

Sind – was? Schändlich? Sie hatte es vergessen. Sie war nicht sicher, ob sie sich daran erinnern wollte.

Das Wasser wurde seichter. Ygraine hob sich aus dem Wasser und trat auf den Sand am Ufer – und hielt verwirrt inne, da sich weitere Gestalten im Nebel abzeichneten. Es war erneut der Tierjunge und diesmal war er nicht allein. Neben ihm stand ein Mann, der lässig den Arm über die Schultern des nackten Goldenen gelegt hatte. Er war in ein makelloses Tricianergewand gekleidet, das jedoch noch zusätzliche Goldketten, Broschen und anderen Schmuck aufwies, der jedermann außer den Farbenträgern verboten war. Sein Hemd war bis zur Hüfte aufgeknöpft und entblößte das mit der Haut verschmolzene Zeichen, als ob dessen Eigentümer stolz auf diese Allianz sei.

Keris erkannte ihn. Es lief ihr kalt über den Rücken.

Baraine von Valmair. Rinderfilet. Himmel, wie konnte sie ihn je auf diese Weise insgeheim verspottet haben? An ihm war nichts Komisches mehr…

Sie saß reglos im Sattel und überlegte, was sie tun sollte. Zurück in den Fluss stürzen? Ein Messer in ihn – in sie – bohren, bevor Baraine ihr mit Feldströmung beikam?

Unmöglich.

»Maid Kaylen.« Er umriss die Kinese einer formellen Begrüßung.

Sie senkte nur den Kopf. »Baraine.«

»So sehen wir uns also wieder. Was ist mit Graval geschehen?«

Sie widerstand der Versuchung, sich über die trockenen Lippen zu lecken. »Er ist gestorben – an einer Halsentzündung, wie ich glaube. Es kam ganz schnell. In der einen Minute lebte er noch, und dann…« Sie schnippte mit den Fingern. »Tot, einfach so.«

Er starrte sie voller Zweifel an, als sei er sich nicht klar, wie viel sie wusste.

»Es scheint, dass die Unsterblichkeit der Häscher doch nicht so… langfristig ist. Ich vermute, du wusstest, dass er ein Häscher war?« Sie gab vor, ihre Fingernägel zu untersuchen. »Sieh dich vor, du Abschaum aus dem Krötentümpel, oder du wirst vom Unbeständigen verschluckt und hast dann keine Seele mehr für später.«

Die Kreatur an Baraines Seite spürte seinen Zorn. Sie bleckte die Zähne in tierischer Wut und peitschte mit dem Schwanz.

Sie gab vor, das nicht zu bemerken. »Warum, Baraine?«, fragte sie. »Warum hast du dich Lord Carasma verschrieben? Du hattest doch alles, was ein Mann sich wünschen kann. Gutes Aussehen, Reichtum, hohen Rang – in des Schöpfers Namen, *warum*?«

Er streichelte den Arm des Geschöpfes neben ihm; seine Hand fuhr tiefer und tiefer, bis sie sich im Genitalhaar der Kreatur vergrub. Er lächelte. »Das ist der Grund, Mädchen. Das ist der Grund.«

Sie verstand noch immer nicht und er sah ihre Verwirrung.

Seine Augen verengten sich. »Bist du wirklich so unschuldig, so dumm? Versuch dir vorzustellen – wenn du kannst –, wie es ist, Lust zu empfinden und zu lieben, ja, aber genau zu wissen, dass dir diese Lust und diese Liebe nicht erlaubt werden. Weil die Kantorei sagt, dass es eine schwere Sünde ist. Weil die Kantorei sagt, dass es eine Perversion ist. Weil die Kantorei sagt, dass es einem Mann nicht nach einem anderen Mann gelüsten darf. Stell dir vor – wenn du kannst –, wie es ist, sogar Angst davor zu haben, die Blicke in die falsche Richtung schweifen zu lassen und die Liebe verbergen zu müssen.« Er schnaubte. »Die Regel der Kantorei hatte mich bereits zur Hölle der Ordnungslosigkeit verdammt. Was hatte ich also noch zu verlieren? Hier darf ich lieben, wen ich will, und zwar auf ewig. Hier werde ich nie alt. Hier kann es Männer in aller Ewigkeit nach mir gelüsten.«

Ein Aufruhr der Gefühle tobte in ihr: Angst, Verständnis, Mitleid, Ekel – all das fühlte sie zugleich. Die Regel, dachte sie. Alles ließ sich immer auf einen einzigen Ursprung zurückführen: auf die verdammte Regel. Er hat Recht. Er hätte nicht gezwungen werden dürfen, sein Verlangen oder seine Liebe zu verbergen, genauso wenig wie ich gezwungen werden dürfte, mein Verlangen, Kartenzeichnerin zu werden, zu unterdrücken. Und auch Borl dürfte nicht gezwungen werden, ausschließlich Kartenzeichner zu werden.

Als er ihre Gefühle zum Teil auf ihrem Gesicht las, sagte er harsch: »Ich brauche dein Mitleid nicht, Mädchen.« Er lächelte, aber es war kein freundliches Lächeln. Die Angst flutete in Keris zurück. »Das ist schon besser«, sagte er sanft. »Schon besser. Ich frage mich, ob ich Schnitz auf dich loslassen sollte. Er hat keinen sehr... anspruchsvollen Geschmack.«

Sie hielt ihren Blick auf Baraine gerichtet. »Nein. Das kann ich sehen.«

Diesmal war Baraines Wut nur allzu offensichtlich. Er streckte einen zitternden Finger gegen sie aus.

Sie schauderte; der Rest ihres Mutes verschwand. *Du Närrin! Jetzt wirst du sterben, weil du deinen verdammten Mund nicht halten konntest...*

Und dann war plötzlich ein schnaubendes Pferd zwischen ihr und Baraine und sie hörte den Klang einer schnalzenden Peitsche und einen wilden Zornesschrei.

Davorns Schrei. Und Baraines Schmerzgeheul.

Eine klaffende rote Linie öffnete sich auf Baraines Gesicht und Brustkorb. Blut troff von Davrons Peitsche, als er damit zu einem zweiten Schlag ausholte.

Und dann gefror das Bild, als ob die Zeit stehengeblieben wäre. Die Bestie hatte sich geduckt, war bereit zu springen, hatte die Sporen ausgestreckt; Baraines Hand war erhoben, wollte eine Geste gegenüber Davron machen; die Finger des Tricianers knisterten vor Feldströmung. Davrons Arm bewegte sich nicht, auch die Peitsche war reglos. Dann senkte der Führer mit einer verachtungsvollen Geste den Arm und rollte den Ärmel auf, um sein Zeichen zu zeigen. »Wage es nur«, sagte er, und seine Stimme war voller Verachtung. »Wage es nur und sieh zu, was dann mit dir geschieht.«

Tricianer unter sich, dachte Keris. Verdammt, wie er Valmair hasste! Plötzlich war ihr klar, warum: In Baraine erkannte Davron sich selbst wieder – den Tricianer, der die Verhaltensregeln seiner Klasse verletzt hatte, indem er mit dem Tilger einen Pakt eingegangen war. Es war nicht Baraine, den Davron verachtete, sondern sich selbst.

»Wir werden uns wiedersehen«, zischte Baraine leise. »Du wirst den Tag verwünschen, an dem du mich geschlagen hast, Davron von Storre.« Er drehte sich um und befahl seiner Bestie, ihm zu folgen.

Reines Kantoreitheater, dachte Keris, aber irgendwie konnte sie nicht über Baraine lachen. Bereits als er sich abwandte, schloss sich der Schnitt in seinem Gesicht und verheilte.

Davron schwang sein Pferd zu Keris herum. Die Wut in ihm war stark und tiefgründig. Einen Augenblick lang dachte sie, er würde sie packen und unbarmherzig durchschütteln.

Dieser Augenblick ging vorüber.

»Verdammt, Kaylen«, sagte er. »Was hast du dir dabei bloß gedacht? Du sitzt da wie Lord Carasma persönlich und beleidigst einen Häscher…«

»Du hast es gehört…«, sagte sie schwach.

»Ja, ich habe genug mitbekommen. Hattest du den Verstand verloren?«

»Entweder das, oder es war nur mein heulendes Elend. Aber vielen Dank dafür, dass du es dir angewöhnt hast, mich immer rechtzeitig zu retten.«

Er holte tief Luft. »Oh, *Scheiße,* Keris!« Er sah sie hilflos an; in seinem Gesichtsausdruck lag eine Mischung aus Schmerz und Grauen. Es dauerte lange, bis er sich wieder unter Kontrolle hatte und sagte: »Tu das bitte nie wieder. Ich glaube nicht, dass ich das noch einmal überstehen werde.« Er trieb sein Pferd fort vom Fluss und rief über die Schulter: »Na, komm schon. Die anderen warten auf uns.«

Kapitel Neunzehn

Nimm dich vor dem Zaun in Acht,
der die Saat verschlingt.

Altes Sprichwort
aus der Markgrafschaft Malinawar

Nach der Durchquerung des Flusses ließen die Häscher und ihre Schoßtiere die Gruppe nicht mehr in Ruhe, außer in einer Nacht, welche die Pilger in einem Rasthort verbrachten, wo sie sich halbwegs sicher fühlten. Ansonsten wurden sie bei Tage von geschmeidigen schwarzen Schatten heimgesucht, die sich fortstahlen, wenn ihnen jemand zu nahe kam. Gestalten schlichen in der Nacht um das Lager herum und knurrten leise. Manchmal erhaschte Keris einen Blick auf Baraine, der auf einer gehörnten Bestie ritt; sein geschwänztes Schoßtier saß hinter ihm. Und manchmal sah Keris andere Häscher – Männer und Frauen, die sie nicht kannte. Sie hielten sich außer Bogenschussweite, waren vorsichtig und verstohlen.

Sie warteten ab und folgten ihnen.

Keris dachte an die Trompleri-Karte und versuchte, ihre Angst zu zügeln.

Sie war nicht die einzige, die sich Sorgen machte. Portron verbrachte mehr Zeit denn je mit Kinese-Andachten; Fint zog es oft vor zu gehen, anstatt zu reiten. (»Auf diese Weise bin ich weniger auffällig«, erklärte er.) Corrian spuckte herausfordernd in die Richtung ihrer unheiligen Eskorte, aber ihr gelegentlich gemurmeltes »Verdammte, entnervende Bastarde – worauf bei allem Dung eines Misthaufens warten sie bloß?« zeigte, dass all ihr Trotz eher gespielt als ein Ausfluss echten Gleichmuts war.

Davron und Meldor ignorierten die Verfolger mit großartiger Selbstsicherheit – vielleicht weil sie wussten, dass der pragmatischere Bark sie kaum einmal aus den Augen ließ.

»Was haben sie vor?«, fragte Keris Bark, als sie langsam die Nerven verlor.

»Ich weiß es nicht«, gab er mit einem Lachen zu und fügte dann ernster hinzu: »Ich vermute, der Tilger hat seinen Spion verloren, als Graval Hurg starb, und jetzt muss er zu dieser Maßnahme hier greifen.«

»Seid ihr schon einmal ausspioniert worden, bevor Hurg auftauchte?«

»Ich glaube nicht. Zumindest nicht stärker als andere Gefährtenschaften. Ich befürchte, wir haben wegen dieser Sache mit der Trompleri-Karte unglücklicherweise die Aufmerksamkeit auf uns gezogen. Ich glaube nicht, dass Carasma vorher Meldor große Bedeutung beigemessen hat; er war nur ein blinder, unbedeutender Mann, der mit Davron ritt, und Davron war nur ein Führer, der eines Tages dem Befehl des Lords gehorchen muss.« Er schüttelte unglücklich den mähnigen Kopf. »Vielleicht dämmert es Carasma langsam, dass an uns viel mehr dran ist.«

»Warum löscht er uns dann nicht in einer dunklen Nacht bei einem Häscherangriff aus? Es wäre doch so einfach.«

Er lächelte wehmütig. »Möglich. Wahrscheinlich. Glaubst du, wir wüssten das nicht? Aber, Keris, abgesehen von den Schwierigkeiten, die der Tilger bekommt, wenn er einen Anhänger des Schöpfers tötet, will er uns *lebend*. Auf diese Weise wird er mehr erfahren – zum Beispiel darüber, wer uns unterstützt. Ich will dir noch etwas über den Tilger und seine Häscher sagen, das dich vielleicht freuen wird: Sie verstehen nicht viel von der Zeit.«

Das begriff sie nicht und sie sagte es ihm.

Er erklärte es ihr: »Wenn jemand das ewige Leben hat, ist für ihn kaum etwas dringlich. Gewöhnliche Menschen müssen sofort handeln, müssen schnell handeln, um ihr ganzes Leben in einer kurzen Zeitspanne unterbringen zu können. Der Tilger und seinesgleichen haben keinen Sinn für eine solche Dringlichkeit, besonders diejenigen Häscher nicht, die schon seit einigen hundert Jahren leben – die meisten von ihnen verbringen einen Großteil ihrer Zeit im Schlaf. Selbst für den Tilger ist es schwierig, sie zur Aktivität anzustacheln. Seine besten Diener sind diejenigen, die erst vor kurzem verseucht wurden und noch nicht vergessen haben, wie es ist, Mensch zu sein. Aber sogar Lord Carasma handelt langsamer, als er sollte. Das ist seine Schwäche und es ist oft unsere Rettung gewesen. Meldor glaubt, dass die Welt schon lange aufgelöst sein könnte, wenn der Tilger mit menschlicher Hingabe an diesem Ziel gearbeitet hätte.«

Und so ritten sie weiter, nahmen ihre Nachtwachen wichtiger und waren am Tage vorsichtiger.

Das Land um sie herum veränderte sich. Nun gab es überhaupt keine Bäume mehr. Nichts mehr, das man als normale Vegetation ansehen konnte. Die Pferde knabberten an rundlichen Knollen, die sich wie riesige graue Perlen einen Weg durch den Boden brachen, und glücklicherweise schienen sie für die Tiere genießbar zu sein. Der Untergrund selbst war verzerrt: Rote Erdwellen, wie in der Zeit gefroren, schwebten im Gleichgewicht, als wollten sie über den Köpfen der Reiter zusammenschlagen, wenn sie darunter hindurchritten; seltsam geformte Felsen schienen inmitten einer jähen Erderhebung erstarrt zu sein; ihre Türme und Klippen und Blöcke hatten unvermittelt in ihrer Auffaltung, Drehung und Wallung innegehalten. Alles schien in einer Sekunde der Bewegung angehalten und machte so den Eindruck, dass es sich sofort wieder bewegen würde, wenn die Gruppe den Felsen den Rücken zukehrte. Der Turm würde weiter aufwärts streben; die Blöcke würden von der Klippe herabfallen, die Erdwelle würde in eine donnernde Brandung ausbrechen.

Und tatsächlich bewegte sich manchmal etwas. Sie erwachten am Morgen und entdeckten, dass ihre Umgebung nicht ganz so war, wie sie sie am Abend zuvor verlassen hatten; manchmal sahen sie, wie sich das Land vor ihnen hob, als ob sich ein Riese im Schlaf irgendwo unter der Erdoberfläche drehte und sein Laken durcheinanderwühlte. Es war eine in Auflösung begriffene Welt. Meldor hat Recht, dachte Keris. Alles wird schlechter. Vater hat mir nicht gesagt, wie es hier draußen wirklich ist.

Portron sah es anscheinend genauso. »Ich erwarte immer noch, dass ich eines Morgens aufwache und entdecke, dass ein Loch in der Welt ist, ein Ort an dem … das Nichts ist«, vertraute er Keris eines Tages an. »Ein Ort, an dem die absolute Tilgung gelungen und nichts mehr übrig geblieben ist außer … Raum. Eine Leere. Ein … Nichtvorhandensein.« Er rieb besorgt seine kahle Stelle am Kopf. »Als ich vor zwanzig Jahren hier vorbeigekommen bin, war das nicht so.«

Keris schauderte. Das wollte sie nicht hören.

Die Veränderungen machten die Reise schwierig. Davron schaute immer wieder auf seine Karten. Nun waren es keine Kaylen-Karten mehr, sondern sie stammten von Straß Leseling aus Kreuz-Dormuss, einer Stadt in der Fünften. »Verdammt«, schimpfte Davron jedes Mal, »ich wünschte, er könnte Karten zeichnen so wie du, Keris! Komm her und sag mir, ob du daraus schlau wirst.«

Dann beugte sie den Kopf über das Pergament und war sich dabei nur allzu deutlich bewusst, dass er es sorgfältig vermied, sie zu berühren, während sie nebeneinander standen. »Es hat sich verändert, seit ich das letzte Mal hier war«, bemerkte er immer wieder. »Das Land wird mehr und mehr unbeständig.«

Und sie erzitterte angesichts dessen, was das bedeutete, während sie die Karten zu lesen und ihre eigene Position in einem sich verändernden Land zu bestimmen versuchte. Leselings Karten waren nie so gut wie ihre und Piers' gewesen, doch jetzt waren sie oftmals beinahe unbrauchbar. Trotzdem, dachte sie, hat er eine interessante Methode, die relative Höhe der Hügel und Berge anzugeben. Ich würde gern mit ihm darüber reden. Mit diesen Karten sowie ihrem Kompass und Theodoliten – leider ohne das Teleskop – tat sie, was sie konnte. Indem sie die augenblicklichen Anordnungen untersuchte und mit den vergangenen Landschaften verglich, die Leseling gezeichnet hatte, war es oft möglich, die besten Routen um jüngere Veränderungen herum herauszufinden.

Und so kam nach mehreren falschen Abzweigungen in Täler mit Sackgassen und einigen verlorenen Tagen, die sie mit den Rückwegen zubrachten, endlich die Fünfte Stabilität in Sicht. Davron gab das Signal zu einer Rast und ritt mit Meldor und Bark auf den Gipfel einer kleinen Erhöhung, von der aus man die Kinese-Kette überblicken konnte. Nun war es ihnen möglich, ihre genaue Position zu bestimmen. Der Rest der Gruppe wartete geduldig unten. Über ihnen kreisten Stachelrochen mit lässigen, wellenartigen Flügelbewegungen und beobachteten die Menschen unter ihnen mit ihren Schweinsäuglein, die sich an der Unterseite ihrer dreieckigen Köpfe befanden.

»Weitere Spione?«, fragte Bark, als er sie bemerkte. Doch keiner der beiden anderen gab darauf eine Antwort. Man konnte es nicht wissen.

»Wir sind genau da, wo wir nach Keris' Meinung

sein sollten«, sagte Davron. »Ich kann die Grenzstadt Randweg sehen.«

»Und die Häscher?«, fragte Meldor.

»Sie sind zurückgefallen.«

»Zweifellos spüren sie die Kinese-Kette. Davron, wir müssen sie abschütteln.« Er wandte sich an Bark. »Es tut mir Leid, Sammy, aber du und Fint, ihr müsst die Stabilität betreten – wenigstens für eine Weile.«

Bark blieb unerschütterlich ruhig. »Einige Tage werden uns nicht wehtun.«

»Schlüpft durch die Kinese-Kette und lasst euch nicht von der Kantorei fangen«, sagte Davron. »Wir anderen werden hineingehen, um unsere Vorräte aufzufüllen, und wir werden euch südlich von Mittelmess im Unstabilen wiedersehen. Kennst du die Schlucht mit dem Wasserloch?«

»Das Dörrende Loch?«

»Genau das. Wir werden uns dort in acht Tagen treffen.« Er wandte sich wieder an Meldor. »Die Lage spitzt sich zu. Wir können nicht mehr lange so weitermachen. Ich kann nicht mehr mit dir weiterreisen, wenn der Tilger erkannt hat, was wir tun, denn entweder wird die Aufgabe, die ich für ihn erledigen muss, darin bestehen, dich zu töten oder Hafenstern zu vernichten.«

Meldor schenkte ihm sein schwächstes und traurigstes Lächeln. »Davron, ich habe zu keiner Zeit geglaubt, dass es anders kommen würde. In der ganzen Sache liegt nun mal eine gewisse Unvermeidlichkeit. Schicksal, wenn du so willst.«

Davron holte tief Luft. »So wie der Zaun, der die Saat verschlingt, was? Und obwohl du das glaubst, reist du die ganze Zeit mit mir herum?«

»Der Begleiter eines Führers zu sein, war eine gute Deckung, wie du weißt. Du hast meinen Zwecken gedient – und was ist besser, als seinen Feind direkt unter der eigenen Nase zu haben?«

»Du siehst mich als deinen Feind an?« Die unerträgliche Trostlosigkeit in Davrons Stimme rührte beide seiner Zuhörer; es war der Schrei eines einsamen Mannes, der seine Verlassenheit nur allzu gut kennt.

»Davron, du bist für mich der engste Freund und die größte Gefahr. Du wirst mich vernichten – oder ich werde dich töten. Oder... vielleicht gelingt es uns, Carasma zuerst zu vernichten. Wie ich schon sagte, glaube ich, dass ich vorgewarnt sein werde, wenn der Tilger dich ruft. Wenn das geschieht, wirst du sterben, bevor du unsere Träume zerstören kannst. Das verspreche ich dir.« Dann fügte er flott hinzu: »Komm, wir verschwenden unsere Zeit. Du musst nach Randweg reiten.«

Keris beobachtete müßig, wie die Rochen über ihnen ihre Kreise zogen und mit den spitzen Schwänzen durch die Luft ruderten, um die Richtung zu halten. Schoßtiere? fragte sie sich. Oder nur Bestien, federlose Abkömmlinge einiger aus Malinawar verschwundenen Vögel? Sie verspürte einen Augenblick lang eine tiefe Traurigkeit. Mit der Abspaltung war so vieles unwiederbringlich verloren gegangen. Selbst wenn es möglich sein sollte, die Welt wieder ins Gleichgewicht zu bringen und die Feldströmung aus ihr zu verbannen, gab es so vieles, was nie mehr zurückkehren würde. *Auslöschung ist ewig*. Das war eine Tautologie, die sie irgendwo gelesen hatte und die jetzt eine Saite hilfloser Trauer in ihr anschlug. Verdammnis über ihn, dachte sie. Verdammnis über den Tilger.

Sie schob den Gedanken beiseite und sah hinüber zu Portron. »Kantor, werdet Ihr nach der Fünften in dieser Gruppe weiterreisen?«

»O ja. Ich glaube schon. Solange du mit ihr weiterreist.«

»Das müsst Ihr nicht. Ich brauche keinen Beschützer.«

»Das ist deine Meinung.« Er warf einen Blick zu Corrian und Fint hinüber, um sicherzugehen, dass sie ihn nicht hören konnten. »Keris, ich weiß, dass ich nicht für vieles zu gebrauchen bin. Ich bin kein guter Regelkantor; das war ich nie. Ich hasse Konfrontationen. Ich hätte niemals in ein Regelbüro geschickt werden dürfen. Ich wäre vielleicht besser Andachtskantor oder Lehrer geworden, ach, ich weiß es nicht. Aber der Sanhedrin hat bestimmt, dass ich Regelkantor werden sollte, und wenn eine solche Entscheidung einmal getroffen ist, kann sie nicht mehr rückgängig gemacht werden. Aber selbst ich kann begreifen, dass ich gegenüber einem schutzlosen Mädchen, das in einer solchen Gefährtenschaft reitet, in der Pflicht bin. Ich begleite dich bis zur Achten.«

Sie fragte ihn nicht, was er seiner Meinung nach tun konnte, um sie wirksam zu beschützen. Sie wusste, dass es eine Frage war, auf die er keine Antwort hätte geben können.

Randweg ähnelte stark Hoffdank, doch trotz seiner Gesetzlosigkeit war Keris über die Woge des Vertrauens überrascht, die sie hier überspülte. Zum ersten Mal seit vielen Wochen fühlte sie sich sicher. Hier gab es keine Häscher, keine Bestien. Hier würde das Land nicht unter ihren Füßen aufbrechen und sie verschlucken oder andere unmögliche Dinge tun: Morgen würde es noch genauso aussehen wie gestern. Hier konnte sie vergewaltigt oder verletzt oder ausgeraubt werden, aber niemand würde ihr Feldströmung entgegenschleudern, sie in Stücke schneiden oder ihr die Seele stehlen. Während sie durch den Staub der schlaglochübersäten Hauptstraße ritten, sog Keris voller Zufriedenheit die Luft ein. Nicht einmal die beunruhigende Erinnerung an die verlassenen Kinese-Kettentürme, die sie soeben passiert hatten – etwa fünfhundert

Schritte vor der aktuellen Linie – konnte ihr Wohlbefinden stören.

Sie warf einen Blick hinüber zu Davron, der neben ihr ritt, und sah, dass auch er sich entspannt hatte. Der harte Blick war aus seinen Augen verschwunden. Wenigstens für eine Weile musste er nicht befürchten, dass er eine mörderische Aufgabe zugeteilt bekäme, die ihm den Magen umdrehen würde. Innerhalb der Stabilität war er vor dem Tilger sicher.

»Wohin gehen wir?«, fragte Portron ihn und sah sich voller Abscheu um. »Dieser Ort ist genauso schlimm wie Hoffdank.«

»Es gibt eine Kantorei mit einer Herberge für Reisende in der nächsten Stadt – in Kreuz-Dormuss. Dort gibt es einen Schrein des Ritters Boegor, wenn ich mich recht erinnere – oder gehört er der Ritterin Sylgie? Wie dem auch sei, du wirst zweifellos froh sein, dort wieder unter deinesgleichen zu sein, Kantor.«

»Mit Sicherheit. Ich glaube übrigens, dass es der Schrein des Ritters Belmatian ist.«

Corrian nahm die Pfeife aus dem Mund und spuckte aus. »Und was ist mit mir und meinesgleichen, Meister Storre?«

Er schenkte ihr ein neckisches Lächeln. »Du kannst hier bleiben, wenn du willst.«

Sie grinste zurück, taub gegen diesen Vorwurf. »Ach nee. Ich bleib bei euch. Zwei Nächte, hast du gesagt?«

»Ja. Dann werden wir in den Süden der Stabilität gehen, Vorräte kaufen und von dort aus weiterreiten. Du wirst genug Zeit haben, um unterwegs die vorgeschriebenen Schreine der Stabilität zu besuchen.«

Sie seufzte. »Noch mehr Zeit auf den Knien – oder noch Schlimmeres. Ich hasse diese Schreine, die von dir verlangen, dass du dich ihnen platt auf dem Bauch näherst und wie eine Made herumkriechst, die dem Licht zu entkommen. Und was die Demütigungs-Kinesen anlangt: runter auf die Knie, wieder auf die Beine, runter auf den Bauch, auf die Ellbogen, runter mit der Stirn… Meine alten Gelenke mögen selbst die schönsten Kinesen nicht, aber die Demütigungs-Kinese ist total für'n Arsch.«

Portron zog die Stirn kraus und fragte sich, ob er dazu eine Bemerkung machen und Corrian auffordern solle, sich gefälligst zu benehmen, doch er entschied sich dagegen. Es war Davron, der eine Antwort gab. »Ich wüsste nicht, warum du es nicht tun solltest«, sagte er mit täuschend milder Stimme. »Deine Gelenke scheinen gegen eine andere Art von Sport überhaupt nichts zu haben.«

Corrian knurrte etwas und lenkte ihren Esel um einen toten Körper herum, der mitten auf der Straße lag.

»Sollten wir nicht etwas für ihn tun?«, fragte Keris zweifelnd.

Davron schaute nach unten. »Nein. Ihm kann keiner mehr helfen. Wusstest du, dass Kreuz-Dormuss der Ort ist, in dem der Kartenzeichner Leseling seinen Laden hat?«

»Tatsächlich? Bleibt mir genug Zeit, um ihn zu besuchen?«

»Natürlich! Es sei denn, du möchtest den ganzen Tag am Schrein herumlungern.«

»Ich doch nicht!«, sagte sie so leise, dass Portron sie nicht hören konnte. »Wenn ich überhaupt irgendwo einen ganzen Tag verbringen will, dann in einem dampfend heißen Kräuterbad mit einer großen Menge von dieser so angenehm duftenden Seife, die die Kantorei herstellt.« Sie seufzte. »Es muss Monate her sein, seit ich das letzte Mal ein wohltuendes Bad genossen habe.«

Die Kantorei hatte keine Gästebäder, aber es gab ein öffentliches Badehaus nebenan und so kam Keris zu ihrem Bad; im Preis war sogar parfümierte Seife inbegriffen. Als sie in der folgenden Nacht nach einer warmen Mahlzeit, die nicht aus zähem Fleisch und altem Gemüse bestanden hatte, zwischen zwei saubere Laken in ein echtes Bett schlüpfte, wollte sie diesen Ort nie wieder verlassen. Als sie aber am nächsten Morgen durch das Geräusch klingelnder Glöckchen erwachte, während die Kantoren an ihrem Zimmer vorbeieilten, um der Morgenhuldigung beizuwohnen, und sie die Duftwolke des Parfums roch, das während der Zeremonie benutzt wurde (bei der Huldigungs-Kinese war es immer Rosenmoschus), fühlte sie sich unbehaglich. Die Regel war plötzlich wieder zu nahe, zu bedrückend. Mit einem innerlichen Seufzer grub sie in ihren Bündeln, um einen Rock zu finden. Hosen waren in Ordnung, wenn man durch das Unbeständige ritt, aber kein Kantor würde es zulassen, dass sie in der örtlichen Kantorei etwas anderes als einen Rock trug.

Das Frühstück, bestehend aus heißer Milch und frischem Brot, das noch ofenwarm war, stand auf dem Tisch des Speisesaals, als sie dort eintrat, obwohl die meisten Kantoren bereits gegessen hatte. Davron saß allein an einer langen Tafel.

Sie machte die Morgen-Kinese, während sie sich ihm gegenüber setzte; dann goss sie sich etwas Milch aus dem Krug ein. »Wo ist Portron?«

Er gab den Gruß freundlich zurück. »Bei der Huldigung. Wo ist Corrian?«

»Für die Welt gestorben. Sie hatte in der letzten Nacht einen fürchterlichen Streit mit dem Schlafsaal-Kantor; hast du das nicht gehört? Sie wollte ihre Pfeife nicht ausmachen.«

Sie nippte an der Milch und beobachtete Davron verstohlen. Im Unbeständigen wirkte er immer wachsam, aber ruhig. Jetzt war es andersherum. Er war entspannt, aber irgendwie war seine Ruhe verschwunden.

Er zappelte herum und schien den größten Teil seines Brotes nicht gegessen, sondern zerkrümelt zu haben.

»Ich zeige dir den Weg zum Kartenzeichner, wenn du fertig bist«, sagte er. »Ich muss selbst in diese Richtung gehen.«

Ein Kantor, der inzwischen die anderen Tische abgeräumt hatte, blieb neben ihnen stehen. »Meisterführer«, sagte er höflich, »Wir verschwenden hier kein Brot.«

Davron sah hinunter auf das, was er angerichtet hatte, und schien erst jetzt die Krumenhäufchen zu bemerken. »Oh, das tut mir Leid.« Er pickte das größte Stück Brot heraus und steckte es sich in den Mund.

»So lautete die Regel«, sagte der Mann.

Davron zog verwirrt eine Augenbraue hoch. »Besagt die Regel, dass man mit seinem Brot nicht machen darf, was man will?«

»Man darf es nicht verschwenden. Wir pflanzen so viel Getreide an, wie wir können, aber seit den Tagen meines Großvaters haben wir eine Menge Land verloren.« Er schüttelte sorgenvoll den Kopf. »Ich habe gehört, dass man darüber nachdenkt, die Kinese-Kette wieder einmal zu verlagern und ein Dorf an der Südgrenze der Fünften aufzugeben – das ist gutes Ackerland da unten. Ich frage mich, wann es uns möglich sein wird, die Kette in die andere Richtung zu verschieben und dem Chaos Land wegzunehmen, aber das wird wohl nie geschehen.« Er seufzte und ging zum nächsten Tisch.

Schuldbewusst stülpte Davron eine Tasse über seine Krümel und grinste Keris an. »Lass uns gehen«, sagte er, »bevor ich Kinese-Buße für die mutwillige Zerstörung einer Brotscheibe tun muss.«

Kreuz-Dormuss war schäbiger als jede Stadt in der Ersten Stabilität. Die Häuser waren älter und die Schieferdächer waren oftmals so durchlöchert, dass sie eher aus Geröll zu bestehen schienen. Auch die Leute waren schäbiger gekleidet. Die Regel in der Fünften war tyrannischer und schrieb vor, dass alle Bürger außer den Kantoren Grau mit schwarzen Kragen und Aufschlägen tragen mussten. Die Stiefel mussten schwarz sein und eine bestimmte Anzahl von Schlaufen für die Schnürriemen aufweisen. Kopftücher und Schleier mussten dunkel sein und sogar unverheiratete Frauen mussten ihr Haar in einem Knoten tragen, der von schwarzen Bändern gehalten wurden. Die Männer waren verpflichtet, Hüte mit schmalen Krempen zu tragen. In ihrer rehbraunen Bluse und ihrem braunen Rock empfand sich Keris als ausgesprochen farbenfroh gekleidet.

Vor der Herberge hatten einige städtische Arbeiter die Straße aufgerissen und dann ihre Arbeit verlassen. Als Keris und Davron vor das Haus traten, mussten sie sich ihren Weg durch eine Menschenmenge bahnen, die sich bei einem Haufen ausgebuddelter Pflastersteine zusammengerottet hatte und heftig diskutierte.

»Ich frage mich, was das alles soll«, sagte Keris.

»Die Kantoren haben heute Morgen beim Frühstück darüber geredet. Anscheinend gestattet die Regel nicht, dass noch mehr Stein gebrochen wird, um daraus neue Pflastersteine zu machen. Deshalb hat jemand vorgeschlagen, man solle die alten Steine bloß umdrehen, also die Unterseite nach oben legen. Unglücklicherweise haben sie soeben erkannt, dass vor einigen hundert Jahren schon einmal jemand dieselbe Idee hatte – und jetzt diskutieren sie darüber, welche Seite der Steine die am wenigsten beschädigte ist.«

Sie sahen sich an und brachen gleichzeitig in Gelächter aus; sie teilten miteinander diese Geschichte und alles, was sie über die Absurdität der Regel und des Lebens in der Stabilität aussagte.

Sie lachten noch immer, als sie einen Augenblick später von einem Regelkantor angehalten wurden. Er prangte in Karmesinrot und Gold und trug zusätzlich die grüne Litze seines Standes und die purpurne seines Ordens. Beide Handgelenke waren mit schweren, juwelenbesetzten Armreifen behangen und er hatte seine Stola sowohl mit Spitze als auch mit Glöckchen umrahmt. Sein Dreispitz war mit Rüschen und Pailletten besetzt. Die Kantoren in der Ersten waren zwar ausnahmslos farbenprächtig, aber Keris hatte noch nie so viel Glanz gesehen wie an diesem Mann. Er hielt die Hand gebieterisch hoch. »Haltet bitte an. Sagt mir, warum ihr so gekleidet seid.«

»Meisterführer«, sagte Davron lakonisch und tippte sich an die Brust. »Und eine Pilgerin aus der Ersten.« Er suchte in seiner Börse herum und zog ein ledernes Führerabzeichen hervor, das das korrekte Siegel des Sanhedrin trug.

Der Regelkantor betrachtete es und gab es vorsichtig zurück, bevor er Keris anschaute. »Deinen Pilgerpass, bitte.«

Sie zeigte ihm den Pass, den sie in Hoffdank gekauft hatte. Er starrte auf das Datum, stellte einige Berechnungen an und gab ihn dann mit einem kurzen Nicken zurück. »Ihr aus der Ersten«, grummelte er, »ihr wisst nicht, wie man sich zu kleiden hat. Wenn es nach mir ginge, müsstet ihr die Kleidung der Fünften anlegen, solange ihr hier seid. Ihr stört die Regel mit eurer fremden Tracht und das ermutigt die Unordnung. Der Sanhedrin sollte Einheitlichkeit in allen Stabilitäten schaffen.«

»Darin stimme ich mit Euch vollkommen überein«, sagte Davron schmeichlerisch. »Jedermann sollte exakt das gleiche tragen.« Keris gelang es mit Mühe und Not, das Gesicht nicht zu verziehen, bis der Kantor um die nächste Ecke verschwunden war.

Sie setzten ihren Weg fort und tauschten Geschichten über Absurditäten der Kantorei aus. Als Keris von ihren verbalen Schlachten mit Nebuthnar in der Winterschule berichtete, stellte sie erstaunt fest, dass es ihr gelang, Davrons beiläufiges Interesse in Kichern und schließlich in hilfloses Gelächter zu verwandeln. (Davron Storre *lachte*?) Als er Keris schließlich den Landkartenladen zeigte und allein weiterging, verspürte sie unverhältnismäßiges Bedauern. Sie hatten so wenig Gelegenheit, sich sorgenfrei zu fühlen…

Und Leseling war nicht da. »Tut mir Leid«, sagte seine Frau, »aber er ist weggegangen, um Pergament vom Gerber zu kaufen. Ich vermute, dass er in etwa einer halben Stunde zurück sein wird. Ich bin sicher, dass er sich freuen wird, dich kennenzulernen, wenn du selbst Kartenzeichnerin bist.« Es war deutlich zu hören, dass sie eher an Keris' Berufsangabe zweifelte als an der Bereitschaft ihres Mannes, sich mit einem Kollegen zu unterhalten. »Du kannst hier warten oder spazierengehen. Ein Stück weiter die Straße entlang gibt es einen schönen Flussabschnitt. Der ist jetzt eine Augenweide, mit all den Wildblumen und dem Blick hinüber zur Domäne.«

»Welche Domäne ist das?«, fragte Keris argwöhnisch.

»Turm-und-Blum. Es ist keine sehr große Domäne.« Die Frau lachte. »In dieser Gegend sind nicht einmal die Tricianer besonders reich.«

»Oh. Ist das… ist das vielleicht die Familie von Alliss, die Davron von Storre geheiratet hat?«

»Das ist sie.«

»Ist Alliss jetzt da?«

»Oh, das glaube ich nicht. Sie ist schließlich verheiratet, aber wer weiß? Die Tricianer erzählen unsereinem schließlich nicht, was sie vorhaben, oder?«

»Nein, nicht sehr oft«, stimmte Keris zu.

Sie verließ den Laden und ging in die Richtung der

Domäne, getrieben von einer überwältigenden Neugier, von einem bizarren Verlangen, sich selbst weh zu tun. *Die liebliche Alliss, Mondschein und Quecksilber…* Sie zweifelte nicht einen Augenblick daran, dass Davron dorthin gegangen war.

Der Fluss war kaum mehr als ein Bach und das Domänehaus – lang und niedrig und mit einem Schieferdach – lag in einiger Entfernung auf der anderen Seite und war umgeben von Ackerland. Die Seite des Flusses, auf der Keris sich befand, war ein Gewirr aus Bäumen, Büschen und Unterholz, in dem der schmale Pfad verschwand. Solche Waldgebiete war Keris nicht gewöhnt. Die Fünfte war viel trockener als die Erste und deshalb war die Vegetation viel verkümmerter und knorriger. Trotzdem tat es gut, wieder richtige Bäume zu sehen und Gras unter den Füßen zu spüren, das abknickte, wenn man darauf trat. Sie folgte dem Pfad weiter und erhaschte durch den Bewuchs einige Blicke auf das Domänehaus, als sie ihm näher kam.

Sie hatte nicht erwartet, Davron zu sehen.

Er sollte eigentlich im Haus sein, aber stattdessen stand er unter den Bäumen versteckt und beobachtete die Gebäude an der anderen Seite des Flusses so angestrengt, dass er Keris weder hörte noch sah. Sie blieb stehen, reglos, entsetzt. Sie drängte sich gerade in sein Leben und das war unverzeihlich, aber trotzdem brachte sie es nicht fertig, sich fortzuschleichen.

Von dort aus, wo sie stand, konnte sie sehen, was er beobachtete: Es waren zwei Kinder, die vor dem Haus spielten. Eines war ein etwa achtjähriges Mädchen; das andere war ein Junge, zwei oder drei Jahre jünger. Es waren tricianische Kinder; das konnte sie an der Feinheit ihrer schwarzen und grauen Kleidung ablesen.

Eine plumpe, mittelalte Frau kam aus dem Haus und rief nach ihnen. Das Mädchen packte sofort die Hand des Jungen und ging langsam zur Tür; der Junge widersetzte sich ihr und zog in die andere Richtung. Es entstand eine Rauferei. Der Protest eines der Kinder und lautes Gekicher waren zu hören, bevor sie beide in das Haus rannten und alles wieder ruhig war.

Es war nur ein kurzer Blick auf ein alltägliches Leben gewesen, der keine besondere Bedeutung besaß, und doch hatte er Keris in tiefe Traurigkeit versetzt. Sie schaute wieder auf Davron und zog sich langsam zurück.

Er drehte sich um und sah sie. Seine Bewegung gefror.

Sie hatte befürchtet, er wäre wütend. Stattdessen aber stand er da wie ein Mann am Rande eines Abgrundes, der wusste, dass der Boden unter ihm jede Minute abbröckeln kann. In seiner Verzweiflung war kein Platz für Wut. Sie ging auf ihn zu; es blieb ihr keine andere Wahl. »Warum?«, flüsterte sie. »Warum kannst du nicht hingegen und sie besuchen?«

Der Wald um sie herum schien lautlos und still auf eine Antwort zu warten. Er schwieg so lange, dass sie schon glaubte, er würde überhaupt nicht antworten, doch dann sagte er ruhig und emotionslos: »Wenn ich versuchen sollte, die Kinder zu besuchen und mit ihnen zu reden, wird sie der Kantorei verraten, dass ich das hier trage.« Er berührte seinen Ärmel an der Stelle, wo das Zeichen des Tilgers sich mit seinem Armmuskel verbunden hatte. »Ich habe Mirrin – meine Tochter – seit dem Tag nicht mehr gesehen, an dem das hier in meinen Arm gedrückt wurde. Ich habe meinen Sohn noch nie im Arm gehalten oder gehört, dass er mich Vater nennt.« Er schaute zurück auf das Gebäude an der anderen Flussufer. »Jedes Mal, wenn ich nach Dormuss komme, stehe ich hier und beobachte das Haus und hoffe, dass ich wenigstens Mirrin sehe. Dass ich nur einen flüchtigen Blick auf sie erhasche. Ich stehe oft den ganzen Tag hier und meistens sehe ich sie nicht.«

Sie wird es der Kantorei verraten? Alliss, seine Frau? Keris war verblüfft. Wenn die Kantorei von seinem Siegel wüsste, würde Davron als Abtrünniger verdammt und müsste sterben, und zwar sofort, nach einem sehr kurzen Prozess, der ihm keine Gelegenheit für eine Rechtfertigung gab. Seine Frau hatte ihn mit dem Tod bedroht *und doch hatte er das alles für sie getan*, für Alliss, für seine Frau.

Davron lehnte sich gegen einen Baum und Keris beobachtete mit zunehmendem Entsetzen, dass er weinte, dass seine Schultern hilflos zuckten, als sich der Kummer aus fünf Jahren einen Weg in die Gegenwart suchte.

Kapitel Zwanzig

Nichts ist kälter als die graue Asche einer alten Liebe, nichts wärmer als die hellen Kohlen einer neuen.

Altes Sprichwort
aus der Markgrafschaft Malinawar

Domäneherren war es erlaubt, große Familien zu haben. Der Grund dafür war offensichtlich und stand außer Frage: Viele ihrer Söhne waren dazu bestimmt, im Dienst an den Menschen ihrer Stabilität zu sterben oder verseucht und ausgeschlossen zu werden.

Als die Frau eines Domäneherrn der Fünften Stabilität Davron von Storre gebar, hatte dieser deshalb bereits vier ältere Brüder und zwei Schwestern.

Sein Vater, Camone von Storre, war ein großer, unsauberer Mann mit unsauberen Angewohnheiten, der eine Frau von feenhaftem Liebreiz und ohne jede Selbstdisziplin geheiratet hatte; das Ergebnis daraus war eine Familie, die das Leben in einem Zustand ewiger Unordnung und unter andauerndem Gelächter genoss. Die Kinder liefen die meiste Zeit unbeaufsichtigt herum und verteilten ihren Übermut im ganzen Haus und über den ganzen Besitz und überließen die Folgen daraus den Bediensteten. Wenn sie weniger liebenswert gewesen wären, hätte man sie wegen ihrer Unverantwortlichkeit geschmäht, aber sie waren wie ihre Eltern von freundlichem und angenehmem Wesen. Sie waren vielleicht launenhaft, aber keines aus der Brut der Storre war je bösartig. Die scharfsinnigeren der Diener waren sich darüber im Klaren, dass die Wildheit und Ichbezogenheit der Storre-Kinder eher aus ihrer Zukunft als aus ihrer Gegenwart herrührten: die Storres wussten, dass die Süße des Lebens und vermutlich auch dessen Spanne für sie nur kurz waren und sie waren entschlossen, es voll auszukosten.

Ihre Existenz entbehrte allerdings nicht jeglicher Disziplin. Es gab Unterrichtsstunden und vor diesen konnte man sich nicht drücken. Waffenübungen begannen für die Jungen im Alter von fünf Jahren und ein Teil jeden Tages wurde diesen Übungen gewidmet. Kampftraining und Leibesübungen waren nun ein fester Bestandteil des Lebens. Im Lauf der Jahre wurden ihnen die verschiedensten Waffen gegeben, von denen sie jede zuerst meistern mussten, bevor sie sich endgültig für eine von ihnen entschieden.

Es gab auch andere Unterrichtsstunden: Lesen und Rechnen und Regelkunde in der örtlichen Kantoreischule; andere Fächer unterrichtete ihr Vater selbst, wenn er zu Hause war: Pfadfinden, Kartenlesen, Reiten und ähnliche Fertigkeiten, die ihnen eines Tages im Unbeständigen behilflich sein würden. Storres Kinder wussten, wie man einen Kompass nordet und liest, wie man den Kurs anhand der Sterne berechnet, wie man sich draußen ernährt. Sie konnten im Alter von zehn Jakren ein Pferd im Galopp besteigen und wieder absteigen und sie konnten solche Pferdekrankheiten wie ein verstauchtes Vorderbein oder eine Kolik erkennen und behandeln.

Als Davron zwölf war, hatte er alle schriftlichen und mündlichen Tests bestanden, die er als Verteidiger brauchte, und er hatte seine bevorzugten Waffen gewählt: Wurfmesser und Peitsche. Zwei weitere Jahre lang vervollkommnete er seine Fähigkeiten innerhalb der Mauern der väterlichen Domäne, doch nun waren die sorgenfreien Jahre bereits vorbei: die erste, unvermeidliche Tragödie war gekommen und hatte ihre Narben hinterlassen. Sein ältester Bruder war im Unbeständigen gestorben; er war von einem Häscher getötet worden, während er eine große Gefährtenschaft als Wache begleitete.

Als Davron vierzehn war, ritt er in der örtlichen Verteidigertruppe mit, die das Gebiet vor Regelbrechern schützte. Ein Jahr später starb sein Vater aufgrund alter Verletzungen, die er im Unbeständigen erlitten hatte, und einer von Davrons Brüdern, der vom Verteidigerdienst entbunden worden war, nachdem ihn eine Bestie übel zugerichtet hatte, übernahm die Hoheit über die Domäne. Im selben Jahr tötete der jetzt fünfzehnjährige Davron den ersten Menschen, einen Unerlaubten, dessen einziges Verbrechen es gewesen war, missgestaltet auf die Welt zu kommen. Einige Monate später verschwand der sechzehnjährige Geralt Storre – Davrons Lieblingsbruder, der ihm auch altersmäßig am nächsten gewesen war –, nachdem er verseucht worden war.

Als Davron selbst sechzehn war, unternahm er seinen ersten Pflichtritt in das Unbeständige hinein, durchquerte seine erste Feldströmungslinie und entdeckte – gegen jede Wahrscheinlichkeit –, dass er feldströmungsfühlig war.

In diesem Alter war Davron Storre ein angenehmer Junge, den seine männlichen Standesgenossen gern hatten und der das Objekt verstohlener Blicke tricianischer Mädchen war, die in ihm etwas Besonderes sahen: Romantik, Ehrenhaftigkeit, Nachdenklichkeit, die die Oberflächlichkeit seiner unsteten Erziehung langsam überlagerte. Als Zwölfjähriger war Davron sowohl verzogen als auch unbekümmert gewesen. Als Sechzehnjähriger hingegen war er viel sorgsamer und in sich gekehrt; er übernahm Verantwortung und kämpfte mit großem Mut. Wenn er einen Fehler hatte, dann war es sein Stolz – er war stolz auf seine Ehrenhaftigkeit und Rechtschaffenheit.

Als jüngerer Sohn, der keine Aussicht darauf hatte, die Storre-Domäne zu erben und Grundbesitzer zu werden, musste er Verteidiger werden, dessen Pflichten abwechselnd darin bestanden, als Beschützer das Unbeständige zu durchqueren und zu Hause Polizeiaufgaben wahrzunehmen. Ein anderer Beruf stand ihm nicht offen, obwohl die Storre-Domäne verpflichtet blieb, ihm bei Bedarf ein Zuhause in einem der Domänegebäude einzurichten.

Davron tat, was man von ihm erwartete, weil er wusste, dass ihm nichts anderes übrig blieb, doch es machte ihm nicht das Geringste aus. Als er zum ersten Mal als Teil eines Schutzkontingents in das Unbeständige hineingeritten war, hatte er bemerkt, dass es ihm gefiel. Er mochte die Kameradschaft seiner tricianischen Gefährten; er mochte den Reiz des Unbekannten, die Gefahren der Durchquerung einer Feldströmungslinie, das ungezügelte, schiere Abenteuer des andauernd sich ändernden Unbeständigen.

Er lernte die Feldströmungslinien zu lesen und weil er sowohl feldströmungsfühlig als auch sehr talentiert war, wurde er rasch befördert. Er meldete sich freiwillig zu mehr Durchquerungen, als von ihm verlangt wurden, und eignete sich auf diese Weise allmählich die Fähigkeiten an, die ihm später als Führer von so großem Wert sein sollten. Es war eine Herausforderung für seinen Geist und Körper und daher entwickelte seine Persönlichkeit große Tiefe – aber er verlor nie seine romantische und ehrenhafte Ader.

Mit achtzehn verliebte er sich.

Alliss von Turm-und-Blum befand sich auf ihrer Pilgerreise, als er sie kennenlernte. Sie war zwei Jahre älter als er, aber nicht so weise und viel weniger welterfahren.

Sie war beeindruckt von dem schwarzäugigen jungen Mann, der nur aus Peitsche und Muskeln zu bestehen schien und dennoch freundlich war, und so gab sie ihm jede erdenkliche Ermunterung. Als ihre Pilgerreise beendet war, hatten sie sich gegenseitig ihre Liebe eingestanden.

Er machte ihr mit Briefen und häufigen Besuchen den Hof; sie heirateten sofort nach seiner eigenen Pilgerreise, die er im Alter von zwanzig Jahren unternahm. Alliss zog auf die Storre-Domäne, so wie es der Brauch vorschrieb. Als Davron vor die Wahl gestellt wurde, meldete er sich für örtliche Polizeiaufgaben und nicht mehr für die Durchquerungen, weil seine Frau darauf bestand. Als verheirateter Mann, dessen erstes Kind bereits unterwegs war, wollte er nicht von seiner Frau getrennt sein – aber trotzdem gab es Zeiten, in denen er bedauerte, dass er nicht mehr Zeit im Unbeständigen verbringen konnte. Wenn er ehrlich zu sich selbst gewesen wäre, hätte er erkannt, dass er im Herzen ein Unbeständiger war. Die Stabilität mit all ihren Regeln erstickte ihn. Wenn er es mit der Kantorei zu tun hatte, musste er seine Feindseligkeit unterdrücken. Die Regel verwirrte ihn. Nur im Unbeständigen fühlte er sich wirklich frei.

Als aber seine Tochter Mirrin geboren wurde, gab es keinen glücklicheren Mann als Davron von Storre. Er betete seine Tochter an und war verärgert über jede Pflicht, die ihn von ihr trennte. Und was Alliss anging… Wenn er gewusst hätte, wie Bark seine Frau Keris gegenüber beschrieben hatte, hätte er dieser Beschreibung zugestimmt. Alliss war tatsächlich wie das Mondlicht: ungreifbar, wunderschön, quecksilbrig. Sie steckte voller Neckereien und Liebeleien und Spaß. Sie war freundlich und zärtlich und großzügig. Sie konnte niemals an einer verletzten Kreatur oder an einem Bettler vorbeigehen, ohne stehen zu bleiben. Er liebte sie so sehr, wie es menschenmöglich war, und wenn nicht der Tilger in sein Leben getreten wäre, hätte er sie vermutlich auf diese Weise weitergeliebt und wäre in dieser Liebe glücklich gewesen. Er sah nicht, dass Alliss noch wohl behütet und unberührt von Not war – dass sie noch nicht flügge war. Selbst ihre Mildtätigkeit war etwas, das ihr niemals Schmerzen verursachte: Es war der Lakai, der ihre Kupfermünzen dem Bettler gab; es war die Kammerzofe, welche sich um die verwundeten Vögel kümmerte, die Alliss fand; es war ihr Arzt, der für den frisch verseuchten Jungen sorgte, den sie im Unbeständigen entdeckt hatten. Unter der Oberfläche von Alliss von Turm-und-Blum lag wenig, doch Davron vermisste nichts an ihr und kannte die trügerische Natur des Traumes nicht, in dem er lebte.

Als Mirrin drei war, erwartete Alliss ein weiteres Kind, doch diesmal schien die Schwangerschaft nicht problemlos zu verlaufen. Alliss war müde, mürrisch und oft krank. Mirrins Lärmen störte sie, sie war nicht mehr mit ihrem kleinen Haus auf der Storre-Domäne zufrieden, sie war unglücklich, wenn Davron Streifendienst hatte. Sie nörgelte an Dingen herum, die sie früher nicht gestört hatten: Ihre Eltern hatten Mirrin noch nicht gesehen; es war schon so lange her, dass sie zum letzten Mal ihre Mutter gesehen hatte; sie vermisste ihr Zuhause in der Fünften. Sie wollte ihre Mutter bei dieser zweiten Geburt dabei haben. Sie hatte Angst. Bitte – konnten sie nicht in die Fünfte Stabilität reisen? Sie könnte ihr Kind doch dort bekommen…

Davron verstand ihren Wunsch zwar, sorgte sich aber wegen der Gefahren einer solchen Reise. Die Durchquerungen wurden immer gefährlicher. Er wusste besser als die meisten anderen, welche Schliche einer Feldströmungslinie möglich waren; er schreckte davor zurück, das Leben seiner Frau und seines Kindes angesichts der Unberechenbarkeit der Feldströmung aufs Spiel zu setzen. Aber er liebte Alliss und sie bat ihn so inständig darum.

Er plante die Reise sorgfältig. Es musste eine starke Gruppe mit einem großen Kontingent an Verteidigern sein, bei denen die Häscher oder die Bestien keinen Angriff wagen würden. Er war sich der Widersprüchlichkeit dieser Wünsche bewusst: Je größer die Gruppe war, desto eher zog sie die Aufmerksamkeit des Tilgers auf sich, aber zu jener Zeit glaubte er noch, es sei das Risiko wert, Sicherheit in einer großen Gruppe zu suchen. Er mietete die besten Führer; er selbst würde eine bewaffnete Eskorte anführen; die Männer waren eine handverlesene Elite. Jede mögliche Annehmlichkeit wurde für Alliss und Mirrin bereitgestellt; auch ein Arzt und ein Kantor standen zur Verfügung. Alliss lachte ihren Mann wegen all seiner Vorsichtsmaßnahmen aus, doch er war fest entschlossen, dass ihnen nichts zustoßen sollte.

Nicht weit im Unbeständigen fanden und retteten sie einen Bauernjungen, der Samiel Barkbrück hieß. Seine Gefährtenschaft hatte ihn zurückgelassen, nachdem er verseucht worden war, und er war inzwischen halb verhungert und beinahe wahnsinnig angesichts dessen, was mit ihm geschehen war. Sie nahmen ihn mit und Alliss bestand darauf, dass ihr Arzt ihm die bestmögliche Pflege angedeihen ließ. Es war allerdings Davron – der kaum älter war als der seelisch so sehr erschütterte Bauernjunge –, dem es gelang, Sammy Barkbrücks Seelenfrieden wiederherzustellen. Er sah etwas in dem Jungen und in dessen Schicksal, das ihn tief berührte; es erinnerte ihn unweigerlich an Gerlats Verschwinden. Sein Bruder war genau wie Sammy zurückgelassen worden, allein und ohne Reittier, und niemand hatte ihn je wiedergesehen.

Also verbrachte er viel Zeit im Gespräch mit Bark; die Unterschiede zwischen einem Tricianer und einem Bauernjungen spielten keine Rolle mehr. Er kramte seine ganze Weisheit hervor, um Bark dabei zu helfen, den Tatsachen ins Auge zu sehen: dem Verseuchtsein und dem Verrat seiner Liebe. Dabei schuf er sich den besten Freund, den er je haben würde. Als Bark schließlich dazu fähig war, auf seine rötliche Mähne hinabzuschauen und mit kläglichem Humor zu sagen: »Aber Tilly hat doch immer gesagt, dass sie Männer mit behaarter Brust mag«, wusste Davron, dass Bark das Schlimmste überstanden hatte.

Einen Tag später erreichten sie die Feldströmungslinie, die den Namen ›Wanderer‹ trug.

Alles schien ruhig. Der Führer war mit den Feldströmungsmustern zufrieden, und Davron pflichtete ihm bei. Aber die Muster logen – oder vielleicht übersahen die beiden Männer irgendeinen winzigen Hinweis, der ihnen verraten hätte, dass nicht alles in Ordnung war, oder vielleicht konnte der Tilger, wenn er persönlich anwesend war, die Muster verändern, während er auf Beute lauerte…

Die Hauptgruppe hatte die Durchquerung bereits hinter sich, als Davron Alliss hindurchgeleitete, während Mirrin vor ihm auf dem Sattel saß. Beide Reittiere waren gut ausgebildete Querungspferde; daher hatte er es nicht für nötig angesehen abzusitzen.

Sie waren auf halbem Wege, als sie plötzlich ein dichter Nebel aus schwefligem Gelb umgab. Die Luft war eigentlich klar, doch die künstliche Weise, auf die der Nebel herumwirbelte, verriet Davron, dass er ihnen den Weg abschneiden sollte. Als er die Hand ausstreckte und einen der Wirbel berührte, verbrannte er sich; als er etwas davon einatmete, musste er würgen.

»Was ist das?«, fragte Alliss ungeduldig. »Warum halten wir an? Das ist doch nur Nebel.«

»Beweg dich nicht. Es ist gefährlich.«

Sie sah sich um; auf ihrem Gesicht lagen Zweifel. »Wie kann Nebel gefährlich sein?«

Er spürte eine kurzzeitige Verärgerung, unterdrückte dieses Gefühl aber, weil er es als unwürdig ansah. »Das hier ist eine Feldströmungslinie, Alliss. Wir sollten besser absteigen.« Seine Stimme war ruhig. Er versuchte, nicht die Angst zu zeigen, die er um ihre Sicherheit und um die von Mirrin empfand. Keine von beiden war feldströmungsfühlig. Sie konnten beide verseucht werden.

Er half Alliss von ihrem Pferd herunter und sie hängte sich an ihn und erzitterte, als sie seine Angst spürte. Er hielt Mirrin in den Armen und verfluchte sich, weil er sein Einverständnis zu dieser Reise gegeben hatte.

Und dann erschien der Tilger.

Außer seinem Anhänger war er nackt. Seine Haut glitzerte vor goldenem Schweiß und offener Sexualität. Er war erregt und seine Erregung bedrohte sie alle. Sein dunkler Penis bohrte sich durch die dichten Locken seines goldenen Schamhaars, dessen Fahlheit hässlich und bedrohlich war.

Er heftete seinen Blick auf Alliss und Mirrin und lachte.

»Was willst du von uns?«, fragte Davron mit trockenem Mund.

»Dich«, antwortete Carasma. »Dich, Davron von Storre. Dich, damit du zu einem Häscher des Chaos wirst, damit du für alle Ewigkeit unter meinem Befehl stehst.«

Alliss sah und hörte alles – und vergrub das Gesicht weinend in seiner Schulter; auch Mirrin weinte jetzt und ihr entsetztes Schluchzen zerriss ihn beinahe. Er musste unwillkürlich zittern. »Niemals«, flüsterte er. »Du würdest meine Seele auslöschen.«

»Von welchem Nutzen ist eine Seele für den, der niemals stirbt?«

»Es steht mir nicht zu, über meine Seele zu verfügen«, sagte er mit einem Mut, der nur äußerlich war. »Ich bete den Schöpfer an; meine Seele gehört Ihm.«

Das goldene Gesicht spannte sich; seine klassischen Züge verschatteten sich plötzlich. »Komm zu mir oder ich werde deine Frau und dein Kind verseuchen.«

Alliss jammerte und hing schlaff in seinem Griff. Mirrin verstand nichts und schrie.

Davron spürte, wie die Welt über ihm zusammenbrach. Es gab keine Richtung, in der er entkommen konnte, keine Fluchtmöglichkeit, was immer er auch tat – und er wusste nicht einmal, was er tun sollte. Die beiden Alternativen waren so schrecklich, dass es einfach keine Wahl gab. »Ich kann nicht«, flüsterte er. Er konnte nicht glauben, dass all das wirklich geschah. »Ich kann meine Seele nicht aufgeben; ich kann dem Bösen nicht dienen. Ich *kann es nicht.*«

Alliss blickte ihn an; sie wand sich in seinen Armen. »Davron, um Himmels willen, halte ihn auf…«

»Ich weiß nicht wie«, stammelte er.

Ihre Augen waren vor Entsetzen so weit aufgerissen, dass er schon befürchtete, sie würde aufhören zu atmen. Noch nie hatte er sich so hilflos gefühlt, noch nie hatte er seine Unzulänglichkeit so stark gespürt. Alles, was er liebte, hielt er im Arm, aber er war nicht in der Lage, es zu schützen. Die Muskeln in seiner Kehle spannten sich.

»Ich will dir zeigen, was ich vermag«, sagte Carasma und machte eine Geste mit den Händen. Der gelbe Nebel teilte sich ein wenig; es reichte gerade aus, um ein Abbild von Alliss und Mirrin zu sehen… es waren Ungeheuer, die sich über den Boden schleppten und menschliche Gesichter hatten. Das von Mirrin war unschuldig und pausbäckig, das von Alliss silbern lächelnd und freundlich. Der Rest aber war eine Scheußlichkeit.

Alliss – die echte Alliss – schrie auf. Sie schlug Davron mit den Fäusten, flehte ihn an, sie zu retten und zu tun, was der Lord von ihm verlangte. Warum hatte er denn Angst vor ein wenig Nebel? Warum ritten sie nicht einfach fort, flohen, taten irgendetwas, was auch immer?… Mirrin sah ihr Gesicht in der Monstrosität vor ihr, hörte die Hysterie ihrer Mutter und ihre Schreie wurden doppelt so laut. Davron bettete ihr Gesicht an seine Schulter und schaukelte sie.

Er stand sprachlos da, mit gebrochenem Geist. Jetzt kannte er alle Farben des Bösen. Das würgende Grauen in seiner Kehle umklammerte seine Muskeln und machte es ihm unmöglich zu sprechen. Damals wusste er es noch nicht, aber seine Stimme würde von nun an nie wieder sanft sein.

»*Wenn du mich wirklich lieben würdest, dann tätest du etwas*«, kreischte Alliss. Ihre Hände packten ihn, verkrallten sich in ihn, schüttelten ihn. »Was ist mit Mirrin? Du sagst doch, dass du sie liebst!«

Und in diesem Augenblick ließ er all seine Jugend hinter sich zurück.

»Sieh dir an, wie sie sein werden, wenn du dich weigerst«, schnurrte der Tilger. »Sieh gut hin und frage dich, ob du in der Lage sein wirst, mit dem zu leben, was du getan hast.«

»Ich werde uns alle töten«, sagte Davron. Seine Stimme war rau und voller Schmerz, während er versuchte, seine zappelnde Tochter festzuhalten.

Alliss schrie ihn an, aber er verstand nicht, was sie sagte.

»Noch nicht«, sagte Carasma. Diese Worte klangen teuflisch freudig. »Noch nicht. Erst will ich sie verderben. Sieh nur, Davron, was deine Sturheit bewirkt.«

Aber als er die Hand hob und auf Alliss weisen wollte, machte sie sich zitternd von ihrem Gatten frei. »Nein«, sagte sie mit plötzlicher kalter Ruhe. »Nein. Ich werde nicht verseucht. Ich würde lieber meine See…«

Davron wusste, was sie sagen wollte. Für sie war alles besser, als verseucht zu werden – oder ging es ihr um Mirrins Schicksal? Vielleicht bot sie sich dem Tilger an, damit ihre Tochter frei kam, doch Davron war nicht mehr sicher, ob er sie wirklich kannte. In ihrer Stimme hatte eine Kälte gelegen, die er nie zuvor an ihr bemerkt hatte. Es war, als sei sie eine Fremde, die ihn verachtete.

Er ballte die Faust, als sie die ersten Worte aussprach, mit denen sie ihre Seele dem Tilger verkaufen wollte. Und dann schlug er sie, schlug sie heftig. Ihr Kopf schnellte zurück und sie fiel in Ohnmacht.

Mirrin riss sich aus seinen Armen los und rannte zu ihrer Mutter. »Ich hasse dich!«, schrie sie ihn an. »Du hast Mami geschlagen! Du bist nie mehr mein Vati!« Das waren die letzten Worte, die sie je zu ihm gesprochen hatte, und sie würden in seiner Erinnerung widerhallen wie Stimmen aus der Hölle. Die Schmerzen, die sie verursachten, würden niemals aufhören. Mirrin, die den Kopf in den Kleidern ihrer Mutter verbarg, die sich beinahe selbst in Ohnmacht schrie, die ihn nie wieder ansah...

Davron starrte Carasma hilflos an. »Ich bin bereit, einen Handel mit dir abzuschließen«, krächzte er. Er erkannte seine eigene Stimme kaum wieder. »Ich werde nicht dein Häscher sein, niemals, egal was es mich oder die meinen kostet. Aber lass sie gehen, verletzte sie weder jetzt noch später und ich werde eine einzige Aufgabe für dich ausführen. Eine einzige Aufgabe, die du frei wählen kannst – auch kannst du frei wählen, wann ich sie ausführen soll.« Er spielte hoch, und er wusste es. Er hoffte, dass Carasma ihm Zeit geben würde, Zeit zu leiden, und dass er in dieser Zeit einen Ausweg aus der Zwickmühle fände. Oder er würde sich selbst töten.

Carasma zögerte verdächtig. »Alles würdest du tun?«

»Solange es in deinem Reich geschieht. In einer Stabilität werde ich nichts tun. Eine einzige Aufgabe – danach werde ich von jeder Verpflichtung befreit und vor dir und deinen Dienern sicher sein.« Galle quoll ihm durch die Kehle in den Mund. *Verräter! Verräter deines Standes, du verrätst den Eid der Verteidiger und die Kantorei.* In demselben Augenblick, in dem er den Mund geöffnet hatte, um mit dem Tilger zu feilschen, hatte er seine Ehre verloren…

Carasma dachte nach. »Welches Leid bedeutet er für dich? Ich fange an, dich nicht zu mögen, Davron von Storre – ich ziehe es vor, dich leiden zu sehen.« Er grinste auf Alliss herab. »Ich frage mich, was für ein Baby ein verseuchtes Ungeheuer auf die Welt bringen wird.«

Davron schluckte die Galle herunter. Schließlich erlaubte er seiner Verzweiflung, sich Bahn zu brechen. »Eine Aufgabe nach deiner Wahl. Ist das nicht Bestrafung genug für einen Mann?«

»Nein, das ist nicht genug. Du wirst in einer Stabilität verschwinden und ich werde dich nie wiedersehen. Du musst schwören, drei Viertel jeden Jahres hier im Unbeständigen zu verbringen. Und wenn du dein Wort brichst – wenn du dich tötest –, werde ich deine Tochter oder alle anderen Nachkommen von dir, die nicht feldströmungsfühlig sind, verseuchen – alle deine Abkömmlinge durch alle Zeit hindurch, wenn sie herkommen und ihre Pilgerfahrt machen. Du hast mein Wort darauf. Bist du jetzt noch bereit, mit mir diesen Handel einzugehen?«

Er erbleichte, denn er wusste, dass er in diesem Fall von dem Leben, das er bisher geführt hatte, Abschied nehmen musste. Er dachte fieberhaft nach, aber es fiel ihm keine Alternative ein. »Ja, wenn du mir in deiner Eigenschaft als Tilger versprichst, dass ich und die Meinen vor dir für alle Zeit sicher sind, wenn ich meine Aufgabe ausgeführt habe.«

Er lächelte. »Der einzige Schaden, der dir – und den Deinen – zugefügt wird, wird darin bestehen, was du dir selbst und ihnen zufügst, Meister Davron.« Er nickte selbstzufrieden. »Ja, ich glaube, ich mag diesen Vorschlag. Er bietet allerlei Möglichkeiten… bist du also einverstanden?«

Es war schlimmer, als Davron erwartet hatte, aber er wusste, dass er mehr nicht herausschlagen konnte. »Ich bin einverstanden«, sagte er. Und die Scham, die er angesichts seiner Kapitulation empfand, überwältigte ihn.

Fünf Jahre später weinte er über das, was er an jenem Tag verloren hatte; er weinte, weil eine fremde Frau ihn gefragt hatte, warum er seine Kinder nicht besuchen konnte.

Keris wollte ihn in den Arm nehmen, sie wollte ihn festhalten, ihn trösten, ihm Liebe geben. Sie wollte seine Schmerzen und seine Tränen bannen. Stattdessen aber stand sie nur hilflos da und war sich bewusst, dass er vor jeder Berührung zurückschreckte.

Sie wartete.

Schließlich beruhigte er sich, ging zum Bach, wusch sich das Gesicht und rieb es mit den Händen trocken. Er ließ sich mit dem Rücken an einen Baum gelehnt auf dem Boden nieder. Sein Kopf sank gegen den Stamm zurück; er beugte die Knie und stützte die Unterarme darauf ab. Und er erzählte ihr kurz, was an jenem Tag in der Feldströmungslinie geschehen war, als er seine eigene Welt verloren hatte. »Sie erlaubt mir nicht, bei meiner Tochter zu sein«, endete er mit gleichmäßiger Stimme, »und sie versteckt meinen Sohn vor mir.«

Sie kniete sich neben ihn, berührte ihn aber immer noch nicht. »Das verstehe ich nicht.«

Eine lange Pause. Und dann: »Alliss hat mir verboten, Mirrin je wiederzusehen, und sie hat mir verboten, jemals das Kind zu sehen, das sie damals trug.«

Sie suchte nach Gründen, um das Unentschuldbare zu entschuldigen. »Sie hatte Angst um die Sicherheit ihrer Kinder…«

»Sie weiß, dass Carasma immer an seine Abkommen gebunden ist. Nein, sie hat… sich geschämt. Sie hat sich geschämt, weil ich wusste, dass sie bereit gewesen war, ihre Seele zu verkaufen, um sich selbst zu retten. Also hat sie mir die Schuld daran gegeben; sie wollte mich dafür bestrafen. Und sie verachtet mich auch. Sie verachtet mich, weil ich sie nicht schützen konnte, wie es meine Pflicht gewesen wäre, und weil ich auch unsere Kinder nicht schützen konnte, ohne mich an Carasma zu verkaufen.«

»Du gehst hart mit ihr ins Gericht.«

Er sagte in plötzlichem Schmerz: »Ich hätte ihr alles vergeben, hätte alles verstanden… außer dem, was sie Mirrin und Staven angetan hat. Sie hätte mich damals an Ort und Stelle an die Kantorei verraten können. Ich hätte sie verstanden. Ich hätte sogar ihren Mut bewundert. Ich hätte sie noch mehr geliebt, denn mir wäre die Größe ihres Opfers bewusst gewesen, das sie dargebracht hätte, um die Welt vor dem zu retten, was ich ihr antun würde. Und ich kann ihr nicht die Schuld dafür geben, dass sie mir die Schuld gibt – Schöpfer, wie könnte ich sie für etwas verdammen, das ich selbst jeden Tag tue? Nein, was ich ihr nicht vergeben kann, ist das, was sie Mirrin und Staven angetan hat. Niemals.«

Sie wartete und verstand immerhin, dass er seine Frau hasste.

»Mirrin – sie war doch erst drei. Stell dir das vor, Keris! Was sie gesehen und gehört hat! Sie hat ihr eigenes Gesicht auf den Schultern eines Ungeheuers gesehen. Sie ist vom Tilger bedroht worden und hat erfahren müssen, dass ihr Vater machtlos dagegen war. Sie hat miterlebt, wie ich ihre Mutter ohnmächtig geprügelt habe. Und dann hat Alliss mir verboten, sie zu sehen, mit ihr zu reden und sogar, ihr auf Wiedersehen zu sagen. ›Komm in ihre Nähe und ich werde der Welt sagen, dass du das Siegel des Tilgers trägst‹, drohte sie. Also bin ich gegangen und habe meiner Tochter und ihrem Trauma den Rücken zugekehrt. Ich habe das als den Preis akzeptiert, den ich zu zahlen hatte. Es war meine Bestrafung, wenn du so willst. Sie hat ja noch ihre Mutter, dachte ich. Alliss liebt sie genauso sehr wie ich. Alliss wird sie trösten und ihr helfen.«

Er hielt inne. Noch immer sah er Keris nicht an und da wusste sie, dass sie noch nicht das gehört hatte, was seine Liebe zu Alliss in kalte Wut verwandelt hatte.

»Ich habe sie dort zurückgelassen und bin mit Bark weggeritten. Er hatte mir angeboten, mit mir zu gehen. Einige Tage später traf ich Meldor zum ersten Mal und seitdem sind wir immer zusammengewesen. Ich habe auch ein Abkommen mit ihm getroffen. Ich helfe ihm und er tötet mich, wenn die Zeit reif dazu ist.« Er lachte trocken auf. »Kein erfreuliches Abkommen, oder? Aber ich kann mich nicht selbst umbringen, ohne die Zukunft meiner Kinder zu gefährden – und die der Kinder meiner Kinder.«

Er ließ eine Hand zu Boden sinken und durchsiebte gedankenlos die Erde. »Alliss ging nach Turm-und-Blum. Aber anstatt bei ihren Eltern zu bleiben, ließ sie Mirrin allein und ritt zur Kantorei in Mittelmess. Dort sitzt ein abgeschotteter Kinese-Orden, der Kantorinnen zur Kette schickt. Sie sagte ihnen, dass sie ihre Ehe mit mir auflösen und Kinese-Kantorin werden wollte. Man antwortete ihr, dass das nur möglich sei, wenn sie etwas von großem Wert für sie opfere. Also gab sie ihnen unser Baby. Unseren Sohn. Als er geboren wurde, bot sie ihn der Kantorei an. Er wurde von ihr genommen, erhielt einen anderen Namen und wurde irgendwohin geschickt. Sie hat ihm nicht ein einziges Mal die Brust gegeben. Und jetzt hat sich seine Spur verloren. Er ist dazu bestimmt, Kantor zu werden, ohne jemals seine Ursprünge zu kennen.«

Sie holte tief Luft und drehte sich unwillkürlich um, um einen Blick auf das Haus am anderen Ufer des Flusses zu werfen.

»Das Mädchen war Mirrin«, erklärte er, »aber der Junge war ihr Vetter und nicht mein Sohn. Ich werde niemals erfahren, wo er ist; ich werde nicht einmal seinen neuen Namen erfahren. Ich… ich nenne ihn Staven.« Er hob den Kopf und sah sie an und seine kiesraue Stimme brach. »Mirrin hat ihren Vater unter Umständen verloren, die für sie unerklärlich sind. Als sie Alliss am dringendsten brauchte, wurde sie auch von ihr zurückgewiesen, und zwar mit unvorstellbarer Gleichgültigkeit. Mein Sohn wurde Fremden übergeben, denen es nur darauf ankommt, Kantoren für ihre eigene Sache aufzuziehen. Mirrin und Staven werden einander nie kennenlernen. Deswegen – wegen all dieser Dinge – werde ich Alliss von Turm-und-Blum niemals vergeben.«

Er sah sie hilflos an und sie senkte den Blick. Im Herzen weinte sie um ihn und wusste, dass ihr diese Kinder das Wertvollste im Leben gewesen wären, wenn sie an Alliss. Stelle gestanden hätte. *Wie hatte sie das ihrem eigenen Fleisch und Blut antun können*? Seinen Kindern?

»Ich weiß nicht warum«, sagte er, als ob sie laut gesprochen hätte. »Ich vermute, sie hatte das Gefühl, dass es einen Teil ihrer Sünden tilgt, wenn sie ihren Sohn der Kantorei zum Opfer bringt. Vielleicht hätte sie auch Mirrin angeboten, wenn ihre Eltern es erlaubt hätten. Ich weiß nicht, warum sie das getan hat, was sie getan hat. Ich weiß nicht, was sie davon abhält, der

Kantorei alles über mich zu erzählen. Vielleicht hat sie Angst davor, dass ich dann der Welt erzählen könnte, was sie vorhatte.« Er zuckte mit den Schultern. »Wenn es wirklich so ist, dann kennt sie mich schlecht. Ich habe es niemandem erzählt. Nicht Meldor, nicht Bark, niemandem – bis jetzt. Und ich bin mir nicht sicher, warum ich es dir erzähle. Vielleicht...« Er verstummte kurz, als er sie ansah. »Keris, es ist sehr wichtig für mich geworden, dass du mir sagst, ob du verstehst, was ich getan habe.«

Sie zögerte keinen Augenblick. »Ja.«

Ihre schnelle Antwort überraschte ihn. Er starrte sie zunächst an, dann lachte er. »O Keris, meine Liebe, gibt es noch jemanden, der so... der so wunderbar *geradeheraus* ist wie du?«

Sie antwortete erstaunt: »Ich musste nicht nachdenken. Die meisten Frauen würden einen Mann *verehren*, der das für sie und ihre Tochter tut, was du getan hast.« *Ich zum Beispiel.*

»O Keris...« Sie wusste nicht genau, wie sie es bewirkt hatte, aber ein wenig von der schmerzlichen Last in seiner Stimme war verschwunden und sie war froh darüber.

Er stand auf und warf einen letzten zögernden Blick auf das Domänehaus. »Wir sollten gehen. War Leseling nicht da, als du in seinem Laden besuchen wolltest? Wolltest du mit ihm über Trompleri-Karten sprechen?«

Sie akzeptierte sein Bedürfnis, über etwas anderes zu reden – über ein neutrales Thema. »Ja. Er hat eine bestimmte Technik, die Höhe des Landes mit Zahlen und Linien anzuzeigen. Das ist genial. Ich glaube, er benutzt eine Art vertikaler Triangulation, wobei er einen Theodoliten zu Hilfe nimmt. Ich habe das schon seit langem für möglich gehalten...«

Sie plauderte weiter und versuchte nicht daran zu denken, wie gern sie Alliss von Turm-und-Blum für das, was sie dem Mann neben ihr angetan hatte, umbringen würde. Jetzt wusste sie, wer die Politur auf seine obsidianschwarzen Augen aufgetragen hatte.

In jener Nacht ging sie zu ihm.

Sie wusste nicht, warum ihm ein Einzelzimmer zugewiesen worden war, und es interessierte sie auch nicht; sie war einfach nur froh, dass es so war. Sie wartete, bis der letzte Gottesdienst des Tages, die ›Demütigung‹, vorüber war und die letzten Reste des umhertreibenden Parfums – Prunkwindenwein – sich verflüchtigt hatten. Als die Kantorei schließlich ruhig und still dalag, schlich sie durch die steingepflasterten Korridore zu seinem Zimmer.

Er öffnete auf ihr Klopfen sofort, als ob er wach gelegen und gewartet hätte. Es brannte sogar eine Kerze neben seinem Bett. Er bedeutete ihr einzutreten – doch er hielt sich von ihr fern. »Stimmt etwas nicht?«, fragte er.

Sie schüttelte stumm den Kopf.

Da verstand er. Sein Gesicht veränderte sich; es verdunkelte sich, während er errötete. »O nein, Keris. Nein. Ich dachte, du verstehst mich. Ich dachte, du wüsstest, dass es – unmöglich ist.«

Sie stotterte: »Ich dachte… ich dachte… ich weiß, dass deine Frau sehr schön war, und ich bin so durchschnittlich und ich habe keine Erfahrung…«

Er stöhnte auf und sie fiel in verlegenes Schweigen. »Du verstehst nicht«, flüsterte er. »Süße Schöpfung, du verstehst nicht. Es ist nicht möglich.«

Sie machte einen weiteren Anlauf. »Ich verlange nichts Dauerhaftes. Ich weiß, dass du Tricianer bist und ich nur die Tochter eines Kartenzeichners, aber ich dachte… du wolltest mich. Ich weiß, dass du mich wolltest…«

»Keris, Keris… psst. *Natürlich* wollte ich dich. *Will*

dich. Ich wollte eine ganze Menge Frauen in den letzten fünf Jahren, seit ich an den Tilger gebunden bin. Ich habe keine einzige davon genommen und ich werde es nie tun. Ich bin von den Verseuchten abgeschnitten und auch von den Normalen und von den Feldströmungsfühligen – weißt du, das ist Carasmas kleiner Scherz, den er sich mit mir erlaubt, weil ich bei unserem Abkommen nicht darüber nachgedacht habe. Ich kann niemals mit einer Frau ins Bett gehen, solange ich das hier trage.« Er berührte das Siegel an seinem Arm. »Eine Ausnahme bildet vermutlich nur eine Häscherin. Und das werde ich nie tun.«

Sie sah ihn verständnislos an. Sie wollte es nicht verstehen.

Sanft, sehr sanft nahm er ihre Hand und erlaubte seinen Lippen, über den Rücken ihrer Finger zu streichen. Dabei ließ er Keris nicht aus den Augen. Sie spürte den ersten Schock, als er ihre Hand berührte, aber das war nur der Anfang. Seine Lippen waren Weißglut. Der Schmerz tobte durch Keris, versengte sie, pulsierte tief in ihr, als ob geschmolzenes Metall durch ihre Adern flösse. Es dauerte nur die eine Sekunde an, in der er ihre Hand hielt, nur den Augenblick, in dem er ihre Finger küsste, aber der Schmerz war so stark, dass sie zu Boden sank, nach Luft rang und darum betete, dass die Erinnerung an diesen Schmerz allmählich erträglicher wurde.

Langsam beruhigte sich ihr wild schlagendes Herz. Sie sah nieder auf ihre Hand: Sie war unverletzt. Keris stolperte auf die Beine und stellte sich vor ihn. Ihre Augen füllten sich mit Tränen. Als er noch einmal die Hand nach ihr ausstreckte, weigerte sie sich, vor ihm zurückzuweichen, aber alles, was er tat, war ihr Haar zu streicheln. Zärtlich wickelte er sich eine Locke um den Finger und berührte so den einzigen Teil von ihr, der das Feuer seiner Hände nicht spüren konnte.

Dann wandte sie sich ab und tastete blind nach der Tür. Sie hörte kaum seine geflüsterten Worte, als sich die Tür hinter ihr schloss, doch sie hallten in ihrem Kopf wider, während sie weinend durch den Korridor lief, bis sie nicht mehr wusste, ob es seine oder ihre Worte gewesen waren.

»Es tut mir so Leid. Vergib mir. Vergib mir.«

Kapitel Einundzwanzig

Sie trägt Magie in ihren Farben, Verzweiflung in ihrem Herzen und gibt Schönheit, die sie nicht besitzt. Sie wird den Lord besiegen oder seinetwillen in der Feldströmung sterben. In ihren Händen liegen sowohl Erlösung als auch Tod.

Voraussagen XII, Buch 2, Vers 23

Verdammt, wie alt ich mich fühle! dachte Keris. Wie lange war es her, dass sie Mahlkorn verlassen hatte? Vier Wochen? Nein, es waren eher sechs. Aber ich fühle mich, als wäre ich um zehn Jahre gealtert… Ich war ein Kind und jetzt bin ich erwachsen.

Sie schaute hinüber zu Davron, der neben und ein wenig vor ihr ritt. Seine Kleidung war wie die ihre von Staub und Schweiß gefleckt; er saß entspannt auf seinem Querungspferd, aber etwas in der Art, wie er den Kopf hielt, verriet ihr, dass er wachsam und auf der Hut war. Langsam kann ich ihn lesen wie ein aufgeschlagenes Buch, dachte sie. Ist das so, wenn man verliebt ist? Man sieht jemanden an und weiß, wie er sich fühlt?

Sie ritten durch ein Land, das jenseits jeglicher Erlösung zu liegen schien. Es war trocken und hart, hatte eine rote Farbe und war mit bodenlosen Spalten und Rissen durchsetzt – man konnte leicht annehmen, dass es bereits teilweise getilgt war. Was hatte Portron noch gesagt? »Ich stelle mir vor, dass ich irgendwann einmal an ein Loch in der Welt komme… an einen Ort, an dem das Nichts ist.« Nun, in dieser Landschaft gab es genügend Löcher, um ihn zu der Meinung zu veranlassen, sein schlimmster Alptraum sei wahr geworden.

Der Kantor ritt neben ihr; seine Schultern sackten

vor Erschöpfung immer wieder ein wenig ein. In den Wochen, seit sie die Erste verlassen hatten, hatte er an Gewicht verloren; sein Wanst hatte sich zu einer schlaffen, kaum bemerkbaren Rundung ausgedünnt. Sie fragte sich müßig, warum er sie beschützen wollte. Es gab dafür keinen Grund, der für sie nachvollziehbar gewesen wäre; sie hatte ihn in keiner Weise zu der Meinung ermuntert, sie sei für eine Einmischung der Kantorei in ihr Leben empfänglich, und sie glaubte nicht, dass er sich in jemanden verliebt hatte, der dreißig Jahre jünger war als er.

Ihr Blick schweifte zurück zu Davron. Standhafter, sorgenbeladener, verwirrter Davron. Ich muss verrückt gewesen sein, dachte sie. Warum habe ich mir eingebildet, dass er etwas für mich empfindet? Es war nur die Reaktion eines potenten Mannes, der fünf Jahre lang keine Frau mehr hatte… Er wollte nicht mich, sondern Erleichterung. Ich wünschte, diese Erkenntnis würde einen Unterschied machen – aber so ist es nicht. Vorher hatte ich nur Verlangen nach ihm; jetzt liebe ich ihn, und das tut weh…

Himmel, wie ich ihn liebe… Schöpfung, dieser Mut!

Die einzige Art, auf die er seine Freiheit wiedergewinnen konnte, bestand darin, die ganze Welt zu verändern, und genau das versuchte er, während er die ganze Zeit über wusste, dass er wahrscheinlich scheitern würde. Und trotzdem gab er nicht auf.

Sie konnte ihm nicht helfen und dachte darüber nach, wie er sich in seine schützende Schale zurückgezogen hatte, wie er sich unablässig unter Kontrolle hatte und wartete – ewig wartete und wusste, dass sein Leben im Wahnsinn eines Angriffs auf das enden konnte, was er zu schützen versuchte – ein unehrenhaftes Ende für einen Mann, der großen Wert auf seine Ehre legte. Es lag etwas Herzzerreißendes in dem Mut, den er zum Weiterleben brauchte.

»Igitt!« Der Ausruf des Ekels kam von dem Chamäleon hinter ihr. Sie drehte sich um und war von dem Bild, das sich ihr bot, zunächst wieder einmal verwirrt: Er verschmolz so perfekt mit der Landschaft hinter ihm, dass es auf den ersten Blick den Anschein hatte, als sei sein Pferd reiterlos. Sie war unendlich fasziniert von seiner Unsichtbarkeit, von seinem Verschmelzen mit der Umgebung. »Schon wieder eine von diesen Fischnetzbrücken«, sagte er. »Keris, hältst du diesmal meine Hand?«

»Bist du von Sinnen? Ich werde genug damit zu tun haben, mich an den Seilen festzuhalten.« Das stimmte nicht ganz: Üblicherweise hatte sie beide Hände im Einsatz, um ein widerstrebendes Pferd, dem sie die Augen verbunden hatte, über eine Hängebrücke zu zerren, die etwa so stabil war wie eine zerfetzte Flagge im Wind. Glücklicherweise leistete Bark immer Hilfestellung, aber trotzdem war es jedes Mal eine Nervenprobe.

Vor ihr stiegen Davron und Meldor bereits ab und redeten mit den Verseuchten, die die Brücke betreuten; vermutlich waren es dieselben, die sie errichtet hatten. Brücken überdauerten nie lange; die Landschaft um sie herum veränderte sich zu stark und zu oft.

»Hier gibt es anscheinend viel mehr Leute im Unstabilen als nördlich des Weit, nicht wahr?«, bemerkte Fint, als sie bei den anderen ankamen. »Wir stoßen einfach überall auf Verseuchte.«

»Und auch auf andere«, pflichtete Keris ihm bei und stieg ebenfalls ab.

»Ja. Zum Beispiel diese Abtrünnigen gestern. Keiner von euch Feldströmungsfühligen hat mir bisher zu meiner Zufriedenheit erklärt, was mit der Kleidung dieser beiden spitzköpfigen Bastarde passiert ist, die ihre Anführer waren.« Eine Gruppe ausgeschlossener Diebe, die von zwei Verbrechern mit einer Stoppeltonsur angeführt wurden, hatten versucht, die Gefährtenschaft auszurauben, es sich aber anders überlegt, als Meldor einen Farbpfeil aus den Fingerspitzen abgeschossen hatte, in dem die Kleider der Anführer verglühten. Weder das Chamäleon noch Corrian hatten die Feldströmung gesehen, wohl aber deren Auswirkungen.

Keris grinste. »Meldor gefiel ihr Modegeschmack nicht und er hat ein kleines Kunststück vorgeführt; das war alles.«

Fint wollte noch weitere Fragen stellen, aber er wurde von Portron unterbrochen, der neben ihm vom Pferd stieg. »Davron feilscht wohl mit der Bande um den Preis für die Benutzung dieses Schnurspiels da vorn«, sagte der Kantor und beäugte die Brücke mit beträchtlichen Befürchtungen. »Himmel, was würde ich für ein Bad geben!«

Für Keris sah das Gespräch zwischen dem Führer und den verseuchten Brückenwächtern nicht wie eine Verhandlung über die Maut aus; soweit sie sehen konnte, begrüßten die Ungebundenen Meldor und Davron wie alte Freunde. Nach einigen Minuten wurden die beiden Männer tatsächlich in eines der Zelte des in der Nähe errichteten Lagers eingeladen.

Keris hatte zuvor bereits bemerkt, dass Meldor anscheinend mit vielen der Verseuchten, die sie seit dem Verlassen der Fünften Stabilität getroffen hatten, gut bekannt war. Einige von ihnen behandelten Meldor offenbar sogar so, als sei er noch ein Ritter. Frauen waren neben seinem Pferd hergelaufen, nur um seine Füße zu berühren; Männer hatten nach seiner Hand gegriffen oder waren zu seinen Füßen niedergekniet. Und was die Überquerung der vielen Brücken anging, die zu benutzen sie gezwungen gewesen waren, so hatte Keris nie bemerkt, dass dafür Geld den Besitzer gewechselt hatte. Im Gegenteil, einmal hatte sie sogar mitbekommen, wie ein Ungebundener Davron einen Sack Münzen in die Hand drückte. Vielleicht hatte sie sich aber auch über den Inhalt des Sackes geirrt.

Trotzdem…

Sie warf einen Blick auf die Zelte, aber noch war nichts von Davron oder Meldor zu sehen. Bark sprach dort mit einigen anderen und nach einer Weile nahm er von einem von ihnen etwas entgegen und ging dorthin zurück, wo Keris und der Rest der Gefährtenschaft warteten.

»Vermutlich erhält er von ihnen ein Festmahl«, sagte Portron, wobei er sich auf die Ungebundenen und Meldor bezog. Er klang verbittert. Seit der blinde Mann gegen die Banditen wieder einmal Feldströmung angewandt hatte, mochte Portron ihn noch weniger.

»Sehr wahrscheinlich«, stimmte Keris zu. *Er wird bewirtet, als ob er sich bei seinem eigenen Volk befände…* Dieser Gedanke verwirrte sie. Sein eigenes Volk? Diese Ungebundenen, die früher einmal Pilger gewesen und jetzt gezwungen waren, durch das Unbeständige zu streifen und nach Überlebensmöglichkeiten zu suchen – einen Ort zu finden, an dem sie für eine Weile sicher waren? Diese verstreuten Gruppen von Flüchtlingen, denen sie begegnet waren – die Ausgestoßenen der Stabilitäten: die Diebe, die Missgestalteten, die Blinden, all jene, die aufgrund der Regel aus den Stabilitäten ausgeschlossen waren? Ja, vielleicht war es wirklich sein Volk. Auch er war ein Ausgestoßener, der von der Kantorei verbannt worden war – was man ihm jetzt jedoch nicht mehr anmerkte. Meldor verhielt sich nicht wie jemand, der verbannt worden war. Er schien eher an Größe gewonnen zu haben, seit sie die Fünfte verlassen hatten. Er war majestätischer geworden, selbstsicherer, als habe er eine Verkleidung abgeschüttelt, die er früher einmal getragen hatte, und jetzt ein anderes Gewand angelegt – das eines Führers. Eines allseits geachteten Führers.

»Kannst auch absteigen«, sagte Bark zu dem Chamäleon, während er mit einer Hand voll getrocknetem Tierdung herankam, den die Ungebundenen ihm als Brennmaterial gegeben hatten. »Ich mache ein Feuer und setzte etwas Tee auf, während wir warten.«

Fint glitt von seinem Pferd herunter, streckte sich und rieb sich den wunden Hintern. »Darüber will ich mich nicht beschweren. Alles ist gut, das uns einen kleinen Aufschub verschafft. Ich hasse diesen Blick nach unten durch etwas, das mehr aus Löchern als aus Holz und Seilen besteht, und ich hasse das Wissen, dass sich unter mir rein gar nichts befindet, soweit das Auge reicht – und vielleicht noch viel weiter.«

»Woher kriegen sie eigentlich die Materialien für so eine Brücke?«, fragte Corrian. Sie kramte bereits in ihrem Gepäck nach Futterbeuteln für ihre Tiere – und nach Pfeifenkraut für sich selbst. »Wir haben seit der Fünften keinen Baum mehr gesehen. Hab nie geglaubt, dass ich mal 'nen Baum vermissen werde, aber ich würde eine Nacht mit etwas Jungem und Glattem in meinem Bett dafür eintauschen, bloß um einen schönen grünen Wald zu sehen.«

Bark grinste bei dem Gedanken, dass Corrian auf Sex verzichten würde, nur um einen Wald zu sehen. »Das Holz, das im Unbeständigen verwendet wird, kommt üblicherweise auch aus dem Unbeständigen. Das funktioniert so: Reisende bezahlen, damit sie die Brücke benutzen dürfen, und die Brückenwächter kaufen mit diesem Geld alles, was sie brauchen, von den Händlern. Die Händler, die normalerweise selbst Ausgeschlossene sind, kaufen in den Grenzstädten oder in den Lagern anderer Unbeständiger. Das Leben hier ist hart und unberechenbar – aber die Leute überleben.«

»Haben solche Leute wie diese hier viele Schwierigkeiten mit Häschern?«, fragte Keris und schaute hinüber zu den Zelten.

»Ach nein. Warum sollten sich die Häscher um sie kümmern? Bei den Bestien ist das schon anders, aber wir Verseuchten sind durchaus ernst zu nehmende Gegner.« Er nickte zufrieden, als das Feuer zündete. »Hast du den großen Knaben mit den Hörnern da drüben bemerkt?«

Corrian schenkte ihm ein böses Lächeln. »Jawollchen. Sag mal, passt sein Unterbau in der Größe auch zu seinem Schopf?«

Er zog belustigt die Augenbraue hoch. »Von welchem Interesse könnte das für dich sein?«

»Vermutlich wohl nicht von persönlichem Interesse«, sagte Corrian mit einem Seufzer.

»Das größte Problem, das die Verseuchten haben, ist das Unbeständige an sich«, fuhr Bark fort. »Es ist unberechenbar. Das kommt von dem Mangel an Naturgesetzen. Man weiß nie, wann es regnen wird oder *was* es regnen wird. Man weiß nie, welche Jahreszeit morgen sein wird. Man muss andauernd seine Zelte und sich selbst in Bewegung halten. Ach, das erinnert mich an schlechte Neuigkeiten. Meldor sagt, dass die Häscher wieder unsere Spur aufgenommen haben.«

Portron bewegte sich auf seinem Platz bei dem Feuer unbehaglich hin und her und warf einen schnellen Blick in die Runde. »Woher weiß er das?«

»Ach, er weiß es eben«, antwortete Bark absichtlich ausweichend. »Er sagt, es befinde sich ein Paar dort oben auf dieser Klippe.«

Keris seufzte. »Ich fürchte, das war nicht zu vermeiden. Wir müssen diese Schluchten überqueren und die Häscher brauchen deshalb nur die Brücken im Auge zu behalten.«

»Aber warum machen sie sich überhaupt diese

Mühe?«, fragte Portron. »Was ist denn so besonders an uns?«

Keris hätte sich am liebsten die Zunge abgebissen. Warum um alles in der Schöpfung, hatte sie das nur gesagt? »Nichts, von dem ich wüsste«, antwortete sie freundlich. »Ich wollte damit nur sagen, dass der Tilger keine großen Schwierigkeiten hat herauszufinden, was in seiner Domäne vor sich geht.«

»Ich habe auch gute Neuigkeiten«, sagte Bark und rührte den Tee um. »Diese Schlucht hier ist die vorletzte. An die letzte kommen wir morgen und sie ist nicht bodenlos. Dort geht es nur ein paar hundert Fuß nach unten. Der Tief fließt durch sie.«

»Und das nennst du eine gute Nachricht?«, fragte Fint.

»Warum nicht? Es bedeutet, dass wir nicht durch die Feldströmung marschieren müssen. Glaub mir, eine Brücke darüber ist besser als ein Marsch hindurch.«

»Darauf trink ich einen«, stimmte Corrian ihm zu und goss sich und Keris Tee ein.

Und was jetzt? dachte Keris. Die Häscher haben uns gefunden und damit weiß auch der Tilger, wo wir sind…

»Trinkt aus«, sagte Bark, während er hinüber auf das Lager der ungebundenen Brückenwächter schaute. »Anscheinend ist das Treffen vorbei und wir müssen uns wieder auf den Weg machen.«

Als Keris bei der Brücke ankam, wartete Meldor bereits auf sie. Er schnüffelte, während sie sich ihm näherte, als könne er sie so erkennen, und sagte dann: »Ich würde heute Abend gern mit dir sprechen. Leiste mir doch beim Abendessen in meinem Zelt Gesellschaft.« Sie bemerkte, dass er nicht ›bitte‹ gesagt hatte, und es gab auch keine anderen Anzeichen dafür, dass es eine Bitte und kein Befehl war, doch irgendwie klang er übertrieben höflich. Es gelang ihm, ihr die Vorstellung zu geben, dass die Ehre seiner Einladung aus ihr einen besonderen und wichtigen Menschen machte. Wie schafft er das?, fragte sie sich. Verdammt, er ist ein mit allen Wassern gewaschener Mann.

»Wie du wünschst«, sagte sie.

Er nickte beiläufig, tätschelte Ygraine und flüsterte dem Pferd etwas ins Ohr. Er beruhigte es, während es die Brücke vor sich mit angelegten Ohren beäugte.

»Du hast es gut«, sagte das Chamäleon verbittert zu Meldor, während es sein widerstrebendes Reittier vorwärts trieb. »Du kannst nicht sehen, wie tief es da runtergeht.«

»Blind zu sein hat einige Vorteile«, pflichtete Meldor ihm bei.

Als Keris einige Minuten später über den Rand der Brücke schritt und Ygraine an der Leine führte, fühlte sie sich, als sei die Welt unter ihren Füßen zerbrochen wie ein aufgeplatzter Apfel. So angestrengt sie auch in die Kluft unter sich schaute, konnte sie doch nicht deren Grund sehen. Sie erstreckte sich tiefer und tiefer, bis außer Sichtweite. »Und ich hänge darüber wie eine Spinne im Netz und werde nur von ein paar hauchdünnen Hanffasern gehalten«, murmelte sie vor sich hin. »Irgendwo da oben beobachtet uns ein Häscher, ich bin in einen Mann verliebt, den ich niemals haben kann, und in meinem Gepäck habe ich etwas, das der Tilger unbedingt zerstören will. Ich muss verrückt sein – ich könnte jetzt bei Onkel Fergrand in der Zweiten in Sicherheit sein.« Sie schüttelte traurig den Kopf. »Keris Kaylen, dein Gehirn ist verseucht.«

»Willst du noch etwas zu trinken?«, fragte Bark und zeigte Keris den Weinschlauch. »Wir haben in der Fünften unsere Vorräte aufgefüllt.«

»Danke, ich habe noch etwas.« Sie lehnte sich in

Meldors Zelt etwas bequemer an den Sattel des Blinden. Piers' Ebenholzstab lag auf dem Boden neben ihr. Sie hatte es sich angewöhnt, ihn immer mitzunehmen, wenn sie im Lager umherging, denn ihr gefiel der Gedanke, dass er ihr etwas von der Selbstsicherheit ihres Vaters verlieh. Sie war allerdings nicht selbstsicher genug, das Schicksal herauszufordern, indem sie einen weiteren Becher Wein nahm. »Ich glaube, ein Becher von diesem Zeug ist genug«, sagte sie, »wenn ich noch verstehen soll, was du mir sagen willst.« Sie schaute dorthin, wo Meldor auf seiner schafswollenen Bettrolle lag. »Ich habe das Mahl sehr genossen, Meister Meldor, und ich möchte mich für die Einladung bedanken, aber vielleicht solltest du mir jetzt sagen, worum es geht.«

Meldor nickte Bark zu, der daraufhin den Weinschlauch an die Zeltstange hängte und hinausschlüpfte. Er hält Wache, dachte sie. Um sicherzugehen, dass niemand hört, was hier beredet wird? Sie hatten in dieser Nacht einen Fremden im Lager, einen Kurier namens Gawen, der gerade aus der entgegengesetzten Richtung angekommen war und darum gebeten hatte, die Nacht in Gesellschaft der Gruppe verbringen zu dürfen. Anscheinend verspürten selbst Kuriere manchmal die Notwendigkeit menschlicher Gesellschaft. Davron hatte ihm befohlen, sich bis zur Hüfte auszuziehen, aber sobald man sicher war, dass er nicht das Zeichen des Tilgers trug, wurde er willkommen geheißen.

Nachdem Bark das Zelt verlassen hatte, wurde Keris Davrons Gegenwart noch stärker bewusst. Der Meisterführer saß auf dem Bodentuch, hatte die Knie angewinkelt und die Arme darauf abgestützt. Er schaute Keris genauso wenig an wie sie ihn, aber das spielte keine Rolle. Er füllte Keris' Denken an wie ein zu großer Festtagspudding den Magen. Sie dachte verstimmt und unruhig: Dieser vermaledeite Mann strahlt durch sein bloßes Dasein genügend Sex aus, um mich seiner

Gegenwart selbst dann bewusst zu machen, wenn ich ihn gar nicht anschauen würde.

»Wir sind der Ansicht, dass es eine gute Idee wäre, wenn du etwas mehr über Feldströmungslinien weißt. Oder vielmehr: wenn du weißt, was wir über sie denken«, sagte Meldor ohne Einleitung. »Es könnte dir dabei helfen, eine Trompleri-Karte herzustellen.«

Sie nickte. »Ich habe gehört, dass die Tilgung der Welt Risse verursacht. Die Feldströmung – dieser Fluch der Aufruhr – tritt dann durch die Risse aus dem Chaos der bereits getilgten Teile des Universums in unsere Welt.«

»Ja, und ich habe gehört, wie man sie die Klauenspuren des Tilgers genannt hat«, ergänzte Davron trocken. »Es gibt jede Menge Theorien dazu.«

»Und jetzt wirst du noch eine weitere hören«, fügte Meldor hinzu, »die uns am besten gefällt. Zuerst musst du dies verstehen: Als ich noch Kantor war, habe ich mehr Zeit als jeder andere Mensch auf dieser Welt mit dem Studium der Heiligen Bücher verbracht. Ich glaube, dass uns der Schöpfer in diesen Schriften mitgeteilt hat, was mit uns geschehen ist und wie man es wieder ungeschehen machen kann. Unglücklicherweise haben wir nicht immer auf Sein Wort gehört. Seine Aussprüche, die er gewissen Rittern und Propheten hinterlassen hat, sind mit denen viel weniger heiliger Menschen vermischt, von denen etliche Fanatiker oder Verrückte waren – oder beides. Das Problem besteht darin herauszufinden, welches die wahren Worte des Schöpfers sind und welche nur von machthungrigen Kantoren oder von Männern stammen, die zwar ernsthaft sind, aber nicht mit der Autorität des Schöpfers gesprochen haben.«

»Und du glaubst, dass dir das gelungen ist?«

Er lächelte schwach angesichts ihres nüchternen Tonfalls.

»Feldströmungslinien sind keine Störungen«, fuhr er fort. »Das richtige Lesen der Heiligen Bücher zeigt uns, dass es Kraftlinien waren, die ursprünglich nichts Böses an sich hatten. Es stimmt, dass der Beginn der Tilgung unserer Welt Risse verursachte, aber durch diese Risse entströmte Macht aus dem innersten Gewebe der Welt und nicht etwa das Böse aus dem Chaos dahinter.«

»Das ist vermutlich eine bequeme Rechtfertigung der Tatsache, dass du die Feldströmung für deine Zwecke benutzt«, sagte sie.

Meldor blieb gelassen. »Sieh es einmal so, Keris: Stell dir ein Holzfeuer vor. Woher kommt die Hitze?«

Sie stutzte. Sie hatte nie darüber nachgedacht, aber es war eine interessante Frage. Woher kam sie? »Irgendwie aus dem Holz. Durch das Verbrennen?«, schlug sie versuchshalber vor. Das waren nahe liegende Antworten, die überhaupt nichts erklärten.

Er deutete auf ihren Ebenholzstab. »Also ist in ihm Hitze gefangen, die sich nicht heiß anfühlt, solange sie gefangen ist, und die nur freigelassen wird, wenn das Holz verbrennt. Wir sollten es nicht Hitze, sondern Kraft nennen. Eine Kraft, die Nahrung kochen und unseren Körper wärmen kann – oder zu zerstörerischen Zwecken eingesetzt werden kann. Ich glaube, dass in ähnlicher Weise Kraft in der Welt selbst versiegelt ist und nur freigelassen wird, wenn das Gewebe der Schöpfung zerreißt, so wie der Tilger es hier im Unbeständigen zerrissen hat. Und diese Kraft kann zu einem guten oder bösen Zweck verwendet werden, genauso wie die Kraft im Holz.«

»Kraft?«, fragte sie. »Es ist nicht das Böse an sich?«

»Das stimmt«, bestätigte er. »Kraft. Magie, wenn dir dieses Wort besser gefällt; mir nicht. Es ist zu ungenau und beinhaltet Dinge wie Zaubersprüche und Anrufungen, die ich für blanken Unsinn halte. Magie ist einfach nur eine Form von Kraft, wie die Hitze, die im

Holz gefangen ist. Feuer ist nicht böse, auch wenn es ein Haus niederbrennen kann. Und genauso ist Magie – oder Kraft – weder gut noch böse.«

»Glaubst du wirklich, dass eine Feldströmungslinie nicht böse ist?« Sie war skeptisch.

»Sie ist es nicht. Nicht von Natur aus.«

»Sag das einmal Fint«, meinte sie, aber sie spürte, wie sich Interesse in ihr regte.

»Oder mir?«, fragte Davron sanft. »Ich bin zu dem Schluss gekommen, dass Meldor recht hat, Keris. So wie sich ein unvorsichtiges Kind am Feuer verbrennt, so kann eine Feldströmungslinie denjenigen schaden, die nicht feldströmungsfühlig sind. Mit anderen Worten: Dort, wo der Tilger nicht unmittelbar beteiligt ist, ist das Verseuchtwerden eher ein Unfall. Die nicht Feldströmungsfühligen sollten nicht dazu veranlasst werden, Feldströmungslinien zu durchqueren, so wie man ein Kind nicht veranlassen sollte, den Arm in die Flammen eines Küchenfeuers zu halten. Die Kantorei trägt größere Schuld an dem Grauen bei der Durchquerung der Feldströmungslinien als der Tilger, weil es die Kantorei ist, die die Pilger dazu veranlasst.«

Meldor fuhr fort: »Außerdem lenkt Carasma die ausfließende Kraft und benutzt sie für böse Zwecke. Er kann das Gewebe eines Menschen zu einer Monstrosität umformen, kann ein Erdbeben hervorrufen oder den Alterungsprozess bei seinen Häschern aufhalten. Er braucht die Strömung, um seine Vorherrschaft zu festigen. Er braucht sie auch, um das Chaos zu unterstützen, indem er das Unnatürliche fördert.«

»Und ihr? Wie benutzt ihr sie?«

»Wir haben gelernt, eine bestimmte Menge an Feldströmung in uns aufzunehmen, so wie es die Häscher tun. Das ist leicht für jemanden, der feldströmungsfühlig ist. Dann kann man sie als Waffe benutzen – um zu schlagen, zu schneiden, zu verbrennen, zu töten –, indem man ihr einfach befiehlt, das zu tun, was man will, wiederum so wie es die Häscher machen. Wir hatten aber auch Erfolg mit angenehmeren Anwendungsbereichen. Wie du bereits vermutet hast, benutze ich sie, um meine Sinne zu schärfen, um Dinge zu ›sehen‹, ohne wirklich sehen zu können. Wir hatten Erfolg damit, den Heilungsprozess bei Verletzungen zu beschleunigen. Vermutlich gibt es weitere Anwendungsmöglichkeiten, die wir bisher nicht entdeckt haben. Ich sollte noch hinzufügen, dass ein eingehendes Studium der Heiligen Bücher offenlegt, dass der Schöpfer selbst den Gebrauch der Feldströmung empfiehlt – und dass sie in der Vergangenheit tatsächlich von Rittern und anderen Kantoren benutzt wurde. Wir können dir den Umgang damit beibringen, wenn du willst.«

»Glaubst du, dass ich eine Trompleri-Karte zeichnen kann, wenn ich Feldströmung in mir habe?«

»Ja.«

»Die Sache hat allerdings einen Haken«, sagte Davron gedehnt und missachtete einen warnenden Blick von Meldor. »Feldströmung macht irgendwie abhängig. Mehr noch – wenn du sie einmal aufgenommen hast, kannst du nicht mehr ohne sie leben. Meiner Meinung nach wirst du sterben, wenn du sie einmal nicht mehr hast.«

Sie starrte ihn an und versuchte sich die Bedeutung dessen, was er gesagt hatte, klarzumachen.

Davron. Es bedeutete, dass er niemals für längere Zeit vom Unbeständigen fortbleiben konnte. Er hatte sich selbst dazu verdammt, für immer ein Unbeständiger zu sein. Und wenn er den Kampf gegen den Tilger gewinnen sollte, wenn die Welt jemals wiederhergestellt werden sollte, würden er und Meldor sterben…

Sie spürte Tränen hinter den Augen. Für beide Männer bedeutete der Sieg den Untergang.

Mit plötzlichem Abscheu sagte sie: »Ich werde niemals mit der Feldströmung herumspielen.«

Meldor sagte: »Deverli hat die Feldströmung förmlich eingesogen. Sie könnte wichtig sein.«

»Glaubst du, dass sie ihn befähigt hat, Trompleri-Karten zu zeichnen?«

»Möglicherweise. Wir sind – ich bin – der Meinung, dass es einen Versuch wert ist.«

Du Mistkerl, dachte sie. Du scherst dich nicht um uns, nicht um die Leute, die du benutzt; für dich zählt nur das Endergebnis…

»Trompleri-Karten könnten wichtiger sein, als wir bisher wissen, Keris«, fuhr er unerschütterlich fort. »Was ist mit diesen Festen Orten, die plötzlich unten im Süden auftauchen? Das ist die Gegend, die Deverli kartographiert hat…«

»Du glaubst, dass das bloße Kartographieren eines Ortes mit Trompleri-Techniken diesen stabil macht?« Sie schüttelte heftig den Kopf. »Nein.« Sie wusste, dass es nicht so sein konnte. Die Karte in ihrem Besitz zeigte eine Feldströmungslinie und all die Veränderungen einer unbeständigen Welt an.

»Nun, es ist immerhin eine Möglichkeit. Wie dem auch sei, bevor wir von diesen neuen Festen Orten gehört haben, waren wir eigentlich mehr daran interessiert, wie man die Feldströmung benutzen kann, um das Unbeständige zu *reparieren*.«

Unwillkürlich spürte sie eine Woge der Erregung. Der gewaltige Plan, den seine Worte andeuteten, überwältigte sie.

Meldor sagte: »Tatsächlich glauben wir, dass die Feldströmung benutzt werden *muss*, wenn die Welt repariert werden soll. Wir glauben, dass es die Feldströmung ist, die unsere Welt zusammengehalten hat und noch immer unsere Stabilitäten zusammenhält. Sie ist die verbindende Kraft der Schöpfung. Sobald sie ausfließt, ergibt sich daraus das Chaos.«

»Heilige Schöpfung – wie es die Kantorei hassen

würde, das hören zu müssen!« Sie lächelte, trank dann den Rest ihres Weines und war nun der Meinung, dass er das wunderbarste Getränk war, von dem sie je gekostet hatte. »Ich hoffe, du hast dir genau überlegt, was du da sagst. Über den Gebrauch der Feldströmung, meine ich. Hier draußen gibt es eine ganze Menge feldströmungsfühliger Narren, die gern die Macht der Häscher hätten, ohne dafür ihre Seele hergeben und sich Lord Carasma verschreiben zu müssen.«

Meldor warf einen Blick auf Davron; seine blinden Augen wurden dunkel, so als ob sie doch sehen könnten. Sie misstraute diesem Blick; offenbar hatten sie ihr noch lange nicht alles gesagt. Sie hatte wenig Zweifel daran, dass es da draußen noch andere gab, die Feldströmung in sich aufgesogen hatten. Was um aller Ordnung des Himmels willen hatten sie nur vor?

»Gibt es noch etwas, das ich wissen sollte?«, fragte sie vorsichtig.

Meldors Antwort war höflich. »Nein, das glaube ich nicht.«

Sie war sicher, dass er log. Sie schaute hinüber zu Davron, doch der blickte jetzt in eine andere Richtung. Die Hinterseite seines Halses rötete sich und sie verbarg den Schimmer eines Lächelns. Für ihn musste seine Neigung, rot zu werden, eine schreckliche Plage sein. Sie versuchte, sich mit dem Gedanken zufrieden zu geben, dass wenigstens er sie davor gewarnt hatte, Feldströmung in sich aufzunehmen.

»Ich glaube, ich brauche etwas Zeit, um über all das nachzudenken«, sagte sie und stand auf.

Keiner von beiden versuchte sie aufzuhalten, als sie ihnen eine gute Nacht wünschte und das Zelt verließ.

Draußen streckte sie sich und genoss einen Augenblick lang den Luxus, einen Nachthimmel zu sehen, der in Farbenflammen stand. Einen *normalen* Himmel. Wenigstens konnte der Tilger dies nicht verändern: Der Himmel blieb immer derselbe; das Blaue Halsband schwang im Süden, die rote Berstende Sonne strahlte in ihrer starren Pracht im Norden, die Schwärze der Pechtonne stand mit ihrem Rand aus Sternglitzern im Westen und über ihr waren das milchige Band der Mondsteine und die acht Monde, die alle nicht viel größer waren als der größte Stern.

»Wunderschön, nicht wahr?«, sagte eine sanfte Stimme in der Dunkelheit. Sie gehörte Gawen, dem Kurier, der noch vor der letzten Glut des Feuers saß. Zu seinen Füßen regten sich unablässig zwei schwarze Hunde. Es waren hässliche Tiere mit traurigen, rot geränderten Augen und hängenden Unterkiefern, aus denen geschwungene Eckzähne hervorwuchsen.

Er bemerkte, wie sie die Tiere ansah, und sagte: »Heute Nacht sind sie besonders unruhig. Ich wäre nicht überrascht, wenn ein oder zwei Häscher irgendwo da draußen sind.«

»Sind sie so furchtbar, wie sie aussehen?«

»Noch furchtbarer. In diesem Land müssen sie es sein. Ich habe einmal gehört, dass dein Vater allein gereist ist – sogar ohne Tiere. Stimmt das?«

»Nicht ganz. Von Zeit zu Zeit hat er Ausgeschlossene angeheuert. Und er hatte seine Pferde. Tousson – sein Packpferd – ist genauso gut wie ein Hund.« Einen Augenblick lang verspürte sie Ärger. Es gab so vieles, über das sie nachdenken musste; ihr Kopf schäumte vor Gedanken über – sie wollte allein sein. Wer hatte ihm überhaupt gesagt, dass sie Piers Kaylens Tochter war?

»Es tut mir sehr Leid, dass ich ihm nie begegnet bin. Er blieb immer nördlich des Weit und ich arbeite ausschließlich in dieser Gegend hier.« Er hielt inne und sagte dann leicht verstört: »Eine höchst außergewöhnliche Dame hat mir soeben einen unsittlichen Antrag gemacht.«

Keris kicherte. »Ich hoffe, es wird deinen Stolz nicht verletzen, wenn ich dir sage, dass du der vorläufig Letzte in einer sehr langen Reihe bist.«

Er grinste. »Nein, eigentlich nicht. Und ich hoffe, du wirst es mir nicht übel nehmen, wenn ich sage, dass ich diesen Antrag lieber von dir bekommen hätte.« Diese Einladung war so geradeheraus und treuherzig, dass sie unwillkürlich lächeln musste. Er war auf eine wettergegerbte Art hübsch, war nur ein wenig älter als Davron, doch er stellte keine Versuchung für sie dar.

»Corrian hat viel mehr Erfahrung«, sagte sie. »Im Vergleich zu ihr wäre ich eine Niete. Gute Nacht, Meister Gawen.«

»*Du* siehst aber nicht wie das Hinterteil meines ältesten Esels aus«, erwiderte er wehmütig, aber er versuchte nicht, sie aufzuhalten. »Gute Nacht, Maid Kaylen.«

Sie war absurderweise erfreut über seine Aufforderung, obwohl ihre Vernunft darauf hinwies, dass es in der gegenwärtigen Gesellschaft kaum Konkurrenz für sie gab. Sie drehte sich um und ging auf ihr Zelt zu.

Plötzlich ertönte ein Gekreische, ein Schreien – und der Krach einer Rauferei; der Ursprung von alledem befand sich offenbar hinter ihrem Zelt. Ohne weiter nachzudenken, rannte sie den Geräuschen entgegen. Eine Sekunde später schoss Davron links von ihr heran und sprang verwegen über die Halteseile, während Bark von rechts wie ein wildgewordener Stier heranwalzte.

»Wo?«, stieß Davron hervor.

Sie zeigte nach vorn. »Ich glaube, es war Fint – er hält mit Portron Wache.«

Dann blendete ein Lichtblitz sie alle. Er beschrieb einen gleißenden Bogen, bevor er verschwand.

»Wer ist da?«, schrie Davron und rannte los. Das

Messer lag bereits in der einen Hand und mit der anderen hielt er seine Peitsche. »Keris, hol Licht…«

Doch Meister Gawen hatte schon eine Fackel, die für solche Notfälle bereitgehalten wurde, in das Herz des Lagerfeuers gesteckt. Er kam heran und trug die Fackel hoch erhoben wie eine Fahne.

»Passt auf! Das ist ein Häscher!« Die Stimme des Chamäleons ertönte aus der Dunkelheit; sie war rau vor Grauen. Man hörte ein Poltern von Steinen und das Trampeln laufender Füße, irgendwo in der Dunkelheit.

Corrian zog sich rasch Kleider an und tastete an sich herum; sie suchte ihre Pfeife. Dann erschien sie an Keris' Seite. »Was'n hier los?«

»Fint?« Davron nahm dem Kurier die Fackel ab und ging auf die dunkle Stelle hinter Keris' Zelt zu.

Das Chamäleon lag am Boden; die Hände hatte es auf das Knie gepresst. »Jemand hat versucht, in Keris' Zelt zu gelangen«, sagte Fint. Er wiegte sich hin und her und versuchte, die Schmerzen in seinem verletzten Bein zu ertragen.

Davron zögerte und spähte hinaus in die Dunkelheit. »Spinn doch nicht!«, sagte Bark ohne jede Spur von Höflichkeit zu ihm, während er sich neben Fint kniete. »Wer immer es war, er ist jetzt fort.«

Davron zuckte mit den Schultern und wandte seine Aufmerksamkeit wieder dem Chamäleon zu. »Hat er dich erwischt?«

»Ja. Mit einem verdammten Feldströmungsstrahl. Wenigstens nehme ich das an – ich habe nicht gesehen, was mich getroffen hat. Ich habe beobachtet, wie er verstohlen um die Zelte herumstrich; niemand ist so gut getarnt wie ich. Ich war hinter ihm und wollte ihm gerade ein Ding verpassen, doch dann bin ich seinem Schoßtierchen auf den Schwanz getreten.«

Davron sah ihn ungläubig an. »Du bist *was*?«

»Na ja, ich hatte es nicht gesehen. Es war so ein kaum sichtbares, schwarzes Ding…«

»Wieso bist du überhaupt einem Häscher nachgeschlichen? Bist du verrückt?«

»Also, ich wusste nicht, dass es ein Häscher war – woher auch? Ich dachte, es wäre ein Bandit. Er war gerade dabei, Keris' Zelt aufzuschlitzen – aua! Bark, fass das nicht an! Das tut teuflisch weh.«

»Wir bringen dich zu Meldor«, sagte Bark und hob das Chamäleon hoch, als ob es ein Kind wäre und dazu noch ein halbverhungertes.

Davron warf einen Blick auf die versammelten Menschen. »Portron, hast du etwas gesehen?«

»Nichts. Ich war auf der anderen Seite.«

»Geh besser dorthin zurück und sei besonders wachsam. Gawen, du nimmst mit denen Hunden Fints Platz ein. Keris, hat er dir etwas gestohlen?« Keris war herbeigekommen und sah sich die Bescherung an. Ein Messer lag neben dem Zelt auf dem Boden; sie hob es auf und gab es Davron. »Nein, er hatte nicht genug Zeit. Anscheinend hat er kaum das Messer in die Leinwand stoßen können.«

Er sah sie mit ausdruckslosem Gesicht an. »Seltsam, dass er sich ausgerechnet dein Zelt ausgesucht hat, nicht wahr? Corrians liegt näher am Rand des Lagers und an Fints Zelt hätte er sich einfacher heranschleichen können, ohne gesehen zu werden.«

Sie wandte sich von ihm ab und war plötzlich starr vor Angst. Sicher war es nur ein Zufall. Corrian sah sie mitfühlend an. »Wenn du Angst hast, Mädchen, kannst du bei mir im Zelt schlafen.«

»Es geht schon, aber vielen Dank für dein Angebot.«

Als sie sich wieder in ihrem Zelt befand, steckte sie ihre einzige gute Wachskerze mit zitternden Fingern an. Zufall? Oder hatte der Tilger einen seiner Häscher auf sie angesetzt, um sicherzugehen, dass sie die Trompleri-Karte nicht besaß? Sie fühlte sich krank.

Sie setzte sich hin und dachte eine Weile nach. So vieles war gleichzeitig geschehen; ihr kamen so viele Gedanken... Sie öffnete ihre Bündel und nahm ihre Zeichentinte, ihre Farben, Stifte und Pinsel heraus. Die Feldströmung war nicht böse, so wie es die Kantorei so lange Zeit hindurch gepredigt hatte. Feldströmung war Kraft, war Macht – und diese konnte man nutzen. Um eine Trompleri-Karte zu zeichnen.

Langsam streckte sie die Hand aus und nahm die kleine Flasche, in der sie die mineralischen Salze aufbewahrte, die sie in ihrem Köcher entdeckt hatte. Sie ließ sie immer wieder durch die Hände gleiten und fragte sich, ob sie wirklich die Richtung einschlagen wollte, die ihre Gedanken bereits genommen hatten. Wollte sie wirklich noch wissen, wie man eine Trompleri-Karte herstellt?

Ihre Finger bemühten sich, das Gefäß zu öffnen. Es bedurfte einer entschiedenen Willensanstrengung, Tinte und Farben zu mischen und das Tanninpuder und die Farbstoffe den Salzen hinzuzufügen, doch schließlich hatte sie, was sie wollte: eine kleine Menge schwarzer Tinte und einige verschiedene Braunschattierungen.

Ein sauberes Pergamentblatt, das Keris auf den tragbaren Zeichentisch heftete, eine Umrisszeichnung des Teils des Unbeständigen, den Piers auf seiner letzten Reise kartographiert hatte... nur ein kleiner Teil, der den Keilhügel zeigte, an dem die Gefährtenschaft in der ersten Nacht im Unbeständigen Rast gemacht hatte. Eine Karte in großem Maßstab... Dann holte sie tief Luft und zog die Umrisse mit Tinte nach.

Diese Karte unterschied sich auf den ersten Blick nicht von den anderen. Der Berg, der unter ihrem Stift Gestalt annahm, blieb flach und zweidimensional. Verbissen arbeitete sie weiter, wartete darauf, dass die

Tinte trocknete, und fügte dann die Farbe hinzu. Sie musste eine Minute lang die Augen schließen, damit sie sich den Hügel vorstellen konnte: seine steilen Flanken aus Schiefer und aufgebrochener Erde, den steilen Pfad auf der südlichen Seite. Sie mischte die Farben auf ihrer Palette und dann auf dem Papier, wobei sie unendliche Sorgfalt aufwandte, bis sie erreicht hatte, was sie wollte.

Aber es war nicht das, was sie erhofft hatte... Sie stieß einen Seufzer aus. Diese Karte sah nicht anders aus als alle anderen, die sie bisher geschaffen hatte. Sie stieß das Pergament fort und wusch ihre Pinsel. Jetzt wurde sie sich ihrer großen Müdigkeit bewusst. Vielleicht musste die gesamte Karte vollendet sein, damit es funktionierte, aber sie hatte nur Brauntöne und davon nur sehr geringe Mengen. Vielleicht mussten alle Zutaten für die Tinte und die Farben aus einer Feldströmungslinie kommen, so wie es ihrer Meinung nach bei den benutzten Salzen der Fall war. Sie trocknete ihre Pinsel und wollte gerade das Pergament wegräumen – und hielt auf der Stelle inne. Die Farben waren auf dem Papier zu dunklen Flecken verlaufen. Sie waren ununterscheidbar geworden, zeigten weder Einzelheiten noch Umrisse. Sie starrte darauf und verstand zunächst nicht. War da die Andeutung einer erhabenen Linie? Tatsächlich schien sich etwas zu erheben, dessen war sie sich sicher. Natürlich nicht so deutlich wie die Berge auf Deverlis Karte...

Mit einer plötzlichen angstgeborenen Bewegung schob sie die Karte außer Sichtweite und sah sich furchtsam in ihrem Zelt um. Mit einiger Verspätung drückte sie ihr Gepäck gegen den kleinen Riss, den der Häscher in ihrem Zelt hinterlassen hatte.

Deverlis Karte. Zum ersten Mal auf dieser Reise durchwühlte sie ihre Kartenmappe und zog die Trompleri-Karte hervor.

Sie war dunkel. Verschmiert, undeutlich.

Sie benötigte eine weitere Minute, um zu begreifen. *Nacht. Eine Szene bei Nacht.* Natürlich. Sie hatte die Karte noch nie bei Nacht gesehen, aber bestimmt gab sie die aktuelle Tageszeit wieder, genauso wie die aktuellen Bedingungen des Ortes, den sie darstellte. Wenn sie genau hinsah, konnte sie die vom Mondlicht erhellten größeren Hügel und Felsen und das Unterholz erkennen.

Sie zog ihre eigene Karte vom Keilhügel wieder hervor und wusste, dass sie es geschafft hatte. Das Werk war nicht sehr gut gelungen, weil sie nicht genug richtiges Material hatte, aber sie hatte es trotzdem geschafft.

Sie hatte eine Trompleri-Karte gezeichnet.

Kapitel Zweiundzwanzig

Leider erkennt die Menschheit die kostbarsten Juwelen erst dann, wenn sie ihr durch die Hände gleiten.

Altes Sprichwort
aus der Markgrafschaft Malinawar

»Du schläfst noch nicht, Keris?«

Bark, der das Lager auf Keris' Zelt zu durchquerte, nachdem sie daraus hervorgekommen war, senkte die Stimme zu einem Flüstern, damit niemand gestört wurde. »Ich wollte nachsehen, ob es dir gut geht. Ich habe deine Kerze gesehen – ich hatte befürchtet, du könntest eingeschlafen sein, während sie noch brannte.«

»Nein. Ich… äh… konnte nicht schlafen. Hältst du Wache?«

»Ja. Davron hat entschieden, dass es heute Nacht drei Wachen gibt. Du und er und Corrian übernehmen die zweite Schicht.«

»Wie geht es dem Chamäleon?«

»Gut. Meldor hat das Schlimmste verhindert. Es wird noch eine Weile weh tun, aber das ist alles. Du wirst nachher müde sein, wenn du jetzt nicht schläfst.«

»Das werde ich gleich tun. Kann ich dich zuerst etwas fragen? Bark, wie gut kennst du diesen Kurier?«

»Gawen? Wir sind ihm von Zeit zu Zeit begegnet. Ruhiger Kerl, freundlich, glaube ich.« Er sah sie scharf an, fragte aber nicht, warum sie das interessierte.

»Ist er ein vertrauenswürdiger Kurier?«

»Alle Kuriere sind vertrauenswürdig; das weißt du doch. Ansonsten wären sie keine Kuriere.«

»Ich würde gern ein paar persönliche Worte mit ihm wechseln. Glaubst du, du könntest ihn zu mir schicken, damit er mich weckt, wenn seine Wachschicht beendet ist?«

»Wie du willst. Aber wirklich, Keris, du solltest jetzt etwas schlafen…«

»In Ordnung, ich geh ja schon.«

Sie kroch zurück in ihr Zelt und wusste, dass Bark Recht hatte. Sie musste unbedingt schlafen, doch ihr Blick schweifte immer wieder zu dem Riss in der Zeltplane. Wenn der Häscher nicht entdeckt worden wäre, hätte er wahrscheinlich ihre Habe durchsucht und die Trompleri-Karte gefunden. Vielleicht war er hauptsächlich hinter dieser Karte her gewesen. Sie weigerte sich, die andere Möglichkeit in Erwägung zu ziehen: dass er geglaubt hatte, sie wäre in ihrem Zelt, und sie töten wollte.

Sie streckte die Hände aus und ergriff sowohl die Trompleri-Karte als auch ihren eigenen armseligen Versuch, diese nachzuahmen. Sie warf einen letzten Blick auf beide und dann hielt sie je eine Ecke mit kalter Entschlossenheit in die Kerzenflamme.

»Kannst du ebenfalls nicht schlafen?«, fragte Bark Davron.

Der Führer, der gerade aus seinem Zelt hervorgekommen war, bedachte Bark mit einer Grimasse. »Das ist eben eine dieser Nächte. Was meinst du mit ›ebenfalls‹? *Du* solltest nicht schlafen.«

»Ich meinte nicht mich, sondern Keris.« Der Ungebundene nickte in die Richtung ihres Zeltes, in dem noch immer die Kerze brannte.

»Vermutlich ist sie starr vor Angst. Nicht dass ich ihr das vorwerfen würde. Bark, ich frage mich, warum dieser Häscher hier war. Ich würde einen Tag meines Lebens dafür geben, wenn ich wüsste, ob ihm klar war, dass sie nicht in ihrem Z… *Heiliges Verderben!* Was ist das?«

Ein greller weißer Lichtblitz erhellte Keris' Zelt von innen. Dann brach er nach außen durch und ließ die Plane in einem Blitz aus Hitze und Weißglut verschrumpeln.

Für den Bruchteil einer Sekunde standen Bark und Davron schocksteif da, dann traf sie beide ein Luftstoß. Bark, der der größere von beiden war, wurde zu Boden geschleudert; Davron wurde in die Luft gehoben und zurück in sein eigenes Zelt gewirbelt, das über ihm zusammenbrach. Die Halteseile hatten sich vom Boden losgerissen, als die Druckwelle die Zeltleinwand wie ein Segel im Sturm gefüllt hatte.

Als er wieder herauskroch, stellte er fest, dass fast das ganze Lager dem Erdboden gleichgemacht war.

Meldors Zelt stand noch – es war von Portrons und Gawens geschützt worden –, aber alle andere waren zerfallen und in sich zusammengesackt. Von Keris' Zelt gab es keine Spur mehr.

»Keris«, flüsterte Davron. Er rannte zu der Stelle, wo sie gelagert hatte. »Schöpfer, *Keris!* Verdammt – hol doch jemand ein Licht!«

Es gab ein Durcheinander fragender und fluchender Stimmen und rennender Füße. Gawens Hunde heulten. Davron kniete außer sich in den Ruinen von Keris' Zelt, warf Gegenstände zur Seite und durchwühlte den dunklen Haufen aus Bündeln am Boden. »Mehr Licht! *Die Verdammnis des Schöpfers über euch, will mir denn keiner ein Licht bringen?*«

In der Dunkelheit unter seinen Händen ächzte und regte sich etwas.

Portron kam heran und brachte die Laterne aus seinem Zelt mit. Davron ergriff sie und hielt sie hoch, damit er besser sehen konnte. *»Keris?«*

Ein weiteres Ächzen und eines der Bündel entrollte sich zu Davrons Füßen. Es war unglaublich, aber es handelte sich um Keris. Sie sagte: »Ich… ich bin in

Ordnung. Glaube ich.« Sie versuchte, sich auf die Knie zu erheben, und taumelte, aber es war Bark und nicht Davron, der nach vorn stürzte und ihr helfend den Arm um die Hüfte legte, wobei er vorsichtig darauf achtete, dass seine Haut nicht die ihre berührte.

»Das ist doch nicht möglich«, murmelte Davron, während er sich aufrappelte. »Die Hitze… dein Zelt… es ist verbrannt. Verschwunden. *Du müsstest eigentlich tot sein.*«

Sie berührte mit schwacher Hand ihr Haar. »Beinahe.«

»Bist du verletzt?«

Sie dachte einen Augenblick über diese Frage nach. Dann sagte sie: »Etwas angesengt. Aber ansonsten geht es mir gut.«

»Bei der heiligen Gnade des Schöpfers«, rief Protron aus, »Was ist geschehen?«

»Du müsstest eigentlich tot sein«, wiederholte Davron nur. »Wie ist es möglich, dass du überlebt hast?«

»Der… der Blitz ging nach oben weg. Nach oben und nach draußen. Ich habe mich geduckt. Habe mich wie ein Ball zusammengerollt. Habe mich hinter mein Gepäck gekauert. Es hat… beinahe alle Luft aus mir gesaugt.« Sie zitterte. »Oh… Mist. Ich glaube, ich habe fast all meine Haare verloren.«

Meldor runzelte die Stirn. »Wenn du verletzt bist, werde ich einen Blick auf dich werfen. Ihr anderen errichtet das Lager sofort wieder und seid sehr wachsam.«

»Es geht mir gut«, sagte Keris, die noch immer zitterte. »Ich habe mich nicht verbrannt, mir steckt nur noch der Schreck in den Gliedern.«

»Das begreife ich nicht. Was ist passiert?«, fragte Corrian.

»Es war Feldströmung«, sagte Portron mit Gewissheit. »Nichts sonst bringt solches Licht hervor.«

»Ich glaube, wir können davon ausgehen, dass der

Häscher etwas hinterlassen hat«, sagte Meldor, »vermutlich, um Keris damit zu töten. Bark, zurück auf deinen Posten. Davron, du bringst Keris zu Barks Zelt. Sie kann erst einmal dort schlafen. Davron?«

Davron nahm einen tiefen Atemzug und riss sich zusammen; er war sich bewusst, dass Meldor jetzt das Kommando übernommen hatte. Er machte eine Bewegung auf Keris zu, als wolle er ihr helfen, doch sie wand sich aus Barks Griff und stand steif da. »Ich bin in Ordnung.« Als die anderen Meldors Befehlen nachkamen, warf Keris einen kurzen Blick auf ihre Habe, doch anscheinend war nichts davon beschädigt. Es war so gewesen, wie sie gesagt hatte: Der Blitz war nach oben gegangen. Verstohlen fuhr Davron mit der Hand über das ihm an nächsten liegende Bündel und rieb sich dann die Finger. Es gab keine Asche, rein gar nichts. Das Zelt war vollständig pulverisiert worden.

Er hob ihre Bettrolle auf. »Bist du sicher, dass du nirgendwo Verbrennungen hast?« Er versuchte, unbeteiligt zu klingen, doch er spürte, dass er eher den Eindruck einer Henne machte, die über ihren Kleinen gluckte. Er wies mit der Hand auf Barks Zelt.

Sie drehte sich um und ging neben ihm her. »Mein Gesicht fühlt sich etwas wund an, aber es ist nicht schlimm. Mein Haar – wie sieht mein Haar aus?«

Er hielt die Lampe hoch und ergriff die Gelegenheit, um ihr Gesicht zu untersuchen. »Kurz. Wie ungleichmäßig gekräuselt. Es wird wieder nachwachsen.« Seine Angst legte sich und wurde durch irrationale Wut ersetzt. Er fasste die Bettrolle fester und bemerkte, dass seine Hände zitterten. »Ich will wissen, was passiert ist.«

»Ich habe keine Ahnung.«

Diese abschlägige Antwort war allumfassend, aber er schenkte ihr keinen Glauben. Er blieb stehen und schob ihr die Bettrolle zu. »Setz dich«, brummte er und machte sich daran, das Zelt wieder aufzurichten. »Ich würde nur gern wissen, was du vorhattest«, fügte er hinzu, während er mit einem Stein auf einen gelösten Hering einschlug. »Woher kam diese Feldströmung, Kaylen?«

Sie schwieg.

»Du weißt es«, sagte er vorwurfsvoll.

»Ja. Aber in diesem Augenblick möchte ich nicht darüber reden.«

»Ich bin für alles verantwortlich, was dieser Gefährtenschaft zustößt. Ich bin verantwortlich für die Sicherheit eines jeden Einzelnen. Ich muss wissen, was geschehen ist.«

Sie schüttelte den Kopf. »Es ist vorbei. Aus und vorbei. Es wird nicht noch einmal vorkommen.«

Er hämmerte den letzten Hering mit unnötiger Wucht ein. Er wollte ihr seinen Zorn entgegenschleudern, wollte sie zwingen, ihm alles zu sagen, was sie verbarg. Aber er war schlau genug zu wissen, dass in diesem Fall ihre Sturheit sich nicht verflüchtigen, sondern wachsen würde.

Er stellte sich aufrecht vor sie. »Deine Interessen sind auch meine Interessen«, sagte er ruhig.

»Ja, ich glaube, das weiß ich inzwischen.« Ihre Stimme war äußerlich gelassen und ließ nur ein winziges Schwanken erkennen, das anzeigte, dass sie nicht so gefasst war, wie sie erscheinen wollte. »Aber bei Meldor ist das anders – und du würdest mit dem, was ich dir sage, sofort zu ihm gehen.«

Er schwieg und war sich der Richtigkeit dieses Vorwurfs bewusst. »Du teilst meine Ansichten nicht«, sagte er schließlich.

»Nicht wenn es um Meldor geht. Ihm sind die anderen egal, es sei denn, sie nutzen ihm. Vielen Dank dafür, dass du das Zelt wieder befestigt hast.« Sie nahm ihre Bettrolle auf und öffnete die Zelttür. »Gute Nacht.«

Er wandte nichts dagegen ein, dass sie ihn, ohne etwas Genaueres zu sagen, fortschickte.

»Sie wollte mir nichts sagen«, meinte er zu Meldor. »Sie misstraut dir zu sehr.«

Der Blinde saß auf seinem Gepäck in seinem Zelt und trank Wasser aus einem Krug. »Aha. Du hast wohl nicht genug Druck ausgeübt.« Es war eine Feststellung und keine Frage. »Du liebst sie, nicht wahr?«

Die Verneinung blieb ihm im Halse stecken. Er konnte das Grauen jenes Augenblicks nicht vergessen, in dem er gesehen hatte, wie ihr Zelt pulverisiert wurde, wie es so vollständig verschwand, dass nicht einmal Asche von ihm übrig blieb. Er hatte geglaubt, dass sie tot sei, und die Empfindung, die er hatte, als er erkannte, dass sie unverletzt war, war etwas, zu dem er sich nicht mehr für fähig gehalten hatte.

»Sie ist noch ein Kind«, sagte er und wusste, dass diese Bemerkung albern war. Meldor ließ sich nicht einmal zu einem Kommentar herab.

Davron hängte die Laterne, die er in der Hand gehalten hatte, an den Stützpfahl, nahm dafür den Weinschlauch von dort ab und goss sich einen Becher ein. »Und was ist, wenn es stimmt? Es kann nicht sein und wir alle wissen das.«

»Du solltest nicht zulassen, dass es dein Urteil trübt.«

»Wann habe ich jemals der Liebe erlaubt, mein Urteil zu beeinflussen?«, fragte er. Sein Sarkasmus lag dick zwischen ihnen. Er trank den Wein in tiefen Zügen und viel zu schnell, bevor er hinzufügte: »Wenn du sie nicht gut behandelst, Meldor, ist es aus zwischen uns.«

Der Blinde nickte, als bestätige er sich selbst etwas. »Liebe sie, wenn du willst, Davron – aber vertraue ihr nicht. Und erwähne Hafenstern nicht. Sie ist viel zu unabhängig, als dass man ihr vertrauen könnte. Und viel zu gewitzt.«

Davron machte sich nicht die Mühe einer Antwort, doch er war sich der Ironie der Situation durchaus bewusst. Das letzte Mal war er selbst es gewesen, der Meldor vor ihr gewarnt hatte.

Keris wachte auf, als sie eine rüttelnde Hand an ihrem Fußgelenk spürte. Sie erhob sich und bemerkte, dass das Sonnenlicht bereits den höchsten Punkt der Zeltplane berührte.

»Maid Kaylen?«

»Ja. Ich bin wach. Meister Gawen?«

»Ich bin's. Bark sagte, du wolltest mich sprechen.«

Er stand gegen den Zelteingang gelehnt und sie bat ihn herein. »Es ist schon Tag«, sagte sie und rieb sich die Augen. »Ich dachte, ich sollte in der letzten Nacht Wache schieben…«

»Der Führer war der Meinung, dass du dich ausruhen solltest. Worüber wolltest du mit mir reden?«

Sie sah ihn an. Nun war sie wach; der letzte Rest des Schlafes war verflogen, und alle Erinnerungen an die Nacht fluteten in sie zurück. Die Flamme, die die Karten berührte, die sekundenkurze Warnung, die ihr zuteil geworden war, als das Pergament geknistert hatte… Sie hatte die Landkarten in einer instinktiven Reaktion in die Luft geworfen und sich hinter ihr Gepäck geduckt, als die Welt um sie herum explodierte. Die Luft war ihr aus der Lunge gesaugt worden. Sie hatte hilflos und zusammengerollt dagelegen und um Atemluft gekämpft… Sie befühlte ihr Haar und erinnerte sich.

Er kauerte sich auf die Hacken und sah sie nachdenklich an. Sie war noch halb in ihr Bettzeug gehüllt. »Ich würde gern glauben, dass das hier eine Einladung zu etwas mehr als das ist, was diese Corrian vorhatte – aber irgendwie kann ich mir das nicht vorstellen. Also, Mädchen, was willst du von mir? Soll ich jemandem etwas überbringen?«

Sie nickte. »Sieben Briefe an Leute in verschiedenen Stabilitäten. Es sind ausnahmslos Kartenzeichner. Von einigen kenne ich nicht die genaue Adresse.« Sie griff in ihre Bettrolle, zog die Briefe hervor und zeigte sie ihm.

»Das macht nichts – Kartenzeichner sind leicht zu finden. Du weißt doch wohl, dass ich sie nicht alle persönlich überbringen werde? Einige werde ich anderen Kurieren geben, die in die richtige Richtung unterwegs sind; so geht es schneller.«

Sie nickte. »Befördere sie mit allen Mitteln. Aber da ist noch etwas, das du wissen solltest, bevor du die Briefe annimmst. Sie enthalten Wissen, für das Carasma und seine Häscher töten würden.«

Gawen zuckte mit den Achseln. »Sie brauchen ja nichts davon zu erfahren, oder? Ich bin Kurier, Mädchen. Ich werde nicht einmal denen, die sie weiterbefördern, sagen, woher sie kommen. Jetzt sollten wir aber zum Wesentlichen kommen. Es wird etwas kosten, wie du sicher weißt. Mal sehen: die Fünfte – dafür berechne ich dir einen Silberling…«

»Ich weiß nicht, warum du von dir behauptest, ein Feigling zu sein«, bemerkte Keris zu dem Chamäleon. »Für mich zeugt die Tatsache, dass du mitten in der Nacht einem Häscher nachsteigst, von einer gewissen… leichtsinnigen Verwegenheit. Und dann noch einem Schoßtier auf den Schwanz zu treten…!«

Ihre Pferde gingen nun Seite an Seite auf einer Ebene aus rissiger roter Erde und Fint machte den Eindruck ausgiebigen Leidens. Sein Knie schmerzte und es kümmerte ihn nicht, wenn jedermann das wusste. »Himmel«, widersprach er, »ich dachte, dieser Knabe sei irgendein hagerer Bandit. Glaub mir, ich wäre nie auf den Gedanken gekommen, dass dieser abtrünnige Bastard Feuer aus seinen Backenknochen spuckt wie eine

Eidechse ihren Geifer.« Er entspannte das Bein und drückte es mit der Hand gegen den Sattel. »Dieser verdammte kleine Scheißklumpen! Man kann zwar kaum etwas sehen, aber es tut ganz schön weh.«

Sie nickte. »Das war Feldströmung, die sich den Wünschen desjenigen anpasst, der sie benutzt. Es heißt, dass sie es überall im Körper tragen und es durch die Poren der Haut austreten lassen können.«

»Wie Meldor durch die Finger. Ich weiß nicht, was er getan hat, Keris, aber es grenzte an ein Wunder. Die Schmerzen sind erst vor kurzem zurückgekehrt. Wie kann Feldströmung sowohl wehtun als auch heilen?«

Sie gab keine Antwort darauf, sondern sah zur Seite, wo eine riesiger Säule aus rotem Staub hochwirbelte. »Ein Wirbelwind«, sagte sie ehrfürchtig. »Sieh ihn dir bloß einmal an!« Seine Basis maß zwanzig Fuß im Durchmesser; die Spitze verschwand in einer wogende roten Staubwolke. Seit sie die Fünfte Stabilität verlassen hatten, waren sie vielen Wirbelwinden begegnet, doch dieser war bei weitem der größte. Er kreischte, während er sich voranbewegte; er saugte die Erde auf und fegte sogar Gesteinsbrocken in seine nach außen gekehrte Hose aus wirbelnder Kraft hinein.

»Das Land wird aufgelöst«, murmelte Portron hinter ihnen. »Der Tilger ist wieder bei seiner unheiligen Arbeit. Wenn er sein Zerstörungswerk mit dieser Geschwindigkeit fortsetzt, wird bald nicht mehr viel von dem Unbeständigen übrig sein. Seine verfluchte Nicht-Seele sei verdammt!«

»Wir befinden uns in der Nähe des Tief«, sagte Bark und ritt nach vorn, um sich zu ihnen zu gesellen. »Von hier aus könnt ihr schon den Anfang der Schlucht erkennen.«

Das Chamäleon zog eine Grimasse. »Die letzte Brücke. Ich bin froh, wenn wir das hinter uns haben.«

Keris zwang den Blick fort von dem Wirbelwind, der

bereits in die Ferne raste, und schaute zu der Stelle, auf die Bark zeigte. Hinter dem Tief gab es eine lange Reihe felsiger Abhänge. Die durcheinandergewürfelten Blöcke und Spitzen aus Stein hatten hässliche, schleimige Flecken und sahen aus wie die verrottenden Zähne eines Riesen, in deren Zwischenräumen sich halb gekaute Essensreste verfangen hatten. Das Geröll unter den Steinblöcken war der Gaumen des Riesen; er war feucht und schleimig und von fauligen Rinnsalen durchzogen und fiel ab zum Rand des Schlundes, der Schlucht, in der der Tief floss.

Die Schlucht war die breiteste, die sie bisher überqueren mussten, und die Brücke aus Bohlen und Seilen, die sie überspannte, wirkte so zerbrechlich wie der Ankerfaden einer Spinne. Sie schwankte und wogte; sie wurde von einem unsichtbaren Luftzug bewegt, der von irgendwo dort unten aufstieg.

»Oh… Mist«, sagte das Chamäleon und zog sich am Ohr. »Keris, ich bin wirklich nicht schwindelfrei.«

Keris aber betrachtete noch immer die verrottenden Zähne der Landschaft dahinter. Ihr Gesichtsausdruck zeugte von tiefem Widerwillen. »Wie vieles ist uns genommen worden!«, murmelte sie. »Dort hinten haben früher einmal ganze Gemeinden und Städte existiert. Es heißt, dass Malinawar einst das schönste aller Länder war und dass seine Einwohner gesegnet waren wie niemand sonst. Yedron besaß zu viel Wüste; Belisthron zu viel Wasser und Pemantra war zu flach – doch Malinawar war das Paradies.«

Sie hielten am Rand der Schlucht an und warteten, während Meldor und Davron mit den Ungebundenen redeten. Unter ihnen schlängelte sich der Fluss aus Feldströmung zwischen löcherigen Wänden aus purpurfarbenem Stein dahin und lange Linien aus Feldströmungsdunst kapriolten mit fast wollüstiger Hingabe auf seiner Oberfläche.

Bark war es wie gewöhnlich gelungen, Tierdung als Brennmaterial zu ergattern, und bald reichte er Tee, während die Gefährtenschaft wartete.

»Ich muss total bekloppt gewesen sein«, murmelte Corrian, während sie an ihrem Tee nippte und auf die schaukelnde Brücke starrte. »Warum, um alles in der Hölle, bin ich nicht in dieser Jauchegrube von Tromlin geblieben, ob ich nun verdammt werde oder nicht? Mist, ich vermisse sogar den Geruch von diesem Ort.«

»Den Geruch?«, fragte Keris und blinzelte. Sie hatte einmal Piers auf einer Reise nach Tromlin begleitet und auch die so genannte Jauchegrube besucht, diesen Hüttenhaufen im Herzen der Stadt. Es hatte eine Abweichung zwischen den ursprünglichen Katasterkarten der Gegend und der gegenwärtigen Anordnung der Häuser gegeben – eine Situation, welche die Kantorei als bedauerlich empfand, und zwar nicht, weil die Katasterkarten zur Berechnung der Steuern benutzt wurden, sondern weil es Veränderungen gegeben hatte. Sie hatten den Kartenzeichner zu Hilfe gerufen, damit er herausfand, was geschehen war und wer daran die Schuld trug. Keris' Erinnerungen an die Gerüche dort waren vielfältig: Uringestank und Rattenmoschus, ranziges Gepökeltes und aufsteigende Fäulnisdämpfe, Dungfeuer und sich ausbreitender Moder. Sie konnte sich nicht vorstellen, dass irgendjemand so etwas vermisste.

»Jawoll, den Geruch. Da kommt nichts drüber. Hast du jemals in ein Bordell reingeschnuppert, Mädchen? Billiges Parfum und Sex, Sperma und…«

Aus den Augenwinkeln heraus sah Keris, wie Portron sich aufplusterte, doch es war Davron, der Corrian vor einem weiteren Entrüstungsausbruch des Kantors rettete. »Alles klar«, sagte er, als er zusammen mit Meldor und einigen der Verseuchten herankam. »Ich werde wie immer als Erster gehen. Du bist der Nächste, Kantor. Ihr alle werdet eure Packtiere wie gewöhnlich bei den Aufsehern lassen und auf mein Signal warten.«

All das hatten sie schon oft getan, aber trotzdem war es nicht leichter geworden. Keris machte es bereits krank zu sehen, wie Davron die Überquerung in Angriff nahm und sein widerstrebendes Reittier hinter sich herzog. Die Brücke ruckte und tanzte wie ein lebendiges Wesen; die Seile schienen so brüchig, die Schlucht so tief…

Vier Seile, dachte Keris. Nur vier. Es gab auf jeder Seite ein Handlaufseil und zwei Seile, auf denen die Holzbohlen befestigt waren. Einige kleinere Seile verbanden die Handläufe mit dem Boden. Keris versuchte sich einzureden, dass es ein Pfad mit einem Zaun an jeder Seite war und nichts, worüber man sich Sorgen machen musste, aber das glaubte sie genauso wenig wie das Chamäleon.

Sie machten die Überquerung nacheinander: Portron nach Davron, dann Corrian, gefolgt von Fint (der unendlich langsam war) und schließlich von Bark. Meldor blieb ebenfalls zurück; er betrachtete es als seine Aufgabe, mit jedem Tier einige Minuten zu reden und es vor der Überquerung zu beruhigen.

Als Bark die andere Seite erreicht hatte, gab Davron Keris das Signal, dass sie nun an der Reihe war. Sie verband Ygraine die Augen, nickte Meldor zu und ging los.

Denk nicht daran, was sich unter dir befindet. Das war schwierig, da die Bohlen unter ihren Füßen in einem Abstand von einigen Zentimetern gelegt waren, und durch die Lücken war das Brodeln der Feldströmungslinie sichtbar – sie warf hässliche purpurfarbene Wogen. Purpur war die Farbe der gewalttätigsten Kräfte der Feldströmung. *Denk nicht mehr darüber nach!*

Sie hatte etwa ein Drittel des Weges hinter sich, als etwas sie vor Schwierigkeiten hinter ihr warnte. Sie drehte den Kopf und warf einen Blick zurück. Die Ungebundenen, die die Überquerung beobachteten, riefen etwas. Sie starrten in die Luft. Keris folgte der Linie ihrer ausgestreckten Finger.

Ein Vogel. Nein, kein richtiger Vogel – es war ein federloser Rochen. Er stieß zwischen ihr und den Beobachtern auf die Brücke herab. Seine gefleckten Flügel bewegten sich wellenförmig; er flog eine Kurve und setzte nur eine Flügelspanne entfernt über Keris hinweg. Zwei nahe beieinander liegende Augen oberhalb des Bauches starrten herab und begegneten eine Sekunde lang Keris' Blick. Intelligenz schimmerte in ihnen und noch etwas Schlimmeres – eine bestienhafte Bosheit.

Keris zerrte an Ygraines Zügeln und ging schneller voran. Der Rochen war das Schoßtier eines Häschers; dessen war sie sich sicher.

Er kam wieder hinter ihr heran und schlug mit dem Schwanz nach dem Handlaufseil. Dieser Schwanz – ein fleischiger Fortsatz, den die Bestie hinter sich herzog – war mit scharfen Knochenplatten besetzt, die sengende Hitze auszuströmen schienen; die Schnittkante fuhr durch das Seil, als wäre es Stroh, und hinterließ rauchende Enden.

Die Brücke schaukelte unter diesem Angriff. Keris versuchte verzweifelt, die scheuende Ygraine vorwärts zu ziehen. Sie hatte nicht mitbekommen, was geschehen war. Als die Brücke schlingerte, griff sie nach dem sich zerfasernden Handlaufseil, aber sie griff daneben und wäre beinahe in die Schlucht gefallen. Sie sank auf die Knie, rutschte ab, als die Brücke noch einmal schaukelte, und hielt sich an den Bohlen unter ihr fest. Ygraine stieß mit ihr zusammen und rutschte dann mit einem Schrei aus, der Keris mitten ins Herz fuhr, und stürzte mit wild dreschenden Beinen von der Brücke und verschwand in der Schlucht.

Keris zog sich auf die Knie und hielt sich mit beiden Händen an dem verbliebenen Handlaufseil fest. Ygraine war verloren – die Mähre, die Piers Kaylen fünfzehn Jahre lang gedient hatte. Die Welle der Trauer, die sie verspürte, spülte ihre Angst fort. Ygraine war eine Verbindung zu ihrem Vater gewesen und jetzt war sie fort, genauso wie Piers fort war... Sie kniete auf einer halbzerstörten Brücke über einer Schlucht und der Tief lockte von unten. Sie holte tief Luft und sah nach oben.

Der Rochen hatte eine Kurve geflogen und kam zurück; er nahm Kurs auf jenen Teil der Brücke, den er bereits beschädigt hatte. Diesmal hatte er aber kein so leichtes Spiel. Auf der einen Seite der Brücke hatte Bark seinen Bogen herausgeholt und von der anderen Seite her schossen die Verseuchten ebenfalls auf die Bestie. Sie schwenkte verbissen herum und setzte ihren Flug fort.

»Keris!«, rief Davron von der anderen Seite der Brücke her. *»Lauf!«*

Sie sprang auf, taumelte, als die Brücke sich wieder bog, und lief auf Davron zu. Sie schrie ihm entgegen: »Komm mir nicht zu Hilfe!« und zwang sich dazu, nicht hinter sich zu schauen, nicht sehen zu wollen, was dort geschah. Sie zwang sich dazu, nicht daran zu denken, dass es an ihrer rechten Seite keine Begrenzung mehr gab, kein Geländer, kein Halteseil, nichts, was ihren Sturz aufhalten konnte, wenn sie stolpern sollte.

Und hinter ihr durchschnitt der Rochen das zweite Handlaufseil; er verbrannte und druchtrennte es mit einem einzigen Schlag.

Sie fiel wieder auf die Knie, war umgeworfen worden von dem lebenden Ding, das sich unter ihren Füßen wand, und hielt sich an den Bohlen fest. Nun gab es auf keiner Seite mehr ein Geländer, sondern nur noch den heftig schwankenden Pfad aus Brettern, der sich vor ihr erstreckte. Sie blieb auf allen vieren und krabbelte vorwärts. Sie merkte nicht, wie sie vor Angst schluchzte.

Davron schrie ihr etwas zu, das sie ermutigen sollte, doch in ihrer Panik verstand sie seine Worte nicht. Unbekümmert um die Gefahr, in der er schwebte, war er auf die Brücke gelaufen.

Beim nächsten Mal kam der Rochen ihr noch näher, so nahe, dass sie den Luftzug von seinen Flügeln spürte und den wilden Schlag seines Schwanzes sah, als die Bestie zu ihrer Rechten herabschoss. Diesmal aber gab es kein leichtes Ziel. Die beiden Stützseile wurden von den Bohlen geschützt – dennoch gelang es der Bestie, den Schwanz in einen Zwischenraum zwischen den Brettern zu stecken und im Vorübergleiten an dem Seil zu sägen. Das Seil riss nicht sofort, zwirbelte sich aber Strang für Strang auf. Keris hörte es. Spürte es, als die Brücke bei jedem Ruck erzitterte.

»Geh zurück!«, schrie sie Davron entgegen. Er sprang auf den festen Boden zurück und sie klammerte sich so fest wie möglich an das, was von der Brücke übrig geblieben war. Jetzt bockte die ganze Konstruktion wild, wie lebendig, wie besessen, als wolle sie Keris loswerden…

Das Seil riss und die rechte Seite des Pfades kippte nach unten. Keris hörte, wie sie schrie. Unter ihren Füßen war nichts mehr. Sie hing strampelnd in der Luft, hielt sich an dem verbliebenen Seil fest; ihre Knie schlugen gegen die Bohlen, die jetzt senkrecht standen… Unter ihr floss die purpurne Feldströmung dahin.

Der Rochen kreischte seinen Triumph heraus und schoss noch einmal heran.

Sie versuchte, ihre Panik zu bekämpfen. Sie schaukelte ihren Körper und benutzte den Schwung, um sich seitwärts zu drücken, wozu sie auch nacheinander die Hände benutzte. Einmal. Zweimal. *Schöpfer, wie lange halte ich das durch?* Sie hatte Davron aus den Augen verloren; sie wusste nicht mehr, was um sie herum vor sich ging. Ihr ganzes Wesen war auf ihre Hände konzentriert und darauf, sich festzuhalten.

Sie schaukelte und ihre Füße verfingen sich in dem, was einmal das Handlaufseil gewesen war. Sie versuchte sich freizukämpfen, wand sich aber nur immer fester in das Fasernetz hinein.

Der Rochen schlug wieder zu.

Und noch einmal.

Er zog eine Kurve, um einen dritten Angriff auf das letzte Seil zu fliegen, aber ein Messer – Davrons – traf ihn im Auge. Die Bestie schrie vor Schmerz auf und fiel der Feldströmung entgegen, doch das Werk war vollbracht. Das letzte Seil war beinahe völlig durchgetrennt.

Ich werde gegen die Klippe prallen, dachte sie. Vielleicht ist das besser, als in die Feldströmung zu fallen…

Der letzte Strang riss und sie schwang der festen Steinwand entgegen.

Es gab einen höllischen Ruck in den Seilen, die sie umfangen hielten. Wenn sie nicht so darin verstrickt gewesen wäre, hätte sie nun jeden Halt verloren und sich im freien Fall befunden. So aber zog der Ruck nur alles um sie herum fester zusammen. Den Bruchteil einer Sekunde später schleuderte sie gegen einen Felsen.

Der Aufprall trieb ihr die Luft aus der Brust; ihre Schulter und Hüfte trugen die Hauptlast und Schmerz bohrte sich in ihren Körper.

Einige Augenblicke lang konnte sie überhaupt nichts mehr sehen, nichts mehr hören, nichts mehr denken. Alle Sinne gingen in Schmerz unter.

Sie schaukelte in ihrem Kokon aus Seilen und war

fest eingepackt und gelähmt wie die gehortete Beute einer Spinne und nur langsam kehrte die Wirklichkeit zu ihr zurück. Sie lebte. Sie schwankte an einem einzelnen Ankerfaden über dem Abgrund; die Klippe befand sich in einiger Entfernung neben ihr. Von Kopf bis Fuß hatte sie sich Prellungen und Quetschungen zugezogen – *aber sie lebte.*

Vorsichtig und ungläubig schaute sie hoch.

In einiger Entfernung über ihr befand sich ein Felsvorsprung. Die Brücke war zuerst auf ihn getroffen und hatte sich dort verhakt. Ihr Körper, der weiter unten im Seil hing, musste die Klippe nur bei seinem weitesten Schwung berührt haben; somit war sie von einem vollen Zusammenstoß mit der Schluchtwand verschont geblieben.

Sie sah hinunter. Die Feldströmungslinie befand sich viele Schritte unter ihr; wenn sie fiel, würde sie bereits an diesem Fall sterben. Ihre Lage war immer noch nicht gerade ermutigend.

Wie an einem Fleischerhaken, dachte sie. Was, um alles in der Welt, soll ich jetzt tun?

Vorsichtig, sehr vorsichtig befreite sie die Arme und Hände aus dem sie umschmiegenden Seil.

»Keris!«

Sie schluckte. Erst jetzt wurde ihr klar, wie sehr sie sich nach seiner Stimme gesehnt hatte und danach, ihn in Sicherheit zu wissen: Davron. Er lag flach auf dem Felsvorsprung und hatte den Kopf vorgeschoben, damit er zu ihr hinuntersehen konnte.

»Keris, bist du verletzt?«

»Nein«, log sie und ignorierte die Schmerzen, die von den Prellungen ausgingen. »Davron, bitte hol mich hier raus.« *Ich habe Angst.*

»Das Seil scheuert sich durch. Beweg dich nicht.«

Sie erstarrte. Sie hatte bereits einen Arm befreit; den anderen ließ sie dort, wo er war. Ihr Körper drehte sich langsam um sich selbst; so sah sie zunächst die Wand der Klippe, dann die Schlucht der Länge nach, dann die gegenüberliegende Seite der Schluchtwand, an der sich die Verseuchten aufgereiht hatten und sie beobachteten…

»Keris, ich habe hier kein brauchbares Seil und ich kann dich nicht an dem hochziehen, das dich hält. Es würde auf alle Fälle reißen. Ich nehme meine Peitsche – bind sie dir um die Hüfte.« Das geflochtene raue Lederband schlängelte sich nach unten. An die Spitze hatte er etwas gebunden, das wie ein ausgerissener Hemdärmel aussah. So war die Peitsche noch ein wenig länger und Keris konnte etwas ergreifen, das nicht mit Glassplittern besetzt war. Das Ende baumelte vor ihrer Nase. Vorsichtig streckte sie die Hand danach aus. Ein paar kleine Steine polterten herab und trafen sie am Kopf; dann gab es ein knirschendes Geräusch, das sie nicht deuten konnte; ihr Seil erzitterte leicht und sie drehte sich schneller um sich selbst.

Eine weitere Stimme brüllte in die Schlucht hinein: »Davron! Der Felsvorsprung bricht ab! Er kann dein Gewicht nicht tragen…« Es war Barks Stimme, die von weiter oben kam, und sie war rau vor Panik. »Davron – um der Schöpfung willen!«

Keris hörte die Worte außerordentlich klar, als wenn sie beleuchtet wären. Davrons Gewicht. *Und ihr eigenes Gewicht.*

»Davron!« Wieder Barks bullenähnliches Brüllen. »Nimm meine Hand!«

»Bind dir die Peitsche um die Hüfte«, sagte Davron emotionslos.

Sie hörte das Knirschen noch einmal und sah, wie der Fels unter ihm nachgab, und erkannte die Sorge, die sich jetzt auf seinem Gesicht zeigte.

Bark schrie in tiefer Angst erneut: »Davron!«

Keris zog mit einer Gelassenheit, die zu einer anderen Person zu gehören schien, ihr Messer aus der Scheide an ihrem Gürtel.

In aller Ruhe streckte sie die Hand nach dem einzelnen reißenden Seil aus, das sie mit dem Überhang verband – und schnitt es durch.

Sie fiel schweigend.

Es war Davrons *»Nein!«*, das von Schluchtwand zu Schluchtwand widerhallte; es war ein Laut der Qual, welcher sich der Seele eines Mannes entrang wurde, der früher einmal geglaubt hatte, dass er keine Qualen mehr verspüren könne.

Kapitel Dreiundzwanzig

Jede gründliche Erforschung der Heiligen Schriften wird einem fleißigen Erforscher sagen, dass der Tilger kein Wesen im normalen Sinn dieses Wortes ist, auch wenn er der Menschheit zumeist in menschlicher Gestalt gegenübertritt. Er ist ein Gott ohne Gestalt außer der, die er für sich wählt. Er ist einfach nur das Chaos, so wie der Schöpfer die Ordnung ist. Was uns Carasma zeigt, ist Illusion … und das sollten wir niemals vergessen, denn es ist wesentlich für unser Verständnis seiner Natur.

Aus den Schriften des Rt. Edion

»Davron – es hat keinen Zweck.« Bark sah den Führer an und ungewohnte Sorgenfalten furchten die großen Flächen seines Gesichts. »Sie ist tot. Selbst wenn sie den Sturz überstanden haben sollte, kann sie die Feldströmung nicht überlebt haben. Portron hat mir gesagt, dass sie noch immer brodelt und von purpurner Färbung ist. Es ist eine mörderische Feldströmung.«

»Nicht unbedingt. Das ist nur so, weil der Tilger dort unten ist.«

»Woher willst du das wissen?«

»Ich weiß es. Ich habe ihn gespürt. In dem Augenblick, als Keris gefallen ist, habe ich ihn gespürt. Er hat das Ganze geplant.«

»Was hast du denn vor, verdammt noch mal? Er muss ihren Tod verzweifelt gewollt haben, wenn er dafür eine Verletzung der Gesetze riskiert, die seinen Platz in der Welt sichern.«

»Sie ist nicht tot. Das kann ich nicht glauben.« Davron zog seine fingerlosen Reithandschuhe an und bückte sich, um die Schnürsenkel an seinen Stiefeln zu überprüfen.

»Glaubst du mir denn wenigstens, dass die Felswand, an der du absteigen willst, gefährlich ist? Erinnere dich daran, dass dieser Überhang abgebrochen ist. Die ganze Wand ist bröckelig.«

Davron beachtete ihn nicht.

Barks Sorgen wurden immer stärker. »Zur Hölle, ich wünschte, Meldor wäre hier. Dav, wir haben eine Gefährtenschaft, die in zwei Teile auseinandergefallen ist, und wir befinden uns in der Hälfte, die keine Packtiere hat, keine Nahrungsmittel, nur sehr wenig Wasser und keine Zelte. Irgendwo nicht weit entfernt ist da draußen ein Häscher, der gerade sein Rochen-Schoßtierchen verloren hat, und es wird ihn nach jemandes Blut dürsten. Wir brauchen deine Führung.«

Davron hielt inne und drehte sich zu Bark um. Er holte tief Luft.

»Sammy, *sie hat gehört, was du gesagt hast.* Sie hat es gehört *und das Seil durchgeschnitten.* Sie hat es für *mich* getan. Verstehst du das? Und jetzt werde ich für sie dasselbe tun. Und du bist durchaus in der Lage, dich um die Gefährtenschaft zu kümmern, solange ich fort bin.«

»Dav, wenn sie das Seil nicht durchgeschnitten hätte, wärt ihr beide jetzt tot. Verdammt, noch eine halbe Sekunde länger und du wärst zusammen mit dem Überhang abgestürzt. Sie hat ihr Leben für dich geopfert – und jetzt willst du dein Leben wegwerfen. Das bringt doch nichts. Sie ist tot, Davron.«

»Ich wüsste es, wenn sie wirklich tot wäre.«

»Wieso bist du dir so sicher? Wieso glaubst du, du hättest irgendeine Verbindung zu ihr, die dir sagt, wann sie ihren letzten Atemzug tut? Du konntest doch noch nicht einmal beurteilen, ob sie verletzt war, als sie noch lebte!«

Ohne Vorwarnung schoss Davrons Faust hervor und traf Bark mitten am Kinn. Überrascht verlor Bark das Gleichgewicht und fiel schwer auf den Rücken.

Portron und Fint, die mit bleiernen Mienen zugehört hatten, halfen ihm auf. Bark rieb sich den Kiefer und sah zu, wie sich Davron ohne ein weiteres Wort umdrehte und zum Rand der Klippe ging. Dort blieb der Führer einen Augenblick lang stehen und schaute hinunter, dann schwang er sich über den Rand.

»Verdammt!«, sagte Bark.

Portron ließ sich auf das rechte Knie nieder und fing mit dem Ritual der Verehrung an. Seine Hände flatterten und sein Kopf wackelte in den vorgeschriebenen Bewegungen, die seine Unterwürfigkeit als Bittsteller anzeigten. Corrian war der ganzen Konversation ebenfalls gefolgt und schnaubte missmutig. »Du hast deine Zeit verschwendet, junger Mann«, sagte sie zu Bark. »Meister Davron hat seinen Verstand in dem Augenblick verloren, in dem er sein Herz verloren hat. Es gibt nichts Blöderes als einen Mann, der nicht mit dem Kopf, sondern mit seinen Gefühlen – oder mit seinem Schwanz – denkt.«

Diese Bemerkung rief ein überraschtes Schweigen hervor. Bark, der sich an die Schönheit und Lieblichkeit von Alliss von Turm-und-Blum erinnerte, glaubte Corrian nicht; Fint, der sich an Davrons Selbstbeherrschung erinnerte, war verwirrt; es war jedoch Portron, dessen Reaktion am extremsten war. Sein Kopf schnellte herum, das Ritual war vergessen und der Ausdruck auf seinem Gesicht zeugte von Entsetzen und Grauen.

Bark regte sich schließlich. Er ging nicht auf Corrians Bemerkung ein. »Fint, kannst du dich irgendwo auf diese Felsen dort stehlen und Wache halten? Ich befürchte, dass der Eigentümer des Rochens sich dazu entschließen könnte, Rache zu nehmen. Kantor, wenn Ihr mit Eurer Kinese fertig seid, könntet Ihr dann den Pferden die Vorderbeine fesseln?« Er drehte sich zögernd dem Rand der Schlucht zu. »Ich… ich will sehen, ob er es schafft.«

»Markgraf.« Reiher Heldiss kratzte sich mit den klauenähnlichen Zehen des einen unnatürlich langen und dünnen Beines an der Rückseite des anderen Beines, so wie er es oft tat, wenn er beunruhigt war. »Jemand klettert an der Klippenwand herunter.«

»Davron«, sagte Meldor mit Bestimmtheit. »Dieser arme romantische Narr – erst Alliss, jetzt sie.« Er klang eher resigniert als verärgert. »Heldiss, wieso bin ich von Leuten umgeben, denen es an Visionen mangelt?« Diese Frage war rhetorisch und er wartete nicht auf eine Antwort des Ungebundenen. »Wie schnell könnt ihr eine neue Brücke bauen?«

»Wenn wir das Material dazu hätten, wäre das in einem Tag erledigt. Aber wir haben nicht genug Seil und auch keine Bretter. Wir müssen beides erst bestellen. Ihr wärt wahrscheinlich schneller, wenn ihr weiterreitet. Wir Ihr wisst, gibt es im Osten eine weitere Brücke. Ich werde einige Männer zu Eurer Begleitung abstellen.« Er schaute hinüber auf die andere Seite der Schlucht. »Sie werden ihre Vorräte benötigen. Mit ein paar Bogenschüssen und unseren Seilresten können wir ein Flaschenzugsystem zusammenbasteln und ihnen alles Nötige hinüberschaffen. Den Rest könntet Ihr mitnehmen.«

Meldor nickte zustimmend. »Ich schreibe Bark eine Nachricht auf, die ihr mit hinüberschicken könnt. Ich werde losziehen, sobald deine Männer fertig sind.«

Heldiss' vogelähnliche Augen weiteten sich vor Überraschung. »Ihr wollt nicht warten und sehen, was mit ihm passiert?« Er vergaß Meldors Blindheit und machte mit der Hand eine erklärende Geste in

Davrons Richtung, der noch immer langsam und vorsichtig abstieg.

Der Blinde zuckte mit den Schultern. »Ich verschwende meine Energie nicht auf etwas, das ich nicht ändern kann, Heldiss. Davron wird entweder überleben oder sterben. Ich werde es schon noch früh genug erfahren.«

»Ich dachte, er wäre Euer Freund!«

Mit unfehlbarer Genauigkeit streckte Meldor die Hand aus und legte sie auf die knochige Schulter des Reihers. »Heldiss, du kennst mich schon seit vielen Jahren, und doch kennst du mich noch immer nicht. Ich habe keine Zeit für Freundschaften. Ich glaube, du weißt um die Vision, die ich habe. Du hast Familie in Hafenstern. Willst du etwa, dass ich mich mit der Trauer über einen Freund aufhalte, oder sähest du es nicht lieber, wenn ich ihm den Rücken zukehre und weiterreise – in dem Bewusstsein, dass vielleicht der Tag kommen wird, an dem ich auch dir den Rücken zukehre, wenn die Umstände es erfordern?«

Heldiss zögerte, bevor er eine Antwort gab, aber es war nur ein kurzes Zögern. »Ich sähe es lieber, wenn Ihr weiterzöget, Markgraf«, wisperte er. »Ich habe Kinder, die eine Zukunft brauchen.«

Meldor nickte. Er hatte nie an dieser Antwort gezweifelt.

Davron kletterte weiter hinab. Die Klippe war bröckelig und trügerisch; das wusste er bereits. Er war im Klettern nicht ungeübt; es war Teil seiner Ausbildung auf der Storre-Domäne gewesen und er hatte diese Kunst bei Gelegenheit auch im Unbeständigen anwenden können. Aber niemals zuvor hatte er beim Klettern eine Feldströmungslinie unter sich gehabt, eine Linie, die sich von Zeit zu Zeit durch einen verhüllenden Nebel zeigte: Es waren aufgedunsene, purpurfarbene

Knäuel, die wie die ekelhaften Windungen ausgeweideter Innereien eines Riesen aussahen. Niemals zuvor hatte er beim Klettern gewusst, dass der Tilger unter ihm auf ihn wartete. Niemals zuvor hatte er mit dem Gefühl klettern müssen, das er jetzt empfand. Eiseskälte. Mit einem Gefühl im Bauch, das er hasste. *Keris.* Bark hatte Recht. Woher wollte er wissen, dass sie noch lebte? Er spürte nichts von ihr – weder ihre Gegenwart noch ihren Tod. Nichts. Die Pein, die ihn umschlang, war nichts Neues für ihn: Er hatte sie auch an dem Tag gespürt, an dem Alliss ihm die Kinder fortgenommen hatte. Er hatte sie jedes Mal gespürt, wenn er nach Turm-und-Blum zurückkehrte und einen quälenden Blick auf seine spielende Tochter erhaschte.

Er kletterte weiter und verbannte die Pein tief in sein Unbewusstsein. Welchen Zweck hätte es, sie an die Oberfläche zu lassen? Seine Tochter Mirrin war auf ewig für ihn verloren. Seinen Sohn Staven würde er niemals kennenlernen. Und Keris konnte – selbst wenn sie noch lebte – niemals die Seine werden, obwohl sie ihn so sehr liebte, dass sie in der Nacht zu ihm gekommen war; obwohl sie ihn so sehr liebte, dass sie das Seil durchgeschnitten hatte, an dem ihr Leben hing. Sobald er nur ihre Haut berührte, fügte er ihr Schmerzen zu. Er konnte ihr nichts bieten außer dem Tod, wenn Carasma ihn letztendlich rufen würde.

Verzweifelte Gedanken zerstachen ihn wie Nadeln: *Wo ist deine Ehre, Davron von Storre?* Früher einmal hast du geglaubt, dass ein Tricianer verpflichtet ist, seiner Stabilität und seinem Volk in Rechtschaffenheit und reinen Geistes zu dienen. Dass er verpflichtet ist, dem Schöpfer mit Treue und Stärke zu dienen. *Was ist deine Ehre jetzt wert, Davron von Storre?* Die Tochter eines Kartenzeichners hat mit mehr Rechtschaffenheit und Mut als du gehandelt, während du dem Tilger verpflichtet bleibst, weil du nicht den Mut aufbringst zu sterben…

Er könnte jetzt das Seil loslassen, in die Feldströmung fallen, sterben und so alles zu einem Ende bringen.

Er sah hinunter und schauderte. Er wollte nicht sterben. Er wollte seine Kinder nicht dazu verdammen, verseucht zu werden. Und was war mit Keris? Was war, wenn sie noch lebte und sich in den Händen Carasmas befand?

Er kletterte weiter.

Und er erinnerte sich an seine ersten Wochen als Leibeigener Carasmas. Er erinnerte sich an die Zeiten, in denen er nahe davor gewesen war, sich das Leben zu nehmen oder es in einem waghalsigen Angriff auf einen Häscher oder eines seiner Schoßtiere zu verlieren. Es war Meldor gewesen, der ihn damals zurückgehalten hatte. »Nein, Davron«, hatte er gesagt. »Nur lebend bist du von Nutzen gegen den Tilger. Wenn Carasma erfährt, wer ich bin und was ich plane, wird er dich gegen mich und gegen Hafenstern einsetzen. Du wirst seine Waffe sein.«

»Und wieso ist dir das von Nutzen?«, hatte Davron gefragt.

Meldor hatte gelächelt; es war ein kaltes, freudloses Lächeln gewesen. »Er wird sich nicht die Mühe machen, eine andere Waffe einzusetzen, wenn er glaubt, dass er bereits eine postiert hat. Du und ich, wir dürfen uns niemals trennen, denn in dir erkenne ich meinen Feind, und einen Feind, den man kennt, kann man besiegen. Eine Waffe, deren Funktionsweise man versteht, kann man gegen denjenigen einsetzen, dem sie gehört. Eines Tages werde ich dich gegen Carasma, den Herrscher des Chaos, einsetzen.«

Und nun – nun wusste Davron nicht mehr, ob er noch lebte, weil Carasma es so angeordnet hatte oder weil er selbstsüchtig genug war, um leben und seine Kinder vor dem Verseuchtsein bewahren zu wollen.

Er kletterte weiter.

Keris fiel in Schweigen, aber sie hörte, wie Davrons qualvoller Schrei die Luft hinter ihr spaltete. Sie hörte ihn und wusste, dass er sie liebte. Das ist genug, dachte sie.

Aber das war eine Lüge. Es war nicht genug. Sie wollte leben…

Sie traf auf den obersten Feldströmungsnebel, der sich schwerfällig aus dem Gebrodel erhob. *Und sie fiel langsamer.* Die Schluchtwände waren so rasend schnell an ihr vorbeigehuscht, dass sie sie nur verschwommen wahrgenommen hatte. Jetzt erkannte sie sogar Einzelheiten. Sie trieb abwärts wie eine Feder in der Luft. Und dann traf sie der Gedanke: nicht wie eine Feder. Wie eine Frucht, die gepflückt worden ist und in die Hände des Tilgers fällt. Nur er konnte aus der Feldströmung die Kraft ziehen, die ihren Fall bremste und ihr das Leben rettete. Ihre zaghafte Erleichterung ertrank in einer Angst, die noch größer war als die Angst vor dem Tod.

Sie landete auf den Füßen und fiel auf die Knie. Das hässliche Braunrot der Feldströmung wand sich ihr um die Beine und die Hüfte und hielt sie fest. Natürlich hatte er das so geplant, um sie zu erniedrigen.

Er saß auf einem erhöhten Sitz – es war eher ein Gebäude als ein Stuhl und hatte massive Beine und Arme und eine gewaltige Lehne. Es war ein Thron, der mit Tierhäuten ausgelegt war, an denen noch die leblosen Köpfe und krallenbewehrten Klauen hingen. Die Häute waren mit getrocknetem Blut bedeckt. Auch die von Ygraine befand sich unter ihnen. Carasma lehnte sich bequem in seinem Stuhl zurück. Er war nackt und gab sich überheblich; seine vorgebliche Würde hatte etwas Anmaßendes.

»Jungfer Keris Kaylen«, schnurrte er.

Sie musste schlucken, bevor sie etwas sagen konnte. »Ja.«

»Deverlis Karten waren die ganze Zeit über in deinem Besitz, nicht wahr?«

Sie gab darauf keine Antwort. Ihre Angst verhinderte eine Antwort. Um Zeit zu gewinnen, wickelte sie die Überreste des Seils von ihrem Körper. Alles war ihr recht, damit sie ihn nicht ansehen musste.

»Wenn ich es mir recht überlege, ist das die einzige Erklärung, die einen Sinn ergibt. Und du hast dich verplappert, als du mir sagtest, du wolltest Trompleri-Kartenzeichnerin werden. Wieso solltest du davon träumen, es sei denn, du hattest eine solche Karte bereits einmal gesehen?«

Sie nickte, denn sie wusste, dass sie zu verängstigt war, um es abzustreiten. »Es gab nur eine einzige«, sagte sie im Flüsterton, denn lauter konnte sie nicht sprechen. »Sie wurde mir zusammen mit den Habseligkeiten meines Vaters übergeben.«

»Also hat Sissi Walddeck sie übersehen, oder? Dafür werde ich sie bestrafen.« Er betrachtete sie noch immer nachdenklich; sein Blick war bedeutungsschwer. Er genoss ihre Angst, wie gut sie sie auch verbergen mochte, und sein Lächeln trug das Grauen mitten in ihr Herz hinein. »Wo ist sie?«

»Ich habe sie zerstört.« *Er wird mir niemals glauben!*

Aber er glaubte ihr. Irgendwie vergrub er sich in den Kern ihres Denkens, schlich dort umher und suchte nach der Wahrheit. Wie ein Blitz durchzuckte sie die erschreckende Erkenntnis – oder war es seine Androhung? –, dass sie sterben würde, sobald sie log.

»Ah«, sagte er. »Der Feldströmungsblitz in deinem Zelt letzte Nacht?«

»Ja. Ich habe sie verbrannt.«

»Warum?«

»Weil ich Angst hatte, dass du deine Häscher auf die Suche nach ihr schicken würdest und sie sie finden könnten. Ich… ich wusste nicht, dass sie derart aufleuchten würde.«

»Hast du sie deinen Freunden gezeigt?«

»Nein.«

Er überdachte diese Antwort, während er das Kinn auf die Hand stützte. Er glühte vor Gesundheit und Stärke und Schönheit, doch all das war abscheulich: die Gesundheit war parasitisch, die Stärke brutal, die Schönheit gnadenlos. »So, so. Du hast eine Trompleri-Karte gesehen. Und dich gründlich darin vertieft. Und du, mein närrisches Kind, hast mir gesagt, dass es dich danach verlangt, den Kartenzeichnern nachzueifern, die sie hergestellt haben... ich kann das Risiko, dass es dir vielleicht gelingt, nicht eingehen.«

Sie kniete reglos vor seinen Füßen und schmeckte Bitterkeit im Mund. *Na los, red weiter, du dämliches Ungeheuer!*

Er lächelte, als ob er ihre Gedanken gelesen hätte. »Freude«, sagte er mit bedächtiger Bosheit, »ist die Zeitspanne, die das Leid dauert. Warum sonst sollte dein Meisterführer noch immer das Unbeständige durchwandern? Und aus demselben Grund werde ich dich nicht töten. Noch nicht.«

Er machte eine Geste mit der Hand und ein Feldströmungsfetzen, der so groß war wie eine kleine Melone, löste sich aus den Wirbeln um ihre Füße. Carasma drehte die Finger und die gehorsame Feldströmung tanzte durch die Luft und verdichtete sich dabei. Ihre Farbe änderte sich, sie wurde dunkler, spielte ins Magentarote und die Strömumg verknäulte sich wütend. Als sie auf die Größe eines Apfels geschrumpft war, warf Carasma sie Keris zu und sagte: »Nimm sie in die Hand.«

Angst quoll in ihr auf angesichts der Boshaftigkeit seines Lächeln und drohte sie zu zersprengen.

»Nimm sie«, sagte er sanft.

Sie konnte seiner Beharrlichkeit genauso wenig widerstehen, wie sie die Flügel ausbreiten und fortfliegen konnte. Sie streckte beide Hände aus und pflückte den Ball aus der Luft.

Einen strahlend hellen Augenblick lang spürte sie nichts. Dann zuckten ihre Hände und sie schrie auf.

Sie schrie noch immer, als Davron sie ein ganzes Zeitalter später fand.

Die Schreie begannen, als Davron kaum ein Viertel des Abstiegs bewältigt hatte.

Die Tiefe ihres Schmerzes malten Bildes des Entsetzens in seine Gedanken. Er hing eine Minute lang reglos da und versuchte, Mut und Kraft zu sammeln, und dann kletterte er dem Geschrei entgegen. Es bewies, dass sie lebte, und dabei hatte er geglaubt, dass sie tot war, obwohl er sich etwas anderes eingeredet hatte; deshalb frohlockte ein Teil von ihm aufgrund ihrer Schmerzensschreie; dieser Teil wollte, dass sie immer weiter ertönten, denn solange er sie hörte, wusste er, dass sie lebte... Der andere Teil von ihm verkroch sich in sein Innerstes und verweigerte sich jedem Hören und Wissen, denn wenn er sich klar machte, was ihre Schmerzen verursachte, wäre es um seinen Realitätssinn geschehen.

Und als er schließlich in die Feldströmung hinunterstieg, war er vielleicht wirklich nicht mehr ganz bei Sinnen.

Der Tilger lümmelte sich immer noch bequem auf seinem Thron herum – nun umso mehr, da ihm die Schmerzen eines Menschen so viel Wohlbehagen verschafften. Aber er war auch erschöpft. Viel Kraft war aus ihm herausgesaugt worden, weil er sich mit einer Anhängerin des Schöpfers eingelassen hatte. Die Ordnung strebte stets danach, sich wieder Geltung zu verschaffen. Es war anstrengend, Nichtordnung zu schaffen, und es war doppelt anstrengend, sie jemandem aufzuzwingen, der den Schöpfer anbetete. Als Davron durch die Feldströmung auf Keris zuschritt und ihr den Ball mit dem Griff seiner Peitsche aus den Händen schlug, lächelte Carasma gelangweilt.

Davron starrte entsetzt Keris. Hände an.

Einen Augenblick lang war die rasende Wut, die in ihm hochbrandete, nur einen Hauch weit vom Wahnsinn entfernt, doch wenn Davron eines kannte – sogar gut kannte –, dann war es Selbstbeherrschung. Nur ein ganz leichtes Schaudern durchzuckte seinen Körper; dann entfernte er die rechte Hand von dem Messer in seinem Gürtel.

Keris schrie nicht mehr. Sie stand zitternd und weinend da und streckte die Hände von sich fort, als wolle sie sie verstoßen. Davron sehnte sich so sehr danach, sie in die Arme zu nehmen, sie festzuhalten, ihr das Haar zu streicheln und ihr tröstende Worte ins Ohr zu flüstern.

Er konnte nichts davon tun. Er war unberührbar.

Ihre Hände waren vertrocknete Klauen. Carasma hatte Keris nicht verseuchen können, weil sie feldströmungsfühlig war, und er hatte sie nicht tilgen können, weil sie dem Schöpfer gehörte – also hatte er das bewirkt, was ihm möglich war. Er hatte ihre Hände ausgetrocknet. Er hatte unterhalb beider Handgelenke alle Säfte aus ihrem Fleisch gezogen. Er hatte einen Teil ihres lebenden Körpers mumifiziert.

Sie konnte die Finger nicht beugen und keinen Teil der Hand bewegen. Braune Haut spannte sich über die Knochen wie ein von der Sonne getrocknetes Fell auf einem in der Wüste verdorrten Kadaver. Sie starrte auf die grässlichen, skelettartigen Dinger und schaute dann den Tilger an.

»Jetzt wirst du niemals eine Trompleri-Karte zeichnen können«, sagte er.

Die Schmerzen hatten bereits aufgehört, bevor Davron ihr den brennenden Feldströmungsball aus den Händen geschlagen hatte. Es war nichts mehr da gewesen, das ihr Qualen verursachte, aber dennoch hatte sie weitergeschrien; es war ihr unmöglich gewesen aufzuhören, sie hatte nicht mehr klar denken können, bis sie von der Quelle ihrer Verstümmelung getrennt wurde.

Selbst dann hatte sie noch unter Schock gestanden. Sie konnte den Anblick ihrer nutzlos gewordenen Hände nicht ertragen; sie wollte sie vor Davron verstecken, wollte sich ihm in die Arme werfen. Sie tat nichts davon. Sie stand nur da, schaute nieder auf ihre Hände und versuchte sich davon zu überzeugen, dass sie zu ihr gehörten. An ihren Handgelenken hing nur noch zerfressenes, totes Holz; es war wie etwas Künstliches und Unbewegliches ohne Gefühl. Sie sah zu Davron auf und schluckte ihre letzten Schluchzer herunter.

Und dann erklärte Carasma ihr, er habe es getan, damit sie niemals eine Trompleri-Karte zeichnen könne. Und ihr Verstand arbeitete wieder. Sie dachte fassungslos: Er weiß ja nicht einmal, wie solche Karten hergestellt werden! Hysterie durchsprudelte sie. Er hatte ihre Hände zerstört und geglaubt, er könne sie auf diese Weise aufhalten – doch sie hatte ihm bereits durch die Briefe, die Gawen für sie beförderte, einen Strich durch die Rechnung gemacht. Sie wollte lachen, doch sie tat es nicht; diese Ironie war einfach zu schmerzhaft für sie. Sie war auf ewig verstümmelt, war schrecklich verunstaltet, war nun dazu verdammt, wegen dieser Verstümmelung ihr ganzes Leben im Unbeständigen zu verbringen – und all das nur, weil Carasma glaubte, dass sie ihre Hände benötigte, um das Geheimnis der Trompleri-Karten zu entdecken. Es war eine Tragödie, doch es war gleichzeitig unaussprechlich komisch.

Lord Carasma sah an ihr vorbei auf Davron. »Du hast eine bemerkenswerte Neigung dazu, meine Geduld auf die Probe zu stellen, Storre«, sagte er.

»Das beruht auf Gegenseitigkeit.«

»Du kannst Edion sagen, dass ich weiß, wer er ist. Und was er tut. Und ich vermute, du weißt, was deine Aufgabe sein wird, Meisterführer, nicht wahr?«

Davron nickte. »Zweifellos wirst du mir den genauen Zeitpunkt und die Details mitteilen, wenn es soweit ist, aber ich habe immer schon angenommen, dass ich weiß, worum es sich handeln wird.« In Wahrheit war es Meldors Vermutung gewesen, doch Davron wollte vor Carasma Stärke und nicht Unsicherheit zeigen.

»Ich werde deine neue Herzensdame in meine Pläne einbeziehen.«

Davrons Augen weiteten sich; Schwärze verband sich mit Schwärze. Der Tilger lachte. »Es wird das Ganze würzen. Für uns beide.« Er richtete seine goldenen Augen wieder auf Keris. »Es wird seine Hand sein, die dein Leben auslöscht, meine Dame.«

»Ich bezweifle, dass du darauf bestehen kannst«, sagte Davron mit einem gleichgültigen Schulterzucken. »Sie gehört dem Schöpfer. Außerdem gibt es keinen Grund für sie, an meiner Seite zu bleiben. Und vergiss nicht, dass unser Vertrag sich nur auf eine einzige Aufgabe bezieht.«

»Frag sie, Führer. Frag sie, wo sie sein wird, wenn es soweit ist. Sie ist keine Alliss von Turm-und-Blum. Und was bringt es ihr, wenn sie von nun an getrennt von dir lebt? Sie ist jetzt eine Ausgeschlossene und sie ist durch das, was ich mit ihrem Fleisch angestellt habe, vollkommen nutzlos geworden. Frag sie doch.« Er lachte und während er noch lachte, verblasste er.

Die beiden blieben in der Feldströmung zurück. Sie war nicht mehr purpurn, sondern blau – es war ein sanftes, angenehmes Blau.

Er wandte sich ihr zu und sagte mit drängender

Stimme: »Keris, es gibt da noch eine Möglichkeit. Nur eine einzige – aber der Preis ist hoch.«

Sie nickte und war unnatürlich ruhig. »Sprich weiter.«

»Ich kann dir beibringen, die Feldströmung in dich aufzusaugen. Du kennst den Preis dafür, aber wenn man die Feldströmung richtig anwendet, hat sie eine heilende Wirkung.«

Sie hielt die Hände hoch. »Kann es *die hier* heilen?«

Er hatte Verbitterung erwartet; stattdessen erkannte er, dass sich Ironie in ihre Qualen gemischt hatte. Dann überkam ihn eine ungebetene Vision: von Alliss. Alliss, die sich in den gefurchten Straßen von Randweg mit einer Mischung aus Mitleid und Grauen von einem kranken Bettler abwandte und ihren Diener bat, ihm einige Münzen zu geben. *Schöpfer, wie habe ich jemals eine bloße Vergoldung für reines Gold halten können?*

»Es ist nur eine Möglichkeit. Vielleicht funktioniert es nicht. Vielleicht nimmst du nur die Feldströmung auf und nichts passiert…«

»Kannst *du* nicht…«, begann sie und hielt sofort wieder inne.

»Wir wissen beide, was geschieht, wenn ich dich anfasse«, sagte er freundlich. »Ich kann niemanden heilen. Und ich bezweifle, dass Meldor bei etwas so… Ernstem viel erreichen könnte. Aber *du* könntest es – von innen heraus. Wenn du es jetzt sofort in Angriff nimmst, bevor sich die Veränderung mit der Zeit verhärtet.« Er besah sich ihre Hände, ohne davor zurückzuschrecken, und hob dann den dunklen Blick zu ihrem Gesicht. »Du musst die Entscheidung selbst treffen. Ich liebe dich, Keris. Und ich werde dich ewig lieben, wie deine Hände auch immer aussehen mögen.«

Er sah die Qualen und das Verlangen in ihren Augen und wusste, dass sie nur eine Spiegelung seiner eigenen Empfindungen waren. Die Unmöglichkeit, sie in den Arm zu nehmen, zerrte an seinen Nerven. Er wollte ihren Körper berühren. Sanft streckte er die Hände aus und umarmte sie, wobei er unendlich vorsichtig darauf bedacht war, sie nirgendwo mit seiner bloßen Haut zu berühren und sie nicht so fest zu halten, dass seine Hände sich in ihre Kleidung gebrannt hätten. »Ich liebe dich«, wiederholte er, »aber ich kann dir nichts bieten. Kein Heim, keinen Reichtum, keine Sicherheit, keine Zukunft außer Schmerzen und Tod. Ich kann dir nicht einmal mich selbst anbieten. Ich kann dir nur sagen, dass ich mich keinen Deut darum schere, wie deine Hände aussehen – ich will nur, dass du das tust, was für dich das Beste ist.«

Sie machte sich vorsichtig von ihm frei. »Zuerst eine Frage, bevor ich mich entscheide. Wem dient Meldor?«

Er zögerte kurz, bevor er antwortete. »Seinem Traum«, sagte er. »Zuerst und vor allem dient er seinem Traum. Er glaubt, dass der Traum ihm vom Schöpfer gesandt wurde.«

Er erwartete, dass sie fragen würde, was das für ein Traum war; stattdessen aber fragte sie: »Glaubst du, dass das stimmt?«

»Ich weiß es nicht. Aber ich glaube, dass sein Traum besser ist als die Wirklichkeit der Kantorei. Oder als das hier«, fügte er hinzu und zeigte auf ihre Umgebung.

»Dann zeig's mir«, sagte sie. »Zeige mir, wie ich die Feldströmung in mich aufnehmen kann.«

Also zeigte er es ihr. Er zeigte ihr, wie man das sanfte Blau herauszog, es spiralförmig dem Körper der Feldströmung entwand und dabei ausschließlich die Kraft der Gedanken benutzte. »Du musst es wollen«, sagte er, »du musst es einfach wollen. Hol es zu dir, wie einen Rauchfaden, den du dir in die Lunge ziehst, wenn du einatmest…«

Er zeigte ihr, dass man Kraft auf dieselbe Weise einsaugte, wie eine Eidechse die Wärme des Sonnenlichts einsaugte; er zeigte ihr, wie sie die Feldströmung trinken und ihren Körper mit ihrer pulsierenden Macht anfüllen konnte; er zeigte ihr, wie sie sich die Strömung mit jedem Atemzug einverleiben konnte. »Spüre sie«, sagte er, »spüre, wie sie in dich eindringt...«

Und langsam, ganz langsam, sog sie die Kraft in ihren Körper, in ihr Selbst ein. Langsam nahm sie sie auf. »Stell dir vor, du wärst ein Schwamm«, sagte er, »voller leerer Stellen. Stell dir vor, du seist in der Lage, diese Stellen mit Feldströmung aufzufüllen. Nimm sie durch die Haut auf. Sauge sie ein. Inhaliere sie. Nimm sie auf. Spüre sie, wie sie durch deine Adern rinnt und durch dein Blut. Spüre, wie sie durch deinen Körper pulsiert...«

Sie sog die Kraft auf und schickte sie durch ihren Körper bis zu den Händen. Langsam füllte sich die rechte Hand aus. Die Finger schwollen an, wurden gerade, reagierten...

Es dauerte lange und benötigte viel Konzentration und sie musste es allein tun.

Ich kann sie nicht einmal berühren, dachte er, während er den qualvollen Prozess beobachtete, der ihr ihre Geschicklichkeit zurückbrachte. Der ihr Gefühl und Tastsinn zurückbrachte... Als sich die Nerven wieder mit Leben füllten, flammten die Schmerzen erneut auf. Sie wurde bleich, schüttelte sich, biss sich auf die Lippe und versuchte, die Schmerzen in sich zu behalten, sie zu umarmen und tief in sich zu begraben, und es gab für Davron keine Möglichkeit, ihr zu helfen.

Und er konnte nichts dagegen tun, als sie erschöpft zusammenbrach. Es hatte zu lange gedauert und sie war zu sehr geschwächt. Er wiegte sie vorsichtig in den Armen und weinte angesichts ihres Mutes und dessen, was sie verloren hatte. Ihre linke Hand hatte noch immer eine hässliche Färbung; sie war gerunzelt und gekrümmt – die arthritische Hand einer alten Frau. Die Finger waren unnatürlich dünn, beinahe klauenhaft, die Knöchel waren deformiert und die Hand in Ruhestellung zusammengerollt wie ein Adlerfuß – aber wenigstens war sie lebendig. Sie war benutzbar. Mit der rechten Hand hatte sie sich mehr Mühe gegeben: Sie war warm und sanft und geschmeidig. Normal.

Verdammt seist du, Carasma, dachte er. Du wirst nicht immer deinen Willen durchsetzen. Einige Spiele können *wir* gewinnen.

Kapitel Vierundzwanzig

Sollten wir Gehorsam erwarten und verlangen, wenn wir nicht ebenfalls Hoffnung bieten können? Vielleicht haben wir den Weg der Gläubigen mit zu vielen Schatten gepflastert und zu wenige Türen des Lichts errichtet.

Aus den frühen Schriften des Ritters Edion

Als Meldor drei Tage nach dem Zusammenbruch der Brücke in das Lager einritt, lenkte er sein Pferd mit unfehlbarer Genauigkeit neben Keris. Einen Augenblick lang saß er vollkommen reglos im Sattel und sagte nichts; dann glitt er von seinem Reittier herunter und flüsterte ungläubig: »*Feldströmung*, Keris?« Und er lächelte.

Sie wusste, warum er lächelte. Er glaubte, dass ihr die Feldströmung dabei helfen würde, das Geheimnis der Trompleri-Karten zu enträtseln. Bitterkeit sprudelte in ihr hoch.

Einen Augenblick später verschwand jedoch sein Lächeln. »Aber da ist noch etwas, nicht wahr? Ich rieche… die Berührung des Tilgers.«

Wortlos hielt sie ihm die linke Hand hin. Er ergriff sie, spürte ihre harten Unregelmäßigkeiten, ihre knotigen Erhebungen und ließ sie fallen, als ob sie ihn verbrannt hätte. Er machte eine befehlende Geste auf ihre rechte Hand zu und sie gab sie ihm ebenfalls. Sein Lächeln kehrte zurück. »Ah. Wenigstens dafür sei dem Schöpfer Dank gesagt.«

Die Bitterkeit in ihr schwappte über. Ihm war lediglich wichtig, dass diejenigen, die um ihn herum waren, seinen Plänen dienen konnten… Er war froh, dass ihre rechte Hand noch benutzbar war, weil sie so noch immer Karten zeichnen konnte. Vielleicht war er sogar innerlich erfreut, dass ihre Linke nun deformiert und hässlich war: Das reichte zweifellos aus, um sie zu einer Ausgeschlossenen zu machen – und sicherzustellen, dass sie nirgendwo mehr hingehen konnte.

»Wir beide müssen miteinander reden«, sagte sie schnippisch.

Er nickte und blieb so ruhig wie immer. Als ob er sich völlig unter Kontrolle hätte. »Ganz meine Meinung.« Er lächelte noch immer. »Aber zuerst will ich mir es hier bequem machen.« Er sog die Luft ein und erschnüffelte Davrons Gegenwart. »Davron? Alles in Ordnung?«

»Ja. Keine Probleme. Wir sind südwärts zum nächsten Wasserloch gezogen. Das hier ist der Kammersee.«

»Heldiss' Männer haben mir gesagt, dass ich euch hier finden werde.« Er wandte sich wieder an Keris. »Ich habe dir ein Zelt und ein Packpferd mitgebracht. Von jetzt an kannst du auf Tousson reiten.«

»Woher wusstest du, dass ich noch ein Pferd brauche – dass ich überhaupt noch lebe?«

»Ich habe es nicht gewusst. Aber der Tilger befand sich in der Feldströmungslinie und wo Carasma ist, geschieht meist das völlig Unerwartete.«

Ihre Wut über seine Gleichgültigkeit durchtränkte sie, doch mit seinen nächsten Worten wischte er jeden Ärger hinfort. Er sagte mit freundlicher, ernstgemeinter Überzeugung in seiner wundervollen Stimme: »Und du – du bist ein hell leuchtender Stern, Keris. Dein Licht dringt in meine Dunkelheit. Du bist stark und lässt dich nicht einfach umbringen. Nein, ich hatte deinen Tod nicht erwartet, als du fielst.« Er wandte sich ruhig ab, um die anderen zu begrüßen. Zu Davron sagte er: »Das war tapfer, aber dumm. Du lernst es wohl nie, mein Freund.« Dann zu Bark: »Ich vermute, du warst es, der schließlich die beiden aus dem Tief geholt hat. Was das praktische Denken angeht, müssen wir uns wohl alle auf dich verlassen.«

Keris musste lächeln. Es stimmte: Es war Bark gewesen, der erst sie und dann Davron auf die Klippe gebracht hatte. Er hatte genügend Seil von der zusammengebrochenen Brücke gerettet, um daran den Boden der Schlucht zu erreichen, und hatte es oben festgebunden, sodass sie sich gefahrlos daran hochziehen konnten. Keris hatte sich über die argwöhnische Art gewundert, auf die sich die beiden Männer oben auf der Klippe begrüßt hatten. Davron hatte schrecklich verlegen dreingeschaut, war rot geworden und hatte dann eine Entschuldigung gemurmelt. Bark war es nicht weniger unbehaglich zumute gewesen; er hatte angemerkt, dass es Zeiten gebe, in denen er sich gern zum Dämel machen lasse, so wie im Augenblick. Dann hatte er gegrinst, sich das Kinn gerieben und bedeutungsschwer gesagt: »Aber irgendwann, mein Freund, wenn *du* mal nicht hinsiehst…«

»Worum geht es hier eigentlich?«, hatte Keris gefragt, aber keine zufriedenstellende Antwort erhalten.

Die folgenden drei Tage, in denen sie auf Meldor und die Packtiere gewartet hatten, waren für Keris und Davron sowohl fröhlich als auch schwierig gewesen. Ihre Lust aufeinander war ein pochendes, verzweifeltes Verlangen, das sie nicht befriedigen konnten. Normale Leidenschaft, normale Bedürfnisse mussten geleugnet, begraben, missachtet werden. Aber je tiefer sie das verbargen, was sie fühlten, desto größer wurde die Spannung zwischen ihnen. Manchmal wollte Keris ausschlagen, die Welt anbrüllen und ihren Trotz hinausschreien. Sie wurde gemartert und es gab keine Erlösung für sie. Es würde nie eine Erlösung geben.

Während dieser drei Tage hatte Portron die meiste Zeit damit verbracht, die beiden finster anzublicken –

und er hätte ihre Gemeinsamkeit gestört, wenn sie eine Störung zugelassen hätten. Davron glaubte, er sei eifersüchtig, doch Keris wusste, dass es nicht so war. Der Kantor wollte sie lediglich beschützen; warum, war ihr nicht ganz klar.

Weitaus beunruhigender als das Getue des Kantors war die Umwälzung des Landes. Zahlreiche Wirbelwinde tanzten über die Erde und saugten den losen Boden und Staub und alles andere auf, das ihnen im Weg stand. Sie kritzelten Staubmuster in den Himmel; sie verdunkelten das Licht mit ihren braunen Schuttwolken; sie wirbelten einen Teil der Welt in das Vergessen des Alls. Sie hinterließen nackte Stellen im aufgerissenen Boden, wo immer sie gewütet hatten; sie scheuerten das Land blank oder furchten es tief ein, während sie die Welt ausradierten. »Das sind wahrlich die Höllenwinde des Chaos«, murmelte Portron und schüttelte sorgenvoll den Kopf, als erwarte er, dass sie die Vorboten von etwas viel Schlimmerem waren.

Die Auflösung des Landes um sie herum beängstigte Keris und die andauernde Nähe Davrons bewirkte, dass sie sich wie ein Straßenbengel fühlte, der sich die Nase am Schaufenster der Bäckerei plattdrückt und sich die ausgestellten Waren ansieht, ohne jemals genug Geld zu haben, um sich mehr als einen Augenschmaus gönnen zu können. Sie bedauerte es nicht, dass Meldor eintraf und ihrem Warten ein Ende setzte.

Am Abend von Meldors Ankunft gab es für alle einen Eintopf aus getrocknetem Fleisch, getrockneten Süßkartoffelscheiben und getrockneten Flusskrautbohnen. Danach wurde Keris wieder einmal in Meldors geräumiges Zelt eingeladen. Diesmal blieben sowohl Davron als auch Bark dabei.

»Ich habe ein wenig Punsch gemacht«, sagte Bark zu ihr und gab ihr eine Tasse mit gewürztem Wein. »Zur Feier unserer Wiedervereinigung.«

»Und deiner Errettung«, fügte Meldor hinzu und hob seine Tasse in ihre Richtung. »Deine Verstümmelung tut mir allerdings sehr Leid, Keris. Ich würde gern die ganze Geschichte hören. Was hat sich der Tilger davon erhofft? Ist ihm klar, dass ich dich darum gebeten habe, meine Kartenzeichnerin zu sein und Deverli zu ersetzen?«

»Ja, ich glaube schon. Er wollte, dass ich nicht mehr von Nutzen für dich bin. Meldor, ich will dir alles sagen, was ich weiß – und das ist eine Menge mehr, als du für möglich hältst –, wenn ich im Gegenzug dafür von dir die ganze Wahrheit erfahre.«

»Aha. Und was weißt du?«, fragte er forschend.

»Zum Beispiel wie man eine Trompleri-Karte macht.«

Sie saß ganz ruhig da, nippte an ihrem Wein und genoss den Aufruhr, den sie verursacht hatte. Über Davrons Gesicht zuckte ein Hoffnungsstrahl; Meldor verlor ein wenig von seiner üblichen Hochherrschaftlichkeit und verspritzte etwas angewärmten Wein und Bark zog die gewaltigen Backen ein und hielt die Hände über das Feuer des Ofens, als sei ihm plötzlich kalt geworden.

»Und was willst du von mir wissen?«, fragte Meldor.

»All das, was du mir noch nicht gesagt hast. Wohin du unterwegs bist, was deine Pläne sind – zumindest in groben Umrissen, und warum du Markgraf genannt wirst. Schließlich soll das hier eine Partnerschaft werden.«

Meldor warf Davron einen belustigten Blick zu und wandte sich dann wieder an Keris. »In Ordnung, du wirst die Informationen bekommen, die du haben willst; darauf hast du mein Wort. Aber zuerst: wie stellt man eine Trompleri-Karte her?«

Sie verschränkte die Arme und lehnte sich zurück. »Erst muss ich ein Geständnis machen. Ich hatte eine von Deverlis verschwundenen Trompleri-Karten. Sie war mir zusammen mit den Habseligkeiten meines Vaters übergeben worden.« Auf mehr als die überraschte Stille, die nach dieser Erklärung eintrat, hatte sie nicht hoffen dürfen. Sie fügte ruhig hinzu: »Ich fürchte, sie existiert nicht mehr. Ich habe sie verbrannt. Das war es, was mein Zelt aufgelöst hat.«

Selbst Meldor, der normalerweise so unerschütterlich war, war nun entsetzt. »Du hast sie *zerstört*? *Warum* nur?«

»Weil ich Angst hatte. Mein Vater ist wegen dieser Karte gestorben.«

»Und du weißt wirklich, wie man sie herstellt?« Meldors Stimme war schneidend.

»Ich hatte es bereits vermutet, als du mir sagtest, dass die Feldströmung lediglich eine neutrale Kraft und nicht notwendigerweise böse ist. Davor hatte ich den Fehler gemacht, den anscheinend alle gemacht hatten – selbst Carasma. Ich hatte geglaubt, dass dazu eine seltsame, angeborene Fähigkeit des Kartenzeichners nötig ist, die man bei Wünschelrutengängern oder Wahrsagern findet – entweder eine Fähigkeit oder eine Art von Magie.«

Sie zeigte mit ihrer Tasse auf Bark. »Dieser Punsch ist wirklich gut.« Er erwiderte ihr Kompliment mit einer Dank-Kinese. Sie fuhr fort: »Während der Durchquerung des Tänzers hatte ich unbeabsichtigt einige der mineralischen Salze, die ich normalerweise zur Herstellung von Tinte brauche, in meinen Köcher geschaufelt. Da ich zuerst nicht wusste, woher sie kamen, behielt ich sie. Als ich ihren Ursprung erkannte, bestand meine erste Reaktion darin, sie fortzuwerfen – aber inzwischen hatte ich sie bereits einige Wochen mit mir herumgeschleppt. Wenn sie mir bis dahin nicht geschadet hatten, würden sie es wohl auch weiterhin nicht tun, dachte ich; also habe ich sie behalten. Als dann Meldor sagte, dass Feldströmung nichts als Kraft sei, überlegte ich mir, dass es eigentlich nichts Besseres geben kann, um eine Trompleri-Karte zu zeichnen, als Materialien, die mit Feldströmung durchtränkt sind. Ich dachte, es wäre einen Versuch wert. Und tatsächlich...«

»Du hast eine Trompleri-Karte gezeichnet?« Davron grinste sie an.

»In gewisser Weise ja. Es war kein sehr gutes Ergebnis, weil ich die Salze mit Zutaten mischen musste, die keine Feldströmung besaßen; daher waren die Erhebungen nicht allzu deutlich. Aber sie waren da. Wenn man alle Zutaten aus einer Feldströmungslinie schöpfen könnte...«

Bark saß mit offenem Mund da. »So einfach ist das?«

»Na ja, es ist wohl nicht so ganz einfach, in einer Feldströmungslinie nach Ocker und Sienaerde und all den anderen Pigmenten zu suchen, die man für eine richtige Karte benötigt. Für die ganze Farbpalette – und ich glaube, die Karte muss farbig sein – brauche ich Zutaten, die in einer Feldströmungslinie wahrscheinlich schwer zu finden sind, zum Beispiel Tannin und Krappwurzel und Indigo.«

»Deverli muss es irgendwie geschafft haben. Oder er hat innerhalb der Linie etwas Vergleichbares gefunden«, sagte Davron nachdenklich. »Man muss bedenken, dass er ein echter Draufgänger war, der es genossen hätte, im Wanderer herumzugraben, und nachher hätte er darüber gelacht.«

»Ich muss noch etwas beichten«, setzte Keris nach. »Weil ich euch einfach nicht getraut habe, habe ich die Anleitung zum Zeichnen von Trompleri-Karten aufgeschrieben und an alle anderen Meister-Kartenzeichner geschickt, die mir bekannt sind. Gawen hat die Briefe für mich mitgenommen.«

Wieder starrten alle sie an.

»Du hast diese Informationen weitergegeben?«, fragte Bark schließlich.

»Ja.«

»Du weißt, dass du damit ein Vermögen hättest machen können.«

»Du meinst, ich hätte ihnen diese Informationen *verkaufen* sollen?«, fragte sie. »Dieser Gedanke ist mir nicht gekommen! Trompleri-Karten können zahllose Leben retten, können zahllose Menschen vor dem Verseuchtwerden retten. Aber du hast noch nie eine gesehen, nicht wahr? Bark, auf einer Trompleri-Karte kann man Häscher und ihre Schoßtiere und die Bestien erkennen. Oder die Feldströmungslinien studieren. Durchquerungen wären so viel einfacher. Man könnte sehen, wie das Wetter ist. Oder ob irgendwo Wirbelwinde sind. Du könntest sehen, wo die anderen Unbeständigen sind und was mit ihnen geschieht. Je mehr Trompleri-Karten gemacht und verkauft werden, desto besser ist das für uns alle. Sie sind nichts, was uns reich machen soll.«

Meldor nickte. »Es war niemals unsere Absicht, Profit aus den Trompleri-Karten zu schlagen. Aber ich bin mir trotzdem nicht sicher, ob du das Richtige getan hast. Erinnere dich daran, dass eine Trompleri-Karte in beide Richtungen wirkt. Wenn unbeständige Banditen sie in die Hände bekommen, wissen sie, wo sich die Gefährtenschaften befinden, wie viele Leute sie umfassen und wie man ihnen am besten einen Hinterhalt stellen kann. Wenn die Häscher sie in die Finger bekommen, stehen ihnen dieselben Informationen zur Verfügung. Eine Trompleri-Karte wäre eine Waffe gegen uns, gegen alle anständigen Leute, wenn sie in die Hände der falschen Personen gelangen.«

Sie war niedergeschmettert und sagte mit leiser Stimme: »Ich fürchte, daran habe ich überhaupt nicht gedacht.«

»Macht nichts. Ich werde den Kartenzeichnern persönlich schreiben und sie von diesem Problem in Kenntnis setzen.« Seine Augen glänzten. »Vielleicht ist es Zeit für Ritter Edion, wiedererweckt zu werden – sie werden etwas, das von einem Ritter der Kantorei unterzeichnet ist, eher beachten.«

Um Davrons Mund spielte ein ironisches Lächeln. »Du hättest einen guten Hedrin-Kantor abgegeben, Meldor. Zynisch genug bist du.«

»Einige der Kartenzeichner werden wahrscheinlich gar keine Trompleri-Karten herstellen wollen, wenn sie sich die Zutaten dafür in Feldströmungslinien zusammensuchen müssen«, grübelte Keris. »Wie dem auch sei, kommen wir zu meinem Teil des Geschäfts zurück. Warum nennt man dich Markgraf? Wohin gehst du wirklich? Gibt es Hafenstern? Hast du…«

Meldor hob die Hand. »Schwörst du, dass du diese Informationen für dich behalten wirst?«

»Sicher, solange niemand durch mein Schweigen Schaden nimmt.«

Davron lächelte belustigt. »Das ist eine gerechte Einschränkung, Meldor.«

»Sehr gut. Was war das erste? Der Markgrafentitel? Ich beanspruche ihn nicht, aber ich bin der Gründer von Hafenstern und dessen Oberhaupt, soweit es überhaupt ein solches hat. Deswegen nennen die Leute mich Markgraf. Sie lieben die Tradition, also dulde ich es stillschweigend, aber Titel haben für mich kaum eine Bedeutung. Wie ich dir schon sagte, bin ich kein Tricianer – außerdem bedeutet tricianisches Blut in Hafenstern nichts. Die einzigen Aristokraten in Hafenstern sind die Feldströmungsfühligen, wie du bald selbst sehen wirst.«

»Was ist Hafenstern? *Wo* ist es?«

»Es liegt südlich der Feldströmungslinie, die ›Schnitzer‹ heißt. Was es ist? Es ist eine Enklave für alle Ausgeschlossenen – auch für die Verseuchten. Das ist alles. Dort herrscht Stabilität und Sicherheit, aber keine Ordnung und keine Regel, und es besitzt keine Kinese-Kette.«

Jetzt war es an Keris, ungläubig dreinzuschauen. »Wie ist das denn möglich?«

»Das wirst du schon noch sehen. Wir nehmen dich mit dorthin. Dort wird dein Landkartengeschäft liegen.«

»Stabilität ohne Ordnung? Wie? *Zauberei?*« Dieses Wort entwischte Keris, bevor sie darüber nachdenken konnte.

Meldor lachte. »Nein, keine Zauberei, das versichere ich dir. Es ist eher wie – nun ja, am nächsten kommt es vermutlich den Festen Orten, auch wenn es nicht dasselbe ist.«

»Wenn es dort sicher ist, warum tötet es dann nicht die Verseuchten und warum gehen nicht alle Ausgeschlossenen dorthin?«

Wieder einmal war es Meldor, der antwortete. Seine wohltönende Stimme glitt wie eine Nebelbank über sie hinweg und machte jedes Verlangen, ihm nicht zu glauben, zunichte. Wenn Meldor sprach, war es leicht, das nachzuvollziehen, was er sagte. *Ein gefährlicher Mann.* »Hafenstern ist noch sehr klein und wächst nur langsam. Eines Tages wird es groß genug für alle sein, aber noch ist es nicht soweit. Darüber hinaus ist es ein äußerst anfälliger Ort, den man leicht sabotieren kann. Wir bieten nur denjenigen einen Platz innerhalb seiner Grenzen an, denen wir vertrauen, und denjenigen, die bereit sind, den Preis zu zahlen.«

»Das heißt, sie müssen für das Ende des Tilgers kämpfen«, fügte Bark hinzu.

»Bist *du* bereit, diesen Preis zu zahlen?«, fragte Meldor.

»Bist du bereit, mir deine Pläne mitzuteilen?«, gab sie zurück.

Er dachte nach. »Ich glaube nicht, dass es uns Schaden zufügen würde. Erstens wollen wir, dass jeder ehrenhafte Unbeständige Zugang zu Trompleri-Karten hat. Zweitens hoffen wir, gegen die Häscher und ihre Schoßtiere Krieg führen und sie restlos vernichten zu können. Drittens wollen wir Hafenstern vergrößern, damit es tatsächlich die Heimat aller Ausgeschlossenen werden kann und niemand mehr durch das Unbeständige ziehen muss, nur weil er nirgendwo sonst hingehen kann. Und schließlich…« Er zögerte, als ob er nun seine Worte ganz besonders sorgfältig wählen wollte. »Schließlich wird es eines nicht mehr allzu fernen Tages eine Konfrontation mit dem Tilger persönlich geben. Einen Kampf, den wir gewinnen müssen.«

Keris fühlte sich schlecht. »Gewinnen? Wie kannst du sicher sein, dass ihr ihn gewinnen könnt?«

Er lächelte, aber es lag keine Fröhlichkeit darin, sondern nur tiefe Sorge, die Keris' Magen zu einem Klumpen zusammenschnürte. »Sicher? Ich bin mir nicht sicher. Es gibt Andeutungen in den Heiligen Schriften, die darauf hinzuweisen scheinen, dass wir… eine Chance haben. Nur eine Chance. Jeden Schritt, den ich bisher unternommen habe, beruhte auf dem Glauben, dass der Schöpfer ihn empfohlen hat. Aber wie könnte ich sicher sein? Ich weiß nur, dass wir es uns nicht leisten können zu verlieren.«

Das war nicht das, was sie hatte hören wollen.

Sie saß still da und war krank vor Angst. Draußen rief jemand etwas. Sie begriff, dass es einer der Ungebundenen war, die Meldor von Heldiss' Lager aus hierher begleitet hatten. Der Ruf wurde von einigen anderen aufgenommen und die Stimmen kündeten von äußerster Not. Nur ein Wort war klar zu hören, doch es genügte, um Keris' Blut gefrieren zu lassen: »Häscher!«

Bark und Davron stürmten wie ein Mann zur Zeltöffnung; Keris folgte ihnen und zog dabei ihr Messer.

Sie hielt kurz hinter der Zeltklappe inne und sah sich um. Das Lager war nichts als verschwommene Bewegung und Lärm. Irgendetwas grollte links neben ihr; irgendwo rechts neben ihr war Gekläff. In der Ferne jaulte ein Tier – ob in Schmerz oder Wut, war nicht auszumachen. Ein Umriss wurde in der Schwärze der Nacht sichtbar und stürzte tot vor ihre Füße: Pfeile fiederten ein verfilztes Fell, eine gezahnte Zunge rollte aus einem knochigen Mund, aus dem sich Flüssigkeiten mit einem Glucksen ergossen. Andere Geräusche in ihrer Nähe ließen ihr die Eingeweide erstarren. Dort in der Dunkelheit vor ihr gab es unvorstellbare Gestalten, deren Anblick sie nur kurz erhaschte, wenn das Licht des Lagerfeuers oder einer Laterne kurz auf Augen, Hörner oder schuppige Haut fiel. Das war kein Überfall einiger weniger Häscher und ihrer Schoßtiere – das war ein Großangriff von Dutzenden von Bestien und ihren Herren.

Als diese Erkenntnis in Keris dämmerte, sprang sie etwas aus der Finsternis an. Sie hatte keine Zeit, ihr Messer zu werfen, und wäre von den klauenbewehrten Vorderfüßen der Bestie umgeworfen worden, wenn Bark nicht seine langstielige Streitaxt zwischen sie und ihren Angreifer geschwungen und dessen hundeähnlichen Kopf halb von den massigen Schultern getrennt hätte.

»Hol deinen Bogen!«, schrie Bark ihr zu. »Halt dich von ihnen fern!«

Das war ein guter Rat. Sie lief zu ihrem Zelt und stolperte mehrfach in der Dunkelheit. Sie erhaschte einen Blick auf Davron, der eine rothaarige Frau auf einem verseuchten Reittier bekämpfte, das Barks Strunk nicht unähnlich sah; sowohl der Mann als auch die Frau benutzten Feldströmung – es war wie ein Kampf der Blitze. Ein Ausbruch aus rotem Feuer zerstob in einem ähnlichen Strahl aus purpurner Kraft. Flammen schossen auf und erstarben wieder, Funken ergossen sich bei jedem Zusammenprall und verbargen beide Körper vollständig. Keris riss den Blick von ihnen los. Dieser Anblick war mehr, als sie ertragen konnte.

Hinter ihr stand Meldor nun ruhig vor seinem Zelt. Er hielt den Kopf leicht geneigt, damit er besser mitbekam, was um ihn herum vorging. Dann versprühte er nachlässig Feldströmung aus den Handinnenflächen. Er verfehlte nur selten sein Ziel. Die Häscher spürten seine starke Macht und mieden ihn; nicht so umsichtige Tiere bellten und zuckten umher, wenn ihr Fleisch oder Fell Feuer fing. Die Helligkeit der Feldströmung hinterließ tanzende Muster vor Keris' Augen.

Ein brennender Dungfladen fegte an ihrem Ohr vorbei wie eine tödliche Waffe; sie hatte keine Ahnung, woher er kam, aber als er eine Bestie traf, die bis zu ihr vorgerückt war, vermutete sie, dass ein Freund ihn geworfen hatte. Das Geschöpf schrie auf und sprang in die Nacht hinein.

Einige knurrende Fleischfresser erschienen aus dem Nichts und drängten Keris in die Dunkelheit des Lagerrandes ab. Sie schwang ihnen das Messer entgegen und wehrte sie damit ab. Sie spielten beinahe mit ihr, erlaubten ihr den Versuch, an ihnen vorbeizukommen, und schossen dann mit schnappenden Mäulern vor, wenn sie es wirklich versuchte. Sie wusste, dass ihr einzelnes Wurfmesser gegen solche Tiere kaum etwas ausrichten konnte, und war heilfroh, als Davron sie rettete; er hatte sich offenbar vor den Aufmerksamkeiten des Rotschopfes in Sicherheit bringen können. Mit seiner Peitsche schlug er nach den Kreaturen. Haut schälte sich in Streifen von ihren Körpern; Blut schoss hervor. Sie nahmen Reißaus. Das Lächeln, das Davron ihr schenkte, war grimmig. »Du solltest diesmal keine Skrupel haben, diese Bastarde zu töten«, sagte er.

»Hätte ich nicht einmal im Traum«, sagte sie. Dann

wirbelte die Schlacht zwischen sie beide und sie verlor ihn aus den Augen. Vor Corrians Zelt fiel ihr eine bärähnliche Gestalt in den Rücken. In ihrer Panik stach sie mit dem Messer nach ihr. Das Untier war von Portron fortgestürmt, der – soweit sie sehen konnte – nichts Schlimmeres getan hatte, als es mit Wasser zu bespritzen. Sie zog die Klinge heraus und war dankbar, als sie bemerkte, dass das Geschöpf wie eine aufgeschnittene Blase zusammenbrach, doch sofort danach wurde sie gezwungen, sich von ihrem Messer wieder zu trennen, als der Herr des Schoßtieres sie wutentbrannt ansprang. Keris erhaschte einen raschen Blick auf blondes Haar und einen blutumrandeten Mund und warf sofort ihre Waffe, wobei sie auf die Kehle des Mannes zielte. Sie hatte sich völlig verschätzt – der Häscher war zu schnell näher gekommen und sie hatte die sich verkürzende Strecke zwischen ihm und ihr nicht berücksichtigt. Das Messer traf ihn am Kinn und fiel zu Boden. Er zuckte zurück und bleckte knurrend die scharlachroten Lippen. Feldströmung blitzte aus seinen Fingern und Keris duckte sich. Portron verspritzte noch mehr Wasser und der Mann schrie auf, als es seine Haut traf.

»Was ist das für ein Zeug?«, brüllte Keris den Kantor an.

»Kinese-Tau!«, rief er zurück, doch dieses Wort hatte keine Bedeutung für sie. Der Häscher richtete seine Feldströmung auf Portron und in Panik schüttete der Kantor den ganzen Inhalt seiner Schüssel über den Angreifer. Keris hob ihr Messer auf und zögerte kurz, bevor sie es wagte, die Klinge in den Häscher zu rammen, der immer noch verzweifelt auf seine Arme schlug und versuchte, das Wasser abzuwischen. Die Klinge traf auf Knochen und verursachte ein knirschendes Geräusch, bei dem Keris zusammenzuckte. Der Mann fiel zu Boden und riss ihr das Messer aus der Hand. »Dat is' mein Mädchen, na klar doch!«, sagte Portron, der unmerklich in eine etwas derbe Ausdrucksweise verfallen war. Er grinste vor unkantorenhafter Befriedigung, zog das Messer heraus und gab es ihr zurück. »Dieser seelenlose Bastard des madenzerfressenen Lügenbarons Carasma – verdammt, du hast ihn ein für allemal fertiggemacht!«

Aber es war keine Zeit für Glückwünsche oder auch nur dazu, das Messer abzuwaschen. Etwas taumelte zwischen den Zelten heran, das wie ein Dunghaufen auf Wanderschaft aussah und roch. Es hatte in der Mitte seines dreieckigen Kopfes einen großen Rachen, der von Zähnen überquoll. Worte regten sich in Keris Erinnerung: *Ein birnenförmiger Hund mit zu vielen Zähnen für sein Maul.* Und sie spürte ein kaltes Prickeln im Rücken.

Sie wich zurück und hielt noch ihr blutbeflecktes Messer fest. Es war gegen eine solche Bestie nutzlos, selbst wenn sie ihre Waffe zielgenau hätte werfen können. Das Schoßtier hatte zu viele Fettschichten, zu viel schützendes Fleisch... Es machte einen Schritt auf sie zu und sie warf das Messer doch. Es bohrte sich bis zum Heft geradewegs unter das Auge der Kreatur, die das nicht einmal zu bemerken schien.

»Oh, verdammt«, murmelte Portron und schwenkte sein Kinese-Tau-Behältnis. Es war leer.

»Mist«, sagte Keris und schaute sich nach Hilfe um.

Da war nur Corrian. Sie stand jetzt im Eingang ihres Zeltes und fluchte; es war ein Schwall von Beleidigungen, die selbst einen Ochsenkarrenfahrer in Verlegenheit gebracht hätten. Sie wirbelte etwas durch die Luft, das wie eine gewöhnliche Bratpfanne aussah, und als sie bemerkte, dass das Tier auf Keris zuhielt, warf sie die Pfanne. Sie traf das Geschöpf am Hinterkopf. Es war ein Schlag, den es kaum zu bemerken schien, doch ihm folgte eine Salve von Geschossen, die Corrian wahllos aus ihrer Habe geholt hatte: ein kleiner Sack

Bohnen, ein Paket getrocknetes Fleisch, ein Stiefel, eine Seife, ein Kerzenhalter, der andere Stiefel, ihr Gefäß mit Pfeifenkraut (was für die alte Frau ein bemerkenswertes Opfer darstellte). Das Gefäß traf das Schoßtier zwischen den Augen und es drehte den Kopf, um den Ursprung des Sperrfeuers zu erkunden. Das Tier gab ein wütendes Gemecker von sich und warf sich Corrian entgegen.

Es schnappte nach ihr und sie hob den Arm, um den Angriff abzuwehren, wobei sie immer noch unablässig Beleidigungen schrie. Und das Biest schlug seine vielen Zahnreihen in Corrians Unterarm.

Überall Zähne…

Als es von Corrian abließ und sich wieder Keris zuwandte, hatte es Corrians abgetrennten Arm im Maul. Blut tropfte an seinen Kiefern herunter, Knochen knackten und splitterten.

Und irgendetwas hatte ein großes Stück Fleisch aus seinem Hals gerissen…

Keris würgte.

Und erinnerte sich an ihre eigene Feldströmung; leider war es für Corrian zu spät. Sie erinnerte sich nur daran, weil ihre Wut die Strömung entfesselte, die ihr ungewollt aus den Fingerspitzen tanzte und dort wie eine Aura aus grimmigem Licht glimmerte. Die Hände der Ritter auf dem Wandbild des Schreines von Hoffdank, dachte sie dumpf. *Feldströmung!* Meldor hatte recht.

Und dann kam das Schoßtier, das noch auf Corrians Arm herumkaute, auf sie zu. Sie neigte ihm die Fingerspitzen entgegen und ließ ihre Wut und die Feldströmung wie knisterndes Feuer ausströmen. Wille und Macht vereinigten sich zu zerstörerischer Kraft. Ihre Angst verschwand. Plötzlich hatte sie vor nichts mehr Angst. Vielleicht würde sie so sterben wie Piers und vielleicht war es kein schlechter Tod…

Sie war schuldig, sie hatte ihre Mutter im Stich gelassen, sie war trunken von verbotener Feldströmung, sie liebte einen Mann, der ein Leibeigener des Tilgers war. Sie hatte der Kantorei einen abtrünnigen Ritter vorgezogen, doch nun waren alle Werte ins Wanken geraten.

Die Feldströmung traf die Bestie mitten auf der braunen Brust, wo sich das Fell runzelte. Der Strahl flackerte auf und teilte sich in brennende Ströme. Das Schoßtier zischte. Es krümmte sich, schrie auf und lief fort. Keris schaute ihm nicht hinterher; es verwirrte sie ein wenig, dass die Kreatur noch lebte. Dann erinnerte sie sich an Corrian.

Sie ging der alten Frau hinterher, die sich in ihr Zelt geschleppt hatte, doch Portron stellte sich Keris in den Weg. Um sie herum erstarb der Schlachtenlärm allmählich; die Häscher zogen sich zurück und riefen ihre Schoßtiere zu sich. Wir haben ihren Angriff abgewehrt, dachte Keris mit gelinder Überraschung. Sie schaute an Portron vorbei und suchte nach Davron. Er war unverletzt und klopfte gerade auf den hügelartigen Haufen eines toten Schoßtieres, um sicherzugehen, dass wirklich kein Leben mehr in ihm war.

Portron zog Keris am Arm. »Du hast Feldströmung benutzt«, klagte er sie an. Sein Gesicht hatte die Farbe weißen Töpferlehms. »Keris, das ist eine Sünde! Wie konntest du nur!«

»Es hat uns das Leben gerettet – deines und meines und vielleicht auch das von Corrian. Portron, hol Meldor. Sag ihm, was passiert ist, und zwar schnell. Corrian ist verletzt…«

Sie stieß ihn fort und huschte ins Zelt.

Es war dunkel hier, aber sie konnte sehen, dass die alte Frau auf ihrer Bettstatt saß. Die Pfeife steckte ihr noch im Mund und brannte sogar und sie umklammerte mit der Hand fest das verstümmelte Ende ihres

Arms, um die Blutung zumindest ein wenig zu stillen. Keris hatte erwartet, dass sie von den Schmerzen entkräftet wäre. Stattdessen aber war sie bleich vor Zorn. »Keris, hast du gesehen, was dieser stinkende Bastard mit mir gemacht hat? Dieses pockennarbige, blödsinnige Viech von einem Monster hat meinen Arm gefressen! Verdammt noch mal, es hat ihn einfach gefressen!«

»Corrian, halt den Stumpf über deinen Kopf«, unterbrach Keris sie. »Du willst doch nicht verbluten.«

»Ist schon in Ordnung, Keris«, sagte Meldor, als er das Zelt betrat. Bark war hinter ihm. »Wir kümmern uns darum.«

Erleichtert verließ Keris das Zelt – und fiel wieder Portron in die Hände. Sie versuchte ihn abzulenken. »Kantor, bei allem, was dunkel am Chaos ist, was ist Kinese-Tau?«

»Es ist richtiger Tau – Tau von den Wiesen zwischen den Kantorhäusern der Kinese-Kette. Tau, der an Orten niedergegangen ist, die sich seit Generationen mit der Kraft der Kinese-Andachten vollgesogen haben. Chaos noch mal, das zeug ätzt wie Säure. Keris, ich will mit dir über das reden, was du getan hast.«

»Also, *ich* will nicht darüber reden«, wies sie ihn schroff ab. Als sie aber sein gequältes Gesicht sah, wurde sie etwas nachsichtiger. »Hör zu, Kantor, mir ist klar, dass du dir Sorgen um mich machst, aber ich bin im Pilgeralter, wie du weißt. Ich treffe meine eigenen Entscheidungen und mache meine eigenen Fehler. Und ich habe mich entschieden, Meldor zu folgen. Mit meiner verdorrten Hand bleibt mir vermutlich sowieso kaum etwas anderes übrig, aber ich habe nun mal diese Wahl getroffen. So viel dazu, Kantor.« Kein unterwürfiges ›Ihr‹ mehr, nur noch ›du‹.

Sie ließ ihn stehen und ging auf die Suche nach Davron.

»Wir haben einen Mann verloren«, sagte Davron unverblümt, als sie ihn erreicht hatte. »Einen von den Ungebundenen, die mit Meldor gekommen sind – Kellin Großauge. Der arme Kerl! Verbrannt von der Feldströmung.«

Sie erzitterte leicht und erinnerte sich an das zischende Fleisch des Schoßtieres. »Corrian hat einen Arm verloren. Ich habe sie in Meldors Obhut gelassen. Jetzt kann sie ihm mit ihrem Wortschatz die Schamesröte ins Gesicht treiben. Ist sonst noch jemand verletzt?«

»Nur ein paar Kratzer und Verbrennungen. Nichts, das Meldor nicht wieder richten kann. Und du? Ich habe dich und diese Bestie gesehen.«

»Ich habe sie versengt und sie ist abgehauen.«

»Sie wird nicht überleben. Ich habe ihre Herrin getötet.«

»Das freut mich zu hören. Ich vermute, es war die Frau mit den roten Haaren? Das war wohl Sissi Walddeck, die Häscherin, die am Tod meines Vaters beteiligt war.«

»Dann bin ich doppelt froh, dass ich sie erledigt habe.« In seiner Stimme lag eine grimmige Befriedigung. »Hast du den Trick des Chamäleons mit den brennenden Dunghaufen gesehen? Fint hat herausgefunden, dass er gegen Bestien mit Fell sehr wirksam ist – dann sind sie nur noch brennende Misthaufen.«

Sie erzitterte erneut. »Davron, warum das Ganze? Könnte... ich der Grund dafür gewesen sein? Carasma sagte, dass Sissi bestraft würde, weil ich die Karte bekommen habe. Vielleicht hat sie sich für diese Bestrafung an uns rächen wollen.«

Er überlegte und sagte dann nachdenklich: »Vielleicht hatte sie auch nur gespürt, dass Carasma dich gern tot sehen würde. Möglicherweise wurde ihm hinterbracht, dass deine Hände nicht so schlimm verletzt sind, wie sie es sein sollten. Vielleicht hat sie geglaubt, dass sie wieder in seiner Gunst steht, wenn sie dich umbringt.«

Sie schloss kurz die Augen. »O Davron. Du hast mich gerade dermaßen erschreckt, dass mir die Sommersprossen abgefallen sind.«

Seine Lippen verzogen sich nach oben. »Habe ich nicht. Ich mag sie nämlich.«

»Da bist du aber der Einzige.«

»Das freut mich. Keris, es ist alles in Ordnung. Morgen werden wir so schnell wie der Wind reiten und diese dreckige Bande hinter uns lassen. Unsere Reittiere sind ausgeruht und die Häscher haben wir heute Nacht übel zugerichtet, das versichere ich dir. Wir werden dein Zelt von nun an zwischen Meldors und meinem und Barks aufschlagen. Du bist auch herzlich eingeladen, das Zelt mit mir zu teilen, außer…« Er machte eine Handbewegung, die Bände sprach.

Sie schüttelte heftig den Kopf. »Es wird schon gehen.«

Ich könnte das ertragen, dachte sie. Es wäre sogar ein prickelnder Genuss, wenn ich wüsste, dass wir eines Tages zusammensein könnten – wenn ich etwas Hoffnung hätte. Irgendwo, irgendwann… Aber es gibt keine Hoffnung. Wir haben keine gemeinsame Zukunft.

Schöpfer, hilf uns!

Kapitel Fünfundzwanzig

Verachte keine Straße zu Erlösung, wenn diese Straße wahrhaftig ist. Wenn Lord Carasma Feldströmung benutzt, wird seine Bosheit offenbar, aber wenn ein Ritter Feldströmung benutzen sollte und sein Herz rein ist, wer sind wir dann, wenn wir sagen, dass in seiner Tat keine Reinheit liegt?

Ritter IV, Buch 9, Verse 5 & 6
(Rt. Jorgan)

Keris verblüffte Portron.

Sie war erst zwanzig und noch eine unverheiratete Jungfrau und obwohl sie anscheinend schon mit ihrem Vater zusammengearbeitet hatte, besaß sie keine große Erfahrung. Deswegen sollte man sie eigentlich leicht in Versuchung führen können; sie sollte den Beschränkungen durch die Kantorei zugänglich sein und willig einem älteren und weiseren Mann gehorchen, der die Farben der Kantorei trug. Stattdessen war sie widerspenstig, halsstarrig, rechthaberisch und viel zu neugierig im Hinblick auf Dinge, die eine nicht Farben tragende Frau in zartem Alter nichts angingen. Sie sollte damit zufrieden sein, der Führung eines Kantors zu folgen; stattdessen hatte sie sich dafür entschieden, sich auf Gedeih und Verderb mit zwei Unbeständigen von zweifelhafter Moral und Motivation zu verbinden, die sich mit verbotenen Dingen befassten und mit einem Verseuchten Gemeinschaft hielten. Bark war vielleicht harmlos, aber Meldor war zweifellos ein Abtrünniger der schlimmsten Sorte, der die Unschuldigen verführen wollte… und was Davron anging: Sein Einfluss war teuflisch. Dieser Mann war nur wenig besser als ein Satyr; das war ganz offensichtlich.

Konnte Keris wirklich an einem solchen Mann interessiert sein, wie Corrian es angedeutet hatte? Natürlich hatte Keris unlängst viel Zeit in seiner Gesellschaft verbracht, und er hatte sie aus dem Tief gerettet, aber Portron konnte sich nicht vorstellen, was ihn attraktiv für sie machte. Er glaubte, dass Davron trotz seiner vermuteten Lüsternheit ein viel zu ernsthafter Mann war, als dass er einer so jungen und lebenslustigen Person wie Keris gefallen könnte. Dieser Kerl lächelte kaum und seine schwarzen Augen waren wie kohlengefüllte Gruben, die eine Seele zeigten, welche so kalt wie die ungeheizte Esse eines Schmieds war.

Portron schüttelte verblüfft den Kopf und erinnerte sich an Maylie. An die dünne, neugierige, großzügige Maylie mit ihrer sommersprossigen Nase und ihren vertrauensvollen grauen Augen. Er hatte sie geliebt – verdammt! Und wie er sie geliebt hatte. Er erinnerte sich daran, dass sie rote, raue Hände gehabt hatte – das Ergebnis lebenslanger harter körperlicher Arbeit. Er hatte sie als Ehrenabzeichen angesehen. Keris' Hände hingegen waren lang und feingliedrig und künstlerhaft gewesen. Sie waren es gewesen. *Aber was bei allem, was an der Schöpfung heilig war, war mit der linken geschehen?* Sie verlor kein Wort darüber…

Wenn er sich Maylies Gesicht ins Gedächtnis zurückrief, war es manchmal das von Keris, das sich darüberlegte. Sie waren einander so ähnlich – oder spielte ihm seine Erinnerung nur einen Streich? Er hatte nichts anderes als seine Erinnerung, auf die er sich verlassen musste, denn es hatte nie ein Bild von Maylie existiert, und seine Erinnerungen an sie waren jetzt schon zwanzig Jahre alt. In seinen Gedanken würde sie immer zwanzig bleiben. Zwanzig und verliebt.

Er und Maylie hatten eine Tochter gehabt. So viel wusste er, auch wenn die Kenntnis über das Geschlecht des Babys ihnen eigentlich verboten war. Sicherlich hatte Maylie das Kind, dem sie das Leben geschenkt hatte, nie gesehen, aber sie hatte einen untergeordneten, nicht Farben tragenden Arbeiter bestochen, damit er ihr sagte, ob es ein Mädchen oder ein Junge war, und dann hatte sie diese Information heimlich ihm übermittelt. Damals hatte er das Kantoreigebäude natürlich bereits lange verlassen und war auf dem Weg zum Regelbüro gewesen.

Sie wäre jetzt in Keris' Alter, wo immer sie auch sein mochte – seine Tochter.

Natürlich war es unmöglich, dass Keris Maylies Kind war. Keris kannte ihre Eltern und war von ihnen aufgezogen worden. Maylies Kind – sein Kind – hingegen lebte nun irgendwo als Kantorin. Sie war in die Kantorei hineingeboren worden, war bestimmt von der Kantorei aufgezogen worden, war nun ein Teil der Kantorei und hatte die Farben eines der Orden angenommen.

Dennoch sagte Kantor Portron sich, dass sein Kind – wo immer es sich befinden mochte – dem Pilgermädchen aus Mahlkorn ähneln musste. Ob er darauf brannte, Keris vor den Gefahren zu beschützen, die sich aus ihrer eigensinnigen Natur und aus der Feldströmung ergaben, weil sie ihn an Maylie erinnerte oder weil sie ihn an die Tochter erinnerte, die er nie gesehen hatte, blieb Portron ein Rätsel. Er betrachtete sie mit väterlicher Zuneigung und Hilfsbereitschaft, doch manchmal war seine Eifersucht eher die eines Liebhabers. Dafür schämte er sich und er vergrub diese Gefühle tief in seinem Inneren. Es ist nur meine pastorale Pflicht, redete er sich ein. Ich will einem Mädchen helfen, das mutterseelenallein auf der Welt ist. Das ist meine Pflicht.

Und dann erinnerte er sich immer deutlicher an die Art, wie Maylie ihn angesehen hatte, als sie ihre

Schwangerschaft nicht länger verheimlichen konnten und gewusst hatten, dass er sie nun verlassen musste.

Als er nun an diesen Augenblick zurückdachte, wurde er von Gefühlen übermannt, unter denen Portron aufseufzte und sich niederkniete, um eine Buß-Kinese zu machen.

Kantor Portron hatte nicht nur Schwierigkeiten, Keris zu verstehen, sondern er hatte auch keine Erklärung dafür, was mit ihr geschehen war. Er wusste nicht, wie sie den Sturz in die Schlucht hatte überleben können; er konnte sich den Schaden nicht erklären, den ihre Hand erlitten hatte; er hatte keine Vorstellung davon, wie oder warum sie die Feldströmung in ihren Körper aufgenommen hatte. Er wusste nur, dass sie eine der schlimmsten Sünden begangen hatte – eine Sünde, die nicht nur zum zwangsläufigen Ausgeschlossenwerden führte, sondern auch zur Ausweisung aus allen Kantoreigemeinden. Und sie wollte einfach nicht auf ihn hören. Er hatte sie angefleht, auf sich achtzugeben; er hatte es mit Nörgeleien, Drohungen und Schmeicheleien versucht, doch jedes Mal, wenn er das Thema anschnitt, hatte sie ihn abgewimmelt. »Nicht jetzt, Kantor«, sagte sie dann. »Ich bin müde. Wir sind weit geritten und ich habe jetzt keine Kraft mehr für eine Diskussion.«

Am ersten Tag nach dem Überfall der Häscher auf das Lager hatte sie wirklich erschöpft gewirkt. Er hatte besorgt bemerkt, dass sie im Sattel schwankte. Sie waren schnell und weit geritten; also hatte ihre Müdigkeit einen guten Grund (selbst Meldor und Davron schienen außergewöhnlich ermattet zu sein), doch Keris war sogar einem Zusammenbruch nahe. Trotzdem war er der Meinung, dass sie ihm hätte zuhören sollen. Als sie aber an jenem Abend eine Feldströmungslinie durchquert hatten, schien sie sich zu erholen. Portron hegte einen bestimmten Verdacht, was sie in der Linie gemacht hatte – was sie alle in der Linie gemacht hatten: Meldor, Davron und Keris –, aber er wollte nicht darüber nachdenken.

Als er einige Tage später das Thema noch einmal ansprach, hatte Corrian zufällig mitgehört und führte sofort einen verbalen Angriff gegen ihn. »Ach, Kantor«, sagte sie, nachdem Keris verärgert fortgegangen war, »wieso denkst du mit deinem Dummköpfchen, dass sie dir zuhört, wenn du so einen hammelhirnigen Unsinn verzapfst?« Corrians Zunge war wieder in Hochform, obwohl das scharfe Reiten ihren Körper übel zugerichtet hatte. Nachdem sie den Arm verloren hatte, war sie an den ersten beiden Tagen in halbbetäubtem Zustand zusammen mit Bark auf Strunk geritten und abends hatte sie sich müde und schlaff in ihrem Zelt ausgestreckt. Aber jetzt, am dritten Tag, an dem sie zusammen im Gemeinschaftsraum eines weiteren Rasthortes saßen, war sie wieder so scharfzüngig wie eh und je und sie war wieder in der Lage, sich mit Portron zu zanken, obwohl sie sich über ihren schmerzenden Arm beschwerte. »Keris hat uns das Leben gerettet und es ist mir egal, was sie dazu Unsichtbares aus ihren Fingerspitzen verschossen hat. Ich bin ihr jedenfalls dankbar. Ich hänge ziemlich an meinem Leben – ist schließlich das Einzige, das ich habe«, sagte sie. Sie deutete auf ihren fehlenden Unterarm. »Siehst du das? Siehst du, wie es verheilt? Na, wenn Meldor das mit seiner Feldströmung macht, warum sollte ich – oder sonst jemand – irgendwas dagegen haben?«

»Weil es falsch ist«, murmelte Portron. Er wollte nicht, dass Meldor ihn am Nachbartisch hörte. Die Vorstellung, dass der charismatische Mann, der früher einmal Ritter Edion gewesen war, nun ein Abtrünniger war, der sich die Macht der Feldströmung zunutze machte, ängstigte Portron mehr, als er vor sich selbst zugeben wollte. »Es ist eine Sünde, Corrian. Die Kantorei hätte das Recht auf ihrer Seite, wenn sie dir die Erlösung nehmen würde.«

»Ich vermute mal, dass die Kantorei das wohl kaum kann, Kantor. Einzig und allein der Schöpfer entscheidet, ob ich in Das, Was Erschaffen Wurde, eingehen darf oder ins Chaos gepfeffert werde.« Sie warf ihm einen durchtriebenen Blick zu. »Scheint, dass du ein Problem hast, Kantor. Dein ganzes Leben lang bist du allen Konfrontationen ausgewichen und jetzt hast du eine in deinem eigenen Vorgarten, die sich gewaschen hat« – sie tippte sich an die Stirn – »und du musst dich entscheiden, was du tun sollst.« Sie lachte gackernd. »So sieht die Gerechtigkeit des Schöpfers aus.«

»Mach dir keine Sorgen, Kantor«, unterbrach Fint sie. Er saß neben ihnen, aber sie hatten ihn vergessen. Jetzt, da er das Chamäleon war, passierte ihm das oft. »Heißt es nicht irgendwo in den Heiligen Schriften, dass die Feldströmung die Rettung der Menschheit sei?«

»Nein, keineswegs! Äh… also, es gibt eine unwesentliche Stelle, die besagt, dass die Anwendung von Feldströmung möglicherweise rechtmäßig ist, wenn der Anwender reinen Herzens ist.«

»Und wir sollten keinen rechtmäßigen Weg zur Erlösung verachten«, beharrte Fint. »Das steht irgendwo im Buch der Ritter.«

»Das ist ein sehr vages Zitat«, protestierte Portron unglücklich. »Niemand schenkt ihm Bedeutung.«

»Vielleicht sollte man das aber«, sagte Corrian und schaute selbstgefällig drein.

Portron war sich sicher, dass er noch nie jemandem begegnet war, den er mehr verabscheute – außer Meldor vielleicht. Und Davron.

»Wir müssen ihn im Auge behalten«, sagte Davron am Nachbartisch in aller Ruhe. »Unser Gebrauch von Feldströmung verwirrt ihn sehr.«

Meldor hatte die Hände um einen Becher mit etwas darin, das fälschlich Bier hieß, geschlossen und fragte: »Was glaubt ihr, wird er sein Wissen zur Kantorei tragen, sobald mein Einfluss auf ihn nachlässt?«

Bark murmelte etwas Zustimmendes. Davron sagte: »Ich glaube ja. Aber vielleicht wird er zögern, weil Keris bei uns ist. Er will ihr nicht wehtun.« Er zog eine Grimasse. »Mache diesen Mann unschädlich. Deine Gewalt über ihn wird nicht ewig Bestand haben und wir wollen doch wohl kaum, dass die Kantorei Verteidiger in das Unbeständige schickt und uns in rechtschaffener Entrüstung jagt.«

»Würde sie das wirklich tun?«, fragte Bark. »Warum sollten sie sich um uns kümmern, wenn wir im Unbeständigen bleiben?«

»Oh, sie werden sich durchaus um uns kümmern«, sagte Meldor. »Daran hege ich nicht den geringsten Zweifel.« Er lächelte Bark schwach an. »Wusstest du, dass hier erst vor zwei Tagen eine Gruppe Verteidiger durchgekommen ist, die wissen wollten, ob jemand einen ältlichen Blinden mit einer tiefen Stimme gesehen habe? Zumindest hat mir das unser Wirt gesagt.« Er sah nicht sonderlich besorgt aus.

Davron zog die Stirn kraus. »Was glaubst du, warum …?«

»Vielleicht haben sie bloß zu viele Gerüchte über Hafenstern gehört. Und über die Feldströmung. Die Kantorei fürchtet die Feldströmung mehr als alles andere. Sie glaubt, dass jeder, der sich mit der Feldströmung abgibt, so etwas wie ein Häscher ist, und wenn es eine normale Person ist, die Zugang zu den Stabilitäten hat – nun ja, das kommt einer Kriegserklärung an die Ordnung gleich. Sie haben Angst davor, dass ein solcher Mensch in eine Stabilität kommen und dort unbeschreiblichen Schaden anrichten könnte.«

Davron seufzte. »Jemand wie ich zum Beispiel.«

»Genau. Davron, falls Portron nicht den Mund hält, ist dein Leben immer dann in Gefahr, wenn du den Fuß in eine Stabilität setzt.«

»Und das deine ebenfalls.«

»Ich bin ausgeschlossen. Ich wage mich nicht über die Grenzstädte hinaus. Du aber schon.«

»Was schlägst du vor? Sollen wir ihn umbringen?«

Zu Davrons Entsetzen schien Meldor diesen Vorschlag ernsthaft in Erwägung zu ziehen. »Es wäre eine Lösung, aber ich habe eine Abneigung gegen Handlungsweisen, durch die wir uns auf eine Stufe mit unseren Gegnern stellen. Nein, ich denke, wir sollten den Kantor in Ruhe lassen. Er könnte uns noch von Nutzen sein.«

Davron zog eine Augenbraue hoch. »Wenn du so redest, frage ich mich jedes Mal, was du vorhast, mein blinder Freund.«

Jetzt lächelte Meldor zufrieden. »Solange Kantor Portron sich das noch nicht fragt…«

Die Gefährtenschaft vermied die Sechste und Siebte Stabilität. Freiwillig gingen sie auch zweimal anderen Gefährtenschaften aus dem Weg, die von Verteidigern eskortiert wurden. Noch immer ritten sie sehr schnell. Sie sahen keine Anzeichen mehr dafür, dass sie noch von Häschern beobachtet wurden. Davron war der Meinung, dass sie die Diener des Tilgers ausgetrickst hatten, weil sie nach dem Angriff so rasch fortgeritten waren. Sie hatten ihre ungebetenen Beobachter zurückgelassen, die noch damit beschäftigt gewesen waren, ihre Wunden zu lecken. Natürlich war es nur eine Frage der Zeit, bis andere Häscher sie entdeckten, aber das war noch nicht geschehen.

Sie erreichten den Wanderer und bei der Durchquerung dieser Feldströmungslinie, die als trügerisch bekannt war, nahm Keris noch mehr Feldströmung auf.

Es hatte sie entsetzt, wie schwach sie gewesen war, nachdem sie Feldströmung gegen Sissi Walddecks Schoßtierchen eingesetzt hatte; als sie am Tag darauf eine kleine Feldströmungslinie erreichten, hatte sie sich erschöpft und krank gefühlt. Sie hätte es niemals für möglich gehalten, dass sie einmal froh darüber sein würde, sich in eine Feldströmungslinie zu stürzen; das war ein schmerzlicher Gedanke. Nun, da sie einige Tage später den Wanderer erreicht hatten, erkannte sie mit Unbehagen, wie sehr sie es schätzte, noch mehr Feldströmung in sich aufzusaugen. Sie genoss die Kraft und Vitalität, die sie daraus schöpfte.

»Jetzt weiß ich, warum mich die Geballte Faust so sehr angezogen hat«, sagte sie zu Davron. »An der Feldströmung ist etwas… Verführerisches.«

Er nickte ernst und sie tauschten Blicke; sie kannten den Preis, den sie bezahlen mussten. Mit Feldströmung fühlten sie sich stark, ohne sie würden sie sterben.

Während sie sich im Wanderer befand, suchte sie nach weiteren Mineralien und Erden, die sie zur Herstellung von Tinte und Farben benutzen konnte, aber sie fand nichts. Erst als sie einige Tage später den Schnitzer erreichten, hatte sie Glück und fand einige Materialien, die sie gebrauchen konnte.

Der Schnitzer war breit und floss träge. Er stellte für die Gefährtenschaften keine große Gefahr dar, sondern war eher für seine sanften Farben und seine Ruhe als für Turbulenzen bekannt. Davron sagte, dass in den letzten hundert Jahren nicht mehr als ein paar Leute im Schnitzer verseucht worden waren – mit dieser Tatsache beruhigte sie sich selbst, während sie den in der Linie badenden Boden absuchte.

Dort gelang es ihr, Sienaerde zu finden, die sie für verschiedene Gelb- und Braunschattierungen benötigte und die ihr auch Rotbraun verschaffte, wenn sie die

Erde verbrannte. In der Nähe fand sie etwas Eisenoxid, das sich zur Herstellung von helleren Rottönen eignete. Keris war sehr zufrieden.

Am Abend zeichnete sie mit dem, was sie gefunden hatte, einen kleinen Teil einer Trompleri-Karte, aber sie wartete bis zum Morgenlicht, bevor sie sie Meldor, Bark und Davron zeigte. Meldor konnte sie natürlich nicht sehen, und Davron beschrieb sie ihm – mit einer Stimme, die vor Aufregung zitterte. »Es ist eine Karte in großem Maßstab; sie stellt das Land dar, durch das wir gestern geritten sind«, erklärte er. »Sie zeigt eine braune Ebene und dieses Felsenloch, an dem wir beinahe von dem Wirbelwind fortgeweht worden wären.«

»Ich habe eine von Leselings Karten benutzt, um die richtigen Maßstäbe zu bekommen«, sagte Keris. »Und ich habe diese besondere Stelle genommen, weil ich die richtigen Farben dafür habe. Im Augenblick habe ich nur Brauntöne – von Gelbbraun bis Rotbraun.«

»O Himmel«, sagte Davron. »Meldor, da ist ein Wirbelwind zu sehen. Er dreht sich in einer Ecke der Karte – er bewegt sich – ich kann ihn sehen. Man könnte glauben, dass er jeden Augenblick die Farbe vom Pergament aufwirbelt! Man glaubt, man kann ihn berühren und seinen Luftsog spüren, aber wenn ich mit dem Finger darüberstreiche, ist da gar nichts. Ich spüre nichts und doch dreht er sich unter meinen Fingern fort… Sieh mal, was ist denn das? So etwas wie ein Reiter. Reitet geradewegs in das Felsloch hinein. Man kann sehen, wie er sich den Abhang hinunterbewegt. Es ist unglaublich – der Hügel sieht so wirklich aus! Eine einsame Person auf einem… ist das ein Pferd? Nein, ich glaube, es ist irgendein verseuchtes Tier. Keris, das ist ja *wundervoll*!« Er schaute auf und die Bewunderung in seinem Blick war ihr peinlich. »Heiliger Schöpfer, ich wünschte, du könntest das sehen, Meldor.«

»Das wünschte ich auch.« In seiner Stimme lag eine Spur von Sehnsucht. »Meinen herzlichen Dank, Keris. Eines Tages wird man dich in Hafenstern dafür verehren.«

Sie blinzelte. »Verehren? Ich will nicht verehrt werden. Ich will...« Sie hielt inne und versuchte sich daran zu erinnern, was sie eigentlich wollte. »Ich vermute, ich will, dass es alle besser haben.«

»Wünschst du dir nichts für dich persönlich?«, fragte Meldor.

»Wenn es alle besser hätten, wäre das auch etwas für mich selbst.«

»Es wird alles besser werden«, sagte Meldor. »Das verspreche ich dir.«

Sie lächelte, aber sie glaubte ihm nicht ganz.

Wie üblich lenkte Bark ihre Gedanken wieder auf Praktischeres. »Wie schwierig wird es für dich sein, in den Feldströmungslinien die richtigen Farben für die Karten zu finden?«, wollte er wissen.

Sie runzelte die Stirn. »Ich vermute, ich werde die ganze Palette von Mattrot über Braun bis Orange und Gelb ohne Probleme herstellen können, weil ich glaube, dass die am einfachsten zu findenden Zutaten Ocker, Umbra und Sienaerde sind. Es wird aber kein Karmin, Krapp und Indigo sowie Enzian und Waid geben, weil all das von Pflanzen und Tieren stammt. Auch mit Sepia wird es schwierig. Es stammt von Flusstintenfischen. Und wo soll ich Mineralien finden, die normalerweise aus tiefen Minen kommen? Kupfer zum Beispiel. Wenn ich Kupfer habe, kann ich Grünspan herstellen, um Grün zu erhalten. Wenn ich Kobalt und Aluminiumoxide habe, kann ich Kobaltblau gewinnen. Das ist vermutlich die wichtigste Zutat. Grün könnte ich mir mischen.« Sie zog die Stirn kraus und dachte nach. »Dunkelgrün und Dunkelblau könnte ich vielleicht aus Eisenpigmenten bekommen... und auch

Zinnober. Kommt das üblicherweise aus Minen? Ich weiß nicht einmal genau, was das ist.«

»Ich glaube, es hat etwas mit Quecksilber zu tun«, sagte Davron. »Was ist mit Weiß?«

»Irgendwo unter einer Feldströmungslinie werde ich schon Kreide finden.«

»In Hafenstern wird es Leute geben, die dir helfen«, sagte Meldor. »Es würde mich nicht wundern, wenn wir dort einen Fachmann für Farbgewinnung fänden. Wir haben Handwerker aus allen möglichen Gebieten.«

Hafenstern… Für Keris' Ohren klang das nicht wie ein wirklicher Ort. Sie hatte noch keine Vorstellung davon, was es sein mochte. Sie hatte sowohl Bark als auch Davron mit Fragen danach belästigt, von beiden aber nur sehr ungenaue Antworten erhalten. »Ach, du wirst schon sehen«, hatte Davron gesagt und seine Stimme war so sanft wie die eines Mannes geworden, der gerade seine Geliebte beschrieb. »Hafenstern ist schwer zu erklären. Es ist anders. Etwas Seltenes. Vielleicht würdest du selbst einen Ozean als langweilig empfinden, wenn du es gesehen hast. Es ist besser abzuwarten, als mich zu bitten, es dir mit Worten zu beschreiben, die nur unzulänglich sein können. Außerdem glaubt doch niemand mehr an Drachen, oder?«

»*Drachen?* Das soll ein Witz sein, nicht wahr?«

Er lachte nur.

Bark war sogar noch weniger redselig. »Du wirst es anders sehen als ich«, hatte er gesagt. »Ich bin nicht feldströmungsfühlig und deswegen sehe ich nur den Schatten, die Widerspiegelung, die Maske. Daher hat es keinen Sinn, mich nach einer Beschreibung zu fragen. Und doch wird dir Hafenstern niemals so viel bedeuten wie mir und in dieser Hinsicht bin ich glücklicher dran. Hafenstern redet mit meiner Seele, Keris.«

Das half ebenso wenig, ihr den Ort zu beschreiben.

Auch hatte sie nicht gerade den Eindruck, dass sie alle Pläne Meldors kannte. Nun umgab ihn eine Aura unterdrückter Intensität, als ob seine Pläne bald ihren Höhepunkt und ihr Finale erreichten. Er war wie ein Tier kurz vor dem Sprung, mit gespannten Muskeln und starrem Blick; wie ein Tier, das nur auf den richtigen Augenblick wartete, um seine arglose Beute zu überraschen. Und das ängstigte sie mindestens genauso sehr wie alles andere, was er bisher getan hatte.

Wenn sie auf Gruppen von Ausgeschlossenen trafen, ließen sich Meldor, Davron und Bark oft auf lange Diskussionen mit ihnen ein, wonach manchmal das Lager abgebrochen wurde und sich die Leute in bestimmte Richtungen zerstreuten, und manchmal wurden rasch Boten losgeschickt, als dürfe man keine Zeit verlieren. Niemandem in der Gefährtenschaft wurde dafür jemals eine Erklärung gegeben. »Es sind Hafenbrüder«, war alles, was Keris erfuhr, »Freunde von Hafenstern.« Sie hatte den Eindruck, dass Meldor kräftig im Topf seiner Revolution rührte.

»Ihr seid *was?*«, fragte Portron. Der Kantor starrte erschüttert Davron über das Lagerfeuer hinweg an.

Davron goss sich unbeirrt eine morgendliche Tasse Tee ein – Barks Bräu, wie sie es inzwischen nannten – und wiederholte, was er soeben gesagt hatte. »Wir sind gar nicht zur Achten Stabilität unterwegs. Ich habe gerade mit meinem Freund Martrin gesprochen – er ist der Führer der Gefährtenschaft, die da drüben lagert...« – er zeigte auf die kleine Gruppe von Zelten etwas weiter das Tal hinunter – »und er ist gern bereit, dich mitzunehmen. Sie sind auf dem Weg von der Siebten zur Achten und werden die Kinese-Kette voraussichtlich in zwei Tagen erreichen. Ich habe ihn bereits entlöhnt; du brauchst ihm nichts mehr zu bezahlen.«

»Aber…« Der Kantor starrte Davron verdutzt an. »Aber wohin geht ihr denn?«

»Unser Ziel ist unwichtig für dich, Kantor«, sagte Davron und diesmal war eine Spur von Stahl in seiner Stimme.

Portron wandte sich an Keris, die die beiden Männer mit Unbehagen beobachtet hatte. »Keris…?«, fragte er.

»Kantor«, sagte sie, »ich bin jetzt eine Unbeständige und ich warte nicht darauf, dass man mir sagt, ich sei ausgeschlossen. Außerdem will ich nicht, dass die Kantorei hinter mir her ist, weil ich bis zu den Ohren voll mit Feldströmung bin.«

Portron zuckte zusammen. »Sag das nicht…«

»Es stimmt aber. Das bin ich. Und du weißt, dass es deine Pflicht ist, einen Bericht darüber abzugeben. Sei doch dankbar, dass Davron dich gehen lässt.«

Portron wurde noch um einiges bleicher. Er hatte nicht daran gedacht, dass sein Leben in Gefahr sein könnte. »Ich hätte dich nicht verraten«, sagte Portron gefasst zu Keris und glaubte, dass er es auch so meinte.

»Kantor, du hast alles getan, was du tun konntest, aber du hast versagt. Belass es dabei.«

Einige lange Minuten starrte er schweigend vor sich hin. Keris rührte sich nicht von der Stelle und senkte nicht den Blick. Er schaute fort und sah Corrian an. »Was ist mit dir? Du gehst doch sicher ebenfalls nicht mit dem Meisterführer, oder?«

Sie zuckte mit den Achseln. »Hatte ich eigentlich nicht vor, aber was das Mädchen sagt, ist verdammt richtig. Mir fehlt ein Arm und als Bürgerin tauge ich nicht viel; das ist zumindest die Meinung der Kantorei. Ich würde ebenfalls ausgeschlossen, also, was bleibt mir schon übrig?« Sie sah Davron an. »Für geachtete Leute bin ich nicht gerade von großem Nutzen, außer vielleicht als einarmige Köchin, und ich hab nur einen ganz blassen Schimmer, wohin du unterwegs bist, Meisterführer, aber wenn du mich mitnimmst…«

Er zögerte und sah zu Meldor hinüber, der etwas abseits der Gruppe stand. Als er von dem Blinden ein Nicken als Antwort erhielt, sagte er: »Jeder, der so tapfer ist, dass er eine Bestie mit Kochtöpfen bekämpft, ist uns willkommen, Corrian.«

»Um die Bekämpfung mit Beleidigungen erst gar nicht zu erwähnen«, sagte Keris lachend. »Ich glaube, ich habe in zwei Minuten mehr Flüche gelernt als in meinem ganzen bisherigen Leben.«

Portron warf ihr einen düsteren, missbilligenden Blick zu. »Dann bedeutet das wohl, dass ich der Einzige bin«, sagte er. »Also gut, ich gehe.« Er warf sich in die Brust. »Ich hoffe, ihr werdet es nicht eines Tages bereuen.« Er stolzierte zu seinem Zelt, um zu packen.

Meldor regte sich und sein Lächeln war geheimnisvoll. »Das hoffe ich auch«, sagte er leise. »Davon hängt vielleicht das Schicksal von Hafenstern ab.«

Kapitel Sechsundzwanzig

Warum besteht die Menschheit darauf, ungleich zu sein? Der Sanftmütige erbebt vor dem Starken, die stolze Schönheit erhebt sich über die Schlichte und beide nehmen ihren Platz unter uns ein, als sei es rechtens so. Hafenstern wurde für alle Männer errichtet, damit sie wie Brüder nebeneinander hergehen; Hafenstern wurde für alle Frauen erschaffen, damit sie hoch erhobenen Hauptes gehen können – aber es gibt immer einige Tauben, die sich spreizen, und einige, die sich ducken, denn schließlich sind wir alle nur Menschen.

Aus den späteren Schriften
Meldors des Blinden

Keris' Abschied von Kantor Portron war nicht glücklich. Sie hatte sich geweigert, ihn zur Achten zu begleiten, obwohl er ihr versichert hatte, dass ihre verstümmelte Hand kein ausreichender Grund für einen Ausschluss darstellte. Diese Weigerung hatte ihn tief verletzt. Dann hatte sie ihm gesagt, dass sie der Kantorei nicht mehr vertraue und sowieso kein Interesse mehr daran habe, unter der Regel zu leben. »Maylie,« hatte er aufgeheult, »wie kannst du nur so etwas sagen!« Er hatte nicht bemerkt, dass er sie mit einem falschen Namen angesprochen hatte, und einen Augenblick lang war Keris sicher, dass Tränen in seinen Augen standen. Dann schien sich seine Entschlossenheit zu verhärten; er hatte eine Bemerkung darüber gemacht, dass es die Pflicht aller Kantoren sei, dafür zu sorgen, dass die Diener des Schöpfers ihre Pflicht ihm gegenüber erfüllten. Das gefiel Keris gar nicht. Sein Abschied war kühl.

»Ich fürchte, er könnte eine Dummheit begehen«,

sagte sie zu Davron, während der Kantor zu Martrins Lager hinüberritt und dabei aufgeregt mit seiner Fliegenklatsche wedelte. »Hat Meldor ihn in seiner Gewalt, sodass Portron nicht geradewegs zur Kantorei reitet und ihr verrät, was ihr vorhabt?«

Davron zuckte mit den Achseln. »Keine Ahnung, aber du kannst sicher sein, dass Meldor alle Eventualitäten in Betracht gezogen hat.« Er fügte hinzu: »Meldor sagt auch mir nicht alles.« Er schenkte ihr ein kurzes Lächeln. »Vielleicht weil er weiß, dass ich nicht alles gutheißen würde. Oder…« – das Lächeln war verschwunden – »…weil er weiß, dass er mir nicht vertrauen kann.«

Sie wusste nicht, was sie darauf sagen sollte, und er schaute um Entschuldigung heischend zu ihr herüber. »Tut mir Leid. Das hätte ich nicht sagen sollen – es hat keinen Sinn. Weißt du, manchmal frage ich mich, ob diese ganze Sache nicht eine Art von göttlicher Strafe ist – indem der Schöpfer sich einen kleinen Scherz mit mir erlaubt, weil ich früher einmal ein so scheinheiliger, stolzgeschwellter Fatzke war, der glaubte, er würde nie etwas tun, dessen er sich schämen muss. Und jetzt muss ich mit der Schande leben, Carasmas Leibeigener zu sein. Verdammt, Keris, ich hasse ihn so sehr!« Er warf die Hände mit einem Lachen hoch. »Jetzt suhle ich mich wieder darin. Tritt mich, wenn es wiederkommt.«

»Warst du wirklich so furchtbar selbstgerecht?«, fragte sie neugierig.

»Ganz schrecklich. Ich war mir so sicher, dass ich immer recht hatte, so sicher, dass ich alles wusste. Jetzt weiß ich gar nichts mehr. Ich kann nicht einmal begreifen, warum ich von einem gewissen Weibsbild geliebt werde, die mehr Sommersprossen hat als ein Drachen Schuppen.«

Auf halbem Weg zum anderen Lager schaute Portron zurück und stand plötzlich stocksteif da. Keris jagte Davron um das Lager und drohte, ihm den Hintern mit ihrem Ebenholzstab zu versohlen; es war, als wären sie Kinder bei einem Spielen. Keiner von beiden bemerkte den Kantor.

Sie ritten fünf Tage lang, ohne jemandem zu begegnen. Jetzt hielten sie sich von den Pilger- und Handelsrouten fern; die Richtung, die sie eingeschlagen hatten, führte ausschließlich nach Hafenstern und sonst nirgendwohin. Sie sahen niemanden bis zum fünften Tag, als sie am Mittag eine Pause einlegten. Es war Meldor – wie üblich –, der die Gegenwart von Menschen spürte, bevor die anderen etwas gesehen oder gehört hatten; es war auch Meldor, der die Neuankömmlinge als Hafner erkannte.

»Favellis und Dita«, sagte er, sobald die Reiter, die von einer Hundemeute begleitet wurden, in Sichtweite kamen, und wandte sich wieder seinem Mittagessen zu. »Den Lärm ihrer undisziplinierten Hunde würde ich überall erkennen.«

»Sie arbeiten für Meldor«, sagte Bark erklärend zu Keris und Fint. (Corrian war schon vor einiger Zeit im Schatten eines nahen Felsens eingeschlafen und schnarchte nun leise.) »Sie leben in Hafenstern. Beide sind ausgeschlossene Feldströmungsfühlige. Ich frage mich, was, zum Chaos, sie hier draußen machen.«

»Frauen?«, fragte Fint, den die Vorstellung beeindruckte, dass sich zwei Frauen allein in das Unbeständige wagten.

»Jawohl« bestätigte Davron mit einem Grinsen. Er ging ihnen entgegen, um sie zu begrüßen, und Keris spürte den Stachel unvernünftiger Eifersucht, als die beiden Frauen absaßen und Davron begeistert umarmten. Er erwiderte ihre Umarmungen aufrichtig, wenn auch vorsichtig. Die Hunde tollten umher, schnüffelten und wedelten mit den Schwänzen.

Man wurde einander vorgestellt und es wurden Neuigkeiten ausgetauscht, zumeist über Leute und Orte, die Keris nicht kannte; daher verbrachte sie diese Zeit mit dem Versuch, die beiden Frauen abzuschätzen. Sie waren beide attraktiv, in den Dreißigern, wie Keris vermutete, und sonnengebräunt. Beide waren muskulös und gut in Form; vermutlich hatten sie ein sehr aktives Leben geführt. Favellis war redselig und fröhlich; Dita war ernster, nicht ganz so aufgeweckt. Sie überließ Favellis das Reden und warf nur manchmal eine Frage ein, meistens über etwas, das bereits vor einigen Minuten im Gespräch gewesen war. Diese Zwischenfragen kamen zwar verspätet, waren aber scharfsinnig und bewiesen, dass Dita nicht ganz so schlichten Geistes war, wie Keris anfänglich geglaubt hatte. Beide hatten ein gutes Verhältnis zu Davron und nachdem Keris bemerkt hatte, wie ungezwungen er ihnen gegenüber war, vermutete sie, dass sie von seiner Bindung an Carasma wussten. Sie versuchte, nicht eifersüchtig zu sein. Er hat halt sein Leben gelebt, bevor du ankamst, dachte sie. Er hatte andere Leute, mit denen er seine Probleme beredet hat und die für ihn gesorgt haben…

»…als wir also hörten, dass Feste Orte wie Pilze aus dem Boden schießen und Zeferil um jemanden gebeten hat, der hinausgeht und nachsieht, haben wir uns freiwillig gemeldet«, erzählte Favellis gerade. »Ihr kennt uns ja; wir stecken immer mittendrin.«

»Wir kennen *dich*«, sagte Davron zu ihr und lächelte Dita an. »Wie dem auch sei, was habt ihr herausgefunden?«

»Rein gar nichts. Nach dem zu urteilen, was Meldor gerade gesagt hat, habt ihr alles, was es zu erfahren gibt, von Rossel erfahren, nachdem er euch in Pökels Rasthort eingeholt hat.«

»Was ist seitdem mit den Festen Orten geschehen?«,

fragte Meldor, während er einen Hund wegstieß, der versucht hatte, ihm den Kopf aufs Knie zu legen. Das Tier trottete fort und beschnüffelte stattdessen die noch immer schlafende Corrian.

»Wir sind gerade auf Besichtigungstour. Einige sind etwas ausgefranst an den Rändern, als ob das Unbeständige an ihnen herumknabberte, aber sie sind noch stabil. Und grün. Langsam wachsen Bäume – Himmel, Markgraf, wenn wir nur herausfinden könnten, wie sie entstehen, könnten wir das Antlitz des Unbeständigen für immer verändern!«

»Wie viele habt ihr gefunden?«, fragte Meldor.

»Acht.«

»Rossel hat gesagt, es gäbe sieben.«

»Ja, das ist eine seltsame Sache. Die ersten sieben wurden alle mehr oder weniger zur selben Zeit entdeckt und sie befinden sich alle auf einer geraden Linie zwischen Hafenstern und der Achten. Als ob jemand in diese Richtung gereist wäre und unterwegs einzelne Teile des Landes verändert hätte.« Sie machte eine Pause und nahm die Tasse Tee entgegen, die Bark für sie aufgeschüttet hatte. Dann fuhr sie fort: »Der achte befindet sich am Winder. Zeferils Anweisungen zufolge haben wir nach weiteren Festen Orten Ausschau gehalten, aber bis vor etwa einem Monat keine gefunden. Damals sind wir über den achten gestolpert.«

»Der Winder ist an dieser Stelle verschwunden«, sagte Dita. »Dein Tee ist so gut wie eh und je, Sammy.«

»Wie bitte?«, fragte Davron verblüfft.

Favellis nahm den Faden der Geschichte wieder auf. »Ja, das stimmt. Noch vor etwa sechs Wochen waren wir in derselben Gegend gewesen und da war noch alles normal. Als wir aber zwei Wochen später zurückkamen, fehlte ein Teil des Winders. Er war fort. An seiner Stelle befand sich ein Fester Ort. Er hat dieselbe

Größe wie die anderen sieben und so gerade Ränder, als hätte man sie mit dem Lineal gezogen. Die Feldströmungslinie hat sich an einem Ende zurückgezogen und fließt jetzt an beiden Seiten um die Stelle herum. Der rechteckige Teil in der Mitte – der stabile Teil – widersteht dem Ansturm der Linie wie eine Schildkröte mit eingezogenem Kopf.«

»Komisch«, sagte Bark. »Und wir wissen über dieses Phänomen immer noch nicht mehr als vor vier Wochen?«

Dita und Favellis zuckten gleichzeitig mit den Achseln. Keris entfuhr ein erstickter Laut, der die Blicke aller auf sie lenkte. »Ihr... ihr kennt nicht...«, sagte sie und kämpfte mit einem Gedanken, der einfach zu gewaltig für sie war. »Ihr kennt nicht zufällig den *Namen* dieses Ortes?«

»Ich kann mir nicht vorstellen, dass er einen Namen hat«, sagte Favellis und runzelte die Stirn, als ob sie herauszufinden versuchte, wer Keris war.

»Doch, er hat einen«, widersprach Dita. »Er heißt *Westliche Schmutzebene.*«

»O heiliger Schöpfer!« Farbe flutete in Keris' Gesicht, floss dann wieder zurück und machte sie so weiß wie die Kreide in ihrer Farbschachtel.

Davron war sofort beunruhigt. »Keris, was ist los?«

»O Schöpfer, verstehst du denn nicht? Gerade Linien, rechteckig – Deverlis Karte. Davron, die Karte, die ich hatte, zeigte die *Westliche Schmutzebene.*«

»Aber wir haben doch die Möglichkeit verworfen, dass man etwas stabilisieren kann, indem man eine Trompleri-Karte davon zeichnet.«

Keris sagte ungeduldig: »Ja, aber was ist, wenn man eine Trompleri-Karte *verbrennt*?«

Keris' Worte lähmten sie alle. Sie hockten vor dem Feuer und bewegten sich nicht, bis sie den Gedanken in all seinen Verästelungen durchdrungen hatten. Es schien unmöglich zu sein – und doch glaubten schließlich alle daran. Alles, was Keris ihnen sagte, schien zusammenzupassen: Die Stabilisierung der Westlichen Schmutzebene war ihrer Berechnung zufolge ungefähr zu der Zeit erfolgt, als Keris eine Ecke von Deverlis Karte über die Kerzenflamme gehalten hatte.

Keris war eher entsetzt als erfreut. »Und was ist, wenn ich damit jemanden *getötet* habe?«, flüsterte sie. »Der Schöpfer helfe mir – was ist, wenn jemand genau zu der Zeit an jenem Ort war?«

»Unwahrscheinlich«, sagte Dita. »Es ist schließlich nicht gerade eine stark bevölkerte Gegend.«

»Und was die anderen sieben Stabilitätsflecken angeht – ich vermute, wir wissen jetzt, was mit Deverlis verschwundenen Trompleri-Karten geschehen ist«, sagte Davron. »Das war natürlich die Gegend, die er eingehend kartographiert hat. Jemand muss sieben der Karten vernichtet haben, entweder während Deverli umgebracht wurde oder später, was wahrscheinlicher ist.«

»Wieso sollte eigentlich jemand, der sich zu dieser Zeit an diesem Ort aufgehalten hat, unweigerlich sterben müssen?«, fragte Dita, die ihren eigenen Gedankengängen gefolgt war. »Nur weil die Karte verbrannt wurde, heißt das noch lange nicht, dass alles, was sie umfasst hat, ebenfalls verbrannt ist. Wir haben keine Anzeichen von Verbrennungen gesehen, oder, Favellis?«

Favellis schüttelte den Kopf. »Nein, gar keine.« Sie dachte zurück. »Das Gebiet um das Rechteck herum ist genauso wie hier. Keine Bäume, nur ein wenig Stachelgras und diese merkwürdigen Dornbüsche und viele von den silbernen Knollen, die die Pferde fressen. Es besteht hauptsächlich aus gesplittertem, steinigem Boden, aus Wirbelwinden und Sandstürmen. Typisch für getilgte Orte. Innerhalb des Rechtecks ist es ganz anders – jetzt zumindest: grünes Gras, Blumen, ein Fluss dort, wo die Feldströmungslinie war – ein paar Baumschößlinge. Ein netter Ort.«

»Ich glaube nicht, dass ich weiß, was eine Trompleri-Karte ist, aber meinst du, dass du noch einmal eine herstellen kannst?«, fragte Fint Keris. »Damit könnte man ja das Unbeständige für immer verbannen! Stell dir das einmal vor…«

Keris unterbrach ihn. »Du bist wohl hirnverseucht! Das ist doch viel zu gefährlich. Stell dir mal vor, es wäre jemand dort gewesen. Selbst wenn er nicht von den Bodenverwerfungen aufgespießt oder im Feuer gegrillt worden wäre, hätte er sich plötzlich mitten in einer Stabilität wiedergefunden! Er wäre doch wahnsinnig geworden.«

»Es gibt noch eine andere Möglichkeit«, sagte Meldor bedächtig. »Das Verbrennen einer Trompleri-Karte hat anscheinend bewirkt, dass eine Feldströmungslinie verschwunden und an ihrer Stelle eine Stabilität erschienen ist. Wenn meine Theorie stimmt, bedeutet das, dass die Feldströmung wieder an ihren angestammten Platz zurückgekehrt und alles wieder normal geworden ist. Aber stellt euch nur mal vor, wenn wirklich einer der Ungebundenen zu dieser Zeit auf der Westlichen Schmutzebene gewesen wäre – vielleicht wäre er weder gestorben noch verrückt geworden, sondern geheilt worden, so wie das Land geheilt worden ist. Vielleicht wäre er als normaler Mensch dort wieder herausgeritten.«

»Das ist ein interessanter Gedanke«, sagte Davron mit unterdrückter Erregung. »Aber ich frage mich, was mit einem Häscher passieren würde. Oder mit – mir.«

Keris schluckte das Gemisch aus Hoffnung und Grauen hinunter, das aus der Bauchgegend aufgestiegen war. Davron, der von seinem Siegel befreit war; Davron, der von einem grellen weißen Feldströmungsblitz verzehrt wurde; Davron, der getilgt worden war...

»Du darfst es nicht riskieren«, sagte sie offen; »das ist zu gefährlich...«

Er gab ein bitteres Lachen von sich. »Keris, mein Liebes, das Leben selbst ist bereits zu gefährlich für mich. Dem hast du früher einmal zugestimmt; erinnerst du dich?«

Fint blinzelte; er verstand nichts. Favellis war das Kosewort, das Davron gebraucht hatte, nicht entgangen. Sie musterte Keris mit einem interessierten Blick.

Bark sagte: »Es ist aber eine erregende Vorstellung, nicht wahr? Wir werden einen Freiwilligen brauchen, der... äh... sozusagen ein gebranntes Kind ist.«

Keris schüttelte den Kopf. »Eher ein verheiztes.«

»Gerade seit diesem Augenblick hänge ich an meinen Chamäleon-Eigenschaften«, sagte Fint rasch. »Plötzlich ist es mir egal, ob ich jemals wieder normal werde oder nicht. Niemand soll es wagen, das Land um *mich* herum zu verbrennen. Nein danke.«

»Wir könnten mit einem Schoßtierchen anfangen«, schlug Davron vor.

»Vielleicht sollte unser erstes Experiment darin bestehen herauszufinden, ob wir das Land wirklich stabilisieren können«, sagte Keris. »Wir müssen eine weitere Karte herstellen und verbrennen, nachdem wir uns versichert haben, dass sich dort niemand aufhält.«

Davron glühte beinahe. »Himmel! Das ist die aufregendste Entwicklung, die es je gab. Ich kann es kaum glauben.« Es fiel ihm schwer, Keris nicht zu umarmen.

Meldor lächelte und brachte alle zurück in die Gegenwart. »Keris kann hier draußen keine richtige Karte zeichnen«, betonte er. »Je schneller wir nach Hafenstern kommen, desto besser. Dann können wir unsere Möglichkeiten ausloten. Fint, geh und weck Corrian auf. Dita, ich möchte, dass auch ihr beide zurück nach Schild geht.«

Sie nickte. »Wir müssen erst zurückreiten und unser Lager abschlagen; deswegen werden wir etwas später hinter euch herkommen.« Sie stand auf und rief die Hunde. Favellis folgte ihrem Beispiel und streckte lässig die Hand aus, um einen kleinen Schmutzfleck von Ditas Kleidung abzuwischen. Dita drehte sich um und lächelte ihre Freundin dankbar an.

Diese Berührung, die länger als unbedingt nötig dauerte, und die Tiefe des zurückgegebenen Lächelns brachten Keris sofort zum Schweigen. Als Ergebnis ihrer Erziehung war ihre erste Reaktion Entrüstung, doch sie verwandelte sich rasch in fesselndes Interesse. Als sie überdachte, was sie gesehen hatte, verspürte sie einen Augenblick lang Mitleid mit Baraine. So sollte es sein, dachte sie, als die beiden Frauen davonritten. Keine Schuldgefühle, keine Regel. Nichts, was man verstecken musste.

»Aus diesem Grund wurden sie ausgeschlossen«, sagte Davron, der wieder einmal ihre Gedanken gelesen hatte. »Sie wurden ausgeschlossen, weil sie sich lieben. Sie hätten etwas Besseres verdient.«

Am nächsten Tag erreichten sie den Spalter. Sie ritten auf eine Anhöhe und Keris sah zum ersten Mal den Knöchel – den Zusammenfluss des Spalters und des Winders. Die beiden Feldströmungslinien verflochten sich ineinander und wanden sich hoch in die Luft, bevor sie in ein Farbgestöber zersplitterten und in zitternden Lichtfingern zurück in die Feldströmung fielen. Brütende Hinterhältigkeit und funkelnde Hexerei, glimmernde Tücke und spukhafte Anmut – all das war hier: der üble Ekel des Spalters und die unweltliche Feenhaftigkeit des Winders in einer doppelten Spirale.

Wieder einmal spürte Keris die Anziehungskraft der Feldströmung – und fürchtete sich.

»Kraft«, sagte Meldor ruhig neben ihr, als spüre er ihre Gefühle. »Nur einfach Kraft, Keris. Eine gewaltige Macht, wild und ungebunden und vermischt mit der Unbeständigkeit einer geringeren Energie. Beide sind unvorhersehbar. So wie ein Blitz. Er kann einen Menschen erschlagen oder ihn auch nur umwerfen und bewirken, dass ihm die Haare zu Berge stehen. Manchmal ist die Feldströmung genauso. Ich glaube, der Grund unseres Erfolges mit Hafenstern liegt darin, dass wir zwei verschiedene Sorten von Feldströmung zur Hand haben: eine wirklich mächtige und eine bezaubernd unwirkliche.«

»Es ist wunderschön«, sagte sie.

»Und ausgesprochen erschreckend, wenn man gar nichts davon erkennen kann«, murmelte Fint verstimmt, doch seine Verärgerung hielt nicht lange an. »He, Keris«, sagte er, »wie sehe ich jetzt aus?« Er stellte sich so, dass sie ihn vor dem Hintergrund der schäumenden Feldströmung sah.

Sie musste sein Grinsen erwidern. Als er mit dem Hintergrund des Knöchels verschmolz, wurde er in ein Farbknäuel verwandelt. »Idiot«, sagte sie freundlich. »Du siehst aus wie eine mit Glühwürmchen überzogene bunte Zuckerstange.«

Dann blickte sie an ihm vorbei und erbleichte angesichts dessen, was sie sah.

»Nein«, sagte Davron beruhigend, bevor sie einen Warnschrei ausstoßen konnte. »Keine Häscher. Nur Hafenwächter. Unsere Verteidiger, wenn du so willst. Siehst du? An ihren Piken hängen farbige Bänder. Weiß und Gold: das sind die Farben von Sonnstrom, einem

Dorf in Hafenstern. Und am Kragen tragen sie Grün – das kennzeichnet einen Hafenwächter.«

»Aber die Hunde bei ihnen sind keine normalen Hunde. Es sind Schoßtiere!« Kein normaler Hund hatte eine zum Zugreifen geeignete Nase und kein Hund bewegte sich mit einer solchen tänzelnden Eleganz wie diese Kreaturen.

»Niemand hat gesagt, dass man nicht auch Bestien zähmen kann«, sagte Davron. Seine kieselige Stimme war ungewöhnlich besänftigend; er hatte den Anflug von Panik in ihrer Stimme bemerkt.

»Das ist gegen die Regel!«, brauste sie auf. Sobald sie diese Worte ausgesprochen hatte, erkannte sie aber, wie hohl sie waren. Alles in Hafenstern war gegen die Regel.

Er lachte über sie und die Liebe in seinen Augen bewirkte, dass ihr Herz einem Ziel entgegenhämmerte, das es niemals erreichen konnte.

Er sagte: »Schoßtiere sind nur deswegen böse, weil die Häscher sie zum Angriff auf Menschen abrichten, und natürlich wählen sie dazu meistens die schlimmsten Tiere aus. Diese hier sind natürlich auch Bestien, aber es sind Wachttiere. Wir nennen sie Schnüffler; ihre Aufgabe ist es, Fremde in unserem Gebiet aufzuspüren. Ich vermute, dass sie angreifen würden, wenn man es ihnen befiehlt, aber wir halten sie nicht zu diesem Zweck.«

Das musste sie erst einmal verdauen und ihre Vorurteile ablegen.

»Ich will mit dieser Hafenwächterpatrouille reden«, sagte Meldor.

Bark brummte: »Jetzt schicken sie jemanden zu uns herüber. Es sind zwei Männer. Ich glaube, es handelt sich um Brecon, den Schmied von Sonnstrom, und seinen Sohn.«

Meldor nickte. »Ich erinnere mich an sie. Wir haben

sie vor fünf Jahren in der Nähe der Dritten Stabilität rekrutiert. Der Sohn war zum Unbeständigen geworden, weil er nach seinem Vater suchte, der schon zwanzig Jahre vorher verseucht worden war. Ein feiner junger Mann und eine Geschichte, die einen glücklichen Ausgang nahm, als sie einander fanden.«

»Wie geht es?«, fragte Davron, als die Kundschafter einen Augenblick später ihre Pferde zügelten.

»Es geht, dank der Gnade des Schöpfers«, kam die nicht sonderlich ermutigende Antwort.

»Dank der Gnade des Schöpfers, Brecon«, gab Meldor zurück. »Es tut gut, deinen näselnden östlichen Dialekt wieder mal zu hören. Aber sag mir, warum seid ihr nicht weiter draußen? Wir haben keine Patrouillen auf unserem Weg hierher gesehen.« Seine Stimme klang bemüht neutral, als ob er nicht schimpfen wollte, solange er nicht wusste, ob die Kundschafter einen guten Grund dafür hatten, nicht dort zu sein, wo er sie vermutet hatte.

Der Schmied war ehrerbietig, aber nicht unterwürfig. »Willkommen zu Hause, Markgraf.« Er war ein muskulöser Mann, der ein sechsbeiniges verseuchtes Tier ritt. Seine Haut war purpurfarben und die Ohren hingen ihm bis auf die Schultern herab. Sein unverseuchter Sohn trug zwar die gräuliche Kleidung der Nichtfarbenen, aber auch einen auffälligen Goldring mit einem großen, grob geschliffenen Stein darin, der eher einem Kantor zugestanden hätte. Er senkte den Kopf, obwohl Meldor ihn ja nicht sehen konnte. »Schlechte Neuigkeiten, wie ich fürchte«, sagte sein Vater jetzt. »Wir reiten nicht mehr allzu weit hinaus; es ist zu gefährlich. Flugbestien spionieren uns aus und wenn wir uns zu weit vorwagen, werden wir von den Häschern angegriffen.«

Meldors rasches Stirnrunzeln verriet alles. »Sie haben uns entdeckt.«

»Ich fürchte, ja. Bisher ist niemand durch unsere Verteidigungslinien gedrungen – aber wir wagen es nicht, uns weiter nach draußen zu verteilen. Die Zahl der Häscher nimmt auch immer mehr zu.«

Meldor seufzte. »Früher oder später musste das geschehen. Ich wünschte nur, es wäre ein wenig später gewesen. Wie dem auch sei, wir werden Verstärkung erhalten, wie du zweifellos bereits bemerkt haben wirst, Brecon. Ich habe die Hafenbrüder gebeten, heimzukommen. Irgendein Anzeichen des Tilgers?«

»Nein, zum Glück nicht.«

»Dann reitet weiter.« Meldor nickte einen Dank. Die beiden Männer vollführten eine Kinese und ritten davon.

»Der Sohn – er trägt einen Ring, dabei gehört er nicht zur Kantorei«, sagte Fint verwundert. »Hast du das gesehen, Keris?«

»Warum sollte er keinen tragen?«, fragte Bark.

»Diese Gegend hier ist etwas gewöhnungsbedürftig«, bemerkte das Chamäleon verwirrt und die Wülste, auf denen seinen Augen saßen, rollten in spaßiger Selbstironie seitwärts – eine nach links, die andere nach rechts. »Himmel, wenn der Sohn eines Hufschmieds mir mit einem Ring von der Größe einer Knoblauchzwiebel unter der Nase herumwedelt, bekomme ich weiche Knie – als ob sich das Land unter meinen Füßen angesichts dieser verruchten Sünden auflöste.« Er grinste Keris an. »Ist das nicht *wunderbar*?«

Corrians Grinsen war noch breiter und noch verruchter. »Jo, das stimmt. Ich glaube wirklich, dieser Ort bietet so allerlei.«

»Aber keine Ringe für euch beide, wie ich fürchte«, sagte Davron. »Auch wenn ihr gern anderen Schmuck tragen dürft.«

Corrian war streitlustig. »Und warum nicht? Ich

habe mich schon immer danach gesehnt, was an den Fingern zu tragen, mit dem ich einem Tricianer die hochnäsige Fresse polieren kann.«

»Weil Ringe in Hafenstern als Zeichen der Feldströmungsfühligkeit getragen werden.«

»Und wo ist Hafenstern?«, fragte Keris und schaute sich um.

»Alles zwischen dem Spalter und dem Winder ist Hafenstern. Wirf einen Blick hinter die Feldströmungslinie«, erwiderte Bark.

Sie stellte sich auf die Steigbügel, damit sie besser sehen konnte, aber die farbigen Nebel über dem Winder behinderten die Sicht.

»Egal«, sagte Davron. »Wir reiten bis zur Brücke, die nicht mehr weit vor uns liegt, und überqueren dort die Linie. Es gibt zwölf Brücken nach Hafenstern hinein, weil wir es den Nicht-Feldströmungsfühligen wie Corrian hier ersparen wollen, unnötigerweise das Risiko des Verseuchtwerdens einzugehen.«

»Es gibt noch einen anderen Grund«, fügte Meldor hinzu. »Ich bin zu der Überzeugung gelangt, dass der Tilger es spürt, wenn man eine Feldströmungslinie durchquert. Ich war stets der Meinung, dass Brücken uns helfen könnten, unser Geheimnis zu bewahren.«

Eine halbe Stunde später begrüßten sie die Wächter der nächstgelegenen Brücke. Meldor und Davron wurden rasch erkannt und mit Kinese-Gesten des Willkommens und der Ehrerbietung empfangen. Dann ritten sie über den Winder (Corrian streckte ihm dabei die Zunge heraus) und in eine andere Welt hinein.

Kerris war sprachlos.

Das Land funkelte. Glänzte. Jedes Erdkrümchen glitzerte in feurigen Farben; jeder Grashalm prangte in strahlendem Grün; jeder Busch und jeder Baum wogte in schillerndem Leben. »Gnädiger Schöpfer!«, rief Keris schließlich fassungslos aus. »Ihr habt das Land mit Feldströmung durchtränkt!«

»Das stimmt«, gab Meldor mit selbstgefälliger Befriedigung zu.

»Wie soll man sich jemals daran gewöhnen können?«, sagte sie mehr zu sich selbst als zu jemand anderem. Sollte man es tatsächlich ertragen können, andauernd von einem feldströmungsgesättigten Land umgeben zu sein und andauernd Farben in festen Gegenständen umherwandern zu sehen?

Fint hielt neben Keris an der anderen Seite der Brücke an und glitt von seinem Pferd. »Sag mir, was du siehst«, bat er. »Ich sehe überhaupt nichts Besonderes. Für mich sieht es wie jede beliebige Stabilität aus – obwohl ich zugeben muss, dass ich mich nicht so krank fühle wie bei der Durchquerung der Fünften Stabilität.«

Einen Augenblick lang war Keris unfähig zu sprechen, denn sie war sich plötzlich bewusst, dass alle ihr zuhörten: Fint, Corrian, Davron, Meldor und Bark. Davron war der einzige, der beurteilen konnte, ob sie die Bitte angemessen erfüllte, denn nur er konnte außer ihr die Feldströmung sehen.

Sie wählte ihre Worte sorgfältig. »Es ist so, wie du es siehst: ein Land mit Wäldern und Unterholz und Wiesen – da drüben liegt ein Gehöft mit einem Mosaik aus Feldern – es ist alles genauso. Aber es liegt noch mehr darin, ist darin verwoben, damit eingefasst. Stell dir vor, dass diese Welt, die du siehst, mit schillerndem Sand bestäubt ist, dass alles in überschäumendem Sprudeln leuchtet... aber das, was ich sehe, sind nicht nur Farbblitze, es sind *Lebensblitze*. Die Farbe bewegt sich; es sieht so aus, als hätte Hafenstern eine Seele, über der es den Schleier weggezogen hat, damit man ihr Innerstes sehen kann.« Sie hielt inne. »Meldor, wenn du sagst, dass die Feldströmung lediglich eine Kraft ist, die die Welt zusammenhält, dann muss ich dir jetzt glauben. Aber ich habe den Eindruck, dass die Feldströmung noch mehr ist. Ich habe sie gefürchtet; hier sehe ich jedoch, dass sie der Abdruck des Schöpfers ist. Sie ist – der blaue Blitz eines Eisvogels, das apfelweingoldene Sprudeln der Sonnenstrahlen im Wasser, der Nebelring um einen Mond, das grübchenschaffende Lachen eines kleinen Kindes – es ist all das, vor dem du niederknien und dem Schöpfer aus ganzem Herzen danken willst, für alles Was Erschaffen Wurde.« Sie sah hinüber zum Chamäleon. »Ich hoffe, das beantwortet deine Frage, Fint.«

Es trat Stille ein, bis Meldor sagte: »Vielen Dank, Keris. Vielen Dank dafür, dass du der erste Mensch bist, der mich Hafenstern hat sehen lassen.« Seine Stimme war von Kummer und Stolz zerrissen.

»Aber ich verstehe es immer noch nicht«, sagte sie. »Du hast irgendwie das Land mit Feldströmung durchtränkt – das kann ich sehen –, aber wieso ist es deswegen sicher? Warum ist es nicht einfach nur eine andere Art des Unbeständigen?«

»Das Unbeständige ist unsicher, weil die Feldströmung darüberfließt, aber nicht in ihm ist. Feldströmungslinien sind unsicher, weil sie zu viel Feldströmung besitzen. Wir haben lediglich etwas Feldströmung aus den Linien genommen und sie zurück in den Boden geleitet. Das Ergebnis ist Hafenstern – ein sicherer Ort, halbstabil, aber den Verseuchten nicht feindlich gesonnen, weil er weder mit der Strenge der Ordnung noch mit der unversöhnlichen Einförmigkeit der Regel erschaffen wurde.«

»Glaubst du, dass... dass Malinawar früher einmal genauso ausgesehen hat?«

»Nein, nein. Der Schöpfer ist viel geschickter darin, die Feldströmung einzugliedern, als wir armen Menschen! Selbst das Verbrennen einer Trompleri-Karte bewirkt anscheinend mehr. Unsere Feldströmung leckt andauernd aus dem Boden und wir müssen sie jedes Mal wieder zurückdrängen. Vielleicht ist es gerade diese Unbeständigkeit, die das Ergebnis für die Ungebundenen erträglich macht.«

»Steigt ab«, sagte Davron und schwang sich von seinem Pferd. »Ich zeige euch, wie es gemacht wird.«

Alle saßen ab und betrachteten das komplizierte System aus Bewässerungsdämmen, Behältern und Schleusen in der Nähe der Brücke. Die Feldströmung des Spalters – dickflüssig und seilähnlich – wurde durch einen Kanal aus der Linie in einen in der Erde vergrabenen Behälter geleitet. »Sieht aus wie Tiereingeweide«, bemerkte Corrian, während sie einen Blick in den Tank warf. Wasser und Feldströmung aus dem Winder wurden mittels Bewässerungsgräben hinzugefügt und mit einem gigantischen hölzernen Kamm verrührt, angetrieben von Eseln, die außen um den Tank im Kreis herumtrotteten. Dann wurde die Mischung durch Kanäle in Hafenstern verteilt.

»Es gibt viele solcher Tanks«, sagte Davron. »Aus Sicherheitsgründen liegen sie alle außerhalb.«

»Ganz Hafenstern wird von Kanälen, Gräben und Rinnen durchzogen«, fügte Meldor hinzu. »Sie wurden von einem Mann namens Schalter Lesgon entworfen, der ein Meister-Brückenausbesserer in der Vierten war, bevor er wegen eines Verbrechens ausgeschlossen wurde. Die Feldströmung wird im Wasser zunächst in der Schwebe gehalten und dann vom Boden aufgenommen. Wenn sie von den Feldströmungslinien getrennt und in kleine Tropfen aufgespalten ist, ist sie weniger gefährlich und weniger stark. Schließlich versickert sie zusammen mit dem Wasser und wird zurück in die Feldströmungslinien geleitet.

Das war harte Knochenarbeit, das kann ich euch

sagen! Zu Anfang gab es keinen von uns – mich eingeschlossen –, der nicht mindestens einmal den Spaten in der Hand gehabt hat. Aber am Ende des ersten Jahres hatten wir einen Ort geschaffen, an dem die Verseuchten leben konnten und ein Gebäude nicht in wenigen Tagen wieder vom Land eingesogen oder durch Erdverwerfungen zerstört oder auf seltsame Weise in seiner Natur verändert wurde. Wenn Hafner Gemüse oder Getreide oder Obstbäume anpflanzen, dann wachsen sie, und zwar ganz normal. Am Ende des ersten Jahres wussten wir, dass wir etwas ganz Besonderes erschaffen hatten.« Er gab dem Chamäleon einen Klaps auf den Rücken. »Sag mir, Fint, wie fühlst du dich?«

Das Chamäleon zögerte. »Seltsam. Zufrieden. Als ob ich… nach Hause gekommen wäre.«

»Das bist du auch. Du bist ein ungebundener Mann in Hafenstern. Du kannst vielleicht die Feldströmung nicht sehen, aber die Feldströmung, die dich verseucht hat, befindet sich noch in dir und ist ein Teil von dir – und sie verbindet sich mit der Feldströmung von Hafenstern. Je länger du hier lebst, desto mehr wirst du das Land lieben. Du kannst seine wahre Pracht genauso wenig sehen wie ich, aber du kannst sie spüren. Wer vermag schon zu beurteilen, wer glücklicher ist: die Feldströmungsfühligen oder die Ungebundenen?« Er entfernte sich und redete mit einem der in der Nähe stehenden Hafenwächtern.

Davron sagte ruhig: »Himmel, Keris, stell dir vor: Er hat Hafenstern erschaffen – aber er hat es bisher weder gefühlt noch gesehen.« Er klang unendlich traurig.

Als sie zu den Pferden zurückgingen, beäugte Keris die Wachen und einen Haufen aus Hellebarden, Piken und Bögen neben der Tür des Brückenhauses. »Wovor habt ihr Angst?«, fragte sie.

Es war Bark, der darauf antwortete. »Vor einem Angriff der Häscher. Oder vor Sabotage. Wenn jemand die Kanäle mit zu viel Feldströmung fluten würde – nun, dann würden wir wohl zu einer gigantischen Feldströmungslinie werden.« Er schüttelte seine Mähne bei diesem Gedanken.

»Jemand wie ich zum Beispiel«, sagte Davron harsch. Seine kieselsteinharte Stimme kratzte mit Worten, die Keris nicht hören wollte, an ihren Nerven. »Erinnere dich daran, dass er mir nicht unmittelbar befehlen kann, einen Anhänger des Schöpfers zu töten, aber das... das könnte er mir befehlen.«

Voller Grauen erkannte sie, dass das es war, was Meldor und er selbst als Aufgabe erwarteten. Sie starrte ihn an und ihre Augen füllten sich mit den Schmerzen des Wissens.

»Es gibt einen Nachteil an Hafenstern, den bisher noch niemand erwähnt hat«, sagte Bark freundlich zu Keris, Fint und Corrian, als sie am Abend um das Lagerfeuer saßen und das Brot aßen, das Davron in den Kohlen gebacken hatte. Sie waren am Nachmittag weiter nach Hafenstern hineingeritten und hatten erst angehalten, als die Sonne bereits unterging. Ihr Lager hatten sie neben einem Fluss unter einigen Bäumen aufgeschlagen. Keris war ganz hingerissen von der Intensität der Feldströmungsstrahlung – sie war heller in der Dunkelheit und sorgte unabhängig vom Feuer oder dem Nachthimmel für Beleuchtung. Bark fuhr fort: »Bedenkt, dass Kakerlaken sich an den köstlichsten Dingen gütlich tun.«

Fint brummte: »Erzähl mir bloß nicht, dass es in dieser Gegend von feuerspeienden Häschern und Schoßtierchen mit schlechtem Atem wimmelt.«

Bark grinste. »So ähnlich. Die Bestien sind das Problem. Hafenstern wirkt auf sie so anziehend wie auf uns verseuchte Hafner. Ihr müsst vorsichtig sein und wir sollten heute Nacht Wache halten. Und was die Häscher angeht, nun, sie könnten hier genauso leben wie wir, aber bisher mussten wir uns ihretwegen keine Sorgen machen. Sie sind genauso wenig südlich des Spalters anzutreffen wie jeder andere gewöhnliche Unbeständige auch.«

Fint zog eine Grimasse. »Bis jetzt. Bis ich hergekommen bin. Was ist das um mich herum, Keris?«

»Das kann nicht von dir kommen«, beruhigte Keris ihn schläfrig und streckte sich im Sattel. »Muss Corrian sein.«

Die alte Frau blies zur Antwort eine Wolke beißenden Rauchs in ihre Richtung. »Verdammt noch mal, ich will wissen, warum ich hier keinen Ring tragen darf, wenn die Feldströmungsfühligen es dürfen. Das ergibt doch keinen Sinn, genauso wenig wie die Regel, nach der sich die Kantoren wie Pfingstochsen auftakeln und wir armen Huren in unserem Braun so gut wie möglich auszusehen versuchen.«

»Die Ringe dienen zum schnellen Erkennen der Feldströmungsfühligen«, sagte Bark.

»Und warum ist es nötig, so schnell zu wissen, ob jemand die Feldströmung sehen kann oder nicht?«

Diesmal war es Meldor, der darauf antwortete, und er klang beinahe traurig. »In Hafenstern gehen wir jeden Tag mit Feldströmung um. Die Feldströmungsfühligen sind deshalb hier sehr wertvoll. Nur sie können im wahrsten Sinn des Wortes sehen, was wir tun. Nur sie können Bewässerungsingenieure sein – unsere Baumeister, unsere Planungsmeister. Und manchmal ist es in einem Notfall – der oft genug eintritt – erforderlich, mit einem einzigen Blick zu erkennen, wer die Feldströmung sehen kann und wer nicht. Daher die Ringe.« Er seufzte. »Ich hatte gehofft, Hafenstern zu einem Ort machen zu können, an dem es keine Triciäner gibt und keine Kantoren, keine Hedrin, keine Ritter. Und es gibt sie wirklich nicht. Aber dafür gibt es die Feldströmungsfühligen. Sie sind unsere neuen Aristokraten.« Er setzte ein Lächeln auf, das pure Ironie war. »Liebe Keris, hier bist du etwas Besonderes, nicht weil du Karten zeichnen kannst; hier bist du von Adel, weil du feldströmungsfühlig bist, ob dir das gefällt oder nicht.«

Corrian gab ein Geräusch von sich, das ausgesprochen unhöflich klang. »War das nicht von Anfang an klar? Ich ende wieder mal mit dem Hintern im Misthaufen. Nicht feldströmungsfühlig und ohne Ring. Pah!«

»Sieh den Tatsachen ins Gesicht«, sagte Fint, »wir beide sind nun mal nicht dazu bestimmt, adlig zu sein.« Er rollte die Augen in komischer Resignation nach oben und ging dann zu seinem Zelt; er war zu müde, um noch länger aufzubleiben.

Bin *ich* dazu bestimmt? dachte Keris. Ich bin doch nur die Tochter eines Kartenzeichners! Sie fragte: »Wohin geht es morgen?«

»Nach Schild«, sagte Bark. »Das ist die einzige Stadt von Hafenstern. Es gibt noch jede Menge Dörfer, doch Schild ist der einzige große Ort. Wir werden vor Einbruch der Nacht dort sein.«

Keris gähnte. »Chaos, bin ich müde! Davron, ich hoffe, ich habe nicht die erste Wache, weil ich einfach nicht wach bleiben könnte.« Doch als sich die anderen zerstreut hatten – Bark war auf seinen Wachposten gegangen, Corrian und Meldor zu Bett –, blieb Keris bei Davron am Feuer sitzen und zögerte, ihm gute Nacht zu sagen. Sie spürte eine tiefsitzende Kälte in ihm. Er war zurück in Hafenstern und glaubte, er sei dazu verdammt, es zu zerstören.

»Ich liebe dich«, sagte sie ruhig. »Und ich werde dich immer lieben.« Die Hinzufügung *was auch immer geschehen mag* blieb unausgesprochen, doch sie wusste, dass er sie trotzdem gehört hatte.

»Ich wünschte, ich könnte dir beweisen, wie viel du mir bedeutest«, sagte er ruhig. Er klang prosaisch, als ob er über den Staub an seinen Schuhen redete. Doch sie ließ sich nicht täuschen.

»Ich weiß«, flüsterte sie. »Himmel, ich weiß.«

Sie sahen einander hilflos an und liebten sich nur noch mehr – fern voneinander.

Kapitel Siebenundzwanzig

Und aus der Dunkelheit des Unbeständigen wird einer kommen, der in der Dunkelheit lebt und doch in Licht gewandet ist. Und er wird das Schwert ergreifen, um die Welt zu verändern.

Voraussagungen,
Buch V, Kapitel 1, Verse 4 & 5

Edion war der Sohn eines Stellmachers, doch vermutlich wäre er kein guter Stellmacher geworden. Als Kind bereits war er ein Träumer gewesen und hatte Tätigkeiten geliebt, die eher den Geist als den Körper beanspruchten. Er hatte sozusagen zwei linke Hände und war zufrieden damit. Die meiste Zeit seiner Kindheit war er sogar froh, dass die Kantorei ihn als Baby seiner Familie weggenommen hatte, denn wenn er von seinen leiblichen Eltern aufgezogen worden wäre, hätte das bedeutet, dass er Handwerker hätte werden müssen. Er begriff nicht, was er verloren hatte, sondern schätzte, was er stattdessen gewonnen hatte: die Möglichkeit zu studieren, über dem geschriebenen Wort zu hocken, zu lernen – selbst wenn das auch bedeutete, das karge Leben einer Kantoreiwaise zu führen.

Und so kam es, dass Edion, das überzählige Kind des Stellmachers, Kantornovize und später Ritternovize wurde; er war ein nachdenklicher, scharfsinniger Junge mit einer starken Neigung zur Askese, und der Novize Edion wurde schließlich zum Ritter Edion von Galman, einem Philosophen und Intellektuellen, einem Wahrheitssucher, einem Mann, dem Bequemlichkeit oder Reichtum fast nichts bedeuteten. Der Wandel vom Ritter Edion, einem glühenden Verteidiger der

Kantorei und der Regel, zu Meldor, dem Ausgeschlossenen, einem Rebellen gegen die Institution und ihre Glaubenssätze, vollzog sich langsam und hätte wohl niemals seinen logischen Höhepunkt und Abschluss erreicht, wenn Meldor nicht erblindet wäre.

Er hatte schon immer die Qualen angeprangert, die die Regel den Menschen auferlegte – sie beleidigten sowohl seinen Gerechtigkeitssinn als auch seine Vorstellung vom Dienst der Kantorei an der Menschheit. In seiner ersten Zeit als Ritter hatte er sich oft gegen die herausragenden Ungerechtigkeiten der Regel ausgesprochen und Mitleid und Toleranz gegen diejenigen gepredigt, die sie übertraten. Er interessierte sich indessen nicht für die Menschen als Individuen; ihn beschäftigte eher die Frage, was *richtig* war, als die Frage, was *gut* war. Wenn er damit einen Fehler beging, dann erkannte er ihn nicht und die Kantorei bemängelte ihn nicht; seine Vorgesetzten waren der Meinung, dass jedes Mitleid dem Dienst an der Gesellschaft – und damit an der Regel – untergeordnet werden musste. Die Kantorei predigte die Regel, weil sie die Stabilität bewahrte. Dieses Prinzip stellte Edion in Frage, weil er es als ungerecht empfand.

Der Respekt der Kantorei vor seiner umfassenden Gelehrtheit sowie ihre gesunde Achtung vor seiner Beliebtheit in den Kongregationen führten dazu, dass Ritter Edion viele Jahre lang für seine unverschämten Ansichten nicht zur Rechenschaft gezogen wurde. Er ging unter die Leute und predigte seine Grundsätze und normalerweise enthielt sich der Sanhedrin eines Kommentars dazu; manchmal wurde Edions Kritik sogar von seinen Vorgesetzten beherzigt. Zur selben Zeit warteten seine schärfsten Kritiker innerhalb der Kantorei – und deren gab es viele – auf eine gute Gelegenheit, um loszuschlagen, und diese Gelegenheit kam, als klar wurde, dass der Ritter allmählich das Augenlicht verlor.

Edion wurde seine Ritterschaft genommen, nicht aber seine Kantorfarben – auf diese verzichtete er einige Jahre später freiwillig, nachdem er seine Reisen im Unbeständigen ausgedehnt und das wahre Ausmaß des Leidens dort entdeckt hatte. Zu diesem Zeitpunkt erklärte er sich als freier Gefolgsmann des Schöpfers. Das war eine todeswürdige Häresie, aber der Sanhedrin entschied sich, sie nicht zu verfolgen, was eine Menge mit der Popularität der Kantorei und nur sehr wenig mit der Regel zu tun hatte. Man erlaubte Edion, alle Bande, die ihn noch an die Kantorei fesselten, zu lösen und seinen Namen zu ändern. Es lag in ihrem Interesse, dass Ritter Edion von Galman so schnell wie möglich in Vergessenheit geriet.

Obwohl seine offene Rebellion erst nach seinem Ausschluß einsetzte, war der Same, aus dem einst Hafenstern hervorgehen sollte, schon zu seiner Zeit als Ritter gelegt worden, lange bevor er das Augenlicht verlor. Edion hatte einmal die Notwendigkeit der Besinnung verspürt und war mit einigen Kantorsgefährten auf eine lange Reise in das Unbeständige aufgebrochen. Er hatte vor, nach Süden zu ziehen, um die vergessenen Länder Bellisthron und Yedron zu suchen, weil er sich fragte, ob es wohl möglich sei, die vergessenen Nationen zu finden und gegen den Tilger zu vereinen.

Sein Versuch schlug fehl – die Pläne der Gruppe waren von der Wildheit des Unbeständigen vereitelt worden, aber auf seiner Reise hatte er ein dreiecksförmiges Land zwischen dem Spalter und einer Feldströmungslinie gesehen, die er den Winder nannte. Es hatte mehrere Feste Orte enthalten, die unempfindlich gegen Unbeständigkeit zu sein schienen, was sehr merkwürdig war, da die Gegend zwischen zwei unvergleichlich launischen Feldströmungslinien eingezwängt lag. Es war ein außergewöhnlich anziehendes Stück des Unbeständigen, ein grünes und fruchtbares Land, durch Flüsse gut bewässert und üppig mit Vegetation ausgestattet: eine angenehme Abweichung in einer ansonsten unfruchtbaren Ödnis.

Er hatte sich Jahre später an diesen Ort erinnert, als er erblindet und ausgeschlossen worden war und nicht mehr die Farben der Kantorei trug und als er seine eigenen Theorien über die Feldströmung gebildet hatte, und war dorthin zurückgekehrt. Diesmal trug er seinen Traum mit sich, eine Heimat zu schaffen, in der alle Ausgeschlossenen in Sicherheit leben konnten. Dort hatte er das in die Tat umgesetzt, was er aus seinen ausgedehnten Studien sowohl der heiligen Texte als auch der profanen Schriften in den Kantoreibibliotheken gelernt hatte. Dort hatte er einen einzigen Ort erschaffen – stabil oder unbeständig –, einen Ort, wie es ihn weder vor noch nach der Abspaltung je gegeben hatte. Dort hatte er Hafenstern erschaffen.

Natürlich hatte er es nicht allein getan.

Er hatte damals eine kleine Gruppe ihm ergebener Ungebundener um sich geschart – Männer und Frauen, die an seine Philosophie glaubten. Meldor besaß Charisma und er predigte einen Glauben, der bei den Vertriebenen eine bestimmte Saite anschlug. Er sagte, es gebe andere Wege, den Tilger zu bekämpfen, andere Wege, das wiederzugewinnen, was Carasma ihnen abgenommen hatte. Er sprach sogar von der Möglichkeit, dass ein Ungebundener in einem stabilen Land leben könne.

Zunächst waren die Bewegung und der Ort klein. Trotz seines Wunsches, ihn zu einer Heimat für alle Ausgeschlossenen zu machen, wollte Meldor es vermeiden, den Zorn der Kantorei zu erregen; deswegen hielt er den Ort überschaubar klein und verbarg seine Existenz und seine Lage unter einem Schleier aus Gerüchten und Märchen.

Erst einige Jahre später entschied er, dass die Zeit reif war – nicht nur für eine wesentliche Erweiterung von Hafenstern, sondern auch für seinen Einsatz als Stützpunkt im Kampf gegen Lord Carasma und seine Häscher. Er brachte mehr Leute herbei, förderte das Wachstum Hafensterns und suchte nach der Art von Männern und Frauen, die ihm bei seinem Kampf gegen den Tilger am hilfreichsten war. Einigen von ihnen, unter denen sich auch Davron befand, zeigte er, wie man die Feldströmung aufnehmen konnte; es war eine Fähigkeit, die er aus den heiligen Texten gelernt hatte. In der Vergangenheit war es für die Ritter allgemein üblich gewesen, Feldströmung zu benutzen, bis der Sanhedrin nach einigen schrecklichen Fällen des Missbrauchs diese Praktik als furchtbare Sünde brandmarkte. Selbst Meldor erkannte, dass darin eine gewisse Weisheit lag, und er war vorsichtig in der Auswahl seiner Schüler und noch vorsichtiger bei dem, was er sie lehrte. Nur Bark (der sowieso die Feldströmung nicht benutzen konnte) und Davron wussten, dass durch sie die Ausübung von Zwang möglich war.

Die Kantorei erfuhr natürlich von Hafenstern. Schon seit Jahren waren Gerüchte im Umlauf und Tatsachen hatten sich mit Erfindungen verbunden, bis schließlich diese Erfindungen – die Meldors Agenten ausgestreut hatten – die Tatsachen überlagerten.

Zauberei, hieß es. Magie, hieß es. Ein Heiligtum, das von Drachen und Zaubersprüchen bewacht wurde, das im Nebel verborgen lag, wohin nur die Ungebundenen gehen konnten und alle anderen zu Drachensaat verwandelt wurden (was immer das sein sollte), wenn sie sich dorthin wagten. Ein Ort voller Paläste mit filigranen Säulen, umgeben von Sümpfen, in denen Wassergeister nur darauf lauerten, unvorsichtige Eindringlinge zu fressen. Ein Ort, an dem Zauberer weilten, die – für einen gewissen Preis – die Verseuchten in hübsche Markgrafen und Markgräfinnen verwandelten… Die Geschichten vervielfältigten sich so gewaltig, dass selbst die leichtgläubigsten Kantoren sie schließlich nicht mehr für wahr hielten. Viele Jahre hindurch hörte die Kantorei sie – und spottete darüber.

Aber die Gerüchte hatten Bestand und nicht nur deswegen war es dem Sanhedrin manchmal unbehaglich zumute, sondern auch weil die Anzahl der Beschwerden aus dem Unbeständigen über die Führerschaft der Kantorei ständig wuchs. Die Ausgeschlossenen mochten zwar aus den Stabilitäten verbannt sein, aber es waren immer noch Kinder des Schöpfers und als solche unterlagen sie der Rechtsgewalt der Kantorei. Um ihre religiösen Belange kümmerten sich wandernde Kantoren, die selbst entweder Ungebundene oder aus dem einen oder anderen Grund ausgeschlossen worden waren. Das war die Theorie. In der Praxis aber widerstrebte es den Ungebundenen immer stärker, ihre Verstümmelungen als Bestrafung des Schöpfers für ihre menschliche Starrköpfigkeit hinzunehmen. Die Ausgeschlossenen waren nicht mehr bereit zu akzeptieren, dass ihre Verbannung eine gerechte Strafe war, denn sie hatten sich verändert. Sie hätten eigentlich weiterhin dem Wort des Sanhedrin gehorchen und wie früher ihre Anbetungen verrichten müssen, doch stattdessen verkündeten sie Häresien und redeten von einem blinden heiligen Mann – und all das schien auf irgendeine Weise mit einem Ort namens Hafenstern in Verbindung zu stehen.

Als daher Kantor Portron Bittel mit seiner Geschichte vor den Sanhedrin trat, weil er von der Angst gequält wurde, dass Keris in ihr Verderben lief, und hoffte, sie aus den Klauen Meldors und den Umarmungen Davrons erretten zu können, wurde er nicht mit dem Spott empfangen, den er eigentlich erwartet hatte.

»Hafenstern? Glaubst du, sie gehen nach Hafenstern?« Anhedrin Deckriss Rötler legte die Hände zu einem Spitzdach zusammen und schaute Portron darüber hinweg an. Der Regelkantor sah nicht aus wie jemand, der bedeutsame Nachrichten brachte. Er wirkte eher kläglich: ein besorgter, aufgeregter kleiner Mann, der früher einmal fett gewesen war, doch unlängst offensichtlich viel von seinem Gewicht verloren hatte. Ein Heiligenschein aus flatterndem weißen Haar, der eine glänzende kahle Stelle umrahmte, trug zum allgemeinen Bild von Schwäche bei.

Einen Augenblick lang entglitt Deckriss die Ernsthaftigkeit des Gesprächsgegenstandes und er plusterte sich mit einem Anflug selbstgefälliger Befriedigung auf. Er aalte sich in seiner Geschmeidigkeit – und dem Gedanken, dass *er* keine kahle Stelle am Kopf hatte –, doch dann wandte er sich wieder wichtigeren Themen zu. »Und warum glaubst du, dass deine Gefährtenschaft nach Hafenstern unterwegs ist?«, fragte er.

Portron wand sich unbehaglich. »Wohin sollten sie sonst gehen, Anhedrin Deckriss? Ich bin sicher, dass sie nicht zu einer Stabilität unterwegs sind. Aber sie gehen trotzdem zu einem gesicherten Ort. Ich habe ihren Gesprächen zugehört… Sie haben dem Mädchen – Keris Kereven – einen Laden versprochen. Und im Unbeständigen gibt es keine Läden. Also muss es irgendwo noch einen Ort geben, einen sicheren Ort. Wo sonst als in diesem Hafenstern?«

»Wieso glaubst du, dass Hafenstern tatsächlich existiert? Kantor, ich habe auch schon Geschichten über Drachen und Hexen gehört und das bedeutet nicht, dass es so etwas wirklich gibt.«

Der verzweifelnde Portron blieb hartnäckig. »Es gibt zu viele Gerüchte über Hafenstern, als dass das Ganze nur ein Märchen sein könnte. Ich habe gehört, wie darüber in den Rasthorten und den Reiseherbergen von hier bis Tromlin getuschelt wird. Ich habe gehört, wie die Ungebundenen davon sprechen – so, als würde es existieren. Und dieser Mann, Davron, ist Tricianer, da bin ich mir sicher. So jemand hat sich bestimmt irgendwo eine Domäne errichtet. Er nennt sich vielleicht Unbeständiger und Anführer, aber er bereist seine Route nicht regelmäßig. Das habe ich nachgeprüft. Und auf der Storre-Domäne lebt er schon seit vielen Jahren nicht mehr.«

»Sehr gut, Kantor. Du hast deinen Standpunkt klar dargelegt. Jetzt kannst du uns die Angelegenheit überlassen.« Der Anhedrin stand auf. Seine scharlachrote Seidenrobe raschelte gegen das Perlmutt, das auf die Goldseide seiner Amtsstola genäht war. Er schüttelte die Stola, damit deren Glöckchen klingelten.

Die Tür schwang als Antwort auf das Klingeln auf und Portron wurde von dem Novizen, der Türdienst hatte, hinausgeleitet, bevor er begriff, was geschah. Im letzten Augenblick bliebt er stehen und Deckriss unterdrückte einen Seufzer. Er beobachtete, wie der Kantor – dessen Instinkt ihm eigentlich riet, still und leise zu verschwinden – gegen die Versuchung kämpfte, den Weg des geringsten Widerstandes zu gehen, und diesen Kampf schließlich gewann.

»Äh…«, setzte er an. Er klang so erbärmlich, wie er aussah. »Das Mädchen…« Deckriss hob eine Augenbraue. »Sie ist von diesen Männern verführt worden. Ein gutes Mädchen, braucht nur die Führung durch die Kantorei, wenn Ihr versteht…«

»Wir kümmern uns darum, Kantor.«

»Aber…«

»Damit willst du doch wohl nicht andeuten, dass wir nicht das Beste für unsere Gläubigen tun?«

»Oh… äh… nein… natürlich nicht.« verwirrt ließ Portron sich auf ein Knie nieder, machte eine Geste der Unterwürfigkeit und verließ dann den Raum. Eine jämmerliche Erscheinung.

Deckriss würdigte ihn keines Blickes mehr.

In dem Augenblick, in dem sich die äußere Tür hinter dem Kantor schloss, öffnete sich eine andere in der gegenüberliegenden Wand des Zimmers und Cylrie Artberg trat ein. Ihre eleganten Pantoffeln verursachten nicht den geringsten Laut auf dem flauschigen Teppich. Deckriss war nicht erstaunt über ihr Eintreten und wies mit der Hand auf den gepolsterten Stuhl, den Portron soeben verlassen hatte.

»Also ist Edion wieder aufgetaucht«, sagte sie. Sie lehnte sich zurück und schlug die Beine übereinander, wobei sie sich sorgfältig um den Sitz ihrer Robe kümmerte.

»Ich fürchte, ja. Schöpfer, wenn ich gewusst hätte, dass er solche Probleme verursacht, hätte ich ihn kopfüber vom Windglockenspielturm der Ritterschaft stoßen lassen, anstatt nur dafür zu sorgen, dass er ausgeschlossen wird.« Er sah sie wenig hoffnungsvoll an. »Ich vermute, es kann niemand anderes sein, oder?«

»Kaum. Portron hat ihn erkannt. Wer ist der andere?«

»Der Tricianer? Davron von Storre. Nach meinem ersten Gespräch mit dem werten Kantor habe ich mich umgehört. Auch um Storre gibt es eine merkwürdige Geschichte. Er war Verteidiger, hatte eine vielversprechende Karriere vor sich und warf dann alles hin, ließ seine Frau und seine Kinder im Stich und verschwand im Unbeständigen. Wie Portron schon sagte, taucht er manchmal auf und macht eine Führung – ein fähiger Kerl, soweit ich weiß. Was diese besondere Durchquerung noch unverständlicher macht.« Er zählte die Widrigkeiten der Gefährtenschaft an den Fingern ab: »Der Sohn eines Kuriers – verseucht; ein tricianischer Jugendlicher – verführt; eine angepinselte alte Hure –

verstümmelt; eine junge Frau – unterworfen; ein Häscher in ihren Reihen; zahlreiche Angriffe; außerdem wurde eine Brücke unter dem Mädchen zerstört; sie fiel und wurde verstümmelt – was sagt uns das alles?«

Cylrie hob gleichgültig eine Augenbraue. »Dass es eine harte Durchquerung war?«

Er überging ihre Leichtfertigkeit. »Dass der Tilger ein erstaunlich großes Interesse an dieser besonderen Gefährtenschaft hatte.«

»Oder an einem besonderen Mitglied derselben.« Sie polierte die Fingernägel an ihrer Stola.

»Genau. Aber an wem? An Edion? An Davron? An Kereven? Und warum?«

»Vermutlich an Edion. Oder was ist mit diesem Kereven-Mädchen? Ein Zelt, das sich in Luft auflöst, der Sturz aus großer Höhe, der nicht tödlich endet, eine Hand, die auf ganz eigenartige Weise verstümmelt wurde... das alles ist sehr mysteriös. Was geht Portron das Ganze überhaupt an?«

»Er ist ein törichter alter Narr. Ich vermute, er ängstigt sich um etwas, das er als Grundtugend ansieht. Aber das Mädchen ist offensichtlich so schuldig wie das Chaos selbst. Sie macht gemeinsame Sache mit Leuten, die Feldströmung benutzen. Das macht mir Sorgen, Cylrie. Dass sie Feldströmung benutzen, meine ich damit.«

Sie runzelte die Stirn und ein Satz neuer Falten erschien auf ihrem Gesicht. »Warum?«

Er war wütend, denn er wusste, dass sie ihre eigenen, heimlichen Gründe für diese Frage hatte. »Du weißt sehr gut, warum! Weil es ein Gräuel ist. Weil es den Leuten gewisse... gewisse Kräfte gibt, die böse sind. Wir alle haben gesehen, wie die Häscher sie benutzen, und Portron hat uns gerade erzählt, dass Edion es fertiggebracht hat, den Kantor davon abzuhalten, das weiterzusagen, was er gesehen hat – zumindest für eine bestimmte Zeit. Und die Benutzung der Feldströmung schwächt die Ordnung. Heilige Verderbnis, stell dir doch bloß die Verheerungen vor, die eine einzige Person innerhalb einer Stabilität anrichten kann, wenn sie dort mit Feldströmung um sich spritzt!«

Ein leichtes Lächeln umspielte ihre Mundwinkel. »Insbesondere hast du Angst davor, was Edion mit der Feldströmung anstellen könnte.«

»Ja, verdammt!«

»Du hast ihn schon immer gefürchtet.«

»Du versuchst mich wieder zu reizen, Cylrie. Ich spreche es laut aus, wenn du willst: *Edion macht mir Angst*. Ich weiß nicht, was er vorhat. Ich kann mir nicht vorstellen, dass er sich jemals auf Carasmas Seite stellen würde, aber er steht auch nicht auf unserer Seite und er ist gefährlich.« Er fiel in sich zusammen. »Ich wünschte, ich wüsste, was er zur Zeit macht.«

»Er ist auf dem Weg nach Hafenstern«, sagte sie ruhig. »Freund Portron hat es dir soeben berichtet.«

Er schlug verärgert mit der Hand auf die Sessellehne. »Wie kann Hafenstern existieren, Cylrie? Wie ist es möglich, im Unbeständigen zu siedeln?«

»Die Leute errichten schließlich auch Rasthorte.« Sie schwang ein Bein hoch und bewunderte die Linie ihres Fußes und den eleganten Absatz ihres Pantoffels.

»Ja, aber nur auf Festen Orten und das ist immer nur ein kleines Gebiet. Und es wird mit jedem Jahr kleiner. Und selbst dann müssen sie hoffen, dass ihnen keine Feldströmungslinie in die Quere kommt. Wusstest du, dass im letzten Monat der Rasthort zwischen der Vierten und der Siebten über Nacht verschwunden ist und die vierzehn Leute, die sich darin befanden, ebenfalls nicht wieder aufgetaucht sind? Der Rasthort ist einfach in einer neuen Feldströmungslinie untergegangen, die es am Tag zuvor noch nicht gegeben hatte. Verdammte

Unordnung, Cylrie, *wie kann jemand etwas Großes errichten, das da draußen überdauert?*«

»Es geht jetzt nicht um das Wie, sondern um das Warum – und um das Wo. Wir müssen es finden. Alle Kräfte der Kantorei müssen auf dieses Problem ausgerichtet werden.« Ihre Gleichgültigkeit war plötzlich verschwunden; jetzt war die Frau, die ihm da gegenübersaß, nichts als gehärteter Stahl, geschliffen in langen Jahren voller Intrigen. »Wir haben es zugelassen, dass dieser Meldor-Edion uns zum Gespött macht, Deckriss. Irgendwo dort draußen, direkt unter unserer Nase, hat er einen Ort namens Hafenstern geschaffen und wir haben das viel zu lange unbeachtet gelassen. Ich vermute, dass er Hafenstern als Basis für Angriffe auf uns benutzen wird. Ich kann dir sagen, was er will – er will Macht, er will nicht weniger als die Kantorei selbst.«

»Woher willst du das wissen?«

»Ich kenne Edion.«

»Das bezweifle ich«, sagte er gehässig. »Wenn du Edion kennen würdest, hättest du nicht einmal im Traum daran gedacht, ihn verführen zu können.« Der Blick, den sie ihm gab, warf Blitze. »O ja«, sagte er, »ich weiß, warum du ihm hasst – er hat deinen Stolz verletzt. Du warst ein Dummkopf, Cylrie. Edion ist – oder war – ein Asket. Er nahm sein Gelübde ernst und hat mit keiner Frau geschlafen. Und auch mit keinem Mann. Aber ich vermute, dass genau das es war, weshalb du ihm am meisten begehrt hast. Es war immer der Reiz des Verbotenen, nicht wahr?«

»Das sind alles Hirngespinste aus der Vergangenheit, Deckriss. Konzentrier dich lieber auf das gegenwärtige Problem. Was machen wir mit Edion und Hafenstern? Von diesem Dingsda von Storre und dem Kereven-Mädchen und den wer weiß wie vielen anderen will ich gar nicht erst reden.«

»Ich habe ein Treffen aller verfügbaren Sanhedrin sofort nach der Andacht einberufen. Ich will deine Zustimmung, Cylrie. Aus diesem Grund habe ich veranlasst, dass du Portron belauschst. Ich will um die Vollmacht bitten, die Verteidiger unserer Stabilität – und auch die der Sechsten und Siebten – auszusenden, damit sie Hafenstern finden und vernichten. Ich will Edion tot sehen und Storre ebenfalls. Das Kereven-Mädchen soll in Fesseln hergeführt werden. Ich will wissen, wie es einer Frau möglich sein kann, von einer Brücke in den Tief zu fallen und unverletzt zu bleiben.«

»Vielleicht ist sie eine Häscherin – und dieser Storre möglicherweise ebenso. Er hat seine Familie verstoßen, weil er zum Häscher wurde, denn ein Häscher kann nicht mit seinen Kindern schmusen und mit einer normalen Frau schlafen.«

»Wie erklärst du dir dann die Tatsache, dass er tief in die Stabilitäten hineingeht? Meiner Meinung nach beweist du damit wieder einmal, wie wenig du Edion kennst. Er würde niemals gemeinsame Sache mit Häschern machen.«

Sie zuckte die Achseln. »Vielleicht weiß er nicht, was sie in Wirklichkeit sind. Es ist bestimmt leicht, einem Mann, der sowieso nichts sehen kann, eine Augenbinde anzulegen.«

Deckriss schüttelte den Kopf. Er war noch nicht überzeugt.

»Meine Zustimmung ist dir sicher«, sagte sie. Sie hatte sich wieder entspannt und betrachtete beim Reden ihre Ringe. Sie waren auffällig groß. »Das ist doch klar. Aber *wohin* willst du deine Verteidiger schicken, wenn du nicht weißt, wo Hafenstern liegt?«

»Ich habe da eine dunkle Ahnung«, gab er zu. »Gerade in der letzten Zeit sind so viele Berichte hereingekommen, die alle dasselbe zu sagen scheinen: dass ausgeschlossene Leute – hauptsächlich Ungebundene –

sowohl in kleinen als auch in großen Gruppen in Richtung Südost unterwegs sind. Sie munkeln von einer Entscheidungsschlacht und davon, dass Hafenstern sie braucht. Es hat einige unvorsichtige Andeutungen in Rasthorten und an Lagerfeuern gegeben. Eine Anzahl von Kantoren und sorgenvollen Mitgliedern unserer Kongregationen haben uns die wesentlichen Details dieser Gespräche überliefert – eine Feldströmungslinie namens Winder, ein Ort, der vom Spalter begrenzt wird, und andere derartige Spuren. Wir haben genügend Anzeichen, an die wir uns halten können.«

»Spuren?« Sie sah zweifelnd drein. »Wenn ich etwas von Spuren höre, denke ich unweigerlich an eine Falle.«

Er wies ihren Einwand von sich. »Das ist nur dein verdrehter Geist, meine Liebe. Was für eine Falle könnte es denn geben? Edion hat nicht die Absicht, einen Angriff auf die Kantorei zu führen. Zuerst einmal würden sich seine Gefolgsleute das nicht gefallen lassen. Der Kantorei kritisch gegenüberzustehen ist eine Sache, einen Feldzug gegen sie zu unternehmen eine andere. Und wie sollten ein paar verstümmelte und verseuchte Leute die Streitkräfte der Kantorei in eine Falle locken? Außerdem liegt es trotz Edions Verschlagenheit nicht in seiner Natur, uns anzugreifen. Er war keine sehr korperbetonte Person.« Er lächelte angesichts seiner Erinnerungen. »Edion, Edion. Wer hätte je gedacht, dass er sich auf solche Abwege begibt?«

Sie hielt den Kopf geneigt, als ob sie die Erinnerung teilte, die Deckriss. plötzliche Erheiterung hervorgerufen hatte. »Weißt du was?«, sagte sie sanft. »Ich habe ein starkes Verlangen, dieses Hafenstern zu sehen, bevor du es zerstörst. Darf ich mit dir kommen, Deckriss?«

Zuerst starrte er sie an, dann lachte er. »Das glaubst du doch selbst nicht, Cylrie. Du willst nicht das Ende der Wunder von Hafenstern sehen, sondern das Ende Edions.«

Sie glättete die Seide ihrer Stola. »Tatsächlich?« Sie sah ihn fest an. »Nimm mich mit, Deck, und du bekommst meine Stimme.«

»Hure«, sagte er sanft. Aber er lächelte dabei.

Doch einige Zeit später rutschte er unbehaglich auf seinem Stuhl herum, denn er hatte sich an einen Aspekt von Edions Charakter erinnert, den er beinahe vergessen hatte. Dieser Mann war so unendlich raffiniert gewesen…

Kapitel Achtundzwanzig

Die wahre Tragödie ergibt sich weder aus dem Tod noch aus dem Leben, sondern aus der Liebe; es ist die Liebe, die die Seele zermalmt.

Altes Sprichwort
aus der Markgrafschaft Malinawar

Keris hielt ihr Pferd an und saß wie versteinert da. Vor ihr befand sich Schild, die Hauptsiedlung von Hafenstern. Sie hatte geglaubt, dass nichts mehr sie überraschen konnte, doch Schild übertraf alle ihre Erwartungen.

Schild war eine Himmelsstadt.

Schild schwamm im Himmel.

Schild war durch eine Gruppe zentraler Säulen in der Erde verankert; es waren schlanke, elegante Säulen; Säulen, die unglaublich hoch aufragten; Säulen, die sich an der Spitze weiteten und den Untergrund der Stadt trugen; sie war wie ein Tablett, das auf einer Handfläche balanciert wird. Ein Tablett, auf dem sich Gebäude stapelten.

Sie waren durch den Regen geritten, bis auf die Haut durchnässt worden, niedergeschlagen und voller Unbehagen, und hatten gehofft, Schild und das Ende ihrer Reise jeden Augenblick vor sich auftauchen zu sehen – aber alles, was vor ihnen lag, waren endlose graue Wolken und Nebelniesel gewesen.

Und dann hatte der Regen plötzlich aufgehört. Über ihnen hoben sich die Wolken und es kamen Flecken blauen Himmels zum Vorschein – und dann ragte Schild vor ihnen auf. Es schwamm im Sonnenschein hoch über einem Seeufer. Eine schimmernde, glitzernde Stadt aus Feldströmung – inmitten des Himmels.

Und blaues Wasser darunter. Blaues Wasser, soweit das Auge reichte. *Blau.*

Keris spürte, wie ihr Herzschlag unter dem Ansturm dieses Anblicks aussetzte. *Was für eine endlos weite Wasserfläche!* Auch in der Ersten gab es Seen, aber im Vergleich zu diesem waren es nur Dorfteiche. Hier konnte man das gegenüberliegende Ufer nur mit Mühe erkennen und der See war groß genug, um Inseln zu enthalten. Boote mit Segeln befuhren ihn. *Mit Segeln.* Auch so etwas hatte sie nie zuvor gesehen.

Doch ihr Blick schweifte zurück zu Schild. Es war keine optische Täuschung: Die Stadt schwebte tatsächlich in der Luft und wurde nur von den Säulen getragen.

Sprachlos vor Erstaunen trieb sie ihr Pferd näher hin. Dort oben gab es ganze Straßen und Plätze sowie Gebäude – Gebäude, die vor lebendiger Feldströmung glänzten und im Sonnenlicht glimmerten.

Unmöglich, dachte sie. Das kann nicht Wirklichkeit sein.

Es gab auch Gebäude am Boden neben dem See – Hafengebäude, wie sie vermutete. Es gab einen Kai mit angebundenen Schiffen. Mit Schiffen, die größer als alles waren, was sie in ihrem Leben je gesehen hatte. Die flatternden Segel schimmerten vor zitternder Feldströmung.

Sie wusste nicht mehr, wohin sie schauen sollte.

»Wie?«, fragte sie. Sie war sich plötzlich der Tatsache bewusst, dass sie mit weit offenem Mund umhergestarrt hatte.

»Warum?«, fragte das Chamäleon neben ihr und reckte den Hals.

»Vergesst das Was und das Warum«, brummte Corrian und weigerte sich, beeindruckt zu sein. »Sagt mir bloß nicht, dass wir da hoch müssen.«

Meldor antwortete Fint spontan und lässig: »Warum

sollte man das Land mit einer Stadt verunstalten, wenn man sie in die Luft bauen kann?«

»Aber *wie*?«, wiederholte Keris ihre Frage.

»Schalter Lesgon und seine Architektenkollegen haben die Möglichkeiten, mit feldströmungsdurchtränkten Ziegeln zu bauen, bis zum Letzten ausgeschöpft.« Er lächelte sie an. »Hier hat ein nüchterner Brückenausbesserer fliegen gelernt. Er hat herausgefunden, dass eine einzelne Säule ganze Straßenzüge tragen kann. Warum also hätten wir es nicht so machen sollen?«

»Es war, als ob man innerhalb weniger Jahre des Bauens eine ganze Lebensspanne des Experimentierens übersprungen hätte, sobald die Beschränkungen der Regel abgeschüttelt waren«, fügte Davron hinzu. »Wenn man feldströmungsgetränkte Ziegel und Steine benutzt, sind einem kaum Grenzen gesetzt.«

»Ich hoffe, dass die Feldströmung nicht aus dem Ziegelwerk sickert«, sagte Keris.

Meldor lachte. »Glücklicherweise nicht. Sie tritt einzig und allein aus der Erde hervor, und das nur wegen Carasmas Tilgungswerk. Wenn es dich beruhigt: In den Prophezeiungen wird eine Stadt erwähnt, die stark nach Schild klingt und angeblich tausend Jahre Bestand haben soll.«

»Verdammnis und Verderbnis«, murmelte Corrian. »Aber wie kommen wir da hoch? Ich sehe keine Treppe und außerdem wäre es ein ganz schöner Marsch bis nach oben. Zu weit für meine alten Knochen.«

»Überwältigend, nicht wahr?«, sagte Davron. »Es verschlägt mir noch jedes Mal den Atem und ich habe es schon so oft gesehen. Was die Frage angeht, wie wir nach oben kommen – nun, wir sollten zuerst zum Hafen reiten. Von dort aus nehmen wir die Transportflieger.«

»O Chaos!«, entfuhr es Keris. Ihre Gedanken führten

in eine Richtung, die ihr gar nicht gefiel. »Davron, versprich mir, dass du das mit den Drachen nur im Scherz gesagt hast.«

»Ich habe das mit den Drachen nur im Scherz gesagt«, antwortete er gehorsam.

»Was ist es dann?«

»Etwas, das *Wildglocken* heißt. Wir haben sie zur Errichtung der Türme und zum Transportieren von Materialien für die Stadt benutzt – und jetzt sind sie unsere Transportmittel. Du wirst schon sehen.«

Er trieb sein Pferd auf die Ansammlung von Gebäuden neben dem Kai zu und der Rest folgte ihm. Als sie unter dem Rand der Stadt herritten, sahen Keris, Corrian und Fint automatisch nach oben und zuckten zusammen, als sie vom Sonnenlicht in den Schatten gerieten. »Unnatürlich«, murmelte Corrian. »Die Menschheit sollte nicht in der Luft leben wie ein Truthahn, der auf einem Baum hockt.«

»Ich habe ein schlechtes Gefühl, was diese Wildglocken angeht«, fügte Fint in seinem typischen Gemurmel hinzu. »Ich bin mir nicht sicher, dass ich etwas mögen könnte, was dazu in der Lage ist, mich von *hier* nach *dort* zu bringen. O Keris, ich bin wirklich nicht zum Abenteurer geboren.«

An der Wand eines der Gebäude befand sich ein Anschlag, auf dem zu lesen stand: WILDGLOCKENTRANSPORT, ZWEI KUPFERLINGE PRO KOPF. Unter diesem Anschlag saß ein schlafäugiger Mann auf einer umgedrehten Fischreuse. Er war nicht verseucht und trug silberne Ringe. Neben ihm stand ein gewaltiger Weidenkorb, der groß genug für ein Dutzend Leute war. Er wirkte stabil und hatte einige Haltegriffe. Keris begriff weder, wozu er diente, noch wie er dazu benutzt werden konnte, Leute hinauf zu transportieren, doch ein paar hölzerne Stufen vor ihm schienen anzudeuten, dass er tatsächlich von Menschen benutzt wurde.

»Lamri«, sagte Davron, »wie läuft das Geschäft?«

Der Mann sprang auf und machte eine steife Verbeugung. »Markgraf, mein Herr, willkommen zu Hause! Wie das Geschäft geht, mein Herr? Ausgezeichnet. Viele Neuankömmlinge, die den Mund nicht mehr zugekriegt haben. Gehen eure Tiere auch mit nach oben?« Er zeigte mit der Hand auf eine Reihe doppelter Pferdeboxen, die ebenfalls aus dicht geflochtenen Weidezweigen bestanden.

Davron nickte. Lamri rief etwas in das Gebäude hinein und bald darauf hasteten Leute heraus, verbanden den Pferden die Augen und führten sie in die Boxen. Lamri wies auf die hölzernen Stufen. »Seid ihr bitte so gut und begebt euch an Bord des Korbes?«

Corrian setzte eine zweifelnde Miene auf und das Chamäleon war entsetzt. »Sag mir, dass das nur ein Scherz ist«, meinte Fint.

»Sag *mir*, was um alles in der Welt diese Dinger hochtragen wird«, meinte Corrian und scheute, bis Fint auf sie zuging und so tat, als wolle er sie über den Rand des Weidenkorbs stoßen. Sie stolperte schnell die Stufen hoch und stieg in das Innere des Behälters. Die anderen folgten ihr.

Davron versuchte, Lamri Geld zu geben, das dieser jedoch entschieden zurückwies. Er wollte vom Markgrafen und seiner Gruppe keine Bezahlung annehmen.

Als Fint sich endlich in dem Korb befand, zeigte er offen seine Nervosität. Keris und Corrian hingegen konnten sich ein klein wenig besser beherrschen. »Und was jetzt?«, grummelte die alte Frau.

»Haltet euch an dem Seil fest, das um den Korb läuft, und beobachtet Lamri«, riet Davron ihnen.

Der Mann hatte sich dem Wasser zugewandt und ließ nun Feldströmung wie ein Band aus seinen Händen auf die Oberfläche des Sees strömen. »Das gefällt mir ganz und gar nicht«, jammerte Fint.

Die Oberfläche des Sees brach auf. Ein rundlicher Höcker erhob sich über den Wasserspiegel; er war grau und glatt und glitzerte. Und er war riesig, so groß wie ein Zimmer. Wasser tropfte von ihm herunter, während er hochspross wie ein Pilz, der sich durch den Erdboden nach oben drückt.

»Ich *wusste,* dass mir das überhaupt nicht gefällt«, sagte Fint und schloss die Augen.

Das Geschöpf kam vollständig aus dem Wasser heraus und schwebte jetzt über dem See. Es war rund und mit unzähligen weißen Tentakeln besetzt, die alle so lang wie ein menschlicher Arm waren. Die graue Oberfläche pulsierte rhythmisch und hielt das Geschöpf auf diese Weise reglos in der Schwebe. Luftströme, die mit einem leisen Brummen ausgestoßen wurden, wühlten das Wasser unter den wallenden Rändern auf. Aus der Mitte der Unterseite hingen etwa zwölf lange, flatternde Fühler heraus. Sie waren purpurn und mit Verknotungen besetzt und wickelten sich wie zitternde Würmer ein und aus. Lamris zuckende Linie aus blauer Feldströmung verband diese Fühler nun mit seinen Handinnenflächen.

Das Chamäleon spähte zwischen den Fingern hindurch, stöhnte wieder auf und brachte es dann fertig zu stottern: »Was… was frisst es denn?« Seine Stimme klang heiser.

»Fisch«, sagte Davron. »Mach dir keine Sorgen, Fint. Lamri hat es mit seiner Feldströmung unter Kontrolle. Und da kommen seine Brüder und rufen weitere hervor, die unsere Pferde transportieren werden. Wildglocken fühlen sich wie die meisten Bestien sehr zur Feldströmung hingezogen und man kann sie damit lenken und hin und her bewegen. Vielleicht können sie auch Gedankenbefehle empfangen; wir wissen nicht genau, wie es funktioniert. Aber es funktioniert. Wie dem auch sei, Lamri und die anderen Mitglieder seiner Familie können mit Wildglocken genauso geschickt umgehen wie Häscher mit ihren Schoßtieren. Bisher hat es weder einen Todesfall noch einen schlimmen Unfall gegeben. Denk daran: Diese Kreaturen haben uns dabei geholfen, Schild zu erbauen, und das war eine viel kompliziertere Aufgabe als unser Transport hinauf in die Stadt.«

Das Geschöpf erzitterte. Es brummte noch immer und ein Schauer aus winzigen Wassertropfen prasselte auf den See. Als Lamri die Bestie für trocken genug erachtete, lenkte er sie in eine Position genau über dem Korb und er stieg zu seinen Kunden. »Haltet euch fest«, riet er ihnen. Fint tat noch mehr: Er setzte sich auf den Boden des Korbs und legte die Arme über den Kopf.

Keris schaute hoch zur Unterseite der Wildglocke. Es war kein schöner Anblick – und auch kein beruhigender. In der Mitte des Tentakelrings gab es ein schnabelförmiges Maul, dessen Ränder rasiermesserscharf waren. »Glaubst du, dass es diese Tentakel normalerweise dazu benutzt, sich Nahrung in den Schlund zu stopfen?«, fragte Corrian sie.

Keris konnte sich das durchaus vorstellen, aber sie wollte nicht darüber nachdenken.

Überraschend sanft schlang die Kreatur ihre Tentakel um die Haltegriffe des Korbs; dann drückte sie – offenbar aufgrund irgendeines Wechsel in Lamris Feldströmung – ihren Körper zusammen und schoss nach oben; das Summen wurde zu einem lauteren Rauschen. Ein paar Tropfen fielen auf das Weidengeflecht und der Korb stieg von der Oberfläche auf. Keris' Herzschlag holperte. Sie fühlte sich wie ein unglückliches Kaninchen, das von einem hungrigen Adler gepackt wurde. Diese Analogie entsetzte sie, doch dann schaute sie über den Rand des Korbes und sah die Spitzen der Hafengebäude unter sich und der See breitete sich vor ihr aus. Es war, als betrachte sie eine ihrer eigenen Karten, und sie vergaß ihre Furcht. Weiter draußen über dem See konnte sie noch mehr Wildglocken erkennen. Sie schienen kleiner zu sein und sie trugen keine Körbe. Dafür stand bei ihnen je ein Mann innerhalb der zur Wiege geformten inneren Tentakel. Einer der Männer hob die Hand und winkte lässig. Unendlich viele Gedanken rasten ihr durch den Kopf.

Sie wandte sich mit glühendem Gesicht an Davron; ihre Frage schwebte in der Luft. Bevor sie sie stellen konnte, gab er bereits grinsend die Antwort: »Begeistere dich nicht zu sehr, Keris. Wildglocken können nur etwa eine halbe Stunde außerhalb des Wassers existieren. Deshalb kann man sie nicht zu weit weg vom See führen. Aber es spricht nichts dagegen, dass du sie benutzt, um den Rand des Sees zu kartographieren.«

Sie stellte schließlich eine andere Frage: »Woher willst du wissen, was ich sagen wollte?«

»Ach, ich weiß es einfach«, antwortete er sehr sanft.

Der Korb wurde über eine hüfthohe Mauer gehoben und auf einer Grasfläche abgesetzt. Sie waren in Schild angekommen.

»Jetzt kannst du die Augen wieder aufmachen, Quinling«, sagte Corrian.

»Haben die Pferde den keine Angst?«, fragte Keris Bark.

»Nicht halb so viel wie ihr«, sagte er freundlich. »Was sie nicht sehen können, macht ihnen keine Angst. Übrigens mögen sie aus irgendeinem Grund den Geruch der Wildglocken.«

Während sie auf die Ankunft der Pferde warteten, schaute Keris sich um. Sie wurde beinahe von zwei unterschiedlichen Gefühlen überwältigt; der Freude über die Unbeschwertheit all dessen, was sie sah, und der Angst vor dem, was die Kantorei dazu sagen mochte.

Während sie alle Einzelheiten in sich aufnahm, die sie vom Boden aus nur allgemein und undeutlich hatte erkennen können, kam sie zu dem Schluss, dass Schild für die Nicht-Feldströmungsfühligen reine Magie sein musste. Einfache Häuser wurden von hoch aufschießendem Filigranwerk gestützt; Bögen warfen sich in erstaunlichen Formen gen Himmel und zierten doch nur normale Ladenfassaden; Kuppeln und Türme und gewölbte Dächer prunkten gegen den Horizont. Überall gab es Seltsamkeiten und Verzierungen: außenliegende Treppen, die zu oberen Stockwerken führten, kapuzenartige Rauchfänge über reich ausgeschmückten Kaminen, Erkerfenster, Bleiglas, geschnitztes Maßwerk, kupferne Dachschindeln, Architrave, Stuck, Pilaster... Nichts war allzu groß oder hoch; die Betonung lag eher auf dem Zierlichen als auf dem Grandiosen. Es war ein froher Ort der Absurditäten und der Freude – als ob die Einwohner von Hafenstern verrückt geworden wären, nachdem sie sich der Beschränkungen durch die Kantorei entledigt hatten.

Aber beim ersten Anblick war dieser Ort für Corrian, Fint und Keris doch auch erschreckend. Sie waren in einer Welt aufgewachsen, in der die Architektur nüchtern und zweckbetont war – und sich niemals veränderte. Wo es nichts Neues oder Verschiedenartiges gab. Wo die meisten Gebäude alt und zerfallen waren und flechtenüberwuchert oder schmutziggrau, auch wenn gelegentlich aus dem Rasendach eines Hauses im Frühling Blumen hervorwuchsen. In den Stabilitäten hatten nur die Kantoreigebäude Farbe und Verzierung, nur die Kantoreihäuser hatten Schnitzwerk, nur die Kantoreischreine hatten Wandgemälde, nur die Andachtsräume der Kantorei hatten Türme. Hier dagegen war alles neu, alles war anders, alles war verziert. Und alles strahlte vor Feldströmung.

»Also«, bemerkte Corrian befriedigt, während sie

aufsaßen, »diese Besserwisser aus der Kantorei würden das hier nicht besonders mögen, oder?«

»Ich kann mir nicht einmal vorstellen, was Portron dazu sagen würde«, meinte Keris, »um von dem Andachtskantor daheim ganz zu schweigen.« Sie wandte sich an Davron. »Ist das auf dem Dach da oben eine Windmühle?«

»In der Tat. Es gibt hier ein paar. Sie stellen Energie bereit und pumpen das Wasser aus dem See hoch. Kommt und folgt mir; es ist schon spät und wir alle sind müde.« Er lenkte sein Pferd in die nächste kopfsteingepflasterte Straße. Keris folgte ihm und versuchte zu vergessen, dass sie sich einige hundert Fuß über dem See in der Luft befand.

»Hmmpf«, machte Corrian und sah sich um. »Wenn sie das schon mit ganz normalen Gebäuden machen, dann frage ich mich, wie hier die Huren aussehen.«

Fint reckte den Hals und sah zu einem schraubenförmigen Turm hoch. »Glaubt ihr, dass das alles noch da ist, wenn ich morgen früh aufwache?«

»Du wirst es vielleicht nicht glauben«, sagte Davron, »aber Meldor bestand wirklich auf Zurückhaltung. Du hättest einige der Sachen sehen sollen, die Schalter Lesgon bauen wollte. Gebäude mit zwölf Fuß hohen Türen; Türme, die die vorüberziehenden Wolken berührt hätten, übereinandergestapelte zwiebelförmige Kuppeln, Glasfenster von der Größe eines Bohnenfeldes…«

»Ich war mit mir selbst nicht einig«, sagte Meldor. »Ich bin es in dieser Hinsicht immer noch nicht. Das hier ist unleugbar hübsch und erfreulich, und es lag natürlich auf der Hand, dass alles neu erbaut werden musste – aber ihr müsst wissen, dass die Regel nicht durch und durch schlecht war. Nach dem Lehm für die Ziegel zu graben, die Steine für die Quader zu brechen, Bäume für die Balken zu fällen, Kupfer für die Dächer zu schürfen, all das entstellt die Landschaft auf schreckliche Weise. Ich finde, dass nicht jede Veränderung gut ist. Ich habe darauf bestanden, dass alles in kleinem Maßstab erbaut werden sollte. Keine unnötig hohen Dächer oder riesigen Räume zum Beispiel. Für jeden gefällten Baum muss ein neuer angepflanzt werden – so wie die Regel es verfügt. Aber dennoch…« Er schüttelte den Kopf. »Hafenstern wurde Schlimmes zugefügt, damit all das hier erbaut werden konnte. Vielleicht hätte ich strengere Regeln erlassen sollen.«

»Und warum hast du es nicht getan?«, fragte Keris, denn sie wusste, dass Meldor nie etwas ohne Grund tat.

»Weil es für den menschlichen Geist irgendwie wichtig zu sein scheint, nach Schönheit zu trachten. Wir haben zu lange der Regel gehorchen, haben uns zu lange anpassen müssen. Das hat die Leute kleinlich und engstirnig gemacht. Ich brauche keinen Zierrat in meinem Leben – ich habe ihn nicht gebraucht, bevor ich erblindet bin, und jetzt brauche ich ihn noch weniger –, aber mir gefällt nicht, was das Fehlen von Schönheit – und sei sie noch so überflüssig – der menschlichen Seele antut. Wir waren zu einem freudlosen Volk geworden, Keris, das immer nur damit beschäftigt war zu bestrafen und einzuschränken und das seinen Nachbarn hasst, wenn er es wagte, anders zu sein. Ich wollte nicht, dass Hafenstern genauso wird. Hier können die Leute ihre Flügel ausbreiten – wir müssen nur sicherstellen, dass wir dabei nichts mit den Klauen unserer Gier zerstören.«

Keris wandte ihre Aufmerksamkeit den Passanten zu, an denen sie vorbeiritten. Viele von ihn vollführten Kinesen der Ehrerbietung, wenn sie den Markgrafen sahen. Wirkten sie glücklicher als die Leute in den Stabilitäten? Sie war sich nicht sicher. Auf alle Fälle wirkten sie heller; hier gab es keine Kleiderbeschränkungen. Jede Farbe, jede Mode und jeder Schnickschnack waren erlaubt. Keris wusste nicht, ob ihr das Ergebnis unbedingt gefiel.

»Bestimmt werden sie irgendwann mit ihren Übertreibungen aufhören«, bemerkte Davron. Er hatte wieder einmal ihre Gedanken gelesen. »Es ist nur eine Reaktion auf die einengende Nüchternheit, die die Regel ihnen aufgezwungen hatte.«

»Vermutlich.« Keris klang zweifelnd. Ein Mann eilte vorbei; er trug Schuhe, die an den Zehen so übertrieben hoch gebogen waren, dass er sie unter den Knien an seiner Hose hatte festbinden müssen. Eine Frau quetschte sich seitwärts durch eine Tür, weil ihre Röcke zu breit für eine andere Art des Eintretens waren.

»Da hast du möglicherweise die Antwort auf die Frage, was die Huren hier tragen«, sagte Fint zu Corrian und deutete auf eine Frau, die in einem Türdurchgang stand. Sie trug erstaunlich wenig.

»Diese Kinder...«, sagte Keris plötzlich und starrte dorthin, wo eine Gruppe sehr junger Kinder spielte. »Feldströmung. Hier ist so viel Feldströmung – und ich habe andererseits so viele Kinder bemerkt. Aber die Feldströmung... sind sie...?«

Bark nickte. »Soweit wir wissen, kommen die Kinder hier normal auf die Welt, auch wenn sie von verseuchten Eltern stammen; aber sie haben eine merkliche Menge an Feldströmung in sich. Merklich zumindest für die Feldströmungsfühligen. Wir wissen noch nicht, ob es ihre Entwicklung beeinflusst. Bisher scheint es nicht so zu sein. Manche von ihnen sind feldströmungsfühlig, manche nicht – wie anderswo auch. Aber das hier ist nicht das Unbeständige, Dank sei dem Schöpfer – die Kinder scheinen in keiner Weise degeneriert zu sein, und keines von ihnen ist verseucht. Es gibt viele Kinder; die Leute sind hier nicht auf nur zwei beschränkt. Zumindest noch nicht. Sie können selbst entscheiden, wie viele sie haben wollen.«

Keris wandte sich an Davron und wollte gerade anmerken, wie wunderbar das war, doch als sie seinen Gesichtsausdruck sah, spürte sie seinen Schmerz, der sie sprachlos machte. Er hatte auf die Kinder gestarrt – und gelitten. Sie schluckte die Worte, die sie hatte sagen wollen, herunter.

Etwas weiter die Straße hinunter hielten sie von einem Geschäft an. Keris sah auf. Über der Tür baumelte ein Schild und als sie das Symbol darauf erkannte, machte ihr Herz einen Sprung: Es war eine Kartenrolle. Es handelte sich um einen Landkartenladen.

»Er gehörte Kereven Deverli«, sagte Meldor. »Jetzt gehört er dir, Keris, mit allem, was sich darin befindet. Kereven hatte keine Familie und wir haben sowieso den größten Teil der Ladeneinrichtung für ihn gekauft. Du wirst alles finden, was du für das Kartenzeichnen brauchst. Ich hoffe, es macht dir nichts aus, den Stift eines Toten zu halten.«

»Ich glaube, es wäre eine Ehre für mich. Nach der Karte zu urteilen, die ich besessen habe, war Deverli ein hervorragender Kartenzeichner.«

Davron stieg ab und zog an der Klingel. »Sein Diener müsste eigentlich noch hier sein. Wenn es dir recht ist, kannst du ihn behalten. Er heißt Colibran, ist aber nur als das Heimchen bekannt. Ich glaube, seine Frau war als Deverlis Wirtschafterin tätig.«

»Ich schlage vor, dass Corrian und Fint bei dir bleiben, Keris, bis sie sich entschieden haben, was sie hier tun wollen«, fügte Meldor hinzu. Keris nickte ein wenig verschüchtert. Meldor hatte manchmal etwas an sich, das in ihr den Wunsch hervorrief, ehrerbietig vor ihm auf die Knie zu sinken. Sie zögerte immer stärker, ihn beim Namen zu nennen.

Davron sah auf zu ihr. »Na los«, sagte er. »Steig von deinem Tier ab und schau dir dein Haus an.«

»Natürlich.« Keris war wie betäubt. Ein eigenes Haus. Ein Geschäft. Kartenzeichnerwerkzeug. Bedienstete. *Keris Kaylen aus Mahlkorn?*

Die Tür öffnete sich und sie sahen, warum Colibran das Heimchen genannt wurde. Er war einer der Ungebundenen und sein Verseuchtsein zeigte sich in bohnenstangendünnen Beinen und Armen – zwei Paar Armen – und einem verlängerten Kopf, aus dem rudimentäre Fühler sprossen. Zwei große ovale Augen, die senkrecht auf beiden Seiten des Gesichts saßen, musterten Davron mit einem langen, traurigen Blick. »Es ist schon spät«, sagte er. »Das Geschäft ist geschlossen – oh, Ihr seid es, mein Herr! Und der Markgraf – ich bitte untertänigst um Entschuldigung.« Seine dreißig Zentimeter langen Fühler zitterten nervös, während er eine Ehrerbietungs-Kinese machte. »Kommt doch bitte herein.«

Meldor schüttelte den Kopf. »Nein, ich nicht. Bark und ich werden zur Versammlungshalle weiterreiten.«

Davron nickte und als die beiden Männer davonritten, deutete er auf die Pferde von Corrian, Keris und Fint. »Würdest du dich bitte ihrer annehmen, Colibran? Und striegel sie ein wenig, wenn es dir nichts ausmacht. Sie haben einen langen Weg hinter sich und möchten ein bisschen verwöhnt werden.«

»Ich werde meinen beiden Jungen Bescheid sagen«, meinte das Heimchen. »Sie mögen nichts lieber, als Pferde zu verhätscheln. Werdet Ihr denn über Nacht bleiben, mein Herr?«

»Nein, aber du hast nun andere Gäste, Colibran.« Davron stellte die drei anderen vor und fügte hinzu: »Keris Kaylen ist jetzt hier die neue Herrin und Kartenzeichnerin.«

Die Fühler tanzten. »Kaylen? Kaylen? Seid Ihr vielleicht Piers Kaylens Tochter, meine Herrin?«

Davron antwortete für sie. »Richtig.«

»Dann widerfährt mir doppelte Ehre. Er macht feine Karten. Wirklich feine.« Der Mann rief nach seinen Söhnen und führte die Pferde fort; Keris murmelte zu Davron: »Mein Herr? Meine Herrin? Du bist vielleicht adlig, ich aber nicht.«

»So werden hier alle Feldströmungsfühligen angeredet, Keris. Ich fürchte, du wirst dich daran gewöhnen müssen.«

Sie zog die Nase kraus und Corrian schnaubte verächtlich.

Im Haus hieß Colibrans Frau, die ebenfalls verseucht war, sie willkommen und zeigte ihnen die Schlafzimmer; dann redete sie geschäftig über Mahlzeiten und Bäder. Sie war eine große Frau mit Schnurrhaaren und Katzenohren.

»Komm«, sagte Davron. »Bevor du zum Essen genötigt wirst, möchte ich dir den Laden zeigen.« Das war natürlich das, was Keris am meisten wollte, und das wusste er.

Ihre Hoffnungen wurden noch übertroffen. In einer Ecke stand ein Theodolit, vollständig mit einem Teleskop; sie wusste, dass er ein kleines Vermögen wert war. Sie blätterte durch einige Pergamentbögen auf der Werkbank und brannte darauf, den Kartenhaufen auf dem Regalbrett neben der Tür zu durchstöbern. Davron sah, wie ihr Blick daran klebte, und sagte: »Wir haben natürlich alles hier durchgesehen, weil wir nach einem Hinweis auf die Trompleri-Karten gesucht hatten, aber die Gottesanbeterin hatte den Laden bereits ausgeräumt. Und wir wussten nicht, wonach wir außer den Karten sonst noch suchen sollten. Für uns sind alle Tinten gleich.« Er nickte in die Richtung der verkorkten Flaschen auf der Bank. »Wer weiß? Vielleicht wurden sie aus feldströmungsgetränkten Pigmenten hergestellt.«

»Das werde ich morgen gleich als erstes überprüfen.« Sie zitterte leicht, weil ihr bewusst wurde, dass sie nun die Stelle eines Toten einnahm.

»Weißt du, er wurde nicht hier umgebracht. Er starb im Unbeständigen. Die Gottesanbeterin war bei ihm, aber sie konnte entkommen. Wir glauben nicht, dass sie ihn verraten hat; sie hat wohl bloß die Situation ausgenutzt. Sie kam hierher zurück, sagte niemandem, was geschehen war, und hat die Karten gestohlen. Vermutlich hatte sie vor, sie zu verkaufen. Dummkopf! Von dem Augenblick an, in dem die Gottesanbeterin versuchte, eine der Karten zu verkaufen, waren sowohl die Hafenbrüder als auch die Häscher hinter ihr her, und sie musste fliehen. Vermutlich ist das der Grund, warum der erste Kartenstapel vernichtet wurde – auf welche Weise, werden wir wohl nie erfahren.«

Er stellte sich dicht neben sie. »Keris, ich habe etwas für dich.« Er tastete in der Tasche seines Wamses herum. »Ich habe es in der Fünften gekauft. Ich wusste, dass du es brauchen wirst, wenn du einmal hier bist.« Er holte einen Ring hervor und hielt ihn hoch.

»Du hast mir einen Ring gekauft?« Die Ungeheuerlichkeit dieser Tat raubte ihr den Atem. Sie würde Schmuck tragen! Wie sehr Sheyli sich das gewünscht hatte. Stattdessen hatte sie insgeheim Spitze an ihre Unterwäsche nähen müssen…

Der Ring bestand aus Gold und war rundherum mit kleinen Rubinen, Saphiren und Smaragden besetzt. Sie starrte ihn ungläubig an. »Er ist wunderschön!« Sie war nicht sicher, ob sie sich damit abfinden konnte, so etwas zu tragen. Es erschien ihr wie ein Sakrileg.

»Euren Finger bitte, meine Herrin.«

Sie hielt verwirrt beide Hände hoch und wusste nicht, welchen Finger sie nehmen sollte.

»Wir sollten es einmal mit diesem hier versuchen.«

Er steckte ihn Keris vorsichtig – weil er sie nicht berühren wollte – an den Mittelfinger der linken Hand. Einen Augenblick stand sie da und bewunderte den Ring, und eine einzige Träne fiel ihr auf die Wange. Er streckte die Hand nach dem Tropfen aus und nahm ihn auf den Finger, wobei er sie immer noch nicht berührte. Dann legte er ihn sich mit solcher Zärtlichkeit auf die Zunge, dass sie sich die Hände in einer leidvollen Geste vors Gesicht hielt. Sie verbarg Nase und Mund hinter den gefalteten Fingern und beobachtete ihn.

»Weine nicht«, sagte er sanft. Sie standen so nahe beieinander, dass die Knöpfe seines Mantels gegen ihre Brüste drückten. »Weißt du, manchmal glaube ich, dass du recht hattest mit deinem Vorschlag, als du zum ersten Mal bemerkt hast, was ich bin: Du hast gesagt, dass es für uns alle das beste wäre, wenn ich sterbe. Aber jetzt hat das, was du über die Trompleri-Karten herausgefunden hast, mir neue Hoffnung gegeben. Es macht die Dinge... leichter, wenn man noch hoffen kann.«

»Ich will... nicht will...« Ihre Stimme versagte.

»Ich weiß. Ich will es auch. Keris, vielleicht ist es besser, wenn wir uns nicht zu oft sehen.«

Sie zitterte. »Das kann ich genauso wenig ertragen.«

»Ich weiß.«

Sie sahen einander hilflos an.

Sie sagte: »Ich habe so große Angst um dich.«

»Auch das weiß ich.«

»Versprich... versprich mir...«

»Ich kann keine Versprechen geben. Wenn die Zeit reif ist, muss ich das tun, was ich für richtig halte, und wer kann heute schon sagen, was das sein wird?« Er sprach schnell weiter und wechselte das Thema. »Ich gehe jetzt zur Versammlungshalle. Das ist unser Rathaus. Meldor und Bark und ich haben Zimmer dort.

Die ganze Verwaltung von Hafenstern wird in diesem Gebäude erledigt. Ich... ich kann es mir nicht leisten, lange von Meldor fernzubleiben, wie du weißt. Nicht in Hafenstern.«

Sie nickte und nahm die Hände vom Gesicht. »Ich liebe dich, Davron von Storre«, sagte sie, sie entfernte sich von ihm und ging zurück in die Haupträume des Hauses.

Kapitel Neunundzwanzig

Er – aus der Dunkelheit, der Licht anbietet; sie – mit großen Fähigkeiten, die Farben spendet; er – der Verräter, der Mut zeigt; er – der Feigling, der wankelmütig ist: Allein sind sie nichts, zusammen spenden sie Hoffnung. Bete darum, dass sie obsiegen, denn andernfalls wird das Chaos die Oberhand gewinnen.

Prophezeiungen,
Buch XXII, Kapitel 5, Vers 1

An ihrem ersten Morgen in Deverlis Laden – in ihrem Laden – entdeckte Keris, dass alle Tinten und Farben, die er außer Sichtweite unter der Theke verwahrt hatte, aus feldströmungsgesättigten Erden, Pigmenten und Mineralien bestanden. Es gab alle Farben, die sie sich wünschen konnte: nicht nur die erdbraunen Schattierungen, sondern auch Kobaltblau, alle möglichen Arten von Grün, Rot, Sonnengold und Mondcreme, Schattenpurpur, Sepia, Teufelsschwarz und Kalkweiß… Sie funkelten schwach und verrieten Keris dadurch, dass sie vermutlich mit irgendeiner Art von Feldströmung durchzogen waren, doch das war nichts Ungewöhnliches in Hafenstern. So viele Dinge – sogar Kinder – hatten sichtbare Feldströmung an sich.

Ohne allzu viel Hoffnung probierte sie alle Farben aus, zeichnete mit der Feldströmungstinte einen Umriss aus ihren eigenen Karten und kolorierte ihn dann mit den Farben. Sobald sie die Umrisse ausgemalt hatte, sprangen sie die Berge und Bäume und Felsen aus dem Pergament heraus an. Sie riss die Augen auf und wurde von Erregung gepackt. *Trompleri in höchster Vollendung!* Eine dreidimensionale Karte. Aber wo hatte Deverli eine solch große Auswahl an Farben gefunden? Sicherlich hatte er nicht alle Bestandteile bequem unter einer einzigen Feldströmungslinie entdeckt.

Sie rief Colibran zu sich in den Arbeitsraum des Ladens und fragte ihn, was er über die Herkunft der Tinten und Farben wusste.

Einer seiner Fühler schwang herum und kratzte den Hinterkopf. »Ich weiß *wirklich* nichts, meine Herrin«, sagte er entschuldigend. »Herr Deverli war *sehr* verschlossen und immerzu draußen, immerzu, versteht Ihr? Er brachte die Zutaten für die Farben mit und die Gottesanbeterin mischte sie hier zusammen – aber er hat *nie* gesagt, woher er sie hatte. Außer dem Grünspan; den bekam er für gewöhnlich vom alten Graunix bei den Metallmachern. Oh, und den Kalk, den er für das Weiß benutzt hat, den habe ich immer von der Kräuterhändlerin in der Solidaritätsstraße bekommen. Ich *glaube,* sie braucht ihn für ihre Medizin.« Jedes Mal, wenn er ein Wort besonders betonte, zuckten seine Fühler im Gleichklang zurück. Keris musste sich mit Mühe beherrschen, um nicht im gleichen Rhythmus zu nicken.

»Erzähl mir etwas über ihn, über Kereven Deverli. Was hat er so gemacht? Wohin ist er gegangen?«

»Nun ja, er hat sich *immer* in den Feldströmungslinien herumgetrieben. Es hat großen Streit deswegen gegeben, weil wir nicht mehr in die Feldströmungslinien gehen sollen, wie Ihr wissen müsst. Dafür gibt es schließlich die Brücken.«

»Warum hat er einige von den Farben unter der Ladentheke und nicht zusammen mit den anderen in den Regalen aufbewahrt?«

»Oh, er sagte, das wären seine besonderen Farben. Wir durften sie *niemals* berühren. Er hat sie sich selbst gemischt. Ich habe nicht einmal gesehen, wie er sie benutzt hat – aber er hat schließlich oft die Tür zugesperrt. Das Kartenzeichnen ist ein sehr heimliches Geschäft, wie Ihr wisst.«

»Also sind sie nicht irgendwie besonders behandelt worden, nachdem er sie zusammengerührt hat? Waren sie schon von dem Augenblick an etwas Besonderes, als er sie gemischt hat?«

»Oh… nun ja…« Er kratzte sich erneut mit einem der Fühler am Hinterkopf, während er nachdachte. Colibran wollte ihr unbedingt helfen. »Ich *glaube* schon.«

Sie plagte ihn mit weiteren Fragen und konnte sich allmählich ein Bild von Deverli und seinen Kartenzeichneraktivitäten machen. »Ich glaube – aber vergesst nicht, dass das nur eine Vermutung ist«, sagte sie zu Davron und Meldor, als diese sie am Nachmittag besuchten, »ich glaube, dass Deverli normale Zutaten genommen und in eine Feldströmungslinie verbracht hat. Dann hat er sie zurückgeholt und aus ihnen seine Farben gemischt. Ich glaube nicht, dass er wirklich in einer Feldströmungslinie nach seinen Pigmenten oder etwas Ähnlichem graben musste. Ich muss in eine Feldströmungslinie gehen, um das zu beweisen.«

Während Meldor überdachte, was sie gesagt hatte, beobachtete sie ihn. Er war in etwas gekleidet, das zwischen dem überladenen Gewand eines Ritterpropheten der Kantorei und der schlichten Strenge eines Markgrafen lag. Er trug eine weiße Robe, die sowohl einfach als auch kostbar war und ihm bis zu den Knöcheln reichte (sie war am Kragen und am Saum mit Goldfäden bestickt). In ihr wirkte er vornehm, doch er hatte gleichzeitig auch etwas von einem Asketen an sich. Sie fragte sich, wer dieses Kleidungsstück für ihn ausgesucht hatte; Bark oder Davron hätten es bestimmt nicht besonders gern getragen, aber sie hatte den Eindruck, dass es für Meldor, den Blinden, den früheren Ritter und gegenwärtigen Markgrafen von Hafenstern, genau das Richtige war. Sie wusste, dass er für sie nie mehr nur Meldor sein würde.

»Keris«, sagte er schließlich, »du bist sehr wertvoll für uns. Wir sollten deine Zeit bestmöglich nutzen. Ich glaube, solche Experimente können wir anderen überlassen. Ich werde dir jemanden, dem ich vertraue, als Assistenten schicken. Du brauchst ihm nur zu sagen, worum es geht und welche Experimente durchgeführt werden müssen. Je mehr Leute Bescheid wissen, desto sicherer bist du«, sagte er mit einem Lächeln.

»Was soll ich denn mit meiner Zeit anfangen? Mit brennenden Trompleri-Karten experimentieren?«

»Nein«, sagte er mit leichter Ungeduld. »Auch das nicht. Das werden Favellis und Dita machen, wenn du ihnen einige Karten gezeichnet hast, mit denen sie herumexperimentieren können. Ich will, dass du das machst, was du am besten kannst: Karten zeichnen. Ich will es dir erklären. Ich will irgendwann Karten von ganz Hafenstern und allen umliegenden Gebieten haben, doch im Augenblick sind mir Karten von unseren Grenzen wichtiger. Unsere beste Verteidigungsmöglichkeit besteht darin, den Feind auf der Karte vorrücken zu sehen und dadurch zu wissen, wann und wo wir seine Pläne mit unserer Hafenwache durchkreuzen können.«

»Karten in großem Maßstab…« Sie nickte und dachte nach. »Das ist nötig, um Freund von Feind unterscheiden zu können. Dazu ist aber eine große Menge Pergament nötig. Und viel Tinte.«

»Und harte Arbeit«, fügte Davron hinzu. »Sie wird Hilfe brauchen, Meldor.«

Er nickte. »Du wirst alles bekommen, was du benötigst. Ich werde einige Leute abkommandieren, die das Papier für dich herstellen – wir haben keine Möglichkeit, in so kurzer Zeit genügend Pergament zusammenzubekommen. Und du wirst weitere Mitarbeiter brauchen – eine ganze Reihe von Leuten, die die ermüdende Routinearbeit machen. Beschränke dich auf das, wozu die anderen nicht in der Lage sind: die Vermessungen und das eigentliche Anfertigen der Karten.«

»Ich fürchte, das ist gar nicht so viel Arbeit, wie es scheint«, sagte sie halb zu sich selbst. »Deverli hatte bereits viele Karten des Hafensterngebietes gezeichnet, bevor er starb. Ich kann diese Arbeiten in Trompleri übertragen – oder andere machen es für mich.«

»Davron und Bark werden dich begleiten, wenn du auf Vermessungsreise gehst.«

Sie nickte und spürte, wie ihr Herz einen Sprung machte. Vermessen, Kartenzeichnen – und Davron. Davron… beinahe. Sie sah zu ihm hinüber, weil sie ihre Freude mit ihm teilen wollte, bemerkte aber, dass er Meldor bestürzt anstarrte. Zuerst glaubte sie, er mache sich Sorgen, dass es für sie beide eine zu große Belastung sein könne, doch dann erkannte sie den wahren Grund: Er hatte Angst – er hatte Angst davor, von Meldor getrennt zu sein, weil der Markgraf der Einzige war, der die Pläne des Tilgers durchkreuzen konnte, falls dieser den Dienst beanspruchen wollte, den Davron ihm schuldete. Sie wartete auf Davrons Widerspruch, doch er zuckte nur resigniert mit den Achseln und gab brummend seine Zustimmung. Sie wusste nicht, ob diese Einwilligung aus dem Vertrauen auf seinen Freund oder aus einem tief verwurzelten Fatalismus herrührte. Er sah zu ihr herüber und lächelte, doch all ihre Vorfreude war geschwunden.

»Da ist noch etwas anderes, weswegen ich mit dir reden wollte«, sagte Meldor nun. »Ich will nicht, dass jemand erfährt, was passiert, wenn man eine Trompleri-Karte verbrennt. Darüber muss strengstes Stillschweigen bewahrt werden; das kann ich nicht genug betonen. Und ich will, dass du allen Kartenzeichnern schreibst, die von dir einen Brief über die Trompleri erhalten haben. Du musst ihnen mitteilen, dass keine Trompleri-Karte verbrannt oder sonstwie zerstört werden darf. Flöße ihnen Angst vor der Rache des Schöpfers ein oder sag ihnen irgendetwas anderes, zum Beispiel, dass sie giftige Dämpfe abgeben oder dass sie die Stabilitäten zerstören werden – alles außer der Wahrheit.«

»Aber warum?«

»Vertrau mir.«

Sie gab widerstrebend nach. »Ich werde es noch heute tun.«

»Ich werde dir einen Kurier vorbeischicken, der die Briefe einsammelt. Und jetzt will ich das Chamäleon sehen. Darf ich ins Haus gehen, Keris?« Er fragte *sie* um Erlaubnis? Sie geriet in Verlegenheit und rief nach Colibran, damit er Meldor den Weg zeigte.

Sie und Davron sahen sich noch immer an. »Wie schlimm ist es, Davron?«, fragte sie. »Warum befürchtet er nach all den Jahren des Friedens einen Angriff? Warum ruft er alle Hafenbrüder heim?«

Er klang düster. »Der Tilger hat inzwischen Kenntnis von uns; er weiß, wo wir sind. Er weiß, dass wir nach dem Geheimnis der Trompleri-Karten suchen. Die Häscher haben ihm vielleicht schon berichtet, dass wir eine Möglichkeit gefunden haben, das Unbeständige zu stabilisieren. Wir sind ihm zu gefährlich geworden, und es ist zu gefährlich für ihn, wenn er uns hier in Ruhe leben lässt.« Er spielte mit der Ecke einer ihrer Karten herum, die vor ihm auf dem Tisch lagen. »Es wird nicht mehr lange dauern, bis er angreift. Er bewegt seine Häscher bereits durch das Unbeständige – und wir tun dasselbe mit unseren Hafenbrüdern. Wir müssen unsere Hafenwache verstärken und mehr Männer und Frauen ausbilden – wir haben etliche ungebundene Tricianer hier, die uns helfen werden.«

Sie hörte ihm zu und beobachtete ihn. Er steckte

in sauberer Kleidung aus einem feineren Material als dem, das sie bei ihm gewöhnt war, und nun trug er einen klobigen, rotgoldenen Ring an der rechten Hand. »Du trägst deine Messer nicht«, bemerkte sie plötzlich. Er trug auch seine Peitsche nicht. Es war das erste Mal, dass sie ihn unbewaffnet sah.

»In Hafenstern trage ich sie nicht.« Er klang gleichgültig, aber eine verräterische Röte breitete sich vom hinteren Teil des Halses bis zu den Ohren aus. Er sprach rasch weiter: »Du hast doch sicherlich begriffen, dass Portron uns die Kantorei auf den Hals hetzen wird?«

Sie ließ sich nicht ablenken. »Du trägst sie nicht? Warum nicht? Es ist doch bestimmt nicht *so* sicher hier, oder? Ich habe gehört, dass die Bestien sehr dreist sein können…«

»Nicht innerhalb der Stadt.« Er seufzte, als er erkannte, dass er sie nicht auf ein anderes Thema bringen konnte. »Keris, *ich* bin die Gefahr hier. *Ich*. Es ist besser, wenn ich keine Waffen trage. Es erhöht die Chance, dass ich aufgehalten werden kann, wenn es soweit ist.«

Das brachte sie zum Schweigen. Sie fühlte sich elend und wünschte, sie hätte genug Verstand gehabt, um die Frage nicht zu stellen.

Plötzlich lachte er; er klang beinahe fröhlich. »Es ist dieses verdammte Erröten, nicht wahr? Ich kann nichts dagegen tun und es verrät mich jedes Mal. Ich fühle mich wie ein schrecklicher Narr, der jedes Mal so hell wie eine Fackel brennt.«

»Du solltest nicht so verächtlich darüber reden. Ich hätte vielleicht keinen einzigen Gedanken an dich verschwendet, wenn du nicht bei unserer ersten Begegnung wie eine Flamme gelodert hättest.«

»Wirklich? Das macht es mir ja beinahe lieb. Ach nein, vielleicht doch nicht. Versuch *du* einmal, eine

Truppe feldströmungsnarbiger Verteidiger oder eine Gefährtenschaft aus verschlagenen Sündern auf der Pilgerschaft als Führer zu beeindrucken, wenn du errötest wie ein Mädchen beim ersten Kuss. Das ist der Fluch meines Lebens.«

»Also, *mir* gefällt es«, sagte sie.

»Aha«, meinte er. »So wie ich zufällig die wild verstreuten Sommersprossen auf einem ansonsten sehr durchschnittlichen Gesicht mag...«

Sie zog eine Grimasse und spürte, wie sich ihr Kummer auflöste.

»Wann willst du zur Grenze aufbrechen?«, fragte er.

Sie richtete ihre Gedanken wieder auf die Arbeit und hatte bereits vergessen, was Davron über Portron gesagt hatte. »Ich muss diese Briefe schreiben, den Rest von Deverlis Karten durchsehen und herausfinden, welche Gebiete er schon vermessen hat. Ich muss ein paar Entscheidungen im Hinblick auf die Herstellung von weiterer Tinte und Farbe treffen, denjenigen unterweisen, den Meldor mir schickt – wer immer es sein mag –, einige Leute anlernen, eine gewisse Anzahl von Trompleri-Karten für Favellis und Dita vorbereiten...« Sie sah zu ihm auf und war plötzlich über die viele Arbeit erschrocken, die auf sie zukam. »Sagen wir, in sechs Tagen?«

»Sehr gut. Ich werde mich um das Papier für dich kümmern und alles tun, womit ich dir sonst noch helfen kann. Mach mir eine Liste der Farbzutaten, die du brauchst.«

»Und das Chamäleon? Warum will Meldor mit ihm reden? Er wird Fint doch nicht in das Unbeständige schicken, oder?«

»Jeder, der nach Hafenstern kommt, weiß, dass er zum Kämpfen verpflichtet werden kann, Fint eingeschlossen. Meldor will, dass er Karriere als Häscherbeobachter macht.«

Sie seufzte. »Eine passende Tätigkeit für jemanden, der behauptet und schwört, dass er von allen hasenfüßigen Feiglingen auf der ganzen Welt die mit Abstand größten Hasenfüße hat.«

Davron sagte resignierend: »Das Unbeständige macht aus uns allen Feiglinge. Und keiner von uns bekommt, was er will, wenn Fint uns im Stich lässt.«

Es war erstaunlich, wie schnell Keris' Arbeit zur Routine wurde. Sie verbrachte jeweils eine Woche oder länger an der Grenze und führte zusammen mit Davron und Bark die Vermessungen durch; dann kehrte sie nach Schild zurück, um ihre Vorräte aufzufrischen und nachzusehen, wie ihre Helfer mit der Arbeit zurechtkamen, die Keris ihnen gegeben hatte, und Karten von jenen Gebieten zu zeichnen, die sie soeben vermessen hatte. Sie genoss die Arbeit und fühlte sich im Unbeständigen viel mehr zu Hause als je zuvor. Sie hatte sich zwar einen gesunden Respekt vor dessen Launen bewahrt, aber sie fürchtete es nicht mehr. Sie war sich ihrer selbst und ihrer Fähigkeiten sicherer geworden. Sie war sogar – unter Davrons Anleitung – zu einer Wurfmesserexpertin geworden.

Sie beschwerte sich nur manchmal darüber, dass sie unter Bergen von Pergament und Kartenmaterial versank. Sie arbeitete jeden Tag und auch nachts; dann zeichnete sie entweder bei Kerzenlicht in ihrem Zelt oder in ihrem Arbeitszimmer in Schild. Sie führte Vermessungen für Karten durch, plante Karten, zeichnete Karten, änderte Karten. Sie redete über Karten, dachte an Karten, träumte von Karten. Sie war eine besessene Kartenzeichnerin geworden.

Sie fand heraus, dass Karten, die zu stark vom tatsächlichen Aussehen des Geländes abwichen, einfach nicht zu Trompleri-Karten wurden, wie viel Feldströmungstinte man auch auftrug. Sie fand auch heraus, dass Karten in einem zu kleinen Maßstab ebenfalls nie zu Trompleri-Karten werden konnten. Ihre Assistenten, die in den Feldströmungslinien herumexperimentierten, entdeckten, dass zehn Stunden in einer Linie ausreichten, um beinahe alle Zutaten für die Tinten und Farben so sehr mit Feldströmung zu durchtränken, dass das Endergebnis der Mischung, die Keris daraus machte, so gut war wie alles, was Deverli hergestellt hatte.

»So einfach!«, lachte sie und teilte ihr Vergnügen mit Davron.

Trotz der vielen Stunden, die sie arbeitete, verbrachten sie und Davron eine Menge Zeit miteinander. Er war es, der die Dinge besorgte, die sie zum Kartenzeichnen brauchte, und der die Leute heranschaffte, die ihr halfen; er war es, der alles mit ihr besprach, bevor Entscheidungen getroffen wurden, und der beständig einige der besten Ideen beisteuerte; er war es, der ihre Ausflüge mit übertriebener Sorgfalt plante und sie – zusammen mit Bark – schützte, wenn sie das Unbeständige vermaß, das an Hafenstern grenzte. Sie gingen eine angenehme Freundschaft ein, die genauso viel Frohsinn wie Schmerz beinhaltete. Er konnte vergnügt, romantisch und lustig sein – all dies lag in ihm, auch wenn er sich auf Messers Schneide bewegte: Auf der einen Seite der Schneide lauerte der Tod durch die Hand seiner Freunde und auf der anderen der Tod seiner Freunde durch seine eigene Hand – und Carasma drehte bereits am Griff des Messers.

Dass er all das oft hinter einem stählernen Vorhang aus Schmerz verbergen konnte und seine Augen dann vor Liebe oder Humor leuchteten, kam für Keris einem Wunder gleich.

Wenn sie sich dann traurig und nachdenklich fühlte, zog sie es vor, in ihr Privatgemach zu gehen und dort aus dem Fenster zu schauen. Sie hatte nie zuvor ein

Fenster mit einer so großen und dicken Glasfläche gesehen (sie vermutete, dass seine Herstellung durch die Feldströmung möglich gemacht worden war) und der Ausblick verfehlte nie seine atemberaubende und ehrfurchtgebietende Wirkung. Rechts und links erstreckten sich die Dächer von Schild – überladen geschmückt und in einer Stilmischung, die den Eindruck erweckte, als seien sie ein Spielplatz für Elfen –, und geradeaus bot sich ihr der Blick auf den See. Vielleicht würde sie niemals den Ozean erblicken, von dem sie so oft geträumt hatte, aber hier gab es mehr Wasser, als sie je an einem Fleck zu sehen gehofft hatte. Das Meer musste ihrer Meinung nach genauso blau sein. Sie liebte die vielen wechselnden Stimmungen des Wassers und die Art, wie es den Himmel und die Wolken widerspiegelte, wie es vor Sonnenlicht oder Feldströmung glitzerte oder bei schlechtem Wetter in schiefergrauer Dunkelheit brütete. Sie liebte es, die Fischerboote zu beobachten, die mit geblähten dreieckigen Segeln ausliefen und vor dem Wind tanzten.

Sie wusste, dass sie dieses Anblicks nie überdrüssig wurde. Wenn sie schon nicht das Meer haben konnte, hatte sie doch wenigstens den See.

Corrian blieb bei ihr im Haus, genauso wie Fint, wenn er in Schild war. Die meiste Zeit aber war Fint draußen im Unbeständigen und spionierte Häscherlager aus. Keris fürchtete um sein Leben, doch er schien aufgrund seiner Tarnmöglichkeiten gegen Gefahren gefeit zu sein. Er reiste allein und zu Fuß. Trotz seiner andauernden Beteuerungen über seinen Kleinmut – der, wie er sagte, noch den des verächtlichsten Rückgratlosen überträfe – schien er seine gefährlichen Streifzüge in das Unbeständige geradezu zu genießen. Er behauptete stolz, dass sein schlimmster Feind die zermürbende Langeweile sei, und sagte: »Häscher sind die dümmsten Geschöpfe der Welt. Wenn sie sich selbst überlassen sind, scheinen sie nichts anderes zu tun, als aufeinander herumzuhacken oder ihre Schoßtierchen bis zur Weißglut zu reizen. Und wenn man *dem* Stunde um Stunde zusieht, ist das etwa genauso spannend, wie wenn man den Geschlechtsverkehr von Spinnen beobachtet.«

Seine regelmäßig beim Markgrafen eingelegten Proteste über diese hirnbetäubende Langeweile blieben unbeachtet; Meldor bestand darauf, dass die Informationen, die Fint sammelte, unschätzbar wertvoll waren. Dank Fint waren sie in der Lage, die Hafenwachen entsprechend der Konzentration der Häscher außerhalb der Grenzen Hafensterns zu postieren. »Wenn man den Feind kennt, hat man die erste Schlacht schon gewonnen«, sagte Meldor zu Fint.

In der Zwischenzeit hatte sich Corrian für ein sehr viel ruhigeres Leben entschieden. Anscheinend zog es sie nirgendwo anders hin, sie verdiente sich ihren Unterhalt damit, beim Kochen zu helfen, so gut es eben mit nur einem Arm ging. Sie bändelte mit einem einbeinigen Straßenkehrer an und tischte jedem, der es hören wollte, einen Vortrag über die verschiedenen Variationsmöglichkeiten im Bett auf, wenn man nur sechs Glieder zwischen sich hatte. Die meiste Zeit verbrachte sie allerdings damit, als Kräuterweib den leidenden Frauen aus der Nachbarschaft zu helfen. Sie verteilte für alle Krankheiten, vom Krampf bis zur Unfruchtbarkeit, Arzneien – offenbar mit einigem Erfolg, denn durch die Küchentür floss ein ständiger Frauenstrom herein und Corrian konnte sich das beste Pfeifenkraut kaufen (das in Hafenstern entsetzlich teuer war). Colibrans Frau Missie beschwerte sich mit vor Empörung zitternden Schnurrhaaren, dass das Haus zu einem Medizinladen verkäme – aber das traute sie sich nur, wenn Corrian nicht da war.

Keris traf Meldor nur, wenn er in den Laden kam

und sich dort mit Favellis und Dita traf und mit ihnen besprach, wie es mit dem Verbrennen der Trompleri-Karten vorwärts ging. Diese Besprechungen fanden immer in tiefer Nacht statt, wenn alle anderen bereits zu Bett gegangen waren, und außer den beiden Frauen und Meldor nahmen nur Keris selbst, Bark und Davron daran teil. Anscheinend war Meldor fest entschlossen, die ganze Sache geheim zu halten. Dita und Favellis führten ihre Experimente in einer Gegend durch, die Keris zunächst vermessen und dann kartographiert hatte und die weit von den Augen der Häscher entfernt im Süden von Hafenstern lag, und sie berichteten über ihre Entdeckungen nur gegenüber ausgewählten Mitglieder der Zusammenkunft.

Sie hatten herausgefunden, dass das Verbrennen jeder beliebigen Trompleri-Karte dasselbe Ergebnis zeitigte: eine sofort erscheinende und vermutlich beständige Stabilität. Die einzige Beschränkung der Experimente lag in der Natur der Trompleri-Karten selbst: solche in kleinem Maßstab oder schlechter Ausführung konnten nie zu richtigen Trompleri-Karten werden und waren deshalb bei der Errichtung einer Stabilität nutzlos.

»Das bedeutet also, dass die Umformung des Unstabilen ein sehr langwieriger Prozess ist«, beklagte sich Davron, »der immer nur ein kleines Gebiet nach dem anderen betrifft.«

Meldor schenkte ihm ein rätselhaftes Lächeln und erweckte bei allen den Eindruck, dass dieser Gedanke ihm gefiel. Es war schließlich Bark, der bemerkte: »Was wahrscheinlich auch für die Unverseuchten gut ist. Muss ich dich wirklich daran erinnern, dass wir in einer Stabilität am Ende alle sterben müssen? Und wir wissen aus den übereinstimmenden Berichten der Ungebundenen, dass ihnen die neuen Stabilitäten – diejenigen, die durch das Verbrennen von Deverlis Karten erschaffen wurden – im Gegensatz zu den alten Festen Orten feindlich gesonnen sind.«

Keris dachte ernüchtert über die Ironie nach, die darin lag. Sie waren diejenigen, die das mögliche Ende der Unbeständigkeit in greifbare Nähe gebracht hatten – doch sie befanden sich unter jenen, die keinen Nutzen daraus ziehen konnten. Selbst Favellis und Dita waren dem Untergang geweiht, weil auch sie Feldströmung aufgenommen hatten. »Wie dem auch sei«, sagte Keris, »ich glaube, dass die alten Festen Orte auf dieselbe Weise geschaffen wurden. Ich vermute, dass die Verseuchten inzwischen dort leben können, weil die Stabilität durch die Zeit und das Unbeständige beeinträchtigt worden ist. Ich glaube, dass sie früher viel größer waren und viel stabiler – vor vielleicht tausend Jahren.«

»Tausend Jahre sind eine lange Zeit, wenn wir solange warten müssen, bis wir in einer Stabilität leben können«, jammerte Bark.

»Hafenstern wird niemals stabilisiert werden«, meinte Meldor und seine Stimme klang dabei härter und strenger als jemals zuvor. »*Nie.* Wir werden Hafenstern auf ewig behalten.«

Die anderen Experimente, die von Favellis und Dita durchgeführt worden waren, hatten gezeigt, dass es für die Verseuchten keinen anderen Ausweg gab. Als die beiden Frauen ein Gebiet stabilisiert hatten, das sechs verseuchte Tiere beherbergte, die von Hafenwächtern eingefangen worden waren, waren drei der Tiere mit erschreckender Geschwindigkeit und unter starken Schmerzen gestorben; die anderen drei hatten zwar überlebt, waren aber anscheinend dem Wahnsinn verfallen. Sie hatten daraufhin einen ihrer eigenen unverseuchten Hunde zu Testzwecken benutzt (Favellis hatte ihn zuvor betäubt). Dieses Tier war nicht gestorben, war aber sehr krank wieder zu sich gekommen und es dauerte Tage, bis Favellis sich deshalb keine Vorwürfe mehr machte. Danach hatte niemand mehr Experimente mit Lebewesen vorgeschlagen.

Favellis und Dita behielten die stabilisierten Gebiete im Auge und hielten nach allen möglichen Anzeichen der Veränderung Ausschau; schließlich kamen sie zu dem Ergebnis, dass Keris Recht hatte: Die Gebiete ähnelten sehr stark den Festen Orten. Wenn man sie in Ruhe ließ, würden ihre Ränder allmählich vom Unbeständigen angefressen werden, jedoch ging eine unmittelbarere Bedrohung für sie von den Unwägbarkeiten launenhafter Feldströmungslinien aus, andererseits konnten sie möglicherweise jahrhundertelang überdauern. »Wir können sie erweitern«, sagte Favellis. »Keris hat uns angrenzende Karten gegeben, und wir haben das erste Gebiet bereits erfolgreich vergrößert.«

»Gut«, sagte Meldor. »Das reicht erst einmal. Trompleri-Karten sind zu kostbar, um sie so verschwenderisch zu verbrennen. Nun wissen wir alles, was wir im Augenblick wissen müssen.«

Es stimmte, dass Trompleri-Karten unschätzbar wertvoll waren. Jeden Tag kamen es mehr Menschen nach Hafenstern und jeden Tag gingen Führer mit Keris' Karten von hier fort und zeigten den Neuankömmlingen die sichersten Routen in die Enklave hinein. Wenn sie über ein Häscherlager gestolpert wären, hätte das den Tod vieler Menschen bedeutet. So aber kamen sie wohlbehütet an: die Ungebunden und die Ausgeschlossenen, die Verseuchten und die Feldströmungsfühligen; die Unerlaubten, die irgendwie der Tötung gleich nach der Geburt entgangen waren, und die ganze Bandbreite der Unbeständigen: Händler, Triciancr, Kuriere, Kesselflicker, Hausierer, Führer. Unter ihnen waren gute Männer und Spitzbuben, Verbannte aus der Kantorei und Rebellen gegen die Ordnung,

Männer und Frauen, die alle etwas gemeinsam hatten: Sie waren Hafenbrüder und hatten Hafenstern gedient – auch wenn sie diesen Ort oftmals nie zuvor gesehen hatten. Sie kamen, weil Meldor sie darum bat; sie kamen, weil sie ihn kannten oder von ihm gehört hatten; sie kamen, weil sie ihm vertrauten. Sie trafen wohlbehalten ein, was das Verdienst von Keris' Karten war.

Er führt sie in den Krieg, dachte Keris, und trotzdem vertrauen sie ihm.

Krieg. Nach der Abspaltung hatte es in dem Gebiet, das von Malinawar übrig geblieben war, keinen Krieg mehr gegeben – seit tausend Jahren nicht mehr. Niemand führte Krieg, wenn es dabei nichts zu gewinnen gab, man jedoch alles verlieren konnte – bis jetzt. Doch sogar sie erkannte, dass er unvermeidlich näher rückte. Jedes Mal, wenn sie eine Karte zeichnete, die ein Gebiet in der Nähe von Hafenstern darstellte, waren Häscher darauf zu sehen. So wie die Hafenbrüder sich sammelten, zog auch Carasma seine Streitkräfte zusammen. Sie kamen nicht zu nahe an das Territorium von Hafenstern heran – noch nicht. Sie schlugen ihre Lager dort auf, wo sie sich unbeobachtet glaubten. »Sie warten auf den richtigen Augenblick«, bemerkte Meldor mit kalter Gelassenheit. »Sie warten darauf, dass genügend von ihnen zusammengekommen sind, um eine ganze Armee zu bilden. Macht euch nichts daraus. Auch wir werden mit jedem Tag stärker. Keris, wir benötigen so viele Karten, wie du herstellen kannst.«

»Davron!«

Davron sprang hoch, verschüttete seinen Tee und fluchte herzhaft. »Fint – verdammt, du scheußliche Eidechse, du hast mich zu Tode erschreckt!«

»Entschuldigung«, sagte Fint freundlich und stellte sein kleines Bündel auf dem Boden ab. »Aber ich kann nichts dafür, wenn ihr, du und deinesgleichen, so blind wie ein Maulwurf seid.«

Barks Stimme tönte auf der anderen Seite des Lagers durch die Dunkelheit. »Verdammnis und Unordnung – ich hätte schwören können, dass er es heute Nacht nicht schafft, ohne dass ich ihn sehe. Der Tilger soll dich holen, Fint.« Sie hatten gewusst, dass er kam – sie hatten ihr Treffen verabredet –, aber dem Chamäleon gelang es noch immer, weder von Bark, der Wachdienst hatte, noch von Keris, die gerade ihre Karten prüfte, gesehen zu werden.

Keris streckte den Kopf aus dem Zelt und lachte. »Fint – wie geht es dir? Mach dir nichts aus diesen grollenden Männchen. Es ist schön, dich zu sehen. Wir haben dir frische Vorräte mitgebracht, wie versprochen.«

Bark kam heran und gesellte sich zu ihnen ans Feuer. »Ist da draußen etwas, über das man sich Sorgen machen müsste, Keris, oder kann ich eine Pause einlegen?«

Sie warf einen Blick auf die Karte, an der sie soeben gearbeitet hatte. Es war natürlich nicht leicht, in der Nacht etwas zu sehen, aber zumindest in der Abenddämmerung war niemand sonst in der Gegend gewesen. »Soweit ich sehen kann, nein. Die nächsten Häscher sind ein paar Stunden entfernt, hinter den Hügeln dort. Ich habe einige von ihnen erblickt«, fügte sie leicht beunruhigt hinzu.

»Ich weiß«, sagte Fint. »Ich komme gerade aus dieser Richtung. Dort liegt ein großes Lager.«

»Das haben wir uns schon gedacht«, sagte Davron. »Keris hat die Talsohle zwischen ihnen und Hafenstern kartographiert. Auf diese Weise werden wir es sofort bemerken, wenn sie ausrücken.«

»Darf ich dir etwas zu essen geben, Fint?«, fragte sie.

»Das wäre schön, falls ihr noch etwas vom Abendessen übrig habt. Und eine Tasse von deinem Gebräu, Bark. Du machst wirklich ein gutes Stöffchen, wenn man bedenkt, dass du so kurzsichtig wie ein Blindwurm bist.«

»Pass bloß auf – oder der Tee wird dir nicht mehr ganz so gut schmecken«, warnte Bark ihn.

»Willst du damit andeuten, dass du es wagen würdest, dein Stöffchen zu *panschen*?«, fragte Fint entsetzt.

Bark antwortete hochmütig: »Ich wollte damit nur sagen, dass ein Künstler wie ich frei von Hader, Zwietracht und Beleidigungen sein muss, wenn er die perfekte Mischung herstellen soll, welche die samtene Perfektion des...« Fint warf einen Kiesel in seine Richtung.

Die Neckerei setzte sich noch ein wenig fort und wurde von einer ernsthaften Diskussion über die Häscherbewegungen, die Fint bemerkt hatte, abgelöst, doch Keris hatte sich von ihnen abgesondert; das Gespräch rauschte über sie hinweg. Sie sah zu, wie Davron mit Bark und Fint scherzte, und war froh, dass er sich den Anschein von Unbeschwertheit geben konnte, doch ihre Stimmung war düster. So, wie Davron dasaß, machte er einen sehr einsamen Eindruck. Er konnte lachen und reden und Geschichten austauschen, doch trotzdem war er noch immer ein einsamer Mann. Seit fünf Jahren hatte er kein anderes menschliches Wesen mehr an der Haut berührt. Er hatte keine Frau im Arm gehalten und nicht mit seiner Tochter gespielt und seinen Sohn kannte er nicht einmal. Sie konnte ihn lieben, konnte ihn auf ewig lieben, aber sie konnte nichts an seiner Einsamkeit ändern. Sie seufzte, wünschte eine gute Nacht und ging zu Bett.

Am nächsten Morgen war er verschwunden.

Kapitel Dreißig

Es wird ein Verräter in euer neues Land kommen. Nehmt euch vor diesem Mann in Acht, denn er wird in Lord Carasmas Namen Zerstörung bringen. Dennoch sollt ihr Mitleid mit ihm haben, denn er wird das zerstören, was er liebt. Hoffet, ihr Menschen des leuchtenden Landes, denn obwohl er eine Bresche in euer Sehnen schlägt und obwohl eure Kinder in der Flut, die er auslöst, ertrinken werden, hat er dennoch die Macht, den Tilger in das Chaos zu schleudern.

Prophezeiungen XXIV,
Kapitel 5, Verse 12 & 13

Als Keris aufwachte, strömte das Sonnenlicht hell und warm durch die Zeltwände. Zu warm. Sie kroch aus ihrer Bettrolle und streckte sich verwirrt. Warum hatte niemand sie früher geweckt? Es war noch viel zu tun; je näher der Krieg kam, desto kostbarer wurde die Zeit. Sie steckte den Kopf aus dem Zelt. Es war noch niemand auf. Fint lag im Freien in seiner Bettrolle; er hatte das Laken bis über die Nase gezogen. Die Sonne stand bereits hoch am Himmel.

Sie stand auf und sah sich nach Davron um, der im Morgengrauen die Wache übernommen hatte, aber sie konnte ihn nirgendwo entdecken. Sie weckte Fint und ging hinüber, um auch den laut schnarchenden Bark zu wecken, doch von Davron fand sie keine Spur. Sein Zelt stand noch, sein Gepäck war noch da, aber er war fort.

Genauso wie sein Querungspferd.

Zuerst war sie eher verwirrt als beunruhigt, trotzdem begab sich Keris sofort zu ihren Trompleri-Karten, die dieses Gebiet darstellten. Sie sah darauf berittene

Gestalten, die sich in einer der Ecken bewegten und allmählich den Bereich der Karte verließen – ansonsten bewegte sich nirgendwo etwas.

»Das sieht ihm gar nicht ähnlich«, sagte Bark besorgt. »Er wäre nicht fortgeritten, ohne jemandem etwas zu sagen.«

Keris kramte das Vergrößerungsglas aus ihrem Gepäck hervor. Was sie dadurch sah, erschütterte sie. Sie hockte sich nieder und starrte Bark entsetzt an.

»Was ist los?«, fragte er. Ihr Gesichtsausdruck beunruhigte ihn.

»Ein Häscher«, sagte sie mit erstickter Stimme. »Er ist mit einem Häscher zusammen.«

»Woher willst du das wissen?«, fragte Fint. »Häscher sehen oft nicht anders aus als normale, unverseuchte Menschen.«

Wortlos übergab sie ihm das Vergrößerungsglas. »Er ist es – sein Pferd und die Art, wie er reitet, würde ich überall wiedererkennen.« Sie musste schlucken. »Es ist nur eine einzige andere Person bei ihm, die so etwas wie ein verseuchtes Tier reitet, und da ist noch eine Bestie. Es handelt sich um das Schoßtier eines Häschers – kein normaler Mensch würde auf einer solchen Kreatur reiten.«

Fint sah genau hin und gab dann das Glas an Bark weiter. »Ich fürchte, sie hat Recht. Es ist ein monströses, sechsbeiniges Ding mit einem Horn am Kopf und Stacheln am Rücken.« Er schaute Keris und Bark entsetzt an. »Man hat ihn gefangen genommen.«

Nun blickte Bark durch das Glas. »Nein. Ich kann keine Anzeichen dafür erkennen, dass er ein Gefangener ist. Außerdem – welcher einzelne Häscher könnte schon Davron Storre gefangen nehmen, auch wenn sein Schoßtier noch so scheußlich ist? Er ist freiwillig mitgegangen.«

»Aber *warum*?«

Keris erklärte es ihm, wobei sie ihre Tränen herunterschlucken musste.

»Willst du damit sagen, dass er nichts dagegen tun kann?«, fragte Fint, nachdem er endlich begriffen hatte. »Er muss dem Tilger dienen? *Davron Storre?*«

»Ja. Von dem Augenblick an, da der Tilger ihn ruft, bis zu dem Augenblick, da er seine Aufgabe vollendet hat, ist er genauso ein Häscher wie der Mann, mit dem er jetzt zusammen reitet.«

»Nein«, sagte Fint einfach nur.

Tränen rannen an ihren Wangen herunter, doch ihr Weinen war lautlos. »Er ist unser Feind geworden. Und wenn wir ihm begegnen sollten, müssen wir ihn unschädlich machen.«

»Ihn töten? Aber du *liebst* ihn doch«, jammerte Fint gequält.

»Und mir ist es nicht gelungen, ihn aufzuhalten«, sagte Bark. Bitterkeit schwang in jedem seiner Worte mit. »Was für eine große Hilfe ich doch war… Meldor hätte wenigstens *irgendetwas* gespürt. Ich dagegen habe nur geschlafen.« Er schlug die Hände zusammen und wandte sich ab.

»Können wir sie einholen?«, fragte Fint und deutete mit den schmalen Fingern auf die Karte.

Bark schüttelte den Kopf; er war sichtlich bestürzt. »Sie haben mindestens zwei Stunden Vorsprung und bald werden sie den Bereich der Karte verlassen. Und wir besitzen keine Karte von dem Gebiet ,in das sie hineinreiten. Es hat keinen Zweck, ihnen zu folgen; wir würden sie nie finden. Außerdem wird er sich bald mit weiteren Häschern zusammentun – oder den Tilger irgendwo im Winder treffen. Chaos und Verdammnis, armer Davron!«

Fint war außer sich. »Aber wir sollten ihn aufhalten! Er weiß doch so viel! Über die Trompleri-Karten, über die Verteidigungsanlagen von Hafenstern, über alles! Wenn der Tilger ihn ausfragt…«

»…wird er überhaupt nichts sagen«, meinte Bark gelassen. »Fint, der Tilger kann nichts anderes tun, als ihm eine klar umrissene Aufgabe geben. Nur eine einzige Aufgabe, die wahrscheinlich darin bestehen wird, Hafenstern irgendwie zu zerstören. Er kann Davron nicht zwingen, Fragen zu beantworten, es sei denn, er lässt ihn durch seine Häscher foltern.« Keris erschauderte. »Aber ich glaube nicht, dass er Davron körperlichen Schaden zufügen wird«, ergänzte er schnell. »Er will ihn bestimmt in guter Verfassung sehen, damit er seine Aufgabe erfüllen kann, worin auch immer sie bestehen mag. Nur eine einzige Mission, das ist alles.«

Fint sah immer noch entsetzt drein. Bark versuchte, ermutigend zu wirken, doch ihnen allen war klar, dass es kaum einen Unterschied machte, ob Davron Fragen beantwortete oder nicht.

»Wie lange brauchen wir bis nach Schild?«, fragte Keris Bark.

»Wenn wir das Gepäck hierlassen und die Pferde an der Grenze wechseln, können wir heute Nacht dort sein.«

»Dann sollten wir jetzt losreiten. Wir müssen Meldor warnen, wir müssen jedermann warnen – dass Davron…« Aber sie konnte den Satz nicht beenden. Sie konnte ihn nicht als ihren Feind bezeichnen. Sie hielt inne und riss sich zusammen, was einer großen Kraftanstrengung bedurfte. Ihr war kalt; sie fühlte sich, als wäre sie erfroren, als ob Eis von innen nach außen durch ihren Körper dränge. Tot, dachte sie. Schöpfer, ich fühle mich, als ob etwas in mir gestorben wäre… und mir wird kalt. »Schlagt die Zelte ab«, sagte sie.

Am selben Morgen wurde Meldor von seinem Schreiber Nablon geweckt, der auch als ›die Ameise‹ bekannt war. Wie Colibran, das Heimchen, hatte auch Nablon Fühler, doch darin erschöpfte sich die Ähnlichkeit.

Seine Fühler waren kurz und zeigten nach vorn; seine Augen waren rund und glänzend schwarz; sein Kiefer wurde von hässlichen, außenliegenden Gelenkknochen zusammengehalten, die sich vor seinem menschlichen Mund vereinigten; diese waren eine Dreingabe, dazu geeignet, Nüsse zu knacken und Knochen aufzubrechen. Der Rest von Nablon war vollkommen menschlich. Unglücklicherweise klackten die Gelenkknochen unbeherrschbar gegeneinander, wenn er aufgeregt war, und genau das war an jenem Morgen der Fall.

»Markgraf (*klack*)«, sagte er und rüttelte Meldor. »Markgraf (*klack*), wacht auf. Ein Notfall...«

Meldor erwachte und kam sofort zu sich. Er war daran gewöhnt, früh aufzustehen, auch wenn er normalerweise sanfter geweckt wurde: mit einer Tasse Tee und dem Geräusch warmen Wassers, das in das Becken auf seinem Waschständer plätscherte. Klackende Gelenkknochen waren da doch etwas ganz anderes. »Was ist los?«, fragte er und tastete neben dem Bettpfosten nach seinem Morgenrock. Nablon warf ihn ihm zu.

»Ein Angriff«, sagte der Schreiber. »Es hat angefangen. Hunderte von Häschern (*klack*) nähern sich uns mit ihren Bestien. Sie strömen aus den Bergen und den Schluchten haben; wir sehen es auf allen Karten, die wir haben. Es ist viel schlimmer (*klack*), als wir befürchtet haben. Markgraf, es sind Tausende.«

Meldor blieb ganz ruhig. »Sind sie schon irgendwo bis zur Grenze vorgedrungen?«

»Nein, noch nicht, aber...«

»Habt ihr euch auch die Karten von der Route aus der Achten hierher angesehen?«

»Ja, natürlich (*klack*).«

»Und?«

»Da sind Streitkräfte. Anscheinend eine große Armee.«

»Aha. Also ist Portron zum Sanhedrin gegangen,

was? Das ist genau die Nachricht, die du mir als Erstes hättest überbringen müssen, Nablon. Ich nehme an, dass Davron noch nicht zurück ist?«

Unter der gleichmäßigen Befragung wurde Nablon allmählich ruhiger. »Nein, Markgraf.«

»Wie ich es erwartet habe. Es musste so kommen«, sagte Meldor und beugte sich, um sich das Gesicht zu waschen. Das Wasser war kalt. Als er den Kopf wieder hob und die Hand nach dem Handtuch ausstreckte, fügte er hinzu: »Und es hat keinen Sinn, nach ihm zu suchen. Inzwischen ist geschehen, was geschehen musste. Nablon, wärst du so freundlich, meinem Diener zu sagen, er soll hereinkommen? Und sorge dafür, dass mein Frühstück im Kartenraum angerichtet wird.«

Nablon gab ihm das Handtuch und ging, während das Klacken erneut einsetzte.

Meldors Diener half ihm beim Ankleiden, während viele aufgebrachte Beamte kamen und gingen, und Meldor sammelte die Informationen, die sie brachten, und erteilte Befehle. Anscheinend kamen die meisten Häscher aus dem Osten, wo Hafenstern von einem Bewässerungsgraben begrenzt wurde, der mit einer Mischung aus Wasser und Feldströmung gefüllt war und einen Wasserlauf bildete, welcher ›der Kanal‹ genannt wurde.

Als Meldor zehn Minuten später in dem großen Kartenraum eintraf, ging er sofort zu dem Bereich, in dem die Kanal-Karten aufgehängt waren. Der Raum war als Audienzsaal erbaut worden; nun aber hatte man drei lange Reihen aus abgeschrägten Tafeln errichtet, die ein Dreieck bildeten, das annähernd maßstabsgetreu die Grenzen von Hafenstern darstellte. Auf diesen Tafeln waren einige von Keris' Grenzkarten in einer durchgehenden Reihe aufgezogen. Als Meldor sich ihnen näherte, wandte Nablon sich von der Stelle ab, an der er die Karten betrachtet hatte. Seine Fühler waren steif und seine Gelenkknochen klackten unaufhörlich. »Markgraf – jede Minute wird es schlimmer!«

Neben ihm stand der Befehlshabende, ein Tricianer namens Zeferil von Überton. Er war wegen Blasphemie ausgeschlossen worden und nun Meldors feldströmungsfühliger Kommandant, dem die Verteidigungstruppen von Hafenstern unterstanden. Seine Augen waren glasig vor Entsetzen, doch er hatte sich fest unter Kontrolle.

»Eine größere Invasion, Markgraf«, sagte er. »An allen Fronten, aber anscheinend konzentriert sie sich am Kanal. An den anderen Stellen ist die Zahl der Angreifer kleiner. Ich gehe davon aus, dass ihr Ziel ist, eine gewisse Anzahl von Scharmützeln entlang der Winder-Grenze und sogar südlich des Spalters zu provozieren, um die Wachen so beschäftigt zu halten, dass wir sie nicht zur Unterstützung unserer Streitkräfte am Kanal abziehen können. Ich habe Alarmstufe Rot ausgelöst«, fügte er hinzu, »so wie wir es für einen Fall wie diesen vereinbart hatten. Alle ausgebildeten Männer müssen sich zum Dienst melden, wenn möglich mit Reittieren. Kuriere sind ausgesandt worden, um alle Grenztruppen zu warnen, und ich nehme an, dass sie inzwischen alle Bescheid wissen. Markgraf, ich bitte um die Erlaubnis, zum Kanalgebiet zu gehen.«

»Nein. Du bleibst hier bei den Karten. Hier hast du den besten Überblick über alle Vorgänge; was will ein Kommandant mehr?«

»Verflucht, die Möglichkeit zu kämpfen«, entgegnete er schlecht gelaunt. »Wir sind nur einen verdammten Halbtagesritt vom Kanal entfernt. Wie kann ich Befehle geben, die ganze sechs oder acht verfluchte Stunden lang nicht ausgeführt werden?« Trotz seines Mutes war Zeferil ein ängstlicher Mensch. Er hatte nicht erwartet, dass seine Truppen in einem solchen Ausmaß bedroht würden; er hätte niemals erwartet, dass seine

Streitkräfte in der Gefahr schwebten, so gründlich überrannt zu werden. Nablon war empört über seine unflätige Sprache, doch Zeferil war tricianischer Abstammung und betrachtete sich nicht als unter einem Markgraf stehend, der nicht einmal als Tricianer geboren war, und deshalb sah er keinen Grund, seine Sprache zu mäßigen – jedenfalls solange, bis Meldor mit einer Stimme, die keinen Widerspruch zuließ, sagte: »Du bleibst hier. Wenn du dich in der Mitte des Kanals befändest, würde es auch drei oder vier Stunden dauern, bis du das eine oder andere Ende erreichst. Und was ist mit den anderen Stellen entlang der Grenze? Hier hast du einen umfassenden Überblick und kannst überallhin Befehle schicken. Und es ist kein halber Tagesritt bis zum Kanal, wenn du für die Überbringung deiner Befehle Boten mit guten verseuchten Tieren nimmst und sie mehrfach auswechselst – ich weiß, dass du schon seit langem darauf eingerichtet bist. Ich will jetzt, dass Anweisungen erteilt werden, denen zufolge niemand ohne Grund die Grenze von Hafenstern überqueren darf – nicht einmal einen Fuß weit, und das gilt auch für die Hafenwachen.« Er nickte und Zeferil zog sich folgsam zurück, nachdem er eine Kinese der Unterwerfung und des Gehorchens vollführt hatte. Dann brüllte er die Befehle hinaus.

Meldor packte Nablon am Ellbogen. »Und jetzt, Nablon, will ich, dass du mir genau beschreibst, was du auf den Karten siehst, und zwar bitte ohne allzu große Aufregung.«

Davron hatte an jenem Morgen Wache gehalten und kurz vor Sonnenaufgang etwas Verdächtiges gehört. Es war ein schwaches Scharren gewesen, irgendwo an dem Abhang hinter ihm. Er hatte eines seiner Wurfmesser aus der Scheide geholt (außerhalb von Hafenstern war er wieder bewaffnet) und sich zusammengekauert und zu erkennen versucht, was – oder wer – sich da näherte. Er glaubte nicht sofort, dass Gefahr drohte, denn was immer da herannahte, bewegte sich nicht verstohlen, sondern normal und keinesfalls geräuschlos. Er bewegte sich unruhig, während er in die Dunkelheit spähte; das Siegel an seinem Arm spannte. Er kratzte geistesabwesend daran. Irgendetwas glimmerte auf; er erhaschte einen Blick auf die Spiegelung des Sternenlichts auf einer Rüstung – vielleicht einem Brustpanzer, oder es handelte sich nur um das schimmernde Fell eines Tieres. Es war nur ein einziges Wesen; er würde schon mit ihm fertig werden. Er kratzte sich erneut. Er hätte schwören können, dass er gespürt hatte, wie sich das Siegel bewegte – aber das war unmöglich. Schließlich war es mit seinem Fleisch verschmolzen. Er starrte es angsterfüllt an.

Ein purpurnes Leuchten kam aus der Finsternis, nur ein einziger Lichtstrahl. Er bohrte sich zitternd durch die Nacht und schien sich dann zu *biegen* – und auf ihn zuzustreben. Er traf Davrons Arm, obwohl er sich nun bewegte, und Schmerz flackerte unter seinem Siegel auf. Da wusste er Bescheid und er drehte sich um und wollte dem Lager etwas zuschreien, doch er hielt mitten in der Bewegung inne; die Worte gefroren. Er konnte nicht um Hilfe rufen, er konnte sich nicht zuruckziehen, er konnte keinen Widerstand leisten. Das purpurne Licht zog ihn zu sich.

Er ging darauf zu und war gefangen von dem, was sich am anderen Ende des Strahls befand; er wurde eingeholt wie ein Fisch an der Angel. Aber er konnte noch denken und fühlen. Er wusste genau, was mit ihm geschah, und warum es geschah – und er konnte nichts dagegen tun.

Sein Verstand schrie seine Ablehnung stumm heraus. *Nein! Nicht jetzt – nicht jetzt schon!*

Aber er wusste, dass es zwecklos war, sich gegen

sein Schicksal aufzulehnen. Es war alles, was er hatte, und er hatte es freiwillig erwählt, als er sich dafür entschied, seine Frau und sein Kind vor dem Fluch des Verseuchtseins zu bewahren. Vor ihm lag eine Bestimmung, die so schrecklich war, dass sie jenseits allen Verstehens lag, und er war machtlos dagegen. Fünf Jahre lang hatte er mit dem Wissen gelebt, dass dieser Augenblick kommen würde; er hatte gehofft, er würde durch die Hand seiner Freunde sterben, wenn es soweit war. Stattdessen aber wanderte er jetzt einfach in die Nacht hinein und war unfähig, das Messer in seiner Hand zu erheben und sich zu verteidigen – oder sich zu töten.

Er griff tief in sein Innerstes, in seinen Vorrat an Mut, und verstärkte seine Schranken gegen jegliche Gefühle des Bedauerns. Er betete, wie der blinde Meldor betete: ohne Kinese. Er schickte Worte – und keine Symbole, die die Tiefe ihrer Bedeutung verloren hatten – hinaus in die Nacht, obwohl er wusste, dass der Schöpfer sie wahrscheinlich nicht hören konnte. Er sprach sie trotzdem. Er erstickte die Scham, die er verspürte, und versuchte aufrecht zu stehen, während er fieberhaft nach einer Lösung suchte, die Hafenstern aus seiner vernichtenden Hand erlöste. Im Angesicht der zerschmetternden Verzweiflung suchte er noch immer nach einem Hoffnungssplitter, denn es lag nicht in der Natur des Davron Storre aufzugeben. Er betete nicht um Hilfe oder Vergebung und auch nicht um seinen Tod, sondern um den Sieg. Ich werde nicht aufgeben, versicherte er sich selbst. Wenn Keris einen Weg gefunden hat, das Unbeständige stabil zu machen, kann ich einen Weg finden, um den Tilger zu besiegen. Ich kenne ihn besser als jeder andere lebende Mensch und Meldor hat fest daran geglaubt, dass es möglich ist…

Und so begegnete er auf seinem kurzen Weg in die

Finsternis seinem Schicksal mit einem Mut, der ihn als höchst außergewöhnlichen Mann kennzeichnete.

Der Häscher, der ihn erwartete, sah aus wie ein Mann mittleren Alters, wie ein harter und drahtiger Kämpfer mit matten Augen, in denen weder Gnade noch Mitleid lagen, ja nicht einmal Neugier. Das Schoßtier, das sabbernd neben ihm hockte, hatte das Gesicht eines fetten, gierigen Jungen und ein Horn mitten auf der Stirn. Es besaß rudimentäre Intelligenz und Davron hörte, wie es hoffnungsfroh sagte: »Fressen, Meister. Sogol will Mann fressen.«

Der purpurne Lichtstrahl schien aus einem Ball aus Feldströmung hervor, den der Häscher in der Hand hielt. Als Davron ihm gegenüberstand, fragte der Mann gelangweilt: »Bist du Storre?«

»Der bin ich.«

»Lord Carasma, der Tilger, wünscht dich zu sehen. Er teilt dir mit, dass für dich die Zeit gekommen ist.«

Diese Worte bewirkten, dass Davrons Mund austrocknete; daher musste er sich erst über die Lippen lecken, bevor er antworten konnte. »Ja, das habe ich schon vermutet.«

»Mein Name ist Galbar. Du musst zurückgehen und dein Pferd und deinen Sattel holen – und zwar ganz leise, ohne die Leute im Lager aufzuwecken – und dann zu mir zurückkommen. Wir werden zum Winder reiten.«

»Und mein Gepäck?«

»Dort, wo wir hingehen, brauchst du nichts mehr.« Das Desinteresse des Häschers an seinem Gefangenen war genauso erschreckend, wie es schiere Unmenschlichkeit gewesen wäre. »Geh«, sagte er und Davron ging. Ihm blieb nichts anderes übrig.

Er konnte das Lager nicht wecken, konnte keine Nachricht hinterlassen, konnte nichts tun außer dem, was ihm befohlen war: sein Pferd und seinen Sattel zu holen und zu dem Häscher zurückkehren. Seine Hilflosigkeit machte ihn wütend, doch er unterdrückte das Gefühl der Ohnmacht. Er weigerte sich, seine Energie in sinnlosem Bedauern zu verschwenden.

Als er mit seinem Pferd zurückkam, saß Galbar bereits auf seinem verseuchten Reittier und wartete. Er bedeutete Davron mit einer Handbewegung, sein Pferd zu satteln und aufzusitzen.

»Fressen«, wiederholte das Schoßtierchen und beäugte Davron hungrig. Als er den Sattel festband, wetzte es sein Horn an einem Felsen in der Nähe. »Meister – Sogol will Mann fressen«, forderte es. »Will *jetzt*!« Es klang verdrießlich wie ein verzogenes Kind.

Galbar beachtete es nicht. »Folge mir«, sagte er und wendete sein Reittier. Er machte sich nicht die Mühe nachzuschauen, ob Davron ihm wirklich folgte. Das purpurne Licht leuchtete noch immer aus dem Ball in seiner Hand hervor; es war noch immer an Davrons Siegel geheftet und bog sich sogar um Ecken, wenn es nötig war – wie eine Lederleine. Davron erwog, sich auf den Ball zu stürzen, der das Licht erzeugte, aber dieser Gedanke was das Äußerste, zu dem er fähig war. Jegliche Handlung war ihm verwehrt.

Sie ritten in Schweigen. Galbar gab ein rasches Tempo vor und Davron folgte ihm. Er besaß noch seine Messer und seine Peitsche, aber sie erinnerten ihn nur an seine Hilflosigkeit. Anscheinend war sich Galbar seiner Herrschaft über ihn so gewiss, dass er sich nicht einmal die Mühe gemacht hatte, ihn zu entwaffnen.

Davron versuchte, seinen Verstand gegen die betäubende Verzweiflung abzuschotten, die über ihn hinwegbrandete.

Über der Kanalseite des Dreiecks, das Hafenstern bildete, sah Reiher Heldiss als Erster die Häscher kommen, was nicht überraschend war, wenn man bedachte, dass er dank seiner verlängerten, spindeldürren Beine zwei Fuß größer war als alle anderen. Heldiss, früherer Hafenbruder und Wächter einer Hängebrücke in der Wildnis des Unbeständigen, war jetzt ein richtiger Hafner, genau wie seine beiden Söhne. Einer von ihnen war Bäcker in Schild, der andere stand nun neben seinem Vater und beobachtete, wie die Häscher auf sie zuströmten. Die lange horizontale Linie der Angreifer erstreckte sich ununterbrochen in beide Richtungen, soweit das Auge reichte, und sie war sechs oder sieben Personen dick. Schlimmer noch als die Häscher waren die Schoßtiere, die ihre Meister begleiteten: Unter ihnen war alles vertreten, von menschenähnlichen Faunen und gehörnten Satyrn bis zu schwerfälligen Ungeheuern von der Größe einer kleinen Hütte auf Beinen. Die Anzahl der Mahl- und Reißzähne, Krallen, Klauen und anderer nadelspitzer Dornen und Stacheln hätte genügt, alle Schreinerwerkstätten der gesamten Stabilitäten mit Schneide-, Schlitz- und Stichelwerkzeugen auszustatten.

»Mistscheiße«, murmelte Heldiss. »Wenn der Markgraf nicht irgendwas aus dem Hut zaubert, sind wir tot.«

Er und seine Leute standen hinter einem Erdwall; vor dieser Verteidigungsanlage floss der Kanal, voller Feldströmung und Wasser. Er würde ein gewisses Hindernis für die Invasion darstellen, vor allem da der größte Teil der angreifenden Streitmacht wohl nicht mit dem Wasser rechnete. Sie glaubten sicherlich, es sei nur eine kleine Feldströmungslinie. Sie konnten ebenfalls nicht wissen, dass der Kanal mit scharfen, erst vor kurzem gezüchteten Disteln besät war, die mit etwas Glück lange genug halten würden, um einigen Schaden anzurichten.

Heldiss betrachtete die feindlichen Streitkräfte und fragte sich, warum er nur auf den Markgrafen gehört hatte, als dieser blinde Mann gesagt hatte, es sei Zeit für alle Hafenbrüder, nach Hafenstern zu kommen. Sie hatten damals neben der Schlucht gestanden, in der der Tief floss, kurz bevor das Mädchen von dem Stahlrochen angegriffen wurde, und die tiefe, wohlklingende Stimme des Markgrafen hatte eine hypnotische Wirkung auf ihn ausgeübt. Dem Reiher war nicht einmal der Gedanke gekommen, sich zu weigern – und jetzt stand er da und wartete darauf, dass er abgeschlachtet wurde. Er warf einen raschen Blick auf seinen Sohn. Nun, es hatte einen guten Grund für seine Rückkehr gegeben. Seine Söhne, seine Enkel – hier hatten sie ein Zuhause und eine Zukunft, wenn es nur gelang, diese verdammten Bastarde zu besiegen.

»Weitersagen«, befahl er seinem Sohn. »Pfeilfeuer erst, wenn ihr sicher seid, dass ihr euer Ziel treffen könnt, und dann los!« Während diese Worte die Reihe der Verteidiger durchliefen, fragte er sich, wie es dazu gekommen war, dass er Befehle gab. Er hatte den leisen Verdacht, dass sein Offiziersstatus viel mit seiner Größe zu tun hatte. Er wusste verdammt wenig über Waffen und Kriegsführung und er war auch weder feldströmungsfühlig noch durchtränkt von Feldströmung wie die meisten anderen Offiziere – aber er sah recht imposant aus. Verdammt.

»Heilige Verderbnis, Papa«, sagte sein Sohn und hielt den Blick starr auf die heranrückenden Linien gerichtet, »haben wir überhaupt eine Chance gegen diese Übermacht?«

»Ruhig Blut, Sohnemann. Du musst bedenken, dass Pfeile eine größere Reichweite als Feldströmung haben. Diese Bastarde sind daran gewöhnt, sich hinter ihren Schoßtierchen und ihrer Feldströmung zu verstecken, und haben ganz vergessen, dass ein gut gezielter Pfeil dich flachlegt, bevor du *verdammter Mist* sagen kannst. Außerdem hält ihre Feldströmung nicht ewig. Sie müssen sie erneuern. Wir haben also noch Hoffnung«, schloss er. Hoffnung, aber sonst nichts.

Sein Sohn schätzte die Entfernung ab, hob den Bogen und legte den ersten Pfeil in die Kerbe…

Und die Schlacht begann.

»Häscher hinter uns!«, rief Bark. »Reitet schneller!«

Automatisch zwang Keris Tousson mit den Hacken in einen Galopp, ohne hinter sich zu sehen. Wenn jemand mit einem Tonfall wie Bark etwas rief, dann handelte man sofort und sah sich erst nachher um. Als sie sich schließlich umdrehte, hielt sie sich am Sattelknauf fest und das war gut so, denn das, was sie sah, versetzte ihr einen mächtigen Schreck. Eine Flut von Häschern und Bestien ergoss sich aus einem Seitental und sie ritten, als wollten sie die drei unter ihren zahllosen donnernden Hufen auslöschen.

Neben ihr fluchte Fint. »Mistscheiße. Das sind ja alle Häscher, die in den letzten dreihundert Jahren verführt wurden.« Er duckte den Kopf tief, ritt wie nie zuvor und war unendlich dankbar dafür, dass er Keris' neues Packtier – ebenfalls ein Querungspferd – unter sich hatte.

Auch Keris machte sich klein, während ihr ein ganzes Dutzend widersprüchlicher Gedanken durch den Kopf ging: Das also war die befürchtete Invasion; sie würde bald sterben; machte das noch etwas aus, jetzt wo Davron fort war? (Gütiger Himmel, war er erst an diesem Morgen verschwunden?) Davron hatte sich wahrscheinlich bereits für Carasma an die Arbeit gemacht; wann, zum Chaos, würde Meldor endlich Trompleri-Karten verbrennen und diesen dreckigen Bastarden einheizen? Chaos und Verdammnis, was würde mit uns geschehen, wenn er es *jetzt* täte?

Sie warf einen Blick zurück auf Bark. Er bemühte sich, die beiden Pferde zu einer schnelleren Gangart anzutreiben. Sobald eines von ihnen nachließ, setzte er sein Reittier Strunk neben es; ein Blick auf die schwingenden Hörner des verseuchten Tieres reichte aus, um jedes Pferd zu erschrecken und zu neuen Anstrengungen zu treiben.

Die Grenze von Hafenstern lag etwa eine halbe Stunde von ihnen entfernt. Wenn sie Glück hatten, würden sie dort ankommen, bevor die Häscher sie eingeholt hatten. Keris schaute noch einmal hinter sich und entschied, dass sie sehr wahrscheinlich kein Glück hatten. Obwohl diejenigen Häscher, die auf normalen Pferden saßen, nicht aufholten, kamen jene, die auf verseuchten Tieren ritten, ihrer Beute immer näher, während einige windschnittige Schoßtiere ihre Meister in vollem Galopp bereits hinter sich gelassen hatten und noch schneller heranschossen. Keris stieß einen tiefen Seufzer aus. Ein Feldströmungsstrahl, der sie am Rücken traf, wäre ein schlechter Tod gewesen, aber sie schreckte vor der Vorstellung zurück, von einer Bestie mit Zähnen wie Axtschneiden und Klauen wie gebogene Polsternadeln in Stücke gerissen zu werden.

Als die Bestien immer näher kamen, bedeutete Keris Fint und Bark, sie sollten die Führung übernehmen. Fint brauchte keine zweite Aufforderung; Bark hingegen zögerte einen Augenblick, doch dann begriff er, was sie vorhatte, und er nickte. Er vollführte eine Kinese in ihre Richtung: Zeigefinger und Daumen zu einem Kreis gegen seine Wange – das bedeutete: Sieg dem Schöpfer. Sie faßte es persönlicher auf: viel Glück, Keris. Sie nickte zurück und wandte den Blick zu dem halben Dutzend sich nähernder Bestien. Sie wartete bis zum letztmöglichen Augenblick und stieß dann einen Feldströmungsstrahl aus ihren Fingern aus. Sie spürte, wie er durch ihren Körper brauste und in einem wilden farbigen Sturm hervorschoss. Die Feldströmung traf die vorderste der Bestien und schleuderte sie gegen die ihr folgende. Sie wurden unter einem Gewirr aus Beinen und zerrissenem Fleisch begraben. Das dritte Ungeheuer wurde von der Feldströmung ins Auge getroffen. Es rollte sich schreiend zu einem Ball zusammen. Der Rest fiel ein wenig zurück und war nun vorsichtiger.

Keris trieb ihr Pferd voran. Vor ihr raste Fint – der unbewaffnet und der Meinung war, dass Besonnenheit und Geschwindigkeit besser als alle heroischen Gesten waren, die doch niemandem halfen – auf den Winder zu, während Bark sein Reittier gewendet hatte und sich nun Keris gegenüber befand. Er schoss einige Pfeile auf die Bestien ab und verursachte damit noch mehr Verwirrung; dann wendete er Strunk wieder und folgte Keris, nachdem sie an ihm vorbeigerast war. »Gute Arbeit!«, rief er. »Das hat ihnen was zu knabbern gegeben!«

Aber Keris hatte den Feind hinter sich gesehen und es gab keine Möglichkeit, mit ihm fertig zu werden: Es waren Häscher über Häscher auf verseuchten Tieren und noch mehr Bestien. Schlimmer noch – auch die Diener des Tilgers hatten Feldströmung und besaßen vermutlich viel mehr Erfahrung im Umgang damit und die Gedanken, die die Feldströmung lenkten, waren bösartiger und erhöhten deshalb ihre Vernichtungskraft. Sie waren nur noch wenige Minuten hinter Keris und holten rasch auf.

Sie hörte ein Gebrüll vor sich und richtete ihre Aufmerksamkeit darauf. Fint winkte mit solcher Begeisterung, dass er den Halt im Sattel zu verlieren drohte. Sie schaute nach links und bemerkte eine heranreitende Patrouille: Es waren Hafner, neun oder zehn, alle bewaffnet. Sie hatten die Jagd beobachtet und kamen auf dem kürzesten Weg heran, um die Verfolger abzufangen. Es waren natürlich nicht genug, aber sie würden kämpfen…

Keris raste weiter und hatte sich nun neben Strunk gesetzt.

Und dann waren sie beide von Freunden umgeben, die sich einen Weg zwischen ihnen hindurch bahnten und Pfeile und Feldströmung auf die herannahenden Bestien abfeuerten. Alles war so verwirrend: Keris hatte keinen Überblick mehr über das Geschehen; sie nahm nur noch Schüsse und Schreie wahr und den Geruch brennenden Fleisches, Tiergekläff, Wutjaulen und Schmerzbellen. Leute irrten ziellos umher, der erste der Häscher war da, Hafner brannten, bluteten, schrien, dann weitere Feldströmung, Hafner mit Piken, Häscher mit Feldströmung – es war gewiss kein fairer Kampf, und sie waren zahlenmäßig so sehr unterlegen…

Und plötzlich schien es mehr Pfeile als Feldströmung zu geben und mehr niederstürzende Häscher als Hafner.

Sie sah sich um und bemerkte, dass sie Verstärkung von Hafenwächtern erhalten hatten, die den Winder auf der Brücke überquert hatten. Es waren etliche und unter ihnen befanden sich mindestens zwei Offiziere, die offensichtlich mit Feldströmung vollgesogen waren. Erleichtert setzte Keris sich vom Schlachtfeld ab und ritt auf die Brücke zu, die nun nur noch zehn Minuten entfernt lag. Sie hatte keine Feldströmung mehr in sich, war wie ausgetrocknet und erschöpft. Der Bogen hing noch unberührt über ihrem Rücken, doch die Handinnenflächen waren wund und brannten. Ihr ganzer Körper schmerzte und reagierte so auf die plötzliche Leere in ihm. Sie verschmähte die Brücke, stieg ab und lief in die Feldströmungslinie hinein. Sie saugte die Strömung so in sich ein, wie Davron es sie gelehrt hatte; sie trank sie, verzehrte sie, füllte sich mit ihr und erlangte auf diese Weise ihre Kraft wieder. Es fühlte sich gut und erfrischend an. Ihr war klar, dass es eine Droge war. Nur der Schöpfer wusste, ob es ihr schadete, aber sie konnte nicht mehr ohne sie leben.

Dann führte sie müde, aber beherrscht, ihr Pferd hinauf zur Brücke. Fint war schon dort und zusammen verschafften sie sich einen Überblick über das Schlachtgetümmel. Die Häscher zogen sich langsam zurück; die Hafner sammelten ihre Toten und Verwundeten ein und räumten ebenfalls das Feld. Es war eher ein Scharmützel als eine Invasion gewesen, aber ein sehr widerliches. Heute Nacht würde man in vielen Häusern trauern.

»Es tut mir Leid, dass ich fortgeritten bin und dich allein gelassen habe«, sagte Fint. Er klang nur ein wenig zerknirscht; Schmeichelei lag nicht mehr in seiner Natur.

»Das war nur vernünftig«, sagte sie. »Ich war nie der Ansicht, dass ein toter Held von großem Nutzen ist.«

»Genau wie ich«, erwiderte er mit einem Grinsen. »Ich werde nie ein Held sein und ich habe vor, auch kein toter Irgendwas zu werden. Geht es dir gut?«

»Prima. Da kommt Bark.«

Der Ungebundene war dem Anschein unverletzt; sein großes Gesicht wurde von einem Grinsen erhellt, das an eine glückliche Bulldogge erinnerte. »Das war 'ne nette kleine Schlacht«, sagte er. »Wenn das der Krieg ist, könnte ich glatt noch auf den Geschmack kommen.« Er schwenkte lässig seine Axt vor den Füßen und hakte sie dann in seinen Gürtel ein.

Als sie einige Augenblicke später mit den Hafenwachen sprachen, erfuhren sie, dass die Offiziere im Wachhaus die Trompleri-Karten aufmerksam beobachtet hatten, und sobald sie bemerkten, dass drei Leute zur Grenze ritten und von etwas verfolgt wurden, das wie eine Horde wilder Tiere aussah, hatten sie einen Rettungstrupp ausgesandt – nur zehn Minuten bevor Meldors Befehl angekommen war, dem zufolge niemand die Grenze mehr überqueren dürfe. »Na, Keris, du hast dich mit einer deiner eigenen Karten gerettet!« Dieser Gedanke passte zu seinem Sinn für Humor; die Zunge rollte ihm anerkennend aus dem Mund.

Keris erinnerte sich an die rasenden Bestien und war weniger belustigt, auch wenn sie das Ergebnis natürlich genauso schätzte. »Das war wohl nur recht und billig. Wir sollten uns frische Reittiere besorgen«, sagte sie. Müdigkeit prägte ihre Stimme. »Wir müssen schließlich noch Meldor benachrichtigen.«

Sie schloss kurz die Augen und dachte still dasselbe, das sie bereits den ganzen Tag gedacht hatte: O Davron, mein Geliebter, wo bist du jetzt?

Kapitel Einunddreißig

Und man wird über sie sagen,
dass ihr Mut das übliche Maß weit überstieg.

Aus den späteren Schriften
Meldors des Blinden

Am frühen Nachmittag stand der Markgraf in dem Versammlungssaal, der nun als Kartenraum diente. Er spürte den Druck der Verantwortung und zügelte das sinnlose Verlangen, seine Blindheit zu verfluchen. »Weiter«, sagte er ruhig.

»An allen Fronten«, sagte Nablon, die Ameise, und versuchte, ihr Klacken zu unterdrücken, während sie und Zeferil die Karten eingehend betrachteten. »An allen Fronten. Die Zahlen entlang des Kanals sind… beängstigend. Das Sperrfeuer unserer Pfeile hält sie noch in Schach und hat ihnen schwere Verluste zugefügt, aber…« Nablon klackte verzweifelt.

Ungeduldig übernahm Zeferil den Rapport und gab ein bündigeres Bild dessen, was er auf den Karten sah. Er nannte auch die jüngsten Verlustzahlen und die neueste Schätzung des Truppenaufkommens in den verschiedenen Sektoren.

»Würdest du sagen, dass sich nun die Höchstzahl von Angreifern innerhalb der Sichtweite unserer Grenzen befindet?«, fragte Meldor.

Zeferil sah verwirrt drein.

Meldor war geduldig. »Werden später am Tag noch mehr Häscher kommen?«

»Nein, das glaube ich nicht. Sie sind den ganzen Morgen über angekommen, wie ich Euch schon früher gesagt habe, aber ich glaube, das waren alle. Soweit wir das aufgrund der Karten beurteilen können.«

Meldor nickte und fasste einen Entschluß. »Nablon, wärst du so gut, mir dieses Kartenbündel zu geben, um das ich dich gebeten habe – die Duplikate der Grenzen von Hafenstern?« Während die Ameise fortging, um die Mappe zu holen, fügte Meldor hinzu: »Carasma muss jeden alten Häscher aus dem hinterletzten Feldströmungssumpf gezogen haben, umso viele von ihnen zusammenzubekommen – jeden einzelnen alten, halbverrückten Mann und jede Frau.«

»Alt?«, fragte Zeferil.

»Ja, alt. Du brauchst nicht daran zu zweifeln, Zeferil. Häscher mögen vielleicht unsterblich sein, soweit es Krankheiten und den Alterungsprozess betrifft, aber genauso, wie man sie abschlachten kann, wird ihr Verstand alt und müde. Viele von ihnen sind wahrscheinlich für unsere Bogenschützen eher ausgestopfte Ziele als richtige Kämpfer.«

»Sie sind mindestens im Verhältnis zehn zu eins in der Überzahl. Und jeder Einzelne von ihnen hat eine Bestie. Wir können sie nicht unendlich lange aufhalten. Die Dunkelheit ist das Reich der Häscher – in der Nacht haben wir keine Chance mehr gegen sie.«

»O doch, das haben wir, wenn der Schöpfer uns gnädig ist«, erwiderte Meldor. »Was ist mit den anderen näher kommenden Streitkräften?«

»Schwer zu sagen, wie viele es sind, weil wir nur diejenigen sehen können, die eines der trompleri-kartographierten Gebiete durchqueren. Ich habe allerdings die Standarten der Sechsten, Siebten und Achten Stabilität gesehen und eine beeindruckende Anzahl von Domänesymbolen. Es sieht so aus, als ob die Kantorei die gesamten Verteidigungskräfte aus den drei Stabilitäten losgeschickt hätte.«

Meldor schenkte ihm ein unendlich schwaches, ironisches Lächeln. »Wir sollten uns geehrt fühlen, Zeferil. Anscheinend hält der Sanhedrin uns für sehr stark, wenn er der Meinung ist, dass er so viele Leute braucht, um uns niederzuwerfen. Wann werden sie bei uns eintreffen?«

»Meiner Schätzung nach werden sie heute nacht zwei Stunden von uns entfernt ihr Lager aufschlagen. Markgraf, was werden sie tun, wenn sie sehen, dass wir belagert werden?«

»Du meinst: Welcher Hass der Kantorei ist größer – der auf die Regelbrecher oder der auf die Häscher?« *Deckriss' Hass auf mich oder sein Hass auf Carasma?* »Ich weiß es nicht, Zeferil. Ich habe auf das Letztere gesetzt. Der Schöpfer helfe uns, wenn ich Unrecht habe. Noch keine Nachricht von Davron?«

Der Kommandant schüttelte den Kopf.

Meldor hob eine Augenbraue. »Ich bin zu vielem fähig, Zeferil, aber den Unterschied zwischen einem Nicken und einem Kopfschütteln zu erkennen, fällt leider nicht darunter.«

»Oh, Entschuldigung, Markgraf. Nein, Davron ist noch nicht zurückgekehrt und wir konnten ihn auf keiner der Karten erkennen. Die Kartenzeichnerin Kaylen und Bark sind aber ausgemacht worden. Sie haben die Grenze vor einiger Zeit überquert. Sie reiten auf verseuchten Tieren und müssten bei Einbruch der Dunkelheit hier sein.«

Meldor nahm diese Nachrichten mit äußerlicher Ruhe auf und sagte: »Ich möchte eine Weile nachdenken. Ich will allein sein.«

Zeferil nickte überrascht. Er wusste, dass der Markgraf dem Schöpfer viel Zeit opferte, auch wenn er nichts mehr mit Kinese-Andachten zu tun haben wollte. Was Zeferil aber überraschte, war der Zeitpunkt. Hafenstern wurde angegriffen, und Meldor wollte beten?

Nablon kehrte mit den Karten zurück, um die Meldor gebeten hatte. »Hast du sie persönlich überprüft?«, fragte Meldor.

»Ja. Es sind alle Grenzkarten dabei.«

»Und keine, die die Feldströmungslinien oder die Hafensternseite der Linien zeigen?«

»Nein, Markgraf.«

Meldor nickte dankend und mit einer Sicherheit, die von langer Vertrautheit herrührte, ging er nicht etwa zu seinem Zimmer, sondern auf das Flachdach des Saales. Einen Augenblick lang stand er da und genoss die kühle, frische Luft und den Geruch des Wassers, der von dem See herübertrieb. Dann begab er sich zum Mittelpunkt des Daches, wo eine große, offene Kohlenpfanne bereitstand, die mit Holz und Kohlen gefüllt war. Vorsichtig entrollte er die erste der Karten und steckte sie tief in das aufgeschichtete Holz, wobei er sorgfältig darauf achtete, dass er sie nicht verknitterte. Dann tat er dasselbe mit allen anderen Karten in der Mappe. Als er fertig war, trat er einen Schritt von der Kohlenpfanne zurück.

Er zögerte einen winzigen Augenblick, atmete den Geruch des alten und abgelagerten sowie des frisch geschnittenen Holzes tief ein und richtete dann mit großer Zielgenauigkeit einen Feldströmungsstrahl darauf.

Der Schöpfer gebe, dass es funktioniert, dachte er; wenn nicht, werden wir alle zu Häschern oder Ungebundenen geworden sein, bevor der Tag vorüber ist…

Die Hedrin-Kantorin Cylrie Artberg sah Anhedrin Deckriss Rötler entsetzt an. »Du machst Witze«, sagte sie. Sie erhob sich auf ihrem Feldbett, auf dem sie sich seit ihrem Mittagsmahl ausgeruht hatte. Ihr Gesicht runzelte sich vor Bestürzung. »Woher weißt du das?«

»Die Späher sind gerade mit der Nachricht zurückgekommen. Es besteht nicht der geringste Zweifel daran – Hafenstern ist nur ein paar Stunden entfernt. Wenigstens nehmen wir an, dass es sich bei diesem Ort um Hafenstern handelt – und es wird von einer Armee von Häschern und Bestien belagert.«

»Und wer wird gewinnen?«, fragte sie und richtete ihr Haar. Nicht einmal die Nachricht von einer Schlacht konnte Cylrie lange genug ablenken und dazu bringen, ihr Äußeres zu vernachlässigen.

»Keiner, wie es scheint – jedenfalls noch nicht. Meldors Leute halten sie mit Pfeilen und anderen Geschossen fern. Wenn sie aber keine Pfeile mehr haben, sieht die ganze Sache wieder anders aus.«

»Dann sollten wir zusammenpacken und nach Hause gehen. Sollen sich doch die Häscher um die Rebellen kümmern.«

»Cylrie, diese Bemerkung ist wohl kaum einer Hedrina würdig. Es ist die Pflicht aller Verteidiger, die Menschheit gegen die Mächte des Tilgers zu verteidigen. Es ist die Pflicht der Kantorei, den Tod aller Häscher zu befehlen – wo auch immer sie sein mögen. Der Tod eines jeden Häschers ist ein Schlag gegen den Tilger und ein Sieg der Ordnung.«

»O süßer Schöpfer – willst du damit sagen, dass wir angreifen sollen? Dass wir *Häscher* angreifen sollen? Deckriss, sag mir bitte, dass du einen Scherz machst.«

»Cylrie, es scheint, dass fast jeder Häscher aus dem Unbeständigen hier ist und an Edions Tür klopft. Warum wohl? Es muss für Carasma um eine Menge gehen, wenn er sich nicht scheut, seine Häscher so weit anzuheizen, dass sie Menschen angreifen – er riskiert den Bruch des Gesetzes, das seine eigene Gegenwart in unserer Welt sicherstellt! Denk doch mal nach, Cylrie: Wollen wir wirklich, dass Carasma gewinnt? Dass er das bekommt, was er unbedingt haben will – was immer das sein mag?«

Sie dachte darüber nach und wurde bleich. »Aber wir sind nicht hergekommen, um Carasma und sein Gefolge zu bekämpfen, sondern Edion und das seine.«

Sie klang gereizt. Und mehr als nur ein bisschen beängstigt.

»Ich weiß. Aber ich werde die Verteidiger losschicken. Morgen früh werden sie angreifen. Du und ich und die anderen Kantoren werden hier warten und eine Sieges-Kinese abhalten.«

Sie seufzte und betastete die Stickerei auf ihrer Stola. Die Glöckchen klingelten. »Und nach dem Sieg? Was wird dann aus Edion?«

Er bedachte sie mit einem unangenehmen Lächeln. »Ich glaube nicht, dass nach der heutigen Nacht viel von Edions Streitmacht übrig bleiben wird. Er wird in der richtigen Stimmung für einen Kompromiss sein – wenn er dann noch lebt.«

Sie sagte matt: »Er hat das geplant. Dass wir hier sind, meine ich. Dieser dämliche Regelkantor, Portron oder so ähnlich – Edion hat ihn als Köder für uns benutzt.«

»Ich fürchte, du hast Recht.« Deckriss. Bitterkeit angesichts seiner eigenen Leichtgläubigkeit erstickte seine Bewunderung für den blinden Ritter. »Er wollte die Streitkräfte der Kantorei haben und wir haben ihm den Gefallen getan. Er hat uns zum Narren gehalten. Wie dem auch sei, wir Narren werden am Ende obsiegen, wenn der Schöpfer uns gnädig ist. Komm, es ist Zeit für die Kinese.« Er streckte die Hand aus, um ihr aufzuhelfen.

»Oh! Was war das?«, fragte Cylrie und sah an ihm vorbei – in die Richtung, in der angeblich Hafenstern lag.

Er drehte sich zu spät um und sah nichts mehr von dem Lichtband, das den Himmel im Osten kurz erleuchtet hatte. »Was war was? Ich sehe nichts.«

Cylrie schaute noch einen Moment hin; dann zuckte sie mit den Achseln. »Vermutlich nur ein Gewitter.« Sie nahm seine Hand und unterdrückte einen weiteren

Seufzer, während sie aufstand. Sie mochte zwar eine Hedrina sein, aber sie hasste die Mühen der Kinese-Andachten aus ganzem Herzen.

Reiher Heldiss machte eine schwungvolle Kinese; er hatte sie erlernt, seit er sich zu den Hafenwächtern gesellt hatte. Wenn man einen Offizier sah, der mehr Farben am Kragen trug als man selbst, machte man eine Unterordnungs-Kinese: beide Hände überkreuzt, der Rücken der rechten gegen die Stirn gedrückt. Das alles erschien Heldiss reichlich lächerlich, aber die Offiziere mochten es und sagten, es unterstütze die Moral der Truppe – was immer das sein mochte.

Der Offizier war zu beunruhigt, um die Kinese zu erwidern. »Bericht!«, bellte er.

»Knapp an Pfeilen, mein Herr! Und jetzt kommt eine weitere Angriffswelle den Hügel herab!«

Der Offizier machte den Mund auf und wollte etwas antworten, doch Heldiss fand nie heraus, was er hatte sagen wollen. Es gab einen hellen Lichtblitz – einen zu hellen. Und Heldiss fand sich auf dem Rücken liegend wieder und versuchte, Luft in seine Lunge zu saugen, und er fragte sich, ob er nun tot war.

Baraine von Valmair lächelte sein Schoßtier Schnitz zärtlich an. Dieses Geschöpf war so verdammt schön. Geschmeidig wie ein nasser Otter. Mit seidigem Haar, das feiner als das jeder Frau war. Seine tierischen Merkmale – der pelzige Rücken, der Schwanz, die Erhebung auf der Wirbelsäule, die spornbesetzten Waden und krallenbewehrten Füße – machten Schnitz in Baraines Augen nur noch begehrenswerter. Vielleicht war sein Bedürfnis nach diesem Wesen etwas einseitig, aber was machte das schon? Schnitz war alles, was ein Mann sein konnte, und noch mehr. Er konnte schlecht und recht reden und denken und argumentieren; er war loyal und voll der Bewunderung – und er hatte einen Penis, der Baraine erzittern ließ, wenn er nur daran dachte. Vorbei waren die Tage, als das bloße Reden über solche Dinge gesellschaftliche Schande und eine Bestrafung durch die Kantorei nach sich ziehen konnte. Nun war er *frei*, und es kümmerte ihn nicht, welchen Preis er dafür hatte zahlen müssen.

Seine liebkosenden Augen rissen sich von Schnitz los und wandten sich dem Kanal zu. *Hafnerbauern!* Sie hatten sich hinter den Verteidigungswall zurückgezogen und dann genügend Pfeile abgeschossen, um jedes Feuer in Tromlin mit Brennholz zu versorgen, und doch hatte es kaum etwas gebracht. Hirnlose Flegel. Wie lange glaubten sie, das noch durchhalten zu können? Wenn die Armee des Tilgers den nächsten Angriff führte, würden sie kaum mehr einen Pfeil übrig haben.

Baraine dehnte die Armmuskeln und genoss das Gefühl seiner Stärke – der Stärke, die auf ewig sein war. Dieser Gedanke war noch immer berauschend, obwohl er sich schon seit einigen Monaten mit der Vorstellung der Unsterblichkeit vertraut gemacht hatte. Er war zumindest so lange unsterblich, bis einer dieser verdammten Hafner in mit seinem Pfeil traf. Er hatte keine Angst vor Wunden; er hatte herausgefunden, dass sie bei Häschern schnell heilten. Aber trotzdem konnte ein Pfeil das Leben eines Häschers genauso leicht beenden wie das eines normalen Menschen.

Dennoch genoss Baraine den Kampf. Er fand heraus, dass er den Krieg schätzte und das Kräftemessen und das Töten am Ende – denn bisher hatte er natürlich immer gewonnen. Er genoss es sogar zuzusehen, wenn sein Schoßtierchen mit seinen Krallen und Spornen einen Menschen in Stücke riss…

Ein Häscher – einer von Lord Carasmas Bevorzugten – organisierte einen weiteren Angriff auf die Hafner und Baraine musste grinsen. Diese kümmerlichen

Pflüger und ungewaschenen Menschenabfälle konnten einer solchen Streitmacht nicht mehr lange widerstehen. Es stimmte, dass sie bisher tapfer gekämpft hatten. Aber es war die Verzweiflung gewesen, die ihnen Kraft gegeben hatte, und sie konnte nicht mehr lange anhalten. Sie waren zu stark unterlegen.

Verständnislos sah er, wie das Licht am Rande des Kanals seinen Ausgang nahm und wie eine Flamme nach innen und auf ihn zurannte. Er hatte nur noch die Zeit, den Kopf zu drehen und zu erkennen, dass das Licht aus allen Richtungen auf ihn zulief. Dann hüllten die Flammen ihn und Schnitz ein. Sie waren so hell, dass es das Licht und nicht die Hitze war, das die beiden verbrannte. Es gab keine Hitze. Er schloss die Augen davor, warf einen Arm hoch, um sein Gesicht zu schützen, und spürte, wie er in die Luft gehoben und wie ein vertrocknetes Herbstblatt in einem Wintersturm umhergewirbelt wurde. Er schlug schwer auf, aber was er so schrecklich spürte, waren nicht die Schmerzen des Sturzes, sondern die Schmerzen des Risses in ihm. Etwas wurde aus seinem Selbst und aus seinem Körper herausgerissen wie ein öffentlicher Anhang, der auf dem Marktplatz von der Wand gerissen wurde, wenn die angekündigte Darbietung vorüber war. Er keuchte vor entsetzlicher Qual. Er schrie gegen die zurückgebliebene Leere an. Er weinte im Angesicht des elenden Wissens…

Des Wissens…

Des Wissens um das, was er verloren hatte.

Seine Unsterblichkeit.

Einen Augenblick später traf ihn die Stabilität. Die schreckliche, harte Stabilität, das Gesetz des Universums, das, was bis in alle Ewigkeit geordnet und wahrhaftig war, die ganze Stetigkeit, die selbst dem eigentümlichsten Wunder der Natur zu Eigen ist… Es war dem, was Baraine geworden war, entgegengesetzt. Er gehörte nicht mehr zu dieser Welt: Er war ein Teil des Chaos. Er war ein Geschöpf des Tilgers, eine Gesetzwidrigkeit im Universum, etwas, das nicht in das System Dessen, Was Geschaffen War, passte. Und nun wurde er – die Abirrung – in eine Stabilität gequetscht, in die er nicht mehr gehörte.

Baraine hob das Gesicht von der Erde und wurde in aller Stille verrückt.

Neben ihm taumelte ein weiterer Häscher hoch und sah ungläubig zu, wie seine Haut sich auflöste und ausdörrte… Er sah zu, bis sein Herz zu schlagen aufhörte und er zusammenbrach – nur noch ein ausgetrocknetes Skelett aus Knochen, die über zweihundert Jahre alt waren.

Lord Carasma, der Tilger, befand sich im Winder – nicht dort, wo diese Feldströmungslinie an Hafenstern grenzte, sondern weiter draußen, gegen den Schnitzer hin. Davron und seine Eskorte kamen dort bei Einbruch der Nacht an. Der Ritt war lang und anstrengend gewesen; sie hatten nur ein einziges Mal angehalten und ihre Pferde getränkt und Davron bemerkte immer deutlicher, dass er den ganzen Tag über nichts gegessen hatte. Das Schoßtier des Häschers fühlte sich anscheinend gleichermaßen schlecht behandelt; seine Kummerlitanei hatte sich inzwischen erweitert: »Sogol müde, Meister. Will schlafen.« Galbar beachtete es noch immer nicht, was Davron ein wenig Sorgen machte. Das hungrige Glitzern in den Augen des Tieres war beunruhigend.

Der Winder sah nicht so aus wie üblich, als sie neben ihm anhielten; die Gegenwart des Tilgers suchte ihn heim wie Sturmwolken einen Berggipfel. Seine Farbe hatte sich zu Pflaumenblau verdunkelt und die Partikel innerhalb der Linie kochten wie wütende Haufenwolken. Davron zog eine Grimasse, aber er stieg ab, so wie man es von ihm verlangte.

»Er ist da drin«, sagte Galbar. Diesmal lag eine schwache Gefühlsregung in seinem matten Blick: vielleicht der Anflug eines Hohnlächelns. Es war niederdrückend.

Davron holte tief Luft und schüttelte seine Angst ab. »He, Galbar«, sagte er schleppend, »stehen eigentlich alle Häscher unter dem Pantoffel ihrer Schoßtierchen? Oder ist das nur bei dir so?« Er wurde mit einem hasserfüllten und wütenden Blick belohnt und spürte einen Augenblick lang eine sinnlose Befriedigung.

Er stellte sich der Feldströmungslinie und bereitete sich darauf vor. Bringen wir es hinter uns, dachte er. Das ist meine Buße. Aber ich werde niemals aufgeben.

Keris, der Schöpfer beschütze dich.

Carasma hatte sich einen fellbespannten Thron ausgesucht. Es schien ihm wohl zu gehen; er lümmelte sich bequem in seiner menschlichen Verkleidung.

»Storre. Es ist soweit.« Sein Lächeln war pures Gift. »Der Moment der Bezahlung ist gekommen, wie du siehst.«

Davron beugte den Kopf in höflicher Ehrerbietung.

Sein Mangel an sichtbaren Gefühlen schien den Tilger zu beleidigen. Carasma runzelte heftig die Stirn. »Hast du nichts zu sagen?«

Davron zuckte mit den Achseln. »Was willst du denn: dass ich vor dir am Boden krieche?«

Carasmas Gesicht verhärtete sich vor Wut. Dass Davron vor ihm am Boden kroch, war genau das, was er wollte – was er wollte und erwartet hatte.

»Meine Aufgabe?«, fragte Davron gleichmütig.

Carasma beherrschte sich. »Glaubst du, du kannst mich hintergehen, Storre?«, fragte er. »Das ist nicht möglich.«

Davron gab keine Antwort darauf.

Carasma beugte sich auf seinem Thron nach vorn.

»Ich will dir zeigen, was ich in Wirklichkeit bin, damit du die Großartigkeit meiner Macht vollkommen verstehst.« Seine Stimme war zu einem Knurren geworden. Davron blinzelte; er hatte nicht erwartet, dass seine äußerliche Ruhe den Tilger so erzürnen würde.

Mit einem Mal veränderte sich die Welt um ihn herum. Im einen Augenblick stand er in den purpurnen Schatten der Feldströmung und im nächsten Augenblick stand er im Weltraum, im Himmel selbst. Unter seinen Füßen war nichts mehr; nichts Greifbares befand sich mehr in seiner Reichweite. Er spürte die Leere und das Nichts um ihn herum. Carasma war nirgendwo mehr zu sehen. Unwillkürlich schwitzte Davron vor Angst. Eine Sinnestäuschung, versuchte er sich einzureden. Nur eine Sinnestäuschung.

In der Ferne schwankten Feldströmungsfahnen vorbei. Ihre Bewegungen waren chaotisch und erinnerten an Sand, der in einem Sturm über die trockene Oberfläche einer Düne gepeitscht wird. Hinter diesen Feldströmungsfetzen befand sich die schwarze Leere der Unendlichkeit, die ihn durch ihre bloße Existenz ängstigte. Irgendwo links von ihm war ein explodierender Stern mitten in der Katastrophe gefangen; seine Materie wurde in das Nichts geschleudert; jedes Partikel drehte sich in nihilistischer Auflösung vom anderen fort. Unter seinen Füßen war ein brennender Komet über das Firmament geworfen worden, der Vernichtung hinter sich herzog und die Planeten versengte, die er auf seinem Weg antraf, und sie zerstörte und auslöschte. Dahinter schien – noch weiter entfernt – ein schwarzes Loch die Sterne aus dem Himmel gefressen zu haben…

»Ich bin das Chaos«, sagte Carasmas körperlose Stimme. Ihr Widerhall umrollte Davron wie Donner – nicht der Donner der Erde, sondern der Donner des Universums. »Was du hier siehst, Führer, ist mein

Werk. Sieh es dir an, kümmerliches Menschlein, und ergib dich der Verzweiflung. Wer bist du, dass du mir ohne Zittern entgegentrittst? Ich bin alles, was du vor dir siehst: Vernichtung... Tod... Auslöschung... Tilgung... das Nichts.

Ich bin das Ende des Universums.«

Davron war zutiefst erschrocken; er brachte es gerade noch fertig zu denken: Trotzdem, wenn du es nötig hast, mir deine Größe zu beweisen, hast du einen schwachen Punkt, Lord Carasma...

Nun stand er wieder Lord Carasma und dessen Thron gegenüber und war dankbar für das Gefühl festen Bodens unter den Füßen.

Carasma fuhr fort: »Was du hier und jetzt vor dir siehst, ist eine reine Illusion und nur ein winziges Teilchen dessen, was ich in Wirklichkeit bin. Ich nehme menschliche Form an, weil dein begrenzter menschlicher Verstand mehr nicht begreifen kann. Wie solltest du die Größe meines Wesens verstehen können?«

»Ich will es gar nicht erst versuchen«, gestand Davron. »Aber warum sagst du mir das alles? Nach deinen Maßstäben bin ich ein Nichts und dennoch scheint das, was ich denke und tue, dich zu beschäftigen. Das finde ich... befremdend, Lord Carasma.«

Falls Carasma Davrons Ironie spürte, zeigte er es nicht. Er erwiderte: »Weil es nur eines gibt, was mir Vergnügen bereitet, Davron von Storre. Ich habe keine Sinnesorgane und kann daher nichts fühlen. Ich habe weder ein Schmerzzentrum noch ein Freudenzentrum – und trotzdem kann ich Freude empfinden und erlangen. Menschliche Qualen verschaffen mir Freude – meine einzige Freude. Ich bin das Chaos und muss allem, was ich berühre, die endgültige Zerstörung bringen – doch nur menschliche Schmerzen schenken mir freudige Erregung. Mich verlangt danach. Nicht nur körperliche Schmerzen – das ist gar nichts. Nein, ich rede von den Schmerzen einer betrogenen Frau oder eines Mannes, der seine Lieben sterben sieht – oder von einem Mann, der es liebt, unter Zwang das zu zerstören, was er am meisten schätzt. Verstehst du mich?«

Davron entfernte ein nicht existentes Staubkorn von seinem Mantel und versuchte zu verbergen, dass seine Finger zitterten. »Ich glaube, das hast du klar genug ausgedrückt.« Er hob die schwarzen Augen und starrte den Tilger mit einem matten, seichten Blick an. »Wir sollten mit diesen kindischen Spielchen aufhören, Carasma. Worin besteht meine Aufgabe?«

»Du wirst zum Knöchel gehen«, sagte Carasma schroff. »Du wirst ihn betreten und die Feldströmung aus ihm herausziehen und zu diesem Ort bringen, den du Hafenstern nennst.« Er lächelte. »Du wirst den dir versprochenen sicheren Hafen mit purpurfarbener Feldströmung überschwemmen, die die noch Unverseuchten verseuchen wird; es ist eine zerstörerische Feldströmung, die das ganze Land zerstören wird, und es ist eine unbarmherzige Feldströmung, die die Hoffnungen aller Ungebundenen und Ausgeschlossenen zunichte machen wird. Das, Davron von Storre, ist deine Aufgabe.«

»Unmöglich. Feldströmung herausziehen? Ich bin ein Mensch und nicht irgendein Gott.«

Carasma deutete mit dem Finger auf ihn. »Es ist mehr als nur möglich, Davron Storre. Es ist *gewiss*. Es wird dir tatsächlich möglich sein, Feldströmung aus dem Knöchel aufzunehmen und sie in Hafenstern einzuschleppen.«

»Warum machst du das nicht selbst?«, fragte Davron. Er war müde und die Erschöpfung nagte an ihm und umwölkte seinen Verstand.

Carasma zuckte mit den Achseln. Es war eine allzu menschliche Geste. »Weil ich nicht unmittelbar Menschen töten kann, die sich dem Schöpfer verschrieben haben; das weißt du genau. Und ohne jeden Zweifel gibt es solche Leute in Hafenstern. Ich kann die Welt auseinanderbrechen, ich kann der Feldströmung oder den Häschern befehlen, meinen Wünschen Folge zu leisten, aber ich kann nicht Feldströmung in Hafenstern einschleppen, ohne dem Bruch des Gesetzes des Universums gefährlich nahe zu kommen.«

Davron seufzte. »Diese Unterscheidung übersteigt mein Begriffsvermögen. Du kannst doch einfach den Häschern befehlen…«

Carasma hob die Hand und gebot ihm Einhalt. »Niemals. Ich kann vielleicht ihre Wut anstacheln, aber nicht mehr. Natürlich habe ich nicht allzu viel dagegen, wenn der Tod das Resultat ihrer Taten ist…«

»Natürlich nicht.«

»Ich hätte ebenso wenig dagegen, wenn Anbeter des Schöpfers in der Invasion Hafensterns getötet würden.«

»Invasion?«

»Ich habe den Befehl erteilt, dass jedes Gebäude in Hafenstern bis auf die Grundmauern geschleift wird, dass jeder Baum gefällt, jeder Getreidehalm verbrannt und jeder Tropfen Wasser verschmutzt wird. Die Leute habe ich nicht erwähnt – aber vermutlich werden sich meine Häscher verteidigen.«

»Das sind Haarspaltereien, Carasma. Glaubst du, dass du damit die Buchstaben des Gesetzes erfüllst?«

Er zuckte noch einmal gleichgültig mit den Achseln. »Sicherlich. Und wer kümmert sich schon um den Geist des Gesetzes?« Er stand auf. »Komm mit mir durch die Feldströmung, Storre. Komm mit mir und bring sie nach Hafenstern. Du wirst sie gefügig finden; dafür werde ich sorgen. Das ist deine Aufgabe. Mehr nicht.«

Mehr nicht. Nur die Unverdorbenen verderben, das

Land zerstören, alle Bauwerke verschlucken... Davron dachte an die unverseuchten Kinder, die die Ungebundenen geboren hatten – Kinder, die sich in Sicherheit glaubten. Um die Hoffnung der Ungebundenen zu zerstören, hatte Carasma gesagt. Ihre Hoffnung und ihre Kinder.

Und es gab nichts – einfach gar nichts –, was er dagegen tun konnte. Er spürte bereits den Drang in sich, die Notwendigkeit, das zu tun, um was Carasma ihn gebeten hatte... »Ja«, sagte er verbittert. »Ja, natürlich. Ich werde gehen und deinen Befehl ausführen. Meine Aufgabe erledigen.« *Alliss, Mirrin, Staven – das ist der Preis, um den ich euer Unverseuchtsein erkauft habe...*

»Was wird deine Kartenzeichnerin von ihrem geliebten Führer halten, wenn sie sieht, was er getan hat?«, fragte Carasma. »Ah, Storre, diese Qualen, dieses Leid! Ich kann es bereits fühlen.«

Davron drehte sich um und stolperte dem Tilger nach.

Das Leid? Auch Davron konnte es schon fühlen und er hatte noch nicht einmal mit seiner Arbeit begonnen.

»Wir liegen gut in der Zeit.« Bark versuchte, zu Keris hinüberzulächeln. »Da vorn sind die Lichter von Lamris Liftstation. In ein paar Minuten wird das Abendessen im Saal vor uns stehen; ich werde Lamri bitten, uns mit einem Wildglock direkt vor der Tür abzusetzen.«

»Ich mache mir nichts aus Essen«, brummelte Fint zurück, während ihre verseuchten Reittiere das letzte Stück bis zum Seeufer zurücklegten. »Ich will nur von diesem Vieh herunterkommen, solange ich noch ein bisschen Haut an meinem verlängerten Rücken habe. Himmel, Bark, ich habe in meinem ganzen Leben noch keinen so wunden Hintern gehabt.«

»Ich weiß«, sagte Keris mitleidig. »Ich habe auch keinen bequemen Sattel mehr gefunden, seit ich den meinen zusammen mit Ygraine im Tief verloren habe. Ich könnte schwören, dass dieser hier mit Kleestengeln ausgepolstert ist.«

»He, da hat es noch jemand sehr eilig«, sagte Fint und spähte in die heraufziehende Abenddämmerung. Zwei Reittiere donnerten von rechts heran und hielten ebenfalls auf die Wildglockstation zu.

Bark folgte Fints Blick. »Sind das nicht Favellis und Dita?«, fragte er.

Er hatte recht; einige Augenblicke später hatten die beiden Frauen auf ihren schwitzenden Tieren sie erreicht. »Keris! Bark! Gut, euch wiederzusehen!«, rief Favellis. »Keris, all deine Karten – sie haben ihren Zweck erfüllt! Oh… hallo, Fint, ich habe dich nicht gesehen.«

»Was willst du damit sagen?«, fragte Keris.

»Der Markgraf hat sie offenbar verfeuert. Wir waren an der Grenze – Schöpfer, war das wundervoll! Ich dachte, wir alle müssten sterben, und dann – rumms! Ein Licht…«

»Los, weiter«, unterbrach Dita sie. »Wir müssen zum Markgrafen. Wir können allen gleichzeitig erzählen, was geschehen ist.«

Keris war schrecklich müde und wund. Sie nickte und trieb ihr Reittier den letzten Abhang hinunter. Selbst der Anblick Hafensterns aus dem Wildglockkorb einige Minuten später konnte sie nicht erfreuen. Sie war mit Davron losgeritten und kehrte ohne ihn zurück…

Sie trafen Meldor im Salon seines Privatgemachs an; er aß gerade zu Abend und wurde dabei von Nablon bedient. Als sie eintraten, schaute er auf, erschnüffelte sie und erklärte, bevor noch jemand etwas sagen konnte: »Davron ist nicht bei euch.« Sein unbeteiligter Tonfall ergriff Keris, schnürte ihr die Kehle zu und machte sie unfähig, eine Antwort zu geben.

»Nein«, sagte Bark. »Aber Favellis und Dita sind hier. Sie bringen Neuigkeiten von der Grenze mit.«

Meldor nickte und wandte sich an Nablon. »Lass für alle etwas zu essen bringen. Dann richte einige Bäder her, saubere Wäsche und was sonst noch benötigt wird.« Er wartete, bis sich die Tür hinter dem Schreiber geschlossen hatte, bevor er hinzufügte: »Zuerst zu Davron. Hat ihn der Tilger geholt?«

Bark tauschte einen Blick mit Keris aus und erklärte dann, was geschehen war. Meldor sah grimmig drein, aber er enthielt sich eines Kommentars. »Wart ihr in der Nähe der Grenze, als ich die Karten verbrannt habe?«, fragte er.

»Nein, sie nicht, aber wir«, sagte Favellis, die sich einfach nicht mehr zurückhalten konnte. »Es hat funktioniert, Markgraf! Es war unglaublich – Ihr hättet es sehen sollen! Ich wollte meinen Augen nicht trauen…«

Dita legte eine Hand auf Favellis. Arm. »Ich glaube, es ist besser, wenn ich das erzähle«, sagte sie sanft. »Markgraf, Favellis und ich standen auf der Brücke bei Grünwall. Wir wurden von einer ganzen Horde von Häschern und Bestien angegriffen. Den Hafenwachen waren die Pfeile ausgegangen und die Lage sah sehr schlecht aus. Die Häscher erhielten den Befehl zum Angriff und rannten auf die Feldströmungslinie zu. Auf der Brücke war schon ein Handgemenge im Gang. Und dann, als ich glaubte, es wäre alles aus, gab es ein blendendes Licht und als ich wieder zu mir kam, hing ich halb über dem Brückengeländer und Favellis kniete auf allen vieren neben mir.

Aber wir waren nicht die Einzigen, die niedergeworfen wurden. Als ich aufstand, stellte ich fest, dass auch alle Häscher am Boden lagen, und zwar soweit das Auge reichte. Und das gesamte Gebiet hinter der Feldströmungslinie war zu einer Stabilität geworden…« Sie lächelte Bark verlegen an. »Entschuldigung. Du musst jetzt immer etwa eine Meile stabiles Land durchqueren, wenn du Hafenstern verlassen willst.«

»Ich werd's überleben.«

»Es war… unheimlich, Markgraf«, sagte Favellis, die einfach nicht schweigen konnte. »Eine Menge Häscher schienen sich aufgelöst zu haben wie… wie alte Kleider, die man zu lange in der Sonne und im Regen liegengelassen hat. Sie waren… zerfallen. Was, um alles in der Welt, ist mit ihnen geschehen?«

»Ich vermute, dass ihr wirkliches Alter sie eingeholt hat«, sagte Meldor. Er wirkte angesichts dieses Gedankens höchst zufrieden. »Stabilität wurde wiedergewonnen und mit ihr das Gesetz des Universums. Unter dem Gesetz gibt es keinen Platz für das Unnatürliche – und ewiges Leben ist unnatürlich.«

Dita verstand und nickte. »Viele von denen, die noch leben, sind tatsächlich gealtert. Der, mit dem ich vor kurzem noch gekämpft hatte, war plötzlich so klapperig wie meine eigene Großmutter. Ich kann mich nicht erinnern, vorher jemals einen alten Häscher gesehen zu haben.« Sie grinste, als ob diese Vorstellung sie belustigte.

»Also haben wir gewonnen?«, wagte Fint zu fragen.

»Ich glaube nicht, dass es so einfach ist«, erwiderte Dita. »Eine ganze Menge Häscher waren noch lebendig und irgendwie… nun ja, verrückt, wie ich vermute. Sie sind wie die Berserker auf uns zugerannt und sie scherten sich offenbar nicht darum, ob sie den Kampf überlebten oder nicht. Und die Bestien! Auch sie sind nicht alle tot. Vielleicht hat es die Hälfte von ihnen erwischt. Markgraf, es gibt Hunderte – nein, *Tausende* – von herrenlosen Schoßtieren da draußen, und jedes verdammte Einzelne ist außer sich vor Wut.«

»Ihr hättet den *Lärm* hören sollen«, ergänzte Favellis. »Das Jammern.« Sie schüttelte sich bei dieser Erinnerung. Ein großes Geheul aus Schmerz und Wut und

Wahnsinn war immer stärker geworden und hatte sich mit dem Widerhall entfernterer Wehklagen vereinigt. »Es war schrecklich – als würde man den ganzen Schmerz der Welt auf einmal hören.«

»Sie sind ebenfalls verrückt geworden«, sagte Meldor. »Die Stabilität stößt sie genauso ab, wie sie ihren Meistern die Unsterblichkeit raubt. Für die Leute an der Grenze wird es keine angenehme Nacht werden. Manche Bestien werden auch durchbrechen. Ah, da kommt Nablon mit einigen Speisen zurück, wenn ich dem Geruch vertrauen kann. Nablon, wärst du so freundlich, mir Zeferil hereinzuschicken? Die Leute müssen gewarnt werden.«

»Wollt Ihr damit etwa andeuten, dass das Verbrennen der Karten alles nur noch *schlimmer* gemacht hat?«, fragte Dita, nachdem Nablon und die Diener den Raum verlassen hatten.

»Ja und nein«, antwortete Meldor. »Vorher hätten wir niemals siegen oder auch nur dem Angriff standhalten können. Selbst wenn uns die Kantorei zu Hilfe gekommen wäre. Die Häscher und Bestien hätten unsere Linien durchbrochen und uns früher oder später überrannt – vermutlich früher. Wir haben keine schützende Kinese-Kette und keine normale Stabilität oder Ordnung. Wir sind dem Schicksal ausgeliefert. Und jetzt – nun, jetzt haben sich die Reihen unserer Feinde gelichtet.«

»Es sind weniger geworden, aber sie sind verrückt«, sagte Bark. Er klang verbissen.

»Es wird nicht leicht werden. Wir können nur hoffen, dass uns die Kantorei morgen früh zu Hilfe kommt«, sagte Meldor gelassen zu ihm.

Alle starrten ihn an. »Die Kantorei ist hier?«, fragte Keris ungläubig.

»Sie nähert sich unseren Grenzen zusammen mit den Streitkräften der Verteidiger.«

»Und du glaubst, sie kommen uns zu Hilfe?«

»Ich glaube, dass sie eine gewaltige Abneigung gegen Häscher haben«, sagte Meldor vorsichtig. »Und ich glaube, der Anhedrin ist weise genug, um zu wissen, dass die Verteidiger es nicht gern sehen, wenn Unbeständige von Häschern und ihren Schoßtieren abgeschlachtet werden, während sie daneben stehen und nichts dagegen unternehmen. Morgen früh wissen wir mehr. Dita und Favellis, geht und ruht euch etwas aus. Und dann begebt euch wieder zur Grenze. Dort wird jedermann gebraucht. Und ihr anderen – esst, während ich euch erkläre, was ich vorhabe.«

Dita und Favellis standen schweigend auf. Niemand sagte etwas. Meldors ruhig ausgesprochene Worte hatten es irgendwie geschafft, ihnen allen einen kalten Schauer über den Rücken zu jagen. Es ist noch nicht vorbei, dachte Keris. Dita machte eine Abschieds-Kinese, die von einem *der Schöpfer sei mit euch* gefolgt wurde, und Favellis folgte ihrem Beispiel.

»Du wusstest bereits, dass Carasma Davron hat, bevor wir es dir mitgeteilt haben«, sagte Keris zu Meldor, nachdem die beiden Frauen das Zimmer verlassen hatten. Sie hatte nicht anklagend klingen wollen, doch genauso hörten sich ihre Worte an.

»Ja. Das war unvermeidlich, nachdem die Invasion begonnen hatte. Carasma würde an allen Fronten angreifen – und Davron ist eine seiner Waffen. Ich will, dass ihr alle zum Feldströmungszusammenfluss namens Knöchel geht. Brecht so früh wie möglich auf. Iss, Keris. Du musst stark sein.«

»Zum Knöchel? Warum?« Sie pickte appetitlos im Essen herum.

»Weil Davron dort ist. Wenn Zeferil kommt, gebe ich den Befehl, dass frische verseuchte Reittiere sofort zum Knöchel geschickt werden. Später könnt ihr ihnen folgen – mit einem Wildglock. Das wird euch die Möglichkeit verschaffen, zu essen und euch zu waschen, und ihr könnt euch sogar ausruhen, während ihr zurückfliegt und eure Reittiere einholt. Ah, da ist er ja, wenn ich mich nicht irre.«

Es war tatsächlich Zeferil, der sofort hinter Nablon eintrat, und die nächsten Minuten vergingen mit zahllosen Befehlen von Meldor und einigen Grunzern von Zeferil. Währenddessen gelang es Fint – der ja gesagt hatte, er sei überhaupt nicht am Essen interessiert –, beinahe so viel Nahrung zu vernichten wie Bark, was eine durchaus beachtliche Leistung war. Selbst Keris zwang etwas in sich hinein, doch sie schob den Teller im selben Augenblick von sich weg, in dem Zeferil und Nablon den Raum verließen.

»Woher weißt du, dass Davron dort ist?«, fragte sie, als ob sie niemals unterbrochen worden wären.

»Ich lese die heiligen Bücher«, erklärte er selbstzufrieden. »Wenn du jemals das Buch der Prophezeiungen gelesen hättest, wüsstest du alles, was ich weiß, und brauchtest mich nicht anzusehen, als ob ich verrückt wäre. Keris, warum habe ich wohl so hart daran gearbeitet, Davron vom Selbstmord abzuhalten, obwohl ich wusste, dass man ihm befehlen wird, alles zu zerstören, was ich hier in Hafenstern aufgebaut habe?«

»Ich habe keine Ahnung. Willst du mir damit etwa sagen, dass *Davron* in den heiligen Büchern erwähnt ist?«

»Oh, nicht namentlich, aber ich glaube, ihr kommt beide darin vor – du und Davron.«

Nichts hätte ihn mehr erstaunen können. Sie starrte ihn mit offenem Mund an. *»Ich?«*

»Du.«

»Schöpfer und Scheiß, das kann doch nicht stimmen!« Himmel, dachte sie, sollte ich vielleicht doch einmal einen flüchtigen Blick in die heiligen Bücher werfen? Ich hätte mehr auf diesen Strohkopf von Andachtskantor Nebuthnar aus Mahlkorn hören sollen. Laut sagte sie: »Du bist verrückt. Ich vermute, es ist inzwischen zu dunkel, um Davron auf der Karte erkennen zu können, die ich vom Knöchel gezeichnet habe…«

»Nablon hat sie für mich den ganzen Tag über im Auge behalten. Die Feldströmung dort ist in Aufruhr, aber in ihren Tiefen ist nichts deutlich zu erkennen.«

»Aber… was wird geschehen?«, fragte Bark. »Was sagen denn die Prophezeiungen?«

Meldor zuckte die Achseln. »Nun, das ist das Problem – wie immer bei allen möglichen Voraussagen. Sie sind ausnahmslos in einer derart gewundenen Sprache verfasst, dass man nie sicher sein kann, was sie bedeuten, bis das Geschehen sich ereignet. Doch Davron wird beschrieben als der Verräter. Keris wird als Bringerin der Erlösung erwähnt, in deren Farben Magie steckt – damit sind natürlich die Landkarten gemeint – und in deren Händen der Tod sitzt. Vermutlich spielt das darauf an, was passiert, wenn sie ihre Karten verbrennt.«

»Und Davrons Schicksal?«, fragte sie. Das Stocken ihrer Stimme verriet sie.

»Unbekannt. Voraussagen sind schließlich nur Möglichkeiten. Es scheint Hinweise darauf zu geben, dass er die Ursache für ein großes Sterben unter den Hafnern sein wird. Es wird angedeutet, dass er das Werkzeug des endgültigen Sieges des Tilgers sein könnte. Vielleicht wird er aber auch das Werkzeug sein, das den Tilger vernichtet. Beide Bedeutungen sind möglich, aber wenn ich das Buch der Prophezeiungen richtig lese, erwähnt es, dass er Feldströmung aus der Faust der Farbe in das Land hineinschleppt – und welcher andere Ort als der Knöchel könnte damit gemeint sein?«

Er sah Bark an. »Es ist deine Aufgabe, ihn aufzuhalten, wenn es den Anschein hat, dass er Hafenstern dem Untergang weiht. Aber ich glaube, es ist besser, wenn du ihn nicht tötest.«

»Und wie bei aller Dunkelheit im Chaos soll ich das anstellen? Soll ich einfach zu ihm gehen und sagen: ›Hör auf damit, Davron, guter Junge.‹?«

»Versuch es. Unser Leben und unser Land hängen möglicherweise davon ab, ob du Erfolg hast.«

Keris warf dem Markgrafen einen unfreundlichen Blick zu, den dieser – natürlich – nicht mitbekam. »Ich werde dich begleiten, Bark«, sagte sie.

»Und ich auch«, fügte Fint hinzu. »Manchmal kann sich ein Chamäleon an jemanden anschleichen und etwas Unerwartetes tun – zum Beispiel Kopfnüsse verteilen.«

Bark blickte ihn ernst an. »Fint, für einen Feigling bist du außerordentlich tapfer.«

»Nun ja, ich habe es ja noch nicht *getan*«, betonte er.

»Richtet euch darauf ein, in einer halben Stunde aufzubrechen«, sagte der Markgraf.

Gehorsam standen Bark und Fint auf und wollten gehen. Auch Keris erhob sich, aber nur um zu sagen: »Ich möchte mit dir unter vier Augen reden, Markgraf, wenn ich darf.« Meldor nickte zustimmend und sobald die anderen das Zimmer verlassen hatten, sagte sie unglücklich: »Du hast das alles absichtlich herbeigeführt, nicht wahr?«

Er gab nicht einmal vor, sie missverstanden zu haben. »Willst du damit sagen, ich hätte Davron befohlen, dich auf all deinen Ausritten zu begleiten, weil ich wusste, dass Carasma nach ihm schicken wird und ich dann nicht in der Lage bin, ihn aufzuhalten? Ja, das stimmt.«

»Warum?« Dieses Wort wurde geradezu aus ihr herausgerissen; ihr Schmerz war echt. »Du hast ihm dein Versprechen gegeben und ihn dann *verraten*.«

»Davron hatte Vertrauen zu mir. Kannst du mir nicht auch einfach vertrauen, Keris?«

»Nein! Nein, das kann ich nicht. Du wolltest, dass er zum Tilger geht – *warum?*«

»Vor Jahren habe ich versprochen, ihn töten zu lassen, wenn der Tilger nach ihm ruft. Aber seitdem haben sich die Dinge verändert. Du bist mit deinen Karten aufgetaucht, das Chamäleon ist erschienen – und auch Kantor Portron – und wir haben herausgefunden, wie man das Unbeständige stabilisieren kann – all das hat das Antlitz der Zukunft verändert. Ich konnte das Buch der Prophezeiungen neu interpretieren. Unsere Hoffnung – zu dem Glauben kam ich – liegt darin, dass Davron zu Carasma geht. Schließlich sagt ein Abschnitt, dass in seinen Händen die Hoffnung liegt, während eine andere andeutet, dass er sowohl der Verräter als auch der Retter ist. Die Prophezeiungen sagen voraus, dass er den Tilger in das Chaos verbannen wird.« Er sah Keris an. Seine Augen waren erfüllt von Mitleid, obwohl er blind war. »Meine Liebe, Davron hat alldem zugestimmt. Er hat eingesehen, dass es sein Schicksal ist, unschuldige Menschen umzubringen. Wenn er überlebt, wird er sich damit abfinden müssen – doch vermutlich ist er der Ansicht, er werde nicht lange genug leben, um sich darüber Sorgen machen zu müssen. Er weiß, dass er uns alle dem Schicksal überliefern oder uns retten kann. Zum ersten Mal, seit der Tilger in unser umnachtetes Land kam, gibt es *Hoffnung*. Und *Davron* ist diese Hoffnung. Es gibt für Davron keinen einfachen Weg, aber der Schöpfer erwählt nicht die Schwachen zum Schlüssel der Zukunft. Halt dich daran fest – dass er stark genug ist, einen Weg zu finden, um uns alle zu retten.«

»Du hast es nicht verhindert«, klagte sie ihn erneut an.

»Ja, und er war damit einverstanden. Wir sind alle in der Hand des Schöpfers.«

»O Chaos – wäre ich das nur! Und der Schöpfer kann uns hier vermutlich nicht einmal sehen! Vielleicht kümmert es ihn auch gar nicht, was…«

»Es kümmert ihn durchaus. Bezweifle das niemals. Keris, die Jahrhunderte hindurch hat er uns Seine Worte gesandt und Er hat *mir* die Weisheit geschenkt, mit der ich erkenne, was Seine Worte bedeuten. Dank ihm können wir hoffen. Hab Vertrauen. Verzweifle nie – niemals. Davon kann alles abhängen. Und ganz sicher hängt alles davon ab, dass Davron niemals aufgibt. Dass er nicht aufgibt – dass es nicht in seiner Natur liegt, wie schrecklich sein Schicksal auch sein mag –, das sind mein Glaube und meine Hoffnung. Wenn er ein anderer Mensch wäre, hätte er sich schon lange umgebracht und wir wären deshalb alle verdammt.«

Sie zwinkerte einige Tränen fort. »Es wird ihn vernichten…«

Meldor war unerbittlich. »Ja, so wird es sein. Geh zu ihm, Keris. Hilf ihm, stark zu sein.«

Darauf gab sie keine Antwort. Was hätte sie auch sagen sollen? Selbst ein Abschiedsgruß schien überflüssig zu sein. Meldor streckte mit seinem unfehlbaren Instinkt den Arm aus und berührte Keris an der Hand; mehr tat er nicht. Sie erlaubte ihm diese Berührung, denn sie wusste, dass jene Geste alles ausdrückte, was man in dieser Situation ausdrücken konnte, und dann verließ sie ihn.

Kapitel Zweiunddreißig

Und von jenen, die unsere Hoffnung
in den Händen halten und in der entscheidenden
Stunde der Schlacht vor Lord Carasma stehen:
selbst im Sieg wird einer fallen;
in der Niederlage werden alle sterben.

Prophezeiungen,
Buch XXIV, Kapitel 6, Vers 1

In der Morgendämmerung sahen Keris, Bark und Fint zum ersten Mal die entfesselte, wirbelnde Feldströmung, die nun innerhalb der Grenzen Hafensterns losgelassen war. Eine Flut, dachte Keris entsetzt. Stürmende, aufgeschwollene Feldströmung im Herzen von Hafenstern... Und sie spürte, wie ihr etwas die Brust zusammenpresste. Angst, reine Angst. Etwas wand sich in ihrem Innern.

Es war nur Feldströmung; das wusste sie – aber von welchem Ausmaß!

Purpur – kein klares Magenta-Purpur, sondern von einer wütenden Färbung und durchschossen mit schwellenden Strängen aus Braunrot und Pflaumenblau. Hässlich, bedrohlich. Die Strömung rollte unerbittlich von rechts nach links über das Land vor ihnen und trieb kopfhoch.

Ich kann nicht verseucht werden, dachte sie. Das brauche ich nicht zu fürchten. Aber sie fürchtete sich trotzdem.

»Ist es sehr schlimm?«, fragte Fint.

»Ja«, sagte sie knapp.

»Und *er* hat das getan?«

Sie nickte und fühlte sich elend. »Es muss ihn schier umbringen.« Das war eine unglückliche Wortwahl.

Bark erbleichte und war sich der Tatsache bewusst, dass Davrons Tod genau das war, was sich aus einem Zusammenstoß mit ihm ergeben mochte.

Ein Reiter – ein Fremder – stürzte aus der Feldströmung hervor. Er trieb sein Pferd mit der Peitsche an und wurde nicht langsamer, obwohl er die drei bereits gesehen haben musste. Sie schlossen zueinander auf und warteten ab, doch er galoppierte an ihnen vorbei und beachtete sie nicht. Wilde Augen starrten aus einem bleichen Gesicht; von seiner Wange tröpfelte Blut herab.

»Was liegt vor uns?«, fragte Keris Bark. Ihre Stimme klang dünn und unnatürlich hoch.

Bark antwortete genauso erschüttert: »Ein Dorf namens Dämmrung. Etwa einen halben Stundenritt von hier entfernt. Ungefähr fünfzehn Häuser, vielleicht sechzig oder siebzig Leute. Es ist das einzige Dorf zwischen uns und dem Knöchel. Eine Bauerngemeinschaft. Es gibt auch noch ein paar einzelne Gehöfte weiter im Osten. Das ist alles. Die übrigen Dörfer befinden sich hinter uns und wohl noch außerhalb der Feldströmung, wie ich vermute.«

Er klang sachlich, aber in seiner Stimme fand sich keine Spur seiner sonst üblichen guten Laune.

»Mir fallen vor Furcht bald die Wimpern ab«, klagte das Chamäleon. »Reiten wir weiter?« Er meinte damit: Reiten wir *dort hinein*?

Keris nickte und bohrte entschlossen die Fersen in die Seite des verseuchten Tieres, auf dem sie ritt. Sie hielten noch einmal kurz an, bevor sie in die Feldströmungslinie eintauchten, nicht weil sie davor zurückschraken, sondern weil sie sahen, dass Gestalten auf sie zu kamen: Leute, Flüchtlinge – die Einwohner von Dämmrung, die entweder zu Fuß flohen oder Karren zogen, auf denen ihre Angehörigen saßen und sich ihre kostbarsten Besitztümer türmten. Sie tauchten aus dem dichten Gewirr der Feldströmung auf, husteten und würgten, als ob sie durch beißenden Rauch gekommen wären – aus den erbarmungswürdigen Überresten ihres blühenden Dorfes.

Er erste Mann stolperte achtlos und benommen an ihnen vorbei. Es war zweifelhaft, ob er überhaupt begriffen hatte, dass er der Feldströmung entkommen war. Er war mittleren Alters, trug die grobe Arbeitskleidung eines Bauern und führte einen verseuchten Ochsen und einen Wagen mit sich. Der Rest seiner Familie war auf dem Wagen zusammengepfercht: eine alte Frau, eine jüngere Frau mit pelzigen Ohren und drei Kinder, die allesamt verseucht waren. Jeder Einzelne von ihnen blutete, wirkte verschmutzt und erschöpft. Eines der Kinder war scheußlich verstümmelt und kaum noch menschlich zu nennen. Die jüngere Frau hielt ein Mädchen im Arm und wiegte es hin und her; dabei summte sie eine so monotone Weise, dass sich Keris die Haare sträubten. Das Kind sah sie mit den Augen eines Schwachsinnigen an und sabberte.

Keris spürte, wie Tränen in ihr hochstiegen, und schluckte sie hinunter. *Davron! O Schöpfer, Davron, mein Geliebter…*

Eine weitere Frau trat hinter der ersten Gruppe aus der Feldströmung hervor. In ihrem Blick lag mehr Verstand; sie humpelte und wankte. »Geht nicht in diese Richtung, meine Herrin«, sagte sie zu Keris und erschauerte. »Geht nicht in diese Richtung.« Bark stieg ab und streckte den Arm aus, weil er sie aufhalten wollte, doch sie entkam seinem Griff und taumelte weiter. »Die Feldströmung kommt!«, rief sie ihm zu. »Ich kann nicht anhalten!«

Bark ließ sie vorbei und hielt stattdessen einen Flüchtling aus der nächsten Gruppe an. »Was ist passiert?«, fragte er. »Sag es uns!«

Der Mann, der die Farbabzeichen der Hafenwächter trug, sah angstvoll über die Schulter zurück. Er hatte den Ring der Feldströmungsfühligen am Finger. Ein Kind saß ihm auf dem Rücken, ein anderes hielt er in den Armen. »Der Herr der Verräter«, sagte er. »Der Herr der Verräter ist gekommen; er ritt auf einer Bestie. Und er zog die Feldströmung hinter sich her. Solch eine Feldströmung! Ich habe noch sie eine solche Feldströmung gesehen. Rote Feldströmung, rot wie Blut. Die Farbe von frisch vergossenem Blut.« Die Augen, die sich nun wieder nach vorn und auf Bark richteten, verrieten wilde Angst und Entsetzen. »Ich hatte drei unverseuchte Kinder.« Er hielt das Kind hoch, das er trug, damit sie es sehen konnten. Es war eher tierisch als menschlich, hatte das pelzige Gesicht eines Wiesels und die scharfen Zähne eines Fleischfressers. »Seht ihr?«, fragte er. Er klang halb verrückt. »Jetzt ist sie ein Wildes. Seht sie euch an. Sie kann nicht einmal mehr sprechen. Ihre Mutter ist verrückt geworden und hat sich umgebracht. Gestern noch hatte ich eine Frau und drei wunderbare Kinder, ein Gehöft, ein Haus und ein Leben.« Er weinte. »Dann kam die Bestie. Die Bestie und der Verräter.«

Davron, mein Geliebter, wie willst du dir das je vergeben?

Das Kind, das still neben dem Mann stand, hielt ein Kätzchen gepackt und lutschte am Daumen. Es war neun oder zehn Jahre alt und hatte feldströmungsfühlige Augen, die zu groß waren: erfüllt von Entsetzen.

Kein Kind dürfte so aussehen, dachte Keris.

»Armes Hafenstern«, sagte der Mann. »Meine armen Kinder.« Er wandte sich ab und ging mit seiner Last weiter.

»Die Bestie?«, fragte Fint schließlich.

Keris schüttelte den Kopf. Sie wusste nicht mehr als er.

Sie standen wie betäubt da, während der Menschenstrom mit seinem Hab und Gut vorüberzog – mit Dingen, die in der Eile achtlos zusammengeworfen worden waren. Der eine hatte das Windspiel von der Tür gerettet, aber vergessen, Lebensmittel für die Kinder mitzunehmen; jener dort hatte seine Töchter, die nichts als ihre Unterhemden trugen, auf einen Karren gesetzt. Fast alle Kinder waren verseucht oder missgestaltet. Mindestens eins war tot.

Und als diese entwurzelten Menschen vorüberströmten, verebbte Barks übliche Überschwänglichkeit und das Chamäleon sah fort und weigerte sich, den Flüchtlingen mehr als nur einen kurzen Blick zu schenken.

Sowohl Bark aus auch Fint waren inzwischen Hafner und der Geist des Landes hatte sich mit ihrem Blut vermischt. Nun spürten sie seinen Verlust wie geschmolzenes Metall, das sich seinen Weg durch die Haut bis zum Herzen bahnte. Selbst Keris – die nicht wie sie gebunden war – spürte einen Schmerz im Herzen, der kaum noch erträglich war: tote Kinder, verseuchte Menschen, ein verlorenes Dorf, zerbrochene Hoffnungen und Träume – all das tat so schrecklich weh.

Und dann zog eine letzte verstreute Gruppe schweigend und mit gesenkten Köpfen an ihnen vorbei und Fint sagte mit matter, bewegter Stimme: »Das waren nur vierzig Leute, wenn man die Kinder mitzählt.«

»Wie will er danach mit sich ins Reine kommen?«, murmelte Bark.

Niemand sagte, dass er danach vielleicht nicht mehr leben würde. Niemand sagte, dass es ihnen überlassen sein mochte, ihn zu töten, falls das die einzige Möglichkeit war, ihn aufzuhalten. Niemand erwähnte seinen Namen.

»Wir sollten weitergehen«, sagte Keris.

»Wohin?«, fragte Fint.

»Meldor sagte etwas vom Knöchel – und ich bin der Meinung, dass wir dort zuerst nachschauen sollten«, sagte sie.

Sie trieb ihr widerstrebendes Reittier vorwärts und dann war sie auch schon in die purpurnen Schwaden eingetaucht. Selbst Bark und Fint, die nichts anderes als Dunst erkannten, wurden davon überwältigt. Er hängte sich feucht, widerlich und irgendwie böse an sie. Es ist bloß eine Kraft, versuchte Keris sich einzureden, aber es gelang ihr nicht. Es war mehr als nur Feldströmung. Die Kraft war zusätzlich vom Tilger verseucht worden. Sie *war* böse.

Nun entdeckten sie, dass nicht allen die Flucht gelungen war. Einige liefen noch ziellos in der Feldströmung umher und waren sich der Richtung, in der die Rettung lag, nicht mehr sicher. Sie flohen gedankenlos und in Panik – und die Kinder, die sie bei sich hatten, schrien vor Entsetzen; ihre Körper waren erst seit kurzem verseucht und schrecklich verzerrt.

»O Schöpfer, beschütze uns«, flüsterte Fint.

Sie versuchten, ihre Hilfe anzubieten und den Weg aus der Feldströmung zu weisen, doch diese Leute waren der Hilfe und Vernunft nicht mehr zugänglich.

»Wir müssen ihn aufhalten.« Er war Bark, der diese Worte aussprach, und in seiner Stimme lag eine ungewohnte Härte. Bark würde seinen Freund töten, wenn es sein musste – wenn er es konnte.

Keris zog den Kompass hervor; er war nun notwendig, wenn sie den Knöchel finden wollten. Eine andere Möglichkeit, die genaue Richtung herauszufinden, gab es nicht mehr. Es hatte fast den Anschein, als hätten sich alle Orientierungspunkte um sie herum aufgelöst. Die Bäume, an denen sie vorbeikamen, schmolzen zu Schleim zusammen; das Gras unter den Hufen ihrer Reittiere war glitschig vor Fäulnis und hatte sich schon beinahe zersetzt. Der Gestank der Verwesung umgab sie von allen Seiten.

Als sie Dämmrung erreichten, bemerkten sie, dass die Häuser sich schon zur Hälfte in verfaulende Haufen aufgelöst hatten. Nutztiere lagen in Höfen aufgetürmt; ihr Fleisch verflüssigte sich und stank abscheulich. Nichts auf den Feldern erinnerte mehr an Getreide, und es bedurfte beachtlicher Vorstellungskraft, die Reihen verrotteter Stümpfe als Zäune oder Hecken zu erkennen. Das Dorf und seine Umgebung lösten sich in Fäulnis auf.

Die Feldströmung umhüllte alles dick und dunkel. Es war fast so, als *nähre* sie sich von den Ruinen.

»Weiter«, sagte Bark ruhig.

Keris und Fint wendeten ihre Reittiere und folgten Bark wortlos.

»Ich kehre zurück«, sagte Keris.

»Aber warum?«, fragte Bark und lenkte sein Reittier neben sie.

»Er ist nicht hier«, sagte Keris nur. »Er ist nicht im Knöchel.«

Bark sah sie zweifelnd an. »Woher willst du das wissen?«

»Die Feldströmung – sie wird schwächer, je tiefer wir hineinreiten. Die Verwüstungen hier liegen schon Stunden zurück, während sie am Rand noch neu waren…«

Er verstand sie nicht.

»Bark, als wir hineinritten, zog die Feldströmung von rechts nach links, und sie war *stark*. Dann drangen wir tiefer ein, und sie floss von links nach rechts, noch weiter drinnen wieder von rechts nach links. Und jetzt: vor uns erneut von links nach rechts, aber hinter uns immer noch von rechts nach links. Und vor uns ist sie schwächer. Begreifst du nicht, was das bedeutet?«

Er schüttelte besorgt den schweren Kopf.

»Dieser Mann vorhin hat gesagt, dass der Verräter auf einer Bestie reitet und die Feldströmung hinter sich her zieht. Davron bewegt sich systematisch durch Hafenstern und zerstört es Stück für Stück. Er schlängelt sich voran. Nordwärts zum Winder, südwärts zum Spalter, nordwärts zum Winder, wieder südwärts zum

Spalter – nach jeder Drehung etwas weiter östlich, während er die Feldströmung hinter sich her zerrt – und so zerstört er weite Bereiche des Landes.«

»Das ist unmöglich!« Bark starrte sie mit offenem Mund an. »Keris, bedenke die Entfernungen. Er kann doch nicht ganz Hafenstern bedecken!«

»Die Bestie. Das macht die Bestie möglich«, erwiderte sie grimmig. »Was immer es für ein Wesen ist. Er reitet irgendeine übernatürliche Bestie – irgendeine von Carasmas Anti-Schöpfungen: nicht ermüdend, unglaublich schnell...«

Fint zog zitternd die Luft ein. »Und was willst du tun?«

»Zurückkehren. Außerhalb der Feldströmung auf ihn warten, in einem Teil von Hafenstern, der noch... unverseucht ist.« Sie benutzte dieses Wort absichtlich; es entsprach ihrer Ansicht von den Geschehnissen, die dem Land widerfuhren. Es wurde getilgt, von der Welt entbunden, *verseucht*.

»Und dann?«, fragte Bark.

»Vermutlich eine Karte verbrennen. Um die Feldströmung zu vernichten.« Und vielleicht auch Davron.

Er war still und dachte nach. Dann fragte er langsam: »Keris, woher kommt die Feldströmung?«

»Aus dem Zusammenfluss namens Knöchel«, antwortete sie.

»Was glaubst du – würde es helfen, wenn wir die Quelle verstopfen? Du hast die Karte vom Knöchel dabei, nicht wahr?«

Sie zog die Luft scharf ein. »Ja. Ja, natürlich. Ich habe alles dabei, was wir möglicherweise brauchen.« Sie glitt von ihrem Reittier und holte ihre Karten aus den Satteltaschen. Bark und Fint stiegen ab und schauten ihr über die Schulter. In dem dargestellten Gebiet war kein Anzeichen von menschlichem Leben zu sehen. Aber die Brücke und das Wachhaus oder die Bewässerungsanlagen befanden sich nicht auf dieser Landkarte und deshalb war das Fehlen menschlicher Besiedelung nicht verwunderlich. Die Leute mieden die Gebiete nahe dem Zusammenfluss mehrerer Feldströmungen.

Der Knöchel selbst brodelte wie ein Suppentopf auf dem Herdfeuer, doch die Suppe war so rot wie frisch vergossenes Blut und so dick wie Leim. Sie schien sich über Hafenstern zu ergießen – ein breites, rotes, flüssiges Band.

»Was wird mit dem Feldströmungsnachschub für Hafenstern geschehen, wenn du es stabilisierst?«, fragte Fint.

»Ich *vermute,* es wird nach einem oder zwei Tagen alles wieder in Ordnung sein«, sagte Keris. »Erinnerst du dich an die Karte, die ich verbrannt habe? Die Feldströmung von weiter oben floss einfach um die Ränder des stabilisierten Gebietes herum. Aber sollen wir es wirklich wagen? Was ist, wenn ich Unrecht habe und Davron noch dort ist? Möglicherweise töten wir ihn. Oder Schlimmeres.«

Wie zur Antwort griff Bark nach seinem Feuerzeug.

»Nein«, sagte Keris, die plötzlich von Zweifeln bestürmt wurde und die aufsteigende Panik bekämpfte. »Nein. Tu's nicht!« *Ich kann nicht. Nicht auf diese Weise …*

»Dann gehe ich zum Knöchel«, sagte er. »Ich nehme die Karte mit. Wenn Davron nicht dort ist, gehe ich weiter.«

Sie nickte und atmete nun freier. »Ja. Gute Idee. Wenn die Feldströmung sich nicht mehr über Hafenstern ergießt, weißt du, dass ich Davron irgendwie aufhalten konnte und du die Karte nicht verbrennen musst. Du begleitest ihn, Fint. Ich kehre zurück zum feldströmungsfreien Teil von Hafenstern und warte dort.«

»Es ist eine Schande, dass wir keine Karten von ganz Hafenstern haben«, sagte Fint. »Dann könnten wir genau sehen, wo er ist.«

»Er wird schon noch auftauchen.« Als würde ich

über jemanden reden, der sich bei einem Festessen verspätet hat, dachte sie und zuckte zusammen. »Du nimmst den Kompass, Bark. Ich muss mich nur im rechten Winkel zum Feldströmungsfluss halten.«

»Und was ist… was ist, wenn ich da gebraucht werde, wo du hingehst?«, fragte Bark lahm. Wenn er gebraucht wurde, um Davron zu töten.

Sie starrte ihn nieder. »Du hast gehört, was Meldor sagte. Es gibt andere Möglichkeiten. Hör genau zu, was ich dir sage: Wenn Davron stirbt, wird es durch meine Hand und sonst niemanden geschehen.« *Wenn ich es kann…*

Er sah sie nachdenklich an; dann nickte er, nahm den Kompass von ihr entgegen und schaute fort. Sie trat nach vorn und küsste ihn sehr vorsichtig auf die Wange, wobei sie die Schmerzen, die ihr dies zufügte, nicht beachtete. Dann tat sie dasselbe mit Fint, bestieg ihren verseuchten Gaul – sie achtete sorgsam darauf, ihn nicht zu berühren – und ritt fort, ohne einen Blick zurück zu werfen.

Hinter ihr sahen Bark und Fint einander an.

Fint hob fragend eine Augenbraue. »Was meinst du; soll ich mit dir gehen?«

»Nein, besser nicht«, erwiderte Bark mit einer Andeutung seines üblichen Humors. »Ich glaube, wir wären beide viel glücklicher, wenn du es nicht tust.«

»Jemand muss in der Nähe sein, um ihm eins über den Kopf zu geben«, pflichtete Fint ihm bei. »Auch wenn ich mir nicht sicher bin, wie ich das schaffen soll, wenn er auf einer rasenden Bestie an mir vorüberstürmt.«

»Behalt sie einfach so gut wie möglich im Auge«, sagte Bark. Die ungeheure Traurigkeit in seiner Stimme sagte alles.

Keris ritt eine kurze Strecke in den unverseuchten Teil von Hafenstern hinein und war froh, von der hässlichen, pulsierenden Linie alles vergiftender Feldströmung fortzukommen. Sie brauchte Zeit und wollte Davron und der Bestie nicht eher begegnen, bis sie sich vorbereitet hatte.

Als sie sich ihrer Meinung nach weit genug von der Feldströmung entfernt befand, packte sie ihre Zeichenutensilien aus und zeichnete eine Karte von ihrer unmittelbaren Umgebung. Sie schätzte den Abstand zwischen einigen Felsblöcken und dem Gipfel eines kleinen Berges, damit sie eine feststehende Entfernung für eine Seite des Dreiecks hatte, und nahm die Winkel an beiden Enden der Linie für die Triangulation des Gebietes, das sie bearbeiten wollte. Es war nicht groß – sie wollte keinen kleinen Maßstab benutzen –, und sobald es ihr gelungen war, die Lage der wesentlichen landschaftlichen Merkmale zu bestimmen (eine Baumgruppe, den Berg, die Felsen), zeichnete sie ihre Umrisse mit Feldströmungstinte auf ein weißes Pergamentblatt. Als sie damit fertig war, waren mehrere Stunden vergangen.

Bevor sie die Karte kolorieren konnte, nahm sie ein rumpelndes Geräusch wahr. Einen Augenblick lang war sie sich nicht sicher, ob sie es hörte oder fühlte. Sie bemerkte Vibrationen im Boden und ein Klingeln in der Luft. Sie sah von ihrer Arbeit auf und entdeckte eine Staubwolke, die am Rand der Feldströmung entlanglief und auf sie zu kam – sehr schnell.

Gefasst und kaltblütig stellte sie ihr Teleskop ein und schaute hindurch.

Entfernte Bewegung, vergrößert, klarer werdend…

Davron, der auf der Bestie ritt.

Er stand auf den massiven Schultern des Tieres – ein Mann, der Qualen litt, die jenseits jeglichen Begreifens lagen. Sein ganzer Körper zitterte, Schweiß strömte an ihm herunter. Er hatte sein Hemd aufgerissen und sein Oberkörper wurde von den Schmerzen gefoltert, die diese schreckliche Reise verursachte. Das Siegel, das er trug, schien jetzt zu groß für ihn zu sein; er war geschrumpft, hatte in wenigen Stunden schrecklich viel Gewicht verloren… Rippen und Adern hoben sich von der zitternden Haut ab – es lag eine lebende Landkarte unter einer zerbrechlichen Schutzhülle und sie zeigte einen Mann, der vom Tod berührt war. Der Schädel war das Haupt eines Toten, die Wangen waren eingesunken, die Lippen in einem unnatürlichen, totenstarren Lächeln zurückgezogen.

Sein Augen! Heiliger Schöpfer, seine Augen! Sie hatten sich tief in ihn eingebrannt und zeugten von unbegreiflichen Schmerzen.

Und die Bestie, auf der er ritt…

Sie war gewaltig. Sicherlich größer als alles, was jemals auf natürliche Weise auf der Welt gelebt hatte. Die Schultern erhoben sich höher als ein aufgerichteter Mann und waren ungeheuer breit. Sie liefen in einen festen Hals aus, auf dem ein Kopf saß, der wie ein Rammbock wirkte. Die Entfernung zwischen den beiden roten Augen entsprach jener zwischen den ausgestreckten Armen eines Menschen und sie blitzten in purer Boshaftigkeit. Ein einzelnes spiralförmiges Horn spross aus der Stirn hervor und glühte heiß und rot. Es dampfte in der kühlen Luft des wolkenverhangenen Tages. Mit kraftvollen Beinen donnerte die Bestie voran, wühlte den Boden auf und verwundete ihn. Flecken geschmolzener Hitze schälten sich im Lauf von seinen Flanken ab…

Davron trieb die Bestie an. Er stand auf ihren Schultern und hielt verdrehte schwarze Zügel in der Hand. Er leitete sie auf ihrem schrecklichen Weg – ein Mann, der Qualen jenseits jeglichen Begreifens litt. Und hinter der Bestie die Feldströmung! Sie wurde an Leinen aus geschmolzenem Feuer gezogen. Ein langes rotes Band, das mit seiner rohen Boshaftigkeit das Blut aus dem

Land kratzte, Zerstörung über Hafenstern brachte und mit seiner erschreckenden Berührung vergiftete.

Keris konnte nicht länger zusehen. Sie senkte den Kopf auf das Zeichenbrett und erreichte in ihrer Verzweiflung den Tiefpunkt ihres Seins. Die Bestie und ihr Reiter donnerten in der Ferne an ihr vorüber und bemerkten nicht, wo sie sich hingekauert hatte.

Sie riss sich zusammen, fand ihren Lebenswillen wieder und zwang sich dazu, erneut ihre Pinsel in die Hand zu nehmen. Und sie zeichnete ihre Karte. Sie machte sie so gut wie möglich und war dankbar, als sie sah, wie schnell sie dreidimensional und regelrecht lebendig wurde. Sie schrumpfte ihre Erinnerung an Davron und die Bestie auf die Größe eines Stecknadelkopfes zusammen, denn nur so konnte sie arbeiten. Nur so konnte sie *weiterleben*.

Und als sie fertig war, konnte sie nichts anderes tun als abwarten. Und das war vielleicht das Schrecklichste von allem. Die Bestie und Davron waren auf den Winder zugerast, der sich nicht weit von ihrem eigenen Standort entfernt befand. Bei dieser Geschwindigkeit waren sie sicherlich in einer oder zwei Stunden zurück…

Sie stellte sich ihnen in den Weg – mit der Karte in der Hand.

Er sah sie und hielt an, so wie sie es erwartet hatte. Obwohl er von der Notwendigkeit getrieben wurde, seine Aufgabe zu erfüllen, wusste sie tief in ihrem Innern, dass er noch die Macht besaß, in seinem wilden Ritt innezuhalten. Für einen Augenblick.

Er zog die Zügel an. Stemmte sich gegen sie in dem Versuch, die Kreatur, auf der er ritt, zum Anhalten zu veranlassen, was diese nur sehr widerwillig tat. Sie bockte, schlitterte – und kam kurz vor Keris keuchend und dampfend zum Stillstand.

Sie flüsterte: »Davron…«

Er antwortete ihr, und seine Antwort erzeugte eine Gänsehaut bei ihr. »Keris, wenn du näher kommst und deine Feldströmung loslässt, bin ich gezwungen, dich zu töten. Ich muss meine Aufgabe zu Ende führen und alles tun, was dazu nötig ist… Und ich bezweifle nicht, dass ich es kann. Ich habe genug Feldströmung in mir, um dich von hier bis Tromlin zu schleudern.«

Er hörte sich schmerzerfüllt, dünn und ganz anders an, als wenn er mit seiner gewöhnlichen, kieselknirschenden Stimme sprach. »Bring mich nicht dazu, dass ich dich töten muss«, sagte er sanft. Schmerz türmte sich in ihm auf. Schmerz. »Nicht auch noch dich! Greif mich nicht an, Keris – ich bin so viel schneller als du.« Sie glaubte ihm, auch wenn er sie dabei nicht ansah. Und dennoch hörte sie die Bitte in seiner Stimme und die Worte, die er nicht auszusprechen wagte: *Halt mich auf. Tu alles, was nötig ist, um mich aufzuhalten. Bitte.* Seine hörbaren Worte waren nicht an sie, sondern an Carasma gerichtet.

»Davron…« Sie wusste nicht, was sie sagen sollte. Es gab nichts zu sagen. Seine Qualen beraubten sie all ihrer Kraft, lösten ihre Entschlossenheit auf, zerschmetterten ihre Absichten.

Die Bestie scharrte mit den Hufen und ihr Feuer floss auf Keris zu. Sie spürte die Hitze. Das Tier war ungeduldig. Davrons Einfluss ließ nach. In wenigen Sekunden würde die Bestie außer Kontrolle sein und weitertraben.

Sie konnte Davrons Pein nicht ertragen. Seine Hände wurden von den Zügeln zerfleischt und Blut tropfte herunter. Seine Brust hob und senkte sich. Seine Haut war von Brandwunden übersät. Sie wandte den Kopf ab. Es war ihr unmöglich, ihn anzusehen, und sie konnte es nicht ertragen, die Qualen in seiner Stimme zu hören.

»Ich vertraue dir«, flüsterte er. »Du wirst immer das

Richtige tun.« Er schaute nach vorn und ließ die Zügel los.

In dieser Sekunde der Bewegung, als sein Blick nicht auf ihr ruhte und seine Hände damit beschäftigt waren, die Zügel zu halten, hob Keris ihre Karte über den Kopf und berührte eine Ecke mit ihrer Feldströmung. Er schaute sie wieder an. Sein mit Feldströmung bewaffneter Arm bewegte sich langsam in ihre Richtung, wurde aber durch die Zügel weggerissen, die er sich um die Hände gewunden hatte. Seine verwüsteten Augen leuchteten in Zustimmung, in Liebe… und in Angst.

Sie hätte Davron viel zu sagen gehabt, doch sie blieb stumm. Sie wussten beide, dass sie nun sterben konnten, und zwar auf schreckliche Weise. Sie wussten beide, dass es vielleicht noch Schlimmeres als den Tod gab. Sie wussten beide, wie sehr sie einander liebten. Worte konnten alldem nichts mehr hinzufügen.

Die Flamme flackerte an der Kante der Karte auf und fraß sich nach innen…

Keris lächelte durch ihre Tränen hindurch. Wenigstens würden sie zusammen sein, wenn sie nun gleich in ein neues Leben eingingen. Davrons Hand hatte sich aus der Umwirrung der Zügel befreit und streckte sich in ihre Richtung, auch wenn er dies zu verhindern suchte. Keris drehte die Karte so, dass die Flammen deren Mitte ergreifen konnten.

Die Welt explodierte in weißer Glut.

Eine Sekunde wurde zur Ewigkeit und dehnte sich ohne vorhersehbares Ende aus. Keris spürte, wie sie durchscheinend wurde und keine feste Masse mehr zu bilden schien. Um sie herum gab es nur noch ein weißes Licht, eine Helligkeit, die jeden Gedanken und jedes Gefühl ausblendete. Davron verschwand; die Bestie verschwand; es gab keinen Hintergrund mehr; es war nichts anderes mehr zu sehen als das Licht.

Ein Gefühl von Freude, das sie fast verbrannte, berührte Keris' Geist. Liebe hüllte sie ein, die schwer an Macht und Gewicht war und erschreckend in ihrer Gewaltigkeit – und dann verschwand sie. Keris glaubte, tot zu sein. Sie glaubte, sie würde nun in Das, Was Erschaffen War, aufgenommen.

Dann verschwand das Licht.

Sie öffnete die Augen, aber während sie sich neu einstellten, konnte Keris einen Augenblick lang überhaupt nichts sehen.

»Keris?« Dieses Wort klang fragend und war doch angefüllt mit zärtlicher Sorge.

Sie spürte, wie eine Hand die ihre umfasste und fest drückte.

»Davron?«

»Mmh.«

»Schöpfer …« Ihr Blick wurde klarer. Davron kniete neben ihr und hielt noch immer ihre Hand – *und sie verspürte keinen Schmerz.* Ihr Blick glitt zu seinem Oberarm: Das Siegel war verschwunden. Die erste Freudenwelle war so stark, dass Keris beinahe das Bewusstsein verlor. Dann sah sie, dass er vor Feldstrahlung glühte – vor kranker Feldstrahlung, auf der schwer der Einfluss Carasmas lastete.

Sie kämpfte sich auf die Knie und sah sich um. Die Feldströmung war aus dem Gebiet verschwunden, das sie kartographiert hatte. Sie befanden sich in einem schmalen Rechteck aus Stabilität; es war keine Hafenstern-Stabilität, sondern echte Stabilität. Unter ihren Füßen wuchs echtes Wiesengras, durchsetzt von Blumen und Disteln. Links sah sie die Bestie; sie lag unter Bäumen auf dem Boden. Sie bewegte sich nicht.

In dieser Richtung schien die Landschaft stabil und normal zu sein, bis sie auf das Purpurband traf, das sie wie eine Mauer umgrenzte. Ein paar verstreute Feldströmungsflecken waren übriggeblieben; vielleicht war die Strömung dort besonders bösartig gewesen. Auf einem dieser Flecken stand vereinsamt der Tilger. Er wand sich und seine Gestalt war nicht mehr menschenähnlich. Sein Gesicht schien sich abgeplättet und deformiert zu haben; sein Körper wechselte andauernd die Größe und Gestalt, als habe er Schwierigkeiten, die menschliche Form beizubehalten. Es war, als ob er sich nicht entscheiden könne, wie er aussehen sollte. Keris sagte mehr zu sich selbst als zu Davron: »Natürlich! Er muss in der Feldströmung gewesen sein, die das Tier hinter sich hergezogen hat; ansonsten hätte sie nicht so bösartig sein können.« Und dann traf sie die Erkenntnis dessen, was sie gerade beobachtete. »Schöpfer und Chaos«, flüsterte sie und klammerte sich fest an Davron. *»Ich habe den Tilger stabilisiert!«*

Sie wandte sich ihm zu und war entsetzt von der Gewaltigkeit dessen, was sie getan hatte. Und sie spürte Davrons Wut auf Carasma. Es war tief eingewurzelter Zorn – das Ergebnis von fünf qualvollen Jahren. Jeder Muskel in ihm spannte sich.

»Nein…«, sagte sie. Sie fürchtete sich vor dem, was er tun wollte. Er durfte nun nicht sterben, nicht jetzt, da er von seinem Siegel befreit war.

Und dann schrie jemand auf sie ein und schleuderte sie aus der einen Angst in die nächste. *»Passt auf!* Keris, Davron, passt auf…«

Sie drehten sich beide erschrocken um. Es war das Chamäleon.

Fint hatte sich versteckt und alles mitangesehen. Das Entsetzen über die plötzliche Stabilität hatte ihn halb verrückt gemacht. Nun war er auf die Beine gesprungen, denn er hatte etwas gesehen, das Keris und Davron entgangen war: Die Bestie lebte noch. Sie hatte sich aufgestellt und schleppte sich auf die beiden zu – krank vor Angst, Wut und Stabilität und erfüllt von dem Willen, den Mann zu vernichten, den sie dafür verantwortlich machte. Sie senkte ihr feuriges Horn und wurde immer schneller.

»O Chaos«, flüsterte Keris.

Davron stand auf. Sein Körper straffte sich und er versuchte, Gelassenheit und Mut zu finden, obwohl er noch vor wenigen Minuten völlig verzagt gewesen war.

Und Fint warf sich zwischen ihn und die Bestie, wedelte mit den Armen, schrie und lenkte so die Aufmerksamkeit des Tieres auf sich. Es zögerte und wandte sich ihm dann zu. Und rannte auf ihn los.

Mehr Zeit benötigten Keris und Davron nicht. Feldströmung floss aus ihren Händen, schnell, zielgenau und versengend. Die Bestie schüttelte in Schmerzen den gigantischen Kopf. Fint tänzelte behende aus dem Weg.

Die Feldströmung hüpfte über das brennende Fell der Bestie, setzte ihr zu, vernichtete sie aber nicht.

»Die Augen! Ziel auf die Augen!«, rief Davron.

Die Bestie wandte sich wieder ihren Peinigern zu. Diesmal drang ihr die Feldströmung in die Augen und sie brüllte vor Wut und Schmerz, doch sie kam immer noch näher.

»Hast du dein Messer, Keris?«, fragte Davron fast beiläufig. Seine Hand fuhr zur Hüfte, wo der Peitschengriff am Gürtel hing. Das geflochtene Rohleder mit den darin eingelassenen Glassplittern hatte sich um den Oberschenkel geschlungen. Er schüttelte die Peitsche frei und streckte die linke Hand Keris entgegen. Sie drückte ihm ihr Messer in die Handfläche.

Als die Bestie Davron entgegenschnaubte, schwang die Peitsche aus und wickelte sich um den Sockel des rotglühenden Horns. Davron sprang zur Seite und eilte neben die Kreatur, streifte sie, war Schulter an Schulter mit ihr, als sie herumfuhr. Dann zog sich Davron an seiner Peitsche hoch und bohrte das Messer tief in das eine Auge des Geschöpfs. Das große Tier sackte zusammen, hörte auf zu laufen. Das Horn zerbrach und fiel ab, als Davron an seiner Peitsche riss. Davron befreite sich taumelnd. Eiter spritzte aus dem Loch, das nun in der Stirn der Bestie klaffte, während ihr Körper umstürzte und Davron nur knapp verfehlte.

Und das Geschöpf verwandelte sich. Es war tierähnlich gewesen, doch jetzt wurde es zu etwas anderem. Zu einer Schwärze, einem Nichts, das aber doch noch eine Ausdehnung hatte, wie etwas Dunkles, Pelziges. Die Erde unter ihm zerbröckelte, als fräße etwas daran. Davron wich entsetzt vom Rand der entstehenden Höhlung zurück.

Keris zuckte zusammen, als sie erkannte, dass der Geruch versengten Fleisches von Davron ausging; sein Fleisch war dort verbrannt, wo er die Bestie gestreift hatte. Er musste unter starken Schmerzen leiden, schien sich aber nicht einmal einzugestehen, dass er verletzt war. Er starrte auf die Schwärze hinunter, die einmal die Bestie gewesen war, und beobachtete, wie sie fortschmolz, bis nichts mehr übrig blieb außer einem Loch mit verkohlten Rändern und dem noch rauchenden Horn, das daneben auf dem Boden lag. Dann wandte er sich dem Tilger zu.

Carasma stand noch an derselben Stelle in der Mitte des kleinen Feldströmungsfleckens. Seine menschliche Gestalt hatte sich noch weiter zersetzt. Sie war nun verschwommen; ihre Umrisse waren kaum noch menschlich. Ein Feldströmungsstrahl schlängelte sich aus ihm heraus und bevor jemand reagieren konnte, hatte er Fints Hals umschlossen. Fint stand schreckensstarr innerhalb des rasiermesserscharfen Lichts. Es war so glatt wie eine gut geschliffene Klinge, so gefährlich wie ein Würgedraht und der Ausdruck auf dem Gesicht des Chamäleons machte deutlich, dass es diesen Strahl sehen konnte, obwohl er aus Feldströmung bestand. Eine falsche Bewegung und Fint hätte sich selbst enthauptet.

»Fass mich nicht an«, raunte Carasma Davron zu, »oder ich töte diesen Mann.«

Keris warf Davron einen schnellen Blick zu, in dem gleichermaßen Grauen wie Überraschung lag. *Carasma hatte Angst.*

»Ich gehöre dem Schöpfer«, betonte das Chamäleon; seine Stimme überschlug sich vor Furcht. »Du kannst mich nicht berühren, denn dann brichst du das Gesetz des Universums und verdammst dich selbst.«

»Fint wird sich selbst den Kopf abschneiden, wenn er sich nur einen einzigen Zentimeter bewegt«, murmelte Davron verzweifelt, »und dann hat Carasma überhaupt nichts damit zu tun gehabt.« Früher oder später würde Fint ermüden und gegen die Garotte fallen...

»Unternimm nichts«, warnte der Tilger Davron, »sonst lasse ich ihn nie mehr frei.« Sein Mund war nun kein Mund mehr, aber trotzdem konnte er sprechen.

»Feigling«, krächzte Fint. »Such dir jemanden, der dir ebenbürtig ist. Was bist du eigentlich? Irgendein Maulheld in einem Klassenzimmer? Ist das der große Lord Carasma? Du bist ein Nichts! Du machst dir vor Angst in die Hose, jetzt, da du nur noch mit den Füßen in der Feldströmung stehst. Man braucht dich bloß in eine Stabilität zu stellen und schon hast du keinen Mumm mehr.«

Er hat Recht, dachte Keris verwundert. Carasma hat Angst, weil er in dieser Welt nur innerhalb der Feldströmung überleben kann. Und alles, was er nun davon um sich hat, ist dieses schlammige Pfützchen... Sie betrachtete seine schwankende Gestalt und fragte sich, ob er Schmerzen verspürte. Er hatte früher einmal angedeutet, dass er nichts fühlen könne. Offenbar verursachte aber der Umstand, dass er in einem derart kleinen Feldströmungsfleck gefangen war, eine Qual in ihm, die nicht zu verbergen war. Vielleicht fürchtet er die Auslöschung, dachte sie. Oder den Wahnsinn.

Und dann sah sie, was er tat. Er sandte einen weiteren Feldströmungsfaden aus – diesmal auf das Feldströmungsband zu, das das stabile Gebiet umgab. Er hatte vor, sich darin einzuhaken, es zu sich heranzuziehen und sich in einen sicheren Hafen aus Feldströmung zu retten. Alles, was er dazu brauchte, war ein wenig Zeit.

»Du Wurm«, sagte Fint zu Carasma. Keris machte eine Kinese des Schweigens, doch das Chamäleon beachtete diese Geste nicht; es schien unfähig zu sein, den Mund geschlossen zu halten, und fuhr fort: »Nun, wie willst du dich diesmal davonstehlen? Um dich herum ist Stabilität. Und ich will dir noch etwas verraten, du ach so kluger Knabe: Das Verbrennen einer Trompleri-Karte erschafft sofort eine Stabilität. Und genau dies ist hier geschehen, falls du es noch nicht bemerkt haben solltest. Gestern hat der blinde Meldor Trompleri-Karten von Hafensterns Grenzen verbrannt und deine Häscher haben Blasen geworfen oder sind verrückt geworden…«

»*Du* bist verrückt«, krächzte der Tilger, doch offenbar war er zutiefst erschrocken.

»Ja, natürlich bin ich verrückt. Der Sturz aus dem unbeständigen Hafenstern in eine Stabilität hat mich wahnsinnig gemacht!« Fint lachte, *kicherte*. »Ich bin der größte Feigling auf der ganzen Welt – da kannst du jeden fragen – und jetzt teile ich dem großen Lord Carasma unangenehme Neuigkeiten mit, die er gar nicht hören will. Er hat keinen Mumm, sie zu hören. Ich bin so verrückt wie ein Wasserkäfer. Aber ich bin bloß ein Ungebundener – denk daran, was mit deinen Verführten passiert ist. Deine Häscher und ihre Schoßtierchen fallen an den Grenzen von Hafenstern reihenweise um und toben mit Schaum vor dem Mund herum.«

»Das stimmt«, pflichtete Davron ihm bei. »Mein Wort darauf als Tricianer, als ein Storre und bei meiner

Ehre als Meisterführer. Dein Angriff auf Hafenstern ist fehlgeschlagen. Und glaube nicht, dass keine Trompleri-Karten mehr gemacht werden können, wenn du Keris tötest – das Geheimnis ihrer Herstellung ist längst kein Geheimnis mehr. Dank uns kann inzwischen jeder eine Trompleri-Karte zeichnen.«

Durch die Feldströmung hindurch untersuchte Carasma die Wahrheit von Fints Worten und schaute sich verzweifelt um.

»Du hast verloren, du elender Halunke«, sagte Fint. »Deine Häscher sterben und das Unbeständige wird schon bald uns gehören – und was dann, Lord Mist von Nirgendwo?«

Und dann zog Carasma in einem Ausbruch unbeherrschter Wut die Feldströmungslinie zusammen, die sich um den Hals des Chamäleons ringelte.

»Nein!«, schrie Keris.

Der Tilger erbleichte und erkannte zu spät, was er getan hatte.

Einen Augenblick lang stand Fint noch aufrecht. Sein Gesicht war ausdruckslos, als ob nichts geschehen wäre. Dann rollte sein Kopf von den Schultern. Der trennende Schnitt war so fein, dass er zunächst nicht einmal zu bluten schien. Einen schrecklichen Moment lang blieb sein Körper an Ort und Stelle. Dann spritzte leise das Blut aus ihm hervor und er verschrumpelte.

Und Davrons Zorn suchte nach Trost.

Er zog die Feldströmung, die den Tilger umgab, in sich selbst hinein: ihre wilde Farbe, ihre Fäulnis und ihr Gift. Sie wand sich aus dem Feldströmungssumpf wie ein Faden aus einem Knäuel und suchte sich durch den Zwischenraum einen gewundenen Weg zu dem Führer.

Carasma kämpfte gegen diesen Verlust an, doch er war durch die Nähe der Stabilität geschwächt und Wahnsinn nahe. Er hatte sich selbst erheblich geschadet, denn er hatte ein Verbrechen gegen das Gesetz begangen. Er hatte ein Wesen des Schöpfers getötet.

Dennoch versuchte er es. Einen Augenblick lang war es wie ein Tauziehen. Die Feldströmung wand sich zwischen den beiden wie herausgerissenes Tiergedärm hin und her. Es war ein Kampf zwischen einem Wesen, das wegen der Verletzung eines Gesetzes zur Rechenschaft gezogen wurde, und einem Mann, den die Wut über den Verlust dessen antrieb, was einst ihm gehört hatte. Die Waffe war nicht nackte Gewalt, sondern Willenskraft. *»Schöpfer!«*, schrie Davron auf; es war der Schrei eines Mannes, dem zu lange jeder Trost verweigert worden war. Und die Feldströmung bewegte sich – auf Davron zu.

Der uralte Kampf zwischen dem Chaos und der Schöpfung wurde wieder einmal aufgeführt und diesmal verlor das Chaos.

Lord Carasma, der Tilger, ergriff den einzigen Ausweg. Er griff nach oben zu den anderen Teilen seines Selbst, zum Chaos des Universums jenseits der Welt, und zog sich frei.

Die Kraft seines Fortgangs zerriss Luft und Boden. Die Erde tat sich tief unter seinen Füßen auf und der Körper des Chamäleons stürzte in die Spalte. Die Luft wurde vom Boden bis zum Himmel von einem schwarzen Blitz aufgerissen; sein scharfer Geruch hing noch in der Luft, lange nachdem er verblasst war. Carasma verschwand zusammen mit ihm zu den Anfängen des Universums, leckte sich die Wunden und überließ die Welt dem Schöpfer.

Die Sonne schien und das Gras war saftig grün. Es knickte unter Keris' Füßen ein – und richtete sich nicht mehr auf, nachdem sie darüber gegangen war und sich an Davrons Seite gestellt hatte.

Sie nahm ihn in den Arm, drückte ihre Haut gegen

die seine und spürte zum ersten Mal seinen Körper an dem ihren.

»Davron?«

»Es geht mir gut. Ich bin zwar schwach, aber es geht mir gut.«

»Ich glaube, du musst die Feldströmung in dir loswerden. Sie ist zu stark verseucht.«

»Schöpfer, ja. Sonst wird sie mich umbringen. Ich möchte mich kurz ausruhen, und dann gehen wir zum Winder. Ich will sie dort abladen.«

»Bist du sicher, dass es dir gut geht? Diese Verbrennungen…«

»Versuch sie zu heilen, Liebes. Das würde mir helfen. Es tut weh.«

»Ich weiß nicht, wie ich das bewirken soll.«

»Gib mir deine Feldströmung. Stell sie dir als Balsam vor, pole sie auf Heilen um und gieß sie über mir aus.«

Sie tat, worum er gebeten hatte, und gab ihr Bestes, um seine Schmerzen zu lindern, doch sie war sich nicht sicher, ob sie den tiefen Zorn, den sie in seinen Augen sah, jemals heilen konnte. Sie beugte sich über ihn und es kamen ihr die Tränen. Tränen des Kummers, der Erleichterung, der Trauer. Um Davron, um Fint. Um alles, was sie beide verloren hatten.

»Es tut mir so Leid«, sagte Davron und dachte an Fint. »Es… ging schnell. Was glaubst du – war er wirklich verrückt, oder hat er Carasma absichtlich gereizt? Wusste er, was er erreichen musste?«

»Er – er wusste, dass ich eine Karte verbrennen wollte. Er muss gewusst haben, dass er zusammen mit ihr hätte verbrennen können, aber er ist trotzdem geblieben – so tapfer war er. Ob er danach verrückt war? Vielleicht. Aber ich glaube, dass er trotzdem wusste, was er tat.« Sie würgte die Worte hervor; die Erinnerung brach über sie herein, und sie musste schweigen.

Er hielt sie fest, wiegte sie in seinen Armen, presste

das Gesicht an ihren Hals. »Ich weiß nicht, ob ich weiterleben kann«, flüsterte er schließlich. »Keris, das Dorf, Dämmrung – was ich getan habe…«

»Du hast ausschließlich ehrenhaft gehandelt«, stellte sie fest. »Der Verbrecher war Carasma. Und du – du und Fint – ihr habt den Tilger zurück zum Beginn der Zeit geschickt. Wie viele Menschen werden aus diesem Grund nicht jung sterben müssen? Wie viele werden nun niemals verseucht werden? Was du an diesem Tag getan hast, hat das Gleichgewicht wiederhergestellt. Und was deinen Wunsch angeht, nicht mehr leben zu wollen: Glaubst du etwa, dass ich dich so einfach gehen lasse? Davron – *wir haben eine Zukunft*. Zum ersten Mal kann ich dich umarmen. Und du kannst deine Tochter wiedersehen, sich um sie kümmern, sie lieben. Und vielleicht können wir sogar nach deinem Sohn suchen – sag mir bloß nicht, dass du nicht mehr leben willst!«

Sie lächelte ihn an und legte ihre Hand in die seine. Dann hielt sie die ineinander vergrabenen Hände hoch. »Sieh«, flüsterte sie. »Sieh dir das an und sage mir, dass du sterben willst.«

Sie sah so vergnügt aus, dass er einfach loslachen musste.

Und bei Davron von Storre setzte der Heilungsprozess ein.

Kapitel Dreiunddreißig

Und warum sollten wir hier anhalten? Früher gab es andere Länder: Yedron und Yefron, Bellistrohn und Brazis. Früher gab es ein Meer, das sich bis weit hinter den Horizont erstreckte. Sollte es uns nicht danach verlangen, diese Orte wiederzufinden?

Aus den späteren Schriften
Meldors des Blinden

Meldor lehnte sich gegen die Brüstung des Balkons, der den Audienzsaal der Versammlungshalle überblickte. Die Kartentische waren schon seit langem entfernt worden. Nun befanden sich hier Stuhlreihen für die Würdenträger, die an der Zeremonie teilnehmen sollten, und am Kopfende des Raumes standen zehn Thronsessel nebeneinander. Meldor konnte nicht sehen, was sich unten ereignete, doch seine übrigen Sinne verrieten ihm, dass einige Geistliche und Tricianer mittleren Ranges bereits eingetroffen waren. Ihre Gespräche stiegen auf, und wenn er sich ein wenig Mühe gab, konnte er die Stimmen unterscheiden. »…Farben überall«, murmelte jemand giftig. »So etwas sollte nicht erlaubt sein…« Unter die Stimmen mischte sich das leise Klingeln von Kantorglöckchen, die an Amtsstolen genäht waren, und als Meldor sehr genau zuhörte und seine Feldströmung dazu benutzte, die übrigen Geräusche herauszufiltern, hörte er sogar, wie jemand – vermutlich ein Diener – den Samtbezug bürstete, der die Thronsessel bedeckte. Bald würde Deckriss Rötlers widerstrebender Rücken einen dieser Sessel neben dem Markgrafen von Hafenstern zieren. Meldor verspürte eine sehr unkönigliche Befriedigung.

Einen Augenblick später öffnete sich die Tür hinter ihm. Ihm war nicht bewusst gewesen, dass ihn jemand auf dem Balkon gesehen hatte, und er drehte sich mit wachen, forschenden Sinnen um. Seiner Überraschung folgte schnell große Freude. »Keris!«, rief er. »Meine Liebe, ich freue mich, dass du gekommen bist. Ist Davron auch hier?«

»Ja, in der Tat.« Sie stellte sich neben ihn und schaute hinunter in den Saal. »Er ist jetzt da unten. Sag mir nicht, dass du das nicht weißt.«

Er schenkte ihr ein verzerrtes Lächeln. »Ja, ich wusste es. Ich erkenne seine Feldströmung in einer Entfernung von fünfhundert Schritten. Aber sag mir – wie geht es ihm? Wie sieht er aus?«

Er spürte, wie sie sanfter wurde. »Es geht ihm gut. Heute geht es ihm geradezu großartig, wenn ich das sagen darf. Er ist in Scharlachrot und Schwarz gekleidet und trägt genug Goldschmuck, um einen Wildglock in die Tiefe zu ziehen.«

»Aha. Dann vermute ich, dass er die Kantorei reizen will.«

Sie lachte. »Natürlich! Er… er kann das, was du tust, nur schwer billigen, Markgraf. Wie du weißt, sind seine Gefühle der Kantorei gegenüber ausgesprochen… gemischt.«

»Das kann ich ihm kaum verübeln. Aber ich habe meine Gründe.«

Sie wandte sich ihm zu und suchte etwas in seinem Gesicht. »Dann nenn sie mir. Warum musst du dich mit ihnen einlassen? Ich weiß, dass sie uns beim Angriff der Häscher zu Hilfe gekommen sind. Ich weiß, dass sie uns dabei geholfen haben, diejenigen zu besiegen, die das Verbrennen der Karten überlebt haben – aber das haben sie aus eigenem Antrieb getan. Wir wissen beide, dass sie ursprünglich gekommen waren, um uns vom Antlitz des Landes zu tilgen. Warum müssen wir etwas mit Männern und Frauen zu schaffen haben, die uns lieber tot als frei sähen?«

»Ich hätte am liebsten überhaupt nichts mit ihnen zu schaffen, es sei denn, wir wären in der Lage, ihnen Vorschriften machen zu können. Keris, kein Kartenzeichner außerhalb von Hafenstern hat bisher herausgefunden, wie leicht es ist, Trompleri-Karten herzustellen. Sie alle glauben noch immer, dass sie in den Feldströmungslinien graben müssen, um die Zutaten zu finden, und obwohl der Tilger fort ist, haben sie Angst vor den Launen der Feldströmung. Sie würden eher ihre Trompleri-Farben und -Tinten von uns kaufen. Und keiner weiß, wie wir die Karten benutzen, um das Unbeständige zu stabilisieren. Die Markgrafen wissen es nicht. Die Kantorei weiß es nicht. Sie alle müssen zu uns kommen und uns darum bitten, ihre Stabilitäten größer zu machen und das Unbeständige umzuformen. Wie schon das alte Sprichwort sagt: Wir besitzen den Steinbruch für die Steine, aus denen die Häuser erbaut werden.«

»Warum machen wir dann Zugeständnisse an die Kantorei? Warum erlaubst du ihnen und ihren frömmelnden Farbenträgern, Kantoreigebäude innerhalb Hafensterns zu errichten?«

»Weil sie dann dem zustimmen werden, was ich will – was *wir* im Gegenzug dafür wollen.«

»Und was ist das?«

»Das ganze Land südlich des Winders und des Spalters bis hin zu den Grenzen Yedrons, falls es diesen Ort noch geben sollte. Und ich will, dass wir mit diesem Land anstellen dürfen, was wir wollen – zum Beispiel es mit Feldströmung tränken, um es für Leute wie dich, mich und Bark erträglich zu machen. Ich baue für die Zukunft, Keris. Mit diesem Vertrag, der vom Anhedrin und jedem einzelnen Markgrafen unterzeichnet wird, werden wir zu einer neuen Nation und nicht nur zu einem Teil des neuen Malinawar. Hafenstern wird von den anderen getrennt und frei sein.«

»Und von der Kantorei geleitet.«

Er lachte. »Das bezweifle ich. Denk doch einmal nach, Keris. Die Macht der Kantorei beruht auf der Einhaltung der Ordnung, auf der Notwendigkeit der Regel und der Unterhaltung der Kinese-Ketten. Jetzt ist das alles aber nicht mehr nötig! Folglich schmiedet die Kantorei verzweifelt Pläne für ihren Machterhalt, unterliegt aber den Markgrafen und zugleich müssen sie eine Schlacht um Einfluss auf die Herzen und den Verstand der Menschen führen, die sie nicht mehr benötigen.« Er schüttelte den Kopf in gespielter Sympathie. »Sollen sie doch kommen. Wenn sie glaubwürdig sein wollen, müssen sie das Verlangen der Menschen nach spiritueller Führung befriedigen. Als weltliche Macht sind sie erledigt. Aber ich bin nicht so dumm zu glauben, dass man ihnen keinerlei Beachtung mehr schenken muss. Die Leute brauchen sie.«

Sie schwieg darauf so lange, dass er sich fragte, ob sie seine Worte billigte.

Schließlich sagte sie mit einer Stimme, die kaum mehr als ein Flüstern war: »Er hat uns beide berührt – da draußen. An jenem Tag, an dem ich die Karte verbrannt habe.«

»Wie bitte?«

»Der Schöpfer.«

Er machte sich klar, was das bedeutete, und verspürte einen Stich der Eifersucht hinter den Rippen. Mit großer Mühe unterdrückte er das Gefühl. »Was willst du damit sagen?«

»Wir beide haben Ihn gespürt. Und eines kann ich dir sagen: Er braucht keine Anbetung. Er braucht nicht einmal Dank. Warum auch? Er ist schließlich der Schöpfer! Er verlangt von uns lediglich, dass wir uns um Das, Was Erschaffen Wurde, kümmern – sonst nichts.«

Herr im Himmel, dachte er. Die Bitterkeit überwältigte ihn beinahe. Warum bist Du zu ihr gekommen und nicht zu mir? Er holte tief Luft und unterdrückte den Schmerz. »Keris, es war niemals *Er*, der *uns* braucht. Aber das ist ein Thema für lange philosophische Diskussionen und dafür haben wir jetzt keine Zeit! Wir sollten ein anderes Mal darüber reden. Hattest du einen besonderen Grund dafür, mich gerade jetzt aufzusuchen?«

»Nein. Eigentlich wollte ich dich nur beglückwünschen.«

Er hörte die Kühle in ihrer Stimme und antwortete in gleichem Tonfall: »Du glaubst, ich sei unmenschlich, nicht wahr?« Er blendete die Geräusche aus dem Saal aus, konzentrierte sich völlig auf Keris und machte sie zum Brennpunkt seines Selbst. Andere nannten es Charisma, aber Meldor wusste, dass es nichts anderes als ein Trick war, der in berechneter Konzentration bestand und nach Belieben an- und abgestellt werden konnte. Er sagte mit genau berechneter Offenheit: »Keris, das Gesamtbild erschien mir immer... wichtiger als die einzelnen Spieler. Wenn das ein Verbrechen ist, dann bin ich schuldig.«

»Ja, du bist schuldig«, sagte sie so geradeheraus wie gewöhnlich. »Als wir zum Beispiel von unserer Reise zurückkamen, hättest du uns nach... nun ja, nach persönlicheren Dingen fragen können, anstatt nur wissen zu wollen, wie viele Trompleri-Karten ich gezeichnet habe und ob Deckriss Rötler Davrons Worten zugehört hat.«

»Aha.« Das also nagte an ihr – oder?

Als die letzten verrückten Häscher und Schoßtiere erledigt oder zersprengt waren, hatte er Davron, Keris und Bark in alle Stabilitäten des alten Malinawar geschickt, damit sie Hafensterns Botschaft überbrachten: Zum Preis eines Staatsvertrages würde Hafenstern ihnen allen Stabilität verschaffen. Keris hatte einige der kritischen Stellen des Unbeständigen auf dem Weg kartographiert und daraus die erste der Trompleri-Karten hergestellt, die sie eines Tages insgeheim verbrennen würden, um ihren Teil des Vertrages zu erfüllen. Davron, der den Part des tricianischen Unterhändlers übernommen hatte, hatte mit den Markgrafen und (widerstrebend) mit Deckriss Rötler gesprochen. Er hatte versprochen, dass später einmal das gesamte Unbeständige nördlich des Spalters und des Winders stabil sein werde. Er hatte ihnen jedoch verschwiegen, dass Meldor nicht vorhatte, dies allzu schnell in die Tat umzusetzen. Hafenstern beabsichtigte, sich von den Stabilitäten für jedes Stückchen Land bezahlen zu lassen, das dem Unbeständigen entrissen wurde.

Die Reise hatte lange gedauert. Erst nach einem Jahr ritten Keris, Davron und Bark wieder in Hafenstern ein. »Keine so schlimme Reise wie die früheren«, hatte Davron lakonisch gesagt, als er Meldor begrüßte. »Es scheint da draußen viel zahmer geworden zu sein, seit Carasma nicht mehr in den Feldströmungslinien lauert oder die Landschaft tilgt und es weitaus weniger Häscher und Bestien gibt als früher.«

»Glaub ihm nicht«, hatte Keris widersprochen. »Er soll dir von den Häschern berichten, die uns in der Nähe der Vierten angriffen, von der Bestie, die während der Durchquerung des Weit eines unserer Pferde zerfleischte, oder von dem Wirbelwind, der in der Nähe von Bartels Rasthort durch unser Lager fegte.«

Schließlich erfuhr Meldor doch noch von diesen Zwischenfällen und er las Davrons offiziellen Bericht, aber er hatte sich nie die Mühe gemacht und nachgefragt, ob Davron seine Tochter oder Keris ihren Bruder besucht hatte. Es war ihm nicht wichtig erschienen. »Verzeih mir bitte«, gestand er nun ein. »Ich weiß durchaus, dass ihr während dieser Reise zweimal in der Fünften wart, aber Davrons Tochter ist nicht mit euch nach Hafenstern zurückgekehrt. Und ich höre den Schmerz darüber noch immer in seinen Worten.« Er zögerte. »Ist es jetzt zu spät, danach zu fragen, was geschehen ist?«

Erneut war sie so lange still, dass er sich fragte, ob sie ihm überhaupt eine Antwort geben würde. Dann sagte sie vorsichtig: »Ja, wir sind zweimal in die Fünfte gegangen. In den Stabilitäten ist er ein Held, wie du weißt. Er ist der Mann, der den Tilger gebannt hat. Es ist zwar schwer zu glauben, aber es öffnet Türen. Turm-und-Blum musste ihn willkommen heißen. Aber es war... schwierig für Mirrin. Sie hat so widersprüchliche Erinnerungen an den Tag, als sie Carasma begegnete. Und ihre Mutter hatte ihr allen möglichen Unsinn eingeimpft, bevor sie in der Kantorei verschwand. Das sind keine Barrieren, die man in einem oder zwei Tagen niederreißen kann. Wie dem auch sei, sie ist ein aufgewecktes, freundliches Mädchen – und die Zeit heilt die meisten Dinge.« Sie lächelte. »Und sie hat eine lebendige Neugier. Weißt du, ich schreibe ihr oft und berichte ihr von Hafensterns Magie und allmählich packt sie das Verlangen, selbst herzukommen. Unglücklicherweise kann sie sich nicht überwinden, eine Feldströmungslinie zu durchqueren. Also müssen wir warten, bis wir alle Stabilitätsstraßen zwischen den Stabilitäten und Hafenstern angelegt haben.«

Er nickte belustigt. »Du gibst niemals auf.«

Er spürte ihr zögerndes Lächeln. »Ich? Nein.« Und dann seufzte sie. »Es ist immer noch nicht leicht für ihn, Meldor. Jene, die sich an Dämmrung erinnern, nennen ihn einen Verräter. In den Straßen von Schild gibt es Leute, die ihn bespucken. In ihm ist immer noch... Dunkelheit. Mirrin könnte sie fortnehmen.«

Er nickte. »Ich weiß.« Er wandte sich von dem Saal

ab und stellte sich noch einmal vor Keris. »Und was ist mit dir? Hast du deinen Bruder besucht?«

»Ja. Er führt jetzt dort eine gut gehende Taverne, wo früher Kaylens Landkartenladen war.« Sie machte eine weitere lange Pause. »Meine Mutter starb etwa drei Wochen, nachdem ich Mahlkorn verlassen hatte.«

»Aha.« In dem Bewusstsein, dass ein Ausdruck des Mitleids verdächtig gewesen wäre, wechselte er das Thema und kam auf Borl Kaylen zu sprechen. »Hat dein Bruder dir Schwierigkeiten gemacht?«

»Er hätte es vielleicht getan, wenn er nicht so schreckliche Angst vor Davron hätte. Und Davron hat für alles bezahlt, was ich Borl gstohlen habe.« Er hörte das Lachen in ihrer Stimme, als sie hinzufügte: »Außer der Mitgift. Davron hat ihn mit seinen schwarzen Augen angestarrt und gebrummt: ›Das war als Mitgift gedacht und dazu ist es auch verwendet worden. Wenn du es zurückhaben willst, musst du schon *mich* darum bitten.‹ Darauf hat Borl nichts mehr gesagt.«

»Wonach sollte ich noch fragen, um meine Sünden zu büßen? Vielleicht nach Bark. Wo ist er? Warum ist er heute nicht gekommen?«

Sie lächelte, denn sie war sich der Tatsache bewusst, dass er nicht nur seine eigenen Fehler, sondern auch sie selbst sanft verspottete. »Ich glaube, er besucht Corrian. Ich soll dir von ihm ausrichten, dass nicht einmal die Aussicht auf die üppigste Mahlzeit in der ganzen Geschichte Hafensterns ihm die Reden von acht Markgrafen und von Deckriss Rötler erträglich macht.«

Meldor lachte. »Wenigstens etwas hat sich nicht geändert! Trotzdem wünschte ich, er wäre hier. Und auch das Chamäleon.« Er seufzte noch einmal betroffen.

Ihre Stimme wurde sanfter. »Ja.« Sie hatte Schwierigkeiten, die Worte zu formen. »Schöpfer, wie ich ihn *vermisse*!«

Sie schwiegen einen Augenblick lang in Erinnerung an Fint. Es konnten so viele der Unterzeichnungszeremonie nicht beiwohnen. So viele waren bei der Schlacht mit den Häschern und den Bestien gestorben. So viele waren einfach verschwunden – vielleicht waren sie aufgefressen worden. Der Stich, den Meldor verspürte, war plötzlich echt. Er sagte: »Man wird ihn niemals vergessen. Er ist schon ein Teil der Legende von Hafenstern.«

»Ja«, flüsterte sie, »aber er ist nicht *hier*.«

Er nickte und wusste, was sie meinte, und mit einem Anflug von Selbstgefälligkeit spielte er seine Trumpfkarte aus. »Noch etwas, Keris. Ich habe dem Staatsvertrag, den wir mit der Kantorei unterzeichnen, ein Kodizill angefügt. Ich habe ihnen noch eine weitere Forderung gestellt. Vielleicht wird sie dir helfen... äh... Davron zu besänftigen, wenn er davon erfährt.«

Sie sah ihn forschend an. »Aha?«

Er nickte zur geschlossenen Tür eines Vorzimmers hinüber. »Warum siehst du nicht einfach nach?«

Verblüfft öffnete sie die Tür. Sie hatte erwartet, so etwas wie ein Dokument zu finden; stattdessen sah sie Nablon, der über einen kleinen Jungen wachte, welcher am Boden saß und in die Bewegungen auf einer Trompleri-Karte vor ihm versunken war.

Nablons Gelenkknochen knackten verlegen. »Oh, Herrin Storre – eine Eurer Karten... Es tut mir Leid. Aber es war das Einzige, womit ich einen Sechsjährigen beschäftigen konnte.«

Sie starrte das Kind lange und unverwandt an, bevor sie sich wieder zu Meldor umdrehte. »Sechs Jahre alt?«

Er nickte. »Es ist erstaunlich, was man der Kantorei alles abkaufen kann, wenn man den richtigen Preis zahlt.«

»Oh. Oh, *Meldor*!«

Es war gut, dass niemand aus dem Saal unter ihnen

in diesem Augenblick hochschaute. Ansonsten hätten sie gesehen, wie der Markgraf von Hafenstern von der Frau eines anderen Mannes schmatzend geküsst wurde.

Davron erlitt gerade die Aufmerksamkeiten von Cylrie Artberg, als ein Diener neben ihm erschien und ihm mitteilte, seine Frau spräche ihn gern im Vorzimmer. Dankbar wandte er sich wieder an Cylrie. »Hedrina, entschuldigt mich bitte.«

Sie lächelte schüchtern. »Natürlich, mein Herr. Man muss dem Ruf seiner Gattin immer gehorchen. Ich hoffe, wir sehen uns wieder. Und hoffentlich bald.«

Er küsste taktvoll ihre Fingerspitzen mit sehr tricianischer Geste und lächelte bezaubernd. »Nicht, wenn es nicht unbedingt sein muss«, sagte er.

Er hatte den Saal bereits verlassen, als die Bedeutung seiner Worte bei Cylrie Wirkung zeigten.

Der Diener, den Davrons bloße Gegenwart halb ehrfürchtig und halb verängstigt machte, geleitete ihn in das Vorzimmer und verneigte sich ehrerbietig, bevor er wieder ging. Mit einem unterdrückten Seufzen öffnete Davron die Tür. Er hatte zwar nicht erwartet, Keris allein vorzufinden, aber er hatte auch nicht erwartet, sie in Begleitung eines Kindes zu sehen.

»Wen haben wir denn da?«, fragte er. Schwarze Augen schauten ihn unter einem gleichermaßen schwarzen Haarschopf feierlich an und er bemerkte, dass dieser kritische Blick ihn zum Lächeln reizte.

»Hier ist jemand, den du kennenlernen solltest«, sagte Keris heiser. »Meldor hat ihn hergeschickt.«

»Oh.« Neugierig ging er zu dem Knaben hinüber und kniete neben ihm nieder. »Mein Name ist Davron Storre. Und wie heißt du?«

Das Kind sah ihn feierlich an. »In der Kantorei haben sie mich Avred genannt. Aber diese Dame hier sagt, dass mein Vater mich Staven genannt hat. Sie sagt, ich werde meinen Papa sofort erkennen, denn er hat die gleichen schwarzen Augen wie ich.« Seine Gesichtszüge verzerrten sich in kindlicher Konzentration. »*Du* hast schwarze Augen. Bist du deshalb mein Papi?«

Er hielt den Atem an. Die Schmerzen der Erinnerung und der Hoffnung verwirrten sich untrennbar ineinander, während sie sein Innerstes durchzuckten. Es schien Jahrhunderte zu dauern, bevor er sich räuspern und mit dem Anschein von Ruhe sagen konnte: »Ja, ich glaube, ich muss es sein. Wenn du mich haben willst…« Er streckte die Arme aus, um den Jungen auf seine Knie zu ziehen, und zwei rundliche Ärmchen legten sich ihm um den Hals. Davron konnte nichts mehr sagen. Er hob den Blick über die dunklen Locken hinweg zu Keris und griff nach ihrer Hand.

Draußen schmetterten Trompeten und kündeten die Ankunft der Markgrafen aus den acht Stabilitäten und den Anhedrin an, doch weder Keris noch Davron hörten sie.

In einem benachbarten Vorzimmer wartete der Markgraf von Hafenstern auf seinen großen Auftritt und schmiedete Pläne, während der Kammerdiener sich an seinen Ärmeln zu schaffen machte.

Yedron, dachte er. Wir müssen unbedingt herausfinden, was mit Yedron geschehen ist…